A

TİMAŞ YAYINLARI ■ 593
BATI KLASİKLERİ DİZİSİ ■ 22

TİMAŞ
BASIM TİCARET VE SANAYİ
ANONİM ŞİRKETİ

Bu Kitabın Serüveni :

Ana adlı bu kitap, *Osman Okçu*'nun
yayın yönetmenliğinde ve *Nihat Vuran*'ın editörlüğünde
Tim Tanıtım tarafından baskıya hazırlandı.
Kitabın kapak tasarımı *Kenan Özcan*'a ait.
Baskı ve cilt takibi *Ekrem Çalış* tarafından yapıldı
Kitabın kapak baskısı *Besdal Ofset*'te, iç baskısı *Ziya Ofset*'te,
cilt işlemleri ise *Sistem Mücellithanesi*'nde gerçekleştirildi.
Kitap, 1999 Ekim ayında yeni baskısını yaptı.
Kitabın Uluslararası Seri Numarası (ISBN) : 975-362-507-3

İrtibat İçin: Ankara Cad. No: 50 Eminönü / İstanbul
Yazışma İçin: P. K. 50 Sirkeci / İstanbul
Tel: (0 212) 665 35 56-57 Faks: (0 212) 664 77 97
İnternet: www.timas.com.tr
E-mail: timas@timas.com.tr

Ana

Maksim GORKİ

Tercüme:
Tolga SAĞLAM

TİMAŞ YAYINLARI
İstanbul
1999

Maksim GORKİ

[1868 - 1936]

Hayatı

28 Mart 1868'de Nizni Novgorod'da doğdu, 18 Haziran 1936'da Moskova'da öldü. Asıl adı Aleksey Maksimoviç Peşkov'dur. Ailesi oldukça yoksuldu. Doğumundan kısa bir süre sonra babasının işi gereği Astrakan'a taşındılar. Aleksey beş yaşındayken babası öldü. Annesi, oğlunu anneannesiyle dedesinin bakımına bırakarak yeniden evlendi. Dedesi katı, kaba bir adamdı. Onun okuması için ancak birkaç ay özveride bulunabildi. Aleksey, yedi buçuk yaşından sonra, sokaklardan öğrendikleriyle büyümeye başladı. Anneannesi onu büyük oranda etkiliyor, yaşama daha insanca bakmasını sağlıyordu. Küçük yaşlarda edindiği acı deneyimler, yaşamla yüz yüze gelince adını değiştirmesine ve Maksim Gorki'ye çevirmesine neden oldu. "Gorki", yaşadığı günlerin anısını canlandırmak üzere seçilmiş bir addı ve Rusça'da "acı" anlamına geliyordu.

Rus işçi sınıfının yaşamına çok yakından ve çok erken yaşta tanık oldu. Dedesinin buyruğuyla çalışmaya başladığında, sekiz yaşına yeni basmıştı. Girip çıktığı birçok iş arasında bir Volga gemisinde bulaşıkçı yamaklığı, ayakkabı tamircisi çıraklığı, ikon boyacılığı sayılabilir. Gemideki bulaşıkçı yamaklığı sırasında tanıştığı bir aşçı, ona okuma zevkini verdi. O tarihten sonra da okumak, yaşamının en önemli tutkusu haline geldi. Aşağı yukarı her işyerinde ustalarından ya da işverenlerinden yediği dayaklarla, sürekli zayıf, hastalıklı, aç olarak yaşadı. O güne değin hiçbir Rus edebiyatçısının görme olanağı bulamadığı bir Rus yaşamının içinde oldu. Daha sonra Kazan'a yerleşti. Burada fırıncılık, dok işçiliği, gece bekçiliği gibi işlerde çalıştı. Rus devrimcileriyle ve devrimci düşüncelerle bu dönemde tanıştı. Yine bu dönemde içinde bulunduğu yoksulluk ve acılara dayanamadığı için yaşamına son verme girişiminde bulundu. 1889'da Kazan'dan ayrılarak Rusya'nın kuzeyindeki değişik kent ve kasabalarda her tür işe girip çıkarak oldukça başıboş bir yaşama başladı.

Siyasi Kişiliği

Gorki 1899-1906 arasında Petersburg'ta yaşadı. Bu sıralarda Rusya Sosyal Demokrat İşçi Partisi'ne katıldı ve Marxist düşünceleri benimsedi. Romanlarından ve oyunlarından gelen kazancının büyük bölümünü partiye bağışladı. Bu arada 1901'de *Marxist Jizn* (Yaşam) dergisinde çıkan devrimci şiiri *"Pesniya o burevestnike"* (Fırtına Kuşunun Türküsü) yüzünden sorguya çekildi, tutuklandı ve sonra serbest bırakıldı. Bunun hemen ardından Kırım'a geçti. O günlerde tüberküloza yakalandığı anlaşıldı. 1902'de Rus İmparatorluk Bilimler Akademisi üyesi seçildi. Ama üyeliği siyasal nedenlerle geri alındı. Bu olay Çehov ve Korolenko'nun da Akademi'den ayrılmalarına yol açtı. Gorki, bu tarihten sonra Znani (Bilgi) adını verdiği bir yayınevi kurdu. Yayınevinin amacı, sansürün izin verdiğince, ilerici ve genç yazarların yapıtlarını yayımlamak, o günlerde "kışkırtıcı" diye adlandırılan düşüncelerin yayılmasına katkıda bulunmaktı. Gorki 1905 Devrimi'nin içinde yer aldı ve hemen ardından tutuklandı. Tutukluluğu kısa sürdü. Serbest bırakılmasında özellikle Rusya dışından gelen tepkilerin baskısı büyük olmuştu. 1906'da yaptığı ABD gezisi sonunda, New York üzerine yazdığı öyküleri bir kitapta topladı.

1906'dan başlayarak geri döndüğü 1913'e değin yedi yıl süreyle ülkesi dışında bir sürgün yaşamı geçirdi. Genellikle İtalya'da Capri'de bir villada kalıyordu. Burası kısa sürede Rusya dışındaki aydınların uğrak yeri ve buluşma merkezi oldu. Gorki bu arada Rus okuru için çekiciliğinden hiçbir şey yitirmeyen yapıtlar vermeyi sürdürdü. Yapıtlarıyla yarattığı ilk heyecan, yerini yavaş yavaş elit bir edebiyat eleştirisine bırakıyor, onun edebiyat değerinin ve bu değerin neye hizmet ettiğinin tartışması yapılıyordu. Lenin'in yürüttüğü çalışmalarla bağını kopartmamış olsa bile, yapıtlarındaki dinsel ve felsefi eğilim, ağır eleştiriler almasına yol açtı. Öte yandan, yapıtlarıyla insanları etkileme gücü, kişiliği, yaşamı, deneyimleri, onu, Rus Devrimi için vazgeçilmez bir kişi niteliğinde tutmaktaydı. I. Dünya Savaşı başladığında, açıktan açığa barışçı olduğunu söyledi ve Bolşeviklerle, Rusya'nın savaşa girmesine karşı olan tutumda birleşti.

1917 Ekim Devrimi'nden sonra da bir süre yansızlığını korudu, ama Bolşeviklere eğilimini de saklamadı. 1917-1921 arasında, tüm Sovyet aydınları gibi zor günler yaşadı. Bu yıllarda tüm devrimcilere, aydınlara, yazarlara yardımcı olmak için *Mirovaya Literatura* adlı bir kültür kurumu oluşturdu. Kurumun amacı, nitelikli çeviriler yaptırarak yabancı dillerde yazılmış yeni yapıtları Rusça'ya kazandırmaktı.

Eserleri ve Sanatı

Yazı yazmaya 1890'ların başında, Tiflis'de bulunduğu yıllarda başladı. İlk öyküsü *"Makar Çudra"* 1892'de bir Tiflis gazetesinde yayımlandı. Bunu, birçoğu alegorik özellikler içeren, birbirine oldukça benzeyen ve bugün yalnızca belgesel değer taşıyan yazı ve öyküler izledi. Ama üç yıl sonra, Vladimir Korolenko'nun Petersburg'da (bugün Leningrad) çıkardığı aylık dergi *Russkoe Bogatstvo*'da yayımlanan *"Çelkaş"* adlı öyküsü, Rus edebiyatında önemli bir yazarın doğuşunu müjdeliyordu. Öyküde, bir liman hırsızının renkli kişiliği, hem romantik hem de gerçekçi yönleriyle ele alınıyordu. Böylece Gorki'nin, önce Rusya, sonra da ABD ve Avrupa'da tanınmasını sağlayan coşkun bir yazı dönemi başladı. Kendi başıboşluk günlerinin yansımaları olan yapıtlarında, Rusya'nın toplumsal açmazlarını, ilginç kişilikler sergileyerek aktarıyordu. Daha önce Rus yazarlarının çok dışarıdan bir bakışla çizmeye çalıştıkları suçlular, serseriler, tüm güçleri ve güçsüzlükleriyle onun son derece canlı kişilerine dönüşüyorlardı. Bu döneme ait yapıtları arasında *"Malva"*, *"Bivşiye Liyudi"* (Eski İnsanlar) ve onun en iyi kısa öyküsü diye kabul edilen *"Dvatsat şest i odna"* (Yirmi Altı Erkek ve Bir Genç Kız) sayılabilir. Bu dönem sonunda Gorki'nin ünü öylesine yayılmış ve başarısı o denli etkili olmuştu ki, Çehov'u aştığı ileri sürülüyor, hatta edebiyattaki gücü Tolstoy ile karşılaştırılıyordu.

Yüzyılın bitiminde roman ve oyun da yazmaya başladı. Bu yapıtları ilk kısa öyküleri kadar büyük bir başarı sergilemese de birçoğu da beğenildi. İlk romanı *Foma Gordeyev*'i (Foma) 1899'da yayımladı. Bu sıralarda Rusya'da kapitalizmin geçirdiği yükseliş aşamaları, onun en çok ilgilendiği konulardan biri oldu. Bu dönemin öbür romanları arasında *Trode* (Aralarından Üçü), *İspoved* (İtiraf), *Gorodok Okurov* (Okurov Kenti), *Jizn Matveya Kozemyakina* (Matvey Kozemyakin'in Yaşamı) vardır. Gorki romanlarının birçoğunda önemli başlangıçlar yapmış, ama romanı "yaşamın anlamı"nı aramak uğruna bazı gereksiz sayfalarla da doldurmuştur. Yine bu dönemde yazdığı *Mat* (Ana) onun en başarılı ve en çok ün kazanan romanı oldu. Sovyet Devrimi'nden sonra ise Rus devrimci ruhuna getirdiği açıklık nedeniyle bu yapıt ayrı bir önem kazandı.

1921'de yönetici kademeleriyle olan bazı çatışmaları yüzünden Gorki Avrupa'ya gitmek zorunda kaldı. 1928'e dek İtalya'nın Sorrento kentinde yaşadı. Edebiyattaki önemini pekiştiren birçok yapıtını bu dönemde yayımladı. *Detstvo* (Çocukluğum), *V Liyudyah* (Ekmeğimi Kazanırken) ve *Moi Universiteti* (Benim Üniversitelerim) adlarını taşıyan üçlü roman dizisi, onun Rus edebiyatındaki en güzel özgeçmiş romanlarının sahibi olarak anılmasına neden oldu. Özellikle *Benim Üniversitelerim*'de, kendi öğretisinin ana kaynağı olan *"yaşam okulu"*nu tanımlamış, bu okulun öğretisindeki zorlukları, bir yandan gerçekçi, öte yandan insancıl, kendine özgü anlatımıyla aktarmıştır. Bu yapıtı ortaya çıkarmasındaki bir başka nedenin de, Kazan Üniversitesi'ne giremeyişinden doğan kırgınlık olduğu söylenir. Bu üç roman onun çocukluk yıllarını, tam bir "içini dökme" biçiminde, başarıyla aktardığı, içtenlikle yazılmış yapıtlardır. Bir başka özellikleri de, Gorki'nin bir zamanlar suçlanmasına neden olan felsefi yaklaşımını bir yana bırakmış, gerçekçi anlatıma ağırlık vermiş olan tutumu ve üslubudur. Yansız bir gözlemci olarak, ele aldığı herşeyde en ince ayrıntılara dek inmesini bilmiştir. Yaşamına giren neredeyse herkesi, ailesini, işverenlerini, dostlarını, düşmanlarını, bir bir tanımlamış ve yine yansız bir bakışla çözümlemeye çaba göstermiştir. Bir özgeçmiş dizisinden çok, yaşanan olayların saptanması, izdüşümü niteliğindeki bu yapıtlarında Gorki, kendisi için çok önemli olan olayları kısaca geçivermiş, buna karşılık toplumsal boyutlarını önemsediği şeyleri ön plana çıkarmıştır. Sayfaların arasında bazı mesajlara rastlanırsa da, bunlar okura doğrudan benimsetilmek istenmez. İnsanın gereğinde ortaya koymak zorunda olduğu direncin ve kendine güvenin vurgulandığı olaylar çoğunluktadır.

Gorki, yaşamının sonuna kadar yazarlıktan başka bir uğraş benimsemedi. Siyasal eylemlerin içinde yalnızca yazar olarak etkin oldu. *Delo Artamonovih* (Artamonovlar) bu dönemdeki romanların en iyileri arasında yer alır ve Devrim öncesi Rus kapitalizminin yükselişini ve çöküşünü anlatır. *Jizn Klima Samgina*'da (Klim Samgin'in Hayatı) 1870-1924 arasındaki Rus aydınının portresini çizmek amacı taşır.

Gorki'nin bunca yapıtı arasında en önemlileri sıralandığında, özgeçmişini anlatan üçlü diziyi, genellikle, bazı Rus yazarlarını anlatan yapıtları izler. Tolstoy, Çehov ve Andreyev'i anlattığı kitapları onun başyapıtları kabul edilir. Özellikle *Vospominanya O Tolstom* (Tolstoy'dan Anılar) birçok eleştirmen ve edebiyat tarihçisi tarafından onun en önemli yapıtı olarak görülür.

Gorki, Stalin döneminde karşılaştığı bazı olayları, eleştirel bir bakışla ele alan yapıtlar da vermiştir. Küçük kitapçıklar biçimindeki bu yapıtlarından biri de *Belomorkanal*'dır (Beyaz Deniz Kanalı). Siyasal mahkûmların, bir kanalın yapımında çalışmalarını anlatır.

Yazı yazmaya başladığı yıllarda Çarlık düzeninin toplumsal ve siyasal görüşlerine tümüyle aykırı bir görüşü benimsemesine karşın, edebiyat alanında on yıl gibi çok kısa bir sürede büyük bir ün kazanmasının en önemli nedeni, Rus yaşamını ve insanını o güne değin hiç bakılmamış bir açıdan görmesi ve tanımlamasıdır. Yapıtlarında son derece renkli bir üslup kullanmış, eşsiz bir gözlem ve canlı bir tanımlama becerisi ortaya koymuştur. Onu edebiyat tarihi içinde öne çıkaran bir başka özelliği, hem Devrim öncesini, hem de Devrim sonrasını yaşayan ve yansıtan, her ikisinde de gözlemci tavrını bırakmayan, yazarlık yaşamı dışında onu yan tutmaya yöneltecek başka bir uğraş edinmeyen kişiliği ve tutumudur.

Gorki ölümünden sonra da, Sovyet edebiyatçılarının gözünde "usta" niteliğini korumuştur. Ülkesi dışındaki ünü ise yapıtlarının birçok dile çevrilmesiyle giderek artmıştır. Roman, öykü, tiyatro oyunu, edebiyat tarihi ve eleştiri alanlarında 1250 yapıt veren Gorki'nin öykülerinin sayısı 300'ü aşmaktadır. Doğduğu kente ölümünden sonra adı verilmiştir.

Bu Eser Hakkında

Maksim Gorki, en büyük eseri olan *ANA* romanında 1905 Çarlık Rusyası'nda başlayan sosyal uyanışın mücadelesini anlatmaktadır. Eser, yeni doğmakta olan bir toplumun düşüncesini, görüş ve anlayışını yansıtır.

Gorki, *ANA* romanında *"İnsanı, yeryüzünün en güzel surette yaratılmış ve hizmet edilmeye layık bir yaratığı olarak görmeğe alışmadıkça, hayatımızın sahteliğini, ikiyüzlülüğünü ve alçaklığını üstümüzden atamayacağız"* der.

ANA'da hakim olan unsur, müspet ve yapıcı bir realizmdir.

Birinci Bölüm

İşçi mahallesinde sıradan bir gün daha başlıyordu. Fabrikanın düdüğü her sabah olduğu gibi yine mahallenin dumanlı havasını keskin bir çığlıkla yaladı. Kasları ritmini bulamamış, gözlerinden uyku akan benzer yüzler küçük karanlık evlerden sokağa yayılmaya başladılar. Işıkla karşılaşınca kaçışan hamamböcekleri gibi hızlı adımlarla yürüyorlardı. Sabahın iliklere işleyen soğuğunu ciğerlerinde hissederek fabrikaya yöneldiler. Fabrikanın bir kaleyi andıran yüksek duvarlarına asılı lambalardan yayılan sarı ışık sokağı aydınlatıyordu. Bir an önce kendini fabrikaya atmaya çalışan bezgin vücutları taşıyan ayakların ezdiği çamurların şakırtısı boğuk haykırışlar ve kaba küfürlere karışıyordu. Uzakta nefret edilen bir sevgili havasındaki makinaların ağır ağır işlemesinden, buharın homurdanır gibi çıkardığı sesten meydana gelen bir inilti işçileri karşılamaya hazırlanıyordu. Kalın birer sopaya benzeyen simsiyah bacalar karanlık ve asık suratlı birer bekçi gibi bütün mahalleye olan egemenliğini bir kez daha ilan ediyordu.

Akşam güneş batıp da küçük evlerin pencelerinden aydınlıklar yayılmaya başladığı zaman fabrika bütün bu insanları yer altından fırlayan maden artıkları gibi dışarı dökerdi. Onlar da dumandan kapkara kesilen yüzleriyle geçtikleri yerlere yaş bir yağ kokusu serperek, açlıktan parlayan dişleriyle geldikleri istikamette sokağa yayılırlardı. Artık o zaman, seslerinde bir canlılık, bir sevinç duyulurdu. Yönlerinin değişmesine paralel ruh halleri de değişik olurdu. Çünkü o ağır işler bir kaç saat için son bulur, evde kendilerini yemek ve rahat beklerdi. Fabrika, onların bütün günlerini öldürüyordu. Makinalar vücutlarının sahip olduğu bütün kas gücünü, hayat suyunu emiyor, bitiriyordu. Monoton günler adeta yaşanmamış gibi tek hatıra bırakmadan geçip gidiyor, her gün farkına varmadan mezara bir adım yaklaşıyorlardı. Her şeye rağmen sevinçli olabilmeyi beceriyorlardı. Çünkü hiç olmazsa akşamları kendilerini evlerinin huzur ve rahat vaadeden tatlı kucağına bırakabiliyor, ya da bir meyhanenin aşağılık zevkleriyle yaşadıklarını hissediyorlardı.

Tatil günleri sabahın onuna dek uyurlardı. Uyanınca evli ve yaşlı olanlar en iyi giysilerini giyer, gençlerin din konusundaki boşvermişliklerini çekiştirerek kiliseye giderler; dönüşte biraz börek yedikten sonra yine akşama dek uyurlardı.

Uzun yılların birikmiş yorgunlukları iştahlarını kesmişti; yemek yiyebilmek için çok içmek, pelteleşmiş mideleri ispirtonun yakıcı etkisiyle canlandırmak şarttı.

Akşam oldu mu, sokaklarda tembel tembel gezinirlerdi. Bir çift lastiği olanlar hava kuru bile olsa giyerlerdi. Çünkü bir çift lastik, bir şemsiye sahibi olmak herkese nasip olan şeylerden değildir. Sahip olduğu ayrıcalıkları hissettirmek, komşularına üstün olduklarını dolaylı yoldan da olsa ifade etmek onları mutlu ediyordu.

Sokakta rastlanılan tanıdıklar ile hep aynı mevzular konuşulurdu. Ya fabrikadan ve makinalardan bahsedilir ya da ustabaşılar çekiştirilirdi. Düşünceler, konuşmalar işe ilişkin şeylerden dışarı çıkmazdı. Beceriksiz, aciz zekaları, hayatın tekdüze akımına nadiren bir kıvılcım, zayıf bir ışık serperdi.

Erkekler, evlerine geldikleri zaman birer bahane bularak karıları ile kavga eder, çok defa acımaksızın onları döverlerdi. Mutluluğu unutan gönülleri acıyla tatmin olmaya çalışırdı. Delikanlılar, ya bir meyhanede sızar kalır, ya da işçilerden birinin evinde küçük yarışmalar tertip eder; armonik çalar, kaba, çirkin şarkılarla oynayarak, müstehcen hikayeler anlatarak ve durmadan içerek vakit geçirirlerdi. Çalışmaktan bitkin düştükleri için çok çabuk sarhoş olurlardı. Göğüslerinde çırpınan yaşama isteği kaynaklı coşkunluğu tatmin edemedikleri vakit adeta sara nöbetine tutulmuşcasına ve ufak bir nedenle yırtıcı hayvanlar gibi birbirinin üstüne saldırırlar, birbirleriyle acımasızca kavga ederlerdi.

Fırsat bekleyen düşmanlık duygusu, bütün işçilerin ilişkilerine egemendi. Kaslarındaki yorgunluk gibi bu duygu da onlarda kökleşmişti. Babalarından bir miras gibi doğumla birlikte aldıkları bu ruh hastalığı, bir kara gölge gibi yanlarından ayrılmayarak onlarla beraber ta mezara dek gider, gereksiz bir vahşetle onları en çirkin davranışlara sürüklerdi.

Tatil akşamları, delikanlılar geç vakit eve döndüklerinde giysileri parçalanmış, üstleri başları çamura, toprağa batmış, yüzleri gözleri berelenmiş olurdu. Kavga hayatın olağan bir ritmi haline gelmişti. Herkes arkadaşına ne kadar dayak attığını anlatmakla övünür, dayak yiyenler ise kudurarak öfkesinden ağlardı. Hepsi iğrenilecek derecede sarhoş, acınacak kadar mutsuzdu. Bazen ya bir sokak ortasında, ya da bir meyhanede bir ölü gibi sızan gençleri, baba veya annesi alır, voktanın önce coşturup, sonra hayvanlaştırdığı bu zavallıları döğerek, söverek eve götürürlerdi. Sabaha dek ölü gibi uyuyan bu gençler, fabrikanın havayı yırtan ilk çığlığı ile bitkin bir vaziyette uyanır bitkin vaziyette işlerine giderlerdi.

Babalar, çocukalarını böyle dövmekle beraber kavgalar, sarhoşluklar onlara olağan gelirdi; çünkü onlar da gençliklerinde içmişler, döğüşmüşlerdi; onlara da anaları, babaları böyle davranmıştı. Yaşam hep böyle idi. Çamurlu bir su gibi ağır ve tekdüze bir akıntı ile bilinen yoldan akıp gidiyordu. Ara sıra mahalleye yeni yabancı kişiler gelirdi. Bunlar önce dikkati çekerlerdi; her şey gibi bir süre sonra göze çarpmaz olurlardı. Çünkü bütün işçiler birbirine benzerdi. Yaşayışları her yerde aynı olduğu için farklılık kısa sürede tekdüzeliğe kendini kaptırır, yokolup giderdi.

Fakat bütün yabancılar aynı olmuyordu. Tekdüzeliği yırtan nemrut hayatı farklı bir açıdan sorgulayan sözler söyleyenleri de çıkıyordu. Bu yabancılardan bazıları bazen o vakite dek mahallelinin bilmediği yeni yeni bir takım şeyler anlatırdı; bunu kimse tartışamazdı. Bu garip sözler, kimisinde körü körüne bir öfke, kimisinde korkuya benzer bir his uyandırır, bazıları da kafalarını bulandıran bu belirsiz umudu zihinlerinden kovmak için eskisinden daha çok içerdi. Kimi yabancı haddini aşarak olağanüstülükler gösterecek olursa herkes buna karşı koyardı. Memnun olmamalarına rağmen alışkanlık yapan çirkin hayatlarının korkunç ve sakin akışını bu yabancının bozacağı korkusu ve içgüdüsüyle ona karşı tiksinti duyarlardı. Yaşayışlarını baskı altında görmeye alışmış olan bu insanlar, her yeni değişikliğin, boyunlarındaki boyunduruğu bir kat daha ağırlaştıracağına inanırlardı.

Herkes garip, herkes ürkekti. Yabancılar ileri gider onları zorlamaya başlarlarsa çekingenlik yerini tepkiye bırakırdı. O vakit anlamadıkları ve ürktükleri şeyleri anlatan yabancılar ya geldikleri gibi kaybolur ya da çalıştıkları fabrikada hep birbirine benzeyen bu işçi sınıfına karışamayarak ayrı yaşarlardı.

Çilingir Mihail Vlasof böyle yaşayanlardan biriydi. Üzgün haliyle, kalın kirpikleri altında küçük gözlerinin tedirgin ve kötü bakışlarıyla fabrikanın en iyi çilingiri, mahallenin en yiğit adamıydı. Ne var ki amirlerine karşı her zaman kabalık ederdi. Onun için az para kazanırdı. Her pazar mutlaka arkadaşlarından birini döverdi. Herkes ondan korkar, kimse onu sevmezdi. Arkadaşlarının onu dövme girişimi her seferinde akim kalmıştı. O, böyle bir saldırıyı sezer sezmez hemen eline bir taş, bir demir parçası alır ve bacaklarını yere sağlamca basarak rakibini beklerdi. Bir ayıyı andıran görünüşü, gözlerinin kenarından boynuna dek bütün yüzünü örten kıllarla, tüylü elleriyle herkese korku salmıştı. Onun en çok sivri bir ok gibi kalbi delen keskin bakışları korkuturdu. Bu bakışa maruz kalanlar, kendilerini vahşi, acımasız saldırıya hazır bir gücün karşısında sanırlardı.

Gözleri bir okun ucundaki demir gibi parlardı. Biraz sonra başını havaya kaldırarak aşağılayan bir tavırla rakiplerini izler ve ara sıra:

— İçinizden hanginiz ölmek ister? derdi.

Elbette hiç kimse istemezdi.

Pek az konuşurdu. En çok kullandığı, en beğendiği sıfat "Edepsizler" idi. Fabrikadaki amirlerini, polis memurlarını böyle tanımlar, karısını çağırırken de bu kelimeyi kullanırdı.

— Görmüyor musun, edepsiz, pantolonum yırtılmış?

Oğlu Pavel 14 yaşına gelmişti, Bir gün Vlasof onu saçlarından yakalamak istedi. Fakat çocuk babasını şaşırtan bir tavırla karşı koydu Eline kocaman bir çekiç alarak sert bir sesle

— Çek elini! dedi.

Vlasof, bir fidanın üzerine inen ezici bir gölge gibi ve sağlam vücudu ile karşısında dikilen oğlunun üstüne doğru ilerleyerek:

— Ne dedin? dedi.

Pavel cevap verdi:

— Yeter artık; bundan sonra dayak yemek istemiyorum!

İri kara gözleri gittikçe büyüyor, bir eliyle de çekiçi sallıyordu.

Vlafos, tüylü ellerini arkasına götürürken oğluna baktı; alaylı alaylı gülerek:

— Peki, dedi. Ve derin bir soluk aldıktan sonra ekledi:

— Sen de mi edepsiz!

O aralık karısını gördü.

— Bak sana birşey söyleyeyim. Bundan sonra ne kendin için, ne Pavel için benden para istemeyeceksin.

— Bütün kazandığını içkiye mi vereceksin?

Masaya yumruğunu vurarak bağırdı:

— O senin bileceğin iş değil, edepsiz! Kendime bir metres tutacağım!

Metres tutmadı. Fakat o günden sonra ölünceye dek, hemen hemen iki yıl, oğlunun ne yüzüne baktı, ne de bir defa olsun ona bir çift söz söyledi. İyice yalnızlaşmıştı.

Vlasof'un kendisi gibi tüylü, büyük bir köpeği vardı. Köpek her sabah onunla fabrikanın kapısına dek gelir, akşama dek kapının önünde onu beklerdi. Tatil günleri Vlasof meyhaneye giderdi.

Yolda hiç konuşmadan, sanki bir şey arıyormuş gibi, rastgeldiği adamları bakışları ile tırmalayarak yürürdü. Köpek, iri tüylü kuyruğu yerde, bütün gün sahibinin arkasından ayrılmazdı. Akşam eve dönüp yemeğe oturunca köpeğe de kendi tabağından yiyecek yedirirdi. Köpeğini hiç dövmez hiç azarlamazdı, ama okşamazdı da. Yemekten sonra karısı sofranın örtüsünü vaktinde kaldırmasa tabakları yere savururdu. Yemekten sonra önüne bir vokta şişesi alır, arkasını duvara dayayarak ağzı açık, gözleri kapalı boğuk bir sesle acıklı bir şarkı tuttururdu. Uyumsuz ezgilerin çarptığı bıyıklarının arasındaki ekmek kırıntıları yere dökülür, kalın parmaklarıyla sakallarının kıllarını düzeltirken umarsız bir ruh haletiyle şarkı söylerdi. Şarkının sözleri anlaşılmaz, sıkıcı, ezgisi tıpkı kışın uluyan kurtların sesini andırırdı. Sişedeki votka bitinceye dek içer, en sonra kanepenin üstüne uzanarak, ya da başını masaya dayayarak ta fabrikanın düdüğü çalınıncaya dek uyurdu. Köpek de yanıbaşında yatardı.

Bu şekilde akıp giden yılların sonrasında ölüm onun da kapısını çaldı. Kasığı yarılmıştı. Uzun bir can çekişme dönemi geçirdikten sonra öldü. Beş gün ağrılar içinde kapkara kesilmiş, gözleri kapalı, dişlerini gıcırtadarak aralıksız çırpınmıştı. Arada bir karısına:

— Bana birazcık arsenik ver, beni zehirle artık! diyordu. Zavallı kadın, doktor getirdi. Doktor lapa tavsiye etti. Kesin olarak ameliyat gerektiğini, hastanın hemen o gün hastaneye yatırılmasını söyledi. Vlasof redetti:

— Haydi defol oradan...Edepsiz herif! Ben burada yalnız başına ölebilirim. Kimseye ihtiyacım yok.

Doktor gittikten sonra karısı ağlayarak yalvardı. Ameliyata razı etmeye çalıştı. O, yumruğu ile zavallıyı korkutarak:

— Uğraşma, karı... diyordu; iyi olur kalkarsam belanı bulursun!

Beşinci günün sonunda fabrikanın düdüğü işçileri çağırırken Vlasof öldü. Onu tabutuna yatırdılar; kaşları çatık ağzı açıktı. Karısı, oğlu, köpeği, fabrikadan kovulmuş hırsız takımından Danilo Vesofçikof, mahallenin sefil adamlarından bir kaçı, onu mezara götürdüler. Karısı biraz ağladı. Pavel'in gözleri kupkuru idi, yolda cenazeye rastgelenler durarak haç çıkarırken bir yandan da:

— Kuşkusuz, Pelage kocasının öldüğüne pek sevinmiştir, diyorlardı.

Öteden biri düzeltti.

— O ölmedi, çatladı.

Tabut mezara indirildikten sonra, herkes döndü ise de köpek dönmedi. Taze toprağın üzerine uzanarak uzun uzun kokladı. Bir kaç gün sonra zavallı hayvanı orada öldürülmüş buldular.

Babasının ölümünden on beş gün sonra bir pazar günü idi; Pavel, eve sarhoş geldi, sallanarak odadan içeri girdi. Babasının yaptığı gibi yumruğunu masaya vurarak bağırdı

— Yemek!

Pelage, oğluna yaklaştı, yanına oturdu, onu kucaklayarak başını göğsüne çekti. O, kolu ile anasının omuzlarını iterek:

— Hadi, çabuk anne! dedi.

Kadın, üzgün ve okşayıcı bir sesle

— Ah, yaramaz! dedi.

Pavel ağırlaşan dilini güçlükle oynatarak mırıldandı:

— Ben de tütün içeceğim. Babamın piposunu ver bana...İlk defa sarhoş olmuştu. İspirto vücuduna dokunmuşsa da, vicdanına etki etmemişti.. Kendi kendine söyleniyordu:

— Ben sarhoş ha? Acaba sarhoş muyum?

Annesinin okşayışları onu sıkıyor, üzgün anne bakışları onu kederlendiriyor, ağlamak istiyordu. Bu arzuyu yenmek için kendini olduğundan daha sorhoş göstermeye çalışıyordu.

Annesi, oğlunun terler içinde kalmış, karışmış saçlarını okşayarak yumuşak ve durgun bir sesle:

— Böyle yapmamalıydın oğlum, dedi.

Bulantılar başlamıştı. Kusmalardan sonra annesi onu yatağına yatırdı, sararmış alnına ıslak bir havlu koydu. Pavel, biraz kendine gelmişti. Başının üstünde, ayaklarının altında her şey dönüyor, göz kapakları ağırlaşıyordu, ağzında acı, iğrenç bir tat vardı; annesinin yüzüne bakıyor, düşüncelerini toparlamayamıyordu:

— Benim içki zamanın hala gelmedi mi? Başkaları içiyor hasta olmuyor. Ama benim bu kadarcık bir içkiyle bile midem bulanıyor, diyordu.

Annesinin tatlı sesi sanki uzaktan geliyormuş gibi kulaklarına çarpıyordu:

— Sen böyle içecek olursan beni nasıl besleyeceksin?

Çocuk, gözlerini kapayarak cevap verdi:

— Herkes içiyor.

Pelage, derin bir ahla içini çekti. Çocuğun hakkı vardı; erkeklerin meyhaneden başka eğlenceleri yok gibiydi. Bununla beraber yine cevap verdi:

— Senin içmene ne gerek var? Baban senin için de içti. Ondan çok sıkıntı çektim, çok eziyet gördüm. Bari sen annene acı!

Uzun boylu idi, beli biraz kamburlaşmıştı. Aralıksız bir çalışma, kötü bir beslenme ile kırılıp dökülmüş güçsüz bir vücut sanki yolunun üstünde bir şeye çarpmaktan korkuyormuş gibi her zaman bir eğilişle gürültüsüz yürürdü. Ak ve geniş yüzünde derin çizgiler, hafif şişkinlikler vardı. Mahallenin bütün kadınları gibi onun da kara gözleri bir üzüntü ve korku ile parlıyordu. Alnının üstündeki derin bir yara izi sağ kaşını biraz kaldırmış olduğu için sağ kulağı da sol kulağından yüksek görünüyordu. Bu hal yüzüne korkunç bir görünüş veriyordu. Kara ve sık saçlarının arasındaki demet demet ağarmış teller, korkunç darbelerin işaretiydi. Bütün varlığında bir yumuşaklık, bir acı, bir kendini bırakmışlık vardı. Şimdi yanaklarından aşağıya ağır ağır yaşlar süzülüyordu. Pavel pişman olmuştu, alçak bir sesle yalvarmağa başladı:

— Dur, anne, ağlama... Bana biraz su ver.

— Peki oğlum, su da getireyim, buz da.

Gitti. Suyu getirdiğinde çocuk uyumuştu. Zavallı kadın soluğunu tutarak bir dakika kımıldamadan durdu. Su kabı elinde titriyor, içindeki buz parçaları da tıngırdıyordu. Sonra suyu masanın üzerine koydu. Oraya, duvarda asılı duran kutsal resimlerin önüne diz çökerek sessizce duaya başladı. Dışarıda hayat aynı keşmekeşliği ile devam ediyordu. İçeride ise oğlunu, her yeri saran bataktan kurtarmaya çalışan bir annenin kalbinden yükselen iniltileri semaya yükseliyordu.

Vlasof'un ufacık evinde yaşayış yine eskiye dönmüştü. Tekdüzelik aynen devam ediyordu. Fark evin eskiye göre daha sakin ve rahat olmasıydı. Zaten evin genel yaşayıştan tek farkı da bu idi. Ev büyük caddenin en ucunda, aniden keskin bir inişle bir batağa ulaşan bayırın üstüne oturtulmuştu. Mutfak, evin üçte bir kısmını kaplıyordu. Tavana dek çıkamayan ince bir bölme ile mutfaktan ayrılmış ufak bir oda da Pavel'in annesi yatardı. Bundan başka dörtgen biçiminde iki pencereli bir oda daha vardı; odanın bir köşesine Pavel'in karyolası, öteki köşeye iki iskemle ile bir masa yerleştirilmişti. Bir kaç sandalye, çamaşırların konulduğu bir konsol, küçük bir ayna, bir elbise sandığı, bir saat, aziz resimlerinden iki tablo odanın bütün eşyası idi.

Pavel de arkadaşları gibi yaşamaya çalışıyor, genel geçer kurallara göre bir delikanlıya yakışan ne ise onu yapıyordu. Bir armonik, bir kolalı gömlek, açık renkli bir boyun bağı, bir çift lastik, bir baston aldı. Görünüşte kendi yaşındaki gençlere benziyordu; gece eğlencelerine gidiyor, kadril, polka gibi oyunlar öğreniyor, pazar akşamları eve sarhoş geliyordu. Ne varki ertesi sabah uyanınca başında bir ağrı duyuyor, vücudu sıtmalar içinde eziliyor, yorgun yüzü sapsarı kesiliyordu. Bir sabah annesi sordu:

— Nasıl, dün akşam eğlendin mi bakayım?..

Pavel, üzgün, gücenik bir sesle yanıt verdi:

— Hayır. Yine canım sıkıldı. Anlamıyorum ki... Arkadaşlarım makina gibi şeyler... Balık tutmaya gitsem, ya da bir tüfek satın alsam daha iyi olacak.

Fabrikada istekle çalışıyordu. Hiç ceza almamış, bir gün bile işine geç gitmemişti. Sessizdi. Annesininkilere benzeyen iri mavi gözlerinde yaşamaktan hoşnut olmadığını gösteren bir hal vardı. Ne tüfek satın aldı, ne de balığa gitti. Ne var ki arkadaşlarının tuttuğu yolu da bıraktı. Babası gibi çevresinden uzaklaşmaya başladı. Gösterilere katılmayı seyrekleştirdi. Pazarları yine dışarı çıkıyordu; ancak akşam olunca eve her zamanki gibi üzgün dönüyordu. Annesi sessizce onun yeni halini inceliyor, bu esmer yüzün gittikçe zayıfladığını, bu bakışlara bir ağırbaşlılık geldiğini, bu dudakların garip bir ciddiyetle büzüldüğünü görüyordu. Garip bir hastalık, gizli bir öfkenin oğlunu esir aldığına inanıyor, bu da onu tedirgin ediyordu. Önceleri arkadaşları onu ziyarete gelirlerdi; sonraları kendisini hiç evde bulamadıkları için gelmez oldular. Annesi oğlunun fabrikadaki delikanlılar gibi serkeşçe davranmadığını görerek seviniyordu. Ancak tekdüze yaşayışın karanlık selinden inatçı bir direnişle uzaklaştığını, adeta yabancılaştığını görünce, kalbini gizli bir endişe kaplamaya başlıyordu.

Pavel eve kitap getiriyordu; ilk önce bunları gizli okurdu. Kimi zaman bunlardan bir kaç parça ayırır, bir kağıda yazardı.

Bir gün annesi sordu:

— Seni pek iyi bulmuyorum, oğlum.

Çocuk cevap verdi:

— Hayır, hayır, çok iyiyim.

— Pek zayıfsın da onun için.

Pavel cevap vermedi, sustu.

Oldu olası az konuşurlar, az görüşürlerdi. Sabahları delikanlı sessiz sedasız çayını içerek işine gider, öğle vakti yemeğe gelirdi. Sofra başında önemsiz bir kaç lakırdı edildikten sonra yine birbirinden ayrılırlardı. Akşam olunca eve gelir, yüzünü gözünü yıkar, yemeğini yer, kitapları okumaya koyulurdu. Pazarları sabahleyin evden pek erken çıkar, akşam pek geç dönerdi. Annesi, oğlunun şehre indiğini, gittiğini biliyordu. Ne var ki şehirden onu görmek için kimse gelmiyordu. Ona öyle geliyordu ki, Pavel gitgide kendisiyle görüşmeyi azaltıyordu, o eski, kaba ve çirkin sözlere karşılık şimdi anlamını anlamadığı yeni bir takım kelimeler kullanıyordu.

Pavel, elbiselerinin temizliğine çok dikkat etmeye başlamıştı. Daha nazikleşmiş, daha sade, daha yumuşak olmuştu. Değişim güzel olmasına karşılık annesi bundan garip bir şekilde endişeleniyordu. Annesine davranışı da büsbütün başkalaşmıştı; kimi zaman odasını kendisi süpürüyor, pazarları karyolasını kendisi düzeltiyordu. Her işinde sessiz sedasız, gösterişsiz onun işini azaltmaya çalışıyordu. Mahallede böyle yapan delikanlı yoktu.

Birgün eve bir tablo getirerek duvara astı. Tabloda üç adamın resmi vardı, bunların yüz çizgilerinden yürekli, ünlü insanlar olduğu anlaşılıyordu.

— Bu resim Mesih'in öldükten sonra dirildiğini gösteriyor, dedi.

Tablo kadının hoşuna gitmişti. Dalgın sordu.

— Mesih'e böyle inanıyorsun da neden kiliseye gitmiyorsun?...

Pavel soruya cevap vermedi ama, tablolar birbiri ardınca duvarları doldurmaya, arkadaşlarından bir doğramacının yaptığı bir sıra rafın üstünde kitaplar çoğalmaya başladı. Gitgide oda hoş bir görünüş alıyordu.

Delikanlı çoğu zaman annesine "Siz" diye sesleniyor, onunla konuştuğu zaman hep"anne" kelimesini kullanıyordu. Kimi zaman sabahları evden çıkarken annesini incitmekten çekinir bir eda ile:

— Anne, diyordu; rica ederim, merak etme, bu akşam biraz geç geleceğim.

O bu sözlerde bir tokluk, bir ağırbaşlılık buluyordu. Bununla birlikte zavallı kadının endişesi günden güne artmaktaydı. Pavel de hiçbir açıklama yapmadığı için olağanüstü bir olayın doğuşundan önce duyulan bir duygu kalbini gittikçe sıkıştırıyordu. Beynini zorluyor tahminlerde bulunmaya çalışıyordu: "Arkadaşları adam gibi yaşayıp duruyorlar, o bir papaz gibi vakit geçiriyor... Üstüne gereğinden çok ağırbaşlılık geldi... Yaşı ile hiç uygun değil..." tahminlerini bir anda tam zıt kutba taşıyarak: "Acaba biri ile mi sevişiyor?" derdi.

Kız ihtimali ona çok uzak geliyordu. Çünkü bir kızın bir delikanlıyı sevmesi için delikanlının mutlaka parası olmalıydı; oysa o, fabrikadan kazandığını hep kendisine getiriyordu.

Böyle haftalarca, aylarca süren düşünceler, gittikçe büyüyen karışık üzüntüler içinde iki yıla yakın bir süre geçti.

Bir akşam yemekten sonra Pavel her zamanki gibi pencerenin perdelerini indirerek köşesine çekildi. Başucunda duvara bir lamba asarak okumaya başladı. Mutfaktaki işini bitiren annesi yanına geldi. Çocuk başını kaldırarak soran bir gözle annesinin yüzüne baktı:

— Bir şey yok oğlum, seni görmeğe geldim.

Üzüntü içinde kirpiklerini açıp kapayarak uzaklaştı. Fakat endişelerinin kaynağını öğrenmeye karar vermişti. Bir müddet mutfakta hareketsiz durduktan sonra dayanamadı. Ellerini yıkayıp yine oğlunun yanına döndü, yüzü dalgın ve düşünceli idi, alçak bir sesle sordu:

— Okuduğun şeyin ne olduğunu anlamak istiyordum da...

O, annesinin yüzüne bakmayarak sert bir davranışla cevap verdi:

— Yasak kitaplar okuyorum anne. Hükümet kendince zararlı bulduğu bu kitapların okunmasını yasaklamış. O yüzden bu kitaplar hep gizli basılıyor. Okuyanlar tespit edilirlerse hapse atılacakları için gizli gizli okuyorlar. Aslında kitaplar sadece yaşantımızda olması gereken gerçeklerden bahsediyor. Birgün bunları bulacak olsalar beni de hapsederler. Bu ülkede doğruyu anlamak istediği için bir adamı hapsediyorlar... Anladın mı anne?

Zavallı kadının nefesi sıklaşmıştı. Ürkmüş bakışlarla oğluna baktı. Demek halindeki değişiklik ve yabancılığın kaynağı bunlardı. İnce parmaklarıyla ipek gibi yumuşak bıyıklarını okşayıp, kirpiklerinin altından garip bir bakışla kendisini süzen oğluna endişe ile baktı. Kadının yüreğine korku düşmüştü. Oğlu için korkuyordu.

— Neden okuyorsun, Pavel?

Çocuk başına kaldırdı, annesini baştan aşağı süzdükten sonra rahat bir davranışla:

— Ben mi? dedi; doğruyu öğrenmek için.

Alçak sesle söylüyordu. Ancak sesinde bir güven, gözlerinde ise haksızlığa isyanın parlaklığı vardı. Anne oğlunun kararlılığını iliklerine kadar hissetti. Kendisi ve çevresi bugüne kadar gördüklerini ve yaşadıklarını kaçınılmaz mecburiyetler olarak görmüş ve düşünmeden kabullenmişlerdi. Sefilliğe ve tekdüzeliğe duydukları isyanı dışa yansıtmadıkları için başlarına bir iş gelmemişti. İsyanını annesine kararlılıkla aktaran Pavel için endişeleri iyice artmıştı. Tedavisini imkansız gördüğü acıların sıkıştırdı kalbinde hiçbir umut ve avunma sözcüğü bulamayarak için için ağlamaya başladı.

Pavel, okşayıcı bir sesle:

— Anne, ağlama, dedi. Bu sefil hayat için ağlamaya bile değmez. Bak sen kırk yaşındasın. Acaba bir gün insanca yaşadın mı? Babam seni döver dururdu. O da hiç insanca yaşamadı. Ben şimdi anlamağa başladım; zavallı adam yıllardır yüreğine çöken üzüntüleri unutmak için seni dövüyormuş meğer! Ona sorsan niçin böyle dövdüğünü kendisi de bilmezdi. Otuz yıl çalıştı; işe girdiği zaman fabrika iki binadan ibaretti. Bugün yedi blok oldu. Fabrikalar, cansız taşlar büyürken, canlı insanlar küçüldüler, sefillikleri içinde bocalayarak geberip gittiler.

Pelage, bu sözleri korkuyla dinliyordu. Suskun oğlu açılmış, ha bire anlatıyordu. Pavel'in güzel gözleri şimdi ateşli idi; göğsünü masaya dayamış, yüzünü annesinin yüzüne değdirircesine yaklaştırmış, söylüyor, keşfettiği hayatın gerçeklerini anladığı kadarıyla annesine aktarıyordu. Gençliğin temiz yürekliliğiyle söyledeklerinin önemine inanmış, öğrendiği şeylerden kendisine bir övünç payı çıkarmış bir öğrenci coşkunluğu ile söylüyor; gizli doğrularını hem kendisini denemek, hem annesini ikna etmek için durmadan yineliyordu.

Kimi zaman düşüncelerini anlatacak sözcükleri bulamayınca duruyor, annesinin bir gözyaşı ve korku perdesi arkasında saklanan ikircikli, sevimli bakışları ile parlayan yüzüne bakıyordu. Kendisine sevgiyle bakan gözlerdeki yaşlar onda bir anda acıma duygusu uyandırdı. Annesinden sözetmeyi gerekli görerek:

— Yaşamaktan hiç tat aldın mı? Geçen ömründe ne güzellikler görebildin? Söyle!

Pelage üzgün başını salladı. Cevapsız bıraktığı bu soru zavallı, üzgün yüreğini hem acı, hem tatlı bir etki ile okşuyordu. İlk kez böyle kendisinden, kendi yaşayışından söz ediliyordu. Bir insan olarak muhatap alınmanın derin hazzını duydu. Kimselere söylemediği, söylemeye gerek görmediği, beyninin ve kalbinin derinliklerine gömdüğü küllenmiş düşünceler şimdi yavaş yavaş uyanıyor, uzakta kalmış bir gençliğin karşılık bulamamış arzuları, solmuş duyguları, ağır ağır canlanıyordu. Yaşayışından, kız arkadaşlarından, özetle, herşeyden uzun uzadıya sözetti. Ancak, bütün kadınlar gibi o da yakınmaktan başka bir şey bilmiyordu. Zaten yaşamın niçin bu kadar sert, bu kadar üzücü olduğunu ona açıklayacak kimse olmamıştı ki... Oysa, işte şimdi oğlu, karşısında oturmuş, gözleri ile, sözleri ile ona kendisinden söz ediyor, onun kalbini büyülüyor, gönlünü sevinç ve övünçle dolduruyordu. Onu ilk kez yine kendi oğlu anlayabilmişti.

Oğlu, kadınların yaşayışına özgü ne söylüyorsa gerçek, acı birer gerçekti. Bu güvenle göğsünde bir duygular tufanının alışmadığı sıcak okşayışını duyuyordu.

Oğlunun sözünü keserek sordu:

— Şimdi, ne yapmak istiyorsun?

— İlk önce kendim öğrenmek, sonra başkalarına öğretmek... Hayatın niçin bu kadar zalim olduğunu öğrenmeli, bilmeli, anlatmalıyız.

Oğlunun o ağırbaşlılığı hiç azalmayan mavi gözlerinde kendine yönelik bir acıma parıltısı görmek zavallı kadının kalbini tatlı duygularla dolduruyordu. Yanaklarının derin çizgilerinde göz yaşları titrerken, dudaklarında bir gülümseyiş belirdi. Kalbi iki karşı duygunun etkisi altındaydı. Hayatın acılarını anlayarak bütün insanlara yardımcı olmayı hedefleyen bir evlada sahip olma övüncünü, kendisinin de günlük geçimini sağlayan gencecik oğlunun kutsal savaşında karşılacağı büyük acıların endişesi bastırdı.

Dilinin ucuna gelmişti, az kalsın:

— Yavrum! Sen tek başına ne yapabilirsin? Seni ezerler, mahvolursun sonra, diyecekti. Vazgeçti... Karşısına oturup sözleriyle ve tavırlarıyla kendini büyüleyen delikanlı için, kalbinden yükselen övgü haykırışının kesilmesinden korkuyordu.

Pavel, annesinin dudaklarında beliren gülümseyişi farketmişti. Kendini dikkatle dinlemesi ve gözlerinde artan sevgi ateşi onu sevindirmişti. Bir an oldu ki doğrularını annesine anlatabildiğini sandı; kendine ve doğrularına olan güveni iyice artmış, coşmuştu... Hem gülerek, hem kaşlarını çatarak söylüyor, söylüyor, gizlemeye çalıştığı, içinde yükselen öfke ve kızgınlığı belirgin hale getiriyordu. Pelage bu sert sözleri işittikçe korkular içinde başını sallayarak alçak sesle soruyordu:

— Gerçekten bu iyi bir şey mi?

Coşan Pavel, yüksek, güvenli bir sesle cevap verdi:

— Evet.

O, şimdi annesine halkın mutluluğunu isteyen, çevresine gerçeği yayan ve bu uğurda vahşi hayvanlar gibi muameleye tabi tutulan insanlardan, özgürlük düşmanlarının cezaevlerine, sürgünlere gönderdiği zavallılardan sözediyordu...Coşkunluk içinde bağırdı:

— Ben, bu insanlardan pek çoğunu gördüm! Onlar yeryüzündeki insanlardan en iyileridir.

Bu insanlar, zavallı kadının kalbinde bir korku uyandırıyordu; oğluna bir daha sormak istedi:

— Gerçekten bu iyi birşey mi?

Ancak, karar verip söyleyemedi. Oğluna böyle tehlikeli düşünme ve konuşma biçimi öğreten o tanımadığı insanların övgülerini dinlemeye devam etti. Oğlunu üzmek ve kırmak istemiyordu.

— Nerde ise sabah olacak...artık yat, uyu...yarın erken kalkıp işe gideceksin. dedi.

Pavel "yatacağım" dedi ve annesine eğilerek sordu:

— Dediğimi anladın mı?

Kadın içini çekerek yanıt verdi:

— Evet!

Gözlerinden yine yaş akmağa başladı; hıçkırarak ekledi:

— Korkuyorum, mahvolacaksın!

Delikanlı ayağa kalktı, oda içinde gidip gelmeye başladı:

— Şimdi artık ne yaptığımı, nereye gidip geldiğimi öğrendin, sana her şeyi söyledim. Rica ederim anne, beni seviyorsan bana engel olma.

— Ah, yavrum, keşke bana bir şey söylemeseydin!

Pavel, annesinin ellerini avuçlarının içine alarak sıktı. Bütün ruhuyla söylediği "anne!" sözü, bu hiç görmediği el sıkma kadını duygulandırmıştı.

Kırık, üzgün bir sesle cevap verdi:

— Sana hiç karşı gelmek istemem oğlum, yalnız dikkat et!

Oğlunu niçin korkutmak istediğini aslında o da bilmiyordu. Tamemen sezgilerine göre hareket ediyordu. Üzgün halde ekledi:

— Gitgide zayıflıyorsun! dedi ve oğlunun düzgün, güçlü gövdesini bakışlarıyla bir kez daha kucaklayarak alçak bir sesle:

— Allah yardımcın olsun, dedi, nasıl istersen öyle yaşa! Seni hiçbirşeyden alıkoyamam. Yalnız senden birşey isterim. Dikkat et. İnsanlara çok güvenme. Onlar hırslarının ve kıskançlıklarının mahkumudurlar. Birbirlerine kötülük yapmaktan zevk alırlar... Güçlüler kendilerini suçladığını, mahkum etmeye çalıştığını anladıkları anda senden ürker, sana kin bağlarlar ve seni bitirirler!

Pavel odasının eşiğinde oturmuş, bu üzücü sözleri dinliyordu, gülümseyerek cevap verdi:

— Evet, ben de insanların kötü olduklarını biliyorum. Ama keşfettiğim hakikatlardan sonra insanlar bana daha iyi görünmeye başladı!

Yine gülümseyerek sürdürdü.

— Bu hal bana nasıl geldi, ben de bilmiyorum! Çocukken herkesten korkardım... Büyüyünce korku tiksintiye dönüştü. Kiminin alçaklığından, kiminin bilmem nesinden tiksiniyordum! Ne var ki şimdi hiç öyle değilim, artık onlara acıyorum. Yeryüzünün insanlar için yaratıldığını ve güzelliklerle donatıldığını, onun cehennem haline dönmesinden ise bütün insanların sorumlu olmadığını anladığım günden beri kalbim onlara daha çok acıyor.

Sanki kendini dinlemek istiyormuş gibi bir saniye sustu; sonra o düşünceli haliyle:

— İşte gerçek böyle soluk alır, dedi.

Kadın şefkatle onun uyumasını bekledi. Gözlerini kapatan oğluna bir daha bakarak alçak bir sesle:

— Allah seni korusun, çok değişmişsin! dedi.

Çocuk uykuya dalınca annesi yavaş yavaş kalktı, yatağın yanına geldi; ciddi ve inatçı çizgilerle dolu bu yanık ve esmer yüz şimdi ak yastığın üstünde daha iyi meydana çıkıyordu.

Kadıncağızın dudakları sessiz sessiz bir şeyler mırıldanırken, ruhunun heyacanı iri damlalar halinde, ağır ağır gözlerinden dökülüyordu. Yaşam, onlar için yeniden başlamıştı. Şimdi artık hem birbirine daha yakın, hem de daha uzaktılar.

Hafta ortasına rastlamış bir bayram günüydü. Pavel, evden çıkacağı sırada annesine dedi ki:

— Cumartesi günü eve bazı kişiler gelecek!

Annesi sordu:

— Nasıl adamlar?

O, başını sallayarak cevap verdi.

— Kasabadan...

Kadın, ağlamağa başladı, Pavel'in canı sıkıldı.

— Niçin ağlıyorsun, anne?

O, gözyaşlarını silerek alçak sesle cevap verdi:

— Bilmiyorum. Ağlıyorum işte.

Pavel, odanın içinde biraz gezindikten sonra annesinin önünde durarak sordu:

— Yoksa korkuyor musun?

Kadın doğruyu söyledi:

— Evet, korkuyorum. Bu kasabadan gelecek adamlar kimbilir nasıl şeylerdir?

O vakit ona doğru eğilerek babasının yaptığı gibi öfkeli bir sesle bağırdı:

— İşte, bu korku yüzünden hepimiz mahvolup gidiyoruz. Bize zulmedenler hem bu korkudan yararlanıyor, hem de bizi bir kat daha korkutuyorlar. Şunu iyi bil anne, korku, insanları bataklık içinde çürüyen ağaçlara benzetir. Yavaş yavaş ölür, giderler.

Sonra uzaklaşarak kararlı bir edayla ekledi:

— Korkunun ecele faydası yok... Cumartesi günü bizde toplanılacak. Kadın ağlıyordu:

— Bana darılma oğlum, nasıl korkmayayım! Bütün ömrüm korku içinde geçti... Kalbimde korkudan başka bir şey yok.

Çocuk, daha yumuşak bir sesle cevap verdi:

— Seni üzmek istemezdim, ama yapabileceğim başka bir şey yok.

Pelage, üç gün boyunca korkudan titredi. Eve yabancı adamlar geleceğini düşündükçe sanki kalbinin atışı duruyordu. Yabancıları farklı biçimde insanlar olarak düşünüyor, korkunç kişiler olduklarını sanıyordu. Oğlunun sevimli değişimi ise kafasını daha bir karıştırıyordu. Bu güzelliği sağlayanlar kötü ve çirkin insanlar olabilir mi sorusu beyninde cevapsız dolaşıyordu.

Cumartesi akşamı Pavel, fabrikadan döndü; üstünü değiştirdi, dışarı çıkarken annesine bakmaksızın dedi ki:

— Gelen olursa benim bir dakikaya kadar döneceğimi söyle... Beni beklesinler. Hem rica ederim artık korkma, bunlar da bayağı bizim gibi insanlardır.

Zavallı kadın iskemlenin üzerine çöküverdi. Pavel kaşlarını çatarak sordu:

— İstersen sokağa çık.

Kadın başını sallayarak cevap verdi:

— Hayır... Ne zararı var... Niçin gideyim?

Ekim ayı sonları idi. Bütün gün buzlu caddelerde endişeli adımlarla yürüyen insanların ayaklarının altında karlar gıcırdıyordu.

Yoğun bir karanlık pencerenin camlarını kaplamıştı. Takatsiz iskemleye yığılan zavallı kadın, gözlerini pencereye dikmiş bekliyordu. Tanımadığı herkese şüpheyle bakıyordu. Garip kıyafetli bazı adamlar sokağın dört yanından karanlıkları yararak, sesizce, bir şeyden sakınıyorlarmış gibi eğilerek, doğrularak geliyor, arasıra çevreyi gözden geçiriyorlardı... Şimdi bunların biri evin yanına dek gelmiş, duvara yapışmıştı. Derken bir ıslık sesi, üzgün, güzel bir melodi gibi gecenin sessizliği içinde uzandı gitti.

Dışarıda ayak sesleri işitildi; Pelage'nin gözleri büyümüştü, titreyerek ayağa kalktı, kapı açıldı; ilk önce kürklü bir kasket giymiş kocaman bir kafa göründü; sonra ileriye doğru eğilmiş uzun bir vücut yavaş yavaş içeriye girdi, doğruldu; sağ elini kaldırarak gürültülü bir sesle bağırır gibi:

— İyi akşamlar, dedi.

Kadın hiç bir şey söylemeksizin eğilerek selamı aldı.

— Pavel hâlâ gelmedi mi?

Adam, arkasındaki kürklü çeketi ağır ağır çıkardı; ilk önce bir ayağını kaldırarak kundurasını kaplayan karları kasketiyle silkti; sonra bunu öteki ayağında da tekrarladı. Kasketini bir köşeye attı, uzun bacakları üstünde sıçrayarak odaya girdi. Orada duran iskemlelerden birine yaklaşıp sağlamlık derecesini yokladıktan sonra oturdu, eliyle ağzını kapayarak esnemeye başladı. Kafası yuvarlak, saçları kısa kesilmiş, sakalı tıraş edilmişti, uzun bıyıklarının sivri uçları düşüktü.

Masmavi, iri, fırlak gözleri ile odanın içini inceledikten sonra ayak ayak üstüne attı, iskemlenin üzerinde sallanarak sordu:

— Bu ev sizin malınız mı? Yoksa kira mı?

Kadın yan tarafa oturmuştu; cevap verdi:

— Kiracıyız.

— Hiç iyi değil!

Pelage, alçak bir sesle:

— Şimdi nerde ise Pavel gelir, biraz bekleyiniz... dedi. Gelen adam güvenle cevap verdi:

— Zaten bekleyeceğim.

Davranışındaki serinkanlılık, sesindeki tatlılık, yüzündeki sadelik kadına güven verdi. Pelage, ürktüğü adama şimdi bir dost gibi, serbestçe bakıyordu. Duru gözlerinin derinliğinde bir sevinç ışığı parlıyor, uzun bacakları üstünde gövdesi eğik duran bu kalın kemikli adamın hali insanın hoşuna giden sevimlilik arzediyordu. Ayağında paçaları ayakkabılarının içine sokulmuş siyah bir pantalon, arkasında mavi bir ceket vardı. Onun, oğlunu ne vakitten beri tanıdığını sormak istiyordu; adam yerinden kımıldanarak:

— Alnınızdaki çukur ne zaman oldu? dedi.

Okşayıcı bir sesle konuşuyor, söz söylerken gözleri gülümsüyordu. Ama sorusu kadının canını sıkmıştı. Dudaklarını ısırarak bir süre sustuktan sonra soğuk bir nezaketle cevap verdi:

— Sizi ilgilendireceğini zannetmiyorum.

O vakit misafir bütün vücudu ile kadına dönerek:

— Niçin darılıyorsunuz? Size onu sormamın sebebi analığımın da alnında benzer bir delik olmasındandır. Onun kocası günün birinde alnına bir çizme kalıbı vurmuş, delmişti. Analığım o vakit çamaşırcılık ederdi. Beni evlatlığa kabul ettiği zaman kötü talih karşısına bu adamı çıkarmıştı, onunla evlendi. Her gün dayak yerdi. Ben, ondan öyle korkardım ki, gördükçe kedi gibi titrerdim.

Pelage, bu açık yüreklilik karşısında gevşediğini hissetti. Bu garip adama karşı nezaketsizlik gösterecek olursa Pavel'in üzüleceğini düşündü. Utanarak gülmeye çalıştı:

— Darılmam, dedi. Birden sordunuz da şaşırdım... Benim alnımdaki yara da kocamın armağanıdır. Her ne ise, ruhu şadolsun! Siz, Tatar değilsiniz, değil mi?

Misafir bacaklarını salladı, yüzü öyle geniş bir gülümseyişle açıldı ki, kulakları ensesine çekiliyor gibi oldu; biraz durduktan sonra:

— Hayır, Tatar değilim!

— Halis bir Rus gibi konuşmuyorsunuz da...

Pelage, bu sözleri gülümseyerek söyledi. Adamın şakasını anlamıştı.

Misafir, başını sallayarak neşeyle söze atıldı:

— Benim konuşmam Ruslarınkinden iyidir. Ben Küçük Rusya dolaylarından Kanief halkındanım.

— Çoktan beri mi burada bulunuyorsunuz?

— Bir yıldan beri kentte oturuyordum. Şimdi fabrikaya geleli bir ay oldu. Fabrikada temiz yürekli insanlara rastladım. Örneğin, oğlunuz; sonra daha başkaları. Hepsi o kadar değil. Bıyıklarını karıştırarak ekledi:

— Buraya yerleşmek niyetindeyim.

Bu sözler kadının hoşuna gitmişti. Oğlu hakkındaki övgülerine teşekkür etmek istiyormuş gibi sordu:

— Çay içer misiniz?

Öbürü omuzlarını silkerek cevap verdi:

— Yalnız başıma mı? Hayır, istemem. Hepsi gelsin, o vakit lütfedersiniz...

Dışarıda yine ayak sesleri işitildi. Kapı hızla açıldı, kadın ayağa kalktı; içeriye girenin bir genç kız olduğunu görünce şaşırdı. Kız, sade bir elbise giyinmişti. Ufak vücutlu, yoksul, köylü görünüşlüydü.

İlk önce mutfağa girdi. Kumral saçları kalın bir demet halinde başını örtüyordu:

— Çok geç kalmadım, değil mi? dedi.

Kaniefli birinci misafir, bulunduğu odadan cevap verdi:

— Hayır, geç kalmadınız... Yayan mı geldiniz?

— Kuşkun mu var? İyi akşamlar bayan, siz Pavel Mihailoviç'in annesi misiniz? Benim adım Nataşa'dır.

Pelage sordu:

— Babanızın adı ne?

— Vasiliyevna. Ya sizin?

— Pelage Milovna.

— Öyle ise artık birbirimizi tanımış olduk.

Pelage yavaşça içini çekerek:

— Evet, dedi.

Belirsiz bir gülümseyişle genç kızı inceliyordu; Kaniefli sordu:

— Dışarıda soğuk var mı?

— Pek çok, hele açık araziler büsbütün soğuk... Rüzgar esiyor.

Sesi ince, tatlı, ağzı ufak, yuvarlak, vücudu tombul ve güzeldi. Mantosunu çıkardıktan sonra soğuktan kızarmış ufak elleri ile pembe yanaklarını güçlüce oğuşturarak odanın içinde hızlı hızlı gezinmeğe başladı. Ayakkabılarının ökçesi odanın döşemesine çarptıkça sert bir ses çıkarıyordu.

Pelage, kendi kendine düşündü:

— Zavallının lastikleri de yok!

Genç kız, sözcükleri uzatarak sordu:

— Evet, çok üşüdüm, neredeyse donuyordum.

Pelage hemen atıldı:

— Durun, size semaveri yakayım.

Hemen dışarıya çıktı. İçinde bu genç kızı sanki eskiden tanıyormuş, bir anne sevgisiyle seviyormuş gibi bir duygu vardı. Onun varlığından hoşlanıyor, sık sık kapanıp açılan mavi gözlerini düşünerek hoşnutluğundan gülümsüyordu. İki misafirin konuşmalarına kulak verdi.

Genç kız, soruyordu:

— Niçin üzgün duruyorsunuz, Andre?

Kaniefli alçak sesle cevap verdi:

— Bilmem ki... Şu dul kadının ne güzel gözleri var; kendi kendime "belki annemin de gözleri böyleydi!" diye düşünüyordum. Annemi düşünmeden edemiyorum. Öyle inanıyorum ki o hâlâ yaşıyor.

— Öldüğünü söylemiştiniz ya!...

— Hayır, ölen analığımdır, ben asıl kendi annemden sözediyorum. Onun iyi halde olduğunu hiç zannetmiyorum. Onunla ilgili hayallerim hep çirkin görüntülerle canlanıyor: Örneğin Kief'de bir sokak başında dilencilik ediyor, sonra bir meyhanede durmadan içiyor...

— Neden?

— Bilemiyorum... Sonra sarhoş olunca polisler tutuyor, yüzüne gözüne tokatlar indiriliyor.

Ötede Pelage içini çekerek kendi kendine:

— Zavallı adam! dedi.

Biraz sonra, Küçük Rusyalının uyumlu sesi yine odanın içini çınlattı:

— Siz daha gençsiniz, çok daha acı tecrübeler edineceksiniz. Herkesin çok sevdiği iyilik timsali bir annesi var. Bununla birlikte insanlar yine kötüdür. Çocuk doğurmak elbette güç şeydir; ne var ki insanlara iyi davranmayı öğretmek bundan daha güçtür.

Ötede Pelage, içini çekti. Bu Küçük Rusyalıya cevap vermek, her annenin en çok sevineceği şeylerden birinin çocuğuna iyi davranmayı öğretmek olduğunu haykıra haykıra anlatmak istedi. Ama bunun için bilmek gerekiyordu. Ne yapabilirdi ki, çünkü hiçbir şey bilmiyordu.

Derken kapı yavaş yavaş açıldı, yeni bir misafir geldi. Bu gelen eski hırsızlardan Danilo'nun oğlu Vesofçikof'tu. Vesofçikof'un babası hırsızlığına rağmen, her zaman kendini insanlardan farklı ve üstün sanır, herkes de onun bu haliyle eğlenirdi. Pelage, şaşkınlık içinde:

— Ne istiyorsun? diye sordu.

O, küçük kül rengi gözleri ile kadına baktı. Sorudaki hoş olmayan imayı anlamıştı. Geniş avucu ile iri kemikli yanaklarındaki suları silerek Pelage'nin sorusuna cevap vermeksizin rahat bir tavırla:

— Pavel evde mi?

— Hayır.

Vesofçikof, odanın içine şöyle bir göz gezdirdikten sonra içeri girdi:

— İyi akşamlar, arkadaşlar, dedi.

Pelage, kendi kendine söylendi:

— Aman Yarabbi, bu da mı onlardan?...olacak iş mi?

Nataşa, yeni gelen adama sevimli, dostça bir davranışla elini uzatınca, zavallı kadının şaşkınlığı büsbütün artmıştı.

Bundan sonra, iki delikanlı, sanki çocuk denecek yaşta iki erkek daha geldi. Pelage, bunların birini tanıyordu. Bu, fabrikanın eski işçilerinden Fedor Sizof'un yeğeni idi. Yüzünün çizgileri keskin, alnı pek yüksek, saçları kıvırcıktı. Tersine ötekinin saçları düzdü; onu tanımıyorsa da hali korkulacak bir durum arzetmiyordu. En sonra, Pavel de yanında iki arkadaşla çıkageldi. Kadın, bu yeni gelenleri tanıdı, fabrikanın işçilerindendiler. Oğlu tatlı bir sesle sordu:

— Çay hazırladın, değil mi? Teşekkür ederim.

Yaptığı işlerden dolayı hiç teşekkür almayan Pelage nedenlerini anlayamadığı bir şükran duygusunu nasıl karşılayacağının şaşkınlığı içinde sordu:

— Vokta içer misiniz?

Pavel, paltosunu çıkarırken annesinin yüzüne bakarak gülümseyen bir sesle:

— Hayır, istemez, dedi.

Odada korkulacak kimseyi göremeyen Pelage, oğlunun kendisiyle eğlenmek için toplantıyı abarttığını düşünmeye başladı:

— Bunlar mı tehlikeli dediğin adamlar?

Pavel arkadaşlarının bulunduğu odaya geçerken oldukça ciddi cevabını fırlattı:

— Evet, bunlar.

Annenin korkusu geçmişti. Ciddi ses tonuna rağmen oğlunu okşayıcı bir bakışla izleyerek:

— Ya? dedi. İçinden sözünü şöyle bütünledi:

— Hâlâ çocuk.

Semaverdeki su kaynamaya başlayınca Pelage odaya girdi. Konuklar masanın çevresine oturmuşlardı. Elinde bir kitap, köşede lambanın altına çekilen Nataşa anlatıyordu:

— İnsanların niçin böyle bir hayata mahkum olduklarını anlamak için, onların seçme şansına sahip olmadıkları bu hayata nasıl başladıklarını anlamak gerek...

Pelage çayı hazırlayarak mırıldandı:

— Bakınız çocuklar, bakınız!

Hepsi sustu. Pavel kaşlarını çatarak sordu:

— Ne dediniz anne?

— Ben mi?

Bütün bakışların kendisine dönmüş olduğunu görünce bin güçlükle açıklamaya başladı:

— Şey... Ben kendi kendime konuşuyordum, bakınız diyordum!

Nataşa gülmeye başladı; Pavel de gülüyordu. Küçük Rusyalı dedi ki:

— Çaya teşekkür ederiz, ana!

Pelage gülümsedi:

— Daha içmeden teşekkür ediyorsunuz. Sonra oğluna bakarak sordu:

— Varlığımdan rahatsız olmuyorsunuz değil mi?

Cevabı Nataşa verdi.

— Siz mi? Nasıl olabilir? Siz ki evin kadınısınız, hiç misafirinizi rahatsız eder misiniz?

Sonra, yakınırcasına çocuksu bir sesle bağırdı:

— Anneciğim, bana bir çay verir misiniz? Soğuktan titriyorum. Zavallı ayaklarım dondu.

Pelage acele ile:

— Peki kızım, hemen şimdi veririm, dedi.

Nataşa çayı içtikten sonra bir kez daha içini çekti. Başörtüsünü omuzuna atarak sarı kaplı kocaman resimli kitabı açtı. Pelage bardaklara çay doldururken büyük bir özenle gürültü çıkartmamaya çalışıyordu. Anlatılan şeyleri anlayabilecek bilgi seviyesine sahip olmamasına rağmen bütün dikkati ile genç kızın uyumlu bir sesle okuduğu şeyi dinliyordu. Kızın billur sesi semaverde kaynayan suyun ezgisine karışıyor, mağaralarda yaşayan ilkel insanların hayvanları taşla vura vura öldürdüklerini anlatan bu sade, açık hikaye, parlak bir şerit gibi odanın içinde dalgalanarak uzanıyordu. Pelage bir kaç defa oğluna baktı. Bakışlarında, vahşiler hikayesinin neden yasak olduğunu anlamak isteyen bir hal vardı. Ancak, çok geçmeden hikayeyi dinlemekten vazgeçerek misafirlerini incelemeye başladı.

Pavel, Nataşa'nın yanına oturmuştu. Onun içini ısıtan en güzel tablo da bu idi. Genç kız başını kitaba eğmiş, arasıra gözlerinin üzerine düşen ince, kıvırcık saçlarını kaldırıyor; kimi zaman başını sallıyor, okşayıcı bir bakışla okuduklarını yorumluyordu. Küçük Rusyalı, geniş göğsünü masanın bir köşesine dayamıştı. Parmakları ile bıyıklarını çekiştirerek gözlerinin eğri bakışları ile kılların ucunu görmeye çalışıyordu. Vesofçikof, bir kalıp gibi iskemlenin üzerine dimdik oturmuştu; elleri dizlerinin üzerinde, yüzü soğuktan donmuş, kaşları yıkılmış, dudağının üstünde hafif bir bıyık terlemeye başlamıştı. Bir maske gibi kımıldamadan duruyor, küçük gözlerini hiç kımıldatmadan semaverin parlak yüzeyinde yansıyan yüzünü seyrediyordu. Küçük Fedya dudaklarını oynatarak okunan şeyi dinliyor, kitapta geçen şeyleri kendi kendine yineliyordu. Kıvırcık saçlı arkadaşı dirseklerini dizlerine, yüzünü ellerine dayayarak eğilmiş, düşünceli gülümsüyordu. Pavel ile birlikte gelen delikanlıların biri kızıl, kıvırcık saçlı, ince yapılı bir çocuktu. Yeşil gözlerinde bir sevinç ifadesi vardı. Kendi fikirlerini söylemek isteğiyle sabırsızlanıyordu. Öteki, kısa, kumral saçlı idi. Gözlerini yere dikmiş, elleriyle başını kaşıyor, yüzü görünmüyordu.

Odanın içinde hoşa giden bir sıcaklık vardı. Nataşa'nın bülbül ötüşünü andıran sesi, semaverin titrek ritmi Pelage'yi kendi gençliğine, anılarına götürdü. Gözlerinin önündeki gençlerin tam aksine vücutlarından ispirto kokusu yayılan delikanlıların söyledikleri kaba, çirkin sözleri, iğrenç şakaları hatırladı. Oğlunun yanında oturan Nataşa ile kendini özdeşleştirdi. Zavallı kalbi kendisi için acıma duygusu ile doldu.

Kocasının kendisiyle evlenmek istediği anı, genç kızlık hislerive büyük bir heyecanla beklediği o anı bir daha yaşadı. Bir eğlence akşamı idi; Mihail onu karanlık bir koridorda yakalayarak bütün gücüyle duvara sıkıştırmış, boğuk, kızgın bir sesle:

— Benimle evlenmek ister misin? demişti.

O, bu davranışı bir aşağılama olarak almıştı. Onun kocaman parmakları ile yoğrulan göğsünde bir acı duyuyordu. O hızlı hızlı soludukça kadının yüzüne sıcak nemli bir hava çarpıyordu. Baskının altından kurtulmaya çalışıyordu:

— Nereye gidiyorsun? Önce cevap ver!...

Kadın öfkeden, utancından kızararak susuyordu.

— Hadi öyle yalandan sıkılmalar yapma! Ben, kadınları bilirim. Hepiniz böyle yaparsınız, ama içinizden yine hoşnut olursunuz...

O aralık yandan birisi kapıyı açmıştı. O, genç kızı bırakarak serinkanlılıkla:

— Yarın adam göndereceğim, seni karı olarak isteyeceğim, demişti.

Gerçekten de dediğini yapmıştı. Heyecanla beklediği o anın bile mutluluğunu yaşayamamıştı. Gözlerini kapayarak derin derin içini çekti.

Bu sırada Vesofçikof boğuk, hoşnut olmayan bir sesle:

— İnsanların nasıl yaşadığını bilmenin ne anlamı var. Zaten hergün aynı şeyleri kendimiz de yaşıyoruz. Ben nasıl yaşamak gerektiğini öğrenmek isterim, dedi

Kızıl adam ayağa kalkarak ekledi:

— Hakkı var.

Öteden Fedya atıldı:

— Kendimizi aklın ışığı ile bilgi ile aydınlatmalıyız ki...

Andre karşı çıktı:

— Ben bu fikirde değilim, ileri gitmek istiyorsak herşeyi çok iyi öğrenmeliyiz.

Kıvırcık saçlı, çok alçak bir sesle:

— Evet, doğru, dedi.

Bunu hararetli bir tartışma izledi. Pelage bu adamların niçin böyle bağırdıklarını anlayamıyordu. Büzün yüzler heyecandan kıpkırmızı kesilmişti. Ancak, hiç birinde ne öfke izleri vardı, ne de ötedenberi alışık oldukları sert, kaba sözler.

En sonunda kendi kendine şu fikre vardı:

— Kızın yanında söylemekten çekiniyorlar!

Nataşa'nın yüzündeki ağırbaşlılığa bayılıyordu. Genç kız sanki çevresinde toplananlar kendi çocukları imiş gibi hepsini dikkatle gözden geçiriyordu.

Birden atıldı:

— Durunuz arkadaşlar!

Hepsi Nataşa'ya dönerek sustu:

— Her şeyi bilmeliyiz diyenler haklıdır. Karanlıkta kalan halk bizi görebilmeli, her şeye doğru, namusluca cevap verebilmeli, doğru yalan ne varsa hepsini öğrenmeliyiz.

O söyledikçe Küçük Rusyalı başını onun sesinin uyumuna uydurarak sallıyordu. Öteki kızıl renkli delikanlı, Vesofçikof, Pavel'in beraber getirdiği genç işçi, ayrı bir grup meydana getirmişti. Pelage, nedenini bilmiyorsa da bunlardan hoşlanmıyordu. Nataşa sözünü bitirince Pavel ayağa kalktı; durgun bir sesle:

— Biz bu dünyada salt karnını doyurmaya gelmiş bir sürü olarak mı kalacağız? dedi. Kendisini dinleyenlere ezici bir bakışla bakarak sorusuna cevabını yine kendisi verdi:

— Hayır, biz, insan olmak isteriz. Bizi menfaatleri doğrultusunda kullanan, gerçekleri görmemizi engelleyen insanlara anlatmalıyız ki, biz her şeyi görüyoruz, aptal değiliz, hayvan değiliz. Bizim istediğimiz salt yemek yemek değil, insanca bir hayattır. Evet, o zalimlere bildirmeliyiz ki, bugün bize çektirdikleri o zindan hayatı, bizi zekaca kendileri ile yarışa girmekten, kafaca kendileriyle mücadele etmekten ve hatta kazanmaktan alıkoyamaz.

Oğlunun bu kadar iyi hitabeti Pelage'yi övücünden titretiyordu.

Küçük Rusyalı söze karıştı:

— Birçok zengin adamlar var; ne var ki onların hiçbiri namuslu değil. Biz şu bataklığa dönüşen hayatın üstüne öyle bir köprü kuralım ki, bizi ve herkesi geleceğin mutluluk sarayına iletsin. İşte, ödevimiz arkadaşlar!

Konuklar dağılıyorlardı. Vakit geceyarısını geçmişti. İlk önce kızıl saçlı delikanlı ile Vesofçikof gitti. Bu, Pelage'nin pek hoşuna gitmemişti.

Onları uğurladığı sırada içinden düşünüyordu:

— Ne kadar acele ediyorlar!

Nataşa sordu:

— Bana eşlik eder misiniz, Andre?

— Hay hay, memnuniyetle?

Nataşa mutfakta giyinirken Pelage yanına giderek:

— Çoraplarınız bu havaya göre pek ince değil mi? İsterseniz size bir çift yün çorap vereyim.

— Yün çorap ayağımı gıcıklıyor.

— Benim vereceklerim ayağınızı gıcıklamaz.

Nataşa gözlerini kısarak kadını süzmeye başladı; bu bakışlar karşısında Pelage sıkıldı; alçak sesle:

— Affedersiniz, dedi, acemiliğime bağışlayınız.

Nataşa, kadının elini sıkarak yumuşak, tatlı bir sesle

— Ne kadar iyi yüreklisiniz, dedi.

Küçük Rusyalı, o aralık mutfağa gelmişti:

— Allahaısmarladık bayan, dedi, başını eğerek o da Nataşa'nın arkasından çıktı gitti.

Pelage, oğlunun yüzüne baktı. Pavel, kapının eşiğinde oturmuş gülüyordu. Şaşırarak sordu:

— Niçin gülüyorsun, oğlum?

— Hiç... Sevincimden.

— Biliyorum.. ihtiyarladım, aptal oldum... Bunun ben de farkındayım. Ama hala iyi bir şey olunca anlayabiliyorum.

Pavel başını sallayarak cevap verdi:

— Hakkını helal et anne! Haydi yatınız... Vaktidir.

— Sen de yat artık... İşte ben yatmaya gidiyorum.

Masanın çevresini dolaşarak bardakları topluyordu, mutluydu, endişe ile beklediği gece yüreğinde sımsıcak izler bırakarak problemsiz sona ermişti. Canı biraz daha konuşmak istiyordu:

— Doğrusu oğlum, düşünceleriniz pek iyi, arkadaşlarını da iyi seçmişsin. Bu gelenler gerçekten temiz yürekli, namuslu insanlar. Hele o kız, ne akıllı şey, kimin nesi o?

Pavel, odanın içinde gezinerek serbestçe yanıt verdi:

— Bir okul öğretmeni.

— Onun için böyle fakir! Ne fena giyinmiş. Korkarım soğuk alacak! Bunun anası babası nerde?

— Pavel, bu söz üzerine annesinin yanında durarak öfkeli bir sesle dedi ki:

— Babası çok zengindir, demir ticareti yapıyor, bir çok mağazaları var. Kızı bu yola girdiği için yanından kovdu. Nataşa itina ile büyütülmüştü. Ailesi onu çok seviyordu. Her istediğini alabiliyor ve yapabiliyordu. Ama o bunlar yerine bugünkü hayatı tercih etti. Bak şimdi yedi kilometrelik yolu yayan yürüyor.

Bu sözler Pelage'yi üzdü. Odanın ortasında, ayakta şaşkınlıktan kaşlarını kaldırarak oğlunun yüzüne bakıyor, söz söylemiyordu. Sonra yavaşça sordu:

— Şimdi kasabaya mı gidiyor?

— Evet.

— Vay! Korkmuyor mu?

Pavel gülümsedi:

— Hayır korkmuyor.

— Peki niçin gitti? Geceyi burada geçirebilirdi, benimle beraber yatamaz mıydı?

— Hayır, olamaz, yarın sabah onu burada görürlerse iyi olmaz, bu hem onun, hem de benim için zararlı olabilir.

Pelage, düşünceli bir halde pencereye bakarak yavaşça:

— Bilmem ama, dedi, ben bunda zararlı olabilecek birşey göremiyorum. Sizlerin toplanıp iyi şeylerden bahsetmenizden ne gibi bir fenalık çıkabilir ki?

Başlangıçtaki endişelerinin yeniden ruhunu kaplamasını istemediği için oğlunun kendisini teyid etmesini bekliyordu. Durgunlaşan Pavel, annesinin gözlerinin içine güvenle bakarak:

— Biz, dedi, kimseye kötülük yapmayız ve yapmayacağız. Burası kesin iken iyi bilki bizi yine de hapishaneler bekliyor.

Pelage'nin elleri titremeye başladı. Korkulu bir sesle sordu:

— Kimbilir? Belki Allah'ın takdiri daha başkadır.

Pavel okşayıcı, inandırıcı bir biçimde cevap verdi:

— Hayır anne, hayır, seni aldatmak istemem. Bunun başka türlü ihtimali yok, dedi. Sonra gülümseyerek ekledi:

— Haydi git yat! Yorgunsun, gecen hayrolsun!

Kadın yalnız kalınca pencerenin önüne vararak sokağa bakmaya başladı. Dışarıdaki rüzgar uykudaki ufak evlerin damlarında karları öteye beriye savuruyor, anlaşılmaz bir şeyler mırıldanarak duvarlara çarpıyor, sokağın boyunca kuru, ak kar parçalarını üfürüyordu. Kadın, alçak sesle yalvarmaya başladı:

— Rabbim! Bize acı!

Gözlerinde yaşlar toplanıyor, demin oğlunun kesin bir ifadeyle söylediği felaketin gerçekleşeceği endişesi ile bütün varlığı bir pervane gibi titriyordu. Aynı endişeyi Nataşa için de hissetti. Yüreğinin titreşimleri onu kasvetli bir hayale sevketti. Hayalinde ürkütücü, soğuk ve karlı bir ova canlandı. Çılgın bir rüzgar, bir tipi her tarafa hükmediyordu. Küçük bir insan gölgesi gibi sallanarak yürüyen genç kız ovanın ortasında tek başınaydı. Bacaklarının çevresinde dolaşan rüzgar eteklerini şişiriyor, yüzüne ısırıcı kar parçaları savuruyordu. Karların içine gömülen bu mini mini ayaklar için yürümek pek güç olmuştu. Hava soğuk, gece korkunçtu. Acımasız rüzgara direnmeye çalışan kız, buğday başağı gibi öne arkaya eğilerek ilerlemeye çalışıyordu. Etrafı karanlık bir duvar gibi çevreleyen ormanın ince, uzun çamları ağlarcasına sesler çıkarıyor, uzaklarda kasabanın ışıkları gecenin karanlığında tek bir ümit ışığı olarak parlıyordu.

Hayalinin dehşetine kapılan Pelage soğuktan, korkudan titreyerek bir daha yalvardı:

— Rabbim, bize acı!

Günler, ilk önce haftalar, sonra aylar halinde tesbih taneleri gibi birbirini izleyerek geçiyordu. Gençler, her cumartesi Pavel'in evinde toplanıyorlardu. Her toplantı kendi kendilerine kurdukları okulun tatlı bir eğitim halkasını oluşturuyordu. Kendilerini yücelere taşıyacak, ucunu göremedikleri bir merdivenin dibinde gibiydiler. Basamakları ağır ağır, neşeli ve tatlı bir heyecan içinde çıkıyorlardı. Gün geçtikçe yeni yeni yüzler görünüyor, Pavel'in zaten küçük olan odası büsbütün darlaşıyordu.

Nataşa her seferinde, soğuktan donmuş, yorgun bir halde, ama mutlaka şen bir yüzle toplantılara geliyordu. Pelage, ona bir çift yün çorap örmüştü. Kadın, bunları kendi eliyle o mini mini ayaklara giydirmek istedi. Nataşa bu isteğe ilk önce gülmüş, sonra sesini çıkaramamıştı.

Aradan biraz zaman geçince genç kız dedi ki:

— Vaktiyle bir dadım vardı... O da beni böyle severdi! Garip olan ise şu ki, halk böyle acı bir yaşayış içinde, böyle kahır altında olmasına rağmen, yine de ötekilerden daha iyi kalpli, daha şefkatli oluyor.

Bunları söylerken elini kaldırarak uzakta, ta uzakta, ama kalbinden bir türlü silemediği bir yeri gösteriyordu. Pavel'in annesi soruyla karışık cevap verdi:

— Siz de öylesiniz. Herşeyi, ananızı, babanızı, mutluluğunuzu terkettiniz...

Kafasından geçen şeyleri bitiremedi. Göğsünü derin bir sızı kaplamıştı. Farkedilecek şekilde içini çekti. Sebebini anlamasa da bu kıza karşı minnettarlık düzeyinde bir sevgi hissetmeye başlamıştı. Şimdi başı yere eğik, düşünceli, gülümseyen genç kızın önünde diz çökmüştü. Nataşa duygularını bastırmaya çalışarak konuşmaya başladı:

— Anamı babamı feda ettim. Ne var ki bunda pek üzülecek bir taraf yok. Çünkü babam aptal, kaba bir adam, kardeşim de öyle... Öyle aralıksız içer durur... Ablam mutsuz, acınası bir halde. Onu kendisinden pek yaşlı bir adama verdiler; herif zengin, cimri, can sıkıcı bir şey... Sadece anneme üzülüyorum. O da sizin gibi sade bir kadındır... Bütün gün gezer, herkesten korkar. Annemi öyle çok göreceğim gelir ki...

Pelage, üzgün başını sallayarak:

— Zavallı yavrucağız! dedi.

Genç kız, birden boğularak bağırdı:

— Hayır, hayır, zavallı değilim! Kimi zaman içimde öyle sevinçler, öyle mutluluklar duyarım ki, kaybettiklerim kazandıklarım yanında hiç kalır.

Yüzü sararmıştı; mavi gözlerinden kıvılcımlar saçılıyordu. Elini Pelage'nin omuzuna koyarak ta kalbinden kopan derin bir sesle:

— Ah, bilseniz, dedi; bilseniz biz ne büyük, ne güzel bir işe başladık. Onu siz de anlıyacaksınız.

Kıskançlığa yakın bir duygu Pelage'nin kalbini kapladı, ayağa kalktı:

— Zannetmiyorum. Hem olsa da neye yarar, vaktim geçmiş... Hem pek cahilim, hem çok yaşlı.

* * *

Pavel çok konuşuyor, tartışmalarda gittikçe artan ateşli bir dil kullanıyor, zayıflıyordu. Sadece Nataşa ile konuşurken ya da onun yüzüne bakarken ağır başlı tatlı bir durgunluk geliyor, sesi daha okşayıcı bir hal alıyor, bütün varlığı daha sadeleşiyordu. Bu Pelage'nin de dikkatini çekmişti. Belki de öyle olmasını istediği için öyle sanıyordu. Zavalı kadın, kafasından geçen bir gün Nataşa'yı kendi gelini görmek düşüncesine gülümseyerek, içinden:

— İnşallah, dedi.

Toplantılarda tartışmalar gereğinden çok şiddetlenince Küçük Rusyalı ayağa kalkıyor, bir çan tokmağı gibi sallanarak uyumlu sesiyle açık, sade bir kaç söz söylüyor, ortalığı sakinleştiriyordu. Suskun Vesofçikof arkadaşlarını durmadan kışkırtıyor, tartışmaları Samoilof ve kızıl saçlı delikanlıyla birlikte hararetlendiriyordu. Yuvarlak kafalı, güneşten olmuş gibi ak kaşlı bir delikanlı olan İvan Bukin de onların tarafındaydı. Sarımtırak yüzlü ve gözlerinin çevresinde küçük çizgiler görünen Nikola İvanoviç Pelage'nin dikkatini çekenlerden biriydi. Onun çok uzaktan, insanlarının refah ve adalet içinde yaşadığı bir ülkeden geldiğine inanıyordu. Herhalde onun için bu ülkenin hiç bir şeyinden hoşlanmıyordu. Alçak sesliydi, elleri her zaman sıcaktı. Pavel'in annesini selamlarken güçlü, uzun parmaklarıyla öyle bir el sıkışı vardı ki, kadının kalbini alıyordu.

Kasabadan daha başka gelenler de vardı; bunların arasında uzun boylu, iri gözlü, zayıf, soluk yüzlü genç bir kız da vardı. Bunun adı Saşenka idi. Bu kızın davranışlarında, yürüyüşünde bir erkek hali vardı. Kara kaşlarını öfkeli bir biçimde çatıyor, söz söylediği zaman burnunun ince, güzel kapakları titriyordu. Ürkütücü kelimeyi de ilk kez o söyledi:

— Biz, sosyalistler...

Pelage, bu sözü işitince durgun bir ürküntü ile genç kızın yüzüne bakmıştı. Sosyalistlerin vaktiyle bir çarı öldürdüklerini biliyordu. Ancak, o zaman daha gençti. Ayrıca bir dönemde çiftlik sahiplerinin, sahip oldukları köleleri tutsaklıktan kurtarmış olan bir sosyalist lider öldürülünceye dek saçlarını kesmemeye ant içtikleri de söyleniyordu. Bunu biliyordu, ancak şimdi kurtarılacak köleler olmadığına göre, oğluyla arkadaşlarının neden sosyalist olduklarını anlıyamıyordu.

Herkes dağılınca ona sordu:

— Pavel'ciğim, gerçekten sosyalist misin sen?

Çocuk, her zaman ki gibi güvenli, serbest bir davranışla cevap verdi:

— Evet!

Kadın, derinden içini çekerek gözlerini yere indirdi.

— Bu iyi bir şey mi acaba? dedi, çünkü sosyalistler Çar'a karşıdırlar... Hatta bir zaman bir Çar'ı da öldürmüşlerdi!

Pavel, eliyle yanağını oğuşturarak odanın içinde dolaşmaya başladı, sonra gülümseyerek:

— Hayır hayır, dedi, bizim öyle şeye ihtiyacımız yok!

O vakit annesine uzun uzun anlattı. O oğlunu dikkatli dikkatli süzüyor, düşünüyordu. Sosyalist kelimesi sık sık yinelendikçe şimdiye dek anlıyamadığı bir çok sözcükler gibi bu da kulağına hoş gelmeye başladı.

Bununla beraber, Saşenka'dan hoşlanmıyordu; o eve gelince zavallı kadını bir sıkıntı, bir endişe kaplıyordu.

Bir akşam, yüzü de hafif bir üzüntü ile buruşarak Küçük Rusyalıya dedi ki:

— Saşenka pek ciddi bir şey! Her zaman size buyuruyor: "şöyle yapın, böyle yapın"...

Küçük Rusyalı, gürültülü bir kahkaha kopardı:

— Hakkınız var; Pek doğru söylediniz! Öyle değil mi, Pavel?

Sonra, gözünü kırparak alaycı bir davranışla ekledi:

— Ah nezaket!

Pavel, soğuk bir sesle farklı bir cevap verdi:

— Açık gözlü bir kızdır.

Bunu söyleyerek kaşlarını çattı. Küçük Rusyalı öteden atılarak:

— O da doğru! dedi, yalnız şurasını anlamıyor ki, o buyuran takımdan, biz ise hem buyuran hem de yapan takımdan...

Pelage, dikkat çekmişti; Saşenka Pavel'e karşı pek sert davranıyor, kimi zaman sanki azarlıyordu. Pavel gülümseyerek hiç ses çıkarmıyor, bir zamanlar Nataşa'ya yaptığı gibi şimdi de bu kızı tatlı, durgun bakışlarla seyrediyordu. Pelage bu halden hiç memnun değildi...

Haftada iki toplantı yapıyorlardı. Pelage oğlunun, Küçük Rusyalının nutuklarını, Nataşa'nın, Saşenka'nın, İvanoviç'in kentten gelen misafirlerinin anlattığı şeyleri odada toplananların çoşkuyla dinlediklerini gördükçe kendi üzüntülerini unutuyor, tekdüze bir biçimde sevgi ve çoşkudan mahrum geçen gençliğine için için yanıyordu.

Gençler bazen uzaklardan gelen sevinçli bir haberin çoşkusu içinde oynamaya başlıyorlardı. Pelage onların kendilerini ilgilendirmeyecek bu hadiseye niçin sevindiklerini bir türlü anlamıyordu. Bu durum genellikle yabancı ülkelerde yaşayan işçi sınıfıyla alakalı gazetelerde çıkan makaleler okunduğu zaman oluyordu. Bu bir mutluluk, çocukça tuhaf bir sevinçti; herkes parlak bir neşe ile gülüyor; sevincinden yanında oturan arkadaşın omuzuna dostça vuruyordu.

Bazen içlerinden biri neşeden başı dönmüş bir şekilde bağırarak:

— Alman arkadaşlar iyi çalışmışlar! diyor.

Öteden başka bir ses cevap veriyordu:

— Yaşasın İtalyan arkadaşlarımız!

Böyle uzaklarda tanımadıkları dostlara övgü gönderdikçe onların bunu işittiklerini, sevinçlerine ortak olduklarını hissettiklerine inanıyor, kendilerini daha bir güven içinde hissediyorlardı.

Küçük Rusyalı kalbinde bütün insanlara karşı duyduğu sevgiyle:

— Onlarla haberleşelim, onlarla mektuplaşalım değil mi arkadaşlar? diyordu. Kendilerinden çok uzakta olan Rusya'da da aynı inancı yayan dostları, bir işçi sınıfı, benzeri amaca ulaşmaya çalışan arkadaşları bulunduğunu, onların zaferlerine sevindiğimizi anlasınlar!

O vakit dudaklar gülümsemelerle süsleniyor. Fransızlardan, İngilizlerden, İsveçlilerden mutluluklarına, acılarına ortak olunan değerli varlıklar gibi uzun uzadıya söz ediliyordu.

Aynı zamanda bu toprağın hem sahibi, hem tutsağı olan işçi sınıfının birlik bağı, düşünce yakınlığı duygusu bu dar odanın içinde yavaş yavaş oluşmaya başlamıştı. Hepsinde birleşik bir kalp meydana getiren bu kardeşlik duygusu Pelage'yi derinden duygulandırıyordu. Bu bir güçtü; şen, sarhoş edici, genç, okşayıcı, umut dolu bir güç... Pelage de bu gücün etkisiyle doğrulmaya başlıyordu.

Çoğu zaman birisi şarkı söylüyor; diğerleri şarkıyı seslerinin bütün gücüyle söyleyerek yineliyordu. Kimi zaman yeni şarkılar da öğreniyorlardı. Bunlar, o zamana kadar bilmedikleri, özgün bir ezgi ile bestelendiğinden seslerini alçaltarak, bir ilahi okuyormuş gibi düşünceli, ağır bir biçimde söylüyorlardı. O zaman yüzler renkleniyor, şarkıyı söyleyenlere bir canlılık geliyor, bu uyumlu sözlerde büyük bir gücün gizli olduğu duyuluyordu. Özellikle bu yeni şarkıların bir tanesi ananın bile kalbini coşturup şevklendiriyordu. Bu şarkıda, ne üzücü ikirciklenmelerin karanlık yollarında tek başına dolaşan ezilmiş bir ruhun üzüntü ve iniltileri, ne de korkudan şaşırmış yoksulluk içinde ezilmiş biçimsiz, renksiz bir kalbin çığlıkları duyuluyordu. Bu şarkıda daha lüks bir hayata susamış insanların sönük iç çekişmeleri olmadığı gibi, iyi kötü ne bulursa bilmeden yakıp yıkmaya hazır öfkenin, meydan okuyan çığlıkları da yoktu. Kızgınlık ve öç; o hiç birşey meydana getirmeden her şeyi yok etmeye yarayan yalancı duygu da bu şarkı da görünmüyordu. Bunda, eski dünyadan, köleler dünyasından da hiç bir iz, hiç bir şey yoktu. Pelage zaten sert sözlerden, keskin ezgilerden hoşlanmazdı. Ancak bu şarkıda öyle derin bir güç vardı ki, ezgilerle sözleri örtüyor, kalpte düşünce gücünün çok üstünde, bir birlikteliğin olduğu duygusunu uyandırıyordu. İşte ana bu şeyi, şu oda da toplanan delikanlıların yüzlerinde, gözlerinde görüyor ve bu gizli güce kendisini vererek kalbini kaplıyan derin bir huşu içinde bütün dikkatiyle o şarkıyı dinliyor, dinliyordu.

Karanlık yüzlü Vesofçikof diyordu ki:

— Bir gün gelecek, bu şarkı sokaklarda söylenecek!

Babası hırsızlık suçu ile bir kez daha hapse girince:

— Artık, dedi, bizim evde toplanabiliriz.

Hemen her akşam fabrikadan çıkınca arkadaşlardan biri Pavel'in evine geliyor; birlikte kitap okuyorlar, okudukları kitapların kimi fıkralarını kopya ediyorlardı. Hepsi çoşkunluk içindeydi, güçlüklerini düşünecek, yargılayacak zamanları yoktu. Yemek yerken, çay içerken bile kitabı elden bırakmıyorlardı.

Bir gün Pelage Küçük Rusyalıya dedi ki:

— Siz ne garip insanlarsınız! Sizin gözünüzde herkes arkadaştır... Yahudiler, Ermeniler, Avustralyalılar hep arkadaşınız... Onlardan sanki hepsi dostlarınızmış gibi sözediyorsunuz, herkesin sevinci, üzüntüsü sizin de sevinciniz, üzüntünüz oluyor.

Küçük Rusyalı bağırdı:

— Herkesle, evet herkesle! Bütün dünya bizimdir, bütün dünya bizimdir, bütün dünya işçinindir! Bizim için ırk, millet yoktur. İşçi sınıfının hepsi bizim dostumuz; bütün zenginler, ellerinde iktidar ve güç olan bütün adamlar da düşmanlarımızdır. Şu yeryüzüne temiz bir gözle bakıp da bizlerin, işçi takımının ne kadar çok olduğu, ne büyük bir moral güçleri bulunduğu görülecek olursa sanki bütün dünya genelinde görkemli bir şenlik yapılıyormuş gibi insanın kalbi sevinç ve mutlulukla dolar. Bir Fransız, bir Alman da benzeri duyguyla doludur; İtalyanlar da benzeri zevki duyarlar. Biz bir ananın çocuklarıyız, yeryüzünde ne kadar ülke varsa hepsinde çalışan işçi, benzeri düşünceyle, o yenilmez yüksek kardeşlik duygusuyla birbirine bağlıdır. Bu kardeşlik gittikçe ilerliyor. Onun sıcaklığıyla bütün varlığımız ısınıyor, o ki gökyüzünde ikinci bir güneştir ve bu gök işçinin kalbindedir. Ne olursa olsun ne ad verilirse verilsin, her sosyalist, düşüncesiyle bizim kardeşimizdir. Şimdiye dek böyle oldu, şimdi de böyledir; yarın da; öbürgün de... Sonuna dek, yüzyıllarca böyle olacak!

Bu çocukça taşkınlıklar, bu sarsılmaz temiz inanış, bu küçük topluluğun arasında gittikçe artan güçle yinelenmekteydi. Pelage, bu sevinci gördükçe her gün başının üstünde gördüğü güneşe benzer bir başka güneşin gerçekten doğmuş olduğunu bir iç güdüsüyle hissediyordu.

Pavel, ikide bir de söylüyordu:

— Bize bir gazete gerek.

Evdeki yaşantı giderek daha hızlanıyor; gençler bir kitaptan ötekine geçerken çiçekten çiçeğe uçuşan arılar gibi gittikçe daha hızlı koşuşturuyorlardı.

Bir akşam Vesofçikof dedi ki:

— Ortalıkta bizim bahsimiz dolaşmaya başladı; galiba yakalanacağız.

Küçük Rusyalı cevap verdi:

— Balık ağa düşmek için yaratılmıştır.

Bu adam, Pelage'nin gittikçe daha çok hoşuna gidiyordu. O "Nineciğim!" dedikçe yumuşak bir çocuk elinin yanağını okşadığını sanıyordu. Pazarları Pavel bir işle uğraşırsa odunu o yarıyordu. Bir gün kocaman bir tahta parçası getirdi; bir başka gün de yıkılmak üzere olan bir bölmeyi onardı.

Bu işlerle uğraşırken bir yandan ıslıklarıyla özgün havalar çalıyordu.

Ana bir gün Pavel'e dedi ki:

— Küçük Rusyalıyı bizim eve alsak olmaz mı? Hem sizin için daha iyi olur. Bütün gün birbirinizin arkası sıra koşmaktan kurtulursunuz.

Pavel, omuzlarını kaldırarak.

— Seni çok zahmete sokmuş oluruz, dedi.

— Hiç de değil... Bütün yaşamımı nedenini bilmediğim bir acı içinde geçti; şimdi böyle temiz yürekli bir gencin işinden mi çekineceğim?

— Peki, nasıl isterseniz öyle yapınız... O kabul ederse, ben sevinirim. Bunun üzerine Küçük Rusyalı geldi, eve yerleşti.

Mahallenin en ucunda duran bu küçük ev, doğal haliyle göze çarpıyordu. Zaten ikircikli ve meraklı bir kaç göz evin duvarlarını aşmış, bir takım söylentiler evin üstünde dolaşmaya başlamıştı. Orada gizlenen gizleri anlamaya çalışıyorlardı. Kimi zaman geceleri bir göz gelip pencereden bakıyor, kimi zaman bir el cama vurarak çabucak kaçıp gidiyordu.

Bir gün, Meyhaneci Regonçef sokak ortasında Pavel'in annesini durdurdu. Bu adam, ufak gövdeli, yakışıklı bir ihtiyardı; buruşuk, kırmızı boynunda her zaman kara ipekten bir atkı bulunur, parlak ve sivri burnunun üstünde çerçeveli bir gözlük dururdu. Bu gözlük yüzünden ona "kemik gözlü" derlerdi.

Pelage'yi durdurarak soluk almadan, cevap beklemeden sert, kesintisiz bir sesle söylemeye başladı:

— Ne var, ne yok. Ne haldesiniz Pelage? Oğlunuz nasıl? Onu daha evlendirmeyecek misiniz? Artık evlenecek yaşa geldi. Ana baba çocuğunu genç yaşta evlendirirse rahat eder. Evli adamın kafası, vücudu daha sağlam olur. Sirkeye konulmuş mantar gibi daha çok dayanır. Ben sizin yerinizde olsam Pavel'i evlendirirdim. Böyle bir zamanda çocukların üstünden gözü ayırmağa gelmez; çünkü onlar istedikleri gibi yaşamağa koyulurlar, ne kadar fena davranışlar varsa hepsini yaparlar. Delikanlılar, artık kiliseye gitmez oldular, genel yerlerden uzaklaşıyorlar, gizli gizli bir köşede toplanarak konuşuyorlar. Sorarım size ne yapıyorlar? Niçin öyle saklanıyorlar? Bir adamın herkese karşı, örneğin bir meyhanede söyleyemeyeceği ne söz olabilir? Bunlar, hep sır perdesiyle örtülü şeyler! Oysa bize göre sır yalnız kilisede olur. Bunun dışında gizli şey kafanın yorgunluğundan gelir. Anladınız mı? Allahaısmarladık!

Kendini beğenmiş bir adam davranışıyla şapkasını çıkararak havada salladıktan sonra uzaklaştı. Ana, şaşkınlık içinde kalmıştı.

Bir defasında da Vlasof'un komşusu vaktiyle fabrikaya yiyecek satan bir demircinin dul karısı Marya Korsonova, Pelage'ye çarşıda rastgeldi:

— Pelage, oğlunun üstünden gözünü ayırma!

— Neden?

Marya, çok şey bilen bir kişi gibi gizlice fısıldadı:

— Onun hakkında fena şeyler söyleniyor. Vaktiyle bir dinci sınıf vardı ki bunlar kırbaçla kendi gövdelerine işkence ederlerdi. İşte senin oğlun da bu meslekten adamlardan bir topluluk örgütlemeye çalışıyormuş deniliyor. Böyle örgüte mezhep derler. Onlar da papazlar gibi birbirini dövecek.

— Budalalığın gereği yok, Marya!

Kadın cevap verdi:

— Budalılığı yapan azarlanır, yoksa o budalılıkları gelip söyleyen değil!

Ana, bu sözleri oğluna söylediğinde; çocuk omuzlarını silkerek cevap vermedi. Küçük Rusyalıya gelince, o bu sözlere karşı temiz bir kalbi gösteren bol kahkahası ile gülmüştü. Ana sözü sürdü:

— Genç kızlar da size kızıyorlar; siz iyi adamlarla görüşüyorsunuz, iyi çalışıyorsunuz, hiç içmiyorsunuz; ne var ki onların da yüzüne bakmıyorsunuz. Dediklerine bakılırsa şehirden kötü namlarıyla tanınmış bir takım adamlar sizi görmeğe geliyorlarmış.

Pavel neşesizlikle yüzünü buruşturarak:

— Peki, öyle olsun! dedi.

Küçük Rusyalı içini çekti:

— Bir bataklığın içinde ne varsa hepsi birbirine benzer, nine! Siz o budala kızlara evlenmenin ne demek olduğunu anlatsanız fena olmaz, bir daha öyle hiç düşünmeden, gözlerini karartarak atıldıkları sevda girişimlerinden vazgeçerler.

Pelage cevap verdi:

— Bunu onlar da biliyor, ama, vazgeçemezler ki...

Pavel atıldı:

— Düşünmezler, düşünmezler! Düşünselerdi kendilerine başka iş bulurlardı.

Ana, oğlunun kızgın yüzüne bir bakış fırlattı:

— Madem ki anlamıyorlar diyorsunuz, onlara öğretmek ödevi sizindir. İçlerinden en akıllılarını çağırın da öğretin.

Pavel sert bir sesle cevap verdi:

— Olacak iş değil.

Küçük Rusyalı:

— Bir dene bakalım, dedi.

Bir saniye susuştan sonra, Pavel cevap verdi:

— Ne olur bilir misiniz? Ciddi meselelerden hızla aşk meselelerine geçilir. Bir süre sonra kolkola, çift gezinmeye başlarlar. Neticede anlatacak olanla anlayacak olanlardan bir kısmı evlenir, iş biter. Olacağı bu.

Pelage, düşünmeye daldı. Oğlunun bu kızgın sözleri karşısında kafası karmakarışık oluyordu. Anlaşılıyordu ki Pavel'e bütün arkadaşları, Küçük Rusyalı gibi kendisinden daha yaşlı olanları bile boyun eğiyordu; ne var ki Pelage bu boyun eğişte biraz korku ve çekingenlik hissediyordu. Arkadaşlarının onun soğuk davranışlarından bazen hoşlanmadıklarını zannediyordu.

Ana, yatmağa gittikten sonra da iki arkadaş konuşmalarını sürdürüyordu. Bir gece Pelage yatağından, kendi odasını diğerlerinden ayıran ince bölmeye kulak kabarttı. Küçük Rusyalı:

— Biliyor musunuz Pavel, Nataşa benim hoşuma gidiyor, dedi.

Pavel ses çıkarmadı. Küçük Rusyalı bu sefer sesini alçaltarak sordu:

— Sen ne dersin, senin düşüncen ne merkezde?

Pavel cevap verdi:

— Farkına varmış olsa gerek; bak artık gelmiyor...

Küçük Rusyalı ıslığı bırakmıştı. Ağır adımlarla geziniyordu:

— Gidip açıktan işi anlatsam.

— Neyi?

Küçük Rusyalı sesini büsbütün alçaltarak:

— Şeyi canım.

Pavel sözünü kesti:

— Ne gereği var?

Söz buraya gelince ana Küçük Rusyalının bir kahkaha kopardığını işitti:

— Bana kalırsa bir erkek bir genç kızı sevdi mi, gidip işi ona söylemeli; yoksa bir sonuç alamaz.

Pavel gürültü ile kitabını kapayarak sordu:

— Ne sonuç umuyorsun?

Bir kaç dakika ikisi de sustu. Pavel sordu:

— Peki sonra?..

— ....

Sonra yavaş yavaş şöyle konuştu:

— Bana bak, Andre! İnsan bir şey yapmak istedi mi, ilk önce onu her yönüyle incelemeli. Şimdi diyelim ki o da seni seviyor... İnanmam ya neyse... öyle sayalım. Sonra evlendiniz; bilgili bir kızın bir işçi ile evlenmesi yararlı bir birleşme demektir. Bu birleşmeden dünyaya çocuklar gelecek... O vakit sen yalnız başına çalışmak zorunda kalacaksın. Yaşantınız herkesinki gibi tekdüzeleşecek. Geçiminizi sağlamak, oturacak bir ev bulmak için çok uğraşacaksınız. En sonra ikiniz de bu uğurda mahvolacaksınız. Kısa bir susuştan sonra Pavel tatlı bir sesle:

— Bırak bunları Andre!... Nafile o kızın da kafasını karıştırma, dedi.

— Peki ama, Nikola İvonoviç'in sözlerine ne diyelim? Ne diyordu o? İnsan bütün vücudu ve ruhu ile yaşamalıydı. Unuttun mu?

Pavel, cevap verdi:

— Evet, öyle ama o bize göre değil. Bu imkanları sen nasıl elde edebilirsin? Öyle bir güzel yaşayış senin sahip olduğun gerçeklerin çok uzağında. Bak yoldaş, sana birşey söyleyeyim? Geleceği sevenler şimdi herşeyden, evet her şeyden el çekmelidirler.

Boğuluyormuş gibi bir sesle Küçük Rusyalı cevap verdi:

— Korkunç şey.

— Düşün bir kere, başka nasıl olabilir?

Yine sessizlik başladı. Düzgün vuruşlarla zamanı parçalayan saatin sarkaç sesinden başka bir şey işitilmiyordu.

Küçük Rusyalı dedi ki:

— İnsanın kalbi ne tuhaf şey... Yarısı sever, öteki yarısı reddeder, böyle bir kalp mi olur?

— Bir düşünsene, başka türlü nasıl olabilir?

Sessizliği bir kitabın çevrilen yapraklarının çıkardığı ses bozdu. Anlaşılan Pavel yine okumaya başlamıştı. Ana, yatağa uzanmış, gözlerini kapamıştı, dinlediğinin anlaşılacağı endişesiyle kımıldamak yürekliliğini gösteremiyordu. Küçük Rusyalıya çok acıyordu; ne var ki oğluna daha çok acıyordu. Kendi kendine söyleniyordu: "Zavallı diğergam oğlum, zavallı yavrucuğum!"

Pavel birden küçük Rusyalıya sert bir ifadeyle:

— Bırak bunları Andre! dedi.

— Demek artık, bunu ağzıma almayayım?

Pavel sesini yumuşatarak cevap verdi:

— Bana kalırsa böyle yapmalısın, Andre. Çünkü bu daha namusluca bir davranış olur.

Küçük Rusyalı kararını açıkladı:

— Peki, öyle olsun!

Bir saniye sustuktan sonra üzgünce ekledi:

— Sıra sana gelince sen de acısını çekersin.

— Geldi bile, zaten çekiyorum... hem öyle bir acı ki...

— Sen de mi?

Dışarıda rüzgar evin duvarlarına çarpıyordu.

Pelage, yüzünü yastıkların arasına gömerek gizli gizli ağladı. Ertesi sabah Andre onun gözüne daha küçülmüş gibi geldi. Onu kalbine daha yakın buldu. Yırtıldığı için koruma özelliğini büyük ölçüde kaybeden ayakkabılarına bakarak:

— Andre'm ayakkabılarınızı onartmalısınız... Sonra ayaklarınız üşür, dedi.

— Aylığı alırsam başka yeni bir çift alacağım...

Sonra gülerek elini ananın omuzuna dayayarak her zamanki esprilerinden birini yaptı:

— Belki benim asıl annem sizsiniz de beni pek çirkin bulduğunuz için doğruyu söylemek istemiyorsunuz.

Pelage, hiçbir şey söylemeksizin onun eline vurdu. Ona okşayıcı bir kaç söz söylemek istedi, ne var ki şefkat ve acıma hisleri arasında bocalağı için bir şey diyemedi. Fakat Andre gözlerinden onun ne demek istediğini çok iyi anlamıştı.

Mahallede öteye beriye mavi mürekkeple yazılmış kağıtlar dağıtan sosyalistler, kafaları karıştırmaya başlamıştı. Bu kağıtlar işçiyi sefilliğe mahkum eden kanunlardan, Petersburg'da, güney Rusya'da süren grevlerden kıştırtıcı bir dille sözediyor, işçiyi çıkarlarını savunmak için birliğe, savaşa çağırıyordu.

Fabrikada üst düzey yönetici olan kimi yaşlı adamlar, bu gelişmelerden öfkelenerek:

— Ah şu herifler, diyorlardı; bunları, dövmeli, ta ki akılları başlarına gelsin. Delikanlılarsa o bildirilerden duydukları heyecanın ateşi içinde şöyle bağırıyorlardı:

— Bu kağıtlar, hep gerçeği söylüyor...

İş yükü altında ezilmiş, artık herşeye boşvermiş bir tavırla yaklaşan işçilerin büyük çoğunluğu ise tembel tembel:

— Bunlardan bir şey çıkmaz ki, diyordu.

Bununla birlikte öteye beriye uçuşan bu kağıt parçalarını herkes ilgi ile okuyor, arkası kesildiği zaman merakla soruyorlardı:

— Bugün bir şey çıkmadı galiba vazgeçtiler!...

Ne var ki ertesi gün yinelenince işçilerin dünyası yeniden çalkalanıyordu.

Fabrikada, meyhanelerde o zamana dek kimsenin tanımadığı bir takım adamlar görünmeye başlamıştı. Bunlar şuna buna bir şeyler soruyor, herkesi inceliyor, çekingen çekingen rastgeldiklerini yokluyorlardı.

Ana, bütün bu gelişmelerin oğlunun işi olduğunu biliyor, çocuğunun çevresine giderek daha kalabalık bir takım adamların çoşkunlukla toplandıklarını görüyordu; Pavel, hiç yalnız kalamıyordu. Zaten asıl tehlike de burda idi. Annenin oğlunun geleceğiyle ilgili endişeleri giderek artarken, çocuğun gizli gizli harcadığı emekler yaşamın pislik seli arasına saydam bir ırmak gibi karışıyordu.

Bir akşam, Marya Korsonova camı tıklattı. Pelage, pencerenin kanadını açınca Marya alçak sesle fısıldadı:

— Hadi bakalım, Pelage hazır ol! Senin odanın kuşları artık cıvıldamayacak! Çünkü bu akşam senin evini, Mandi'nin Vesofçikof'un evlerini basacakar, arayacaklar....

Ana, ilk sözleri işitebildi, son sözler boğuk ve korkutucu mırıltı içinde yitip gitmişti.

Marya'nın kalın dudakları hızla birbirine çarpıyor, sivri burnu gürültülü gürültülü soluyor, gözleri açılıp kapanıyor, arasıra sokakta birini arıyormuş gibi yana doğru kaçıyordu:

— Ben birşey bilmiyorum, bir şey söylemedim... Hatta seni bugün hiç görmemiş olayım, anladın mı? Ben birşey görmedim, bilmiyorum ha!

Bunu dedi ve çekilip gitti.

Pelage, pencereyi kapadı, içeride baygın bir halde bir iskemlenin üstüne yıkıldı kaldı, yine de çocuğunu tehdit eden tehlikeyi düşününce birden ayağa kalktı. Çabucak giyindi, başına bir örtü aldı. Fedya Mandi'nin evine koştu. Fedya, epeydir hasta idi, evden çıkmıyordu. İçeri girdiğinde, o, pencerenin kenarına oturmuş, sağ elinin baş parmağını sol eli ile sallayarak kitap okuyordu. Kötü haberi işitince birden ayağı kalktı, benzi sapsarı olmuştu:

— Kötü haber!... Parmağımda çıban çıkmasının hayra alamet olmadığı belliydi!

Ana yüzünün terlerini titreyen elleri ile silerek:

— Şimdi ne yapmalı? dedi.

Fedya, yaralı eli ile kıvırcık saçlarını karıştırarak cevap verdi:

— Sakin olun, korkmanıza gerek yok!

— Ama siz de korkuyorsunuz.

— Ben mi?

Delikanlının yanakları birden kızarmıştı. Sıkılarak gülümsedi:

— Evet hakkınız var.. Pavel'e işi anlatmalı... Dur, ben ona birini göndereyim. Siz, eve dönünüz, bir şey olmaz, bizi tepeleyemezler!

Pelage, eve dönünce bütün kitapları topladı, koltuğunun altına aldı, saklıyacak bir köşe bulmak için bütün evin içini dolaştırdı. Ocağın altına, fırının içine, semaverin borusuna, hatta dolu su fıçısına baktı.

Pavel'in olayı haber alınca hemen işini bırakıp geleceğini zannediyordu. Ama gelmedi. En sonra, yorgunluktan, yarı baygın mutfakta bir tahta parçasının üstüne oturdu, kitapları fistanının altına yerleştirdi. Pavel ile Küçük Rusyalı gelinceye dek orada kımıltısız durdu.

Onlar gelince ayağa kalkmadan sordu:

— Haberiniz var mı?

Pavel, durgun bir gülümseyişle cevap verdi:

— Elbette... Korkuyor musun?

— Hem de pek çok korkuyorum.

Andre atıldı:

— Korkmamalı. Bunda korkacak bir şey yok ki.

— Semaveri bile hazırlamamışsın!

Ana kalktı, kitapları göstererek amacını anlattı:

— İşte bunlar için...

Küçük Rusyalı ile Pavel gülmekten kırılıyorlardı. Pelage rahatladı. Sonra, kitapların bazılarını alarak avluda bir yerlere saklamaya gitti; Andre semaveri yakmağa uğraşırken:

— Bunda korkulacak bir şey yok. Yalnız insanların böyle durumlarda budalaca davranmasından sıkılıyorum. Örneğin bir takım sarhoş herifler; bellerinde kılıçları ile, ayaklarında mahmuzlariyle gelir. Her yanı karıştırır, yatağın altına, ocağın içine bakar, evin mahzeni varsa oraya iner, ambarı varsa oraya çıkar, yüzlerine gözlerine örümcek yapışır, tepinip dururlar. İçleri sıkılır, sonra yaptıklarından kendileri de utanırlar ama utançlarını bastırmak için sert, zalim bir tavır alırlar! Evdekilere kızarlar, yaptıkları şeyin çirkin, pis bir şey olduğunu onlar da bilirler. Bir defa benim evime de gelmişlerdi. Aradılar, taradılar bir şey bulamadan gittiler! Bir defasında beni de beraber götürdüler, hapse attılar, orada dört ay kaldım. Anlamsız garip sorular sordular. İnan ki, onlar akıllı adamlar değillerdir, akıllıca söz söylemeyi bilmezler. Sonra askerlere emrederler, beni yine hapse gönderirlerdi. Onlar böyle insanı getirip götürürler; ne yapsınlar, onlar da aylıklarını hakedecekler, dört aylık gidiş gelişten sonra hapisten çıktım. İşte bu, dedi.

Pelage, biraz rahatladığını gösteren bir davranışla dedi ki:

— Hiç bir şey değilmiş gibi ne tuhaf anlatıyorsun!

Küçük Rusyalı, semaverin önüne çömelmiş, bütün gücü ile ateşi üflüyordu. Kıpkırmızı kesilen yüzünü kaldırdı. İki eli ile bıyıklarını burarak sordu:

— Nasıl söylüyorum?

— Sanki hiç aşağılanma görmemiş gibi...

Andre, ayağa kalktı, anaya yaklaşarak kadının başını elleri ile salladıktan sonra belirsiz bir gülümseyişle:

— Dünyada aşağılanma görmemiş insan var mıdır? Ben çok aşağılanma gördüm ki, artık kızmaktan usandım. Onlar başka türlü davranmadıktan sonra ben ne yapabilirim? Aşağılanmanın önüne geçemediğim için ve bu durum da beni fena halde sıkıp iş yapamaz hale getirdiği için vazgeçtim. Zaten hayat da hep böyle değil midir? Alıştıkça kanıksarsın. Önceleri ben de bu insanlara kızardım. Sonra, düşündükçe anladım ki, bunların hepsi garip bir korkunun esiri olarak dengeyi bozmuş! Herkes komşusunun gelip kendisini dövmesinden korktuğu için ilk önce o, komşusunu döver. Anladın mı nineciğim, yaşam böyledir!

Sözler ağzından ağır ağır dökülüyor; o söyledikçe kadının endişeleri sönüp gidiyordu. Delikanlının şiş gözleri, üzgün fakat ateşli, gülümsüyordu. Bütün varlığında bir gevşeklik olmakla beraber güçlü ve hareketli idi. Ana, içini çektikten sonra sıcak bir davranışla dedi ki:

— Allah sizi bahtiyar etsin, Andre'm!

Küçük Rusyalı yine semavere döndü. Yere çömelerek mırıldanır gibi söylendi:

— Mutluluğu verirlerse reddetmem. Ne var ki ben arkasından koşup istemem ve almam!

Yine ıslık çalmağa başladı.

Pavel, avludaki işini bitirerek gelmişti, güvenli bir sesle:

— Artık bir şey bulamazlar, dedi.

Ellerini yıkarken annesine dönerek:

— Eğer o heriflere karşı korkaklık gösterirseniz evde mutlaka birşeyler olduğuna hükmederler. Zaten biz şimdiye dek bir şey yapmadık ki, bunu siz de biliyorsunuz. Hem biz kimsenin kötülüğünü istemiyoruz. Doğruluk ve adalet bizim şiarımız. Bütün yaşamımız boyunca bunlar için çalışacağımıza söz verdik. İşte, suçumuz! Eğer suçsa.. Bunda korkacak bir şey var mı?

Ana söz verdi:

— Çabalarım oğlum!

Sonra, endişe ile ekledi:

— Mademki gelecekler, hiç olmazsa hemen geliverseler!

Ne varki onlar o gece gelmediler. Ertesi sabah zavallı kadın kendisi ile eğlendiklerini anladığından bu korkusuna ilk önce kendisi güldü.

Onlar, bir ay sonra hiç beklenilmeyen bir zamanda geldiler.

Vesfoçikof, Andre, Pavel toplanmış, gazeteden sözediyorlardı, vakit geç idi. Gece yarısına yaklaşıyordu. Ana, çoktan yatağına girmiş uyuyor, delikanlıların biraz karamsar sesleri belirsiz bir gürültü halinde kulağına geliyordu. Andre birden ayağa kalktı, ayaklarının ucuna basarak mutfağa girdi. Üstüne kapıyı yavaşca kapadı; koridorda bir kovanın dolmasını andıran bir gürültü işitmişti. O sırada kapının kanadı açıldı, Küçük Rusyalı yüksek sesle:

— İşitiyor musunuz, sokakta bir mahmuz şakırtısı var! dedi.

Ana, hemen yatağından atladı, titreyen elleri ile elbisesini giydi. Bu sırada Pavel kapının eşiğine gelmişti, sakin ve güven veren bir tavırla:

— Siz yatınız, dedi; böyle davranmakla iyi etmiyorsunuz.

Dışarıda pencerenin kepenklerine bir şeyin çarpıp belli belirsiz geçtiği işitildi.

Pavel, kapıya yaklaştı, eli ile iterek sordu:

— Kimdir o?

İri bir gövde kapının eşiğinde hızla yükseliverdi. Onu ikincisi takip etti. İki jandarma delikanlıyı iterek aralarına aldılar. Sert, öfkeli bir ses cevap verdi:

— Her halde beklediğiniz adamlar değil!

Bu sözü söyleyen uzun boylu, kara bıyıklı, ince yapılı, genç bir subaydı. Mahallenin polisi Fedyakin, ananın yatağına doğru ilerledi; bir elini şapkasının kenarına götürerek öteki eli yatakta yatan kadını gösterdi ve korkunç bir bakışla:

— İşte efendim, dedi. Bu da anası!

Sonra, elini Pavel'e doğru uzatarak:

— İşte bu da kendisi, dedi.

Subay, gözlerini kapayarak sordu:

— Pavel Vlasof mu?

Delikanlı başı ile doğrulama işareti yapınca subay:

— Kalk bakalım. Evi arayacağım, diye buyurdu.

Odanın içini önce gözleriyle taradıktan sonra geniş adımlarla içeri girdi. İki adam daha geldi, bunlardan biri ihtiyar düğmeci Tiver Yakop, ötekisi ateşci Ribin idi. Ribin'in saçları kara, kıyafeti düzgündü. Polis, bu iki adamı şahit olarak çağırmıştı.

Ribin, kalın ve sert bir sesle:

— İyi akşamlar Pelage, dedi.

Pelage hem giyiniyor, hem kendine yüreklilik vermek için söyleniyordu:

— Bu nasıl şey! Geceleyin gelmek! Herkes uyuduktan sonra...

Oda daralmış gibi idi. İki jandarma ile mahallenin polisi Riskan, kitapları raflardan gürültü ile çıkarıyor, subayın önündeki masanın üstüne yerleştiriyorlardı. Öteki iki adam, yumrukları ile duvarları yoklayarak oturakların altına bakıyorlardı. Küçük Rusyalı ile Vesofçikof bir köşede birbirine yakın duruyorlardı. Vesofçikof'un donmuş yüzünde yer yer kırmızılıklar görülüyor, ufak donuk gözleri subaydan ayrılamıyor, Küçük Rusyalı ise bıyığını buruyordu. Ana, odadan içeri girince ona başı ile dostça bir işaret gönderdi.

Kadın korkusunu göstermemek için sallanıyordu, ne varki her vakit gibi yana doğru değil, göğsünü ileriye doğru kabartarak...

Bu sahte davranışıyla zavallı kadın gülünç oluyordu, odanın içinde gürültülü adımlarla yürüyor, kirpikleri titriyordu. Subay beyaz ve ince parmaklarının ucu ile kitapları çabuk çabuk tutuyor, yapraklarını karıştırıyor, içini silkiyor, sonra bu işlere alışık bir adam haliyle onları kenara atıyordu. Bazen bir kitap hafif bir gürültü ile yere düşüyordu. Herkes susuyor, odanın sıcaklığı ile ısınan jandarmaların soluklarından, mahmuzların şakırtısında başka bir ses işitilmiyordu; ara sıra bir ses:

— Bu tarafa da baktın mı? diyordu.

Ana, arkasını duvara vererek Pavel'in yanında durdu; o da oğlu gibi kollarını göğsüne kavuşturarak subayı izlemek istiyordu. Fakat dizleri titriyor, gözlerinin önünden bir sis geçiyordu.

Derken Vesofçikof'un kızgın sesi odanın havasını yırttı:

— Kitapları niçin yere atıyorsun?

Ana titredi. Tiver Yakop, sanki ensesine vurulmuş gibi başını salladı. Ribin homurdanarak Vesofçikof'un yüzüne dikkatle baktı.

Subay gözlerini kırparak delikanlının kımıltısız, donmuş yüzüne baktı. Sonra yine kitapların sayfalarını hızlı hızlı karıştırmaya başladı. Vesofçikof kimi zaman donuk renkli gözlerini öyle açıyordu ki, her an birşey yapacağı hissediliyordu. Kendisini üzen tablo karşısında çaresiz kalmaktan doğan öfkesini bastıramayınca patladı:

— Asker! şu kitapları kaldır!

Bütün jandarmalar şaşkınlıkla ona doğru döndüler. Sonra subayın yüzüne emir beklercesine baktılar. Subay, başını kaldırdı, inceleyici bir bakışla Vesofçikof'un yüzüne baktıktan sonra burundan bir konuşma ile buyurdu:

— Toplayın kitapları!

Jandarmaların bir kaçı eğildi ve bir yandan gözucu ile Vesofçikof'a bakarak parça parça olmuş kitapları toplamağa başladılar:

Ana, oğlunun kulağına fısıldadı:

— Vesofçikof sussa iyi eder.

Pavel omuzlarını kaldırdı. Küçük Rusyalı boynunu uzattı.

— Ne o fısıltılar? Rica ederim susunuz. Bu incili burada kim okuyor?

Pavel cevap verdi:

— Ben.

— Ya!.. Peki bu kitaplar kimin?

Yine Pavel cevap verdi:

— Benim!

Subay iskemlenin arkasına dayanarak:

— Peki, dedi.

Beyaz elinin parmaklarını çıtlatarak ayaklarını masanın altına uzattı, bıyıklarını kıvırarak Vesofçikof'u sorguya çekmeye başladı:

— Andre Nakodka sen misin?

Vesofçikof ilerleyerek cevap verdi:

— Evet, benim!

Küçük Rusyalı, Vesofçikof'u omuzundan tutarak durdurdu ve geri çekti:

— Hayır efendim, şaşırdı... Andre benim!

Subay elini kaldırdı ve parmağı ile Vesofçikof'u tehdit ederek:

— Kendine gel! dedi.

Yine kağıtları karıştırmaya başladı.

Umursamaz bakışlar, parlak, aydınlık bir gece... İçerisi de dışarısı gibi sessiz. İçerideki kahreden sessizliğe karşın, dışarıda evin önünde birisi dolaşıyor, ayaklarının altında karların çıkardığı gıcırtı işitiliyordu.

Subay, sağ gözünü kapayarak oğuşturmaya başladı; sonra yirmi yaş dişleri görünen dudaklarını açarak:

— Nakodka, daha önce kanuni kovuşturmaya uğramıştın, değil mi?

— Evet, Rostof'ta, Saratof'ta... Yalnız, orada jandarmaların çoğu benimle konuşurken daha nazik davranır, "siz" derlerdi.

Subay cevaba aldırmadan sordu:

— Nokadka, fabrikanın içine bir takım yasak bildiriler, kağıtlar dağıtan ve yayan alçakları belki tanırsınız. Evet, evet, tanımanız gerek...

Küçük Rusyalı durduğu yerden kımıldandı. Gülerek birşey söyleyecekti, Vesofçikof'un sinirli sesi bir kez daha odada çınladı:

— Biz, ilk kez olarak alçak görüyoruz!

Bir saniye sessizlik oldu. Ananın yüzü sarardı, sağ kaşı büsbütün olarak kalktı, Ribin'in kara sakalı garip bir biçimde titremeye başladı; bıyıklarını uzatarak başını yere eğdi.

Subay emretti:

— Çıkarın dışarıya bu hayvan herifi.

İki jandarma delikanlıyı kollarından yakalayarak mutfağa sürüklediler.

Vesofçikof orada durdu, ayaklarının bütün gücü ile döşemeye basarak:

— Bir dakika, paltomu giyeyim! dedi.

Avluyu araştırmaya giden polis komiseri geldi:

— Her yana baktık! birşey yok.

Subay alaycı bir davranışla:

— Peki, dedi, onun böyle olduğunu ben de biliyordum; çünkü bu defa yakaladığımız herif tecrübeli.

Ana, bu zayıf, titrek, ters sesi dinliyor, adamın sarımtırak yüzüne baktıkça subayın halka karşı nefret ve öfke dolu bir duyguya sahip olduğunu hissediyordu. Eskiden bu tür insanlara pek az rastlardı. Son yıllarda ise varlıklarını bile unutmuştu. Kendi kendine düşünüyordu:

— İşte ruhumuza korku üfleyen adamlar!

— Babası bilinmeyen Andre Onisimof Nokodka sizi tevkif ediyorum!

Andre durgunca sordu:

— Neden?

Subay düşmanca bir nezaketle cevap verdi:

— Onu sonra söylerim.

Bunun üzerine Pelage'ye dönerek bağırdı:

— Okuyup yazma bilir misin?

Pavel atıldı:

— Hayır!

Subay sert bir davranışla:

— Sana sormuyorum! Sonra iyice küstahlaşarak yine Pelage'ye:

— Cevap versene kocakarı, okumak yazmak bilir misin?... diye sorusunu yineledi.

Ana, bu adama karşı bir an içinde kalbini dolduran nefret duygusunun etkisi ile birden doğruldu sanki buz tutmuş bir ırmağa dalmış gibi titriyordu, yüzündeki yara izi parladı, kaşı eğildi, kolunu subaya doğru uzatarak:

— Bağırma öyle! dedi; siz daha gençsiniz acı nedir bilmezsiniz.

Pavel sözünü kesti:

— Telaş etmeyiniz, anne!

Küçük Rusyalı öteden:

— Kalbine egemen olarak susmak daha iyi, dedi.

Ana masaya doğru ilerleyerek:

— Sen karışma Pavel!... Bu adamları niçin tutukluyorsunuz?

Subay ayağa kalkarak:

— O sizin göreviniz değil... Siz susunuz, dedi. Sonra, jandarmalara dönerek emretti:

— Vesofçikof'u buraya getiriniz!

Eline bir kağıt aldı. Gözüne doğru kaldırarak okumaya başladı.

Delikanlıyı getirdiler. Subay okumayı bırakarak:

— Şapkanı çıkar! dedi.

Ribin, Pelage'nin yanına yaklaştı ve omuzlarından iterek alçak sesle kulağına:

— Ona boşuna kızma. Faydası yok!

Vesofçikof sordu:

— Ellerimi tutuyorlar, şapkamı nasıl çıkarayım?

Subay tutanak kağıdını masanın üzerine attı:

— İmzala, dedi.

Pelage, oradakilerin hepsinin tutanağı imzalamaya başladığını görünce öfkesi azalmaya başladı. Herşey bitiyor ve o hiçbirşey yapamıyordu. Cesareti azalmıştı. Ruhunu yakan çaresizlik gözyaşı olarak yanaklarından süzülüyordu. Oysa yirmi yıllık evlillik hayatında hep böyle ağlamıştı. Ama bu seferki farklıydı ve üstelik kocası öldü öleli bu acıyı hemen hemen unutmuş gibiydi.

Subay, aşağılayan bir ifade ile kadına baktı:

— Pek çabuk zırlamaya başladın analık! Şimdiden böyle yaparsan sonra içini dökecek gözyaşı bulamazsın!

Kadın kızgın sesi ile cevap verdi:

— Analarda her vakit için dökecek gözyaşı bulunur. Her vakit anladınız mı? Sizin de ananız varsa elbette bilir.

Subay, kağıtları üzerinde bir kilit parlayan yepyeni bir çantaya yerleştirdi. Sonra, polis komiserine dönerek:

— Bunlar, bu devrimici takımı, hepsi birbirine benzer, dedi.

Polis komiseri homurdandı:

— Küstah, ne terbiyesizler!

Subay emir verdi:

— Marş!..

Pavel arkadaşlarının eline sıkarak:

Güle güle Andre, güle güle Nikola... Yine görüşeceğiz, dedi.

Subay alay edercesine lafın arasına girdi:

— Evet, öyle, yine görüşürsünüz.

Vesofçikof hiçbir şey söylemeyeden kısa parmaklarıyla ananın elini sıkıyor, zorla soluk alıyordu; kalın boynu kıpkırmızı kesilmişti, gözleri öfkeden parlıyordu.

Küçük Rusyalı gülümseyerek başını sallıyordu; eğilerek Pelagen'in kulağına bir kaç söz söyledi, kadın eliyle haç çıkararak cevap verdi:

— Allah'ın yazdığı olur.

Askerler postallarındaki mahmuzları şıkırdatarak evden çıktılar. Köşeyi dönerek gözden uzaklaştılar. Ribin bilinçli olarak geri kaldı, kara gözleri ile Pavel'i süzdükten sonra bir şeyler ifade etmek ister gibi:

— E, artık Allaha ısmarladık... dedi ve acele etmeksizin öksüre öksüre gitti.

Pavel, ellerini arkasına kavuşturmuş, yerlere atılan kitap ve çamaşır yığınları arasında ağır ağır geziniyordu; annesine dönerek boğuk bir sesle:

— Gördün mü nasıl yapıyorlar? Dedi.

Pelage, hem darmadığın odayı şaşkın bir halde gözden geçiriyor, hem de üzüntü ve acı içinde:

— Seni de götürecekler, oğlum... diyordu, evet, seni de alacaklar! Vesofçikof niçin öyle kabalık etti?

Pavel alçak sesle cevap verdi:

— Galiba korktu da ondan. Bu adamlara bir şey anlatmak boşuna, çünkü anlamazlar. Onların vazifesi düşünmeden emredileni yapmaktır.

Ana kolunu sallayarak mırıldandı:

— Evet, aynen öyle... Geldiler, aldılar, götürdüler!

Oğlunu götürmemişlerdi ama Pelage'nin kalbi daha endişeli çarpmağa başlamıştı. Kafası subayın tavırlarına takılmıştı:

— Bu sarı adam bizimle eğleniyor, bizi korkutmaya çalışıyor.

Pavel çoktan anlamış gibi:

— Öyle görünüyor anne, dedi, gel de şunları yerleştirelim.

Kadın, oğlunun yanına yaklaştı ve yüzüne bakarak alçak sesle sordu:

— Bu herifler götürmemekle, seni aşağıladılar, değil mi?

Pavel cevap verdi:

— Evet, aşağıladılar. Ağır şey... Keşke ben de onlar gibi gitseydim. Pelage oğlunun gözlerinin dolduğunu hissetti ve onu avutmaya çalıştı:

— Sabret oğlum, dedi, seni de alırlar:

— Biliyorum.

Pavel'in cevabı Pelage'nin beklediği cevap değildi. Kısa bir sessizlikten sonra Pelage üzgün bir sesle ekledi:

— Bana hiç acımıyorsun oğlum! Hiç olmazsa endişeyle titreyen kalbimi avutacak şeyler söyleyebilirdin, dedi. Sonra da dediklerinden pişman olmuş gibi ekledi: Hayır hayır suç bende, ben sana korkunç şeyler söylüyorum, sen de elbette bana acı gerçekleri saklamayan karşılıklar vereceksin.

Pavel, annesinin yüzüne baktı, yaklaşarak alçak sesle ekledi:

— Ben sizi üzmeyecek cevaplar vermeyi beceremiyorum, anne! Yalan söylemek elimden gelmiyor!... Siz de artık böyle şeylere alışmalısınız....

Kadın, içini çekerek sustu; sonra titreyen sesi ile dedi ki:

— Bilemiyorum? Hapishaneye gidenlere işkenceler edip, derilerini parça parça koparır, kemiklerini kırarlarmış... Böyle söylüyorlar. İşte ben bunları düşündükçe korkuyorum oğlum.

— Onlar insanın ruhunu ezerler, vücudunu değil. Ruhunuza yapılan kirli müdahaleler, fiziki işkence görmekten daha acı, daha korkunçtur.

Ertesi sabah, Yukin, Samoilof ve Somof ile öbür beş kişinin daha tutuklandığı anlaşıldı. Akşamleyin, Fedya Amazin koşup geldi. Onun da evini araştırmışlardı; ancak o bundan hoşnuttu. Kendini bir kahraman gibi hissediyordu.

Ana sordu:

— Korktun mu Fedya?...

Fedya, sarardı, yüzü çukurlaştı, burun delikleri titredi, çok korktuğunu belli etmemeye çalışarak:

— Subay beni döver diye korktum. Bu kuzguni sakallı iri yarı herifin parmakları tüylüydü. Burnunda bir de gözlük vardı. İyi dikkat edilmese gözleri yok sanılırdı. Ayaklarıyla tepinerek "Seni hapishanede çürüteceğim" diyordu. Ben bu yaşa geldim, ne babamdan ne de anamdan dayak yedim; çünkü tek evlattım, beni çok severlerdi; herkesi döverlerdi de bana el kaldırmazlardı.

Kıpkırımızı olmuş gözlerini bir saniye kapadı, dudaklarını büzdü, elinin hızlı davranışıyla saçlarını arkaya attı. Pavel'e bakarak daha bir cesaretle ve kendini göstermek istercesine dedi ki:

— Eğer birisi bana vuracak olursa bıçak gibi üzerine atılır, dişlerimle didik didik ederim. Beni bir vuruşta öldürmek daha iyidir. Ana, öteden atıldı;

— Öyle ama sen pek zayıf, pek cılızsın! Nasıl döğüşebilirsin?

Fedya hafif bir sesle cevap verdi:

— Evet öyleyim; yine de döğüşürüm.

Fedya çıkıp gittikten sonra ana oğluna:

— Bu da ötekiler gibi kırılır, dedi.

Pavel sustu. Bir kaç dakika sonra mutfağın kapısı ağır ağır açılarak Ribin girdi; gülerek:

— İyi akşamlar, dedi, ben yine geldim. Dün akşam zorla getirmişlerdi. Bu akşam kendiliğimden geliyorum.

Pavel'in elini güçlüce sıktıktan sonra ananın omuzlarını tutarak:

— Bana bir çay ikram edecek misin? dedi.

Pavel, hiçbir şey söylemeyerek davetsiz misafirin yanık yüzünü, sık, kara sakalını, zeki bakışlarını inceliyordu. Durgun bakışlarında bir ağırlık vardı; bu cambaz yapılı adamın bütün varlığından yayılan sağlamlık ve güven onu sevindirdi.

Ana, semaveri yakmak için mutfağa gitti; Ribin oturmuş bıyıklarını çekiştiriyordu, dizlerini masaya dayayarak Pavel'i süzüyordu. Sanki yarım kalmış bir görüşmeyi başlatıyormuş gibi:

— İşte böyle, dedi. Sana açıkça söylemeliyim, biz seninle hemen hemen komşu gibiyiz; dikkat ettim, sana her vakit iyi adamlar geliyor. Hiç biri ne sarhoş oluyor, ne de bir rezalet çıkarıyor. İnsanlar iyi davranacak olurlarsa hemen dikkati çeker, ne olduklan hemen göze çarpar. Ben de dikkati çekiyorum; çünkü ben de herkesten ayrı yaşıyorum.

Çok rahat ağır ağır söylüyordu; söyleyişinde öyle bir uyum vardı ki, muhatabını içtenliğine inandırıyordu.

— İşte böyle, herkes senden söz ediyor; benim evin sahibi senin için "sapıtmışlardan" diyor, çünkü, kiliseye gitmiyormuşsun. Sonra, o bildiriler de ortaya çıkınca... Allahını seversen o fikir senin mi?

Pavel, gözlerini Ribin'in gözünden ayırmaksızın:

— Evet, dedi.

Ribin de ona dikkatle bakıyordu. Ana endişeli bir halle mutfaktan çıkarak:

— Niçin öyle söylüyorsun, dedi. Yalnız değilsin ki...

Pavel gülümsedi, Ribin de gülümseyerek:

— Ya, dedi.

Kadın sözüne önem verilmediğine kızarak hızlı hızlı odadan çıktı:

— O kağıtlar doğrusu iyi düşünülmüş. Halkın kafasını karmakarışık etti. Hepsi ondokuz taneydi değil mi?

Pavel cevap verdi:

— Evet.

— Ben hepsini okudum. Bazılarında gereksiz, bazılarında ise anlaşılmaz şeyler vardı. İnsan çok konuşursa arada bir boş lakırtılar da kaçar.

Ribin, buraya gelince ak sağlam dişlerini göstererek gülüsedi:

— Bir de şu evi araştırmaları yok mu? İşte bu beni senin lehinde bulunmaya zorladı. Sen Küçük Rusyalı, Vesofkçikof hep birden o heriflere karşı öyle bir tutum takındınız ki...

Düşündüğünü anlatacak sözcüğü bulamayınca sustu, pencereye doğru baktı, parmağı ile masaya vurmaya başladı:

— Halinizle onlara "Siz zaten kararınızı vermişsiniz, görevinizi yapınız subay efendi, biz de kendi görevimizi yapacağız!" demek istiyordunuz. Küçük Rusyalı yürekli bir delikanlı doğrusu! Kimi arkadaşları ile konuşurken gördüğümde kendi kendime: "Bunu ezemezler, bu yalnız ölüme yenilir. Bundaki direnç yaman!" derdim. Doğru mu söylüyorum?

Delikanlı başını sallayarak:

— Evet, dedi.

— Ben, kırkbeş yaşında bir adamım, yani senin yaşının iki katı. Senin gördüklerinin yirmi mislini gördüm, üç yıldan çok askerlik ettim. İki kez evlendim; birinci karım öldü, ikincisini bıraktım. Kafkasya'ya gittim. Orada gerçeği bütün çıplaklığıyla anladım. Onlar hiç bir yerde yaşamı ve eylemi yenemediler. Hayır, hayır yenemediler.

Ana, bu sözleri bütün dikkati ile dinliyordu. Yaşlı bir adamın gelip oğluna hayatını ve tecrübelerini anlatması kadının hoşuna gidiyordu. Pavel'in misafire karşı davranışını ise pek soğuk buluyordu. Kendince havayı ısıtmak için Ribin'e dönerek:

— Çayla beraber birşeyler yemek ister miydiniz? diye sordu.

— Hayır, teşekür ederim, analık! Evde yemek yedim de geldim... İşte böyle Pavel, sen ne dersin hayat olması gerektiği gibi gitmiyor düşüncesinde misin?

Delikanlı ayağa kalktı, ellerini arkasına kavuşturarak odanın içinde dolaşmağa başladı:

— Hayır, o düşüncede değilim dedi; hayat iyi gidiyor. Öyle iyi gidiyor ki, işte siz buraya geldiniz, bana kalbinizi açtınız. Hayat aynı düşüncedeki insanları yavaş yavaş birleştiriyor. Birgün gelecek ki tamamen birleşmiş, tek yürek haline gelmiş olacağız. Şimdi herşey bize karşı ve bizi yoketmeye hazır zalim tuzaklar olarak görünüyor. Ama bu bizim dayanıklılığımızı ve davaya bağlılığımızı artırıyor. Tecrübemizle birlikte gücümüz de artıyor. Hayat bizi eğitiyor.

Ribin Pavel'in sözünü kesti:

— Hakkın var, yalnız dur, birşey söyleyeyim: İnsanlar kendini devamlı yenilemeli, ben bu düşüncedeyim. İnsan uyuz olunca ne yapar? Banyoya girer, iyice yıkanır, ama deriyi soyarcasına yıkamalı, kanayacakmış, zararı yok, kanasın, güzelce yıkanmalı; sonra temiz temiz giymeli, böyle yaparsan hastalıktan kurtulursun değil mi? Hastalık vücutta değil de kalpte ise o zaman ne yapacaksın. Sahi, insan içini nasıl temizlemeli, ha?

Pavel söze başladı; Allah'tan, Çar'dan, memurdan, fabrikadan, işcilerin haklarını almak için gösterdikleri direnmeden ateşli ateşli söz etti. Ribin arada bir gülümsüyor, parmağı ile masanın üstüne vurarak Pavel'in nutkuna tempo tutuyordu.

Ribin bir kez olsun: "Evet orası öyle!" dememişti. En sonra kahkaha atarcasına gülerek hafif bir sesle:

— Hey yavrum sen daha çok gençsin. İnsanları tanımazsın! dedi.

Pavel, Ribin'e yaklaşarak ciddiyetle cevap verdi:

— İhtiyarlıktan, gençlikten söz etmenin gereği yok. Amacımız hangi düşüncenin doğru olduğunu anlamaktır. Buna bakalım.

— Demek sana göre bizi aldatmak için dini de araç olarak kullanıyorlar, öyle mi? Bana kalırsa bizim dinimiz hem zararlı, hem de hatalıdır.

Pelage araya girdi. Oğlu ne zaman tanrıdan, tanrıya karşı kalbinde beslediği duygulardan söz etse içini endişe kaplardı. Gözleriyle oğlunun bakışlarını yakalamaya çalışır, adeta acı ve kesin sözleriyle, dinsizce yargılamalarıyla kalbini kırmamasını rica ederdi. Şimdi ise kulaklarına inanamıyordu. Oğlu bütün menfi düşüncelerine rağmen hala dindardı. Kalbi rahatlamıştı. Kendi kendine söylendi: Ben onun düşündüklerini tam olarak nasıl anlayabilirim ki?

Yine de Ribin o soruyu sorunca kadının bütün sabır ve takati tükendi.

— İstediğinizi yapınız ama dinden söz edince biraz ihtiyatlı davranınız.

Sonra, biraz soluk alarak, şiddetli bir dille sözünü sürdürdü:

— Eğer ortadan din de kalkacak olursa ben, bu ihtiyar kadın, üzgün zamanlarımda kime güvenirim?

Gözleri yaşla dolmuştu, parmakları titreyerek bulaşıkları yıkıyordu. Pavel tatlı bir sesle:

— Siz bizi yanlış anladınız anne, dedi.

Ribin kalın, ağır sesi ile:

— Kusurumuza bakma analık! dedi, gülümseyerek Pavel'in yüzüne baktı. Pavel sözünü sürdürdü:

— Ben sizin inandığınız o acıyan, şefkatli tanrıdan sözetmiyorum. Konuştuğumuz ve eleştirdiğimiz, papazların bütün insanları yalnız birkaç kişinin kötü niyetine boyun eğmeye zorlamak için elde bir tehdit silahı gibi kullandıkları dindir.

Ribin parmağı ile masaya vurarak:

— Evet, öyle, dedi; onlar bizim bildiğimiz, inandığımız dini de işlerine gelecek şekilde değiştirdiler! Düşmanlarımız ellerinde güç namına ne varsa bize karşı kullanıyorlar! Bugün bize kilisede din diye gösterdikleri korkunç bir şeydir. Bu dini değiştirmeli analık, değiştirmeli, tasfiye etmeli! Onu yalanla, iftira ile süslemişler, bizim maneviyatımızı öldürmek için onun gerçeklerini bozmuşlar.

Alçak sesle söylüyordu; sesinde şaşılacak bir açıklık vardı.

Ağzından çıkan her söz, zavallı kadının kalbine bir darbe indiriyordu. Pelage, kalın bir sakalın çevrelediği bu geniş somurtkan yüzden korkuyor, bu bakışların karanlık parıltılarına dayanamıyordu. Başını sallayarak:

— Hayır, dedi, ben burada bulunmayayım, daha iyi! Böyle şeyleri dinlemeye dayanamıyorum.

Bunu söyleyerek mutfağa koştu; Ribin hala konuşuyordu:

— Gördün ya Pavel! Kafadan değil, kalpten başlamak lâzım! Kalp, insan ruhunun öyle bir noktasıdır ki orada...

Pavel sağlamca tamamladı:

— Orada akıldan başka bir şey sökmez. İnsanı tutsaklıktan kurtaracak yalnız akıldır.

Ribin, titrek, inatçı bir sesle cevap verdi:

— Akıl, güç vermez; gücü kalp verir, beyin değil!

Ana elbisesini çıkarmış, dua etmeden yatağa girmişti, üşüyor, vücudunda bir fenalık duyuyordu. Başlangıçta öyle anlayışlı ve ağır başlı bulduğu Ribin'e karşı şimdi kalbinde gizli bir düşmanlık duyuyordu. Onun o geniş, şişkin göğsünden kolaylıkla çıkan uyumlu sesine kulak verdikçe içinden:

— Sapık, bozguncu, diyordu, sanki bir gereği varmış gibi buraya geliyor...

Ribin, ötede güvenli, rahat bir sesle sözünü sürdürüyordu:

— Kutsal bir yer boş kalamaz. İçimizde Allah'ın bulunduğu yere saldırıyorlar. O oradan çıkarsa bırakacağı yerde bir yara meydana gelir. Yeni bir din kurmalı Pavel, yeni bir din! Herkes için adil bir din! Bize egemen olacak, savaşcı bir din değil, insanları sevecek bir din!

— İsa'nın yaptığı da bu değil mi?

— Dur! Onun fikirleri sağlam değil. Allah insanlar üzerinde yine insanların egemen olmasına razı olamaz, gerçek egemen yalnız odur. Tanrı gücünü, biri tanrısal, öbürü insancıl olmak üzere ikiye ayırmamıştır. Mademki kutsallığını, tanrılığını kabul ettirmiştir, insan gücüne ihtiyacı yoktur. Hazreti İsa ticareti, evlenmeyi meşru olarak tanıdığı halde incir ağacını haksız yere mahkum etmiştir. O incir ağacı meyva vermiyorsa suç onun mu? Ruh da böyledir. Ruhun da iyi ürünler vermemesi kendi suçu değildir. Ruha kötülük tohumunu ben mi ektim?.. Sonra örneğin...

İki ses bir ateşli tutku ile çarpışıyor, kuçaklaşıyormuş gibi odanın içinde aralıksız yankılanıyordu. Pavel, geniş adımları ile geziniyor, ayaklarının altında döşemenin tahtaları gıcırdıyordu. Onun gür sesi hariçteki bütün sesleri bastırıp odayı tamamen doldururken, Ribin durgun, rahat sesiyle cevap vermeğe başlayınca da saatin sarkaç sesi ile dışarıda evin duvarlarını tırmalayan kar tanelerinin kuru bir sesle çıkardığı çıtırtı işitiliyordu.

— Bak ben sana halis bir ateşçi ağzı ile düşüncemi anlatayım: Ateş, şu bildiğimiz ateş yok mu, o hiç bir şeyi katılaştırmaz. Bu, onun niteliğinde yoktur; o sade yakar ve çevreyi aydınlatarak erir... İşte, o da öyle. Bilmem anladın mı? Din, bu kiliselerde bulunmaz, kiliselerde durmaz, onun yeri insanların kalbi, aklıdır. İnsanların çektiği felâketin, acının, yoksulluğun kaynağı da bu!.. Bizi kendi benliğimizden koparıp ayırıyorlar, akıl kalbi itip kovuyor, sonra kendi de gidiyor.

Ribin, kalkıp gittiğinde Pelage uyumuştu; gittiğini duymadı.

Ribin sık sık gelmeye başlamıştı. Pavel'in kimi zaman bir kaç arkadaşı bulunduğu zaman ateşçi bir köşeye çekiliyor, hiç sesini çıkarmıyor, ara sıra:

— Orası da öyle, diyerek doğru bulduğu sözleri tasdik ediyordu.

Bir defasında herkesi süzdükten sonra hoşnut olmadığını belli eden bir ifadeyle bağırdı:

— Şimdi olanlardan sözetmeli; olacakları henüz bilmiyoruz! Halk ne zaman özgür olursa o zaman kendisi için hayırlı olanı düşünür. Şimdiye dek onun kafasını zorla, hiç istemediği şeylerle doldurdukları hepimizin malumu! Artık, kendisi düşünsün; iyiyi kötüyü ayırsın! Belki hepsini, bütün yaşamı, bütün bilimle tekniği atar, belki her şeyin kendine karşı yürüdüğünü görür! Siz onun eline ne kadar kitap varsa verin, o size karşılığını verir... İşte bu kadar! Her şeyden önce şunun anlaşılması gerekir ki; boyunduruk ne kadar dar olursa iş o kadar yorucu olur.

Pavel'le yalnız kalınca rahat rahat, uzun uzun tartışmaya koyuluyorlardı. Pelage, endişeli bir kalple dinliyor, söylenen şeyleri anlamağa çalışarak sessiz sedasız, bakışları ile onları izliyordu. Bazen onları iki köre benzettiği oluyordu. Bu körler karanlıklar içinde ufacık odanın dört duvarı arasında, bir ışık, bir delik araştırarak dolaşıyor, inatla bulmak için, elleri ile her şeye yapışıyor, her şeyi kımıldatıyor, her şeyi sarsıyor, yere düşürdükleri şeyleri ayakları ile çiğniyor, her şeye çarpıyor, durmaksızın, umut ve güvenleri tükenmeksizin her şeyi yokluyor ve itiyorlardı.

Tartışma biçimlerindeki sadelik ve cesaretle anayı bir yığın garip fikirleri dinlemeye alıştırmışlardı. Artık bu sözlerden eskisi gibi tedirgin olmuyordu. Ribin'den hoşlanmıyordu. Ne var ki, ona karşı önceleri duyduğu tiksinti duygusu da yok olmuştu.

Pelage, haftada bir defa hapishaneye gidiyor, küçük Rusyalıya çamaşır, kitap götürüyordu. Bir gün onu görmesine bile izin vermişlerdi.

Eve dönünce duygulu bir sesle anlatmağa başladı:

— O yine eskisi gibi; herkese karşı nazik, terbiyeli. Herkesle şakalaşıyor. Gören de onu zevk-ü sefa içinde sanır. Çektiği acıları göstermek istemiyor ama hayatın ona çok ağır ve korkunç geldiği belli oluyor.

Ribin cevap verdi:

— Gördün mü, işte herkes böyle olmalı... Üzüntü sanki bir ikinci dert gibi bizim bütün varlığımızı sarmış, aldığımız soluk üzüntü, giydiğimiz elbise üzüntü, hep üzüntü... Ancak bunda övünülecek bir şey yok; İnsan, böyle olunca sıkıntıyı, acıyı göze almalıdır!

Vlasof'un eski, küçük evi mahallede gittikçe dikkati çekiyordu. Kimi zaman işçilerden biri geliyor, çekingen bakışlarla çevresini süzdükten sonra Pavel'e yaklaşarak:

— Baksana kardeş sen okumuş bir adamsın, kanun bilmen gerek... Şimdi anlat bana... diyordu; ya polisin, ya fabrika yönetiminin bir haksızlığını anlatıyordu; kimi zaman iş pek karışık olunca Pavel bir referans mektubu ile tandığı bir avukata gönderiyor, elinden gelirse kendişi de öğüt veriyordu.

Mahallenin sakinleri yavaş yavaş bu akıllı delikanlıya saygı duymaya başlamışlardı; çünkü, o, her neden sözederse sade ve cesurca söz ediyor, hemen hiç gülmüyor, her şeyi dikkatle dinliyor, her şeye dikkatle bakıyor, her işin karışık, içinden çıkılmaz yanlarına dalıyor, binlerce çetin düğümlerin arasında insanları birbirine bağlayan buluşma noktalarını çok net biçimde gösterebiliyordu.

Ana oğlunun nüfuzunun gittikçe arttığını görüyor, Pavel'in sabırla ördüğü çalışmalarındaki hikmeti yavaş yavaş anlamağa başlıyor, anladıkça da çocukça bir sevinç duyuyordu.

"Bataklık ianesi" sorunundan sonra Pavel'in halk nezdindeki derecesi iyice yükselmişti.

Fabrikanın çevresinde çam, kayın ağaçları ile dolu bir bataklık, kokmuş bir çukur var ki yazın buradan sarımtırak, yoğun bir buğu yayılır, bu buğu arasında üreyen sivrisinekler öteye beriye dağılarak çevrede sık sık sıtma hastalığına yol açardı. Bataklık, fabrikanın malıydı. Yeni direktör, şahsi menfaat hesapları da yaparak, bataklığı kurutmayı ve buradan çıkacak kömürden yararlanmayı düşünüyordu. Bu işin, yörenin havasını temizleyip işçilerin yaşam koşullarını değiştireceğini söyleyerek temizlik giderlerine karşılık olmak üzere gendeliklerinden ruble başına bir kapik kesilmesini emretti.

İşçiler ayaklandı! Yeni vergiye memurların dahil edilmemesi ise canlarını büsbütün sıkmıştı.

Müdürüyetin kararı bir bildiri ile bir cumartesi günü herkese anlatıldı. Pavel hasta olduğu için işe gidememişti. Bu yüzden olaydan haberdar değildi. Ertesi sabah kilise dönüşünde dökmeci Sizof, yakışıklı ihtiyar çilingir Makotin ve iri yarı, öfkeli tabiatlı bir adam olayı anlatmak için Pavel'in evine gelmişlerdi. Sizof ağır ağır konuşmaya başladı:

— En yaşlılar toplandık, tartıştık karar veremedik. Arkadaşlarımız, içimizde en bilgili adam olarak sen tanındığından senin düşünceni almak üzere bizi buraya gönderdiler. Söylesene, direktör, fabrikanın çevresini sivrisineklerden kurtarmak için bizim paramızı kullanabilir mi, böyle bir kanun var mı?

Makotin, kenarları çizgili gözlerini döndürerek ekledi:

— Hatırlasana, bundan dört yıl önce hamam yapmak için yine böyle yardım yöntemine başvurmuşlardı. O zaman üçbin beşyüz ruble toplandı. Ne oldu bu paralar, hani hamam?

Pavel açıklamaya başladı: Bu toplanacak paranın haksız olduğunu, fabrika yöneticilerinin bu tasarıdan büyük menfaatleri bulunduğunu anlattı. Bunun üzerine gelenler kaşlarını çatarak, yüzlerini asarak kalktılar, gittiler. Onlar çıktıktan sonra ana, gururlu bir gülümseyişle, memnun memnun oğluna seslendi:

— Bak, yaşlılar bile akıl öğrenmek için sana geliyorlar, Pavel!

Delikanlı, cevap vermedi. Üzülmüştü, masasının başına geçerek bir şeyler yazmağa başladı. Bir kaç saniye sonra:

— Anne, dedi, lütfen şu tezkereyi çabuk şehire götür.

Kadın sordu:

— Tehlikeli mi?

— Evet. Gazetemiz orada basılıyor... Bu iane işi mutlaka son sayıya yazılmalı.

Kadın çabucak giyinerek:

— Peki oğlum, dedi, gidiyorum.

Oğlu onu ilk defa bir işe gönderiyordu. İşin ne olduğunun kendisine açıkça anlatılmasından, bir işe yarayacak olmaktan dolayı içinde bir sevinç vardı...

— Şimdi anlamaya başlıyorum, bu bayağa hırsızlık...

Nasıldı o adamın adı: Yegor İvanoviç?

Akşam eve geç geldi. Yorgunda ama mutluydu:

— Saşenka'yı gördüm. Sana selam söyledi. Ne tuhaf adam o Yegor! Hep şakalaşıyor.

Pavel yavaşca cevap verdi:

— Onlardan hoşlanmana çok seviniyorum.

— Ne sade, ne alçakgönüllü adamlar; böyleleriyle tanışmak insanın hoşuna gidiyor. Hem hepsi seni öyle takdir ediyorlar ki...

Pazartesi günü Pavel yine fabrikaya gidemedi. Başı ağrıyordu. Öğleye doğru Fedya Mazin, sevinç ve heyecanla koşarak geldi. Boğulurcasına soluyarak:

— Bütün fabrika ayaklandı; dedi... Sizof'la Makotin beni sana gönderdiler, seni istiyorlar; sen işi hepsinden iyi anlarsın diyorlar; bir kez gelip baksan...

Pavel bir şey söylemeden giyindi.

— Kadınlar da toplandılar, bağırıp çağırıyorlar...

Pelage öteden:

— Daha iyileşmedin, dışarı çıkarsan belki hastalığın artar; dedi. Pavel cevap vermeden giyinmeye devam edince hafif kızgınlıkla söylendi:

— O kadar insan orada ne yapıyor. Ben de gelmek istiyorum...

Annenin coşkusuna engel olmak istemeyen Pavel kısaca "Gel!" dedi.

Hepsi birden evden çıktı. Yolda hiç konuşmadılar. Ana coşkuyla soluyor, önemli bir olayın kendilerini beklediğini seziyordu.

İşaretle "müsade ediniz" diyerek kendisine yol açıyordu. Gözlerini ara sıra kırparak tecrübeli bir insan sarrafı gibi bütün işçilerin yüzünü inceliyordu. İşçiler, o geçerken şapkalarını çıkarıyor, eğilerek onu selamlıyor; o, bu saygıya karşılık vermeksizin çevresine sessizlik saçıyordu. En ön sıraya kadar ilerlediler.

Çevrede sıkıntılı gülümseyişlerle ağızlarından bozuk, gürültülü sesler çıkaran işçi topluluğunda bir suç işlediğini anlayan çocukların pişmanlık hali görülüyordu.

Direktör, ananın önünden geçti. Yukarıdan bir el uzatılmıştı; o, bu eli sıkmadı. Güçlü, çevik bir davranışla herkesin önünde durdu. Soğuk otoriter bir sesle:

— Bu toplantıdan amaç ne? dedi; Niçin işinizi bıraktınız?

Bir kaç saniye büyük bir sessizlik egemen oldu... İşcilerin başı bir başak gibi sallanıyordu. Sizof şapkasını salladı, omuzlarını kaldırarak başını yere eğdi...

Direktör bağırdı:

— Konuşsanıza!

Pavel, direktörün yanına geldi, Sizof'la Ribin'i göstererek yüksek sesle:

— Biz üçümüz dedi, arkadaşlarımızca delege seçildik; sizi gelip görecek, gündeliklerimizden birer kapik kesilmesi hakkındaki kararı geri almanızı isteyecektik.

Direktör, delikanlının yüzüne bakmayarak sordu:

— Neden?

Pavel uyumlu bir sesle cevap verdi:

— Çünkü biz bu kesintiyi haksız buluyoruz.

— Demek siz benim o kararımı sadece işcilerden para alınmak için yapılmış bir şey diye düşünüyorsunuz, sizin sağlığınızı düşünerek yaptığıma inanmıyorsunuz, öyle mi?

Pavel cevap verdi:

— Evet!

Direktör Ribin'e dönerek:

— Sen de mi bu düşüncedesin? dedi.

Ribin cevap verdi:

— Hepimiz bu düşüncedeyiz.

Direktör bu sefer Sizof'a dönerek sordu:

— Ya sen, Sizof, senin düşüncen?

— Ben de öyle düşünüyorum. Birer kapiklerimizi bize bırakmanızı rica ederim.

Sizof, sıkıldığını anlatan bir hal ile gülümseyerek yine başını önüne eğdi.

Direktör, ağır bir davranışla işçileri süzdükten sonra omuzlarını kaldırdı, inceleyici bir bakışla Pavel'e dönerek:

— Siz dedi, oldukça okumuş, yazmış bir adamsınız; böyle bir faaliyetin yararlarını nasıl oluyor da anlamıyorsunuz?

Pavel açıkça cevap verdi:

— Eğer fabrika bataklığı kendi hesabına kurutsaydı o dediğiniz yararları herkes anlardı.

Direktör cevapı yapıştırdı:

— Sen ne uyanık şeysin öyle. Hem sizi bataklıktan kurtaracağız hem de bunun tüm hesabını biz ödeyeceğiz öyle mi?

— Öyle... Eğer bu talep halktan gelse idi ve siz de "Bunu yaparız ama karışlığında şu kadar ücret alırız." deseydiniz ve halk da bunu kabul etseydi buna kimsenin itirazı olmazdı. Fakat siz böyle yapmadınız. Zaten bataklığı kurutmak sadece halkın menfatine olsaydı siz böyle bir şeye hiç tevessül etmezdiniz. Menfaatleriniz sizi böyle bir icraata sürükledi. Ve siz bataklıktan çıkacak kömürden elde edeceğiniz gelirden ve kurutulma sonrası ortaya çıkacak araziden yetinmeyerek üstüne üstlük halkın bir kapikine göz diktiniz.

Direktör Pavel'in sözlerine fena öfkelenmişti.

— Fazla ileri gittiğinin ve bizi hırsızlıkla suçladığının farkında mısın? dedi.

— Ben yapılan şeyin yanlış ve haksız olduğunu söylüyorum, tarifi sizin probleminiz.

— Sen ne dersen de. Biz bu bataklığı kurutmaya ve herkesten bir kapik ücret almaya kararlıyız.

— Biz de elimizden geleni ardımıza koymadan buna engel oluruz.

— Ne yapabilirsiniz ki?

— Greve gideriz...

Direktör hiç tahmin etmediği bu tehdit karşısında afallamıştı.

— Buna cesaret edeceğinizi sanmam. Eğer böyle bir şeye tevessül ederseniz, sonucuna da katlanırsınız.

Direktör Pavel'le tartışmayı keserek düşünceli adımlarla kızgın kızgın uzaklaştı.

Ribin, kaygılı bir şekilde Pavel'in yanına geldi.

— Güzel konuştun ama ileri gittiğinin farkında mısın? dedi.

— İleri gittiğimi zannetmiyorum.

— Greve gidilmesi halinde lokavt ilan edip, herkesi işten atabilirler.

— Nasıl edebilirler, sonra kim çalışır?

— Başka işci bulurlar!

— Nereden kimi? Alçakları mı?

* * *

Pavel, demir yığının üstünden inerek annesinin yanına gitti, herkes gürültülü konuşmağa, tartışmağa, bağrıp çağırmağa başlamıştı. Ribin Pavel'e yaklaşarak:

— Grev yapılmaz. Senin düşünceni kabul edecek ancak üçyüz kişi bulabilirsin, daha çok değil. Böyle büyük bir gübre yığını bir kürekle yerinden oynatılabilir mi?

Pavel sustu. Önünde iri, kara yüzleri ile bu kocaman insan yığını kımıldanıyor, ondan bir şey istiyormuş gibi yüzüne bakıyorlardı. Kalbi üzüntü ile çarpmağa başladı. Deminden beri söylediği sözlerin, uzun bir kuraklıktan sonra toprağa düşen yağmun taneleri gibi bu insanlarda bir iz bile bırakmaksızın geçip gittiğini anlamıştı. İşçiler birer birer ona yaklaşıyor, sözlerini kutluyor; yalnız grevin yararı olup olmayacağından kuşkulandıklarını söylüyorlardı.

Halkın grevdeki gücü, ondaki faydaları değerlendirememiş olmasından üzüntülüydü. Pavel yavaş yavaş yorgun düşmeye başlamıştı; ikna gücüne inancını yitirmişti. Başında bir ağrı, bir boşluk duyuyordu. Gerçeği yenebileceği düşüncesi önceleri kalbini sevinçle doldururken, şimdi onda acıyla ağlamak hissi uyandırıyordu. Herkesin gözü önüne serdiği o çok güvendiği inancı, sararmış bir ölüye benzeyen, herbiri diğerinden aciz insanlar üzerinde küçük bir etki bile uyandıramamış bulunuyordu. Bunun suçunu da kendine yüklüyordu. Hülyasını, kara, çirkin, sefil bir kılığa soktuğu için insanların ondaki güzelliği göremediğine inanıyordu.

Eve döndüğünde, üzgün, yorgundu, annesi ile Sizof arkadan geliyorlardı. Ribin, yolda, onunla yanyana yürürken:

— İyi konuşuyorsun, dedi. Ancak kalbe dokunduramıyorsun. Kıvılcımı ta kalbin içine atabilmeli. İnsanları akıl ve mantıkla elde edemezsin. Akıl ve mantık öyle bir pabuçtur ki, halkın ayağına hem dar, hem gereğinden çok ince gelir; o ayak bu pabuça girmez, girse bile çok geçmeden delinir, anladın mı?

Arkadan Sizof, anaya:

— Biz yaşlıları artık mezar paklar, dedi. Şimdi yeni bir kuşak uyanıyor... Biz nasıl yaşadık? Dizlerimiz üstünde sürünerek, hep toprağa eğilerek, değil mi? Şimdi bilmem ne oldu, akıllar mı başlara geldi, yoksa bizlerden daha çok mu anlamaya başladılar? Her halde şimdiki adamlar bize benzemiyorlar. Bak, bir delikanlı direktöre sanki bir arkadaş gibi söz söylüyor. Ah, benim oğlum da sağ olsaydı... Hoşçakal, Pavel, hoşçakal. Sen yürekli bir delikanlısın, halkı savunuyorsun. İnşallah bir yolunu bulur da işin içinden çıkarsın... İnşallah.

Ribin homurdanıyordu:

— Öyle ise geberiniz! Zaten şimdi bile sizde adamlıktan iz yok, siz insan değilsiniz, delik deşik doldurmağa yarar harç türünden şeylersiniz. Pavel, dikkat ettin mi? Orada bulunanların içinde iki kişi senin delege olman için herkesden ziyade bağırıp çağırıyordu. Bunları gördün mü? Halbuki bunlar daha önce senin için devrimci, bozguncu diyenlerdi. Onların düşüncesi seni delege olarak gönderip fabrikadan kovdurmaktır.

— Kendi bakımlarından hakları var.

— Kurtlar birbirlerini parçaladıkları zaman haklıdırlar.

Ribin üzgündü, sesi garip bir biçimde titriyordu:

— İnsanlar açık sözlere inanmazlar. Onlara söyleyecek sözleri kana bulamalı.

Pavel, bütün gün neşesizdi, içinde ne olduğunu bilemediği bir şeyi yitirmiş gibi bir duygu vardı.

Gece, annesi uyumuş, kendisi yatağa uzanmış kitap okurken jandarmalar geldiler. Yine avluyu, ambarı kuduzca araştırmaya başladılar. Sarı yüzlü subay ilk defaki gibi bu sefer de öfkelendi. Alaycı ve aşağılayıcı tavırlarıyla Pavel'e, annesine hakeret edip duruyordu. Pelage bir köşeye oturmuş, hiç ses çıkarmaksızın oğlunun yüzüne bakıyordu. Pavel heyacanını gizlemeğe çalışıyordu! Subay güldükçe onun parmakları garip bir biçimde oynuyordu. Oğlunun jandarmaya karşılık verememekten dolayı kendi kendine kahrettiğini anlamıştı. Subayın alaylarına katlanmak kendisine de ağır geliyordu. Fakat bu sefer ilkinde olduğu gibi korkmamıştı; ancak kül renkli kaputlarıyla, şakırdayan mahmuzlarıyla gelen bu misafirlere karşı kalbinde öncekinden daha çok kin, tiksinti vardı. İçindeki korkuyu bastıran da buydu.

Pavel, annesinin kulağına fısıldadı:

— Beni götürüyorlar.

Pelage başını eğerek, yavaş sesle cevap verdi:

— Anladım.

Anlıyordu... Oğlunu işçilere karşı söylediği sözlerden dolayı hapse atıyorlardı. Ama işçilerin sözlerine hak verdikleri için onu savunacaklarına inanıyordu. Oğlu herhalde uzun süre mahpus kalmayacaktı.

Ağlamak, oğlunu kucaklamak istiyorsa da yanıbaşındaki subay ona kötü kötü bakıyor, dudakları titriyor ve bıyıkları oynuyordu. Pelage öyle sandı ki, bu adam orada göz yaşları dökülmesini, kendisine yalvarıp yakarılmasını bekliyordu. Buna karşı bütün gücünü topladı. Elden geldiğince az sözle çocuğunun elini sıktı ve soluğunu tutmaya çalışarak alçak sesle:

— Güle güle Pavel dedi. Gereken şeyleri aldın mı?

— Aldım aldım; sen merak etme!

— Allah yardımcın olsun.

Pavel götürüldükten sonra ana bir iskemlenin üzerine yığıldı. Ve göz kapaklarını indirerek yavaş yavaş, sessizce ağlamaya başladı. Tıpkı bir zamanlar kocasının yaptığı gibi arkasını duvara dayayarak aczini ve yaralı gönlünün bütün acılarını göz yaşlarıyla içinden atmaya çalıştı. Uzun uzun ağladı. İnce bıyıklarıyla, sık sık açılıp kapanan gözleriyle, sadist haliyle o sarı yüzlü subay silinmez bir leke gibi hayalinden gitmiyor, gerçeği araştırmağa çalışmaktan başka suçları olmayan çocukları, annelerinin yanından ayıran bu adamlara karşı duyduğu kızgınlık göğsünün içinde kara bir yumak gibi dolanıyordu.

Hava soğuktu; yağmur damlaları pencerenin camlarına vuruyor, duvarlarda bir gürültü işitiliyordu. Sanki karanlıklar içinde, gözsüz, kıpkırmızı uzun kollarıyla tozlu yüzler, hayaletler uzun kolları ile bir şeyler araştırarak dolaşıyordu. Mahmuzların şıkırtısı artık duyulmuyordu.

Kadın kendi kendine hayıflandı:

— Keşke beni de götürselerdi!

İşçilere iş başına çağıran düdük sesi yine öttü. Bu sabah düdüğün sesi boğuk, alçak ikircikliydi. Kapı açıldı, Ribin girdi. Ananın yanına yaklaştı, sakalındaki yağmur damlalarını silerek sordu:

— Götürdüler mi?

Kadın, içini çekerek:

— Evet, melun herifler, götürdüler, dedi.

Ribin gülümseyerek:

— Bu ne iş! dedi, bu gün benim evimi de araştırdılar, her yanı karmakarışık ettiler. Beni aşağıladılar. Yalnız tutuklamadılar. Demek Pavel'i götürdüler ha? Direktör'ün bir işareti ile jandarmalar geliyor bir adamı alıp götürüyorlar. Panayır hırsızları gibi birbirleri ile uyuşmuşlar. Biri halkın yularına asılmış, sağıp duruyor.

— Siz Pavel'i savunmalıydınız; çünkü o sizin yüzünüzden gitti...

— Kim savunmalı?

— Siz hepiniz.

— Bu olabilir mi sanıyorsunuz? Sakın aldanmayın! Gücü toplamak için binlerce sene çalışmak gerekir. Yüreğimize binlerce çivi soktular, şimdi bir hareketde hepimizin birleşmesi olacak iş mi? Önce herkes üstünden, bu demir parçalarını atmalı... Kalbimizi bir yığın halinde birleşmekten bu demirler önlüyor.

Ufak bir kahkaha atarak ağır adımlarla çıktı gitti. Bu umutsuz, korkunç sözler Pelage'nin üzüntüsünü bir kat daha arttırmıştı.

— Onu öldürebilirler, işkence edebilirler!...

O zaman çocuğunu dayaktan vücudu parçalanmış, kanlara bulanmış görür gibi oldu, kalbine saldıran korkudan sanki boğuluyor gibiydi. Gözleri sızlıyordu.

Ocağı yakmadı, kendine yemek hazırlamadı, çay içmedi; akşama doğru bir parça ekmek yedi. Yatağa uzandığında kendini öyle ezilmiş, yalnız bulmuştu ki, şimdiye dek hissetmediği bir ruh hali kendini esir almıştı. Son yıllar her zaman belirsiz mutluluk verici bir şeyin gelmesini bekleyerek yaşamaya alışmıştı. Çevresindeki gürültücü, patırtıcı delikanlıların, dertli ama herşeye rağmen yine de iyi yaşayan çevresinin hakimi biricik oğlunun yüzleri, gözleri önünde kaynaşıyordu. Şimdi artık o yoktu, her şey bitmişti.

Ağır geçen bu günü uykusuz bir üzüntülü gece izledi. Ertesi gün kadına daha uzun geldi. Birisini bekliyordu; kimse gelmemişti. Akşam oldu, gece çöktü.

Bir aralık hafifçe cama vuruldu. Ana bu işaretlere alışmıştı, korkmuyordu; sanki ufak bir değme ile gıcıklamışlar gibi titriyordu.

Belirsiz bir umut onu birden ayağa kaldırdı; omuzlarına bir örtü alarak kapıyı açtı.

Samoilof selam vermeksizin sordu:

— Sizi uykudan mı uyandırdık?

Her zaman olduğunun tersine yüzünde endişe izleri vardı.

Ana:

— Hayır uyumuyordum, dedi.

Kadın, sorucu bir bakışla bu yeni misafirlerin yüzüne baktı.

Samoilof'un arkadaşı derin, boğuk bir soluk alarak kasketini çıkardı, kocaman parmaklı geniş elini anaya uzatarak:

— İyi akşamlar nine! dedi. Beni tanımadınız mı?

Bu sözleri eski bir bildik gibi söylemişti.

Pelage sevinçle bağırdı:

— Vay siz misiniz, Yegor?

— Evet, benim! dedi.

Kocaman kafasını eğerek bir kez daha:

— Evet, benim! dedi.

Saçları bir kilise şarkıcısınki gibi uzundu. Tatlı bir gülümseyiş yuvarlak yüzünü parlatıyor, kül rengi ufak gözleri ile kadına okşayıcı bir bakışla bakıyordu. Ufak, yuvarlak vücudu, kalın boynu, kısa kolları ile tıpkı semavere benziyordu. Yüzü parlıyor, hızlı hızlı soluyor, göğsünün içinde bilinemez bir şey aralıksız kaynıyor, horulduyordu.

— Siz odaya giriniz, ben giyinir gelirim.

Samoilof kadına bakarak meşgul olduğunu gösteren bir davranışla:

— Size söyleyeceklerimiz var, dedi.

Yegor, yandaki odaya geçerken:

— Sevgili nine, dedi; bu sabah arkadaşlarımızdan biri hapisten çıktı. Küçük Rusyalı'yı, Pavel'i görmüş, size selam göndermişler. Bir de oğlunuz sizden rica ediyor; kendisi için merak etmeyiniz. Bu tuttuğum yolda hapishane bir dinlenme yeridir diyormuş. Bizim rahatımızı düşünen amirlerimiz böyle yaptılar. Şimdi sadede gelelim. Dün kaç kişiyi tutukladılar, biliyor musunuz?

— Hayır, yalnız Pavel değil mi?

Yegor telaşsızca sözünü kesti:

— Pavel hapse atılanların kırkdokuzuncusudur. Bir on kişi daha sırada var. Bu da onların içinde.

Samoilof karanlık bir biçimde:

— Evet, ben de! dedi.

Pelage, geniş, rahat bir soluk aldı. Demek Pavel orada yalnız değildi. Üstünü giydikten sonra odaya geldi, misafirlerinin yüzüne gülümseyerek bakıyordu:

— Böyle çok olduklarına göre uzun süre mahpus kalmazlar.

Yegor cevap verdi:

— Hakkınız var, eğer biz hasımlarımızın yaptığı oyunu bozabilirsek, onlar istedikleri bilgiye ulaşamamış olacaklar. Şimdi asıl iş de burada başlıyor. Eğer şu bildirileri yayımlamaya devam etmezsek jandarmalar bunu Pavel'in ve arkadaşlarının yaptığında karar kılacaklar.

Kadın korkarak bağırdı:

— Nasıl? Niçin?

Yegor durgunca cevap verdi:

— Nineciğim, bunda anlamıyacak ne var? Pek sade bir şey, kimi zaman jandarmalar da doğru mantık kurarlar. Siz de bir kere düşünün! Pavel serbest iken ortalıkta bir takım kağıtlar, broşürler dolaşıyordu, hapse girince meydanda ne broşür kaldı, ne bildiri! Demek ki, bunları o yayımlıyor! İşte jandarmalar böyle düşünecek ve artık herkesi gözleri ile yiyecekler... Zaten bunlar insanlara işkence etmeğe bayılırlar.

Kadın üzgün:

— Evet, evet, dedi, anlıyorum. Ah ne yapmalı?

Mutfaktan Samoilof'un sesi işitildi:

— Bütün arkadaşlarımız tutuklandı. Hay Allah belamı versin! Şimdi yine eskisi gibi çalışmayı sürdürmeli. Hem şimdi yalnız işimiz için değil, arkadaşları kurtarmak için de çalışmalı.

Yegor ufak bir kahkaha ile ekledi:

— Çalışacak kimse de kalmadı ki! Elde pek iyi broşürlerimiz var, bunların hepsini ben yazdım; yalnız bunları fabrikaya nasıl sokmalı bilmem?

Samoilof söze karıştı:

— Şimdi fabrikaya girerken herkesin üstünü arıyorlar.

Ana, kendisinden bir iş beklendiğini anladı, öfke ile sordu:

— O halde ne yapmalı, söyleyin, ne yapalım?

Samoilof kapının eşiğinde durarak sordu:

— Pelage, siz Korsanova'yı, şu fabrikada satıcılık eden kadını tanıyor musunuz?

— Evet, tanıyorum, niçin sordunuz?

— Bir kere ona söyleseniz... Belki bu broşürleri dağıtmayı üzerine alır.

Ana "Hayır!" demek isteyen bir davranışla elini sallayarak:

— O olmaz; hayır hayır, olmaz, boşboğaz bir kadındır! Hem sonra işin benden, bizim evden çıktığını anlarlar, hayır hayır, bu olamaz.

Birden aklına gelen bir düşünceyle sevinerek bağırdı:

— Siz verin o kağıtları bana! Ben bir yolunu bulurum. Gidip Marya'yı görürüm, beni yanına yardım için almasını söylerim; fabrikaya işçilerin yemeklerini taşırım; işte o vakit bir çaresine bakarız.

Elleri ile göğsünü sıkıştırarak onlara güven verdi. Kimseye belli etmeksizin işi yoluna koyacaktı. Sonra zafer çığlığı ile sözüne son verdi:

— Anlasınlar ki Pavel hapishanede iken de anası onlarla çarpışmaktan geri kalmıyor, bak, görsünler.

Üçüne de cesaret gelmişti. Yegor, hızlı hızlı ellerini oğuşturarak gülümsüyordu.

— Bravo nine, bravo; Ah bilseniz bu ne iyi bir şeydir, insanı şaşırtacak kadar derim, işte o kadar! dedi.

Samoilof, benzeri bir davranışla gülerek ekledi:

— Eğer başarırsanız ben hapishanede ölsem bile kendimi rahat döşeğimde imişim gibi mutlu sayarım.

Yegor mutlu bir sesle bağırdı:

— Siz mutlu bir hazinesiniz, nine, bir hazine!

Pelage gülümsedi. İş belliydi! Eğer o broşürleri fabrikaya sokabilirse bunları dağıtanın Pavel olduğu ortaya çıkmamış olacaktı. Kendinde bu görevi yerine getirecek gücü ve yeteneği bulmaktan doğan bir sevinçle titriyordu.

Yegor dedi ki:

— Pavel'i görmeğe giderseniz ona söyleyin, dünyada çok iyi bir anaya sahip olduğunu bilsin.

Samoilof gülüseyerek cevap verdi:

— Onu ziyaret gününden önce göreceğimi sanırım.

— Bir de ona söyleyin, ben ne yapmak gerekse yapacağım, bunu iyi bilsin.

Yegor Samoilof'u göstererek sordu:

— Ya tutuklamazlarsa?

— O vakit yapacak bir şey yok, katlanmalı!

İkisi de gülüşmeye başladılar. Kadın yanlışını anlamıştı. Bununla birlikte o da bunlarla beraber neşelendi; fakat yine de sıkılmıştı. Gözlerini yere indirerek:

— İnsan kendi ailesine bakarken arkasında kalanları, başkalarını iyi göremez!

Yegor bağırdı:

— Elbette, elbette! Pavel için siz hiç merak etmeyin, üzülmeyin, hapishaneden çıkınca onu eskisinden daha iyi bulacaksınız. İnsan orada rahat ediyor. Daha çok okuyor, öğreniyor. Oysa serbest iken bunları yapacak vaktimiz yoktur. Ben üç defa hapse düştüm. O kadar hoşuma gitmemişti, ama her defasında kafaca, gönülce çok yararlandım.

Ana dostça bir bakışla yüzüne bakarak:

— Soluk alırken güçlük çekiyorsunuz! dedi.

Yegor, parmağının birini havaya kaldırarak cevap verdi:

— Nedenleri var... İşte böyle, nine, anlaşıldı ya! Yarın biz size o şeyleri getiririz ve yüz yıllardan beri üstümüze çökmüş karanlıkları yok edecek o makina yeniden işlemeye başlar. Yaşasın serbest sözler, yaşasın ana kalpleri! Şimdilik Allaha ısmarladık.

Samoilof Pelage'nin elini hızla sıkarak "Allahaısmarladık" dedi:

— Ben böyle şeyleri kendi anneme söyleyemem.

Pelage, Samoilof'un gönlünü almış olmak için:

— Korkmayın. En sonra herkes anlayacak, dedi.

Onlar gidince ana kapıyı kapadı, odanın ortasına diz çökerek dışarda yağan yağmurun şıkırtısına kendini kaptırarak dua etmeye başladı. Ağzından bir sözcük çıkmaksızın direk kalbiyle dua ediyordu. Pavel'in bütün arkadaşları için dua etti. Gençlerin yüzleri duvarda asılı duran azizlerin resimleriyle kendisi arasından birer birer geçiyordu.

Ertesi sabah erken kalktı. Marya Korsonova'nın evine gitti. Satıcı kadın, her zamanki yağlı elbisesi ile idi; Pelage'yi acır bir biçimde karşıladı, eli ile omuzuna vurarak sordu:

— Canın sıkılıyor değil mi? Sabret, aldılar, götürdüler. Hiç bir kötülük yok, değil mi? Eskiden bir adam hırsızlık edince hapse atarlardı. Şimdi doğruyu söylediği için hapsediyorlar. Pavel belki de söylenmesi gerekli olmayan şeyleri söylemişti. Amacı arkadaşlarını savunmaktı. Korkma, bunu herkes biliyor. Herkes onun cesur bir genç olduğunu anladı, açıktan söylemiyorlar ama yine de biliyorlar. Ben de sana gelmek istiyordum. Vakit bulamadım. Aralıksız yemek pişiriyorlar, satıyorum. Bununla beraber yine de yoksulluk içinde öleceğime inanıyorum. Beni bitiren hovardalardır, ah şu haşarılar yok mu, işte onlar; her şeyimi yiyorlar, bitiriyorlar. Ekmeğe üşüşen bir sürü böcek sanırsın. Elime on ruble para geçti mi birisi damlar, bulduğunu aşırır, gider. Doğrusu kadın olmak kötü şey! Ne iğrenç yaşayış! Tek başına yaşamak güç, iki kişi beraber yaşamak daha güç!

Pelage sel gibi giden gözyaşlarını keserek:

— Ben de sana gelmiştim, dedi; beni yanına yardımcı olarak almanı rica edecektim.

Marya sordu:

— Nasıl olur?

Sonra Pelage sözünü bitirince işin olacağını gösteren bir davranışla başını sallayarak:

— Peki, dedi, hatırında mı sen beni kaç defa kocam ararken saklamıştın, şimdi de ben seni yoksulluktan koruyacağım. Hem mademki oğlun herkese ilişkin bir işten dolayı acı çekiyor, herkes sana yardımca olmalıdır. Pavel iyi delikanlıdır. Bunu herkes söylüyor, ona herkes acıyor. Bana kalırsa onun tutuklanması fabrika için iyi olmadı; zaten fabrikada olup bitenlere bir baksan anlarsın. Orada herkes bunlardan sözediyor, herkesin ağzında bu sözler... Fabrika müdürleri de düşünüyorlar! Ökçesini ısırdıkları adam çok gidemeyecek. On kişi yakalandı, yüz kişinin canı sıkılıyor. Halkla oyun oynanmaz, ihtiyatlı davranmalı, sabreder, sonra günün birinde parlayıverir.

İkisi de bir düşüncede idi. Ertesi gün yemek zamanında Marya çarşıya giderken Pavel'in annesi onun pişirdiği yemeği iki büyük toprak kap içinde fabrikaya götürüyordu.

Ana, hemen işçilerin dikkatini çekmişti. İçlerinden kimisi yanına yaklaşarak dostça sordular:

— Kendine bir iş bulabildin mi, Pelage ana?

Onu avutmaya çalışıyorlar, Pavel'in haklı olduğunu, yakında hapishaneden çıkacağını söylüyorlardı. Bazıları acıdıklarını ifade eden çekingen sözlerle, bir takımı açıktan açığa direktöre, jandarmalara söğüp sayarak konuşuyorlardı. Sözler zavallının kalbinde içten bir yankı uyandırıyordu. Pavel'e kızanlar ise tam ters duygularla ona uzaktan bakıyordu. İsai Gorbof dişlerini gıcırdatarak demişti ki:

— Ben vali olsam senin oğlunu asardım. Anlasın bakalım, herkesi yoldan çıkarmak nasılmış!...

Bu sözler anayı bir ölüm soğukluğu içinde dondurmuştu! İsai'ye karşılık vermedi. Yalnız çil lekeleri ile dolu ufak yüzüne bakarak içini çekti, gözlerini yere indirdi.

Ortalıkta bir şey geçtiğini görüyordu. İşçiler ufak kümeler halinde ötede beride toplaşıyor, alçak seslerle çoşkun tartışmalar yapıyorlardı. Durumdan kuşkuya düşen ustabaşılar her yanı dolaşmağa başlamışlardı. Arasıra söğüp saymalar, öfkeli kahkahalar ortalığa çınlatıyordu.

Bir defasında iki polis Samoilof'u yakalamış götürüyordu. Arkalarından yüz kadar işçi bunları izliyor, Polislere söğerek eğleniyorlardı. İçlerinden biri bağırdı:

— Nereye arkadaş? Gezmeğe mi gidiyorsun?

Bir başkası:

— Ne şeref arkadaşımıza! Çevresindeki askere baksanıza, saygı alameti!

Bir yığın kaba sözler çevrede yankılandı. İri yarı, tek gözlü işci şöyle bağırdı:

— Galiba hırsızları yakalamakta menfaatleri kalmadı; acısını namuslu adamlardan çıkarıyorlar.

Kalabalığın içinden biri kükredi:

— Hiç olmazsa bunu geceleyin yapsalar. Alçak herifler, güpegündüz rezaletten utanmıyorlar.

Polislerin yüzü korkunç ve somurtkandı. Hızlı hızlı yürüyorlardı; hiçbir şeyi görmemek, çevreden yağan hakaretleri işitmemek için kendilerini zorluyorlardı. İşçilerden üçü ellerinde uzun birer demir parçası ile onların karşısına çıkarak tehdit edercesine haykırdı:

— İnsan avcıları.

Samoilof, ananın önünden geçerken başını salladı, gülümseyerek:

— Aldılar; dedi.

Allahın garip bir kulu daha gidiyor! Kadın sustu, gülerek mapusaneye giden bu zeki, namuslu gençlerin acıklı hallerinden duyduğu üzüntü ile başını yere eğdi. Artık kuşkusu kalmamıştı. Kalbinde bunların hepsi için acıyan, şefkatli bir ana sevgisi vardı. Şimdi direktörlere karşı ağızlardan çıkan aşağılamaları işitmek hoşuna gidiyor, bütün bu davranışlarda kendi oğlunun etkisini duyuyordu.

Fabrikadan ayrılınca Marya'nın evine gitti. Ona yardım ederek, gevezeliklerine kulak vererek akşamı etti. Evine döndüğünde vakit pek geç olmuştu. Ev bomboş, soğuktu, çevresinde düşmanca bir hava dalgalanıyordu. Ne yapacağını, nereye oturacağını bilmeksizin bir köşeden öbür köşeye uzun süre dolaştı, Yegor'un söz verdiği halde uzun süredir gelmemesi canını sıkıyordu.

Dışarıda güz dönemine özgü esmer bir kuşbaşı kar yağıyor, camlara yapıştıktan sonra ıslak izler bırakarak eriyor, sessizce akıp gidiyordu. Ana, oğlunu düşünüyordu.

Kapı çekingence çalındı; çabucak koştu, sürmeyi çekti, Saşenka girdi.

Ana onu çoktan beri görmemişti; genç kızın çokca şişmanlamış olması ananın dikkatini çekti. Kendine bir yoldaş bulmuş olmaktan doğan bir sevinçle:

— İyi akşamlar, dedi. Sizi görmeyeli çok oldu, uzak bir yere mi gitmiştiniz?

Saşenka gülümseyerek:

— Hayır; hapiste idim, hatırlar mısınız Nikola İvanoviç'le beraber gitmiştik, dedi.

Ana, bağırdı:

— Hiç böyle şeyler unutulur mu? Yegor dün Nikola'nın hapisten çıktığını söylemişti. Sizden sözetmediler. Sizin hapiste olduğunuzu kimseden işitmedim.

— Söylemek yararsız, (Çevresine bakınarak) Yegor gelmeden önce ben şu elbiselerimi çıkarayım.

— Çok ıslanmışsınız!

— Bildirileri getirdim.

Kadın hemen atılarak:

— Aman, çabuk veriniz, dedi.

— Hemen şimdi...

Genç kız, mantosunu çözdü, silkinince destelerce kağıt uçuşmağa başladı. Ana gülerek bunları topluyordu:

— Ben sizi böyle şişman görünce evlendiniz de karnınızda çocuk var sanmıştım. Kaç broşür getirdiniz? Buraya yayan mı geldiniz?

— Evet...

Genç kız yine inceldi, boyu posu yine eskisi gibi, selvi gibi meydana çıktı. Ana dikkat etti, yanakları çukurlaşmış, büyüyen gözlerinin çevresinde iri, kara gölgeler meydana gelmişti.

— Demek sizi hapisten çıkardılar ha?

Sonra başını sallayıp içini çekerek ekledi:

— Hapisten yeni çıktınız, evinizde rahat etmeliydiniz, oysa siz böyle ağır bir yükle yedi kilometrelik yolu yürüyerek geldiniz.

Saşenka titreyerek cevap verdi:

— Öyle gerekti. Anlatın bana bakayım, Pavel ne halde? Çok heyecanlanmadı ya?

Ana:

— Hayır, hiç öyle kendisi için zararlı şeyler yapar mı? dedi.

Genç kız hafif, titrek bir sesle sözünü sürdürdü:

— Vücudu sağlamdır ya?

— Hiç hasta olmadı. Siz ne kadar titriyorsunuz! Durun bize bir çay yapayım, biraz reçel vereyim.

Saşenka belli belirsiz bir gülümseyişle:

— Fena olmaz, dedi, niye zahmet ediyorsunuz? Hem siz zahmet etmeyin, çayı ben hazırlıyayım.

Ana sitemli:

— Öyle şey olur mu? Siz yorgunsunuz...

Semaveri yakmaya başladı. Saşenka arkasından mutfağa gitmişti; oraya bir tahta iskemlenin üzerine oturdu, ellerini başının üstüne kenetleyerek:

— Evet, dedi, yorgunum; ne olursa olsun hapishane insanı bitiriyor. Ne fena şey o hal, hareketsiz, eylemsiz! Bundan daha korkunç bir şey olamaz. İnsan orada bir hafta, bir ay kalıyor, yapılacak şey belli. Orada bulunanlar sizden kendilerini aydınlatmanızı beklerler, siz de onlara gereken şeyleri öğretirsiniz. Bu faydalı faaliyete rağmen yine de vahşi hayvanlar gibi kafese konulmuş olmanız kalbinizi bitirir.

Ana sordu:

— Bunca sıkıntının mükafatını kimden beklemeli?

Biraz durduktan sonra içini çekerek yine kendisi karşılık verdi:

— Allah'tan gayrı hiç kimseden! Ona da siz inanmazsınız değil mi?

Genç kız başını salladı. Ana birden taşarak atıldı:

— Öyle ise ben de sizin dediklerinize inanmam.

Kömürden kirlenmiş ellerini önlüğüne silerek içten bir inanışla sözünü sürdürdü:

— Siz neye inandığınızı anlamıyorsunuz. Allah'a inanmaksızın böyle bir işe girişilebilir mi?

Dışarıda pencerenin kapakları altında gürültülü ayak sesleri işitildi, bir ses homurdandı, ana titredi, genç kız hemen ayağa kalkarak Pelage'nin kulağına:

— Sakın açmayın! Eğer gelenler jandarmalar ise siz beni tanımadığınızı söyleyiniz. Ben güya bu eve yanlışlıka, rasgele girmiş ve sonra burada bayılmışım da siz beni soymuşsunuz, o kağıtlar da benim üzerimden düşmüş olsun, anladınız mı dedikleri mi? dedi.

Ana şefkatle sordu:

— Bunun ne gereği var yavrum?

Saşenka kulağını dışarıya vererek:

— Durunuz dedi. sanırım bu gelen Yegor'dur. Gerçekten de gelen Yegor'du. Yağmurdan üstü başı sırılsıklamdı.

İçeri girince bağırdı:

— Oh ne güzel, semaver de hazır, bak bundan iyi şey olamaz! Vay, Saşenka, siz buradasınız ha?

Boğuk sesi ufacık mutfağı dolduruyordu. Ağırlaşan paltosunu çıkararak soluk almaksızın konuştu:

— İşte, nine, size bir genç kız ki memurların hiç hoşuna gitmez! Hapishane gardiyanlarından biri onu aşağıladığı zaman bilir misiniz ne yaptı? Eğer gelip özür dilemezse açlıktan kendini öldüreceğini söyledi. Gerçekten de sekiz gün yemek yemedi; zayıf düşmesinin sebebi de o. Peki benim karnıma ne dersin?

Bunu söyleyerek kısa kolları ile karnını sallayınca orada saklı duran kağıt parçaları yere düştü. Arkasından kapıyı kapayarak odaya geçti.

Ana şaşkınlıkla sordu:

— Sahi, sekiz gün yemek yemediniz mi?

Genç kız hafifçe omuz silkerek karşılık verdi:

— Herifin özür dilemesi gerekiyordu.

Ana, kendi kendine "Evet, hakkı var, öyle gerek" dedi.

— Ya açlıktan ölseydiniz?

Genç kız zayıf bir sesle:

— Ölseydim, ölürdüm, ama en sonunda geldi, özür diledi. Aşağılama bağışlanmamalıdır.

Ana, ağır bir söyleyişle:

— Evet, dedi, öyle olmak gerekir. Oysa biz kadınlar, bütün yaşayışımız boyunca hep aşağılanma görürüz.

Yegor o aralık kapıyı açarak sordu:

— Ben yükümü üstümden attım. Semaver hazır mı? Müsaade ederseniz gidip getireyim.

Semaveri kucakladı, odaya girerken:

— Benim babam dedi, günde en azından yirmi bardak çay içerdi, onun için hastalık görmeksizin rahat rahat yetmiş üç yıl yaşadı. Kilosu yüzü aşkındı. Ölünceye dek köyümüzün kilisesinde bekçilik etmişti.

Ana sordu:

— Siz baba İvan'ın oğlu musunuz?

— Evet! Nereden biliyorsunuz?

— Ben de o köydenim de...

— Demek ki bir köylüyüz, evlenmeden önce adınız ne idi?

— Seregin. Biz köyde sizinle komşu idik.

— Siz topal Nil'in kızı değil misiniz? Ben babanızı pek iyi tanırım, kaç defa kulağımı çekmiştir benim.

Şimdi, ikisi de ayakta, gülerek birbirini sorguya çekiyordu.

Saşenka bunlara bakarak gülümsüyor, bir yandan da çayı hazırlıyordu. Bardakların birbirine çarpmasından çıkan sesler anayı daldığı konuşmadan ayırdı.

— Affedersiniz, gevezeliğe daldım da sizi unuttum!

Saşenka dedi ki:

— Asıl affedilmek bize düşer, size böyle hizmet ettiriyoruz. O oo! saat on olmuş daha bir çok yere de uğrayacağım.

Ana, şaşkınlık içinde sordu:

— Nereye? Kasabaya mı?

— Evet!

— Artık gece oldu, yağmur da yağıyor, hem de yorgunsunuz, burada kalsanız! Yegor mutfakta yatar, biz ikimiz burada. Genç kız:

— Hayır, olmaz, gitmeliyim! dedi.

— Evet, evet, bırakınız gitsin, burada durmasın, hemen tanırlar. Yarın sabah gündüz gözü ile görülecek olursa iyi olmaz.

— Peki ama; yalnız başına nasıl gidecek?

Yegor hafifçe gülümseyerek:

— Zararı yok, dedi.

Genç kız, bir bardak çay daha koydu, bir parça çavdar ekmeği aldı, üstüne biraz tuz ekti. Düşünceli düşünceli ananın yüzüne bakarak yemeğe başladı. Ana sordu:

— Yalnız başına nasıl gidebiliyorsunuz bilmem ki! Nataşa da sizin gibi... Doğrusu ben yapamam, korkarım.

Yegor:

— Merak etmeyin, o da korkar, değil mi Saşenka? dedi.

Kız:

— Evet, dedi.

Pelage kızın yüzüne bakarak hafif bir şaşkınlık çığlığı ile:

— Çok yürekli imişsiniz, dedi.

Saşenka çayını içtikten sonra bir şey söylemeksizin Yegor'un elini sıkarak mutfağa gitti, Pelage de arkadan gelmişti.

Genç kız dedi ki:

— Pavel'i görecek olursanız benden selam söyleyiniz. Eliyle kapının sürmesini çektiği sırada idi ki birden döndü, yarım sesle Pelage'ye sordu:

— Müsaade eder misiniz, bir de sizi kucaklayayım?

Ana hiç cevap vermeksizin genç kızı sevgi ile kollarının arasına aldı:

Saşenka hafifçe: "Teşekür ederim" dedi; başını sallayarak çıktı gitti.

Ana, odaya girince endişeli endişeli pencerenin yönüne baktı. Karanlıkların yoğun, ıslak yığını arasında kar parçaları yarı erimiş bir halde aralıksız düşüyordu.

Yegor'un yüzü terden kıpkırmızı kesilmişti. Oturduğu iskemlenin üstünde bacaklarını açarak gürültülü bir solukla çayını üflüyordu. Halinde bir hoşnutluk vardı.

Ana da oturdu, misafirine üzgün üzgün bakarak ağır bir sesle dedi ki:

— Zavallı Saşenka şimdi nasıl gidecek?

Yegor:

— Evet, çok yorulacak! hapishane onu fena sarstı. Önceleri daha sağlamdı. Sıkıntı içinde yaşamaya alışmış bir kız da değildi. Zannedersem ciğerlerinde de hastalık var! dedi.

Ana hafif bir sesle sordu:

— Kimdir bu kız?

— Bir çiftlik sahibinin kızı. Babası zengin bir adam, alçak herif! Herhalde birbirleriyle seviştiklerini, birbirleriyle evlenmek niyetinde olduklarını biliyorsunuz?

— Kimle?

— Pavel'le o! Evet böyle; ama olamıyor ki!...

Birisi serbest kalınca öteki hapse giriyor.

Ana bir parça sustuktan sonra:

— Bundan hiç haberim yok, dedi. Pavel bana kendisinden hiç sözetmez.

O zaman kalbinde bu genç kıza karşı daha büyük bir acıma duygusu uyandı. Şimdi istemeden düşmanca Yegor'un yüzüne bakarak:

— Hiç olmazsa siz beraber gitmeliydiniz, dedi.

Yegor durgunca açıkladı:

— Gidemem. Benim burada yapacak bir çok işim var, yarın bütün gün yol yürüyeceğim. Benim gibi nefes darlığından şikayetçi olanlara göre böyle işler pek hoş değil.

Ana, Yegor'un demin verdiği haber üzerinde dalgın dalgın düşünerek:

— Ne fedakar kız, dedi.

Böyle bir haberi oğlundan başka birinin ağzından işitmiş olmak onu üzmüştü, dudaklarını ısırıyordu, kaşları çatıktı.

Yegor, başını sallayarak:

— Evet, dedi, ona acıdığınızı görüyorum. Bu doğru değil! Çünkü, devrimcilerin hepsine bir parça acıyarak olsanız acımanız yetmez. Açıkça konuşalım: Burada kimsenin yaşayışı rahatlık içinde geçmiyor. Geçenlerde arkadaşlarımdan biri sürgünden dönmüştü. Nijnij kasabasına geldiğimizde karısı ile çocuğu onu Smolensk kentinde bekliyordu. Arkadaşım Nijnij'den kalkıp Smolensk'e gitti. Ne yazık ki, o zaman da karısı ile çocuğu hapse atılmış bulunuyordu. Şimdi Sibirya çöllerine gitme sırası kadının.... Benim bir karım vardı. Öyle bir kadındı ki anlatamam, bu yaşayışa beş yıl dayanabildi. Sonra ver elini mezarlık.

Bir yudumda çayını bitirerek konuşmasını sürdürdü. Hapishanelerde, sürgünlerde geçirdiği yılları anlattı, kimi olaylardan, Sibirya'daki kıtlaktan, hapishanelerde öldürülen adamlardan sözetti. Ana, zulüm, işkence içinde geçen yaşayışı böyle sade, durgun bir dille, normal bir hadiseymiş gibi anlatan bu adamın yüzüne şaşkın şaşkın bakarak dinliyordu:

— Neyse şimdi kendi işimizden konuşalım, dedi.

Hemen sesi değişti. Yüzüne birden bir ağırlık geldi. Broşürleri fabrikaya sokabilmek için ne tedbir düşündüğünü sordu.

İşin ayrıntılarına varıncaya dek her şeyi o kadar iyi biliyordu ki bu hal Pelage'yi şaşırttı. En sonra işlerini yola koyunca yine köylerinden sözettiler. Yegor, işi şakaya getirerek uzaklarda kalan anıları yeniden canlandırıyordu. Garip bir şekilde fabrika önündeki bataklığa benzettiği o yerlerin değişmeyen tepelerini, orada rüzgarda sallanan ağaçları, kendi halinde biten küçük çamları, zayıf ak kayın ağaçlarını gözlerinin önüne getiriyordu. Pek yavaş büyüyen bu kayın ağaçları da bu çürük, oynak toprağın üstünde beş altı yıl yaşadıktan sonra devriliyor, çürüyüp gidiyordu. Ana, bu düzgün vücudu, derin gizli bir acı ile seyrediyordu. Sözlerin ahengine kendini kaptıran Pelage dalgınlaştı, gözlerinin önünde başka bir tablo canlanmaya başladı: yüzünün belirli, dirençli çizgileriyle bir genç kız, karlar altında yorgun, tek başına yürüyordu. Sonra, kendi oğlu, penceresi demir parmaklıklarla örtülmüş bir odada kapalı idi. Belki gecenin bu vaktinde hâlâ uyuyamamıştı ve düşünüyordu; ne var ki düşündüğü annesi değildi, çünkü onun için annesinden daha değerli bir varlık vardı! Bir yığın acı düşünce başıboş, biçimsiz bir bulut gibi üzerine geliyor, kalbini kahredercesine kaplıyordu. Yegor, gülümseyerek:

— Yorgunsunuz nine, haydi yatalım artık, dedi.

Kadın, kalktı. "Geceniz hayır olsun" dedikten sonra ayaklarının ucuna basarak mutfağa geçti. Bütün varlığı kalbini ısıtan bir acılık içindeydi.

Ertesi sabah çay içiyorlardı, Yegor:

— Diyelim ki sizi yakalar da bu kitapları nereden aldığınızı sorarlarsa ne cevap vereceksiniz?

— Sizin göreviniz değil karşılığını vereceğim.

— Öyle ama, onlar böyle düşünmezler ki. Onlara sorulsa bu görevin bütünüyle kendilerinin olduğu kanısındadırlar. Zaten böyle uzun uzadıya soruya meydan bırakmazlar ki.

— Ben de ağzımı açıp bir şey söyleyemem.

— Hapsederler.

— Ne ziyanı var; (İçini çekerek) hiç olmazsa bir işe yaramış olurum. Başka türlü kime yararım dokunabilir? Hiç kimseye!

Hem dediklerine bakılırsa artık hapishanelerde işkence etmiyorlarmış.

— Evet, size işkence etmezler! Ancak sizin gibi bir kadın kendini korumalıdır.

— Öyle ama sizin gibi adamlar olduktan sonra öyle şey düşünülemez.

Yegor sustu. Odanın içinde dolaşmağa başladı. Biraz sonra ananın yanına gelerek:

— Bizim köylü, dedi. İşler kötü! Hele sizin için, sezdiğime göre, hem de çok kötü.

Kadın, bir el işareti ile cevap verdi:

— Kötülük herkes için var. Gerçeği anlayabilenler için belki o kadar güçlük yok; ben de bir parça anlıyorum. Bu gençlerin amaçlarına bir parça aklım yatıyor gibi...

Yegor ciddi bir sesle:

— Nine, dedi, madem ki amaçlarını anlamağa başladınız. Artık sizin onlara, onların size ihtiyacınız var.

Kadın, Yegor'a bir göz atarak gülümsedi.

Öğleye doğru broşürleri korsesine yerleştirdi. Yegor kadının bundaki becerikliliğini görünce sevincinden dilini şıklattı.

Yarım saat sonra Pelage, arkasına aldığı yükün ağırlığı altında beli bükülmüş olarak benzeri soğukkanlılıkla fabrikanın kapısına vardı. İki bekçi, işçi kadınların alaylarından, söğüp saymalarından doğan kızgınlık içinde her geleni kaba bir davranışla araştırıyor, biraz ötede polis memuru, daha ötede meraklı bakışlarıyla kısa bacaklı, kırmızı yüzlü bir adam dolaşıyordu. Ana, omuzundaki sırığın yerini değiştirmekle uğraşırken bir yandan da göz ucu ile o adamı inceliyordu. Bunun bir sivil polis olduğunu anlamıştı. Kasketini ensesine devirmiş, kıvırcık saçlı bir delikanlı üstünü arayan bekçilere bağırdı:

— Herifler, ceplerime bakmayın, başımı araştırın, başımı!

Bekçilerden biri:

— Başında bitten başka ne var ? diye sordu.

— İyi ya onu araştırın. Sizin için bundan daha iyi hizmet mi olur?

Sivil polis hain bir bakışla delikanlıya bakarak yere tükürdü. O sırada ana gelmişti.

— Yol verin geçeyim, görmüyor musunuz arkamdaki yükü? Belim kırılacak.

Bekçi öfke ile bağırdı:

— Haydi, haydi çok söz istemez geç!

Pelage, yerine varınca yemek tencerelerini indirdi. Hem yüzündeki terleri siliyor, hem de çevresine göz gezdiriyordu.

Fabrikada çilingirlik yapan Gosef kardeşler hemen yanına geldiler. Büyüğü Vasili, kaşlarını uğuşturarak titrek bir sesle sordu:

— Börek var mı?

— Yarın getireceğim!

Bu ara parola idi. Delikanlıların yüzü aydınlandı; iki kardeşin küçüğü, İvan kendini tutamadı:

— Ah, sen ne iyi bir anasın!

Vasili yere çömelerek tencereye bakarken koynuna bir deste kağıt sıkıştırdı. Sonra, yüksek sesle İvan'a:

— İvan, dedi, eve gitmenin ne gereği var, burada yiyelim.

Bu sözleri söylediği sırada zararlı kağıtları çizmenin içine yerleştirmişti.

— Hem bu kadın da kazanmış olur.

İvan başını salladı:

— Öyle ya, hakkın var.

Gülmeye başlamıştı. Ana, çevresine çekingen çekingen bakınarak bağırıyordu:

— Çorba var! Sıcak şehriye çorbası var! Kızartma da var!

Kağıtları birer birer çıkartarak gizlice iki kardeşe veriyor, her kağıt paketini verdiği sırada o jandarma subayının hayali, karanlık bir odayı aydınlatan bir mum gibi sarı bir leke halinde birden gözünün önünde beliriyor, bir deste kağıt verdikçe kalbindeki nefret hislerinin tatmin olduğunu hissederek içinden:

— Haydi bunu da al! diyordu.

Her paketi verdikçe aynı duyguyla ekliyordu:

— Al bir daha!

İşçiler ellerindeki tabakları ile yaklaştıkça İvan Gosef kahkaha ile gülmeye başlıyor, ana kağıtları dağıtmayı bırakarak gelenlerin tabağına çorba koyuyordu. İki kardeş alay ediyordu:

— Pelage ana sen ne becerikli şeysin.

Ortadan bir ateşci üzgün bir sesle atıldı:

— Yoksulluk insanı her şeye alıştırır... Ne yapsın, ekmeğini kazanan adamı elinden aldılar, alçak herifler. Şimdi bir parça çorba satacak da üç beş kapik kazanacak... Üzülme her şey yoluna girer.

Kadın, gülümsedi:

— Bu iyi sözlerine teşekür ederim.

Ateşci oradan uzaklaşırken mırıldandı:

— Çok bir şey değil bu iyi sözler.

Ötede bir demirci gülerek:

— Yalnız şu var ki bu sözlere layık olacak adam yok!

Sonra omuzlarını silkerek şaşkın bir durumda ekledi:

— İşte, hayat böyle çocuklarım, öyle bir kaç iyi söze layık olacak adam kalmadı.

Vasili ayağa kalktı, pardösüsünü dikkatle ilikleyerek:

— Yemeği sıcak sıcak yedim ama içim üşüyor! dedi

O gittikten sonra kardeşi İvan kalkıp ıslık çalarak uzaklaştı. Kadın ara sıra iştah uyandıran sözler söyleyerek bağırıyordu:

— Sıcak çorbam var! Şehriye çorbası! Lahana çorbası!

Bu ilk deneyi oğluna anlatacaktı. O subay sarı yüzü ile, kızgın, şaşkın haliyle aralıksız hayalinde dolaşıyor, kara bıyıkları birbirine geçmiş oynuyor, öfkeden büzülen alt dudağının altından sık ve ak dişleri görünüyordu. Ananın kalbi sevincinden bir kuş gibi çırpıyor, şarkı söylüyordu; kaşları oynuyor, görevini böyle beceriklice yaparken içinden bir ses bağırıyordu:

— Al bir tane daha.

Önceki gün akşama dek hiç duymadığı yeni bir duygu kalbini tatlı bir okşayışla okşamıştı. Akşam işini bitirip de çayını içerken penceresinin altında bir atın ayak sesine benzer bir şey duydu, bunu tanıdığı bir insan sesi izledi. Birden ayağa kalkarak mutfağın kapısına gitti. Bir adam geniş adımlarla eve doğru geliyordu. Kalbi çarpmağa başladı; pencerenin pervazına dayanarak kapıyı ayağı ile itti.

Tanığı bir ses:

— Akşamlar hayır olsun, nine! dedi. Kuru, uzun bir çift el omuzuna kondu. Umudunun boşa çıkmış olması kalbini üzmüştü. Ne var ki karşısında Andre'yi görmek sevinci de o kadar büyük oldu. Kalbi bu iki duygu arasında gidip gelen köpürmüş bir dalga gibi taşıyordu. Küçük Rusyalının kolları arasına düştü. Küçük Rusyalı onu olanca gücüyle bağrına basarken o hiç bir söz söylemeksizin sessizce ağlıyordu. Andre, kadının saçlarını okşadı. Sesinde yine eski ezgili uyum vardı:

— Ağlamayın nine, ağlamayın, kalbiniz üzülmesin; namusum üzerine yemin ederim, yakında onu da bırakacaklar, aleyhinde hiç bir delil bulamadılar. Arkadaşlarımın ağzından bir söz bile alamadılar, sanki hepsi duvar kesilmişti.

Uzun kollarıyla Pelage'nin omuzlarını sararak odaya sürükledi, götürdü. Odaya girince kadın Andre'nin boynuna atıldı, onu bütün gücüyle bağrına bastıktan sonra bıraktı. Şimdi Andre söylüyor, kadın dinliyor; ciğerlerinin olanca gücüyle tüm nefes alma ihtiyacını karşılamak istercesine onun sözlerini sanki içiyordu:

— Pavel size selam söyledi; sağlığı yerinde, sevinçli çok sevinçli! Hapishane bu aralık biraz darlaştı; buradan, kasabadan belki yüzü aşkın adam tutukladılar. Her odaya üç dört kişi koyuyorlar, hapishane memurlarının yönetimi kötü değil, kötü davranmıyorlar, ne var ki bıkmışlar, usanmışlar onlarda. O jandarma dedikleri Allah'ın belası herifler onları bir dakika boş bırakmıyorlar ki. Arada bir "efendiler rahat durunuz! biz hoş olmayan davranışlara zorlamayınız!" diyorlar. İşte böyle her şey yolunda gidiyor, istediğimiz gibi görüşürüz, birbirimizin kitaplarını okur, yemeklerimizi paylaşırız. Ne güzel hapishane! Biraz eski, biraz pis ama öyle sıkıntılı değil, insanı sıkmıyor, kısacası hoş! Adi davalardan dolayı mahkum olup gelenler de kötü adamalar değil, bize öyle hizmetlerde bulundular ki... En sonunda Yukin'i, beni ve dört kişiyi daha çıkardılar. Hapishanede yer kalmamıştı. Yakında Pavel'i de bırakacaklar. Yediğim ekmek gibi biliyorum. En çok hapishanede kalacak Vesofçikof'tur. Çünkü ona karşı çok kızgınlar; durmadan rastgeldiğini aşağılıyor. Jandarmalar ondan son derece ürküyor. Böyle giderse ya mahkemeye gidecek, ya dayak yiyecek. Pavel onu yatıştırmaya çalışıyor, "Sussana Nikov, onları dövmekten ne çıkar! Sanki düzelecekler mi?" deyip duruyor, o hiç dinler mi? Durmadan bağırıyor: "Bunlar yeryüzünde birer yara, ben bunları kırıp atacağım" Pavel'in gidişi pek iyi; sağlam ve ağır. Herkese karşı çok iyi. Bak tekrar ediyorum, yakında çıkacak.

Kadın rahatladı. Gülümseyerek:

— Evet, yakında çıkacak. Ben de biliyorum, ama...

— Evet, evet, hem pek iyi olacak. Bana biraz çay veriniz, bakayım. Siz ne yaptınız, nasıl vakit geçirdiniz?

Andre, gülümseyerek kadının yüzüne bakıyor, yuvarlak gözlerinin mavi derinliklerinde sevimli ama üzgün bir ışık parlıyordu. Ana, geniş bir solumayla içini çektikten sonra:

— Sizi çok seviyorum, Andre! dedi.

Ötesi berisi ince kıllarla örtülü zayıf yüzüne dalgın gözlerle bakıyordu. Küçük Rusyalı oturduğu sandalyenin üzerinde sallanarak cevap verdi:

— Ben çok istemiyorum, bir parça sevseniz de yeter. Ben sevdiğinizi bilirim. Siz zaten herkesi sevebilirsiniz, kalbiniz o kadar büyüktür.

Ana diretiyordu:

— Hayır, sizi özellikle çok seviyorum, sizin bir anneniz olsaydı sizin gibi bir oğlu olduğundan dolayı onu herkes kıskanırdı.

Küçük Rusyalı elleriyle başını ovarak salladı; yavaş bir sesle:

— Benim de bir annem var, ama bilmem nerede? dedi.

Pelage sözü değiştirdi:

— Biliyor musunuz, bugün ne yaptım?

Broşürleri fabrikaya nasıl soktuğunu sevincinden kekeliyerek biraz abartmalı bir biçimde anlattı.

Andre, şaşkınlıktan ilk önce gözlerini oğuşturdu. Sonra parmağa ile başına vurarak sevincinden bağırdı.

— O oooo! Gerçekten yaptığınız iş oyuncak değil, adamakıllı ağır bir iş! Buna en çok sevinecek olan Pavel'dir! Nine, nine, bu çok iyi bir şey.

Sevincinden parmaklarını şaklatıyor, ıslık çalıyor, sandalyesinin üstünde duramıyordu. Bu taşkın sevinç Pelage'yi çok mutlu etmişti. Sanki dili açılmış çoşku dolu sözlerle gürül gürül akan bir ırmak gibi konuşuyordu:

— Ah, azizim Andre, kimi zaman kendi yaşayışımı düşünürüm, aman rabbim, ne yaşayış, ne yaşayış! Kocamdan başka kimseyi görmez, korkudan başka bir şey bilmezdim... Pavel'in nasıl büyüdüğünün bile farkında değildim, kocam sağ iken oğlumu seviyor muydum, sevmiyor muydum, onu bile bilmiyordum!.. Bütün düşündüklerim, bütün kaygılarım bir noktada toplanırdı: Koca dediğim o vahşi hayvanı beslemek! Evet o doysun, arzusu yerine gelsin de kudurmasın, kızmasın, hiç olmazsa bir defalık beni dövmesin diye... Yine de bunu bir defacık yaptığını hatırlamıyorum! Beni öyle döver, öyle döverdi ki görenler sade karısını dövüyor değil, kime kızmışsa sanki hepsinin öcünü alıyor sanırdı.

İşte böylece yirmi yıl yaşadık. Evlenmemden önceki zamanlara gelince, onu hatırlamıyorum. Kafamı karıştırıyorum, o zamanı gözümün önüne getirmek istiyorum, ne mümkün bir şey görmek, sanki kör oluyorum... Yegor İvanoç'le ikimiz bir köydeniz, geçenlerde oturduk, öteden beriden çene çalıyorduk. Köyümüzün evlerini hatırlayabiliyordum, ne var ki nasıl yaşadıklarını, ne konuştuklarını başlarına neler geldiğini mümkün değil hatırlayamıyorum. Aklımda sadece yangınlar kalmış, iki büyük yangın. Kocam beni öyle dövdü, öyle dövdü ki bende hiç bir şey bırakmadı. Ruhum her şeye kapanmış, kör ve sağır olmuştu.

Ana, burada bir soluk aldı, sudan çıkarılmış bir balık gibi bütün gücü ile havayı soludu. Sonra ileriye doğru eğilerek yavaş bir sesle hikayesini sürdürdü:

— Kocam öldükten sonra oğluma dört elle sarıldım; ne var ki o da bu işlerle uğraşmaya başlamıştı. Ona acıyor, kendi kendime "bu da ölürse ben yalnız başıma nasıl yaşayabilirim?" diyordum. Neler, ne korkular, üzüntüler duydum bilseniz! Çocuğumun geleceğini düşündükçe kalbim sanki parça parça oluyordu.

Burada başını sallayarak sustu. Sonra yine anlamlı bir biçimde söze başladı:

— Biz kadınların, sevgisi hep böyle pistir! Kime muhtaç isek onu severiz... Daha sonra sizi, annenizi düşünür gördüm; buna ne ihtiyacınız olabilirdi ki? Sonra bütün halk için acı çekenlerle, mapushanelere, sürgünlere gönderilenlerle; gittikleri yerde ölen, asılan, geceleri tek başlarına karda, çamurda, yağmurda yuvarlananlar ve bizi görmek için yedi kilometrelik yolu yayan yürüyen kızlarla tanıştım. Bütün bunlar neden? Çünkü seviyorlar! Temiz ve lekesiz bir sevgi ile seviyorlar!.. Onların güvenleri var, güvenleri. Anlıyor musun Andre? Ben ise böyle sevmeyi bilmiyorum; ben yalnız benim olan şeyleri, bana yakın bulunanları sevebiliyorum.

Küçük Rusyalı başını çevirerek:

— Hakkınız var, dedi.

Sonra alışık olduğu bir davranışla başını, yanaklarını, gözlerini şiddetle oğuşturarak sözünü sürdürdü:

— Herkes kendine yakın olanı sever, büyük kalpler için uzak

olanlar da yakındır, siz pek çok sevebilirsiniz, siz de sonsuz bir analık sevgisi var.

Kadın, alçak sesle cevap verdi:

— Öyle olsun; ben de seziyorum ki böyle yaşamak iyidir. Örneğin, sizi belki Pavel'den daha çok severim. Çünkü o çok kapalı bir çocuk, işte örneği Saşenka ile evlenmek istediği halde bana hiç bir şey açmadı, ben ki annesiyim.

Küçük Rusyalı atıldı:

— Hayır, hayır, düşünceniz doğru değil. Ben işin aslını biliyorum. İkisinin de birbirini sevdiği doğru. Fakat ortada evlenmek gibi bir durum yok. İşin aslına bakarsan Saşenka evlenmeyi ister, ama Pavel...

Ana düşünceli:

— Tuhaf, dedi.

Üzgün gözleri ile Andre'ye bakarak ekledi:

— Evet, işte böyle! İnsanlar kendi kendilerini yadsıyorlar.

Küçük Rusyalı hafif bir sesle:

— Pavel olağanüstü bir adamdır, dedi; karakteri demir gibi.

Ana şöyle dedi:

— Şimdi de hapiste! Gerçekten can sıkıcı, korkutucu şey, ancak önceki korkunçluk yok... Çünkü ne eski üzüntüler kaldı, ne eski yaşayış! Benim ruhum bile değişti, gözlerim açıldı, şimdi artık görüyor, aynı zamanda hem seviniyor, hem üzülüyorum. Kimi şeyler var ki ben onları anlayamıyorum, örneğin sizlerdeki inanmazlık beni fena ediyor. Buna bir çare göremiyorum, biliyorum ki siz halka hizmet için kendinizi çetin bir yaşayışa attınız. Doğruyu yaymaya çalışıyorsunuz. Sizin gerçek dediğiniz şeyi ben de artık anladım: Yeryüzünde zengin, güçlü adamlar bulundukça halk için ne adalet olabilir, ne zevk, ne bir şey... Bu böyle Andre, bu böyle...Ben sizin aranızda yaşıyorum. Kimi zaman geceleri geçmişte yaşayışımı, ayaklar altında ezilen vücudumu, kırılan genç kalbimi düşünür kendi kendime acırım! Oysa doğrusunu söylemeliyim ki, şimdiki yaşayışımda bir güzellik ve mutluluk görüyorum.

Küçük Rusyalı ayağa kalktı. Odanın içinde gezinmeye başladı. Yüzü düşünceliydi:

— Hakkınız var, söyledikleriniz hep doğru! Kerç şehrinde bir genç yahudi vardı, şiir yazardı. Şiirlerinin birinde "Masumken öldürülenleri gerçeğin mucizeli gücü diriltir." yolunda bir mısrası vardı. Bu adam da öldü, subay onu öldürdü. Neyse bunun önemi yok. O bildiği bir doğruyu insanların kalbine yerleştirdi. Siz de öldürülmüş bir masumdunuz. Şimdi diriliyorsunuz. Zavallı şair pek iyi söylemiş.

Kadın dedi ki:

— Söylediklerime kendim de inanamıyorum. Bütün yaşayışım boyunca sustum. Ağzımı açmadım!... Düşündüğüm yalnız bir şey vardı; sabah olunca sağ salim akşamı edebilmek, kendimi göstermeksizin, kimse benden haberdar olmaksızın yaşamak. Oysa şimdi her şeyi ve herkesi düşünüyorum. Herkese acıyor, herkesin mutluluğu için dua ediyorum. Özellikle sizin mutluluğunuz için de, Andre.

Andre, ananın yanına yaklaştı:

— Teşekür ederim, benim kişiliğimden sözetmek gerekmez, dedi. Ananın ellerini elleri arasına alarak bütün gücü ile sıktı, sarstı...

Pelage heyacandan yorgun düşmüştü, ses çıkarmadan acele etmeden tabakları yıkıyordu; gittikçe artan cesaret duygusu kalbini ısıtmaya başlamıştı.

Küçük Rusyalı geniş adımlarıyla gezinerek:

— Nine dedi, Vesofçikof'a biraz bakmalısınız; onun hali fena! Babası da kendisiyle beraber mahpus, görseniz o ihtiyarı, ne iğrenç şey! Oğlunu pencereden gördü mü sövüyor! Bu iyi bir durum değil! Delikanlı ise iyi bir adam, o herşeyi köpekleri, hayvanları, bütün yaratıkları sever, sadece insanları değil. Babasıyla oğluna bakınca bir insanın ne kadar bozulabileceğini daha iyi anlıyabiliyorsunuz.

— Annesi arkada hiçbir şey bırakmadan öldü gitti; babası hem hırsız, hem sarhoş...

Andre yatmaya gidince kadın ona göstermeksizin haç çıkardı. Yarım saat sonra:

— Uyumadınız mı daha, Andre? dedi.

— Hayır, niye sordunuz?

— Hiç. İyi geceler.

Andre minnetle karşılık verdi:

— Teşekür ederim.

Ertesi gün, ana, arkasında yüküyle fabrikanın kapısına geldiğinde bekçiler sert bir davranışla onu durdurdular, tencereleri yere bırakmasını emrettiler, üstünü, başını dikkatle aramağa başladılar. Onlar araştırırken ana durgun haliyle:

— Çorba soğuyacak canım, diyordu.

Bekçilerden biri sert bir sesle bağırdı:

— Sus!

Öteki omuzunu hafifçe dürterek tahminini yineleyerek:

— Ben söyledim ya dedi, kağıtları duvarın üstünden atıyorlar!

Daha önce kadının yanına gelen ihtiyar Sizof, çevresine bakmayarak alçak bir sesle sordu:

— İşittin mi?

— Neyi?

— Broşürler yine ortaya çıktı, her yana dağıtıyorlar. Bir çok kimsenin tutuklanışı, şurada burada yapılan araştırmalar yine bir işe yaramadı. Benim yeğenim Mazin hapiste, senin oğlun da oradadır. Oysa kağıtlar yine eskisi gibi ortalıkta dolaşıyor, demek yapanlar onlar değilmiş.

Sonra sakalını karıştırarak ekledi:

— Bu işlerde kişinin önemi yok, bunları yapan düşüncelerdir.

Düşünce öyle bit yakalar gibi yakalanır mı?

Sakalını avuçları arasına aldı, kadının yüzüne bakarak uzaklaşırken:

— Niçin bize hiç gelmiyorsun dedi, tek başına insanın canı sıkılır, gel de çayı beraber içelim.

Ana, teşekür etti. Yemeklerinin adını bağırarak sayarken bir yandan da gözleriyle fabrikadaki yaşayışı izliyordu. Bütün işçiler sevinçli görünüyor, ötede beride küme küme toplanıyor, sonra dağılıyor, tezgahların birinden diğerine koşuyorlardı. Sesler çoşkun, yüzler sevinçliydi. Kasvetle dolu olan havada sanki bir yüreklilik esintisi, bir dayanışma havası dolaşıyordu. Kimi zaman bir köşeden, kimi zaman bir başka yandan bir diğerini doğrulayan haykırışlar, alaylar, kimi zaman tehdit edici sesler işitiliyordu. En ateşliler gençlerdi, yaşlılar daha çekingen davranıyor, yalnız gülümsüyorlardı. Aralıkta ustabaşılar, müdürler sıkıntılı halleriyle dolaşıyor, polis memurları koşuşuyor, işçiler bunları görünce yavaş yavaş kümeden ayrılıyor, ya oldukları yerde kalarak susuyor, ya da hiçbir şey söylemeksizin polislerin kızgın, öfkeli yüzlerine bakıyorlardı.

İşçilerin hepsi temiz görünüyordu. Kimi zaman Gosef kardeşlerin büyüğü, uzun boyuyla ötede beride dolaşıyor, küçük kardeşi onun yanında gülerek yürüyordu.

Danilof adında bir çilingir ustasıyla işçilerden İsai ağır adımlarla ananın önünden geçtiler. İsai kısa boylu, şişman bir adamdı; başını arkasına, boynunun sol yanına eğmişti. Çilingirin duygusuz, şişkin yüzüne bakıyordu. Birden bağırarak:

— Bak, dedi, İvanoviç, gülüyorlar, seviniyorlar! Oysa direktör geçen gün ne demişti? Bu iş hükümetin yıkılmasıyla ilgili bir iştir; öyle iken yine gülüyorlar, seviniyorlar. Danilof ellerini arkasına kavuşturmuş dişlerini sıkıyordu, yüksek sesle bağırdı:

— Köpekoğlu köpekler, istediğinizi bastırın, ne yaparsanız yapın, yalnız sakın benden söz etmeyin.

Vasili Gosef anaya yaklaşarak:

— Biraz yiyecek ver bakalım, dedi. Senin yemeğin iyi.

Sonra sesini alçaltarak, gözünü kırparak ekledi:

— Gördünüz ya amaca ulaştık, pek iyi, pek iyi, gerçekten iyi oldu nine!

Ana başı ile sevinçli bir işaret yaptı. Mahallenin en çapkın delikanlısı olan bu adamın şimdi böyle gizli gizli, nezaketle konuşması onu sevindiriyordu; fabrikadaki ateşli çalışmayı görünce sevinerek kendi kendine:

— Ya ben burada olmasaydım! dedi.

Üç işçi onun yanıbaşında durdu. İçlerinden biri üzgün:

— Aradım, aradım, bulamadım.

— Onları almalı da okumalı... Ben okumak değil hecelemek bile bilmem, ama anlıyorum ki, onların bir yararı var.

Üçüncüsü çevresine bakınarak önerdi:

— Haydi ocağın başına geçelim, orada size okurum

Gosef kirpiklerini oğuşturarak mırıldandı:

— Şu kağıtlar yok mu, müthiş etki yapıyor.

Pelage, eve döndüğünde sevinçliydi. Çünkü dağıtılan kağıtların amaçlanan hedefe ulaştığını kendi gözüyle görmüştü.

Andre'ye dedi ki:

— Herifler okuyup yazma bilmediklerine yanıyorlar. Ben gençliğimde okumak bilirdim. Sonra unuttum.

Küçük Rusyalı:

— Yine öğrenmeye çalışmalı, dedi.

— Bu yaştan sonra mı? Herkesi kendime mi güldüreyim?

Andre, raftan bir kitap aldı, bıçağının sivri ucuyla bir harfi göstererek:

— Bu ne? dedi.

Pelage gülerek:

— R! dedi.

— Ya bu?

— A!

Kadın küçük düştüğünü sezerek sıkılmıştı; ona öyle geliyordu ki, Andre'nin gözleri, göstermek istemediği bir gülümseyişle alay ediyordu. Onun için başını çevirdi. Sesi düzgün ve güzeldi. Ana Andre'nin yüzüne bir yan bakışla baktı, haline bir ağırlık gelmişti; elinde olmayan bir gülümseyişle sordu:

— Beni okutmak mı istiyorsunuz, Andre?

— Niçin olmasın? Madem ki vaktiyle biliyordunuz; şimdi çarçabuk hatırlarsınız bunu başaracak olursak ne alâ, olmazsa ne zararı var! Bu harf ne?

— L!

— Peki, ya bu?

O, şimdi kaşlarını oynatarak, kafasını toplayarak unuttuğu işaretleri hatırlamağa çalışıyordu. Öyle dalmıştı ki her şeyi unutmuştu. Çok geçmeden gözleri yoruldu. İlk önce yorgunluktan, sonra üzüntüden gözleri yaşla doldu, hıçkırıklarla ağlamaya başladı.

— Okumayı öğreniyorum! Ölümüm yaklaştı, ben okumaya başlıyorum!

Küçük Rusyalı, alçak, okşayıcı bir sesle:

— Ağlamayınız, ağlamayınız! dedi, başka türlü yapamazdınız! Diğer insanların da sizin gibi kötü yaşamakta olduklarını artık biliyorsunuz. Oysa birçok kişi sizden daha iyi durumda olduğu halde yine de hayvan gibi yaşıyorlar, sadece geçimleriyle övünüyorlar. Oysa o geçimde ne var ki iyi olsun? Bir gün çalışıp kazandıklarını ertesi gün yiyorlar, çalışmak ve yemek!.. İşte hergünkü yaşayışları... Ara, sıra çocuk sahibi de olurlar. İlk önce bu hoşlarına gider, bununla eğlenirler, sonra çocuklar da çok yemeğe başlayınca kızarlar, sövüp sayarlar. "Oburlar çabuk büyüyün de kendi ekmeğiniz kendiniz kazanın" derler. Onlar, çocuklarını hayvanlar gibi bir an önce kendi başlarının çaresine bakmaları için başlarından atmaya çalışırlar. Çocuklar ise bu düşünceye inat durmadan midelerini doldururlar. Tekdüze yaşayış böylece sürüp gider. Ne ruhları bir sevinç tadar ne kalpleri düşünceyle tadlanır! Bir takımı fakirler gibi hep dilenir, bir takımı başkalarının malını çalar! Kanunlar haince yapılmış, halkın başına memur diye eli değnekli adamlar dikilmiş, bu memurlara "herkesi bu kanunlara boyun eğdirin, bunlar sayesinde biz onların kanını emebiliriz!" denilmiş! Baskıya boyun eğmeyenlere ise yeni kurallar uydurularak hayat zindan edilmiş.

— Dirseklerini masaya dayamış, düşünceli bakışlarıyla ananın yüzüne bakıyordu. Bir süre sonra ekledi:

— İşte, bu insanlardır ki soydaşlarının düşüncesine, vücuduna vurulan zincirleri kırarlar. Bakınız, siz de bunlardansınız, siz de kendi gücünüze göre bu işle uğraşıyorsunuz.

Ana atıldı:

— Ben mi? Ben ne yapabilirim ki?

— Evet, siz! Bu iş tıpkı yağmur gibidir, herkes bir damladır ve bir buğday tanesini besler. Ah, bir de okumayı öğrenirseniz...

Gülmeye başladı; ayağa kalkarak odada geniş adımlarla dolaştı:

— Evet, hem de çok çabuk öğreneceksiniz, Pavel gelince şaşacak.

— Hayır Andre, hayır! Gençlikte her şey kolaydır. Yaşlandıkça üzüntü artıyor, güç azalıyor, kafada hiç bir şey kalmıyor.

Akşam üzeri Küçük Rusyalı, dışarı çıktı. Ana, lambayi yakarak masanın başına oturdu. Bir çorap örmeğe başladı. Çok geçmeden ayağa kalktı, ikircikli bir kaç adım attıktan sonra mutfağa gitti, kapının sürmesini çekerek odaya geldi, pencerenin perdelerini indirdi. Raftan bir kitap aldı, masanın başındaki eski yerine oturdu, yüzünü kitabın sayfaları üstüne eğdi, dudakları oynamağa başladı. Sokakta bir gürültü olunca titreyerek kitabı kapatıyor, çevreyi dinliyor, sonra gözlerini kimi zaman açarak kimi zaman kapayarak mırıldanıyordu.

— L.A.V.Y.H.

Kapı vuruldu; ana birden ayağa fırladı, kitabı rafa bıraktı, mutfağa geçerek korkulu bir sesle sordu:

— Kimdir o?

Ribin içeri girdi. Selamlaştıktan sonra bir süre sakalını sıvazlayarak odanın içine bir göz gezdirdi:

— Önceleri kapıyı sormadan açardın. Yalnız mısın?

— Evet!

— Ya, ben de Küçük Rusyalıyı burada sanıyordum. Onu bugün gördüm. Hapishane insanı bozmuyor. Bizi en çok bozan kendi ahlaksızlığımızdır.

Odaya girdi, oturarak sözünü sürdürdü:

— Şimdi sana bir şey söylemek isterim, aklıma bir şey geldi...

Yüzünde ağır, anlaşılmaz bir anlatım vardı. Pelage, nedenini anlamaksızın korktu; karşısına geçti, bir şey söylemeksizin, ilgi ile dinlemeğe başladı; Ribin ağır sesi ile anlatıyordu:

— Bildiğiniz gibi her şey parayla olur, doğmak, ölmek bile... Bundan dolayı broşürler, kağıtlar da para ister. Biliyor musun bunlar için gereken para nereden bulunuyor?

Ana bir tehlikenin varlığını sezer gibi oldu. Yavaşça cevap verdi:

— Hayır bilmiyorum.

— Ben de bilmem. Sonra, o broşürleri kim yapıyor? Onu biliyor musun?

— Okumuş adamlar.

Ribin kısaca:

— Büyük adamlar, bizden yüksek insanlar, dedi. Sesinin uyumu gittikçe derinleşiyordu; sakallı yüzü gerilmiş, kıpkırmızı olmuştu.

— Anladın ya, o kağıtları büyük adamlar yapıyorlar; bu kağıtlar hep bizi ezenlere, büyüklere karşıdır. Şimdi söyle bana bakayım, bu adamlar halkı kendilerine karşı ayaklandırmak için paralarını harcamakta ne yarar buluyorlar?

Ana, birden gözlerini kapadı. Sonra açarak korku içinde sordu:

— Sen bunun için ne düşünüyorsun, bakayım; senin düşüncen ne?

Ribin bir ayı gibi ağır ağır sallanarak cevap verdi:

— Ya; işte ben de bunun nedenini bulamıyorum; iş buraya gelince ben de şaşırıyorum!

— Bizi aldatıyorlar galiba; bilmem ama benim görebildiğim bu! Çünkü bak, kibarlar, okumuş adamlar incelmek, nazikleşmek istiyorlar, ben ise bunu istemem; ben, gerçeği isterim, ben doğrudan anlarım ve anladım... İşte bunun içindir ki ben, zenginlerle bir kafada olamam, onlar size muhtaç olunca sizi öne sürerler, sizin kırılan kemiklerinizin üstünden yürüyerek amaçlarına doğru giderler.

Bu tatsız sözler ananın kalbini sıkıyordu. Acı içinde bağırdı:

— Aman yarabbi! Pavel nasıl oldu da bunu anlayamadı! Ya o şehirden gelen adamlar, bunlarnı hepsi yoksa şey mi?

Nikola İvanoviç'in, Yegor'un, Saşenka'nın ciddi, dürüst yüzleri gözünün önüne geldi, kalbi çarpmağa başladı, başını sallayarak:

— Hayır, hayır! dedi, buna inanmam. Onları vicdanları yönetiyor, onların hiç bir kötü düşünceleri ve amaçları olamaz, hayır.

Ribin, düşünceli, sordu:

— Kimden söz ediyorsun?

Pelage, düşünceli cevap verdi:

— Hepsinden, bütün gördüklerimden. Onlar insan kanına el sürmezler.

Alnında ter damlaları belirdi. Parmakları titriyordu. Ribin başını eğerek:

— Onlara bakma nine, dedi, uzaklara, daha uzaklara bak; çünkü, bize en çok yaklaşanlar da yaptıklarını bilmezler. Onlar, iyi bir şey yapıyoruz sanırlar, gerçeğe aşıktırlar. Belki de bunların arkasında başkaları vardır, işte asıl bunlar gerçek menfaatperestlerdir. Yoksa, insanlar bir neden olmaksızın kendi zararlarına çalışmazlar.

Yüzyıllardan beri imanı sarsılmamış bir köylü inanışıyla ekledi:

— Ne kibarların, ne de okumuş adamlarnı elinden iyi şey çıkmaz, iyilik gelmez. Anladın mı? Bu böyle!

Ana, yine anlaşılmaz bir kuşku içine düşerek sordu:

— Şimdi neye karar verdin?

Ribin, bir saniye sessizce kadına bakarak:

— Ben mi? dedi, benim kararım şu ki kendimizden yüksek adamlarla birleşmeliyiz.

Yine sustu. Düşüncelerini toparlamağa çalışıyordu.

— Ben gidiyorum nine, ben de arkadaşlarımla beraber bulunmak, onlarla birlikte çalışmak isterdim. Vücudum bu işe gelir. İnatçıyım, budala değilim, okur yazarım, davadan da insanlara nasıl bahsetmek gerektiğini bilirim. Nine, ben bilirim; insanların ruhu kirlidir, hepsinde kıskançlık var, hepsi yiyip yutmak ister, hep parçalanacak av da az olduğundan komşularını yemeğe çalışırlar.

Başını eğerek düşüncelerine daldı:

— Tek başıma köylere, kentlere gideceğim, halkı ayaklandıracağım. Kalksın yürüsün, özgürlüğü ele geçirsinler. Ben inanıyorum ki, doğruyu anlayacak olurlarsa kendilerine bir çıkış yolu bulabilir. İşte, ben onlara dünyada gönül bağlanacak hiç bir kimse bulunmadığını, insanın yalnız kendi kendine güvenmesi gerektiğini, yalnız aklıyla davranabileceklerini anlatacağım. O kadar!

Ana, Ribin'e acıyordu. Onun alınyazısından korkmuştu. Bu ana dek ondan hiç hoşlanmamıştı. Ancak, şimdi onu kendine daha yakın, daha uysal buluyordu. Elinde olmadan düşünmeye başladı:

— Pavel bir yoldan gidiyor, Ribin bir başka yoldan. Pavel bunun gibi zahmet çekmeyecek.

Alçak sesle dedi ki:

— Seni yakalarlar!

Ribin, kadına bir göz atarak cevap verdi:

— Hapisten çıkar, yine başlarım!...

— Köylüler seni teslim ederler. Hem belki devamlı hapiste de kalabilirsin?

— En sonra yine çıkarım ya. Ondan sonra yine işime başlarım. Köylüler onlara beni bir ya da iki kez teslim ederler; en sonra sözümü dinlemenin daha iyi olacağını anlarlar. Ben onlara ne diyeceğim bilir misiniz? "Bana inanmayınız, salt beni dinleyiniz" Böylelikle beni hem dinleyecekler hem dediklerime inanacaklar.

Şimdi ikisi de ağır ağır, sanki her sözü söylemeden önce tartışıyormuş gibi konuşuyorlardı. Ribin:

— Ben artık yaşamaktan çok tat duymuyorum, dedi. Bu son zamanlarda burada görüp yaşadığım şeylerdan anladım ki, yeni doğmuş bir çocuğu toprağa gömüyorum.

Ana başını sallayarak çok üzgün:

— Yok olup gideceksin, Mihail! dedi.

Delikanlı, derin, kara gözleriyle kadının yüzüne baktı, bakışlarında sorgulayan bir ifade vardı. Gürbüz vücudu öne doğru eğilmiş, elleriyle iskemlenin kenarlarına dayanmış, yanık yüzünü kara bir çerçeve gibi kaplayan sakalı bu yüze sarı bir renk vermişti.

— Hazreti İsa'nın bir buğday tanesi için söylediği sözü biliyor musun? "Bu tane yok olmaz, yeni bir başak içinde yine yaşar." İnsan da bir varlık tanesidir, ben daha ölecek kerteye gelmedim, hem kurnazım da.

İskemlesi üstünde kımıldanarak ağır ağır ayağa kalktı:

— Ben meyhaneye gidiyorum, orada arkadaşlarla biraz vakit geçireceğim. Küçük Rusyalı hiç gelmiyor, işine başladı mı yoksa?

Ana gülerek:

— Onlar hep birbirine benziyorlar, canım dedi. Hapisten çıktılar mı yine işe başlıyorlar.

— Öyle olmalı! Sana anlattıklarımı ona söylersin, değil mi?

Birbirinin yüzüne bakmaksızın ağır ağır mutfağa geçtiler:

— Evet!

— Peki öyle ise, Allahaısmarladık.

— Güle güle... Gündeliğini ne zaman alacaksın?

— Aldım bile!

— Ne zaman gidiyorsun?

— Yarın sabah; erken erken.... Allahaısmarladık!

Başını eğerek, istemeyerek kapıdan ağır ağır çıktı. Ana, bir saniye kapının eşiğinde durdu, uzakta gittikçe işitilmez olan ayak sesleriyle kalbinde birden uyanan kuşkularını dinledi. Sonra içeri girdi, odaya gelince perdeyi kaldırdı, pencereden dışarı bakmağa başladı. Pencerenin camlarına yapışan gecenin karanlığı, derinliği görünmeyen ağzını kocaman açmış kimbilir hangi avı bekliyordu. Kadın kendi kendine söylendi:

— Artık geceleri yaşıyorum, hep gece yaşayacağım.

Demin buradan çıkıp giden kara sakallı köylüye acıyordu!.

— Ne geniş göğüslü, ne gürbüz vücutlu adamdı o! Öyle olduğu halde onun da diğerleri gibi elinden birşey gelmiyordu.

Çok geçmeden Andre geldi, sevinçliydi. Pelage ona Ribin'den söz edince bağırdı:

— Gidiyor ha! Pek iyi gitsin gitsin, köylere gerçeği yaysın, halkı uyandırsın. Zaten bizimle beraber bulunması güçtü, onun kendine özgü düşünceleri var, bizim düşüncelerimizi benimseyemez.

— Zenginlerden, kibarlardan, okumuş adamlardan sözetti, anlaşılan içinde bir şüphe var, Allah verede bizi aldatmasalar!

Küçük Rusyalı gülerek bağırdı:

— Bundan ürktün, değil mi nine? Evet, para para! Ah bizim de biraz paramız olsaydı!.. Başkasının hesabına çalışmıyoruz. Kendi kaynağımızı kendimiz meydana getiriyoruz. Mesela Nikola İvanoviç ayda yetmiş beş ruble alıyor. Onun ellisini bize veriyor. Ötekilerde hep böyle geçiniyor. Kimi okul öğrencileri arasında bir yardımlaşma açarak para topluyor, damla damla topladıkları bu paraları bize gönderiyorlar. Ama şunu da unutmamak lazım, yer yüzünde her türden adam bulunur. Bunların bir kısmı bizi atlatmağa, bir kısmı yolumuzdan alıkoymaya uğraşır. İçlerinden en iyileri bizimle beraber sonuca, zafere dek gidenlerdir.

Sonra, ellerini hızlı hızlı oğuşturarak konuştu:

— Ancak bu zafer henüz pek uzaktır! Her ne ise, biz şimdi parlak bir mayıs eğlencesi hazırlıyoruz, pek eğlenceli bir şey olacak!

Sözleri, hali, zavallı kadının kalbine saçılan korkuları yok etmişti. Küçük Rusyalı ayaklarını sürüyerek odanın içinde dolaşıyordu. Bir eliyle başını, öteki eliyle göğsünü okşayarak gözlerini yere dikti:

— Bilseniz, dedi. Kalbimde kimi zaman ne garip duygular uyanır!... Nereye gitsem bütün insanları arkadaş, hepsini doğruluk ateşiyle tutuşmuş, hepsini iyi, hepsini uysal, hepsini mutlu bulurum. Hepsi birbirinin isteğini gözlerinden anlar, kimse komşusunu kırmaz, hiçkimse bir diğerine muhtaç değildir. Bütün dünya bir bütün, bir uyum içinde yaşıyor, her kalp kendine özgü ezgiyi mırıldanıyor, bu ezgi de birer ırmak gibi bir noktada birleşerek en sonra bir ışık denizine, özgür, mutlu bir yaşayışın aydınlık ülkesine, serinkanlı, görkemli atılıyor.

En sonra Pelage istediği müsaadeyi alabildi. Pazar günü hapisaneye giderek bekleme odasında bir köşeye büzüldü. Oda, dar, kirli alçak tavanlı idi. Kendisi gibi birkaç ziyaretçi daha vardı. Onlar, buraya ilk kez gelmiyorlardı. Hepsi birbirinin tanıdığı idi; alçak sesle bir konuşma başlamıştı. Bir kadın, dizlerinin üstüne bir sepet almış söylüyordu:

— Haberiniz var mı? Bu sabah kilisede dua okunurken papaz yine şarkı söyleyen çocuklardan birinin kulağını koparırcasına çekti. Kıyafetinden asker emeklisi olduğu anlaşılan yaşlı bir adam, şiddetli bir öksürükle cevap verdi:

— Bu çocuklar da yok mu, öyle yaramaz ki...

Eğri bacaklı, uzun kollu, çıkık çeneli, saçları dökülmüş, ufak tefek bi adam acele işi olanlarda görülen bir telaşla odanın içinde dolaşıyordu:

— Geçim gittikçe güçleşiyor, zaten insanlar da onun için böyle kötü oldular ya. Ortalama sığır etinin kilosu on dört kapik. Ekmek iki buçuk kapik..

Ara sıra kül renginde elbiseleri, kaba deriden ayakkabılarıyla içeriye mahpuslar geliyordu. Kimilerinin ayaklarında zincir vardı.

Ziyarete gelenler sanki bu hallere öteden beri alışıkmış gibi umursamaz duruyorlar, bunlara katlanıyorlardı. Kimileri yerinden kımıldamıyor, kimileri ise kızarak bağırıyor, bir bölüğü de yorgun durumda görüşüyordu. Ananın kalbi sabırsızlıktan titriyordu. Çevresindekilere korkulu bakışlarla bakarak yaşamın bu korkunç bayağılığına şaşıyordu.

Yanıbaşına buruşuk yanaklı, sarı gözlü ufak tefek bir kocakarı oturmuş, söylenen sözleri dinliyor, ince boynunu uzatıyor, titiz bir biçimde bütün orada bulunanları süzüyordu. Ana, tatlı bir sesle sordu:

— Sizin burada kiminiz var?

Yaşlı kadın:

— Oğlum, o öğrencidir, ya sizin? dedi.

— Benim de oğlum...

— Adı ne?

— Vlasof!

— Tanımıyorum. Çoktan beri mi hapiste?

— Yedi haftadan beri...

— Benim ki de on aydan beri!

Pelage, bu sözlerde öğünmeyi andıran bir uyum sezdi.

Uzun boylu, siyah elbiseler giyinmiş, uzun solgun yüzlü bir kadın söze başladı:

— Çok geçmeden ne kadar namuslu, saygıdeğer insan varsa hepsini hapse tıkacaklar. Böyle adamları hiç çekemiyorlar.

Saçsız kadın:

— Evet, evet, sabırları da tükeniyor, dedi. Herkes kızıyor, bağırıp çağırıyor, fiatlar yükseliyor, insanların da kıymeti azalıyor. Bunları uzlaştıracak hiç kimse, hiç bir ses çıkmıyor.

Asker kılıklı adam doğruladı:

— Dediğiniz çok doğru! Çok kötü şey! Güçlü, güvenli bir ses olmalı ki "susunuz" desin. Anladın mı? Güçlü güvenli bir ses!

Konuşma daha genelleşti, daha canlandı, herkes hayata dair düşündüğünü söyledi. Ne var ki, hep alçak sesle konuşuyorlardı, ana bütün bu şeylerden anlayamadığı, garip bir şey seziyordu. Evde onlar böyle görüşmezlerdi, onların konuşma biçimleri daha anlaşılır, daha olağan daha açıktı.

Dört köşe kumral sakallı şişman bir gardiyan bağırdı:

— Vlasof'un anası!

Anayı baştan aşağı süzerek:

— Gel! dedi.

Gardiyan, önde sallana sallana yürüyordu. Pelage, elinden gelse onu iterek daha çabuk yürüyecekti. En sonra, bir küçük odaya girdiler, orada Pavel kenisine elini uzatmış gülümsüyordu. Ana bu uzanan eli tuttu, gülmeğe başladı, gözlerini kırparak yavaşça:

— Nasılsın Pavel, nasılsın? dedi.

Pavel de annesinin elini sıkarken:

— Kendine gel, sakin ol, anne! dedi.

— Evet, evet, hakkın var.

Gardiyan bağırdı:

— Baksana, öyle pek yakın oturma, aranızda biraz açıklık olacak... Hapishanenin düzeni böyle.

Ana oğul dertleşmeye başladılar. Pavel annesine sağlığını, evin ne halde olduğunu sordu. Oysa ana, kendisiyle alakalı başka soruların gelmesini bekliyordu. Fakat beklediği soruları oğlunun gözlerinde aradıysa da bulamadı. O, her vakit ki gibi sessizdi; ancak yüzü biraz daha sararmış, gözleri biraz daha büyümüş gibiydi:

— Saşenka sana selam söyledi.

— Pavel'in göz kapakları titreyerek kapandı. Yüzü yumuşadı, bir gülümseyişin ışığı bütün yüzünü parlattı. Keskin bir acılık zavallı kadının kalbini sıkıyordu; birden öfkelenerek sordu:

— Yakında seni çıkaracaklar değil mi? Hem seni niçin tutukladılar, işte o kağıtlar yine ortada dolaşıyor?..

Pavel'in bakışlarında sevinç ışığı parladı:

— Doğru mu söylüyorsun?

Gardiyan seslendi:

— Bana baksanıza, burada bunları konuşamazsınız, görüşecekseniz aile işlerinizden sözetmelisiniz.

Ana sordu:

— Bizim konuştuklarımız aile işleri değil mi?

— Orası benim bileceğim şey değil? Yasak, o kadar. Yemekten sözediniz, giyecekten sözediniz, başka şey olmaz!

Gardiyan, bu sözleri söylerken sesinde aldırış etmez bir ton vardı. Pavel söze karıştı:

— Peki, peki, haydi anne, evimizden konuşalım; anlat bakalım ne yapıyorsun?

— Fabrikaya her türlü şey götürüyorum.

İmalı şekilde durduktan, sonra yine konuştu:

— Çorba, kızartma gibi şeyler. Marya ne pişirirse onları taşırım. Daha başka yiyecek götürürüm....

Pavel anlamıştı. Yüzünde tutulmuş bir gülümseyişin titreşimleri görüldü, saçlarını arkaya attı, şimdiye dek ananın işitmediği tatlı, okşayıcı bir sesle:

— Anneciğim, sevgili anneciğim, dedi, ne iyi ediyorsun. Kendine bir iş bulabildiğine öyle seviniyorum ki. Artık canın sıkılmaz değil mi, anne? Artık, evde sıkılmazsın.

Pelage, biraz da öğünmeyi andıran bir durumda dedi ki:

— O broşürler meydana çıkınca benim bile üstümü araştırdılar.

Ötede kızmaya başlayan gardiyan bağırdı:

— Yine mi başladınız? Canım size söylemedik mi, yasak! Burada insanları deliğe tıkarlar. Ellerinden özgürlüklerini alırlar, ta ki bir şey öğrenmesin, sen durmayıp gevezelik ediyorsun, bir şeyler yasak denildi mi, vesselam!

— Peki peki bunlardan sözetme artık, anne! Gardiyanımız Manova İvanoviç canını sıksa da aslında iyi bir adamdır. Onu zor duruma sokmamalıyız. Biz ikimiz birbirimize uyduk. Bugün onun nöbetçi olması bizim için çok iyi bir rastlantı. Yoksa her zaman hapisanenin müdürü gelir, ne konuşulduğunu dinler.

Gardiyan saatine bakarak:

— Vakit geldi, dedi.

— Teşekür ederim anne, teşekür ederim, boşuna benim için üzülme, ben çok kalmaz çıkarım.

Anasını kucaklayarak göğsüne bastı. Pelage, hem sevinçli, hem üzgün ağlamağa başlamıştı. Gardiyan yine bağırdı:

— Ayrılınız bakayım.

Homurdanarak anayı aldı, götürdü:

— Ağlama, ağlama! Nerede ise o çıkacak! Bir çok adamları çıkaracaklar. Çok kalabalık oldular...

Ana, eve dönünce Küçük Rusyalıya:

— Ustalıkla işi ona anlattım, o da anladı, dedi. Sonra üzgünce içini çekti:.

— Evet, anladı... Buna eminim. Çünkü beni ilk kez öyle kucakladı.

Andre gülerek sözünü kesti:

— Ya! İnsanlar ne çok şeyler isterler. Oysa annelerin istediği tek şey, okşamak ve okşanmaktır.

Pelage, sevinçle bağırdı:

— Ya orada bekleyen ziyaretçileri görseniz! Adeta hepsi o yaşayışa alışmışlar, benimsemişler. Çocukları ellerinden alınmış, hapishaneye tıkılmış ama onlar hiçbirşey değişmemiş gibi oturuyor, bekliyorlar... Öteden beriden konuşuyorlar. Okumuş yazmış adamlar böyle yaparsa, işçiler nasıl davranırlar ki?

Küçük Rusyalı gülümseyerek cevap verdi:

— Bu, olağan bir şey! Çünkü kanunlar onlar hakkında bize olduğu kadar sert değil. Bir de onların kanuna bizden çok ihtiyaçları var. O yüzden günün birinde kanun onları yakalayınca yalnız yüzlerini ekşitiyorlar, işte sadece o kadar. Kanun onları korur. Bizim ise elimizi, ayağımızı bağlar, bir yana saldırmayalım diye.

Bir gece, Pelage masanın başına oturmuş örgü örüyor, Andre de yüksek sesle Roma'da kölelerin ayaklanışı tarihini okuyordu. Kapı şiddetle vuruldu. Küçük Rusyalı açınca Vesofçikof, kasketini kaşlarına bastırmış, koltuğunun altında bir paket, içeri girdi. Dizlerine dek çamura batmıştı:

— Şimdi hapishaneden çıktım. Kapının önünden geçerken ışığı gördüm de bir merhaba diyeyim dedim.

Ananın elini tutup hızlı hızlı sallıyarak ekledi:

— Pavel size selam söyledi.

Bir süre duraksadıktan sonra iskemleye çöküverdi. Kuşkulu bir bakışla odanın içine bir göz gezdirdi. Pelage ondan hoşlanmazdı. Onun saçları kırpılmış çıkıntılı kafasında, ufak gözlerinde öyle bir hal vardı ki yaşlı kadın korkuyordu. Ama herşeye rağmen onu gördüğüne sevindi, dostça gülerek:

— Zayıflamışsın, dedi. Andre, Vesofçikof'a bir çay verelim.

Küçük Rusyalı mutfaktan seslendi:

— Ben de semaveri hazırlıyorum!

— Anlat bakalım, Pavel ne âlemde? Senden başka çıkan oldu mu?

Vesofçikof başını eğdi:

— Pavel hala hapishanede. Sabredip oturuyor. Benden başka kimseyi salıvermediler.

Gözlerini kaldırarak ananın yüzüne baktı, dişleri sıkılmış olarak sözünü sürdürdü:

— Ben, onlara dedim ki: "Artık beni bırakın, sabrım tükeniyor. Birgün rastgeldiğimi gebertip, kendimi de öldüreceğim." Bu sözümün üzerine beni bıraktılar. Doğrusunu istersen fena etmediler; çünkü dediğimi yapacaktım.

Ana, mutfağa doğru ilerleyerek:

— Evet, yapardın, dedi.

Gözleri, Vesofçikof'un keskin gözlerine rastlayınca elinde olmadan açılıp kısılıyordu.

Küçük Rusyalı mutfaktan seslendi:

— Fedya Mazin ne yapıyor, o ne alemde? Hâlâ şiir yazıyor mu?

Delikanlı başını salladı:

— Evet, ama ben onun yazdıklarından bir şey anlayamıyorum. İspinoz mudur, nedir bilmem ki? Kafese koyuyorlar, yine ötüyor. Her ne ise ben eve gitmek istemiyorum.

Ana düşünerek:

— Haklısın! Gidip ne yapacaksın? Bomboş, ocak yanmamış, kimbilir şimdi orası ne soğuktur! dedi.

Vesofçikof sustu, gözlerini yarı kapayarak cebinden bir sigara çıkardı, ağır ağır içmeğe başladı. Şimdi bakışları başının üstünde dalgalanan dumanları izliyordu. Birden kızgın bir köpeğin havlamasına benzer garip bir kahkaha salıverdi:

— Evet, kimbilir odam ne kadar soğuktur! Döşemenin üstündeki böcekler bile donmuş, fareler bile soğuktan gebermiştir... Pelage müsaade eder misin geceyi burada geçireyim?

Boğuk bir sesle bu sözleri söylerken ananın yüzüne bakıyordu. Kadın hemen:

— Hay hay! dedi.

Pelage sıkılıyor, ne söyleyeceğini şaşırıyordu.

O çatlak sesi ile konuştu:

— Şimdi ki zamanda çocuklar analarından, babalarından utanıyorlar.

Kadın, titreyerek sordu:

— Ne dedin?

O, Pelage'nin yüzüne bir bakış fırlatarak göz kapaklarını kapamış, artık yüzü durgunlaşmıştı. İçini çekerek açıkladı:

— Demek istiyorum ki çocuklar analarından, babalarından utanmağa başladılar. Korkma, senden sözetmiyorum. Sen hiç bir vakit Pavel'i utandırmayacaksın. Ben, ben babama bakıyorum da utanıyorum. Artık onun evine gitmek istemiyorum! Benim ne babam var, ne de evim! Ben, şimdi polisin göz hapsindeyim, her an Sibirya'ya gönderebilirler... Bu beni çok korkutmuyor. Her şeyi göze alan bir adamın, Sibirya'da da pek çok şeyler yapabileceğine eminim... Oraya gidersem sürgünlere özgürlük düşücesi aşılar, onların kaçışlarını kolaylaştırırım.

Ana, delikanlının ailesi sebebiyle içten yaralı olduğunu ve bunun da onda bir kaçma hissi uyandırdığını anlamıştı. Vesofçikof'a içten içe bir acıma hissi duydu. Onun kalbini kırmamak için istemediği halde cevap verdi:

— Evet madem ki öyle düşünüyorsun, kalkıp gitmek daha iyi.

Andre, mutfaktan çıktı, gülerek sordu:

— Eeee, ne anlatıyorsun bakayım?

Ana ayağa kalktı:

— Ben gideyim de biraz yemek hazırlayayım.

Vesofçikof, bir süre Küçük Rusyalının yüzüne dikkatlice baktıktan sonra birden:

— Bir takım adamlar var ki öldürülmeyi haketmişlerdi. Onları anlatıyorum, dedi.

Küçük Rusyalı, durgunca sordu:

— Vay! Neden? Senin insanları ceset haline getirmeye hakkın var mı?

— Var.

— Nereden aldın bu hakkı?

— İnsanlar verdiler!

Küçük Rusyalı iri, kuru vücuduyla odanın ortasında dikilerek uzun boynunu bir terazi kolu gibi sallamağa başladı. Elleri cebinde, Vesofçikof'u tepeden tırnağa süzüyordu. Vesofçikof oturmuş, yüzü sigara dumanları içine gömülmüştü. Solgun yüzünde yer yer kırmızı lekeler görünüyordu. Yumruğunu sıkarak yeniledi

— O hakkı bana insanlar verdi. Madem ki beni tekmeliyorlar, benim de karşı koymak, yüzlerine gözlerine çarpmağa hakkım var. Bana dokunmazlarsa ben de kimseye dokunmam. Beni istediğim gibi yaşamakta serbest bırakırlarsa ben de, yemin ederim ki, kimseye zarar vermeden uslu uslu yaşarım. Sayalım ki, ben ormanda yaşamak istiyorum. Orada tek başına yapayalnız vakit geçirmek istiyorum.

Küçük Rusyalı omuzlarını kaldırdı:

— Pek iyi, dedi, öyle yap.

— Hemen şimdi mi?

— Bundan seni kim alıkoyuyor?

— İnsanlar! Ben onlara ölünceye dek sıkı sıkı bağlıyım. Onlar benim kalbime kin ve tiksinti ile sarılmış, kötülükle beni kendilerine bağlamışlar. Bu güçlü bir bağdır. Kendilerinden tiksiniyorum, nereye gidersem, kendilerini rahat yaşamaktan alıkoyacağım. Onlar bana engel oluyorlar, ben de onlara engel olacağım. Ben yalnız kendimden sorumluyum, yalnız kendimden. Başka hiç bir kimseden sorumlu değilim, babam bir hırsız ise...

Küçük Rusyalı Vesofçikof'a yaklaşarak:

— Eee! dedi.

— İsai Gorbof'un kafasını koparacağım, göreceksin!

Andre ciddi ve yavaşca sordu:

— Neden?

— Bir daha ispiyonculuk etmesin, işittiklerini haber vermesin diye! Babam onun yüzünden düştü.

— İş anlaşılıyor! Babanın yaşayışından dolayı seni kim sorumlu tutar?

— Hayvanlar! Alıklar!... Akıllılar da böyle! Bak, sen akıllı bir çocuksun, Pavel de öyle. Gözünüzde ben Fedya Mazin ya da Samoilof gibi miyim? Birbirinize karşı duyduğunuz güveni bana karşı duyuyor musunuz? Yalan söyleme, çünkü sözüne inanmayacağım, siz hepiniz beni baştan savıyorsunuz.

Küçük Rusyalı, Vesofçikof'un yanına oturarak tatlı, şefkatli bir sesle:

— Ruhun incinmiş, dostum, dedi.

— Evet, sizin ruhunuz da yaralı. Yalnız siz yaralarınızın benimkinden daha insancıl olduğunu sanıyorsunuz. Birbirimize hep alçakça davranıyoruz. İşte, bunu anlatmak istiyorum. Bu sözüme ne cevap verebilirsin ha?

Keskin bakışlarını Andre'nin gözlerine dikti. Dişlerini gösterir biçimde dudaklarını sıkarak bekledi. Soluk yüzünde hiç bir üzgünlük izi görülmüyordu. Yalnız kalın dudakları yakıcı bir sıvı ile büzülmüş titriyordu. Küçük Rusyalı Vesofçikof'un düşmanca bakışlarını, mavi gözlerinin parlak, üzgün gülümseyişiyle okşayarak karşılık verdi:

— Sana cevap vermeyeceğim! Pek iyi bilirim, kalbi kırılan biriyle tartışmak onu büsbütün yaralamaktan başka bir işe yaramaz, kardeş!

Delikanlı gözlerini indirerek mırıldandı:

— Benimle tartışılamaz! Zaten tartışmasını bilmem!

Andre konuştu:

— Sanırım ki hepimiz bir takım cam kırıkları üzerinde yalınayak yürümüşüz, hepimiz bir takım acılar çekmişiz.

Vesofçikof ağır ağır konuştu:

— Beni avutmaya çalışma. Ruhum bir kurt gibi uluyor.

— Buna niyetim yok. Yalnız, bunun geçeceğini biliyorum. Belki yakında değil, yine de herhalde geçecek.

Gülmeye başladı. Delikanlının omuzuna vurarak konuştu:

— Kardeş, bu kızamık benzeri bir tür çocuk hastalığıdır. Herkes bu hastalığa yakalanır. Hastalığın şiddetini ise ona yakalandığımız andaki zayıf veya güçlü oluşumuz belirler. Bu hastalık, bizim yaştaki insanlara ise yalnız kaldıkları, yaşayışlarının sebebini henüz anlamadıkları, kendilerine adanmış olan mevkii göremedikleri zamanlarda tebelleş olur.

Bu hastalığa yakalanan insan dünyada yalnız başına kaldığını düşünür, diğerlerini ise kendisini yok etmeye çalışan insanlar gibi görür. Daha sonra başka bedenlerde de iyi ruhların bulunduğunu, kendinden başka iyi insanların da yeryüzünde yaşadığını anladığı zaman kendini düşürdüğü durumdan dolayı utanır ve üzüntü duyar. Gerçeğin şarkısını bir ağızdan söyleyen toplum arasında, kendini, ancak çıkardığı farklı ses sebebiyle ayırt edebildiğini anladığı an ise toplumla bütünleşir ve hastalığından kurtulur. Ne demek istediğimi anlıyor musun?

— (Başını sallayarak) Anlamıyorum. Sözlerine de inanmıyorum!

Küçük Rusyalı, gülmeğe başladı. Birden bire yerinden fırladı. Odanın içinde aşağı yukarı dolaşıyordu:

— Ben de öyle: Ben de inanmak istememiştim.

Küçük Rusyalı, ağızı kulaklarına dek açılmış, gülüyordu.

Vesofçikof şaşırarak karşısında durdu:

— Nen var? Ne oluyorsun?

— Seni aşağılayan herhangi bir kişi bir budaladır diye düşünüyorum.

— Niçin?

— Bilmem, seni aşağılayan sonra mutlaka pişman olur, diyorum.

— Lakırdıyı buraya mı getirecektik?

Ana seslendi:

— Andre, semaveri al.

Andre, çıktı.

Vesofçikof, yalnız kalınca çevresine baktı. Ağır çizmeli ayağını uzattı. Ona baktı. Eğildi, iri baldırını yokladı, sonra avucuna, elinin üstüne bakarak elini kaldırdı. Eli sarı bir tüyle örtülü ve kalın parmakları kısaydı. Bunları oynattı ayağa kalktı. Andre semaverle içeri girdiğinde aynanın önünde bulunan Vesofçikof onu şu sözlerle karşıladı:

— Suratımı görmeyeli pek çok zaman olmuştu. Pek çirkinmişim.

Andre, ilgi ile yüzüne baktı:

— Niçin böyle konuşuyorsun?

— Saşenka "yüz ruhun aynasıdır" diyordu.

— Doğru değil. Onun biçimsiz bir burnu, makas gibi elmacık kemikleri olduğu halde bir yıldız gibi temiz ruhu var.

Çay içmek, yemek yemek için oturdular. Vesofçikof, iri bir patates aldı, bir ekmek parçasının üzerine tuz ekti, ağır ağır, sessizce çiğnemeye başladı. Dolu ağızla sordu:

— İşler nasıl?

Andre, fabrikada sosyalist düşüncelerin yayılması işinin yolunda gittiğini sevinçle anlattığında yine hüzünlendi, boğuk bir sesle:

— Böyle, dedi, pek uzun sürüyor. Daha çabuk gitmeli.

Pelage, ona baktı. Kalbinde karşıt duygular uyanıyordu.

Andre:

— Yaşam bir at değildir; insan kamçı ile onu hızlandıramaz, dedi.

— (İnatla başını sallayarak) Pek uzun, pek! Bu kerte sabrım yok benim. Ne yapmam gerekiyor?

Umutsuzlukla kollarını iki yanına sarkıttı. Küçük Rusyalıya baktı, sustu. Bir karşılık bekliyordu. Andre, başını önüne eğerek:

— Hepimiz öğrenmeli ve öğretmeliyiz, dedi.

Vesofçikof sordu:

— Ne zaman dövüşeceğiz?

— Döğüşten önce bizi daha birkaç kez dövecekler sanırım. Vuruşma zamanının ne vakit geleceğini de bilmem! Anlıyor musun, bana göre, ilkin kafayı teslim etmeli, sonra eli!

Delikanlı sessizce yemeğini sürdürdü. O farkına varmadan ana çiçekten delik deşik olmuş geniş yüzünü inceliyordu. Bu ağır başlı, iri yarı delikanlı ile kendisini buluşturacak bir şey bulmağa uğraşıyordu. Küçük gözlerinin işleyici bakışı ile bakışları karşılaştığında kaşlarını oynatıyordu. Andre, başını elleri arasına almıştı. Çoşkun bir biçimde hem söz söylüyor, hem gülüyor, hem de birden bire susarak ıslıkla bir hava çalıyordu.

Ana, delikanlının kaygusunun nedenini anladığını sanıyordu. Vesofçikof, suskun bir adamdı. Küçük Rusyalı ona bir şey sorduğunda, hoşlanmadığını belli eden bir yüz ifadesiyle kısa cevap veriyordu. Sonunda oturduğu yerden kalktı:

— Gidip yatayım dedi, uzun süre mahpus kaldım. Beni birden bire salıverdiler. Yorgunum.

Mutfağa geçtiğinde, biraz kımıldandı, durdu. Sonra yatağa uzandı. Kısa bir tıkırtıdan sonra uyudu. Odaya bir ölüm sessizliği egemen oldu. Ana, Andre'ye fısıldadı:

— Çok karamsar düşünceleri var!

— Kolay geçinilebilir bir çocuk değil! Zamanla geçer; ben de öyle idim. Bir kalp şiddetle yanmazsa onda bir çok pis yağ birikir. Haydi gidip yatınız, ben biraz okumak istiyorum.

Ana, odanın bir köşesine çekildi. Orada basma ile örtülü bir yatak vardı. Masanın başına geçmiş olan Andre, ananın iç çekişlerini, dua mırıldanmalarını işitti. Kitabının sayfalarını hızla çevirirken ateşli alnını siliyordu. Uzun parmaklarıyla bıyıklarını buruyor, ayaklarını oynatıyordu. Saatin sarkacı düzgün bir gürültü çıkarıyor, pencerelerde rüzgar camların üzerinden inleyerek kayıyordu. Ana, alçak sesle dua ediyordu:

— Yarabbi! Dünyada ne kadar çok dertli insan var! Mutlu olanlar nerede?

Küçük Rusyalı:

— Mutlulular da var, mutlular da var. Çok geçmeden onların sayısı artacak, hem de çok artacak! dedi.

Zaman hızla geçiyordu. Her yeni gün yeni bir şey getiriyorsa da artık ananın düşüncesini karıştıramıyordu. Geceleri bir takım bilinmeyen adamlar giderek daha sık gelmeğe başladılar. Bunlar sessiz ve ürkek bir halde Andre ile konuşuyorlardı. Sonra geldikleri çekingenlikte, geç vakitlere, karanlıklara dalıyor hiç gürültü çıkarmadan, yakaları kalkık, şapkalarının önü eğilmiş, gidiyorlardı.

Hepsinin de heyecanını tuttuğu, gülmek, şarkı söylemek istedikleri halde henüz vakti gelmediği için buna teşebbüs etmedikeri anlaşılıyordu. Hepsinin acele işleri vardı. Kimisi alaycı, ağır, kimisi açıktan açığa şen, neşeli, gençlikle dolu idi. İçlerinde düşünceli, sessiz olanlar da görülüyordu. Bununla birlikte ananın gözünde hepsi inatçı, kendilerine güvenen adamlardı. Onun için bütün bu yüzler, nasıl olursa olsunlar; zayıf, sessiz, dirençli, derin, okşayıcı, şiddetli idiler.

Ana, bunların sayısı arttıkça, Pavel'in çevresinde, bir kalabalık meydana getirdiklerini düşünüyor, Pavel'in düşmanların gözüne çarpma olasılığı azaldıkça seviniyordu.

Bir akşam kentten lüle lüle saçlı civelek bir kız geldi.

Andre'ye neşeli, kıvılcımlı bir bakışla baktı:

— Hoşca kal, arkadaş...

— (Gülümseyişini tutarak) Güle güle.

Andre genç kızı uğurladıktan sonra pencereye yöneldi.

"Arkadaş"ının, ilk bahar çiçeği gibi taze, kelebek gibi hafif, sıçrayarak gidişini seyretti.

Genç kız gözden kaybolduğu zaman ana kendi kendisine:

— Ah, yavrum, dedi. Rabbim sana bütün hayatında iyi bir arkadaş versin!

Çay içmek, yemek yemek için oturuyorlardı. Şehirden gelenlerin yüzlerindeki saflık, çocuksu ifade ananın dikkatini çekiyor, bu sevimli halleri hoşuna gidiyordu. Fakat onların bu çocuksu hallerine rağmen yüreğinin derinliklerinde gittikçe artan bir güven ve inancın da temellerinin atıldığını hissediyordu. Sayılarının devamlı artması, hararetli tartışmaları, adalet hülyaları kendisini büyülüyor, avutuyordu. Onlar, gerçekleşmesini istedikleri hayallerinden sözettiklerinde ana da bilinmez bir arzunun hüznüyle içini çekiyordu.

Misafirlerin hayat üzerine yaptıkları tartışmalar ona da çok şey öğretmişti. Daha önceleri bilmediği birçok hususu şimdi çok iyi anlayabiliyordu. Gençlerin insanları felakete sürükleyen şeyin asıl kaynağını bulduklarını sezmişti. Fakat onların düşüncelerinin doğruluğuna inansa bile, onların herşeyi istedikleri gibi değiştiremeyeceklerine, sayıları az olmasa bile bütün işçileri kendilerine çekecek kadar güç sahibi olamayacaklarına inanıyordu. Çünkü hiçkimsenin uzaklarda ve belirsiz bir mutlu gelecek için bugününü feda edebileceğine ihtimal vermiyordu. Herkes hemen o gün karnını doyurmak ister. Hiç kimse bu gün yiyebileceği yemeğini bir hafta bile geri bırakmağa razı olmaz. Onun için bugün bu adamlar, sakalların da süslediği ciddi yüz ifadelerine rağmen kendi gözünde birer çocuktular.

Başını sallayarak:

— Yavrularım! diyordu.

Şimdi, hepsi iyi, ağırbaşlı, akıllıca bir yaşayış ile vakit geçiriyorlardı. Hepsi iyilikten söz ediyorlardı. Bildiklerini bu uğurda harcamak için hiçbir çabadan geri kalmıyorlardı. Ana, anlıyordu ki, böyle bir yaşayış, tehlikelerine bakmadan sevilebilir. İçini çekerek geriye, geçmişin uzun, karanlık, düz bir şerit gibi uzandığı zamanlara bakıyordu.

Farkında olmadan kendisinin de yavaş yavaş gençlerin dünya görüşünü benimsemeye başladığını farkedemiyordu. Vaktiyle kendisinin hiç bir şeye yararlı olamayacağına inanmıştı. Şimdi, bir çok kişinin kendisine ihtiyacı olduğunu farkediyordu. Bu, yeni, çok güzel bir duygu idi. Şimdi kendisiyle ve yaptığı işlerle gurur, övünç duyuyor, gururla başını kaldırıyordu.

Fabrikaya aralıksız broşürler sokuyor, her başardığı işin sonrasında büyük bir sevinç duyuyordu. Giderek ustalaşmış ve çok beceriklice düzenler üretmişti. Kendisini görmeye alışan polisler artık ona dikkat etmiyorlardı. Yine de bir kaç kez üstünü aradılar. Fakat bu, hep kağıtları dağıttığı günün ertesine rastlamıştı. Üzerinde tehlikeli bir şeyler olmadığı zamanlar muhafızların, ispiyoncuların kuşkusunu çekmenin yolunu öğrenmişti. Polislerin ondan şüphelenip durdurdukları her anı da lehine çevirmeyi de ustaca beceriyordu. Bu işlemin kendisine karşı bir aşağılama olduğunu iddia ederek, memurlarla kavga çıkarır, sonra onları utandırınca, becerikliliğinden gurur duyardı. Bu oyun hoşuna gitmeğe başlıyordu.

Vesofçikof'u yine fabrikaya almadılar. Bir kerestecinin yanına işci olarak girdi. Sabahlardan akşama dek sokaklarda direk, odun, tahta yüklerine eşlik edip dolaşıyordu. Ana, hemen her gün kendisini görüyordu.

Bir çift kara at titrek ayaklarını toprağa sıkıca dayayarak basardı. Bunlar kemikli yaşlı hayvancıklardı. Başları üzgün, yorgun bir halde kımıldar, solgun gözleri yorgunluktan kırpışırdı. Arkalarında ya titrek, ıslak bir direk, ya da uçları çok gürültü çıkaran bir yığın tahta uzanırdı. Vesofçikof, pis, kılıksız ayaklarında çizmeler, şapkası kulaklarında biçimsiz bir odun parçası gibi atların yanında, yularları tutmadan yürürdü. Hiç bir şey görmemek için gözlerini yere dikerek yürürdü. Atları herkese çarpar, arabaları çarpar, çevresinde kocaman arılar gibi küfürler dolaşır, o hiç başını kaldırmadan, aldırış etmeden, gürültülü bir biçimde ıslık çalmayı sürdürür, atlarına haykırırdı. Andre'nin evinde bir broşür ya da yabancı bir gazetenin son bir sayısını okumak üzere toplandıklarında Vesofçikof gelir, oturur, hiçbir söz söylemeden bir iki saat dinlerdi. Okuma bitince delikanlılar uzun uzun tartışmalara girişirlerdi. O, buna katılmazdı. Evden en sonra o çıkardı. Andre ile yalnız kaldıklarında mazlum bir duruşla ona bir takım sorular sorardı:

— Hepsinin içinde en suçlusu kim?

Küçük Rusyalı şaka ederek:

— İlk önce "Bana geliniz!" diyen adam bu adam oldu. Binlerce yıl geçti. Onun için ona karşı dargınlık beslemek gerekmez.

— Ya zenginler, iktidar sahipleri? Bunları savunanların hakkı var mı?

Küçük Rusyalı başını elleri arasına alıyor, bıyıklarını durmadan buruyor, insanların yaşayışından bayağı açık sözcüklerle uzun uzun konuşuyordu. Ancak, bu lakırdılardan bütün insanların suçlu olduğu sonucu çıkıyordu. Bu da Vesofçikof'un hoşuna gitmiyordu. Kalın dudaklarını güçlükle ısırarak başını sallıyordu. Güvensizlik gösteren bir davranışla işin böyle olmadığını söylüyor, üzgün, hoşnut olmayarak gidiyordu.

Bir defasında:

— Hayır, dedi, bu işlerde mutlaka bir takım suçlular bulmak gerekir. İşte sana söylüyorum, bütün yaşamı, yabani otlarla kaplanmış bir tarla gibi, acımadan, büsbütün altüst etmelidir.

Ana, söze karıştı:

— İsai sizden sözederken böyle demişti.

Vesofçikof biraz sustuktan sonra sordu:

— İsai mi?

— Evet. Ne kötü adam! Herkesin davranışlarını göz hapsinde bulundurur, sorular sorar, bizim sokağa pek sık geliyor, pencerelerimizi dikizliyor.

Vesofçikof yineledi:

— Pencerelerinizi mi?

Ana yatmıştı, konuşanın yüzünü görmüyordu. Ne var ki ileri gittiğini anladı. Küçük Rusyalı uzlaştırıcı bir tavırla atıldı:

— Bu sokağa gelmesinin, pencerelere bakmasının ne önemi var? Demek ki, boş vakti çok, dolaşıyor!

Delikanlı boğuk bir sesle bağırdı:

— Hayır, dur, bekle! İşte suçlu!

Andre sordu.

— Suçu ne? Budala olmak mı?

Delikanlı karşılık vermeden çıktı gitti.

Küçük Rusyalı örümcek ayağına benzeyen ufak ayaklarını sürüyerek yorucu bir yürüyüşle ağır ağır, bir baştan bir başa dolaşıyordu. Anayı rahatsız etmemek, yürürken gürültü yapmamak için ayakkabılarını çıkarmıştı, şu var ki Pelage uyumuyordu; delikanlı gidince sordu:

— Ben bundan korkuyorum! Kıpkırmızı kesilmiş bir ocağa benziyor, ısıtmaz, ancak yakar.

Küçük Rusyalı:

— Evet, aceleci, öfkeli bir adam! Ona İsai'dan hiç söz etmeyiniz, doğrusunu isterseniz bu İsai dedikleri herif ispiyonculuk ediyor, hem de bu hizmetten dolayı para da alıyor.

— Şaşmam, çünkü en iyi dostu bir jandarmadır.

Andre, kaygulu bir biçimde konuşmasını sürdürdü:

— Vesofçikof günün birinde kendisini boğacak, bak işte, amirlerimiz olan efendiler bizde, yani onlara göre aşağı tabakadan insanlarda ne duygular uyandırdılar! Şimdi şu çıkıp giden delikanlı gibi ne kadar insan varsa hepsi bulundukları konumun bayağılığın, sefilliğini anlayacak duruma gelir, sabırları tükenirse ne olur bilir misiniz? Gökyüzü kana boyanır, yer yüzü sanki kırmızı bir yosun bağlanmış gibi kan köpürür.

Ana, zayıf bir sesle mırıldandı:

— Kötü, kötü, korkunç bir hal bu!

— Düşmanlarımız hakettikleri işlemi görecekler, bunda kuşku yok. Ancak, onlardan dökülecek her damla kan o vakte dek halkın dökeceği kan selleriyle yıkanmış olacak.

Birden gülmeğe başladı:

— Doğru bile olsa, bunun böyle olması insanı üzüyor.

Bir pazar günü ana bir bakkal dükkanından eve dönüp de kapıyı açtığında eşiği geçmeden bir yaz yağmuru gibi ansızın gelen bir sevinç bütün vücudunu kapladı. İçeriden Pavel'in yüksek sesini işitmişti. Küçük Rusyalı bağırdı:

— İşte geldi!

Ana, oğlunun birden dönerek kendisine baktığına dikkat etmişti. Yüzü büyük umutlar vaadeden bir duygu ile parlıyordu. Bu apansız geliş kadını birden şaşırtmıştı, bir kenara oturarak mırıldandı.

— İşte en sonunda geldin!

Pavel annesine doğru eğildi, benzi soluktu. Kirpiklerinde ufacık, parlak yaşlar parlıyor, dudakları titriyordu. Bir saniye sustu. Pelage, hiçbir şey söylemeden onu seyrediyordu.

Küçük Rusyalı, başını yere eğerek ıslık çala çala önlerinden geçti, dışarı çıktı.

Pavel, titreyen elleriyle annesinin ellerini sıkarak alçak, derin bir sesle:

— Teşekür ederim, dedi, teşekür ederim anne, çok teşekür ederim, sevgili anneciğim!

Oğlunun yüzündeki hal, sesindeki biçim ve uyum, Pelage'nin kalbinde bir sevinç uyandırmıştı. Elleriyle Pavel'in saçlarını okşuyor, başını şiddetle çarpan kalbine bastırıyordu:

— Allah yardımcın olsun, oğlum! Bana niye teşekkür ediyorsun?

— Çünkü bizim başlattığımız önemli işin bitmesine yardım ettin. Onun için teşekür ederim, insanın annesi hem fikir hem de eylemiyle kendisine akraba olursa bu ne büyük mutluluktur.

Pelage cevap vermedi. Oğlunun sözlerini içer gibi bütün kalbiyle dinliyor, hoşnut, şaşkın, onu gözden geçiriyordu. Oğlunu şimdi öyle aydın, kendine öyle yakın buluyordu ki...

— Anne, eskiden sana hiç bir şey söylemez, hiç sesimi çıkarmazdım. Anlıyordum ki, benim uğraştığım şeyler, benim mesleğim senin hoşuna gitmiyor. Senin narin kalbini incitmekten korkuyor, buna karşı hiç bir şey yapamıyor, ne yapacağımı da kestiremiyordum. Öyle sanıyordum ki, sen hiç bir vakit bizimle birleşemeyeceksin, hiç bir vakit bizim düşüncelerimizi benimsemiyeceksin, bütün yaşayışın nasıl sessizlik, katlanma içinde geçtiyse bundan sonra da yine öyle sessizlik içinde, kahır içinde geçecek. Ah bilsen bu hal bana ne kadar acı geliyordu.

Ana, burada küçük Rusyalı'nın adını anmış olmak için dedi ki:

— Andre, bana bir çok şeyler anlattı.

Pavel gülerek:

— Evet biliyorum, yaptıklarını hep Andre'den öğrendim, dedi.

— Yegor da bir çok şeyler öğretti, biz onunla aynı köyden imişiz. Daha garibi Andre bana okumak bile öğretecekti.

— Sen de utandın, ders almak ağırına gitti, sonra gizlice, kendi başına okumağa başladın, değil mi?

Ana sıkılarak:

— Bak çapkına benim yaptıklarımı gözetliyormuş meğer, dedi, kalbini dolduran sevincin çoşkunlukları içinde sordu:

— Çağır da gelsin! Bizi rahatsız etmemek için çıktı. Zavallının annesi yokmuş.

Pavel odanın kapısını açarak seslendi:

— Andre nerdesin?

— Buradayım, odun yarıyorum.

— Daha çok vakit var! Buraya gelsene.

— Geliyorum.

İçeri girmeden önce mutfağın eşiğinde telaşlı bir biçimde durarak:

— Vesofçikof'a söyleyelim, dedi, odun getirsin, azalmağa başlamış. Gördün mü nine, hapishane Pavel'e yaramış. Hükümet, devrimcileri cezaya çarptıracak yerde besleyip semirtiyor.

Ana, gülmeğe başladı. Kalbi hafifçe titriyordu. Taşkın bir mutluluk içinde adeta sarhoş olmuştu. Ne var ki, bir esirgeme duygusu onda çocuğunu yine eskisi gibi sakin görmek arzularını uyandırıyordu. Mutlulukla dolu olan kalbi istiyordu ki, yaşamında bu ilk duygu, ilk duyduğu sevinç, birden bire düğüm halinde bükülerek orada her zaman canlı, şiddetle kalıversin. Bu mutluluğun azalmasından korkuyormuş gibi rastgele nadir bir kuş bulan bir kuşcu ivecenliğiyle onu örtmeğe, gözlerinden saklamağa koştu.

— Sen daha bir şey yemedin değil mi, oğlum; haydi gidelim de yemeğimizi yiyelim.

— Hayır aç değilim. Dün hapishane gardiyanı söylemişti. O vakitten beri ne açlık duyuyorum, ne susuzluk. Burada ilk rastladığım adam ihtiyar Sizof'tur. Beni görür görmez yanıma geldi, hatırımı sordu... Dikkatli davranması için uyardım. Çünkü, artık ben tehlikeli bir adam sayılıyorum ve polis devamlı beni takip ediyor. Ben bunu söyleyince o bana cevap olarak "önemi yok!" dedi. Sonra yeğeninden sözetti; ne dedi biliyor musun? "Fedor hapishanede nasıl davrandı?" diye sordu.

Niyetini anlamak istedim; "Hapishanede iyi davranmak ne demek?" dedim. "Arkadaşlarından söz etmemek, boşboğazlıktan sakınmak" dedi. Fedor'un namuslu, akıllı bir delikanlı olduğunu söylediğimde sakalını okşayarak:

— Elbette bizim ailemizden alçak çıkmaz! dedi.

Andre başını sallayarak cevap verdi:

— Herif hiç de aptal değil, çok defa konuşur, görüşürüz. Doğrusu namuslu bir adam... Fedya yakında çıkacak mı?

— Bu günlerde çıkar belki... Sanırsam hepsini bırakacaklar, aleyhimizde bir delil bulamadılar, İsai'nin anlattıklarından başka ortada bir şey yok, o da ne kadar bilebilir?

Ana odaya girip çıktığında oğlunun yüzüne bakıyor, onu seyrediyor, Andre, pencerenin önünde ayakta durmuş, ellerini arkasına kavuşturmuş delikanlıyı dinliyor. Pavel, iri adımlarla odada geziniyordu. Hapishanede uzattığı sakalı ince kara halkalar halinde yanağını kaplayarak yüzünün yanık rengini değiştiriyordu.

Çevresi bir halka ile çevrilmiş olan gözlerinin bakışı karanlıktı. Ana, yemeğini hazırlayınca:

— Oturunuz! dedi.

Andre, sofrada konuyu Ribin'e getirdi. Olayı anlatıp bitirdiğinde Pavel, üzüntüsünü gösterir bir sesle:

— Ben burada bulunsaydım, bırakmazdım, dedi, neyle gitti? Kalbinde bir isyan duygusu, kafasında karışık bir çok düşünce ile değil mi?

Andre gülerek:

— Öyle ama, kırk yaşına gelmiş, uzun süre kuşku ve ikircikle çarpışmış bir adamı değiştirmek güç şey, dedi.

Tartışmaya başladılar, kullandıkları deyimleri Pelage anlamıyordu. Yemek bittiği halde onlar hâlâ bilgiçce deyimler içinde yuvarlanan tartışmalarına son vermemişlerdi.

Ara sıra konuşmalarına bir sadelik geliyordu:

— Biz yolumuzdan bir adım bile ayrılmamalıyız. Tuttuğumuz yolu düzgünce izlemeliyiz. Yürürken yolda bizi kendilerine düşman bilen milyonlarca insana çarpıp geçmeliyiz.

Ana, dinliyordu. Anladığına göre Pavel köylüleri sevmiyor, oysa Andre onları savunma yolunu tutarak iyiliğin ne olduğunu bu sınıf halka öğretmenin gerekliliğinde diretiyordu. O Andre'nin dediklerini daha iyi anlıyor, Andre'yi davasında haklı buluyordu. Andre, Pavel'e bir şey söylediğinde Pelage kulak veriyor, oğlunun vereceği karşılığı sabırsızlıkla, soluğunu keserek bekliyordu. Amacı, Küçük Rusyalının sözlerinden Pavel'in incinip incinmediğini anlamaktı. Oysa, onlar hiç darılmaksızın, kızmaksızın tartışıyorlardı.

Ara sıra Pelage oğluna:

— Öyle değil mi Pavel? diye soruyor.

Pavel gülümseyerek cevap veriyordu:

— Evet!

Küçük Rusyalı çapkın bir durum alarak:

— Bakınız bay diyordu, iyi yediniz, ancak yediklerinizi çiğnemediniz, şimdi işte onların bir parçası boğazınızda kaldı. Gargara ediyorsunuz.

Pavel cevap verdi:

— Allahaşkına aptalca şeyler söyleme!

— Kuzum ben böyleyim, nerede olursa olsun sanki bir cenazede bulunuyormuşum gibi hep ağırbaşlıyım, anladın mı?

Pelage bu sözlere başını sallayarak güldü.

İlkbahar yaklaşıyor, karlar erimeğe başlıyor, karların aklığıyla örtülen fabrikanın çamurlu ocakları şimdi bütün görünüşü ile meydan çıkıyordu.

Karlar eridikçe sokağın çamurları bir kat daha artıyor, bütün mahalle yoksul, iğrenç haliyle daha bir ortaya çıkıyordu. Evlerin saçaklarından sular damlamağa, evlerin kirli duvarlarından, sanki terliyormuş gibi dumanlar çıkmağa başlamıştı. Güneş, sık sık görünüyor, ötede beride ufak çaylar duraksıyan akıntılardan sonra sakin ve serbest bataklığa akıyor, öğle olunca ilk baharın müjdecileri okşayıcı ezgilerle mahallenin üstünde çırpınıyordu.

Herkes 1 Mayıs şenliğine hazırlanıyordu. Fabrikaya, mahalle içine kağıtlar dağıtılmaya başlanmıştı. Bu şenliklerin anlamının ne demek olduğu halka açıklanıyordu. Sosyalistlerle bir ilişkisi olmayan delikanlılar, o kağıtları okuduktan sonra:

— Bu şenliği iyi yapmalı diyorlardı.

Fedya Mazin seviniyordu. Hapisanede zayıf düşmüştü; söz söylerken, elleriyle işaret ederken öyle sinirli haller sergiliyordu ki, bakanlar onu kafese kapanmış çalıkuşuna benzetirlerdi. Jakop Somof yine yanından ayrılmıyordu. Yaşının küçüklüğüne bakmadan pek ağırbaşlı, sessiz olan bu delikanlı, şimdi kendine kasabada bir iş bulmuştu. Hapisaneye girdikten sonra saçı, sakalı büsbütün kırmızılaşan Samoilof, Vasili Gosef, Bukin, Oragonof ve daha bir kaç arkadaş mutlaka silahlı bulunmaktan yana idiler. Pavel, Küçük Rusyalı, Somof ile arkadaşları ise böyle düşünmüyorlardı.

Bu aralık Yegor geldi. O, her zamanki gibi yorgundu. Sık sık soluyor, vücudundan ter boşanıyordu. Alay ederek dedi ki:

— Arkadaşlar, şimdiki sosyal düzenin değiştirilmesi büyük bir iştir. Ancak bunu kolayca yapabilmek için kendime bir çift yeni ayakkabı almalıyım! (Bunu söylerken ayağında sudan yamyaş kesilmiş delik ayakkabılarını gösteriyordu.) Lastiklerim de berbat. Bütün gün ayaklarım su içinde kalıyor. Bu eski dünyayı bütün alemin gözü önünde silkip atmadan önce yerin dibine girmek istemem. İşte bunun içindir ki, arkadaşlarınızdan Samoiflof'un silahla bir gösteri yapılması önerisini redderek, bana bir çift sağlam ayakkabı almasını öneriyorum. Çünkü ben kesin olarak inanıyorum ki, davamızda başarı sağlamak için bu, büyük savaşlardan daha yararlıdır.

Bundan sonra Yegor başka memleketlerde halkın kendi yaşayış ve geçim biçimlerini değiştirebilmek için neler yaptığını hep öyle benzetişli sözlerle anlattı. Pelage, nutuk dinlemekten hoşlanıyordu. Nutukların onun üzerinde garip bir etkisi vardı. O, bunları dinledikçe halka ne kadar düşman olan insan varsa hepsi gözünün önüne gelir, halkı en zalimce biçimlerde aldatan alçaklar, o kısa boylu, şiş karınlı, kırmızı yanaklı, yırtıcı düzenbaz herifler birer birer gözlerinin önünde geçit resmi yapardı. Çarların egemenliği onlar için yaşamı dayanılmaz bir hale getiriyor, en sonra işçileri silaha sarılmaya zorluyor, halk bu amaçla ayaklanıp da çarın elinden bu egemenliği ve iktidarı almaya kalkınca o kısa boylu adamlar bütün beceriklilik ve şeytanlıklarını kullanarak o gücü halkın elinden kurtarıyor, sonra da zavallıları sürgünlere, zindanlara gönderiyordu. Halk biraz karşı durmak, çatışmak isterse yok oluyor, yüzlerce, binlerce insan birden kesilip öldürülüyordu.

Pavel, bir kez Andre'yle konuşurken dedi ki:

— Biliyor musun Andre, sık sık gülen insanlar kalplerinde en çok acı olanlardır.

Bir saniye sustuktan sonra Küçük Rusyalı göz kapaklarını kapayarak karşılık verdi:

— Bu sözün doğru değil! Çünkü, öyle olsaydı bütün Rusya gülmekten kırılırdı.

Nataşa da geldi. O, başka bir kentte hapsedilmişti. Ancak, halinde bir değişiklik yoktu. Ana, dikkat etti. Genç kız gelince Küçük Rusyalı daha şen oluyor, kimseyi incitmeyecek şakalar yaparak herkesle eğleniyor, Nataşa'yı güldürecek bin türlü şaklabanlık yapıyordu. Kız gidince üzgün ıslıklarıyla o bitmez tükenmez şarkılarını söylüyor, ayaklarını sürüyerek aşağı yukarı dolaşıyordu.

Saşenka da sık sık geliyordu. O her zaman üzgün, her zaman kaygılı idi. Gittikçe sertleşiyor, gittikçe hırçınlaşıyordu. Bir defa Pavel o giderken kapıya beraber çıkmıştı. Arkada açık bıraktıkları kapıdan Pelage kulak kabarttı. Genç kız biraz heyecanlı bir sesle:

— Bayrağı siz taşıyacaksınız değil mi? dedi.

— Evet.

— Karar verildi ya!..

— Ya yine hapse girerseniz?

Pavel karşılık vermedi. Saşenka konuştu:

— Acaba başkasına şey etseniz olmaz mı?

Sözünü bitirmemişti:

— Ne etsem?

— Bayrağı başkasına bıraksanız.

Pavel direnerek:

— Hayır! dedi,

— Düşününüz bir kere... Sizin bunca gücünüz var, herkse sizi seviyor, Andre ile siz burada başsınız, serbest halinizde neler yapabileceğinizi bir kere göz önüne getirin! Çünkü, o vakit yalnız hapse girmekle kalmazsınız, sizi sürerler uzaklara, pek uzaklara sürerler, orada yıllarca kalırsınız.

Pelage bu genç kızın sesinde iyi tanıdığı duygularının titrediğini seziyordu. Bu seste korku, endişe vardı. Saşenka'nın söylediği her söz ananın kalbine buzlu bir su damlası gibi düşüyordu. Pavel:

— Hayır, hayır, ben karar verdim, ne olursa olsun kararımdan dönmem, dedi.

— Yalvarsam da olmaz mı?

Pavel, birden sözünü kesti, sesinde garip bir ciddiyet vardı:

— Böyle söylemeyiniz Allahaşkına... Ne düşünüyorsunuz? Hayır, hayır böyle söylemenizi istemem.

— Ne yapayım ben de neticede bir insanım!

— Evet, bir insan, iyi ve güzellikler sunan bir insan...

Sanki soluk almakta güçlük çekiyormuş gibi sesine bir titreşim gelmişti:

— Benim için pek değerli, pek sevgili bir insan. İşte bu kadar sevgili, değerli olduğunuz içindir ki böyle söylemenizi istemem.

Genç kız "Allahaısmarladık" diyerek gitti.

Yürürken ökçelerinin çıkardığı sesten anlamıştı ki genç kız, hızlı hızlı, sanki koşarak gidiyordu. Pavel arkasından avluya çıktı. Ananın kalbini korkunç, ezici bir korku kaplamıştı. Pavel'in Saşenka ile neler konuştuklarını anlayamamışsa da büyük, karanlık bir felaketin geleceği endişesine kapılmıştı. Bu duygu ile ani bir soru, bir çivi gibi kafasına girdi: "Ne yapmalı?"

O aralık Pavel, Andre ile mutfağa dönmüştü. Andre başını sallayarak:

— Ah şu hınzır İsai, dedi, ne yapsak buna acaba?

Pavel üzgün:

— Ne yapacağız, ispiyonculuktan vazgeçmesini tavsiye edeceğiz.

— Ya sonra tavsiye edenleri de haber verirse?...

Bunu söyleyerek kasketini çıkardı, bir köşeye attı. Pelage başını öne eğerek:

— Ne yapmayı düşünüyorsun Pavel? diye sordu.

— Ne vakit?... Şimdi mi?...

— Bir mayıs günü.

Pavel sesini alçaltarak:

— Ha, o gün bayrağımızı taşıyacağım. Elimde bayrak, alayın önüne geçeceğim. Ondan sonra belki yine kodese tıkarlar.

Ananın gözleri yanıyordu. Ağzının içi sıtmaya tutulmuş gibi birden kurudu. Pavel, annesinin elini aldı, okşamağa başladı.

— Bu böyle olacak anne, bu böyle olacak. Mutluluk ancak bundadır. Kadın başını kaldırarak ağır ağır:

— Benim bir şey dediğim yok ki, dedi.

Bakışları Pavel'in bakışlarıyla karşılaşınca yine gözlerini yere indirdi. Pavel, annesinin elini bırakarak içini çekti, azarlarcasına bir sesle söze başladı:

— Üzülmemelisin, tersine sevinmelisin. Rabbim, ne vakit çocuklarını ölmeğe bile sevinerek gönderen o anneleri göreceğiz?

Ana, sözlerini yineledi:

— Ben bir şey demedim ki... Seni yapacağın şeyden alıkoydum mu? Sadece sana acıdım, o kadar, bu da benimle ilgili bir iş.

Pavel biraz uzaklaştı. Pelage, oğlunun öteye doğru giderken sert, keskin bir kaç söz söylediğini işitmişti:

— Dünyada öyle sevgiler var ki insanı yaşamaktan alıkoyar.

Pelage, titredi, belki daha çok ileri gider de kalbini kırar korkusu ile birden haykırdı:

— Böyle şeyler söyleme, Pavel. Anlıyorum, evet, anlıyorum, başka türlü davranamazsın, çünkü arkadaşların var.

— Hayır, arkadaşlar için değil, kendim için, kendim için gideceğim, gitmemek elimde, istersem gitmeyebilirim. Ancak ben böyle olmasını istiyorum ve gideceğim.

Andre, kapının eşiğinde durdu; sanki vücudu bir çerçeve içine geçirilmiş gibiydi. Boyu kapıdan daha yüksek olduğu için dizlerini tuhaf bir biçimde bükmüş, omuzunu kapının bir pervazına dayamış başını, boynunu, öteki omuzunu ileri uzatmıştı.

Yuvarlak gözlerini Pavel'e dikerek donuk bir biçimde dedi ki:

— Bu kadar gevezelik etmeseniz daha iyi olur, bay...

O haliyle Andre bir taşın aralığına saklanmış bir kertenkeleye benziyordu. Pelage nerdeyse ağlayacaktı. İçinde taşkın bir ağlama gereksinimi vardı. Ancak, göz yaşlarını Pavel'e göstermemek için birden:

— A-aaa, şeyi unutmuşum.

Dedi ve odadan çıktı. Kepengin altından bir köşeye çekildi, başını duvara dayayarak göz yaşlarını salıverdi. Sessizce, ağzından bir hıçkırık çıkmadan ağlıyor, kalbinin bütün kanı sanki gözlerinden akıyormuş gibi baygınlıklar geçiriyordu. Yarı açık kalan kapının aralığından bir tartışmanın boğuk gürültüleri kendine dek geliyordu.

Söz söyleyen Küçük Rusyalıydı:

— Zavallı kadını üzmek hoşuna mı gidiyor?

— Bari sen böyle konuşma Andre.

— Peki ama, böyle aptalca sözlere karşı susmak da arkadaşlığa yakışmaz. Hem neden gerekti de o sözleri söyledin? Nedenini biliyor musun?..

— Ne olursa olsun, insan düşüncesini güçlüce söylemelidir; onun için...

— Annene de?

— Herkese! Beni yolumdan alıkoyacak, davranışıma engel olacak sevginin, dostluğun bana gereği yok.

— Koca kahraman! Sen bu sözleri Saşenka'ya söylemeliydin! Asıl ona söylemeli.

— Söyledim.

— Nasıl? Ona da böyle sert sert mi? Sanmam! Tatlı, okşayıcı bir sesle, bir şefkat ve incelikle söylemişsindir. Söylerken yanında değildim, yine de öyle olduğunu bilirim... Sonra gelirsin, annenin önünde kahramanlık taslarsın, değil mi? Aptallığın gereği yok. Bu türlü kahramanlık işe yaramaz, anladın mı?

Pelage, hemen gözyaşlarını sildi. Küçük Rusyalının, oğlunu aşağılamasından korkuyordu. Kapıyı açtı, mutfağa girerek korku ve üzüntüden titreyen bir sesle:

— Ooooo! dedi, ne soğuk, sözde ilkbahar...

Nedenini bilmeksizin mutfağın pencerelerini, kapkacakları yerlerinden kaldırıp indiriyor, içeride konuşma seslerini bastırmak için sesini yükselterek kendi kendine söyleniyordu:

— Her şey değişmiş. İnsanlar hararetlendikçe, hava da soğuyor. Eskiden bu mevsimde hava sıcak, gökyüzü açık olurdu, güneş parlar dururdu.

Delikanlıların odasından ses gelmiyordu. Pelage de mutfakta, hareketsiz sessiz kalabilmişti.

Andre alçak sesle sordu:

— Anladın mı? Anlamalı, anlamalısın! Senin annenin kalbi senin kalbinden çok daha büyük, çok daha yücedir!

Ana, mutfaktan kesik bir sesle sordu:

— Çay içer misiniz?

Karşılık beklemeksizin, heyecanını göstermemek için seslendi.

— Bana da ne oldu? Soğuktan donuyorum!

Pavel, ağır ağır odadan çıktı. Gizli bir bakışla anasının yüzüne baktı, dudaklarında ikircikli, çekingen bir gülümseyiş titriyordu:

— Affet beni anne! Ben hâlâ çocukluktan kurtulamadım, ben hâlâ budala bir çocuğum!

Ana, Pavel'in başını göğsüne bastırarak acılı, üzgün bir sesle:

— Bir daha beni öyle azarlama emi? dedi. Artık bana hiçbir şey söyleme. Allah yardımcın olsun! Ortada dolaşan senin eserin, onun ne olacağı, nereye gideceği de senin bileceğin iş; ben karışmam. Sen de benim kalbime dokunma! Hiç ana evladına acımasız olur mu? Olacak iş mi? Ben hepinize acırım. Ah, siz hepiniz, böylesiniz, hepiniz bir kuşağın adamısınız, hepiniz iyi yürekli çocuklarsınız. Hem size ben de acımazsam kim acır? Sen kendine bir yol seçtin, yürüdün, bir takım adamlar seni izleyerek geldiler, her şeyi bırakarak arkandan geldiler. Pavel, anlıyor musun, her şeyi.

Kalbi, şimdi büyük bir düşüncenin titreyen tutsağı olmuş, bunun verdiği hazzın ve acının cömertliğiyle sanki kanatlanmıştı. Ne yazık ki zavallı kadın bu zevki anlatacak söz bulamıyor, acı, keskin bir yanma ile parlayan gözlerini oğlunun yüzüne dikmiş bakıyordu.

Pavel, başını sallayarak mırıldandı:

— Peki, anne, peki! Suçluyum, beni affet!

Gülerek annesinin yüzüne acele bir bakış fırlattı. Çok geçmeden başını çevirdi. Sıkılmıştı. Ne var ki üstüne bir durgunluk gelmişti.

— Namusum üzerine söz veririm ki bunu hiç bir zaman belleğimden çıkarmayacağım.

Pelage oğlunun başını göğsünden ayırarak odaya girdi, orada duran Andre'ye yalvarırcasına ateşli bir sesle:

— Andre, dedi, onu çok azarlamayınız... Gerçi onun büyüğüsünüz, ne var ki...

Küçük Rusyalı arkasını dönmüş oturuyordu. Ana, bu sözü söylediğinde hiç yerinden kımıldamadı. Tuhaf bir sesle bağırdı:

— Ben falan, filan bilmem. Azarlarım, kavga ederim, gerekirse döverim bile.

Pelage, yavaş yavaş ona doğru ilerledi, elini uzatarak:

— Rica ederim, dostum, dedi.

Küçük Rusyalı, yüzünü çevirdi, boğa gibi başını ileriye uzatarak, elleri arkasında mutfağa kaçtı. Orada boğuk, alaycı bir sesle bağırdığı işitiliyordu:

— Haydi Pavel, gözümün önünden çekil, yoksa şimdi kafanı koparırım.

Sonra sesini yavaşlatarak:

— Şaka söylüyorum, nine, siz dediğime bakmayın; Semaveri yakmaya uğraşıyorum. Kömürümüz pek fena, cabadan bir de ıslanmış, Allah müstahakını versin, bir türlü yanmıyor.

Sustu, ana, mutfağa girdiğinde Andre yere çömelmiş, semaveri üflüyordu. Andre, kadının yüzüne bakmayarak konuştu:

— Korkma, nine, korkma, bir şey yapmam. Ben öyle sert, kötü bir adam değilim. Pişmiş şalgam gibi yumuşak bir adamım, sen onun dediğine bakma ben de onu severim. Yalnız, yeleğini sevmem. O şimdi yeni bir yelek giymiş. Bu yelek hoşuma gidiyor. Karnını kabartarak yürüyor. Rastgeldiğini itip kakıyor. Amacı, yeleğini göstermek. Gerçek en ilk bakışta güzel, onu ben de kabullenirim, ne var ki çevremizdekileri itip kakmaktan ne çıkar? Zaten yerimiz öyle dar ki.

Pavel, gülümseyerek sordu:

— Sen hep homurdanıp duracak mısın? Yaptığın azarlamalar artık yeter.

Küçük Rusyalı yere çömelmiş, bacakları arasına aldığı semavere bakıyor, ana kapının kenarında ayakta durmuş, Pavel'in yuvarlak ensesini, uzun boynunu üzgün, şefkatli bakışlarla seyrediyordu. Andre, birden başını arkaya çevirdi, ellerini döşemeye dayayarak bir parça kızarmış gözleriyle ana ile oğlunun yüzüne baktı:

— Siz gerçekten pek namuslu insanlarmışsınız dedi.

Pavel eğilerek kolundan tuttu. Küçük Rusyalı homurdandı:

— Çekme, düşüreceksin... Çekil oradan çapkın!...

Ana, üzgün sesi ile:

— Birbirinizden sıkılıyor musunuz yoksa? dedi.

Pavel, Andre'ye sordu:

— Ne dersin, yapalım mı?

Andre, doğrularak:

— Hay hay! dedi.

Pavel, diz çöktü. İki delikanlı kucaklaştılar. Bir saniye süresince iki vücut aynı kardeşlik sıcaklığıyla tutuşan bir kalp içinde birleşmişti. Ananın yüzünden yaşlar akıyordu. Yalnız, bu yaşlarda hiç bir acılık yoktu. Yüzündeki yaşları sildi:

— Kadınlar hep böyledir. Ağlamayı severler, üzüntü gibi, sevinç de onları ağlatır, dedi.

Küçük Rusyalı, elinin hafif bir dokunuşuyla Pavel'i öteye itti, gözlerini oğuşturarak:

— Yeterli! dedi, çok çılgınlık eden danaları keserler. Aman yarabbi ne berbat kömürmüş bu! Öyle çok üfledim ki, gözlerim duman doldu.

Pavel, başını yere eğerek pencerenin kenarına oturdu:

— Böyle, şeylerden utanmamalı, bu ayıp değil.

Ana, oğlunun yanına yaklaşarak oturdu. Şefkatli, sıcak, güzel bir duygu bütün kalbini doldurmuştu. Oğlunun ellerini kendi elleri arasında okşarken düşünüyordu:

— Ne zarar var, varsın böyle olsun! Zaten başka türlü olmak elinden gelmez ki. Böyle olmak zorunlu!

Şimdi kafasında daha başka düşünceler dolaşıyordu o, bunların hepsine aşina idi. Ancak şimdi duyduğu hali anlatacak hiç bir söz bulamıyordu. Küçük Rusyalı, ayağa kalktı, yandaki odaya geçerken:

— Siz oturun dedi, ben gideyim de tabakları temizleyeyim. Siz rahatınıza bakınız. Size çektirdikleri sıkıntı yetişir.

Odadan çıktı. Şimdi, dışarıda daha uyumlu bir sesle söyleniyordu:

— Övünmek iyi şey değil doğrusu biz şurada iyi, insanca, kardeşçe yaşadık. Ne temiz yaşayış.

Pavel, annesinin yüzüne bakarak:

— Evet, dedi.

Ana:

— Her şey değişmiş, herşeyde değişiklik var. Üzüntü değişmiş, zevk değişmiş... Beni yaşatan zevk midir, üzüntü müdür? Bilmiyorum, anlayamıyorum. Öyle bir şey ki anlatacak sözcük bulamıyorum dedi.

Küçük Rusyalı atıldı:

— Evet her şey değişti! Hem öyle olmalı. Niçin, değişti, biliyor musun, nine? Çünkü, insanın yaşayışında şimdi yeni bir kalp var, yeni bir kalp çarpıyor. Çıkarların anlaşmazlıkları bütün kalpleri kırdı, kuduz bir hırs bütün kalpleri kemirdi... Kıskançlık bütün kalpleri ısırdı. Bütün kalpleri irinli yaralar, yalanlar, miskinlikler, hasetler, çirkinlikler kapladı. İnsanlar hep hasta, sakat düşmüş, yaşamaktan korkuyor, hallerine bakılsa bir sis içinde geziyorlar sanırlır. Herkes kendi acısından başka bir şey bilmiyor. Derken içlerinden birisi çıkıyor, aklın, anlayışın ışığı ile onların yaşayışını aydınlatmağa kalkışıyor. "Hey şaşkın herifler, nedir yaptığınız? Hepinizin çıkarları birdir. Hepinizin yaşamağa, ilerlemeğe hakkınız var. Artık bunu anlayacak, değerlendirecek zaman geldi!" diye bağırıyor. Bu adam, bu bağıran ses, yalnızdır, işte onun içindir ki, yüksek sesle bağırıyor, arkadaşa ihtiyacı var, yalnızlık içinde üzülüyor, sanki üşüyor. Bu sese herkes koşuyor, butün kalpler bu sesin çevresinde birleşiyor, bir tek kalp oluyor, her kalp bütün güzellikleri, erdemleriyle geliyor, orada güçlü, kocaman, derin, duygulu bir kalp halinde gümüş bir çan gibi çınlıyor, ötüyor ve diyor ki: "Ey insanlar birleşiniz! Hep bir yere geliniz, hep bir aile kurunuz, yaşamanın anası kin ve düşmanlık değil, sevgi ve dostluktur!" İşte kardeşler, ben bu çanın sesini şimdiden işitiyorum.

Pavel, bağırdı:

— Ben de!

Ana, dudaklarının titremesini tutmak için bütün gücü ile ısırdı göz yaşlarını durdurmak için gözlerini kapadı.

— Yatarken, uyurken, yürürken, kısacası nerede olursam olayım hep bu çanın sesini işitirim, bununla mutlu olurum. Ben de biliyorum, yer yüzü böyle haksızlığa , böyle acılara katlanamıyor, yoruldu, o çanın sesine sanki karşılık verir gibi haykırıyor, insanlığın bağrından doğan yeni bir güneşi tatlı bir sevinç titremesiyle kutluyor.

Pavel elini kaldırdı, bir şey söylemek istiyordu. Pelage hemen onun kolunu tutarak çekti, fısıldar gibi bir sesle:

— Dur, sözünü kesme, dedi.

Küçük Rusyalı kapının kenarında durmuş, gözleri parlıyordu. Sözünü şöylece sürdürdü:

— Biliyor musunuz, insanları bekleyen daha nice acılar, kanını dökmeğe hırslı daha nice eller var? Bütün bunlar, bütün çektiğin acılar bir yere gelse, bütün kanım dökülse, beynimde, iliklerimde kazandığım şeylerin, bütün varlığımın küçük, zayıf bir vergisinden başka bir şey olamaz. Bir yıldızın ışık zenginliği gibi bir zenginlik bende de var, ben de öyle zenginim. Her şeye katlanacağım, hepsine dayanacağım. Çünkü içimde hiç bir şeyin ezip yok edemeyeceği bir zevk var ki, o da, direnme gücümdür.

Bu konuşma gece yarısına dek sürdü. İnsanın gelecek yaşayışı, bütün uyumu, bütün içtenliğiyle söz konusu oldu. Pelage konuşma arasında bir düşünceyi net olarak anlayınca içini çekerek geçmişin hayallarine dalıyor, orada herbirisi acı ve çileyle örülü anılarından birini alıyor, onu öğrendiği yeni düşünceyle yoğurup daha tahammül edilebilir hale getirmeye çalışıyordu.

Konuşmanın sıcak etkisi kalbinin buzlarını eritiyordu. Vaktiyle babasının kendisine söylediği şu sözleri andı:

— Boşuna böyle surat edip durma! Aptalın biri gelmiş, seninle evlenmek istiyor, evlen! Bütün kızlar evleniyor, bütün kadınlar çocuk doğuruyor, her ana baba için çocuklar birer yüktür, sen de bizim gibi bir insan değil misin?

O gün nasıl duygular duymuşsa şimdi de o duygularla dolu bulunuyordu. O zaman önünde açılan bir yol görmüştü. Boş, karanlık bir ovanın kıyısında bir sonsuzluğa doğru uzanan o yol kaçınılmazdı ve kaderin kesin egemenliği karşısında kalbini bir durgunluk ve uyuşukluk kaplamıştı. İşte, şimdi de öyle olmuştu. Şimdi de bir önsezi yeni bir felaketin gelmek üzere bulunduğunu ona hissettiriyordu. İçinden bilinemez kime seslenen bir ses tutunuz, alınız! demişti.

Bu sesle göğsünün içinde gerilmiş bir ip gibi titreyen kalbinin iniltilerini dindiriyordu. Bekleme kaygısıyla sarsılan ruhunun ta derinliklerinde bir umut, zayıf ama uzun bir umut vardı. Belki elinden her şeyi almazlar, belki ona yine bir şey bırakırlardı.

O sabah çok erken, Pavel'le Andre çıkıp gitmişlerdi ki; Marya Korsonova şiddetle pencereyi vurarak bağırdı:

— İsai'yi öldürmüşler! Haydi gidip bakalım!

Ana titredi katilin adı bir ok gibi kafasından geçmişti. Hemen omuzuna bir atkı alarak sordu:

— Vuran kimmiş?

— Kimbilir? Herif vurduktan sonra yanında duracak değil ya, kaçmış gitmiş!

Sokağa çıktılar. Marya konuşuyordu:

— Suçluyu bulmak için yine evleri arayacaklar. Şükür ki senin Pavel'le Andre o zaman evde idiler. Ben tanıklık ederim. Gece yarısından sonra idi. Evinizin önünden geçtim. Pencereden şöyle bir dikizledim. Üçünüz de masanın başında oturmuştunuz.

Ana korkudan tüyleri ürpererek sordu:

— Peki, ama, onları niçin suçlasınlar ki?

Marya güvenle ve bilerek karşılık verdi:

— Canım onu kim öldürebilir? Elbette sizinkilerden biri...

Pelage durdu. Soluk soluğa gelmişti. Eliyle göğsünü bastırıyordu.

— Nen var? Korkma canım! İsai ettiğini buldu, zaten o bunu haketmişti. Haydi çabuk ol şimdi kaldırırlar.

Ana, neden bu ölüyü görmeye gittiğini düşünmeksizin yine yürümeye başladı. Vesofçikof'u düşündükçe soğukkanlılığını koruyamayacak gibi oluyordu. Şaşkın şaşkın düşündü:

— En sonunda amacına ulaştı!

Fabrikaya pek uzak olmayan bir yerde, henüz yanmış bir evin yıkıntıları arasında bir yığın halk toplanmıştı. Bir arı kümesi gibi gürültü ederek yanmış tahta parçalarına bastıkça ayaklarının altında dumanlar çıkıyordu. Kalabalıkta kadın ve çocukların yanısıra, dükkancılar oradaki meyhanenin çırakları, polis memurları, gümüş gibi ak sakallı yaşlı jandarma Pelin dikkati çekiyordu. Jandarmanın göğsü madalyalarla dolu idi.

İsai yarı uzatılmıştı. Arkasına ateşten kapkara kesilmiş bir direk dayamışlardı. Başı sağ omuzunun üstüne düşmüştü. Sağ eli pantolonunun cebinde idi. Sol elinin parmakları ıslak toprağın içine dalmıştı.

Pelage, ölünün yüzüne baktı. Bulanık gözlerinden biri uzanan bacakları arasına düşmüş şapkasına dikilmişti. Ağzı bir şaşkınlık anlatımı ile yarı açılmıştı. Çenesinden sarkan ufak kırmızı sakalında acıklı bir hal vardı. Zayıf vücudu, sivri kafası, çil lekeleriyle örtülü kemikli yüzü, ölümün vuruşu altında ezilmiş, küçülmüş gibiydi. Sağlığında bu adamı hiç sevememişti. Şimdi, ölüsü kalbinde hafif bir acıma duygusu uyandırıyordu.

Halktan biri hafif bir sesle:

— Kan görünmüyor, dedi. Herhalde yumrukla vurarak öldürmüşler.

— Sakın hâlâ diri olmasın?

Jandarma bu sözü söyleyen herifi eliyle iterek:

— Haydi oradan, sende, dedi.

Öteden bir başkası:

— Doktor gelmiş, görmüş, öldü demiş.

— Bir ispiyoncunun daha ağzı kapandı, oh oldu!

Jandarma öfkelenmişti. Çevresine toplanan kadınları itip kakarak tehdit edici bir sesle sordu:

— Kimdi o sözleri söyleyen?

O, yaklaştıkça halk uzaklaşıyordu, bir takımı kaçışmaya bile başlamıştı. Birden halk arasında kötü bir kahkaha koptu. Ana, eve döndüğünde kendi kendine düşünmeğe başladı:

— Herife kimse acımadı.

Ölünün kaba, lekeli yüzü gözünün önüne geldi. Gözünün ışığı sert ve soğuktu. Sağ eli sanki yaralanmış gibi sallanıyordu. Andre ile Pavel akşam yemeğe geldiklerinde hemen karşılarına çıkarak sordu:

— Nasıl oldu? Kimseyi tutuklamadılar mı?

Küçük Rusyalı:

— Bir şey işitmedim, dedi.

Dikkat etti, delikanlıların ikisi de üzgün ve kaygılı idi. Alçak sesle sordu:

— Vesofçikof'tan sözedilmiyor mu?

Oğlu ciddi bir bakışla anasının yüzüne baktı. Cevap verirken her sözcüğün üstünde biraz düşünüyordu.

— Hayır, sözedilmiyor. O, hatıra bile gelmedi. Zaten burada yok ki. Dün öğleyin kente gitmek için çıkmıştı. Daha henüz dönmedi! Ben haber aldım.

Ana, geniş bir soluk alarak rahatladığını gösterir bir biçimde:

— Çok şükür, çok şükür! dedi, Andre'nin yüzüne bakarak başını eğdi.

Pelage, düşünceli söze başladı:

— Gördüm yere yatırmışlar, şaşmış gibi bir hali vardı! Kimse ona acımadı, kimse onun için iyi bir söz söylemedi. Ufak tefek, cılız bir hal almış sanki büyük bir şeyden ayrılmış bir parça gibi yerde sürünüyordu.

Yemekte Pavel birden kaşığını masanın üstüne atarak bağırdı:

— Anlamıyorum bu işleri vesselâm!

O zamana dek sessiz, üzgün duran Andre sordu:

— Neyi canım?

— Vahşi bir hayvanı, yırtıcı bir kuşu öldürsünler; pek iyi kabul ederim... Kendi soyunu parçalamak isteyen bir adamı da öldürmeye aklım erer, böyle bir adamı ben bile kendi elimle öldürürüm. Ancak böyle sefil, böyle iğrenç bir yaratığa nasıl olup el kaldırılıyor, bunu anlayamıyorum!

Andre, omuzlarını silkerek cevap verdi:

— Çünkü, o da vahşi bir hayvan gibi cevap veriyordu.

— Orası doğru.

Küçük Rusyalı:

— Kanımızı emen sineği elbette ezeriz, dedi.

— Evet, hakkın var. Ne var ki benim dediğim o değil, ben bu hali çirkin iğrenç buluyorum.

Andre yine omuzlarını kaldırarak sordu:

— Ne yapalım ya?

Pavel, uzun bir süre düşündükten sonra sordu:

— Sen böyle bir adamı öldürebilir misin?

Küçük Rusyalı, yuvarlak gözlerini Pavel'in üzerine dikti, sonra ananın yüzüne bakarak hem üzgün, hem de güvenle cevap verdi:

— Bana ne bakıyorsun? Ben kimseye dokunamam.

Oysa, arkadaşlara, amacımızla ilgili olunca herşeyi yaparım, gerekince kendi oğlumu bile öldürebilirim demiştim.

Ana, içini çekti:

— Of yarabbi!

— Başka türlü olmaz! Yaşam bunu gerektirir.

Pavel, yavaş bir sesle:

— Evet, yaşam, yaşam! dedi.

Sanki içten bir itkiye uyuyormuş gibi birden ayağa kalkarak bağırdı.

— Ne yapalım? İnsanlardan tiksinmek zorundayız. Ancak, böylece insanları sevebileceğimiz zamanın gelmesini hızlandırabiliriz. Yaşayışın akımına engel olanları, şan, şeref, rahatlık, mutluluk uğrunda kendi soyunu satanları yok etmek gerekir. Doğruluk yolunda gidenlere ihanet etmek için bir YUDA'nın varlığını sezersem ben onu kendi elimle parçalar, yok ederim. Etmezsem hainlik etmiş olurum. Bu bir cinayet mi? Böyle yapmağa hakkımız yok mu?

Ya o büyükler, o bizim efendilerimiz, onlar da mutluluk ve güvenlerini sağlamak için askerler, cellatlar, kârhaneler, meclisler, zindanlar kullanmağa, en alçakça araçlara başvurmağa kendilerinde hak bulmuyorlar mı? Kimi zaman ben de onların kullandıkları sopayı kendi elime alırsam ne çıkar? Hem ne yapayım başka türlü yapamam, o sopayı kullanmamak, elimden gelmez. Efendilerimiz bizi yüzer yüzer, biner biner kesiyorlar, benim hayatta yapacağım işlere engel olan adamın kafasını kırmaya kendimde bir hak buluyorum. Düşmanlarımın kanının dökülmesinden bir şey çıkmayacağını ben de bilirim, onların kanı ürün verici değildir. Bu kan, arkada hiç bir iz bırakmaksızın yiter gider. Çünkü, çürük, kokmuş bir kandır. Ancak bizim kanlarımız bol bir yağmur gibi yere döküldükçe doğruluk bütün gücüyle göğerir, yayılır ve büyür. Bunu da bilirim. Öldürmenin zorunlu olduğunu görürsem öldürür, bütün sorumluluğu kendi üzerime alırım. Çünkü, unutmayınız ki, ben yalnız kendimden sözediyorum. Benim suçum benimle beraber ölecek, bundan yarınlara hiç bir leke kalmayacak, benden başka kimse lekelenmeyecektir.

Geniş adımlarla aşağı yukarı dolaşarak sanki havada bir şey kesiyormuş gibi kollarını sallıyordu. Pelage, üzgün, endişeli, onun yüzüne bakıyor, içinde bir şeyin kırıldığını, sızladığını duyuyordu. Şimdi, onu korkutan şey cinayet düşüncesi değildi. Madem ki öldüren Vesofçikof değildir, o halde Pavel'in arkadaşlarından hiç biri cinayetle ilgili olamaz. O böyle düşünüyordu.

Pavel, başını yere eğmiş, Küçük Rusyalıyı dinliyordu:

— İnsan ileri gitmek isterse kendi kendisiyle savaşmalı. Her şeyi, gerekince duygularını bile feda etmeğe razı olmalıdır. Amacı uğrunda canını vermek, ölmek bile güç bir şey değildir. Bu amaç için insan daha çok fedakârlıkta bulunsa, yaşamının daha değerli şeylerini feda etse yeri var.

Odanın ortasında durdu; yüzü sararmıştı. Gözlerini kapadı ve büyüklenerek, elini bir yemin davranışıyla kaldırıp dedi ki:

— Ben inanıyorum, bir zaman gelecek ki, insanlar birbirine değer verecek, herkes birbirinin gözünde bir yıldız gibi parlayacak, herkes birbirinin sesini güzel bir müzik gibi dinleyecektir.

Yeryüzünde özgür insanlar, özgürlükleriyle büyüyen adamlar yaşamaya başlayacak, herkes kalbini açacak, her kalp hırs ve pislikten arınmış olarak bütün güzelliğiyle görünecek. O zaman hayat, şimdiki iğrenç halinden çıkarak insanlara sunulmuş bir nimet olacak, insanlığın güzelliklerle süslü, yüceliklere aşık yüzü yükselecek, pek çok yükselecektir. Çünkü özgür, serbest insanlar için çıkılamayacak yer yetişilemeyecek doruk yoktur.

İşte o zaman bütün insanlar özgürlük, eşitlik içinde bir güzellik, olgunluk amacına yönelerek yaşayacaklar, o zaman bütün insanlığa kalplerini en iyi açanlar, insanlığı en derin bir duyguyla sevenler, özetle en özgür ve serbest olanlar insanların en iyileri olacaktır. Çünkü o güzellik ve olgunluk kaynağından en çok bunlar yararlanacak. Ah bilseniz o zaman yaşayış ne kadar mukaddes, bu hayatı yaşayanlar ne kadar yüce olacak.

Sustu, ayağa kalkarak bir çanın tokmağı gibi bir süre sallandıktan sonra ruhunun bütün direnişiyle titreyen bir sesle konuştu:

— İşte, ben bu yaşayış, bu büyük yaşayış uğrunda herşeye hazırım. Gerekirse kendi kalbimi göğsünden çıkararak kendi ayaklarımla çiğnerim.

Yüzü titredi, yüzünün çizgilerinde temiz, yüksek bir çoşkunluğun parlak anlatımı vardı. Gözlerinde iri damlalar dökülmeğe başlamıştı.

Pavel, başını sallayarak baktı, o da sararmış, onun da gözleri büyümüştü. Ana, oturduğu iskemleden kalktı; gittikçe büyüyen korkunun kendine doğru yaklaştığını duyuyordu.

Pavel, alçak sesle sordu;

— Nen var, Andre?

Küçük Rusyalı başını salladı vücudunu bir ip gibi gerdi, ananın yüzüne bakarak:

— Ben de gördüm, biliyorum, dedi.

Pelage, ayağa kalktı. Bütün vücudu titreyerek ona doğru koştu. Ellerini ellerinin içine aldı. Küçük Rusyalı, sağ elini kurtarmağa uğraşıyordu. Ana bütün gücü ile bu elleri yakalamıştı:

— Kendine gel, Andre! Haydi, oğlum haydi, biraz kendine gel, bakayım.

Küçük Rusyalı, boğuk bir sesle cevap verdi:

— Durun anlatayım, bakın iş nasıl oldu.

Ana, yaşlarla örtülmüş gözleriyle Andre'nin yüzüne bakarak:

— Hayır, dedi. Hayır hayır, istemez...

Pavel arkadaşına yaklaştı, elleri titriyordu, benzi sapsarı kesilmişti. Dudaklarında tuhaf bir gülümseyişle dedi ki:

— İşin altından sen çıkarsan diye korkuyor!

Ana atıldı:

— Hayır korkmuyorum, işin içinde onun olmadığını biliyorum, gözümle görsem yine inanmam.

Andre onlara bakmaksızın cevap verdi:

— Evet, ben biliyorum; istesem bu cinayetin önüne bile geçebilirdim.

Hem başını sallıyor, hem de elini ananın ellerinden kurtarmağa çalışıyordu:

Pavel:

— Andre, sus! dedi.

Bir eliyle küçük Rusyalının elini tutarak öteki elini sanki arkadaşının vücudunu sarsan titremeyi durdurmak istiyormuş gibi omuzuna koydu. Andre, Pavel'e doğru eğilerek alçak, titreyen bir sesle:

— Sen de bilirsin ya Pavel, dedi. Ben işin arkasına düşmedim, olay kendiliğinden oluverdi. Sen bizden ayrıldıktan sonra Dragonof'la ben sokağın başında kalmıştık. O aralık İsai geliyordu. Bizi görünce biraz uzakta durdu, yüzümüze bakarak acı acı gülümsüyordu. Dragonof bana dedi ki: "Şu herifi görüyor musun? Her gece gelir, benim davranışlarımı gözetler. Günün birinde işini bitireceğim!" Bunu söyledikten sonra yanımdan ayrıldı, sanırsam evine gitti. Bunun üzerine İsai benim yanıma geldi.

Küçük Rusyalı burada içini çekti:

— Beni bütün yaşayışım boyunca bu köpek herif kadar alçakça aşağılayan hiç kimse olmamıştı.

Ana, bir şey söylemeyerek onu masaya doğru çekiyordu. En sonra, Andre'yi bir sandalye üstüne oturtmayı başardı. Kendisi de yanında bir iskemleye çöktü, kaldı. Pavel, annesinin önünde ayakta duruyor, üzgün bir durumda sakalını karıştırıyordu.

— İsai yanıma geldikten sonra bana polisin hepimizden haberi olduğunu, jandarmaların gözünün hep bizim üstümüzde olduğunu, Mayısın biri gelmeden bizi yine hapse atacaklarını söyledi. Ben hiç karşılık vermedim. Yalnız gülüyordum. Ne var ki, içimde bir öfke kabarmağa başlamıştı. En sonra sözü bana getirdi. Benim akıllı bir adam olduğumu, bu yoldan vazgeçmekliğimi söyledi.

Küçük Rusyalı, burada durdu, sol eliyle yüzünü sildi, gözleri kuru ve ateşliydi.

Pavel:

— Anlıyorum...

— Evet! En sonra bu yola gitmektense polisin hizmetine girmemin daha uygun olacağını söyledi.

Küçük Rusyalı yumruğunu uzattı:

— Ne melun herif. O sözü söyleyeceğine keşke yüzüme bir tokat vursaydı; o kadar dokunmazdı. Belki onun hesabına da öyle kötü sonuç vermezdi. Mel'un herif, ağzından o iğrenç, o kötü sözü çıkarınca, yüzüme karşı o çirkin sözü sanki tükürüyor gibi fırlatınca kendimi tutamadım.

Andre, sert, sinirli bir davranışla elini Pavel'in ellerinden kurtardı. Tiksinti dolu boğuk bir sesle bağırdı ve anlattı:

— Dayanamadım, suratına bir tokat aşkederek uzaklaştım. Arkamdan Dragonof'un hafif bir sesle:

— Şimdi yakalandın! dediğini işittim. Demek Dragonof köşebaşında pusuda bekliyormuş.

Bir saniye sustuktan sonra Küçük Rusyalı yine konuştu:

— Arkama dönüp bakmadım. Ancak içimde bir sezgi, bir olayın geçeceği duygusunu uyandırmıştı. Bir kaç adım attıktan sonra bir gürültü işittim. Kalbimde hiç bir değişiklik duymaksızın sanki yolumun üstünde duran bir kurbağayı ayağımla itmiş gibi soğukkanlıca yürüdüm gittim. Fabrikaya geldiğimde ortalıkta bir söylenti dolaşmağa başladı: "İsai'yi öldürmüşler!" İnanmak istemiyordum. Elimde bir fenalık vardı, öyle ki, kımıldatamıyordum. Gerçi acı vermiyordu. Yalnız kısalmış sanıyordum. Eline çabuk bir bakış fırlattıktan sonra ekledi:

— Elime yapışan bu kiri, sanırım yaşadıkça temizleyemiyeceğim.

Ana ağlıyarak:

— El verir ki, kalbin temiz olsun, yavrum! dedi.

Küçük Rusyalı kendine güveni olduğunu anlatan bir direnişle:

— Evet, ben zaten kendimi suçlu bulmuyorum. Yalnız kirli, pis şey! İnsan üstüne böyle çamur kondurmazsa daha iyi. Benim için bunun gereği yoktu.

Pavel, onu kuşkulu bir gözle süzerek:

— Şimdi ne yapmayı düşünüyorsun? dedi.

— Ne mi yapmayı düşünüyorum?

Başını yere eğerek düşüncelerine daldı, bir süre sonra doğrularak hafif bir kahkaha ile konuştu:

— Buna ben vurdum demekten korkmam, yalnız utanırım, böyle bir duruma düşmüş olmaktan utanırım.

Kollarını yanına salıverdi ve ayağa kalkarak yineledi:

— Hayır, hayır, söyleyemem, utanırım.

Pavel omuzlarını silkerek cevap verdi:

— Amacını anlayamıyorum ki. Bir kere herifi öldüren sen değilsin, sonra sen bile olsan...

— Kardeşim, düşün bir kere, o adam ne olursa olsun yine bir insan, insan öldürmek her zaman çirkin bir davranıştır. Birisinin bir adam öldüreceğini bildiğimiz halde önüne geçmemek de bir alçaklık değil mi?

Pavel, güvenli bir davranışla:

— Dediğini anlamakta güçlük çekiyorum, dedi.

Bir dakika sustuktan sonra ekledi:

— Ya da anlıyorum da, bu duyguyu hissedemiyorum.

Fabrikanın düdüğü öttü. Küçük Rusyalı bu otoriter sesi işitmek için omuzuna doğru eğdiği başını salladıktan sonra:

— Bugün fabrikaya gitmeyeceğim, bugün çalışmayacağım! dedi.

Pavel:

— Ben de, dedi, ben de gitmeyeceğim.

Andre, ince bir kahkaha arasında dedi ki:

— Ben banyolara gitmek istiyorum.

Çarçabuk giyinerek somurtkan bir yüzle çıktı gitti. Ana, acıyan, içten bir bakışla Andre'yi izledikten sonra oğluna dönerek:

— Sen istediğini söyle dedi, ben düşüncemi değiştirmem. Adam öldürmek bir günahtır, yine de bana göre kimse suçlu değildir. İsai'nin yüzüne baktığında onun vaktiyle beni tehdit etmiş olduğunu hatırladım. Evet, bir zaman seni astıracağını söyleyerek beni tehdit etmişti. Ona karşı içimde ne kızgınlık vardı, ne de öldüğüne sevinmiştim. Yalnız acımıştım. İşte o kadar. Şimdi, o da yok, artık kalbimde bu acıma bile kalmadı.

Durarak, bir saniye düşündü, sonra şaşkın bir sesle gülümseyerek:

— Rabbim, rabbim! dedi, Pavel, söylediklerimi anladın mı?

Pavel hiç bir şey anlamamış, hiç bir şey işitmemişti.

Başını yere eğerek, bir süre ağır ağır dolaştı. Sonra boğuk bir sesle:

— İşte anne yaşam dedi. Bak, insanları nasıl birbirinin üstüne saldırtıyorlar! Böyle yapıyorlar da halk ister istemez birinin boğazına sarılmak zorunda kalıyor. Kim? Öyle bir adam ki, o da sizin gibi hukuktan yoksun, o da sizin gibi mutsuz. İşte bu adam ötekilerinin üstüne saldırıyor, çünkü aptaldır, çünkü anlamıyor. Polisler, jandarmalar hafiyeler hep bizim düşmanlarımızken onlar da bizim gibi birer insandır, onları da maşa gibi kullanıyorlar, onlara da bize olduğu gibi insan gözüyle bakmıyorlar. İşte böylece insanları birbirine düşman ediyorlar. Bir yandan ahmaklık, öbür yandan korku! Gözlerini yummuş, elleri, ayakları bağlanmış! Bir bölüğü öteki bölüğün üstüne kışkırtılmış! Baskı, dayak, zulüm, ezilmek, elde maşa gibi kullanılmak! Kısacası insanlar, insanlıktan çıkarılmış, sopa, taş, tüfek haline getirilmiş! Sonra da buna uygarlık diyorlar hükümet, devlet adı veriyorlar.

Pavel annesinin yanına yaklaştı:

— İşte, anne, asıl cinayet budur! Milyonlarca insanı, milyonlarca insanın ruhunu alçakca bir cinayetle öldürmek! Anlıyor musun, Anne? İnsanların ruhunu öldürüyorlar, ruhunu! Düşmanlarımız olan adamlarla bizim aramızda ne fark olduğunu anladın sanırım. Bizden birisi bir adama vurunca utanıyor, iğreniyor, acı duyuyor. Evet, evet, iğreniyor, tiksiniyor. Oysa, onlar, bunun öcünü almak için yüzlerce insanı hiç acımaksızın soğukkanlıca, sevinerek, evet, sevinerek öldürüyorlar. Evlerinin tahtalarına, eşyalarına, altınlarına, paralarına, o hiç bir şeye yaramayan kağıt parçalarına zarar gelmesin diye; kendilerine soydaşları üstünde egemenlik veren şeyler sürüp gitsin diye, evet, sadece bu amaçla bütün alemin canını yakıyor, değerlerini eziyorlar. Düşün bir kere, kendi nefislerini değil, mallarını korumak için halkı öldürüyorlar, halkının ruhunu kesip koparıyorlar.

Pavel, annesinin elini elleri içine alarak çıktı, ona doğru eğilerek:

— Eğer, dedi, bütün bu alçaklığı, bu iğrenç, çürümüş yaşayışı duyabilseydin bizim hakkımız olduğunu anlar, arkasında koştuğumuz amacın ne güzel olduğunu görürdün.!

Ana, ayağa kalktı. Baştanbaşa çoşkunluk içinde idi. Kalbini oğlunun kalbi ile birleştirmek, bu iki kalbi aynı ateş içinde birleşik bir yığın haline getirmek isteği bütün varlığını kaplamıştı. Eğilerek Pavel'in kulağına fısıldadı:

— Anlıyorum, Pavel, anlıyorum; artık duymağa başladım!

Sokakta pencerenin altına biri gelmiş, hızlı hızlı silkiniyordu. Ana, oğul korkuyla birbirinin yüzüne baktılar.

Kapı yavaş yavaş açıldı, Ribin boynunu eğerek içeri girdi. Odanın eşiğini geçince doğrularak gülümseyen bir yüzle:

— Hele şükür! dedi, sizin için öyle merak etmiştim ki görüştüğümüze pek sevindim.

Arkasında katran lekeleriyle dolu kısa bir kürklü ceket, ayaklarında kenevir liflerinden yapılmış bir ayakkabı vardı. Başına tüylü bir kasket giymişti:

— Nasıl bakalım, Pavel, keyfin nasıl? Hapisaneden çıktın değil mi? Sen ne haldesin, nine?

Söz söylerken ak dişlerini göstererek gülümsüyordu. Sesine eskisinden daha çok tatlılık gelmiş, büyüyen sakalı yüzünü daha çok örtmüştü. Ana, Ribin'i görünce sevindiğini gösterir bir davranışla ilerledi, üzerinden yayılan keskin katran kokusunu koklayarak onun iri, kara ellerini avuçlarına aldı:

— Sen ha! Bilsen seni gördüğüme ne kadar sevindim.

Pavel, gülerek söze başladı:

— Sen adamakıllı köylü olmuşsun.

Ribin paltosunu çıkardı:

— Evet, köylü oldum çıktım! Siz yavaş yavaş süslü, uygar insanlar olmağa çalışıyorsunuz, ben ise adım adım geri gidiyorum. Bezden yapılmış gömleğini düzelterek odaya girdi, çevreye bir göz gezdirdikten sonra:

— Eşyalar artmamış, dedi. Mobilya yine eski mobilya, yalnız kitapların sayısı artmış, o kadar! Dünyada insanın sahip olacağı eşya içinde en değerlisi de bu ya! Eeee, anlatın bakalım işler nasıl gidiyor?

Bacaklarını ayırarak oturdu. Avuçlarını dizlerine dayadı. İnceleyici, sorucu bir gözle Pavel'in yüzüne baktı. Burada bulunmaktan gerçek bir rahatlık duyuyormuş gibi yüzünde bir sevinç vardı.

Dudaklarında rahat bir gülümseyişle Pavel'in cevapını bekliyordu. Pavel:

— İşler iyi gidiyor! dedi.

— İyi, iyi, iyi haber!

Ana, sordu:

— Çay içer misin?

— Teşekür ederim, biraz da votka verirseniz daha iyi olur. Hele yemek yedirmek isterseniz hiç geri çevirmem. Sizi gördüğüme öyle çok sevindim ki.

Pavel, konuğun karşısına oturarak sordu:

— Siz ne haldesiniz bakalım?

— Fena sayılmam. Ekildiyevo'ya gitmiştim, bilirsiniz değil mi? Güzel bir köy. Yılda iki kez panayır kuruluyor. İki binden çok nüfusu var. Yalnız, insanları kötü durumda, ekilecek toprak yok, tarlalar halka kira ile verilir, yine de verimli değil. Orada halkı soyan bir herif var. Onun yanına ırgat olarak girdim. Ne herif! Zaten biz de böyle sülükler mi ararsın? Çok... Tıpkı bir leşin üstüne üşüşen sineklere benzerler. Orada kömür yakıyoruz, ağaçlardan katran çıkarıyoruz. Burada çalıştığımın iki katını çalışıyorum da ancak dörtte biri kadar para alabiliyorum. Bu sülüğün yanında yedi işçiyiz. Benden başkası hep yerli. Hepsi delikanlı adamlar. Hepsi okumak yazmak biliyor. İçlerinde biri var, ismi Jefem'dir.

Pavel canlanmış gibi sordu:

— Bunlarla sık sık görüşür müsünüz?

— Elbette broşürlerin hepsini götürdüm. Otuz dört tane kadar var. Bence oraya incil götürsem daha uygun. İnsan onda her istediğini bulabilir. Hem hükümetçe yasaklanmamış, zaten bastıran da Sensinot meclisidir, onun için dediğine de inanırlar.

Çapkınca gözünü kırparak ekledi:

— Ancak bu da yetmez. Buraya bir okuma kitabı bulmak için geldim. O dediğim Jefem'le birlikte katran getirmek için gelmiştik. Buraya gelince yolu değiştirdik. Haydi, kalk bana bir kaç kitap ver, Jefem gelmeden hazır bulunayım. Çünkü onun her şeyi öğrenmesini de istemem.

Pelage, şimdi Ribin'in yüzüne bakıyordu. Öyle sanıyordu ki, Ribin ceketini atmakla bir çok şeyden sıyrılmıştı. Artık, halinde eski ağırbaşlılığı yoktu. Bakışında daha çok bir kurnazlık göze çarpıyordu. Pavel annesine dönerek:

— Anne, dedi, siz gidin de Ribin'in istediği kitapları getirin. Köylerde okunmak için deyiniz anlarlar, hangileri ise çıkarır verirler.

Ana:

— Peki, semaveri hazırlayayım giderim.

Ribin gülerek sordu:

— Sen de böyle şeylerle uğraşıyorsun ha? Bizim köyde kitap meraklıları pek çok. Okul öğretmeni bile o tür kitapları okumaktan hoşlanıyor. Kilisede eğitilmiş olmakla beraber yine de kötü bir delikanlı değil. Sonra, kızlar okulunda bir kadın öğretmen var, buradan yedi kilometre ötede oturur. O da böyle şeylerle ilgili, ne var ki, yasak kitaplardan ders vermekten korkuyorlar; çünkü maaşlarını hükümet veriyor. Bana getirteceğin kitaplar hükümetçe yasak edilenlerden olsun, hem içinde sert, acı şeyler de bulunsun. Zaten ben gizli dağıtacağım. Kilisenin papazı, ya da polis görecek olursa onları okul öğretmenleri dağıtıyor, sanır, benden kimse kuşkulanmaz.

Ribin, bulduğu tedbirden sevinerek gülmeğe başladı. Ana, düşünüyordu:

— Bak uyanığa! Görünüşte kaza benziyor ama tilki gibi kurnaz!

Pavel, ayağa kalktı, odanın içinde aşağı yukarı dolaşarak azarlayıcı bir anlatımla:

— Peki, dedi, istediğiniz kitapları veririz, yalnız düşündüğünüz tedbiri ben iyi bulmuyorum.

Ribin, gözlerini açarak sordu:

— Neden?

— Çünkü, insan kendi yaptığından kendisi sorumlu olmalıdır. Yapacağı şeyin sorumluluğunu başkalarına yükleyecek yolda iş görmek kötü bir şeydir.

Pavel, bunu söylerken sesinde bir ağırlık vardı.

Ribin, gözlerini yere eğdi, başını salladı:

— Dediğini anlayamıyorum.

Pavel, Ribin'in önünde durarak sordu:

— Düşünceni söyle bakalım. Yasak kitaplar dağıttığından kuşkulanılan öğretmenler yakalandığında hapse atılacak mı?

— Elbette, bunda ne var?

— Nasıl ne var? Kitapları onlar değil, siz dağıtıyorsunuz, hapse de siz girmelisiniz, öyle gerekmez mi?

Ribin, elleriyle dizlerini döverek kahkahalarla güldü:

— Ne tuhaf adamsın! Benim gibi bir köylünün böyle işlerle uğraşacağı kimin aklına gelir, kim benden kuşkulanabilir? İşitilmiş şey mi bu? Kitap dediğin efendilere, okuyup yazmak bilenlere özgüdür, bundan onlar sorumlu olur.

Ana, baktı; Ribin'in dediğini Pavel anlamıyordu. Oğlu, göz kapaklarını yarı kapamıştı, canının sıkıldığı anlaşılıyordu. Tatlı bir sesle dedi ki:

— Mihail İvanoviç iş görmeye hazır. Ancak şu koşulla ki kendisinin yerine başkaları ceza görsün.

Ribin, sakalını, karıştırarak:

— Evet, öyle... dedi.

Pavel, annesine dönerek sert bir sesle:

— Anne dedi, içimizden biri, örneğin Andre kanuna karşı bir davranışta bulunur da hükümet bundan dolayı beni hapse atarsa ne dersin?

Pelage, titredi, heyecan içinde oğlunun yüzüne baktıktan sonra başını sallayarak:

— İnsan arkadaşına karşı böyle bir davranışta bulunabilir mi? dedi.

Ribin atıldı:

— Anladım, Pavel, anladım şimdi dediğini anladım.

Pelage'ye dönerek alaycı bir gülümseyişle:

— Sorun nazik, dedi.

Sonra, Pavel'e seslenerek bilgiç bir davranışla:

— Arkadaş, dedi, sen hâlâ saf yüreklilikten ayrılamamışsın. Bizim gibi kutsal bir düşünce uğrunda çalışanlar, haysiyet sorunu ile uğraşmamalıdırlar. Düşün bir kere; ilk önce kitap kimin elinde bulunursa hapse atarlar; öğretmenin bununla bir ilgisi olamaz. Sonra, hükümetin müsaadesiyle yayımlanan, öğretmenlerce okullarda okutulan kitapların yasak kitaplardan hiç farkı yok. Ancak birkaç sözcük değiştirilmiş, o kadar... Sonra, hükümetin kitaplarında bizimkilerden daha çok gerçekle ilgili parçarlar var. Şu halde öğretmenler de bizim gittiğimiz yoldan amaca çalışıyorlar demektir. Yalnız, biz doğru yoldan gidiyoruz, onlar sapa sokaklardan gidiyorlar, bununla beraber hükümetin gözünde yine biz suçlu oluyoruz. Böyle değil mi? Üçüncüsü, benim o öğretmenlerle hiç bir alışverişim yok, herkesin bildiği bir gerçektir ki yayalar atlılara yoldaşlık edemez. Gerçekte o öğretmenin yerinde bir köylü olsaydı belki ben böyle davranmazdım, oysa okulda öğretmenlik eden adam, bir papazın oğlu, kızlar okulunun müdüresi de bir mülk sahibinin kızıdır. Böyle oldukları halde anlayamıyorum, neden kalkıpta halkı ayaklandırmaya çalışıyorlar? Ben köylü bir adamım, onlar gibi okumuş yazmış insanların düşüncelerini, amaçlarını anlayamam. Ben ancak kendi yaptığımı bilirim. Binlerce yıldan beri dünyada egemenlik büyük adamların elinde bulunuyor. Binlerce seneden beri bunlar, zavallı köylüleri soyup durdular. Şimdi birdenbire uyandılar, gözlerini açtılar. Bu güne dek zulüm ve işkencelerine kurban olan halka şimdi o açık gözleriyle bakıyorlar. Peri masallarından hoşlanmam. İnan ki, bu anlattığım şeyler bir peri masalına benzer. Benim gözümde zengin kişiler, okumuş yazmış kişiler, ne karakterde olursa olsunlar benden uzak yaşayanlardır. Kışın tarlalardan geçerken arasıra uzakta, taa uzakta bir şeyler görülür, bu bir canlı yaratıktır, kımıldar. Tilki mi, kurt mu, köpek mi ayırt edilemez, o kadar uzaktır.

Ana, oğlunun yüzüne baktı. Pavel'in yüzünde bir üzüntü bulutu dolaşıyordu.

Ribin'in gözleri, derin, koyu bir ışıkla parlıyordu. Halinden hoşnut olanlar gibi titreyen parmaklarını sakalına götürerek konuştu:

— Hoş görünmeğe çalışacak vaktim yok. Zaman pek ciddi, pek nazik; herkes vicdanına göre, vicdanı nasıl bir yolu gösterirse ona göre çalışmalı; her yiğidin yoğurt yiyişi ayrı olur.

Ana, Ribin'in sözünü kesti, içinden, tanıdığı bir çok zengin kişiyi düşünüyordu:

— Öyle ama, kimi zenginler bilirim ki, halk için kendini feda etmiş, ömrünü hapishanelerde geçirmiş. Ribin cevap verdi:

— Onlar da başka! Köylü zenginleşince büyüklere yanaşır, büyükler yoksul düşünce köylünün dostu olur:

— Kese boşaldığında elbette kalp temizleşir. Hatırında mı? Bir defa bana demiştin ki insanın düşüncesi yaşayışına; geçimine bağlıdır. Herkesin "Evet" dediği yerde patron "hayır" diyecek olursa, işçiler mutlaka "evet" demek zorundadır. Çünkü patron patrondur, işçi de işçidir. İşte köylülerle çiftlik sahipleri de böyledir. Köylü hoşnut olunca çiftlik sahibi uyuyamaz. Ben de bilirim, her sınıf halk içinde kötüler var, niyetim ayırt etmeksizin bütün köylüleri savunmak değil.

Ayağa kalktı, yüzüne bir üzgünlük gelmişti. Sakalı, sanki dişlerini gıcırdatıyormuş gibi titriyordu. Sesini alçaltarak konuştu:

— Beş yıl fabrika fabrika dolaştım. Sanki kır yaşayışını unutmuştum. Sonra, bu yaşayışa dönüp de orada insanların hangi koşullara katlandıklarını görünce şaşırdım. Benim için bir daha o tip bir hayat ihtimalinin olamayacağını anladım, anlıyor musun? Ben o yaşayışa, mümkün değil, katlanamazdım, katlanamam.

Sizler, açlık nedir bilmezsiniz. düşkünlüğün ne olduğunu pek öyle görmediniz. Köyde açlık, insanı bir gölge gibi bütün yaşayışı boyunca kovalar. Karnını doyuracak kadar ekmek elde edebileceğini hiçbir kimse ummaz. Açlık orada insanların ruhunu kemirmiş, insanları insanlıktan çıkarmıştır. Orada köylülerin sürdüğü hayata yaşamak denemez, onlar umarsız bir yoksulluk içinde çürüyüp giden bir sürü zavallıdır. Hükümet, onların başında bir koruyucu değil, sanki artık bir lokma ekmeğe göz diken bir yığın kargadır. Öyle bir lokma görünce atılıyor, kimin elinde bulursa kapıyor, üstüne üstlük o zavallının suratına bir de tokat atıyor.

Ribin çevresine bir göz gezdirdikten sonra elini masanın üstüne dayayarak Pavel'e doğru eğildi:

— Bu köy yaşayışını böyle yakından görünce tiksindim. Bayağı acı duydum. Bu yaşayışa katlanmıyacağımı sanmıştım, yine de kendi kendimi yendim: "Ne olursa olsun, duyguların oyuncağı olmak iyi bir şey değil. Zavallı köylüye ekmek veremezsem ona benzer bir şey yaparım. İnsanlar uğruna yine benim gibi insanlardan aşağılanmalar gördüm ve bu aşağılanmalar tıpkı bir hançer gibi yüreğime saplandı." dedim.

Ribin'in alnını ter kaplamıştı. Yavaş yavaş Pavel'in yanına yaklaşarak elini omuzuna koydu. Eli titriyordu.

— Bana yardım et Pavel! Bana öyle kitaplar ver ki okuyanların rahatlarını kaçırsın, insanların kafasını, beynini gıcıklasın, sizin içinizdeki kitap yazan adamlara söyle; köyler için de yazsınlar. Kırlara bir kaynar su gibi dökülecek olan bu kitapları okuduktan sonra köylüler hiç ses çıkarmaksızın, hiç duraksamaksızın ölüme doğru yürüsünler.

Elini uzattı, sözcükleri ayrı ayrı söyleyerek boğuk bir sesle:

— Ölümü ölümle onarmalıyız, dedi, burası böyle! O yüzden insanları diriltmek için ölmek gerek. Binlerce insan ölmeli ki milyonlarcası yeryüzüne gelsin. Ölüm bir şey değil, pek kolay. Elverir ki ötekiler can bulsun, bellerini doğrultsun!

Ana semaveri getirmişti. İçeri girince Ribin'in yüzüne yan gözle baktı. Onun sert, keskin gözleri altında eziliyordu. Bu adamda öyle bir şey vardı ki, ona kocasını hatırlatıyordu. İkisi de aynı sabırsızlıkla aynı durgun öfkeyle dişlerini gösterir, kollarını sıvardı. Yalnız, Ribin'in ötekinden bir farkı vardı ki, o da söz söylemesiydi, bununla da korkunçluğu azalıyordu.

Pavel, başını sallayarak:

— Evet, dedi, gerek, öyle gerek... Köylü için bir gazete bile çıkarmalı. Siz haberler, olaylar getiriniz, biz gazeteyi çıkarırız.

Ana, gülümseyerek oğlunun yüzüne baktı, çarçabuk giyinerek hiç bir şey söylemeksizin çıktı gitti.

— Peki, istediğiniz haberleri getiririz, siz gazeteyi çıkarınız. Yalnız sade, açık yazınız, öyle ki öküzler bile anlasın.

Evin kapısı açılarak içeri birisi girdi. Ribin mutfaktan yana bakarak:

— Jefem gelmiş, dedi. Buraya gel, buraya! İşte sana sözünü ettiğim delikanlı bu, adı da Pavel!

Jefem, geniş yüzlü, kırmızı saçlı, kül rengi gözlü, güçlü, iri yarı bir adamdı. Arkasına kısa bir kürklü çeket giymişti. Kasketi elinde, Pavel'in önünde durarak kısık bir sesle:

— Merhaba! dedi.

Sonra, Pavel'in elini sıkarak sert saçlarını karıştırmağa başladı. Odanın içine bir göz gezdirdikten sonra ağır ağır kitapların bulunduğu yana gitti. Ribin, çığlığını tutamadı:

— Gördü!

Jefem, dönüp Ribin'e baktıktan sonra yine kitapların bulunduğu yana dönerek araştırmağa koyuldu:

— Kaç kitabınız var? Kimbilir bunları okumakla ne kadar meşgul oluyorsunuz? Köylerde böyle değil, orada boş vakit kıyamet kadar.

Pavel atıldı:

— Boş vakit çok ama okumak isteği yok.

Delikanlı, çenesini okşayarak karşı durdu:

— Hiç de değil, tersine, şimdi zaman düşünecek zamandır. İlle de uyumalı, ölmeli, başka çare yok düşüncesi değişiyor. Halk ölmek istemiyor. Bundan dolayı çalışmağa, kafasıyla çalışmağa koyuldu. Jeoloji bu ne demek, neden sözeder?

Pavel açıkladı. Jefem, kitabı aldığı yere bırakarak:

— Bize gereği yok, dedi.

Ribin, derin derin soluyarak dedi ki:

— Köylü, yeryüzünün nasıl meydana geldiğini öğrenmekle ilgilenmez. O yeryüzünün bölümlerini, çiftlik sahiplerinin, köylünün ayağı altındaki toprağı nasıl ele geçirdiklerini bilmek ister. Yer yuvarlağı dönermiş, dönmezmiş onun için önemi yok...Toprak, onun karnını doyursun da ister dönsün ister dönmesin.

Jefem, bir kitap daha alarak adını okudu:

— "Kölelik tarihi"

— Bunda bizim sözümüz geçiyor?

Pavel, bir kitap daha çıkararak uzattı:

— Bu da köylülerin köleliğine özgü bir kitap.

Jefem, aldı parmakları arasında evirip çevirdikten sonra yerine bırakırken soğukkanlıca:

— O pek eski bir şey! dedi.

— Sizin toprağınız var mı?

— Bizim mi? Evet, var. Biz üç kardeşiz, üçümüzün dört hektar toprağı var, ancak baştan aşağı kumluk, bakırları parlatmağa pek iyi gelir. Buğday yetiştirmek pek olanaksız.

Kısa bir sessizlikten sonra konuştu:

— Ben toprakla uğraşmaktan vazgeçtim. İnsanın karnını doyurmuyor, tersine insanı oraya bağlıyor, bir iş gördürmüyor. Dört yıldan beri işçi olarak gündelikle vakit geçiriyorum. Güzde askerliğim çıkıyor, alaya gideceğim. Amcam: "Gitme, şimdi askerlere halkı dövdürüyor, vurduruyorlar!" diyor. Ben yine de gideceğim. Artık, buna bir son vermeli (Gözlerini Pavel'den ayırmaksızın) Siz ne dersiniz?

Pavel, gülümsedi:

— Evet, vaktidir, son vermeli.

— Biz de öğreniriz, anlarız.

Pavel, ilgilenerek sordu:

— Yakalanırsanız kurşuna dizilirsiniz.

Köylü serinkanlıca ekledi:

— Hem o vakit af da etmezler, dedi.

Kitapları incelemeğe koyuldu, Ribin öteden atıldı:

— Haydi arkadaş, dedi, çayını iç gideceğiz.

— Hemen şimdi,

Sonra bir kitabın daha adını okuyarak sordu:

— Devrim; bunun anlamı ihtilal, ayaklanmak değil mi?

Andre, soluk soluğa sokaktan geldi. O anda birdenbire kıpkırmızı kesilmiş, kaşları çatılmıştı. Söz söylemeksizin Jefem'in elini sıktı. Ribin'in yanına oturdu. Gülerek onun yüzüne baktı. Ribin, eliyle onun dizine vurarak sordu:

— Niçin böyle yüzün asık?

Küçük Rusyalı:

— Hiç öyle, dedi.

Jefem, başı ile Andre'yi göstererek:

— Bu da işçilerden mi? dedi.

Andre, kendisi cevap verdi:

— Evet, neden sordun?

Ribin açıkladı:

— Fabrikadaki işçileri ilk defa olarak görüyor da onun için. İşçilerin yaşayışında bir özellik bulunuyor.

Pavel sordu:

— Ne gibi?

Jefem, Andre'nin yüzüne dikkatle bakarak konuştu:

— İşçilerin kemikleri sivri oluyor, köylünün ki yuvarlak.

Ribin bütünledi

— Köylü daha sağlam. O, ayağının altındaki toprağın kendisinin olmadığını bilmekle beraber duyuyor ki, sağlam bir şey üstündedir. Fabrikada çalışırlarsa kuşa benzerler, onların yurdu yok, ocakları yoktur. Bugün burada, yarın orada. Evlenmek de kadınlar da onları bir yere bağlayamıyor.

İşçiler gürültüden korkarlar. Bir patırtı çıktı mı işini bırakır; rahatı ve mutluluğu başka yerde aramağa giderler. Köylü ise yerinden kımıldamaksızın mutluluğu bulunduğu yerde aramak ister. Ha, işte ana geliyor...

Ribin, mutfağa gitti, Jefem, Pavel'in yanına yaklaştı, sıkılarak sordu:

— Bana bir kitap verebilir misiniz?

— Hay hay!

Köylünün gözlerinde bir tutku ışığı parladı:

— Okuduktan sonra geri veririm. Biz, buradan pek uzakta değiliz. Arkadaşlarım buraya katran getirip götürürler. Onlarla gönderirim. Teşekür ederim! Bu zamanda kitaplar geceleyin mum kadar gereklidir.

Ribin, içeri girdi, paltosunu giymiş, kuşağı gerilmişti.

— Haydi gidelim, vakit geldi!

Jefem, aldığı kitapları göstererek geniş bir gülümseyişle:

— Bak dedi, okumak için kitap aldım.

Misafirler çıkıp gidince Pavel Andre'ye dönerek:

— Gördün mü ne şeytan şeyler! dedi.

— Evet, tıpkı alacakaranlıkta gökyüzünde dolaşan bulutlar gibi yoğun. Ağır ağır yürüyorlar.

Ana atıldı:

— Ribin'den mi söz ediyorsunuz? Haline bakılsa bir zamanlar fabrikada işcilik ettiği sanılmaz. Adamakıllı bir köylü olmuş çıkmış. Doğrusu, korkunç bir adam...

Andre, pencerenin kenarına oturmuş, üzgün bir halde çay bardağına bakıyordu. Pavel, ona dönerek dedi ki:

— Ah keşke burada bulunaydın! İki de bir de kalpten söz edersin, burada bulunaydın da göreydin neler söyledi. Öyle sözler söyledi; öyle sözler söyledi ki ben devriliyor, boğuluyor gibi oldum. Ne diyeceğimi, nasıl karşılık vereceğimi şaşırdım. Görsen insanlara ne kadar az güveniyor, ne kadar az değer ve önem veriyor. Ananın hakkı var, bu adam korkunç bir şey. Onda korkunç bir güç var.

Küçük Rusyalı aynı üzgün durumda:

— Bilirim! İnsanları hep zehirlemişler! Onlar, bir defa ayaklanacak olursa önlerine artlarına bakmadan herşeyi devirip geçerler. Yeryüzünü çırılçıplak ele almak istiyorlar, onun için üstünde ne bulurlarsa koparıp atacaklar, dedi.

Bu sözleri ağır ağır söylerken içinden başka bir şey düşündüğü anlaşılıyordu. Ana tatlılıkla dedi ki:

— Oğlum Andre, sen biraz kendini topla bakayım!

Andre yumuşak bir sesle:

— Bak nineciğim sana anlatayım. İstemezdim ama, ne yapayım ki durum pek iğrenç, pek korkunç, dedi.

Birden canlanarak eliyle masanın üstüne vurdu:

— Evet, hakkın var Pavel; köylü ayaklandığı gün yeryüzünü çırılçıplak edecek, insan oğlunun alçaklığından, miskinliğinden kalan izleri bile kül gibi havaya savurmak için ne bulursa yıkacak, tutuşturacak!

Pavel, alçak sesle sözü bütünledi:

— Sonra da bizim önümüzde bir engel olacak.

— Onu bırakmamak, ona müsade etmemek bizim görevimizdir. Anladın mı, Pavel? Bizim görevimiz onu elde tutmaktır, çünkü en yakın biziz, o bize inanır, bize güvenir, arkamızdan gelir.

— Haberin var mı, Ribin şimdi bizden köyler için bir gazete çıkarmamızı istedi!

— Pek güzel düşünce! Hemen başlamalıyız!

Pavel, güldü:

— Onunla oturup da tartışamadığımdan dolayı utanıyorum.

Küçük Rusyalı başını kaşıyarak:

— Bundan sonra fırsat çok! Ne kadar ayakları yere yapışmamışlar varsa hepsi senin çalacağın musikinin sesine gelirler, oynarlar. Ribin'in hakkı var! Biz ayaklarımızın altında toprak olduğunu duymuyoruz, duymağa da hakkımız yok; çünkü onu kımıldatmağa memuruz. Biz, bir defa sarsalım. Üstünde insanlar hemen ayrılırlar, ikinci defasında , dedi.

Ana, gülmeğe başladı:

— Öyle ya, pek kolay!

Üzgün bir sesle ekledi:

— Yaşamak gibi!

Bir kaç saniye durduktan sonra:

— Gideyim bir parça kırlarda dolaşayım.

Ana sordu:

— Banyodan sonra mı? Hava sert, vücuduna iyi gelmez.

— Gerekli olan da bu değil ya?..

Pavel dostça:

— Dikkat et, dedi, sonra üşürsün. Bana kalırsa git yat, uyumaya bak.

— Hayır, hayır, çıkacağım.

Giyindi, bir şey söylemeksizin çıkıp gitti.

Ana, içini çekerek:

— Zavallı çocuk, acısı var! dedi.

— İyi ettin anne, onunla senli benli görüştüğüne. Çok iyi! Hep ona böyle tatlı davran!

Kadın, şaşkın bir bakışla oğluna baktı, bir saniye düşündükten sonra dedi ki:

— Onunla görüşürken sen dediğimi farketmedim. Rastlantı olacak. Onu kendime öyle yakın buluyorum ki anlatamam.

— Ne iyi kalbin var, anne!

— Allah vere de öyle ola! Size birazcık olsun yardım edebilsem. Evet sizin de, ötekilerinin de işine biraz yarasam. Ah, bilsem ki bir yardımım dokunacak.

— Üzülme anne, birgün hepsi olacak.

Hafif bir gülümseme ile cevap verdi.

— İşte bak bu elimden gelmiyor; üzülmemek, merak etmemek, korkmamak elimde değil! İltifatına teşekkür ederim oğlum!

— Bu bahis bu kadarıyla yeterli anne. Şunu iyi bil ki, seni çok seviyorum. Ve yaptıkların için sana bütün kalbimle teşekkür ediyorum.

Ana, nerdeyse ağlayacaktı, oğlunu gözyaşlarıyla üzmemek için mutfağa sıvıştı.

Küçük Rusyalı eve geç dönmüştü. Gelir gelmez yatağa girdi, yatmadan önce dedi ki:

— Sanırsam on kilometre yol yürüdüm.

Pavel, sordu:

— Nasılsın şimdi?

— Bilmem. Artık gürültü etme uyuyacağım.

Biraz sonra Vesofçikof çıkageldi. Her vakit ki gibi üstü başı kirli, yırtık pırtık. Yüzünde hoşnutsuzluk izleri vardı. Odanın içinde şaşkın şaşkın dolaşmaya başlayarak Pavel'e sordu:

— İsai'yi kimin öldürdüğünü biliyor musun?

— Hayır!

— Bu pis işi içine sindirip yapan adamı merak ediyorum. Halbuki ben hazırlanıyordum, onu kendim boğmak istiyordum; Bu benim yapabileceğim bir işti! Neyse.

Pavel dostça:

— Allah aşkına birader böyle şeyler söyleme! dedi.

Ana, öteden atıldı:

— Evet, Pavel doğru söylüyor! Sen iyi bir çocuksun, niye böyle şeyler söylüyorsun? Niye böyle yapıyorsun?

Öncekilerinin aksine, Vesofçikof'u gördüğüne sevinmişti. Onun soğuktan donmuş yüzünü güzel buluyor, ona karşı kalbinde her zamankinden farklı bir sevgi hissi duyuyordu.

Vesofçikof omuzlarını silkerek karşılık verdi:

— Ben bunlardan başka şeye yaramam. Kendi kendime durmadan toplum içindeki yerimi düşünürüm de bulamam. İnsanlarla görüşmek, onlara söz söylemek! Bu elimden gelmez. Her şeyi görürüm, insanların uğradıkları bütün aşağılamaları duyarım da anlatamam, ruhum bir dilsiz gibidir.

Pavel'in yanına yaklaştı, başını yere eğerek parmağıyla masanın üstünü kazımağa başladı, vücuduyla hiç uyumlu olmayan üzgün, yakınan hemen hemen çocukca bir sesle sordu:

— Kardeşler, bana bir iş verin, sıkıntılı, zor olsun da ne olursa olsun, ben böyle eli bağlı, işsiz yaşayamam. Siz hepiniz idealimiz uğruna çalışıyor, onu ilerletiyorsunuz. Oysa ben yalnız uzaktan bakıyorum. Vaktimi direk, tahta taşımakla geçiriyorum. Bu da yaşamak mı, insan böyle yaşayabilir mi? Bana başka bir iş, daha güç, daha çetin bir iş bulun.

Pavel, delikanlıyı elinden tutarak kendine doğru çekti:

— Merak etme, bir şey düşünürüz, dedi.

Küçük Rusyalının sesi öteden işitildi:

— İstersen ben sana mürettiplik öğretirim, bize mürettip olursun. Razı mısın?

Vesofçikof, onun yanına gitti:

— Sen bana onu öğretirsen ben de sana bir bıçak armağan ederim.

Küçük Rusyalı bağırdı:

— Haydi oradan be, gereği yok bana senin bıçağının.

Öteki diretti:

— Bıçak da bıçak ha.

Andre'yle Pavel gülmeğe başladılar, Vesoçikof odanın ortasında durarak sordu:

— Siz alay ediyorsunuz benimle yahu...

Küçük Rusyalı yatağından atladı:

— Öyle ya! Neyse onu bırakalım, kırlara çıkıp gezmek ister misiniz? Gece pek güzel, ay ışığı parlak. İsterseniz gidelim.

Pavel:

— Hay hay, dedi.

Delikanlı da:

— Ben de gelirim. Andre'nin kahkahaları hoşuma gidiyor!

Andre gülümsedi:

— Ya senin bıçak armağan etmen benim öyle hoşuma gidiyor ki.

Elbisesini giyerken ana öteden mırıldandı:

— Kalın elbise giymeyi unutma!

Üç arkadaş, sokağa çıktığında kadın bir süre gözleriyle onları izledi, sonra duvarlardaki kutsal resimlere dönerek alçak sesle:

— Rabbim dedi, sen onlara yardımcı ol!

Günler birbiri ardınca uçarak geçiyor, ana bu hızlı akış içinde mayısın birinci gününü düşünmeğe vakit bulamıyordu. Yalnız geceleri, gündüzün yorucu hay ve huyu içinde yorgun kalıp da yatağına girince o önemli günü düşünerek kalbi sıkışıyordu:

— Ah ne olur, bu da geçse! diyordu.

Sabahları, şafakla beraber fabrikanın düdüğü ötünce Andre'yle Pavel çabucak çaylarını içiyorlar, biraz yemek yiyorlar, sonra anaya o gün yapılacak şeyleri söyleyerek çıkıp gidiyorlardı. Zavallı kadın bütün gün çalışıyor, kafese kapanmış bir kuş gibi dolaşıyor, yemek yapıyor, bildirileri yapıştırmak için kullanılan zamkı hazırlıyordu. Ara sıra gelen adamlar, Pavel'e verilmek üzere bir takım kağıtlar bırakıyor, gelenlerin hepsi, her defasında anaya övgülerde bulunarak çıkıp gidiyorlardı.

Her gece yoldaki ağaçlara, hatta jandarma koğuşunun kapısına, işçileri mayısın birinci günü yapılacak şenliklere çağıran bildiriler yapıştırılıyor, her sabah fabrikada bu kağıtlardan bir kaç tane bulunuyordu. Polisler sabahları erkenden ortalığı teftişe çıkıyorlar, mavi mürekkeple yazılan bu kağıtları bulundukları yerden sökerek koparıyorlardı. Çok geçmeden, öğle üstü o kağıtlar yine meydana çıkıyor, yine yolda gelip geçenlerin ayakaları altında dolaşıyordu. En sonunda kentten sivil polisler geldi. Sokak başlarına dikilen bu memurlar, evlerine yemeğe giden ya da evlerinden fabrikaya dönen işçileri sevinçli, çoşkun gördükçe meraklı bakışlarıyla süzüyorlardı. Polisin bu aczi herkesi sevindiriyordu. Yaşını başını almış adamlar bile bu hali gördükçe :

— Garip şey! demekten kendilerini alamıyorlardı.

Her yanda küçük toplantılar oluyor, herkes bu bildirilerin içeriğini tartışıyordu. Ortalıkta hızlı bir eylem vardı. Bu ilkbahar herkes için ilginç olmuştu. Bunda bir farklılık buluyorlardı. Kimisi büsbütün öfkelenerek bozguncülara sövüp sayıyor, kimisi büyük bir kaygı içinde zayıf bir umut besliyor, azınlıkta kalan bir üçüncü bölük de dünyayı uyandıran, ayaklandıran gücün kendilerinde olduğu inancıyla büyük bir sevinç içinde yüzüyordu.

Pavel'le Andre artık hiç uyumuyorlardı. Her akşam eve pek geç, hemen hemen fabrikanın düdüğüne biraz kala, yüzleri sararmış, sesleri kısılmış, yorgun geliyorlardı. Pelage, bunların orman içinde, bataklıkta toplantılar yaptıklarını, atlı polislerin bölük bölük mahallede gezindiklerini, sivil polislerin yöreyi dolaştıklarını, tek başına gezinen işçileri çevirip, üstünü başını araştırdıklarını, toplantıları dağıttıklarını, ara sıra kimilerini tutukladıklarını biliyordu. Her gece Andre ile oğlunun da kaldırılıp götürülmesi ihtimalini düşünüyor, kimi zaman böyle bir hali onlar için de uygun buluyordu.

İsai'nin öldürülmesinden artık hiç kimse söz etmiyordu. Bu cinayeti şimdi şaşırtıcı bir sessizlik, unutulmuşluk örtmüştü. Polis, yalnız ilk iki gün beş on kişiyi sorguya çekmiş, sonra işi önemsiz sayarak unutmuştu.

Bir gün Marya Korsonova, polisin bu cinayetle alakalı düşüncesini anaya çıtlattı. Polislerle herkes gibi o da iyi geçiniyordu:

— Katili bulmak nasıl mümkün olabilir? O gün İsai belki yüz kişi ile görüşmüştü. Bunların hepsi diyemezsem de doksanı herifi öldürmek arzusu besleyenlerdir. Alçak herif, yedi yıldır halkı öylesine tedirgin etmişti ki.

Küçük Rusyalı, gittikçe değişiyor, yüzünde ilk bakışta ayırt edilecek değişmeler başlıyordu. Yanakları çukurlaşıyor, ağırlaşan göz kapakları şişkin gözlerinin üstüne düşerek yarı kapanıyordu. Artık gülümseyişleri seyrekleşmişti. İnce bir çizgi, burun kanatlarından dudaklarının uçlarına dek iniyordu. Eskisi gibi bayağı, havayi şeylerden sözetmiyor, tersine, şimdi sık sık coşkunluklara kapılarak ateşleniyor, onun bu coşkunluğu kendini dinleyenlere de geçiyordu. Geleceği, hakkın, özgürlüğün zaferiyle başlayacak olan o yüce, güzel bayramı alkışlıyor, kutluyordu.

İsai'nin öldürülmesi işi unutulduğu bir sırada idi; bir gün Andre, acı acı gülerek küçümseyici bir durumda dedi ki:

— Düşmanlarımız halkı sevmedikleri gibi kendilerine köpek gibi hizmet eden, kendi düşüncelerini yürütmek için bizim üstümüze saldıkları adamları da sevmiyorlar! Öyle bir adam ölecek olursa onlar bu sadık hizmetlinin yitmesine değil, ancak paralarına acırlar. Evet paralarına, başka şeye değil...

Bir saniye susuştan sonra ekledi:

— Düşündükçe o adama acıyorum, öldürüldüğünü istemezdim. Hayır hayır, onu öldürmemeli idiler!

Pavel, ciddi bir sesle:

— Yeter Andre, dedi, bu konuyu keselim artık.

Ana alçak sesle:

— Çürümüş bir kütüktü. Bir tekme vurdular, darmadağın oldu dedi.

Küçük Rusyalı üzgün bir sesle cevap verdi:

— Evet, hakkın var.

Sabırsızlıkla beklenen o gün, Mayısın birinci günü, en sonunda geldi çattı.

Fabrikanın düdüğü her vakit ki gibi o sabah da egemen bir sesle ortalığı çınlattı. O gece gözüne bir damla uyku girmeyen ana, düdüğün sesi ile yatağından fırladı. Akşamdan hazırladığı semaveri yaktı. Delikanlıların yattığı odanın kapısını vurmağa gidecekti; bir süre ellerini yanına salıvererek düşündü, sonra pencerenin önüne oturdu. Sanki dişi ağrıyormuş gibi yanağını eline dayayarak öylece durdu.

Göğün sararan, lâcivert yüzeyinde küme küme ak, pembe bulutlar hızlı hızlı yürüyordu. Sanki düdüğün keskin sesinden korkmuş bir sürü iri kuş kaçışıyordu. Ananın başı ağırlaşmış, uykusuzluktan şiş gözleri kupkuru kesilmişti. Garip şey, içinde hiç korku yoktu. Kalbinin çarpması düzgündü. Kafası öyle olağanüstü şeylerle uğraşmıyordu. "Semaveri erken yaktım, su kaynayıp gidecek, bugün biraz çokça uyusunlar, ikisi de yorgunluktan bitti!" türünden sıradan düşünceler kafasında uçuşuyordu.

Sabah güneşinin şen ışıkları pencerenin camından içeri girdi. Pelage buna elini uzattı, ışık parmaklarını yaldızlayınca öteki eliyle bunu okşadı. Dudaklarında düşünceli bir gülümseme belirmişti. Biraz sonra oturduğu yerden kalktı, semaverin borusunu çıkardı, çarçabuk temizliğini yaptı, dudaklarını oynatarak ellerinin geniş işaretleriyle duaya başladı. Yüzüne bir ferahlık gelmişti. Düdüğün ikinci ötüşü daha az sert, daha az güvenlice idi. Bu kalın, boğuk seste bir parça titreklik vardı. Ana, bu sesin iniltisini her zamankinden çok sürüyor sandı.

Odanın içinden küçük Rusyalının sesi işitildi.

— İşitiyor musun Pavel, bizi çağırıyorlar!

İçeride odanın tahtalarına ayağını sürüyerek yürüyen bir kımıltı oldu, bunu bir esneme izledi; Ana bağırdı:

— Semaver hazır!

Pavel sevinçli bir sesle:

— Kalkıyoruz! dedi.

Küçük Rusyalı dedi ki:

— Güneş çıkmış bile! Bulutlar dağılıyor. Bugün de amma bulut var ha!

Mutfağa girdi, yüzü gözü karmakarışıktı, uyku şişkinliği şimdi bile sürüyordu. Sevincini gösteren bir sesle:

— Merhaba nine! dedi, nasıl, iyi uyuyabildiniz mi?

Ana, yanına yaklaşarak fısıldadı:

— Kuzum Andre, yanımdan ayrılma; rica ederim.

— Merak etme! hep beraberiz, her yerde yanyana gideceğiz, inan.

Pavel, içeriden bağırdı:

— Ne mırıldanıyorsunuz orada?

— Hiç, oğlum, hiç!

— Annen diyor ki, bugün yüzünüzü, gözünüzü daha temiz yıkayınız, kızlar size bakacaklar!

Bunu söyledikten sonra giyinmeğe gitti. Pavel, işçilerin şarkısından bir parçayı mırıldanıyordu.

Ortalık gittikçe aydınlanıyor, rüzgarın önünde bulutlar gittikçe yükseliyordu. Ana, sofrayı kurdu. Şimdi her şeyde bulduğu tuhaflıkla başını sallıyordu. İki delikanlının şakalarına şaşıyordu. Bunlar şakalaşıyorlardı. Acaba öyleye doğru başlarına ne geleceğini bimiyorlar mıydı? Bunu kimse kestiremezdi. Bununla birlikte o da durgun ama sevinçliydi.

Vakti geçirmek için uzun süre sofra başında kaldılar. Her zamanki gibi Pavel çay bardağını kaşığıyla yavaş yavaş karıştırıyor, ekmeğini dikkatle tuzluyordu. Küçük Rusyalı, masanın altında ayaklarını oynatıyordu. Oturunca ayaklarına istediği durumu vermeyi şimdiye dek başaramamıştı. Pencerelerden giren güneşe, odanın duvarlarında, tavanında dolaşan ışıklara bakarak:

— Henüz on yaşında bir çocuktum, dedi. Bir gün elimdeki bardakla güneşin ışığını yakalamak istedim, düştüm, elim kesildi, dayak yedim! Sonra evin avlusuna çıktım, güneş orada bir su birikintisinin üstünde dolaşıyordu. Işığı tutmak için suyu çiğnemeğe başladım, yine dayak attılar, çünkü üstümü başımı çamur içinde bırakmıştım.

O zaman güneşe dönerek bağırdım: "Koca kızıl ateşin yakmadı. Hiç bir acı duymadım..." dilimi çıkararak onunla alay ettim. Kendimi öyle avutuyordum.

Pavel gülerek sordu:

— Neden güneşi kızıla benzetiyorsun?

— Bizim evin karşısında bir demirci otururdu. Yüzü gözü, sakalı kıpkırmızı idi. Durmadan güler, her vakit şen, sevinçli görünürdü. Ne zaman yüzüne baksam onu güneşe benzetirdim. Ana, artık sabredemeyerek atıldı:

— Bu gevezelikleri bıraksanız da yapacağınız işten sözetseniz daha iyi olur.

Pavel:

— Herşey çoktan yapıldı, dedi.

Küçük Rusyalı, tatlı bir sesle açıkladı:

— Düzenlenmiş bir işi yeniden gözden geçirmek onu karmakarışık etmekten başa şeye yaramaz. Ha! Unutmadan söyleyeyim; eğer bizi tutuklayacak olurlarsa Nikola İvanoviç gelecek size ne yapılması gerektiğini söyleyecek, gerekirse yardım da edecek. Anladın mı, nine?

Ana içini çekerek:

— Peki! Dedi,

Pavel, dalgın mırıldandı:

— Artık sokağa çıkmak fena olmaz.

Andre, karşı durdu:

— Hayır; evde oturup beklemek daha uygun. Polisin dikkatini çekmekte ne anlam var? Polis zaten pek iyi tanıyor.

O aralık Fedya Mazin, güler yüzüyle koşarak geldi. Sevincinden yüzü al al olmuştu. Çoşkun, sevinçliydi. Getirdiği haberle iki delikanlının bekleyiş sıkıntısını yok etti:

— Başladılar! Herkes kımıldanmağa başladı! Sokaklarda kime rastgeldimse suratlar çatık, balta gibi herkes yüzünü asmış. Vesofçikof, Vasili Gosef, Samoilof, sabahtan beri fabrikanın kapısı önünde dikilmiş bütün işçilere işi anlatıyor... Gelenlerden bir çoğu içeri girmeden evlerine döndüler. Haydi, kalkın, vakit geldi, saat on.

Pavel:

— Geliyorum! dedi!

Fedya, onları daha çok güvendirmek için:

— Göreceksiniz dedi, yemekten sonra fabrikada işçi kalmayacak!

O gittikten sonra ana şefkatli bir sesle dedi ki:

— Ateş gibi delikanlı! Rüzgara tutulmuş gibi yanıyor.

Mutfağa giderek giyinmeğe başladı.

— Nereye gideceksin, nine?

— Siz nereye giderseniz?

Andre, bıyığını çekerek yüzüne baktı. Pavel, çarçabuk saçlarını düzeltti, mutfakta annesinin yanına giderek:

— Bak anne, dedi, orada seninle hiç konuşmayacağım, sen de bana hiç bir şey söyleyemeceksin. Anlaşıldı mı?

Kadın, mırıldanır gibi bir sesle:

— Peki, peki... Allah sizi korusun, dedi.

Ana, sokağa çıkıp da her yandan boğuk bir gürültü halinde yükselen insan seslerini işitince evlerin pencerelerinde, kapılarında küme küme toplanan insanların meraklı gözlerle Andre'yi Pavel'i izlediklerini görünce gözlerini bir bulut kapladı. Bu bulut arkasından gözleri, yöreyi kimi zaman saydam bir yeşillik, kimi zaman yoğun bir koyuluk içinde görüyordu.

Yolda duranlar bu iki delikanlıyı selamlıyorlardı. Bu selâmlarda göze çarpan bir özellik vardı. Öteden beriden kopan sesler, ananın kulağına dek geliyordu.

— İşte liderler bunlar!

— Hangisi asıl lider bilmiyoruz....

— Canım ben de farklı bir şey söylemedim ki...

Daha ötede bir ses kızgın kızgın bağırdı:

— Polis yakalayacak olursa bittikleri gündür!

İkinci bir ses buna cevap verdi:

— Yakalayacak olursa?... Acaba yakalayabilecek mi?

Pencerenin birinden gelen çılgın bir kadın sesi sokağın ortasında top gibi patladı:

— Deli misin sen herif? Başında kocaman bir aile var. Onlar bekâr. Onların umurunda mı?

O aralık Andre, Pavel, Pelage sakat bir adamın oturduğu evin önünden geçiyorlardı. Zosimof adını taşıyan bu adama fabrika bir emekli maaşı bağlamıştı. Onlar geçerken herif pencereyi açarak:

— Ne yapıyorsun, Pavel dedi, haydut herif, ettiğini biliyor musun? Yakalanacak olursan kafanı keserler!

Ana, titreyerek durdu. Bu sözler kalbinde korkunç bir öfke uyandırmıştı. Pencerenin önünde hâlâ sövüp sayan sakat herifin iri, şişkin yüzüne kızgın bir bakış fırlattıktan sonra yola koyuldu, geride kalmamak için adımlarını sıklaştırarak oğlunun yanında yürümeğe başladı. Andre'yle Pavel hiç bir şey görmüyor, çevreden yükselen seslerin hiç birini işitmiyor gibiydiler. Acele etmeksizin, rahat adımlarla yürüyorlar, yüksek sesle sıradan, bayağı şeylerden konuşuyorlardı. O aralık karşılarına Minorof isminde biri çıktı. Bu adam oldukça yaşlıydı, alçakgönüllülüğüyle, yaşayışındaki temizlik ve inanışıyla herkesin saygısını kazanmıştı. Minorof, iki delikanlıyı durdurdu.

Pavel sordu:

— Siz de bugün çalışıyor musunuz?

— Karım doğurmak üzeredir de.

Sonra dikkatli bakışlarıyla iki delikanlıyı süzerek:

— Bugün ortalıkta bir coşkunluk görüyorum, herkes ayakta... İşittiğime göre fabrikanın direktörüyle bir çıngar çıkacak, camları kıracakmışsınız.

Pavel:

— Biz sarhoş değiliz, dedi.

Küçük Rusyalı ekledi:

— Bizim yaptığımız şey ellerimizde bayraklar olduğu halde sokakları dolaşarak özgürlük şarkısını söylemektir, o kadar. Şarkılarımızı dinlerseniz ne düşüncede adamlar olduğumuzu anlarsınız.

Minorof, düşünceli, dalgın, cevap verdi:

— Ben onları çoktan beri biliyorum. Broşürlerinizi de okudum.

Sonra, Pelage'yi görünce zeki bakışlarıyla süzerek:

— Vay dedi, siz de burada mısınız, siz de bu dik başlılarla beraber mi bulunuyorsunuz?

— Hakikat ne yana giderse oraya gitmek gerek, insanın iki ayağı çukurda da olsa yine böyle yapmalıdır!

— Şuna da bak! Senin için fabrikaya broşürleri o getiriyor diyorlardı, demek hakları varmış.

Pavel sordu:

— Onu kim söylüyor?

— Herkes, neyse canım, şimdilik Allah'a ısmarladık, budalalık etmeyin, anladınız mı, budalalık etmeyin.

Ana hafiften gülmeğe başladı. Kendisinden böyle söz edilmesi hoşuna gitmişti. Pavel, gülümseyerek:

— Anne, dedi, yakalanırsan sen de hapse girersin!

— Canıma minnet!

Güneş bu ilkbahar sabahının serinliği üstüne tatlı bir sıcaklık serpererk yavaş yavaş yükseliyordu. Bulutların gidişi ağırlaşmıştı. Onlardan düşen gölge daha ince, daha saydamdı. Sokakların, damların üstünde şemsiye gibi duran bu bulut yığınları adeta halkın başı üzerine kanat germişti. Sabah meltemi ise damlarda, duvarlarda biriken tozları, çamurları uçurup götürdüğü gibi, yüzlerde toplanan üzüntüleri, korkuları da silip götürüyor, mahalleyi temizliyordu. Sesler daha sevinçliydi, daha uyumlu olmuştu. Uzaktan fabrikanın gürültüsü, makinaların sesi, bu sevinçli uyumun arasında boğulup gidiyordu.

Pencerelerden, evlerden kimi şen, sevinçli, kimi üzgün ve küskün sesler, endişeyi, ya da kızgınlığı andıran haykırışlar geliyor, ananın kulağına çarpıyordu. Ana, bunların kimine karşılık vermek, kimine teşekkür etmek, ona açıklayıcı bir cümle, ötekine birkaç söz fırlatmak, kısacası, günün her zamankinden farklılık arzeden akışına o da karışmak istiyordu.

Büyük meydanın bir köşesinde, ufacık bir sokak içinde Vesofçikof'un çevresine yüz kadar adam toplanmıştı:

— Sizi sıkıyorlar, eziyorlar, bir üzüm salkımının suyunu almak için nasıl ezerlerse sizi de öyle eziyorlar, kanınızı almak için öyle sıkıyorlar.

Tutuk bir anlatımla söylediği bu sözler halkın tepesinden aşağı birer birer düşüyordu. Bir kaç kişi, hep bir ağızdan "Evet, evet, hakkı var!" dediler ve bu sözler boğuk bir gürültü halinde dağıldı gitti.

Küçük Rusyalı onu görünce:

— Çapkına bak, neler yapıyor, neler... Dur gideyim de biraz yardım edeyim, dedi.

Halkın arasına girmek için eğildi ve Pavel onu durdurmağa vakit bulamadan çevik bir hareketle kalabalığın içine daldı. Hoş sesi ortalığı çınlattı:

— Arkadaşlar! derler ki dünyada bir çok uluslar var! Yahudiler, Almanlar, Fransızlar, İngilizler, Tatarlar... Ben bunun doğru olduğuna inanmıyorum. Bana göre iki tür halk var, bu iki türün birbirleriyle uyuşması olanaksız. Zenginlerle fakirler! Giyim biçimleri ayrı, konuşmaları birbirine benzemez. Yöneticilerin halka nasıl davrandığına bakacak olursak bunların savunmasız vatandaşa karşı ne kadar zalim davrandıklarını anlamakta güçlük çekmeyiz.

Kalabalıktan homurdanmaya benzeyen bir kahkaha sesi yükseldi. Gürültü artıyordu. Dar sokağın içinde herkes birbirine sıkışıyor, hiç bir şey söylemeksizin boyunlarını uzatarak, ayaklarının ucuna basarak dinliyordu. Andre, sesini yükseltti:

— Başka ülkelerde işçiler bu doğruyu çoktan anlamıştır. Bugün, mayısın bu parlak birinci günü her yanda işçiler kardeşliklerini ilan ediyor, birbirleriyle kardeş oluyor, hepsi işlerini, güçlerini bırakarak toplum içinde nasıl önemli bir güç meydana getirdiklerini anlıyor, bugün hepsinde aynı kalp çarpıyor, çünkü, bütün kalpler işçi sınıfının nasıl güçlü bir varlık olduğunu bilmektedir. Herkes toplumun mutluluğu, özgürlüğü, adaleti için çarpışmaya, canını feda etmeye hazırdır! Çünkü dostluk bütün kalpleri birbirine yaklaştırıyor.

Kalabalığın içinden bir ses:

— Polis geliyor! dedi.

On jandarma atlısı dar sokağın köşesini saparak halkın içine doğru yöneldi. Hem ellerindeki kırbaçları sallıyor, hem bağırıyorlardı.

— Dağılın, dağılın!

— Ne yapıyorsunuz burada?

— Konuşan kimdi?

Kaşlar çatıldı, halk bunlara yol vermek için istemeyerek çekiliyordu. Bir kaç kişi duvarlara tırmandı. Sonra ötede beride alaylar işitilmeğe başladı. Kalabalık arasında bir ses yükseldi:

— Hele şunlara bakın, domuzları atlara bindirmişler, biz de büyük adam olduk! diye kurulup duruyorlar.

Sokağın ortasında yalnız küçük Rusyalı kalmıştı. İki atlı başlarını sallayan hayvanlarıyle Andre'nin üstüne yürüdüler. O bir sıçrayışta kenara çekildi, o sırada Pelage kolundan tuttu, çekti, azarlayıcı bir sesle:

— Hani ya söz vermiştin, dedi, Pavel'in yanından ayrılmayacağını söylemiştin? Oysa ilk önce ondan ayrılan sen oldun.

Küçük Rusyalı, Pavel'in yüzüne baktı, gülümseyerek:

— Affedersin, dedi, ah şu polis yok mu? Yer yüzünde hâlâ bunları görmek.

Ana:

— İyi, iyi... dedi.

Ezip bitirici bir yorgunluk bütün vücudunu kaplıyor, başını döndürüyordu. Kalbinde hem sevinç, hem üzüntü vardı. Öğle düdüğünün bir an önce çalmasını istiyordu. En sonra kilisenin bulunduğu büyük meydana geldiler. Kadın, erkek, çoluk çocuk... Sevinçli, mutlu yüzleriyle delikanlılar, endişeli bakışlarıyla kadınlar; ufak ufak çocuklar, kimi oturmuş, kimi ayakta, belki yüzü aşkın insan kilisenin avlusunda toplanmıştı. Hepsi sabırsızlık içinde geziyor, başlarını kaldırarak uzaklara bakıp duruyorlardı. Havada bir coşkunluk dalgalanıyordu. Kalabalık içinde cesurca yürüyenler, çekingen duranlara, habersiz bulunanlara çarparak geçiyorlardı. Halkın bir birine sürtünmesinden çıkan boğuk bir gürültü içinde yalvarır gibi bir kadın sesi işitildi:

— Mitya! dikkat et, kendini sakın!

— Aman sen de... Dokunma bana!

Sizof'un yumuşak, ciddi sesi dingin, kandırıcı tonuyla işitildi:

— Hayır, hayır, gençleri yalnız bırakmamalıyız. Onlar bizden daha akıllılar. Onlarda daha cesurlar. Geçenlerde fabrikanın bataklığını kurutmak için hepimizin gündeliğinden para keseceklerdi, buna kim engel oldu? Onlar değil mi? Bunu unutmamalıyız, hapse onlar atıldı, yararını biz gördük, herkes gördü.

O aralık düdüğün sesi bu konuşmayı parçaladı. Halk birden titredi, oturanlar ayağa kalktılar, bir saniye herkes sustu, herkes pusuda bekliyordu. Birçoklarının benzi sarardı.

Pavel, sağlam, uyumlu bir sesle bağırdı:

— Kardeşler! İşte, vakit geldi, hırs ve kıskançlıkla, kin ve öfkeyle, zulüm ve karanlıkla dolu olan bu yaşayışı, bu kahır ve zulümler yaşayışını, içinde bizim için bir parçacık yer bulunmayan, bize insan gözüyle bile bakmayan bu zalim yaşayışı inkâr edeceğimiz, ona karşı bağıracağımız saat bu saattir!

Sustu, işçiler susuyorlar, gittikçe birbirlerine sokularak sıkışıyorlardı. Ana, oğlunun yüzüne baktı; yalnız, gözlerini görebildi. Bu gözlerde kendine güven, cesaret ve zekâ parıltısı vardı.

— Arkadaşlar! Karar verdik, kim olduğumuzu herkese bildireceğiz, bugün bayrağımızı açacağız. Doğrunun, doğruluğun, özgürlüğün bayrağını dünyaya göstereceğiz!

Uzun, ak bir bayrak havada dalgalandı, sonra, eğilerek halkın üstüne düştü, gözden yitti, bir saniye sonra, parlak bir kuş gibi bu bayrak, bu işci bayrağı halkın başı üstünde yine göründü.

Pavel, kolunu kaldırınca bayrak sallandı. Hemen on el bayrağın sapını yakaladı. Pelage'nin elleri bu eller arasındaydı.

Pavel bağırdı:

— Yaşasın özgürlük

Yüzlerce ses hep birden buna karşılık verdi:

— Yaşasın partimiz, arkadaşlar! Yaşasın Rus ulusunun özgürlüğü!

Halk içinde bir dalgalanma başlamıştı. Bayrağın anlamını anlayanlar bir yol bularak ona doğru ilerliyordu. Mazin, Samoilof, Gosef kardeşler, Pavel'in yanına yaklaşmışlardı. Vesofçikof, başını önüne eğmiş, kalabalığı yarıyordu. Ananın tanımadığı bir takım delikanlılar, elleriyle onu iterek ön safa geçmeğe çalışıyorlardı.

Pavel, konuştu:

— Yaşasın zulüm gören halk, yaşasın özgürlük!

Gittikçe yükselen bu sevinç haykırışlarıyla binlerce ağız, bu uğultu ruhu sarsıyordu.

Ana, iki yanında duran delikanlılardan birinin ellerini yakaladı. Göz yaşlarının saldırışı arasında boğuluyorsa da ağlamıyordu. Bacakları titriyordu, güçlü bir sesle:

— Eveet; dostlarım, evet dedi. İşte hakikat!

Geniş bir mutluluk gülümseyişi Vesofçikof'un yüzünü süslemişti. Elini özgürlüğün yüksek örneği olan bayrağa uzatmış, bakışları ona dikilmiş, ağzından anlaşılmayan sözler dökülüyordu. Sonra, birden anayı kucaklayarak gülmeğe başladı. Küçük Rusyalı, halkın boğuk bir gürültü halinde yükselen seslerinin üstünde bir hoş ve şarkı söyler gibi bir sesle:

— Arkadaşlar! dedi, bizi bir ışık ve doğruluk kaynağı, bir hak ve acıma kaynağı, şimdiye dek bilmediğimiz bir kaynak ayaklandırdı. Biz onun onuruna, onun adına toplandık. Biz bir savaşa atılıyoruz. Arkadaşlar! Burada belirleyeceğimiz yol hem uzun, hem çetindir, hedefimiz uzak, yolumuzun üstünde bulunan dikenlerden başımıza konacak çile tacını giymemiz yakındır. Hakikattaki gücü bilmeyenler, gerçeği son nefesine dek savunacak cesareti olmayanlar, kendilerine güvenmeyenler, acıdan, zorluktan korkanlar çekilip gitsinler, bizden uzak olsunlar! Biz yalnız başarıya inananları isteriz, onlar bizimle gelsin! Davaya inanmayanlar arkamızdan gelmesinler, çünkü onları üzüntü, zorluk, acı bekliyor. Haydi arkadaşlar, sıraya dizilin. Yaşasın bir Mayıs günü! Yaşasın özgür insanlığın bayramı!

Kalabalık gittikçe artıyor, gittikçe sıklaşıyordu. Pavel'in elinde sallamaya başladığı bayrak, ta yukarıda kıpkızıl, kocaman bir güneşin döktüğü ışıklar içinde dalgalanıyor, açılıyordu. Fedya Mazin, uyumlu bir sesle bağırdı:

— Herşeyiyle kirletilen bu hayatı inkâr edelim, yepyeni bir dünya kuralım arkadaşlar!

Buna bir ses, engelleri yıkan, bir dalga gücüyle karşılık verdi:

— Üstümüze başımıza, ayaklarımıza yapışan tozları silkelim!

Pelage dudaklarında geniş, parlak bir gülümseyiş olduğu halde Fedya'nın arkasına geçti. Şimdi, buradan oğlunu da bayrağı da daha iyi görebiliyordu. Çevresinde hoşnut, sevinçli yüzler görünüp yitiyor, renk renk gözler parlıyordu. Pavel'le Andre ön sırada idiler. Sesleri işitiliyordu: Andre'nin sesine karışarak:

Uyan ey zulm ile ezilen ve kahrolan, uyan

Uyan artık, bir elinde devrim bayrağı tutan, şarkısını söylüyor ve halk bu devrim bayrağına koşuşuyordu. Evlerde herkesin korkarak yavaş sesle söylediği bu şarkının şimdi havayı dolduran titreşimleri halkın gürültüsüne karışıyordu. Sokağın içini korkunç titreşimlerle dolduran bu ezgi, tıpkı bir çanın madeni sesi gibi çınlıyor, insanları uzak bir geleneğin mutlu kucağına götüren derin bir sesi izlemeğe çağırıyordu. Bu ezgi tehlikeleri de gösteriyordu, yolda rastlanacak güçlükleri de gizlemeyerek söylüyordu:

Bekliyor bizi kardeşlerimiz inleyerek

Şarkı, bütün bu halkı adeta kucaklıyor gibi sararak dalgalanıp gidiyordu. Ananın yanında hem ürkmüş, hem sevinçli bir kadın vardı. Titrek hıçkırıklı bir sesle sordu:

— Mitya nereye gidiyorsun?

Pelage hemen cevap verdi:

— Bırakın gitsin! Merak etmeyin, ben de vaktiyle korkmuştum. Benim oğlum en önde gidiyor. Taa önde, taa önde hani şu bayrağı tutan yok mu? İşte o benim oğlumdur!

— Ne yapıyorsunuz herifler, başınızı almış nereye gidiyorsunuz? Orada asker var, bilmiyor musunuz?

İri, zayıf kalın kemikli elini Pelage'nin kulağına koyarak bağırdı:

— Bakın nasıl şarkı söylüyorlar, ne heves, ne çoşkunluk! Ay ay? Mitya da söylüyor!

Ana, mırıldanır gibi bir sesle:

— Merak etmeyin, dedi, onlar, kutsal bir ideale hizmet ediyorlar. Hazreti İsa'nın yoluna canlarını feda edenler olmasaydı bugün İsa adı işitilmezdi.

Birdenbire kafasından geçen bu düşünce, sadeliğiyle beraber öyle doğru bir gerçeği anlatıyordu ki dikkatini çekmekten hali kalmadı. Pelage, kolunu şiddetle sıkan kadının yüzüne bakarak şaşkın bir gülümseyişle tekrarladı:

— Eğer Hazreti İsa için canını verenler olmasaydı bugün adı bile işitilmezdi.

O aralık Sizof çıkageldi. Delikanlı şapkasını çıkardı, şarkının uyumuna göre havada sallayarak:

— Nasıl nine? Herifler korkmuyorlar, yapacaklarını saklamıyorlar. Şarkı bile uydurmuşlar; hem de ne şarkı, değil mi, nine?

Sonra şarkının bir parçasını mırıldanarak ekledi:

— Onların hiç bir şeyden korkusu yok! Benim oğlum şimdi mezarda yatıyor, öldü, onu fabrika öldürdü, fabrika uğrunda öldü.

Ananın kalbi, son derece şiddetle çarpıyordu. Arkadan itip kalkarak ileriye geçmek isteyenlere yol verdi. Yandan itile itile duvara doğru sürüklendi, şimdi, önünden yoğun bir insan dalgası sallana sallana geçiyordu. Şarkı söyleyerek geçen insanların sayısı pek çoktu ve bunu gördükçe kalbini bir sevinç kaplıyordu.

Uyan ey zulm ile ezilen, kahrolan, uyan!

Bu ses sanki halkın kulaklarında çınlayan büyük bir bakır borunun madeni sesi gibi kiminde bir savaş isteği, kiminde belirsiz bir mutluluk duygusu, yeni bir şeyin meydana geleceği duygusu, şiddetli ateşli bir ilgi uyandırıyor, kimi kalplerde belirsiz umutlarla çarpıntılar yapıyor, kimilerinde yıllardan beri biriken öfkenin ateşli seline yeni bir taşma yolu açıyordu. Herkes ileriye, kızıl bayrağın dalgalandığı noktaya göz dikmişti.

Sevinçli bir ses bağırdı:

— Yaşayın, çocuklar, yaşayın! Şarkı ile yürüyorsunuz!

Her zaman konuştukları kelimelerle şimdi birden taşan duygularını anlatamayacağını anlayanlar çevreye küfürler yağdırmaya başladı. Bu çoşkunluk arasında bir öfke, eski sürekli köleliğin biriktirdiği kuduz, boğuk bir öfke, halkın sıkışmış dişleri arasında bir yılan gibi ıslık çalarak kızgın sözler halinde kıvranıp duruyordu.

Bir evin penceresinden kızgın bir adam yumruklarını göstererek bağırıyordu:

— Hey sapık herifler!

Yırtıcı bir ses pencerenin camını aşarak kulağına dek geldi:

— Ne cür'et! İmparatorumuza, Çara karşı hareket, ona karşı isyan!

Buruşmuş yüzler, birbiri ardınca herifin gözü önünden geçiyor, erkekler, kadınlar atılarak gidiyor, keskin ezgileri sanki sokağı süpürüyormuş gibi bütün şiddetiyle dalgalanan şarkı, kara bir lâv yığınını andıran halkı çekip götürüyordu. Ana, bütün bu halka bağırmak "Benim sevgili, değerli dostlarım!" diye seslenmek için birden kalbinde çoşkun bir istek duydu.

Taa önünde giden kızıl bayrağa baktıkça pek iyi ayırt etmemekle beraber oğlunu, onun tunç rengini andıran alnını, inancının ateşiyle parlayan gözlerini görüyordu.

Şimdi o, arkada, en son sıralarda acele etmeksizin yürüyen, seyrettiği bir oyunun sonucunda hiç bir şey beklemeksizin kaygısız, soğuk bir gözle bakışan seyirciler gibi, insanların arasında yürüyordu. Bunlar, yavaş yavaş yürürken hafif bir sesle aralarında konuşuyorlardı:

— Okulun yanında bir toplantı var, bir ikincisi de fabrikanın içinde:

— Vali gelmiş.

— Doğru mu?

— Gözümle gördüm!

İçlerinde biri şaka yollu bir kaç söz söyledikten sonra dedi ki:

— Ne olursa olsun bizden çekinmeğe başladılar. Üstümüze asker gönderiyorlar, vali geliyor!

Ana, "Sevgili ve değerli dostlarım" dediği bu adamları düşünürken kalbi şiddetle çarpmağa başlamıştı. Çevresinde söylenen sözlerde bir ölüm soğukluğu duyuyordu. Arkadaşlarından uzaklaşmak için adımlarını sıklaştırdı. Onlar, ağır ağır, tembel tembel yürüdükleri için geçip ilerlemekte güçlük çekmedi.

Birden, sanki ön saf bir engele çarpmış gibi durdu. Geri geri kımıldanmağa başladı. Boğuk bir gürültü oldu. Şarkı, ilk önce titrek bir ezgi ile daha çok tizleşti, yoğun ezgi dalgaları, yükseldi, sonra yine alçalarak köylere doğru süzülüp gitti. Sesler birer birer susuyor, ötede beride bir kaç ses ilk şiddetiyle şarkıya başlamak istiyor gibi yükseliyordu:

Uyan, ey zulm ile ezilen, kahrolan, uyan
Yürü düşmanlarına, ey susamış, aç insan!

Ne var ki şimdi haykırışta demin ki genel güven yoktu. Şimdi, bu sese bir korku karışmıştı

Pelage ön sırada neler olup bittiğini göremiyorsa da anlıyordu. Rastgeldiğini ite ite kendine bir yol açarak çabuk çabuk ilerledi. Halk, geri geri çekiliyor, başlar yere eğiliyor, kaşlar çatılıyordu. Dudaklarında sıkıntıyı andıran gülümsemeler belirmiş, ağızlardan alaycı ıslıklar uçmağa başlamıştı. Ana, üzgün bakışlarıyla çevresindekilerin yüzlerini inceliyordu. Gözlerde, soran, yalvaran, yardım isteyen, bir şey yapamamanın verdiği çaresizlik vardı. Derken Pavel'in sesi işitildi:

— Arkadaşlar! Asker de bizim gibi insandır. Onlar bizi vurmazlar, bize silah çekmezler. Hem neden vursunlar ki? Biz herkesin muhtaç olduğu gerçeği ilan ediyoruz?

Onlar da bu gerçeğe muhtaç olduklarını düşünmüyorlar mı? Şimdi, bunu anlamıyorlarsa da çok geçmeden onlar da anlayacak, bizimle beraber yürüyecek ve ondan sonra yağmacıların, canilerin bayrağı altına değil, bizim bayrağımız altına, mutluluk, özgürlük bayrağının altına gidecekler. Onların özgürlüğümüzü bir an önce anlamaları için biz ilerlemeli, ileri gitmeliyiz. Arkadaşlar, ileri ileri, durmadan ileri!

Pavel'in sesi güvenliydi. Sözcükler ağzından, herkesin anlayabileceği netlikte birer birer dökülüyordu. Ancak halk, yavaş yavaş seyrekleşmeye başlamıştı. Kimi sağdan kimi soldan, duvarlara, çitlere sürünerek, birer birer dağılıyordu. Geri kalanlar, bir üçgen biçimini almıştı. Bu üçgenin tepesinde Pavel, Pavel'in başının üstünde de işçinin dalgalanan bayrağı vardı. Topluluk bu haliyle kanatlarını açmış, uçmak için bir şey bekleyen kara bir kuşa benziyordu. Pavel, bu kuşun başıydı.

Ana sokağın karşı ki ucunda esmer, alçak bir duvar gördü. Yüzleri görünmeyen insanların meydana getirdiği bu duvar, meydanın giriş yerini kapıyor, her birinin omuzunda ince; sivri uçlu demirler parlıyordu. Halkın üstünde soğuk bir hava etkisi yapan bu sessiz, kımıltısız duvar ananın da kalbini dondurmuştu.

Pelage, tanıdığı yüzlerin bulunduğu yana gitti. Bunlar, en önde bulunuyorlar, karşıdan gelen o bilinmeyen adamların içine karışarak sanki onlara dayanıyorlardı. Ana koluyla iri yarı bir adama çarptı, bu adamın sakalı, bıyığı tıraşlı, bir gözü de kördü. Herif, bu çarpanın kim olduğunu görmek için başını çevirdi:

— Ne istiyorsun? Kimsin? dedi.

— Pavel Vlasof'un annesi!

Kadın, bacaklarının güçten kesildiğini alt dudaklarının titrediğini hissediyordu.

Tek gözlü adam "Ya!" dedi.

Pavel, nutkuna devam ediyordu:

— Arkadaşlar! Yaşam ileridedir, önümüzdedir! Bizim için bundan başka bir yol yoktur! Şarkımızı sürdürelim.

Ortalığı korkunç bir sessizlik kapladı. Bayrak kalktı, sallandı, bütün başların üstünde dalgalanarak karşıda askerlerin yarattığı engele doğru ilerledi. Ana, titredi, gözlerini kapayarak ta içinden gelen bir inilti ile inledi. Kalabalık içinden yalnız dört kişi ayrılmıştı: Pavel, Andre, Samoilof, Mazin.

Birden Mazin'in keskin sesi ağır ağır titreşimlerle havada çalkalandı:

— Siz ki kurban oldunuz

Acı bir hıçkırığı andıran iki kalın, boğuk ses dizeyi bütünledi:

— Kâr meydanlarında.

Halk, şarkının ezgileriyle bir iki adım ileri geri gitti. İkinci bir şarkı kalplerde güvenlik, yüreklilik uyandıran açıklığı ile ortalığı çınlattı, sesi taşkın bir şerit gibi uzanan Fedya şarkıya başlamıştı:

— Siz ki kurban oldunuz.

Arkadaşlar hep bir ağızdan gerisini getirdiler:

— Özgürlük güzeli uğruna!

Öteden bir ses çirkin, haince bağırdı:

— Köpoğlu köpekler! Ölü duası mı okuyorsunuz be yine?

Kudurmuş gibi bir başka ses işitildi:

— Gebertin edepsizleri!

Ana, iki eliyle göğsünü sıktı. Arkasına dönüp baktığında demin yoğun bir yığın gibi dar sokağı dolduran halkın şimdi kararsız kaldığını gördü, bayrağın çevresini almış olanlar, yavaş yavaş ayrılıp çekiliyordu. Bunları beş on kişi daha izledi. Sanki sokağın ortasında kızgın bir ateş varmış, ayaklarının altını yakıyormuş gibi ileri her adım atıldıkça bir kişi ayrılarak kenara çekiliyordu.

Fedya şarkıyı sürdürüyordu:

— Zalimler yenik...

Sağlam, direnici, tehdit edici bir kaç ses şarkının gerisini getirdi:

— Dünya güzeldir uyan!

Ne var ki bu sıra öteden beriden tek tük fısıltılar işitildi. Havada kesik kesik sözler dalgalanıyordu.

Subay komut verdi.

— Süngü tak!

Süngüler havada dönerek eğildi, hepsi birden bayrak yönüne doğruldu:

— İleri... Marş!

Tek gözlü herif ellerini cebine sokarak:

— İşte bak, dağıldılar! dedi, ve geniş adımlarla uzaklaştı, gitti.

Yolun giriş yerini tutan asker, yine o durumda yerinden oynadı, yolu büsbütün kapayarak ellerindeki tüfeklere takılmış süngülerin gümüş gibi parlayan sivri uçlarını, ileriye uzatarak düzgün adımlarla yürümeğe başladı. Andre, Pavel'in önüne geçmiş, iri vücudu ile onu koruyordu.

Pavel, havayı yırtan bir sesle bağırdı:

— Yanıma gelin arkadaşlar!

Andre, ellerini arkasına kavuşturmuş başı yukarda, şarkı söylüyordu. Pavel omuzlarıyla onu dürterek:

— Yanıma gelsene! dedi. Orada durmağa hakkın yok. Ön sıra bayrağa mahsustur!

Askerin arasında kısa boylu bir subay parlak kılıcını havada sallayarak acı bir sesle bağırdı:

— Dağılın bakayım!

Her adım attıkça diz kapakları eğilmeksizin ökçelerini öfkeyle yere vuruyordu. Ananın bakışları onun parıl parıl parlayan çizmesine takıldı.

Yanıbaşında biraz arkadan uzun boylu, kocaman ak bıyıklı, sakalı tıraşlı bir adam ağır adımlarla yürüyordu. Arkasında iki kırmızı kumaşla kaplı, uzun açık renk bir palto vardı. Geniş pantolonunun kenarlarına sarı şeritler dikili idi. Küçük Rusyalı gibi o da ellerini arkasına kavuşturmuş, iri, uzun, ağarmış kirpiklerini ayırarak Pavel'e bakıyordu.

Ana, bunların hepsini görüyordu. Kalbinde her içini çektikçe yükselecek bir haykırış vardı. O, bu haykırışı durduruyor, boğuyor, niçin böyle haykırışı tutmayı gerekli gördüğünü bilmeksizin ellerini göğsüne bastırıyordu. Sağdan soldan itile kakıla sallanarak, sarsılarak, düşünmeksizin, ne yaptığını bilmeksizin ilerliyordu; arkada halkın sayısının birer birer eksildiğini, soğuk bir dalganın adım adım gelerek onları dağıttığını duyuyordu.

Kızıl bayrağın çevresini alan delikanlılarla karşıdan gelen gri kaputlu adamlar gittikçe birbirlerine yaklaşıyorlardı. Artık askerlerin yüzleri iyice ayırt edilebiliyordu.

Sokağın bütün genişliğini kaplayan bu yüzler korkunç biçimde çirkin, dar bir şerit gibi uzanmış, duruyordu. Yalnız, gözlerin renklerindeki değişiklik araya bir ayrım koyuyor, ince, sivri, korkunç bir parıltıyla parlıyordu. Halkın göğsüne doğrulan bu sivri uçlu süngüler daha dokunmadan dağıtıyor, halkı birer birer o sık yığından ayırıyordu.

Pelage, arkada kaçanların ayak seslerini işitiyordu. Korkulu, boğuk sesler birbirini izliyordu:

— Kaçın, arkadaşlar, kaçın!

— Vlasof, gel, gel!

— Pavel, dön geriye!

Vesofçikof boğuk bir sesle bağırdı:

— Pavel, ver bana bayrağı! Ver, ver! Ben saklarım.

Bayrağın değneğini tuttu, kırmızı bez havada dalgalandı. Pavel, haykırdı:

— Bırak, diyorum!

Vesofçikof, sanki ateşle yakılmış elini çekti. Şarkı durmuştu. Delikanlılar, durarak sıkı bir halka halinde Pavel'in çevresini aldılar. Pavel, bu halkayı yararak geçti. Birden bütün halkı derin bir sessizlik kapladı. Bayrağı altında ancak yirmi delikanlı kalmıştı. Ne var ki durumlarında bir sağlamlık ve ağırlık vardı. Ana onları düşündükçe titriyor, onlara ifade etmekte zorlandığı bir kaç söz söyleyebilmek için içinde anlaşılmaz bir istek duyuyordu. Askere komuta eden uzun boylu ihtiyarın sesi ortalığı çınlattı:

— Başçavuş şunu alıver!

Elini uzatarak bayrağı gösterdi.

Başçavuş koştu, bayrağı değneğinden yakalayarak yırtıcı bir sesle bağırdı:

— Bırak!

— Hayır, bırakmam! Kahrolsun halka zulmedenler.

Kızıl bayrak havada sallanıyor, bir sağa bir sola eğilerek doğruluyordu. Vesofçikof, kendisinden beklenilmeyen bir hızla ananın önüne atıldı, kolunu uzatmış, yumruklarını sıkmıştı.

Yaşlı asker ayağını yere vurarak:

— Tutun bu herifleri! dedi.

Bir kaç asker atıldı. İçlerinden biri bayrağın değneğine yapışınca bayrak titrer gibi oldu, sarsıldı, yere doğru eğilerek askerlerin arasında yitti, gitti.

Acılı bir ses: Offf! dedi. Ananın ağzından bir çığlık çıktı, öyle bir çığlık ki insan sesine benzemiyordu, bir inilti idi. Pavel'in açık sesi askerlerin içinden cevap verdi:

— Allahaısmarladık anne, Allahaısmarladık, sevgili anneciğim!

— Ne cesur yürek! Bak hâlâ beni düşünüyor!

Bu yeni düşünce ile yüreği sızladı.

— Allahaısmarladık anneciğim.

Pelage, parmaklarının ucuna basarak yükseldi, kollarını sallamağa başladı, oğlu ile arkadaşını görmek istiyordu. Askerlerin başları üstünden Andre'nin yuvarlak yüzünü gördü. Delikanlı, gülümseyerek anayı selâmladı. Kadın birden bağırdı:

— Yavrularım, sevgili yavrularım, Andre! Pavel!

— Allahaısmarladık, arkadaşlar!

Bu haykırışa bir kaç kez karşılık verildi. Ne yazık ki hep bir ağızdan cevap vermeğe cesaret edemiyorlardı. Pencerelerden, damlardan, kimbilir nerelerden sesler geliyordu.

Bir el anayı göğsünden itti. Gözlerini bulandıran sisler arasından dikkatle baktı. Kısa boylu çavuştu. Yüzünün çizgileri kırmızı, gergindi. Herif, ananın yüzüne bağırdı:

— Hadi, defol buradan kocakarı!

Kadın, bu adamı baştan aşağı süzdü. Bakışları o aralık yerde iki parça duran bayrağın değneğine ilişmişti. Bu parçaların birinde bayrağın kırmızı bezi vardı. Ana, bunu yerden almak için eğildi, çavuş değneği kadının elinden aldı, yine yere attı, ayaklarını yere vurarak:

— Haydi, defol diyorum, kadın! dedi.

Uyan ey zulm ile kahrolan uyan.

Birden askerlerin arasında bir şarkı işitilmeğe başlamıştı. Her şey sarsılarak, dalgalandı, titredi. Havada boğuk bir gürültünün titreşimleri telgraf tellerinin titreşimlerine benzer bir şey vardı.

Çavuş, koşarak geldi:

— Krenof! Sustur şu herifleri.

Şarkının ezgileri karıştı, ayrıldı, sonra kesilerek durdu. Bir el, ananın omuzundan yakaladı, onu bir yarın dönü çevirterek arkasından itti:

— Hadi, defol!

Çavuş, komut verdi:

— Sokağı temizleyin.

Ana, on adım ötede bir yığın adam daha gördü. Bunlar ağır ağır çekilerek, yöredeki evlere dağılarak bağırıyor, yuhalıyor, ıslık çalıyorlardı.

Bıyıklı bir asker Pelage'yi kaldırımın üstüne iterek kulağına doğru bağırdı:

— Hadi, defol şuradan, git!

Kadın, düşmemek için bayrağın değneğine dayanarak yürüyordu. Çünkü bacakları titriyor, sallanıyordu. Öteki eliyle de duvarlara, çitlere tutunuyordu.

Göstericiler, hep geri geri gidiyorlardı. İki yanda askerler adım adım ilerleyerek! Hadi bakalım, hadi hadi! diyorlardı.

Askerler Pelage'yi arkada bırakarak geçtiler. O zaman ana durdu, çevresine bakınmağa başladı. Sokağın ucunda açık aralıklarla yerleşen askerler, şimdi halkı boşalmış olan meydana gelmekten alıkoyuyor, ta ileride esmer renkli adamlar acele etmeksizin, ağır adımlarla halkın üzerine doğru yürüyorlardı.

Ana, geri dönmek istediği halde nedenini bilmeksizin ilerliyordu. Dar, bomboş bir sokağın başına gelince içeri daldı, yürümeğe başladı. Sonra, yine durdu, derin derin soluyarak çevreye kulak verdi. Uzakta bir yerden boğuk bir gürültü geliyordu.

Değneğe dayanarak kirpiklerini açıp kapayarak yürümeğe başladı. Birden canlandı, dudakları titredi, elini salladı. Bilinemez nasıl sözler ta kalbinin derinliklerinde birer kıvılcım şiddetiyle tutuşarak çarpışıyor, ana, bunları haykıra haykıra söylemek tutkusuyla yanıp tutuşuyordu.

Sokak, birden sağa sapıyordu. Köşe başında bir yığın adam daha gördü. İçlerinden biri yüksek sesle bağırıyordu:

— Gördünüz mü arkadaşlar? Onlar süngülere nasıl karşı geldiler, edepsizliklerinden değil, yüreklililiklerinden...

Gerçekten görülecek şey! Asker üzerlerine geliyordu da onlar hiç kımıldanmıyorlar, hiç korkmuyorlar, adım bile atmıyorlardı.

— Evet.

— Ne yaman şey şu Pavel?

— Ya Küçük Rusyalı?

— Ellerini arkasına kavuşturmuş gülüyordu.

Ana, kalabalığın içine girerek:

— Arkadaşlar... dedi.

Herkes saygıyla açılarak ona yol veriyordu. İçlerinden biri:

— Bakınız, dedi, bayrağı kurtarmış, elinde tutuyor.

Öteden başka bir ses sert bir biçimde:

— Sen, sus! dedi.

Ana, kollarını geniş bir biçimde açarak, dedi ki:

— Dininizi severseniz dinleyiniz. Siz hepiniz bizdensiniz. Hepiniz temiz yürekli içten adamlarsınız. Gözlerinizi açınız. Korkmadan bakınız. Bakınız ne oldu? Çocuklarımız uyandı, ayaklandı. Çocuklarımız, çocuklarımızın damarlarındaki kan gerçek adına uyandı. O eski yolu aşındırarak yeni bir yola, hepimize mukadder olan geniş bir doğru yola girdi. Hepiniz için, hepinizin çocukları için onlar savaşa başladı.

Kalbi çarpıyor, göğsü sıkışıyor, kuruyan boğazı yanıyordu. Kalbinin derinliklerinde herşeyi, herkesi tutuşturan derin, sonsuz bir sevgiyle öyle sözler uyanıyordu ki, söylerken sözcükler dilini yakıyor, bu sıcaklık ona gittikçe artan bir güç veriyordu.

Halkın kendisini dinlediğini gördü. Herkes susmuştu. Düşünüyorlardı. Pelage, bunu anladı. Şimdi, içinde niteliğini pek iyi bilmediği bir istek uyanıyordu. Bunları, çevresinde toplanan bu halkı oraya, askerlerin elinde yalnız bırakarak uzaklaştıkları Andre'nin, Pavel'in yanına sürüklemek!

Bakışlarını halkın inceleyen, üzgün yüzleri üstünde dolaştırarak gittikçe artan bir güçle sözünü sürdürdü:

— Çocuklarımız bu dünyadan geçerek sevince, mutluluğa gidiyorlar. Hepimiz adına, Hazreti İsa'nın yaydığı doğruluk adına yürüyorlar. Kötü insanların, yalancı insanların, zalim insanların bizi bağlamak, boğmak, hapsetmek için kullandıkları araçlara karşı yürüyorlar. Arkadaşlar! Halkı, dünyayı, dünyada zulüm gören insanları kurtarmak içindir ki gençlerimiz, çocuklarımız ayaklandı. Onları bırakmayınız, onlara karşı çıkmayınız, onları seviniz. Bu temiz kalpleri anlamağa çalışınız, onlara güveniniz!

Sesi kısıldı. Takati kesilmişti, nerdeyse yere düşecekti. Orada bulunanlardan biri kolundan tuttu. Boğuk, çoşkun bir ses işitildi:

— Ona tanrıdan esin geliyor, anladınız mı, arkadaşlar? Bu kadını tanrı söyletiyor, söylediklerine kulak veriniz.

Bir başkası da haline acıdı:

— Zavallı kadın kendini öldürüyor.

— Anlamıyorsun herif, o kendini öldürmüyor, hakikatı bize, bizim gibi aptalların yüzüne vuruyor!

Sert bir ses birden halkın ortasından yükseldi:

— Benim oğlum, benim temiz yürekli oğlum, Mitya ne yaptı? Suçu ne? Arkadaşlarının arkasından gitti, onlardan ayrılmadı. Bu suç mu? Kadının hakkı var, niçin çocuklarımızı bırakalım? Onlar ne yaptılar, ne suç işlediler?

Bu sözler anayı sarstı. Sizof sert bir sesle:

— Haydi, Pelage dedi, sen evine dön artık, haydi nine, haydi, yorgunsun, bugün çok yoruldun, dedi.

Üstü başı kirli, sakalı karmakarışıktı. Derken kaşlarını çattı, halka ciddi bir bakış fırlattı, sonra vücudunun olanca gücüyle uzanarak açık, parlak bir sesle:

— Siz ne bilirsiniz, dedi, oğlum fabrikada ölmüştü... Ne var ki bugün sağ olsaydı onu ben kendi elimle o gidenlerin yanına katar, "Haydi, oğlum, git, git çünkü bu adamların izlediği amaç hem doğru hem kutsaldır!" derdim.

Durdu, çevresindekiler susmuştu. Şimdi, anlamını anlamadıkları, artık ürkmedikleri bir şey, bir yenilik, bir büyüklük duygusu onların varlığını kaplıyordu. Sizof, kolunu kaldırarak havada salladıktan sonra dedi ki:

— Size bu sözleri yaşlı bir adam söylüyor. Beni hepiniz tanırsınız. Otuzdokuz yıldır işçiyim. Elli yedi yıldan beri şu toprak üstünde yaşarım. Bir yeğenim var, yürekli, namuslu, akıllı bir delikanlıdır. Bugün tutukladılar. O da Pavel'le beraber bayrağın yanında idi.

Yüzü gerilmişti. Ananın elini sıkarak konuştu:

— Bu kadın doğru söylüyor, o çocuklar hak ve adaletle, onur ve haysiyetleriyle yaşamak istiyorlar. Oysa biz onları bırakıyoruz. Evet, biz onları terkettik, onlardan ayrıldık. Haydi, Pelage, sen evine dön.

Pelage, göz yaşlarıyla kızarmış gözlerini halka dikerek:

— Arkadaşlar! dedi, yaşam çocuklarımızındır, toprak onlar içindir!

Sizof, bayrağın değneğini anaya uzatarak:

— Haydi, Pelage, haydi, sen evine dön, diye yeniledi.

Bütün yüzler üzgün bir saygıyla, acıyan bir coşkunlukla anaya dikilmiş onu izliyordu. Sizof, söz söylemeksizin kadına yol açıyor, halk ses çıkarmaksızın açıklanamayan bir gücün etkisine uyarak yoldan çekiliyor, alçak sesle söylenen cümleler arasında bütün bakışlar onu izliyordu.

Pelage, kapısının önüne gelince yüzünü onlara doğru çevirdi, bayrağın kırık değneğine dayanarak minnet dolu bir sesle:

— Hepinize teşekür ederim, dedi.

Sonra, biraz önce kalbine doğan düşünceyi hatırlayarak ekledi:

— Eğer Hazreti İsa için canını verenler olmasaydı bugün adı bile işitilmezdi.

Halk suskun, ona baktı ve o eliyle işaret yaparak Sizof'la beraber eve girdi. Kapı önünde kalan halk, birkaç söz söyledikten sonra acele etmeksizin ağır adımlarla uzaklaştı.

İkinci Bölüm

O günün sonu anılarla dolu bir sis, bütün maddi ve manevi varlığı harap eden çok büyük bir yorgunluk içinde geçti. Kısa boylu subay, esmer bir leke gibi ananın gözünün önünde dolaşıyor, Pavel'in yanık yüzü, Andre'nin gülümseyen gözleri kara bir kasırga gibi dönüp duruyordu.

Pelage, odanın içinde aşağı yukarı dolaşıyor, ara sıra pencerenin önüne oturarak sokağa bakıyor, sonra yine kalkarak kaşlarını çatıyor, bütün vücudu titreyerek çevresine bakınıyor, ne istediğini bilmeden boş bir kafa ile aranıp duruyordu. Su içti ise de susuzluğu dinmedi.

O günün yaşamı iki bölüme ayrılmıştı: Birinci bölümün bir anlamı vardı, bir şey içeriyordu. İkinci bölüm buğu içinde geçmişti, koca bir boşlukta kalan bir şey değildi. Pelage, o gün akşama dek ikircik, kaygı içinde, "Şimdi ne yapmalı" sorusuna bir türlü karşılık bulamamıştı.

O aralık Marya Korsonova geldi. Ellerinin geniş işaretleriyle bağırdı, çağırdı, ağladı, ayaklarını yere vurdu, tepindi. Bilinmeyen öneriler, vaadler, tehditlerle vakit geçirdi. Bunların hiç biri anayı heyecana getirememişti. Marya'nın yırtıcı sesi şöyle çınlıyordu:

— Ah! Ne ise az da olsa faydası oldu. Hiç olmazsa bütün fabrika çalışanları hep birden ayaklandı.

Ana, başını sallayarak yumuşak, şefkatli bir sesle:

— Evet orası öyle, dedi.

Şimdi, artık geçmişe karışan olaylar, Andre ve Pavel'le beraber kendisinden uzaklaşan şeyleri, onlarla beraber neler yitirdiğini kımıldamayan bir noktada takılıp kalan bakışlarıyla inceliyordu.

Ağlıyamıyordu; kalbi sıkışmış, kurumuştu. Boğazı gibi dudakları da kupkuru idi. Elleri titriyor, ufak titreyişler omuzlarını donduruyordu. Yalnız, içinde bir kızgınlık ateşi vardı ki parlamıyor, bir iğne gibi kalbine batıyor, acıtıyordu.

Hızlı hızlı öksürerek kaşlarını çattı. Akşamleyin eve jandarmalar geldi. Ana, hiç bir korku ve şaşkınlık izi göstermeksizin bunları kabul etti. Yüzünde mağrur bir zafer izleri parlayan bu herifler gürültü patırtı ederek evin içine girdiler. Sarı yüzlü bir subay dişlerini göstererek sordu:

— Ne var, ne yok, ne haldesiniz bakalım? Üçüncü defadır, sizin evi araştırmaya geliyoruz, değil mi?

Ana, ses çıkarmadı, kurumuş dilini dudakları üstünde gezdirdi. Subay, bilgiç bir davranışla uzun uzadıya konuştu. Pelage, subayın kendi söyleyip, kendi dinleyen tiplerden olduğunu anlamıştı. Kulaklarına ulaşan sözler kalbinde hiçbir menfi iz bırakmadan uçup gidiyordu. Subay:

— Allah'a ve imparatora saygı duymayı oğluna öğretmediğin için sen de suçlusun.

Deyince ana yüzüne bakmaksızın cevap verdi:

— Oğlum saygılı olması gerekenlere senin kavrayamayacağın kadar saygılıdır.

Cevap verilmesine sinirlenen subay, ananın üstünü başını aramasını Marya'ya emretti. O bir süre gözlerini açıp kapadıktan sonra subayın gözlerine bakakaldı, korkmuş gibi sordu:

— Nasıl yapayım? Bilmiyorum ki efendimiz!

Subay, öfkeden ter ter tepindi.

— Peki, peki. Haydi Pelage düğmelerini çöz!

Marya'nın yüzü kıpkırmızı kesilmişti. Ananın üstünü yoklarken mırıldanır bir sesle:

— Ne köpek şeyler! diyordu.

Subay, araştırma işinin yapılmakta olduğu köşeye yan gözle bakarak bağırdı:

— Ne mırıldanıyorsun orada?

Marya Korsonova korku içinde:

— Hiç efendimiz, hiç bizimle ilgili bir şey, kadınlığa özgü, dedi.

Subay, tutanağa imza etmesini emredince Pelage kalemi eline aldı. Kalın harfli, acemice bir yazı ile şu sözleri yazdı: Pelage Nilovna Vlasof, bir işçinin dul karısı. Subay, aşağılayıcı bir davranışla kaşlarını çatarak sordu:

— Ne yazdın oraya? Niçin yazdın bunu?

Sonra alaycı bir gülümseyişle ekledi:

— Ne edepsiz şeyler!

Jandarmalar çıkıp gittiler. Ana, pencerenin önüne gitti. Ellerini göğsüne kavuşturarak, boş boş bakan gözleri bilinmeyen bir noktaya dikilmiş olarak öylece uzun süre kaldı. Kaşları havaya kalkmış, dudakları büzülmüştü. Çenelerini öyle sıkmıştı ki, dişleri ağrıyordu. Gazı tükenen lambanın ışığı hafif çıtırtılarla sönmeğe başlamıştı. Bir üfleyişte lambayı söndürerek karanlıkta kaldı. Artık ne öfkeden, ne gördüğü aşağılamadan hiç bir iz yoktu. Şimdi soğuk, karanlık ve korku bütün varlığına girerek göğsünü dolduruyordu. Gözleri, bacakları yoruluncaya dek orada kımıldamadan, sessiz durdu. O sırada Marya, sokak penceresinin altına gelerek yorgun bitkin bir sesle bağırdı:

— Pelage, uyuyor musun? Zavallı arkadaşım! Uyu! uyu! Şimdi artık herkesi aşağılıyorlar, herkesi!

Ana, elbisesini çıkarmaksızın yatağa girdi, sanki bir uçuruma yuvarlanmış gibi derin bir uykuya daldı. Düşünde kasabaya giden yol üstünde, bataklığın biraz ötesinde sarı kumlarla örtülü bir tepe gördü. Sözde bunun doruğunda bir taş ocağı varmış, o sarı kum buradan çıkarılıyormuş! İşte hemen o noktada Pavel'le Andre güzel bir sesle şarkı söylüyorlarmış:

Uyan ey zulm ile ezilen, kahrolan uyan.

Pelage, bu tepenin yanına gitti, elini alnına koyarak oğluna baktı. Delikanlının hayali göğün mavi yüzeyine açık seçik resmedilmişti. Ne var ki ana bu hayale yaklaşmaktan utanıyordu; çünkü gebe idi. Kucağında da bir çocuk vardı. Yürümesini sürdürdü. Tarlalarda çocuklar top oynuyorlardı. Bu çocuklar pek çoktu, top kırmızı idi. Kucağındaki yumurcak da gitmek, onlarla oynamak istiyor, haykırarak ağlıyordu. Ana, ona memesini vererek geri döndü. Tepenin her yanını askerler sarmış, ellerindeki süngülerin ucu kendisine doğrulmuştu. Bunu görünce, tarlaların ortasında bulunan bir kiliseye kaçtı. Kilise, beyaz yüksek bir bina fakat sanki bulutlardan yapılmış gibi hafifti. Orada bir cenaze töreni yapılıyordu. Ortaya büyük, kara, dört yanı kapalı bir tabut konmuştu. Papaz ile arkadaşı resmi giysileriyle cenaze duası okuyorlardı.

Papazın yanındaki adam buhurdanı sallıyordu. Anayı görünce gülümsedi. Onun da Samoilof gibi saçları kızıl, yüzü güleçti. Kilisenin kapısındaki camlardan geniş ışıklarıyla güneş giriyor, dua okuyanlar papazın ezgilerini hep bir ağızdan yineliyorlardı.

Derken Papaz kilisenin ortasına gelerek:

— Tutun şunları! dedi.

Üzerindeki giynek uçtu. Sık ve esmer bıyıkları yüzünün üstünde meydana çıktı. Herkes kaçtı. Papazın yanında duran Rahip bile buhurdanı yere fırlattı ve Küçük Rusyalı gibi başını elleri arasına alarak gözden uzaklaştı. Ana, kucağında taşıdığı çocuğu orada tapınanların ayağı altına attı. Herkes bu çıplak, bu minimini vücuda çekingen bakışlar fırlatarak anadan kaçıyordu. Zavallı kadın, diz çökerek bağırdı:

— Çocuğu bırakmayınız, alınız...

Küçük Rusyalı elleri arkasında, dudaklarındaki gülümseyişle, papazın ilahisini söylüyordu.

Pelage, eğilerek çocuğu yerden aldı, ağır ağır gezinen Vesofçikof'un yanındaki tahta parçasının üstüne koydu. O sırada Vesofçikof:

— Haberin var mı, bana zor bir iş verdiler? dedi.

Sokak pisti. Evlerin pencerelerine çıkan bir takım insanlar elleriyle işaretler yapıyor, ıslık çalıyor, bağırıp çağırıyorlardı. Ortalık aydınlanmıştı. Güneş, bütün gücüyle parlıyordu. Hiç bir yanda gölge yoktu.

Küçük Rusyalı:

— Sen de şarkı söyle, nine, dedi, yaşamak işte budur.

O güzel sesiyle, bütün seslerin üstünde çınlayan ezgileriyle durmadan şarkı söylüyordu. Ana da şarkıya başladı, kendi kendine:

— Niçin Andre böyle eğleniyor? dedi.

Derken geriye çekilir gibi bir hareket yapınca dibi görünmeyen bir uçurumun içine düştü. Uçurumun derinliklerinden onun düşüşünü karşılayan boğuk bir ses geliyordu.

Birden titreyerek uyandı. Bütün vücudu kan ter içindeydi. Kulak verdi. Göğsündeki sıkıntının gittiğini, yerine bir hafifliğin geldiğini hissetmek onu şaşırttı. Sanki ağır bir el kalbini yakalamış, tatlı sıkarak okşuyor, adeta onunla tehlikeli bir oyun oynuyordu. Dışarıda fabrikanın düdüğü durmadan çalıyordu. Ana, sesinden bunun ikinci düdük olduğunu kestirdi. Odanın içi karmakarışıktı. Kitaplar, giyecekler, kirli döşeme üstüne atılmış, her şey altüst olmuştu.

Kalktı, yüzünü yıkamadan, duasını etmeden önce ortalığı topladı. Mutfağa gidince orda ucuna kırmızı bir bez takılmış bir değnek parçası gözüne ilişti. Bunu öfkeyle yerden kaldırdı. Ocağa atacaktı, sonra içini çekerek o kırmızı kumaşı aldı, dikkatle devşirdi, cebine yerleştirdi. Bundan sonra bol su ile tahtaları, pencereleri yıkadı, giyindi, semaveri yaktı, pencerenin önüne oturarak dünkü soruyu yine kendi kendine yinelemeğe başladı:

— Şimdi ne yapmalı?

Sonra herzaman ki gibi duasını etmediğini hatırlayarak kalktı, bir kaç saniye kutsal resimler önünde durdu. En sonra yine eski yerine gelerek oturdu; kalbine bir hafiflik gelmişti.

Her vakit çevik bir yürüyüşle sağa sola sallanan saatin sarkacı ağırlaşmıştı. Sinekler ikircikli durumlarda vızıldayarak pencerenin camlarına çarpıyorlardı.

Mahalle, garip bir sessizlik içine dalmıştı. Sanki gündüzün bütün güçleriyle sokaklarda bağırıp çağıran halk, şimdi evlerine çekilmiş, sessizlik içinde o günün olağanüstülüğünü düşünüyorlardı.

Derken bir başka hayal Pelage'nin göz ününde canlandı. Gençliğinde yaşadığı bir sahneyi hatırladı:

— Bir gün Zozaylof adında zengin bir adamın bahçesine gitmişti. Orda üstü nilüferlerle süslü geniş bir havuz vardı. Bir sonbahar sabahı idi. Doğa sapsarı bir renge bürünmüştü. Ötesinden berisinden sararmış yapraklar fışkıran bu sessiz, karanlık suyun orta yerinde sanki oraya çivilenmiş gibi bir kayık duruyordu. Suyun yüzeyinde kımıltısız, sessiz, yalnız duran bu küreksiz, sahipsiz kayıktan derin bir hüzün, gizli bir dertli hava yükseliyordu. Bu kayığın oraya niçin itildiğini düşünüyordu.

O gece gördüğü rüya aklına geldi. Bir ölüyü bekleyen, bir tabuta benzettiği o tahta parçası, tıpkı hayalinde canlanan kayık parçasını andırıyordu. İçi ürperdi. Çünkü hayalinde canlanan sahnedeki günün akşamında çiftlik kâhyasının hızlı adımlarla yürüyen, kara saçları her zaman karmakarışık duran, kısa boylu karısının boğulma haberi ortalığa yayılmıştı.

Ana, bu acı anıları sanki görmemek için eliyle gözlerini kapadı. Sarsılan düşüncelerini yine dünkü olaylara, hâlâ bütün varlığını kaplayan taze anılara yöneldi. Bakışları soğuyan çay bardağına dikilmiş olarak uzun süre kımıltısız durdu. Kendi sınıfından, akıllı bir adam görüp, ondan bir yığın şeyler sorup öğrenmek istiyordu.

Varlığının derinliklerinde gittikçe kabaran bu isteği sanki biliyormuş gibi yemekten sonra Nikola İvanoviç geldi. Kadın, onu görünce birden kalbini bir korku kapladı. Delikanlının selâmına cevap bile vermeden zayıf bir sesle sordu:

— Ah gelmemeliydiniz, niçin geldiniz? Sizi burada görürlerse tutuklarlar! Hayır, gelmemeliydiniz, ihtiyatsızlık ettiniz.

Nikola, güvenli bir davranışla ananın elini sıktıktan sonra burnu üstündeki gözlüğünü iyice yerleştirdi, ananın kulağına eğilerek alçak sesle, çabuk çabuk şunu söyledi:

— Andre, Pavel, ben aramızda kararlaştırmıştık, onları tutuklayacak olurlarsa ben ertesi günü geleceğim, sizi kasabaya götüreceğim. Evi araştırmağa geldiler mi?

— Evet! Her yanı araştırdılar, benim üstümü başımı bile karıştırdılar. Bu adamlarda ne vicdan var, ne de utanma var.

Nikola, omuzlarını silkerek cevap verdi:

— Nasıl olabilir ki?...

Sonra, onu niçin alıp kente götürmek istediğini anlattı.

Pelage, bir dost ağzından çıkan bu şefkatli sözleri dinliyor, solgun bir gülümseyişle bu yüze bakarak, bir yabancının kendisinde uyandırdığı güvene şaşıyordu.

— Madem ki Pavel de öyle istemiş; sizi sıkmazsam...

Nikola atıldı:

— Bu yüzden hiç üzülmeyiniz. Ben tek başınayım, kızkardeşim çok az uğrar.

— Ancak, ben çalışmak, ekmeğimi kazanmak isterim!

— Siz, çalışmak isterseniz iş bulmak kolay!

Pelage'nin gözünde çalışmak, oğlunun, Andre ve arkadaşlarının uğraştığı amaçtan ayrılamazdı. Nikola'nın yanına yaklaştı, gözlerini gözlerine dikerek:

— Emin misiniz? dedi.

— Evim pek öyle büyük değil, ancak, yalnız başına kalmak...

— Dediğim o değil.

Sonra, sesini alçaltarak:

— Bizim kutsal amacımızdan söz etmek istiyorum.

Şimdi birden kafasında sade, açık bir düşünce belirdi. Geçen defa Pavel'e yardım etmeyi becermişti. Belki bu sefer de becerebilirdi. O kutsal amaç uğrunda çalışanlar ne kadar çok olursa Pavel'in buna harcanan çalışmaları başkalarının gözünde o oranda meydana çıkacaktı. Ana, Nikola'nın sevimli yüzünü seyrederken onun Pavel'den, Andre'den, kendisinden sözetmesini bekliyordu.

Nikola ise bir düşünceye dalmış gitmişti. Sakalını karıştırarak sordu:

— Pavel'i gördüğünüz zaman, bizden gazete isteyen köylüler kimlerdir, adresleri nedir diye sorar mısınız?

Ana, sevinerek:

— Ben bilirim! Gazete isteyenlerin kimler olduğunu, nerede oturduklarını bilirim. Siz gazeteyi bana verin, ben gider, götürürüm. Onları nerede iseler bulurum, bütün dediklerinizi yaparım. Hem benim yasak kitap taşıdığımdan kimse kuşkulanmaz. Allah'a şükür, fabrikaya tonlarca kitap taşımıştım, dedi.

Birden içinde, bir elde değnek, omuzda bir torba büyük yolları geçerek köyden köye, kentten kente gitmek, dolaşmak isteği uyandı.

— Yalvarırım dostum, dedi, bu işi bana bırakınız. Nereye isterseniz giderim. Merak etmeyiniz. Ben nerede olsa yol bulur, hangi yoldan olsa amaca ulaşırım. Yaz, kış demez yürürüm. Ölünceye dek, mezara girinceye dek yürürüm.

İsteğini dolambaçlı yoldan anlatamamış olmaktan utandı. Üzgün bir soluyuşla içini çekti. Nikola ayağa kalktı, pek iyi görmeyen gözlerinde bir gülümseyiş parlayarak dedi ki:

— Onun için de iş bulabilirsiniz, yeter ki siz çalışmak isteyesiniz.

— Hakikat uğruna kendimi feda edeceğim, hakkın, doğruluğun öncüsü olacağım, bu imrenilecek bir hal değil mi? Ben turistlerin yaşayışını pek güzel bulurum, onlar salt gezer dururlar. Üzerlerinde mal namına bir şey taşımazlar, acıkınca yiyecekleri ekmekten başka bir şeye ihtiyaçları yok. Kimseyi hor görmezler, kimseye görünmeden, sessiz, rahat, bütün dünyayı dolaşırlar. Ben de onlar gibi olacağım, ben de turistler gibi yaşayacağım. Pavel'in, Andre'nin derecesine, onların çıkacakları noktaya dek çıkacağım.

O zaman düşünceye daldı, kendini yersiz yurtsuz, serseri, berduş, köy kulübelerinin pencereleri altında Allah rızası için dilenir gördü. Bu görünüş, gönlüne üzüntü verdi.

Nikola, yavaşca onun elini tuttu, sıcak parmaklarıyla okşarken duvarda asılı duran saate bakarak:

— Bunun için daha sonra konuşuruz, dedi. Yalnız, iyi düşününüz, size verecekleri iş biraz tehlikelidir.

— Dostum, düşünmek neye yarar? Bizim kanımızdan çıkan çocuklar, bizim kalbimizin bu en değerli parçaları, bize her şeyden değerli olan bu vücutlar, canlarını, özgürlüklerini hiçe sayıyorlar, kendilerini acımadan feda edip gidiyorlar da ben ana iken o kadarcık bir şey yapmayayım mı?

Nikola, sarardı:

— Doğrusunu isterseniz ben ömrümde, ilk kez olarak bu sözleri işitiyorum.

Ana, üzgünce başını sallayarak konuştu:

— Ah, anlatamam ki... Bir ana kalbinden neler geçtiğini anlatabilecek sözler bulabilsem...

Güçsüzlüğünü anlatan bir davranışla kollarını yanına salıverdi. İçinde yavaş yavaş kabaran bir güçle ayağa kalktı. Bütün varlığında bir hoşnutsuzluk vardı. Kafasında ateşli sözler dolaşıyordu.

— Pek çokları var ki bundan dolayı ağlayacaklar, kötü yüreklile, vicdansızlar bile duygulanacaklardır.

Nikola, ayağa kalkarak yine saate baktı:

— Artık karar verdiniz, kente geleceksiniz değil mi?

Ana, bir şey söylemeyerek yalnız başını salladı.

— Ne kadar çabuk olursa o kadar iyi!

Sonra tatlı bir gülümseyişle ekledi:

— Ben, sizin işinizi düşünürüm, merak etmeyin!

Ana, şaşkın bakışlarla Nikola'ya baktı. Neden bu adam böyle üstüne düşüyordu, ne ilgisi olabiliyordu? Şimdi, başını yere eğmiş, dudaklarında sıkıntısını gösteren bir gülümseyiş olduğu halde kısa, kara ceketi, biraz kamburlaşmış beliyle ayakta duruyordu.

Nikola, başını kaldırmayarak sordu:

— Paranız var mı?

— Hayır!

Cebinden bir kese çıkardı, ağzını açarak Pelage'ye uzattı.

— Lütfen alır mısınız?

Ana, elinde olmayan bir gülümseyişi tutamadı, başını sallayarak:

— Her şey değişmiş, dedi. Paranın bile sizce önemi kalmamış! Oysa başkaları onu elde etmek için herşeyi yapıyor, canlarını bile veriyorlar. Siz bunlara bayağı birer kağıttan, bir bakır parçasından başka gözle bakmıyorsunuz. Bunları başkalarına iyilik etmek için kazanıyorsunuz, diyeceğim geliyor.

Nikola güldü:

— Para hoş da, kullanışlı da değil, alması da, vermesi de can sıkar.

Ananın elini tutarak güçlükle sıktı:

— Elden geldiğince çabuk geleceksiniz değil mi?

Her vakit ki gibi sessizce çıktı gitti.

O gittikten sonra ana yalnız kalınca:

— Ne iyi yürekli adam, dedi. Halimizde acınacak birşey bile görmedi.

Şimdi, Pelage bu olaydan üzülmek mi, yoksa şaşkınlığa düşmek mi gerektiğini kestiremiyordu.

Nikola ile görüştükten dört gün sonra Pelage, onun evine gitmek üzere yola çıktı. İki sandık eşyası ile onu götürecek araba, mahallenin son evlerinden çıkıp kırlara varınca dönerek köye baktı. Hayatının en karanlık, en üzüntülü döneminin geçtiği bu köyden, yeni ve farklı acı ve zevklere sahne olan hayatının son ve en hızlı döneminin geçtiği bu köyden dönmemecesine uzaklaştığını hissediyordu. Koyu kırmızı renkleri bir örümceği andıran fabrika, havada yükselen kocaman bacalarıyla çamurlu toprağın kirli yüzeyinde uzanıp gidiyordu. Yapının çevresini ufacık, sıkışık işçi evleri kuşatmıştı. Bataklığın çevresinde sıralanan bu esmer renkli, basık yapılar sık bir küme biçiminde, ufak birer gözü andıran donuk pencerelerinin yakınan bakışlarıyla sanki birbirine bakıyor gibiydi. Kilise bunların ortasındaydı.

O da fabrika gibi kıpkırmızı duruyor, çan kulesi bacalardan daha çok yükselemiyordu.

Ana içini çekti, boynunu rahatsız eden yakasını çözdü. Üzgündü. Bu üzgünlük tıpkı bir yaz gününün tozları gibi kuruydu.

Arabacı, hayvanlarını dizginlerine asılarak bağırdı:

— Deh!

Yaşı belli olmayan bu adamın gözleri renksizdi. Seyrek saçlarının rengi uçmuştu. Kalçaları üzerinde sıçrayarak arabanın yanında yürüyordu. Yolculuğun amacı ne olursa olsun belli ki onun gözünde önemi yoktu. O, kirli kaba bir çift ayakkabı içine giren çarpık ayaklarını garip bir biçimde uzatarak keskin sesiyle durmadan bağırıyordu.

— Haydi, dehh!

Ana, çevresine bakmıyor, tarlaları da ruhu gibi bomboş buluyordu. Hayvan da üzgün bir halde başını sallayarak yürüyor, güneşin sıcaklığı ile kızan derin kum tabakalarına bastıkça bir ses çıkıyordu. Zaten bozuk olan araba tekerlekleri de yağlanmadığından giderken gıcırdıyor, gıcırtılar arabanın kaldırdığı tozlara karışıyordu.

Nikola İvanoviç, kasabanın ta ucundaki bir sokakta, eskiliğinden çökmeğe yüz tutmuş, kara boyalı, iki katlı eve dayalı yeşil, küçük bir köşkte oturuyordu. Köşkün önünde bir bahçe vardı. Bahçeye bakan pencereden akasya, leylak, sögüt ağaçlarının ince dalları giriyordu. Pencereden giren dalların bir dantela gibi süslü, kıpırtısız gölgeleri döşemenin üstünde titriyordu. Odanın duvarlarına sıra ile raflar yapılmış, içerlerine kitaplar doldurulmuştu. Ötede beride ciddi, dik duruşlu bir kaç insan resmi vardı.

Nikola, Pelage'yi penceresinin biri bahçeye, ötekisi çimenlerle örtülü bir avluya bakan bir odaya götürdü. Bu odanın duvarlarında da kitap dolu raflar vardı:

— Rahat edebilecek misin?

— Mutfakta otursam benim için daha iyi.

Ana, Nikola'nın bir şeylerden korkmakta olduğunu sezdi. Onun için, Nikola kadını kandırmağa çalıştı. Neticede mutfakta oturmak düşüncesinden vazgeçirince hemen yüzüne bir sevinç geldi. Odanın içinde başka evlere benzemeyen bir hal, bir özellik vardı. Burada soluk aldıkça zevk duyuluyor, konuşurken elde olmadan ses alçalıyordu. İnsan bu odalarda gürültüyle konuşarak çerçevelerden bakan dalgın ve düşünceli yüzleri rahatsız etmek istemezdi. Ana, elleriyle saksılardaki toprağı yoklayarak:

— Bunları sulamalı, dedi.

Nikola, bu tasasızlıktan utanarak:

— Evet, dedi, sulamalı, siz de bilirsiniz ki çiçekleri çok severim. Ne yazık ki onlarla uğraşacak vaktim yok.

Pelage, dikkat etti. Evinin sağlamlığına bakmadan Nikola kendi odasında bile çekingen adımlarıyla, sanki çevresindeki bütün eşyaya uzak, yabancı imiş gibi gürültüsüzce yürüyordu. Eşyadan birine bakmak isteyince burnunu sokarcasına yaklaştırarak sağ elinin ince parmaklarıyla gözlüğünü düzeltiyor, sürekli bir bakışla o şeyi sessizce inceliyordu. Haline bakılırsa sanki bu odaya ana ile beraber henüz gelmiş, herşeye yabancı imiş sanılırdı. Ana, onun bu dalgınlığını görünce yabancılığını bıraktı, bu odaya kendi odası gözüyle bakmağa başladı.

Rastgeldiği eşyanın yerini kafasına yerleştirerek, ona nasıl yaşadığı, nasıl vakit geçirdiğini sorarak Nikola'nın arkasından evi dolaşıyordu. Nikola, sıkılarak cevap veriyordu. Halinde bu yabancılığından sıkıldığını, bundan başka bir şey yapmak elinden gelmediğini gösteren bir şey vardı.

Ana, çiçekleri suladı, piyano üstünde darmadağın duran nota defterlerini topladı, o aralık gözüne semaver ilişti.

— Bunu da temizlemeli, dedi.

Nikola, parmağını bu rengi uçuk madenin üstüne sürdükten

sonra burnunun ucuna getirerek dikkatle incelemeye koyuldu. Bu hal, anayı güldürdü.

Gece yatağına girince o günün olaylarını düşünüp birden yatağından doğrularak çevresine bakınmağa başladı. Yaşayışı boyunca ilk kez bir başkasının evinde bulunuyor, fakat garip bir şekilde bundan hiç bir tedirginlik de duymuyordu. Ev sahibi olan Nikola'nın yaşantısını bir anne şefkati süzgecinden geçirerek düşündü. Bu düzensizlik hoşuna gitmemişti. Burayı düzene sokmaya, Nikola'nın yaşayışını biraz sevgi sıcaklığıyla ısıtmaya karar verdi. Onun insanı güldüren acemiliği, beceriksizliği, parlak gözlerinin çocukça bakışıyla bütün ev göreneklerinden uzak duruşu kadını duygulandırmıştı. Sonra, düşüncesi oğluna gitti. 1 Mayıs gününü andı. O günün anılarını yine yaşadı. Onun verdiği acı büsbütün başkaydı. Bu acı tıpkı bir yumruk vuruşu gibi insanın başını yere eğdiriyor, yalnız kalbini binlerce iğnenin saplanması gibi öldürüyor, kırıp döküyor, onda eğilmiş belini doğrultan bir öfke uyandırıyordu.

Dışarıya kulak verdi; kentin alışmadığı gece yaşayışı bahçenin ağaçlarını sallayarak garip fısıltılarla açık duran pencerelerden içeri giriyor, odanın duvarlarına yorgun, halsiz çarparak sönüyordu.

Kadın, düşünmeğe başladı:

— Çocuklar birer birer mahvolup gidiyor.

Ertesi gün ana erkenden kalktı, semaveri temizledi, yaktı. Sofra takımlarını hazırladı, sonra mutfağa giderek ev sahibi uyanıncaya dek orada bekledi. O aralık bir öksürük sesi işitildi, Nikola, elinde gözlüğüyle mutfağın kapısında göründü.

Ana, sabah selâmını verdikten sonra semaveri aldı, yemek odasına götürdü. O sırada Nikola yüzünü yıkıyor, kendi kendine söverek tahtalara su sıçratıyor, döküyor, fırçasını, tarağını düşürüp duruyordu.

Kahvaltı ederken Nikola dedi ki:

— Benim görevim pek korkunç, pek yürek sızlatıcı. Görevim, köylülerin durumunu incelemek olduğundan bütün gün onların nasıl mahvolup gittiklerini görüyorum.

Sonra, gülümseyerek ekledi:

— Evet, görüyor, inceliyorum. Halk, aç bakımsız. Ne yapsın? Yoksulluk öyle omuzuna çökmüş ki vaktinden önce mezara gidiyor; çocuklar cılız, zayıf doğuyor, sonbaharda kırılan kelebekler gibi kırılıyor. Biz bunların hepsini, bu yoksullukların nedenlerini bütünüyle biliyoruz. Zaten bunları bildiğimiz için, bu yolda incelemeler yapdığımız için bize aylık veriyorlar. İşimiz hep bu!

— Sanatınız ne? Vaktiyle okula gittiniz mi?

— Köyün okulunda hocalık ederdim.... Babam Vyanka kentinde fabrika direktörüdür, ben de öğretmenlik mesleğine girdim. Köylülere kitap dağıttığım için beni tuttular hapise attılar, oradan çıkınca bir kütüphanede iş buldum, orada da zıpırlık ettim, yine hapse atıldım. Arkanjel vilayetine gönderdiler, memurlarla geçinemedim, bana durmadan baskı yapıyorlardı. En sonra buradan da aldırdılar, Beyaz Deniz kıyısında bir yere yolladılar. Orada bir kulübede beş yıl yaşadım.

Odanın temiz, ışıklı havasında Nikola'nın sesi durgun, düzgün bir uyumla çınlıyordu.

Ana, bu yolda serüvenleri çok dinlemişti. Her defasında bunları anlatan adamların davranışlarındaki serinkanlılığa, sanki zorunlu bir şey imiş gibi çekilen acılardan kimseyi sorumlu tutmayışlarına şaşardı.

Nikola dedi ki:

— Kız kardeşim bugün geliyor.

— Evli mi?

— Dul, kocası Sibirya'ya sürülmüştü, oradan kaçtı, yolda giderken soğuk almış, gittiği yerde ölmüş. Yabancı ülkelere kaçmıştı, iki yıl oluyor.

— Kız kardeşiniz sizden genç mi?

— Hayır altı yaş büyük. Onun bende çok hakkı var. Bu gördüğünüz piyano onundur, gelsin de bakınız ne iyi çalar, zaten salt piyano değil, onun burada birçok eşyası var; benim burada kitaplardan başka bir şeyim yok.

— Nerede oturur?

Gülümseyerek:

— Her yerde! Nerede yürekli korkmaz birisi gerekli görülürse giderler onu alırlar, dedi.

— Bizim işle de uğraşıyor mu?

— Elbette, değil mi ya?

Nikola çıktı, işine gitti. Ana, yalnız kaldığında izlenilen amacı, bu insanları gitgide daha soğukkanlı, daha dirençli, daha inatçı bir hale getiren kutsal amacı düşünmeye başladı. Düşündükçe kendini karanlıklar içinde yüksek bir dağ karşısında kalmış sanıyordu. Öğleye doğru karalar giyinmiş, boylu poslu, güzel bir kadın çıkageldi. Ana kapıyı açarak içeri aldı. Elinde taşıdığı bir yeşil çantayı atarak Pelage'nin ellerini avuçlarına aldı.

— Siz Pavel Vlasof'un annesisiniz değil mi?

Pelage, kadının şık kılığı karşısında kendinden utanarak:

— Evet, dedi.

— Sizi hayalimde düşündüğüm gibi buldum. Kardeşim buraya gelip birlikte oturacağınızı önceden bana yazmıştı. Sizin oğlunuzla biz birbirimizi çoktan beri tanırız, eskiden beri arkadaşız. Sizden bana sık sık sözederdi.

Sesi boğuktu. Sözler ağzından ağır ağır dökülüyordu. Elinin işaretlerinde bir iş görürlük, bir kesinlik vardı. İri gözlerinde temiz bir gençlik gülümseyişi dolaşıyor, şakaklarında ince çizgiler görünüyor, ufak kulaklarının üstünde gümüş gibi ak saçlar parlıyordu.

— Karnım aç! Bir fincan kahve olsa, ne iyi olurdu.

— Şimdi hazırlarım.

Dolaptan bir kahve takımı çıkararak sordu:

— Gerçekten Pavel benden sözeder mi?

— Elbette, hem de sık sık!

Nikola'nın kız kardeşi cebinden bir kutu çıkardı, bir sigara alarak yaktı. Odada geniş adımlarla gezinmeğe başladı:

— Onu çok merak ediyorsunuz, elbet?

Ana, cezvenin altında yanan ispirto lambasının mavimtrak alevlerine bakarak gülümsüyordu. Kalbinde öyle derin bir sevinç vardı ki, sıkıntısını unutturmuştu. Kendi kendine; "Yavrucuğum, hep benden sözediyor!" diye gururlanıyordu.

— Merak edip etmediğimi sordunuz; merak etmez miyim hiç, bundan acı şey olur mu? Ancak eskiden daha kötü idi, şimdi hiç olmazsa yalnız değil.

Sonra, bakışlarını karşısındakinin gözlerine dikerek sordu:

— Adınız?

— Sofi!

Ana, kadını süzmeğe başladı. Bu kadında büyük bir yüreklilik, büyük bir cüret, korkmadan her şeye atılabilecek bir yaradılışta olduğunu gösteren bir hal vardı. Söz söylerken konuşma biçiminden kalbinin güven ve imanı anlaşılıyordu.

— Gerekli olan şey, arkadaşların uzun süre hapiste kalmaması, hemen yargılanıp gönderilmesidir. Şimdi, Pavel bir kez Sibirya'ya gitti mi oradan onu kurtarmak kolay olur. Hem de kurtaracağız, burası onsuz olamaz.

Gözleriyle sigarasını atacak bir yer aradıktan sonra bir çiçek saksısına soktu. Ana, istemeyerek dedi ki:

— Oraya atmayın, çiçeği soldurur.

— Affedersiniz. Nikola da bunu bir kaç defa söylemişti.

Sigarayı oradan çıkararak pencereden dışarı attı.

— Kusura bakmayınız, düşünmeden söyledim. Size söylemek herhalde bana düşmezdi.

Sofi, omuzlarını silkerek üzgün bir sesle:

— Öyle şey olur mu? Herhalde bir sersemlik edecek olursam beni neden uyarmayasınız? Kahve oldu, teşekkür ederim. Niçin bir fincan yaptınız, siz içmez misiniz?

Ananın omuzlarını tutarak onu kendisine doğru çekti, şaşkın bakışları Pelage'nin gözlerine dalmıştı.

— Yoksa sıkılıyor musunuz?

Ana gülümsedi:

— Bu eve dün geldiğim halde, bakınız, sanki kendi evimde imişim, sizi çoktan beri tanıyormuşum gibi davranıyorum. Hiç sıkılsam böyle yapar mıyım? Benim kimseden korkum yok, istediğim şeyi söylerim, gerekirse azarlarım bile.

— Elbette, öyle olmalı!

Pelage dedi ki:

— Başımın yerini bile bilmem, kendi kendimden habersizim. Eskiden düşündüğünüzü, duyduğunuzu söylemek için saatlerce insanın çevresinde dolaşırdınız. Şimdi öyle değil, kalbimin kimseden korkusu kalmadı. Eskiden hatırımızdan bile geçmeyen şeyleri şimdi bir anda söyleyip işin içinden çıkıyoruz, hem nasıl şeyler!

Sofi, bir sigara daha yaktı, kül rengi gözlerinin okşayan bakışıyla ananın yüzüne bakıyordu.

— Demin, Pavel'i kurtarmak işiyle uğraştığınızı söylediniz, sayalım ki kurtuldu, nerede yaşayacak?

Pelage, içini kemiren bu soruyu en sonra soruvermişti. Sofi, fincanına biraz daha kahve koyarak cevapladı:

— Orası kolay, onun gibi kurtulanlar nasıl yaşıyorsa o da öyle yaşar. Daha geçen gün böyle birisini kurtardım. Birlikte taa sınıra dek gittik, güney bölgesinde bir fabrikada işçilik eder, değerli bir adamdır. Beş yıl sürgün cezasına çarptırılmıştı. Üç buçuk yıldır kılığımda gördüğünüz şıklık hep bu iş içindir. Sanır mısınız ki böyle giyinip kuşanmak adetimdir. Tersine süslerden, ipeklerden tiksinirim. İnsanın yaradılışı sadedir. Kıyafeti de sade olmalı. Güzel, sade...

Ana, başını sallayarak alçak sesle dedi ki:

— Ah, 1 Mayıs günü yok mu? İşte, benim kafamı hep o alt üst etti. Şimdi, içimde bir sıkıntı var. Bana öyle geliyor ki, içimde iki ayrı varlık birbirine üstün gelmek için çatışıyor. Bunların biri bana her gördüğümü, her işittiğimi anlatır; öteki tıpkı bir sis gibi, bir şey gösteremez bir şey anlatmaz. Örneğin siz, bir kadınsınız, kutsal amaç uğrunda çalışıyor, Pavel'i tanıyor, onu övüyorsunuz. Bundan dolayı size teşekkür etmeliyim.

Sofi gülerek:

— Hayır, asıl size teşekkür edilmeli! dedi.

Ana, içini çekti:

— Bana mı? O nasıl şey? Bütün bunları ben mi öğrettim? Ha, ne diyordum; kimi zaman olur ki, her şeyi sade görürüm, kimi zamanda bu sadelikten bir şey anlamam. Örneğin şu sırada içim rahat. Biraz sonra korkmağa başlarım. Eskiden ömrüm hep korku ile geçmişti. Her şeyden korkardım. Şimdi, korkacak bir çok şey, bir çok neden olmasına karşılık, içimde hemen hemen hiç korku yok gibidir. Acaba neden? Ben de bilmem!

Sofi, dalgın bir durumda cevapladı:

— Bir zaman gelecek her şeyi anlayacaksınız! Artık üzerimden şu cicili bicili giysileri atayım!

Sigarasını kahve tabağına bastırdıktan sonra başını salladı. Parlak saçları omuzlarına düştü. Odadan çıktı.

Ana, bir süre bakışlarıyla onu izleyerek içini çekti. Çevresine baktı, ruhuna güven veren bir yarı uyuşukluk içinde düşüncesiz, işine koyuldu. Sofra takımlarını toplamağa başladı.

Nikola, saat dörde doğru eve geldi. Sofi, hapishanedeki adamla nasıl görüştüğünü, adım başında rastgeldiği ispiyoncuların verdiği korkuyu, hapisaneden kaçan mahpusun halindeki tuhaflığı gülerek anlattı. Sesinde öyle bir hal vardı ki ana bunu, zor bir işi başaran işçinin duyduğu sevinç övünmesine benzetiyordu.

Sofi, şimdi omuzlarından ayaklarına dek uyumlu kıvrımlarla dalgalana dalgalana düşen kül rengi bir kumaştan sade, hafif bir giysi giymişti. Bununla daha uzun boylu görünüyordu.

Gözlerinin rengine daha çok koyuluk, davranışlarına daha çok durgunluk gelmişti.

Nikola yemekten sonra dedi ki:

— Şimdi, Sofi, sen başka işle uğraşmalısın! Sen de biliyorsun ya, biz köylere özgü olmak üzere bir gazete çıkarmak düşüncesindeyiz, ancak son kez yapılan tutuklamalar bizim köylülerle olan bağlantımızı kesti. Gazetenin dağıtılmasına yardım edecek adamı yalnız Pelage biliyor. Vakit geçirmeden Pelage'yi al, birlikte gidiniz.

Sofi, sigarasını içmeğe koyularak:

— Peki dedi. Benimle birlikte gelirsiniz, değil mi, nine?

— Elbette niye gelmeyeyim? Gidilecek yer uzak mı?

— Seksen kilometre çeker.

— Peki... Biraz piyano çalayım, müzik sesi rahatsız etmez ya?

— Bana bir şey sormayın, sayınız ki ben burada bulunmuyorum.

Muşamba döşemeli kanepenin bir köşesine çekildi. Şimdi, iki kardeş görünürde hiç aldırmıyorlarmış gibi durarak bütün konuşmalarına ananın adını karıştırıyorlar, hep ondan sözediyorlardı. Pelage, bunu göz ucuyla dikizliyordu.

— Dinle, Nikola! Çalacağım parça "Grite" nindir. Bugün aldım getirdim. İlk önce pencereyi kapa!

Defteri açtı, sol elinin parmakları piyanonun tuşları üstünde yavaş yavaş gezindi. Teller, tiz, yüksek ezgilerle titremeğe başladı. Öbürleri, derin, hıçkırığı andıran bir ezgi, sonra titreyen bir ezgiler kalabalığı içinde başka bir ezgi, ilk seslere katıldı. Sağ elin parmakları altında ürkek bir kuşun ürkek sesini andıran titrek, temiz titreşimler uyandı. Büyük fırtınalardan yorulan bir denizin uyumlu dalgaları gibi kalın oynaklığı ile çırpındı.

Sonra, acı bir uyuma boğulmuş iniltiler, bir şeyler soran çırpınışlar, yakınmalar içinde, acı çeken, ağlıyan ağır ezgilerin boğuk, ağır dalgalanmaları o şarkıya karşılık verdi. Arasıra, bir uğursuzluk tümcesiyle bitkin hıçkırıyor, sonra düşüyor, yerlerde sürünüyor, kalın ezgilerin yoğun, akıcı selinde sallanarak boğuluyor, yitiyor, en sonra ölçülü, bir diziye bir çığlık arasında yine meydana çıkıyor, geniş bir tınlamayla açılıyor, açılıyor, yorulmadan aynı güç, aynı kımıltısızlıkla büyük bir hıçkırık içinde ağlayan ezgiler vuruşu ile sarsılarak sönüyordu.

Başlangıçta Pelage'yi müzik hiç etkilemedi. Bir şey anlamıyordu. Ona göre bu sesler bir uyum karmakarışıklığından başka bir şey değildi. Kulakları bu bir yığın ezgi arasında çırpınan müziği yakalayamıyor, yarı dalgın bir halde uyuyor gibiydi. Nikola, kanepenin öteki ucunda bağdaş kurarak oturmuştu. Pelage, hem ona bakıyor, hem de Sofi'nin ciddi bir hal alan yüzünü, parlak saçlarının ağır yükü altında eğilen başını inceliyordu. Güneş batıyordu. Bir ışık demeti pencereden girerek ilk önce Sofi'nin başını, omuzunu yaldızladı. Sonra, piyanonun tuşlarına düşerek kadının parmaklarını aydınlattı. Müziğin sesleri odayı doldurdukça Pelage'nin kalbinde bilincine varamadığı bir yaşayış uyanıyordu. Fedya Mazin'in titrek sesini andıran üç ses düzgün bir şekilde çıkıyor, o sesler seli içinde yükseliyor, sonra ta yükseklerde, tıpkı bir ırmağın suları içinde kımıltısız duran üç ak balık biçiminde asılıp kalıyordu. Kimi zaman bunlara başka bir ses daha katılıyor, hepsi birden temiz, üzgün, okşayıcı bir şarkının ezgileriyle ötüyordu. Pelage, artık bu ezgilerin uyumlu uçuşunu izlemeğe başlamıştı. Kulakları bunların yeniden dönüşünü bekliyor, bunlardan başka bir şey işitmiyor, demin kulağını tırmalayan bu karmakarışık sesler, yavaş yavaş azalarak ayrılıyordu.

Derken gözleri geçmişin karanlık derinliklerine gitti. Oradan, şimdi acımasız bir açıklıkla canlanan bir aşağılığın anısı uyandı! O gece kocası eve pek geç gelmişti. Ayakta duramayacak derecede sarhoştu, odaya girer girmez kendisini kolundan tutarak yataktan aşağı atmış, tekmelerle dövmeğe başlamıştı:

— Hadi oradan kaltak defol, diyordu.

O zaman tekmelerden kurtulmak için daha iki yaşını doldurmayan çocuğunu kucağına alarak diz çökmüş, bu yavruyu öne sürerek bir koç duruşuyla kendini savunmuştu. Pavel, bu görünüşten korkarak çıplak, sıcacık vücuduyla çırpınıyor, ağlıyordu.

Mihail, durmadan bağırıyordu:

— Defol oradan kaltak.

Hemen ayağa kalkarak mutfağa kaçmış, orada arkasına bir gömlek giyerek çocuğu da bir atkı parçasına sardıktan sonra bir şey söylemeden, ağzından bir yakınma sözcüğü bile çıkmadan sokağa fırlamıştı. Mevsim, mayıs sıralarıydı. Havada bir serinlik vardı. Sokağın tozları sanki ayaklarına yapışarak derisinden içeri giriyor, bütün vücudunu donduruyordu. Kucağındaki çocuk ağlıyor, çırpınıyordu. Göğsünü açmış, yavrucağı bağrına bastırmıştı. Korku ile adımlarını açarak çocuğunu uyutmak için ninni söyleye söyleye sokağın karanlıklarında yürümeğe başlamıştı. Böyle yarı çıplak bir halde bir adama rast gelmek korkusu içinde yürüyordu. Ta bataklığın kıyısına varmış, genç kavak ağaçlarından bir kümenin altına oturmuştu. Kucağında uyuyan yavrucağı, aşağılamalar altında ezilen kalbini bir şarkının çekingen ezgileriyle susturarak, büyümüş gözlerinin bakışları karanlıklara dikilmiş olduğu halde orda uzun süre kalmıştı. Birden başının üstünden kara bir kuş sessiz uçuşuyla göklere doğru yükselmişti. Pelage, daldığı uykudan uyandığında soğuktan titreyerek kalkmış, o hiç eksilmeyen aşağılamalara, dayaklara teslim olmak, kocasının adet halini alan zulümlerine göğüs germek için eve doğru yürümeğe başlamıştı. Piyanodan sonra ezginin uyumlu dalgaları çıktı, soğuk, kaygısız bir davranışla havada dalgalandıktan sonra döndü.

Sofi, kardeşine sordu:

— Nasıl, hoşuna gitti mi?

Nikola, sanki bir düşten uyanıyormuş gibi titreyerek:

— Evet, dedi, çok hoşuma gitti, çok, çok.

Sofinin bütün tuşları baştan başa dolaşan parmakları altından tatlı, uyumlu bir ezgi daha çıktı.

Pelage'nin bağrının boşluğunda geçmiş anılarından bir ses, bir ezgi titriyor, şarkı söylüyordu. Müziğin daha da sürmesini istiyordu. Kendi kendine düşünmeğe başladı: Bak iki kardeş, ne güzel, ne sessizce yaşıyorlar. Çalgı çalarak eğlenirler, birbirine hiç sövmezler, hiç içki içmezler, bayağı şeyler için dövüşmezler, bizim gibi yaşayışları bilinmeyen adamlara benzemezler, birbirini aşağılamazlar.

Sofi eline bir sigara almış, hiç durmaksızın içiyordu. Hızlı soluklarla dumanları savurarak, dedi ki:

— Bu çaldığım şey zavallı Kostiya'nın en sevdiği parça idi.

Parmakları ile üzgün, hafif bir ezgi daha çıkararak ekledi:

— Onun yanında bu parçayı çalmayı ne kadar severdim! Öyle duygulu bir adamdı ki hemen hemen anlamadığı bir şey yoktu. Herşeyden duygulanırdı...

Ana, kendi kendine düşündü. Sofi'nin kocasından bahsettiğini zannediyordu.

Dudaklarında bir gülümseme belirmişti. Sofi, düşüncelerinin zincirine piyanonun hafif, titrek ezgilerini eş ederek konuştu:

— Bu adam beni öyle mutlu etti, bana öyle mutluluk verdi ki yaşamayı pek iyi bulurdum, bütün varlığımda sürekli bir tat, çocukça bir tat vardı. Titrek bir gönül tadı içinde yaşadım hep.

Ana içinden yineledi: Evet, çocukca bir tat...

Nikola, küçük sakalını karıştırarak kardeşini doğruladı:

— Hakkın var, ince ruhlu bir insandı.

Sofi, yanan sigarasını attı, Pelage'ye dönerek sordu:

— Bu gürültüden sıkılmazsınız, değil mi?

Ana, saklamadığı bir hoşnutsuzlukla cevap verdi:

— Size önce de söylemiştim, bana bir şey sormayınız, ben bir şey anlamam, ben burada sadece oturur, dinler, düşünürüm.

— Yetmez, anlamalısınız da. Bir kadın, hele yaslı, üzgün ise mutlaka müzikten anlamalıdır.

Piyanonun tuşlarına sert vuruşlar indirdi. Gönlünün derinliklerinden yürek tırmalayıcı iniltiler koparan korkunç bir haber insanı nasıl bağırtırsa piyanonun bağrından da öyle bir uçuşla çığlık koptu. Kıvrak, coşkun, çekingen sesler çevik bir uçuşla uçuşarak uzaklaştı. Sonra, başka bir ses, öfkeli, yüksek bir ses bütün bu seslerin üstüne çıktı. Kuşkusuz, müziğin bu parçası felaketi söylüyordu. Bu felaketle beraber bir kızgınlık, öfke, derin bir inilti de vardı. Daha sonra, direnici, okşayıcı bir ses, ruhu sürükleyip götüren, çekici güzel temiz bir şarkı çalmağa başladı. Aralıkta kalın perdelerden boğuk, düşük sesler çıkıyordu.

Sofi, bir hayli çaldı, Ana, coşkunluk içindeydi. Kendisinde belirsiz hayaller, değişik düşünceler, duygular uyandıran bu müziğin anlamını sormak istiyordu.

Kalbinde üzüntüye, acıya karşılık şimdi bir durgun tat parlıyordu. Müzik ruhunun gıdası olmuştu. Adeta odanın içinde uçuşmalarına rağmen görünmeyen bir sürü kuş, nazik kanatlarının çıkardığı, kalbi okşayan ve düşünceyi uyaran seslerle ağır bir ezgi oluştururak akibeti belirsiz umutlara taze bir canlılık sunan hayatı üflüyorlardı.

Pelage'nin içinde, iki kardeşe bir kaç okşayıcı söz söylemek isteği uyandı. Müziğin verdiği sarhoşlukla belli belirsiz gülümsüyordu.

En sonunda yapacağı şeyi gözleriyle kararlaştırarak ayaklarının ucuna basa basa mutfağa gitti, semaveri hazırladı.

Bir hizmet görmek, bir işe yaramak isteği düzgün bir direnişle kalbinin içinde çarpıp duruyordu. Kalbi şefkatli, dost düşüncelerin sıcaklığında coşmuş gibi dudaklarında ikircikli bir gülümseyişle çayı demledi.

— Biz dedi, her şeyi sezer, her şeyi duyarız. Ancak duyduğumuzu düşünmekte güçlük çekeriz. Düşüncelerimiz dalgalı, dağınıktır. Anladığımızı anlatmaktan utanırız. Kimi zaman bu düşüncelere, onları bize verenlere kızarız. Evet, kızarız da kovarız. Yaşam, dalgalı bir deniz gibi bize her yandan çarpar, çarpa çarpa yok eder. Biraz rahat etmek isteriz, ne varki düşünce bırakmaz, ruhumuzu uyandırır, bizi çevremize bakmaya zorlar.

Nikola, başını sallayarak dinliyor, düzgün, araklıklı davranışlarıyle gözlüğünü siliyordu. Sofi, sönmüş sigarasını unutarak ananın yüzüne bakıyordu. Hala, piyanonun başından kalkmamış, ara sıra parmaklarının değişiyle sesler çıkarıyordu. Ana, bu uyumlu ezgiler arasında sade, içten sözlerle duygularını anlatıyordu:

— Şimdi, kendimden, anamdan babamdan bir parça söz edebiliyorum. Çünkü, yaşamı anlamaya başladım. Gördüklerimi yorumlayabildiğim günden beri yaşamın anlamını anladım. Eskiden iki şeyi karşılaştıramazdım. Bizim tabakamızda yaşayanlar hep bu haldedirler. Oysa ben şimdi başkalarının nasıl yaşadıklarını anlayabiliyorum. Vaktiyle kendimin de nasıl yaşadığını hatırlıyorum. Bilseniz bu ani ne korkunçtur. Her ne ise... Geçmişe dönmenin gereği yok, zaten dönsek de geçmiş bir daha geri gelmez ki.

Sonra, sesini alçaltarak sözünü sürdürdü:

— Siz bunların iyisini bilirsiniz; Benimkisi hoş laflar. Belki de yanılıyorum. Ancak kendi kendimden sözediyorum da... Zaten beni böyle oturtup söyleten sizsiniz...

Sesinde minnettarlığın titreyişi vardı. Gülümseyen bakışlariyle ev sahiplerine bakarak dedi ki:

— Size kalbimi açmak, elimden geldiğince açmak istiyorum. Ta ki sizin ne kadar iyiliğinizi istediğimi anlıyasınız...

Sonra, gülümseyerek alçak sesle konuştu:

— Biliyor musunuz bana nasıl geliyor? Öyle sanıyorum ki, biz hazine bulmuşum, zengin olmuşum da bütün dünyayı ihsanlara, armağanlara boğacağım. Belki de bu halim budalalığımdandır!

Sofi, ciddi:

— Niye öyle söylüyorsunuz? dedi.

Pelage, kalbinde kabaran isteği dindiremiyordu. Kendince yeni bulduğu ne varsa büyük bir önem verdiği neler gördüyse hepsini anlattı, hepsinden sözetti. Aşağılamalar içinde, acı katlanışlar içinde geçen zavallı yaşayışını anlattı. Ara sıra duruyor, sanki kendisini değil de başka birisini anlatıyormuş gibi dalıp gidiyordu.

Kızmadan, basit sözlerle bütün serüvenini, korkunç acılı günlerinin o tekdüze tarihçesini anlattı. Söylerken dudaklarının üstünde belirsiz bir gülümseyiş, acıma dolaşıyordu. Kocasından yediği dayakları da saklamadı. Ancak bu aşağılamaları gerektiren nedenlerin değersizliğine, nasıl olup da o zaman bunları bir yana itemediğine şimdi şaşıyor gibiydi.

Nikola ile Sofi hiç ağızlarını açmıyor, dikkatle onu dinliyorlardı. Hayvanca davranılmış uğradığı haksızlıkları anlayamamış, çektiği acılara karşı ağız açamamış olan bu zavallı yaşayışın çirkinliği, iki kardeşin kalbini eziyordu. Öyle sanıyorlardı ki bu kadın böyle yaşamaya mahkum edilen binlerce insanın tercümanı idi. Bu yaşayışta ne varsa hepsini adi, sefil buluyorlardı. Oysa böyle yaşayanlar kimbilir ne kadar çoktu, zavallı kadının başından geçenler, gözlerinde gittikçe önem kazanıyordu. Nikola, dirseklerini masaya dayamış, başını avuçları içine almış, kımıldamadan duruyor, gözlüklerinin arkasından inceleyici, süzgün bakışlariyle ananın yüzüne bakıyordu. Sofi, iskemlenin arkasına dayanmış, ara sıra bir şeyler mırıldanarak, kimi zaman düşünceli başını sallayarak titriyordu. Artık, sigara içmiyordu. Yüzü daha zayıflamış, daha sararmış gibiydi. Belli belirsiz bir sesle dedi ki:

— Yaşayışım boyunca bir kez kendimi pek mutsuz saymıştım. Yaşam, gözüme bir sayıklama gibi göründü. Sürgündeydim. Uzak bir eyaletin sefil, pis bir kasabasına sürülmüştüm, ne çalışacak bir iş ne yapacak bir şey, hiç bir şey yoktu. Kendimi düşünmekten başka hiç bir iş kalmamıştı. Boş vakit çok; düşündüm taşındım, çektiğim sıkıntıları bir yere toplamaya, hepsini bir kez daha gözden geçirmeye karar verdim. Bir zaman babamla kavga etmiştim. Oysa babamı severdim. Sonra, yasak kitaplar okuduğum için okuldan kovuldum. Daha sonra sevdiğim bir arkadaşın ihaneti yüzünden hapsolundum. Bana öyle geliyordu ki, dünyada en mutsuz yaratık bendim. Oysa bütün o çektiklerim, bütün felaketlerim bir araya gelse, bir kaç kat daha da artsa yine sizin çektiğiniz acıların yanında hiç kalır. Benim çektiklerim sizin felaketlerinize yetişemez! Yıllarca durmadan hergün işkence, hergün azap. Bilmem o zavallılar bu kadar felakete nasıl katlanabiliyorlar?

Ana içini çekti:

— Alışmışlardır.

Nikola, dalgın konuştu:

— Ben, o yaşayışı biliyor sanıyordum. Meğer aldanıyormuşum. Kitaplardan okuyarak edinilen tek tük bilgiler hiç bir şey değilmiş meğer. Asıl gerçeği o hayatı yaşayanlardan dinlemeli imiş. Of, of, bu pek korkunç bir şey. Bir saniye bir yıl gibi uzun geliyor insana.

Konuşma alçak sesle sürüyordu. Ana, anılarının derinlerine dalmış, geçmişinin karanlık çukurundan hayatın her günkü bayağılıklarını, miskinliklerini topluyordu. Bunlar bütün gençliğini yutup boğan kocaman, sessiz, kara bir korku tablosu halinde canlanıyordu. Bir aralık atıldı:

— Bu kadar gevezelik yeter herhalde! Vakit geldi, gidip yatalım, bütün geçmişi anlatmak kolay değil.

Nikola, Pelage'yi her zamankinden daha çok eğilerek selamladı, daha güçlüce elini sıktı.

Sofi, odanın kapısına dek birlikte gitti. Orada durarak alçak sesle:

— Allah rahatlık versin, dedi. İyi geceler.

Sesinde dostça, içten bir hava vardı. Gözlerinin ateşli bakışı Pelage'nin yüzünü okşuyordu. Ana da onun elini elleri arasına alarak sıktı:

— Sağ ol, dedi.

* * *

Dört gün sonra, bir sabah Sofi ile Pelage sırtlarında yerlilerin giydiği eski elbiselerden birer kat, ellerinde birer değnek, omuzlarında birer torba ile Nikola'nın karşısına çıkıverdiler. Kılık, Sofi'nin boyunu daha kısa gösteriyor, yüzüne bir ağırbaşlılık veriyordu.

Nikola dedi ki:

— Bu halini görenler seni bütün yaşayışını manastırdan manastıra dolaşmakla geçirmiş sanırlar.

Sonra, kız kardeşinden izin aldı, elini sıkarak çıktı gitti. Bu sade, durgun ayrılış ananın dikkatini çekmekten geri kalmamıştı. Bunlarda öyle ayrılırken öpüşmeler, sevginin etkisiyle yapılan şeyler yoktu, bununla birlikte yine de birbirlerini pek çok sevdikleri anlaşılıyordu. Pelage'nin memleketinde insanlar sarmaşırlar, çok defa birbirlerine tatlı sözler söylerler, ancak aç köpekler gibi birbirini ısırmaktan vazgeçmezlerdi.

İki kadın kasabayı geçerek kırlara çıktılar. İki sıra kayın ağacının kuşattığı geniş yola koyuldular.

Ana, Sofi'ye sordu:

— Yoruldunuzsa.

— Beni yol yürümeğe alışık değil mi sandınız? Aldanıyorsunuz.

Soru Sofi'yi deşmişti. Anlatmaya başladı. Çocuklarını anlatıyormuş gibi bir sevinçle devrim uğrunda yaptığı şeyleri birer birer sıralamağa başladı. Sahte bir adla yaşamış, sahte bir pasaport ile yolculuk etmişti. Polislerin eline düşmemek için kılık değiştirmiş, bir çok kentlere hesapsız yasak kitaplar taşımıştı. Arkadaşlarını sürgünden kurtararak yabancı ülkelere kaçırmaya çalışmış, onlarla beraber sınıra dek gitmişti. Bir kez evine gizlice bir matbaa makinası getirmiş, sonra jandarmalar işi çakıp evi araştırmaya gelince daha önce davranıp bir hizmetçi giysisi giyerek kapının önüne çıkmış, kollarını kavuşturarak bir seyirci gibi onlara bakmıştı. Yine bir defa arkasında manto bile olmadığı halde, buz gibi soğuk bir kış günü, başında ufak bir örtü, elinde bir gaz şişesiyle kasabanın bir ucundan öbür ucuna gitmişti. Bir başka defa da uzak bir kasabada oturan dostlarını görmeye gidiyordu. Eve girip merdivenlerden çıkmağa başlayınca içeride jandarmaların araştırma yapmakta olduklarını anlamış, geri de dönememişti; o katın altında oturanlar kendisini tanımıyorlardı, elinde bohçası ile hemen oraya gitmiş duraksamadan serbestçe işi anlatmıştı:

— Herşey elinizdedir, isterseniz beni polise teslim edebilirsiniz; ancak, öyle bir şey yapacağınızı ummam.

Zavallı adamlar, korkularından bütün gece uyumamışlardı. Sanki her dakika gelip evlerini basacaklarını sanıyorlardı. Bununla beraber Sofi'yi ele vermemişlerdi. Sonra sabah olunca hepsi Sofi'yle beraber jandarmalarla alay etmişlerdi. Bir defasında da rahibelere özgü bir elbise giyerek bir tren kompartımanında, kendisini izlemekle görevli bir polisle yanyana oturmuştu. Polis böbürlenerek görevini nasıl yaptığını ona anlatmış, izlediği Sofi ismindeki kadının trende, ikinci mevki yolcuları arasında olduğuna inandığını söylemişti. Trenin her duruşunda kompartımandan dışarı çıkıyor, hareketten sonra yanına gelerek:

— Göremiyorum demiş, galiba yatmış olacak. Onlar da yorgun düşüyorlar. Onların da yaşayışları öyle çetin ki, adeta bizimki gibi.

Ana, bu sözleri dinleyerek gülüyor, dostça bakışlarıyla Sofi'nin yüzüne bakıyordu. Genç kadının vücudu zayıf, boyu uzun, adımları güvenli, çevikti. Bacakları sağlam, biçimli görünüyordu. Yürüyüşünde, sözlerinde biraz boğuk, cesur, güçlü sesinin titreşiminde, kısaca bütün bu güzel vücudun iç yaşayışında bir sağlık, şen, sevimli bir yüreklilik, geniş, serbest ufuklara karşı bir eğilim ve sevgi vardı. Bakışları nereye değerse içinde çocukça bir anlatım bir sevinç titriyordu.

Sofi yolda bir ağacı göstererek:

— Bak dedi, ne güzel çam!

Ana, durarak ağaca baktı, bu ağaç ötekilerden ne yüksek, ne de kalındı. Gülerek yineledi:

— Evet, güzel bir ağaç!

Sofi'nin gözlerinde bir sevinç ışığı parladı. Ara sıra çevik bir halde yere eğilerek bir çiçek koparıyor, ince çevik parmaklarının hafif bir değişiyle çiçeğin titrek yapraklarını okşuyor, sonra ince bir sesle şarkı söylemeye başlıyordu. Ara sıra yolda yaya yürüyen adamlara, arabalarına binmiş köylülere rastgeliyorlar, bu saf adamlar iki kadının yanından geçerken selam vererek:

— Allah rahatınızı bozmasın, diyorlardı.

Parlak bir bahar güneşinin yaldızları içinde göğün lacivert derinliği parlıyor, yolun iki yanında çam ağaçlarıyla dolu ormanlar uzanıyor, kuşlar ötüyor, ılık, kokulu bir rüzgar yanaklarını okşuyordu.

Bu gök, bu güneş, bu sümbül renkli hava anayı Sofi'ye daha çok yaklaştırıyor, ruhu gibi gözleri da parlayan o kadına elinde olmadan sokularak adımlarını onun adımlarına uydurmaya çalışıyordu.

Sofi'nin sözlerinde kimi zaman öyle ateşli, öyle uyumlu şeyler bulunuyordu ki, Pelage bunları anlayamıyor, o zaman garip düşüncelerle kalbi korkuya kapılıyordu:

— Ribin hoşlanmayacak...

Sofi, bir saniye sonra dilini değiştirerek yine sade, içten sözlerle amacını anlatıyor, ana derin bir sevgiyle onun yüzüne dalıp kalıyordu.

— Ne kadar gençsiniz!

— Amma yaptınız ha! Yaşım otuz ikiyi geçiyor.

Pelage gülümsedi:

— Onu demek istemedim. Sizi ilk görenler daha yaşlı sanırlar. Fakat, gözlerinizin içine baktılar, sesinizi dinlediler mi, şaşar kalırlar. Sizi bir genç kız sanırlar. Sizin yaşayışınız gürültülü, çetin, tehlikeli bir yaşayış. Öyle iken kalbiniz yine gülüyor.

— Ben yaşayışımda bir zorluk duymuyorum. Bundan daha iyi, daha yararlı bir yaşayış biçimi de düşünemiyorum.

— Emeğinizin mükafatını kim verecek?

Bu soruya Sofi hoşnut cevap verdi.

— Biz mükafatımızı önceden aldık. Kendimize göre öyle bir yaşayış düzenledik ki bizi her yönden hoşnut etmeğe yeter. Bundan daha çok ne isteriz?

Ana, Sofi'nin yüzüne bakarak başını önüne eğdi, içinden yineledi:

— Ribin bu kadından hoşlanmıyacak.

İki kadın, ciğerlerinin olanca gücüyle bu ılık havayı soluyarak ağır, sağlam adımlarla yürüyordu. Pelage, kendini sanki kutsal bir yeri ziyarete gidiyormuş gibi duyuyordu. Birden aklına çocukluğu geldi. O vakit bayram günlerinde bütün varlığını dolduran temiz bir mutluluk içinden köyden çıkar, mucizelerine inandığı azizlerden birinin resmini ziyaret etmek için epeyce uzaktaki manastıra giderdi.

Sofi, arasıra aşktan, tanrıdan sözeden yeni yeni şarkıları güzel sesi ile yineliyor, kimi zaman da tarlalara, Volga ırmağına değin şiirler okuyordu. Ana, gülümseyerek dinliyor, ruhu bunların uyumundan kendinden geçerek başı, elinde olmadan şiirin veznini izleyerek sallanıyordu. Kalbi, bir yaz akşamının sessizliğine bürünmüş eski, küçük bir bahçe gibi sessiz, ılık ve güzeldi.

Yolculuğun üçüncü günü bir köye vardılar. Tarlaların birinde çalışan bir köylüden katran fabrikasının nerde olduğunu sordular. Biraz sonra iki kadın dik, boş, dar bir yoldan gitmeğe başladılar. Yol, tıpkı bir merdivene benziyordu. Biraz ötede dönü biçiminde bir alan gördüler. Burası talaşla, kömürle doluydu. Ötede beride de katranlar ufak göller hilinde görülüyordu. Ana, kaygıyla çevresine bakınarak:

— İşte en sonra geldik! dedi.

Kazıklarla, ağaç dallarıyla örtülü bir kulübenin önünde bir kaç kazık çakılmış, bunların üstüne üç dört ham tahta konarak bir sofra masası yapılmıştı. Masada dört işçi yemek yiyordu. Bunların biri Ribin'di. Gömleğinin göğsü açık, yüzü gözü kapkara idi. İkincisi Jefem'di. Onlardan başka iki delikanlı daha vardı. Kadınları ilk önce gören Ribin olmuştu. Işığın gücünü kesmek için elini gözlerinin üstüne siper etti, hiç ses çıkarmaksızın bekledi.

Ana, ta uzaktan bağırdı:

— Merhaba, Mihail!

Ribin kalktı, telaşsız, sakin bir yürüyüşle onlara doğru ilerledi. Pelage'yi tanıyınca durdu, sakalını karıştırmağa başladı.

Ana, yaklaşarak dedi ki:

— Şurada bir ziyarete gidiyoruz, geçerken seni görmek için uğradım, yanımdaki de arkadaşımdır, adı Anni.

Bu kurnazlığına kendisinin de koltukları kabararak yan gözle Sofi'ye baktı. Sofi, ağırbaşlı donuk duruyordu.

Ribin, üzgün bir gülümseyişle:

— Merhaba, dedi.

Ananın elini sıkarak Sofi'yi de selamladıktan sonra:

— Yalanın ne gereği var? Burası kasaba değil, burada yalan söylemek gerekmez. Buranın halkı hep temiz, hep namuslu, hep bilinen kişiler.

Jefem, masanın başından bu iki kadını dikkatli bakışlarla inceliyordu. Arkadaşlarının kulağına bir şeyler fısıldadı. Kadınlar masaya doğru gelince ayağa kalkarak söz söylemeden selamladı. Öteki iki işçi, sanki bu gelenleri görmüyorlarmış gibi yerlerinden kımıldamamışlardı.

Ribin, ananın omuzuna vurarak:

— Biz, dedi, burada münzeviler gibi yaşıyoruz. Kimse bizi görmeğe gelmez. Fabrikanın sahibi köyde oturmaz. Karısı hastanede yatıyor. Ben bir çeşit kahya gibi bulunuyorum. Otursanıza! Çay içer misiniz? Jefem! Süt getir!

Jefem, ağır ağır kulübeye gitti. Kadınlar, omuzlarından torbalarını attılar. İki köylünün biri, zayıf, uzun boylu bir adam, kalkarak yardım etti. Ötekisi şişman, tıknaz, yırtık pırtık elbiseli bir adamdı. Kollarını masaya dayamış, dalgın, düşünceli bakışlarıyla kadınlara bakıyor, ara sıra kaşınarak dişlerinin arasından bir şarkı mırıldanıyordu. Henüz taze yapılmış katrandan yayılan boğucu koku zerreleri ötede beride çürümüş yaprakların bunaltıcı kokularına karışarak insanın başını döndürüyordu.

Ribin, iki delikanlının uzun boylusunu göstererek:

— Bunun adı Jakop, dedi. Ötekinin adı da İgnati. Şimdi, sen anlat bakalım oğlun ne halde?

Ana, içini çekti:

— Hapiste!

Ribin bağırdı:

— Yine mi? Her halde orası hoşuna gidiyor! Bilmem ama, öyle diyeceğim geliyor.

İgnati, artık şarkıyı bırakmıştı. Jakop, ananın elinden değneğini aldı.

— Otursana, anne!

Ribin de Sofi'ye dönerek:

— Siz de oturunuz, dedi...

Sofi, söz söylemeksiniz bir yere ilişti, Ribin'i incelemeğe koyuldu.

Ribin, sözünü sürdürdü:

— Ne zaman tutukladılar onu?

Başını sallayarak ekledi:

— Senin talihin kötü nine.

— Ne önemi var!

— Galiba sen de alıştın artık?...

— Hayır, alışmadım, alışamadım ya ne yapayım? Görüyorum ki, başka türlü olmuyor.

— Evet, orası öyle; peki anlat bakalım!

Jefem, bir çanak süt getirdi. Masanın üstünden bir tas aldı ve içini su ile çalkaladıktan sonra süt doldurarak Sofi'ye verdi. Bunları yaparken çok çekingen, hiç gürültü etmeksizin yürüyor, öteye beriye gidip geliyordu. Pelage, kısa süren hikayesini bitirince herkes sustu. İgnati, yine olduğu yerde tırnaklariyle masanın üstüne resimler yapıyor, Jefem, Ribin'in omuzuna dayanmış, Jakop kollarını göğsünde kavuşturmuş, başını öne eğmiş duruyordu. Sofi, öteden inceleyici bakışlariyle bu köylüleri seyrediyordu.

Ribin, ağır ağır:

— Evet, dedi, bundan böyle açıktan çalışmağa karar verdiler.

Jefem gülümseyerek ekledi:

— Eğer burada öyle bir gösteri yapmış olsaydılar köylüler adamı öldürünceye kadar döverlerdi.

Ribin sordu:

— Ne dersin, Pavel ceza yer mi?

Ana:

— O, elde bir, dedi.

— Acaba ne ceza verecekler?

— Kürek, ya da Sibirya'ya süresiz sürgün.

Üç köylü durgun bakışlarıyla ananın yüzüne baktılar. Ribin, sordu:

— Pavel gösteriyi yaparken sonunu düşünüyor mu idi?

— Bilmem ama düşündüğünü zannediyorum.

Sofi güçlü bir sesle:

— Evet evet, düşünmüştü, dedi.

Hepsi sustu. Sanki dondurucu bir düşünce onları oldukları yere mıhlamış gibi kımıldamıyorlardı.

Ribin, sert, ağır bir sesle söze başladı:

— Ben de böyle düşünüyorum, ben de sanıyorum ki, Pavel davranışının ne sonuç vereceğini önceden biliyordu. O ağırbaşlı bir adamdır, hiçbir vakit hafiflik etmez. Arkadaşlar, düşünün bir kere, göğsüne bir süngü yemek, ya da sürgünlerde süresiz sürünmek ihtimalini bile bile yürüdü. Çünkü yürümek gerekiyordu. Duraksamadı. Yolun üstünde anasının vücudu bile olsaydı çiğner geçerdi. Öyle değil mi, Pelage?

Ana, titreyerek:

— Evet, dedi.

Çevresine bakındıktan sonra derin bir göğüs geçirdi. Sofi, elleriyle ananın ellerini okşayarak Ribin'in yüzüne baktı. Bu bakışta bir hoşnutsuzluk vardı. Ribin, karanlık bakışlarıyla arkadaşlarının yüzüne bakarak alçak sesle:

— Tam adam, dedi.

Hepsi derin bir sessizliğe gömüldü. Güneşin ince ışıkları birer sırma şerit gibi odanın içinde uzanıp duruyor, bir karganın nereden geldiği anlaşılmayan kesik sesi geliyordu. Ana, 1 mayıs günü geçen olayların bir hayal gibi kafasında dolaşan anıları içinde Pavel'i, Andre'yi düşünerek coşkun bakışlariyle çevresine bakınıyordu. İki sıra ağaçların arasında meydana gelen dar bir alanda vaktiyle içerleri katran dolu iken şimdi boşalmış, kırık fıçılar, kabukları soyulmuş, kabarmış ağaç kütükleri duruyor, havada talaş tozları uçuşuyordu. Ötede meşe kayın ağaçları çok sık iki sıra halinde yükseliyor, uzaklaştıkça belirsizleşen eğri bir çizgi doğrultusunda o alanı daraltarak sanki yerlerde sürünen yıkıntı ve pisliklere yer bırakmamak istiyordu. Böyle yanyana, kımıltısız, sessiz uzanan gövdelerinden toprağın üstüne koyu, sıcak gölgeler düşüyordu.

O aralık Jakop arkasını dayadığı ağaçtan ayrılarak ileri bir adım attı, başını sallayarak sert, kuru bir sesle sordu:

— Sonra da bizi, Jefem'le beni, böyle adamların üzerine yürümeğe, onlarla çarpışmağa gönderecekler, değil mi?

Ribin, canı sıkkın cevap verdi:

— Ya kimin üzerine gönderecekler sanıyorsun? Elbette öyle yapacaklar da bizi kendi ellerimizle birbirimize boğduracaklar. Asıl işin kötüsü de bu ya.

Jefem, alçak sesle ekledi:

— Ben, yine de asker olacağım.

İgnati atıldı:

— Seni alıkoyan var mı? Git ol.

Bakışlarını Jefem'in bakışlarına dikerek gülümsedi:

— Yalnız, dedi, sana bir öğüt vereyim: Asker olur da bana silah atarsan kafamdan nişan al, başka yerimden vurursan ölmem, kötürüm kalırım. Kafamdan vur, anladım mı? Kafamdan; hemen gebereyim.

Jefem, acı bir anlatımla:

— Bunu önce de söylemiştin, dedi.

Ribin, ayağa kalkarak:

— Dinleyin, arkadaşlar, dedi:

Kolunun ağır bir davranışıyla anayı göstererek:

— Şu kadını görüyor musunuz? Bunun oğlu belki mahvolmuştur.

Ana, can çekişen bir sesle ağlıyormuş gibi atıldı:

— Niçin böyle söylüyorsun, Ribin?

— Çünkü, öyle gerekiyor. Çünkü, saçların boş yere ağarmamalı, kalbin boşu boşuna acı duymamalı. Bu hal seni öldürdü mü sanki? Ha, sormayı unuttum: Kitap getirdin mi?

Ana, Ribin'in yüzüne baktı, bir süre sustuktan sonra:

— Evet, dedi.

Ribin, avucunun içiyle masanın üstüne vurarak:

— Pek güzel; zaten ben seni görür görmez anlamıştım. Zaten böyle olmasa gelmenin ne gereği vardı? Şu hale bakın, oğlunu aldılar, hapse attılar, yerine anası geçti, iş görüyor.

Ayağa kalkarak kolunun tehdit edici bir davranışıyla bağırdı:

— Alçak herifler! Yaptığı şeyden haberi olmayan elleriyle bilseler neler ekiyorlar, ah bilseler; oysa bilmiyorlar! Hele dur, gücümüz artsın, aramızdan o kötü otları yolup atmağa başlayalım; o zaman görürler.

Bu sözler, Pelage'yi korkuttu. O zaman, Ribin'in yüzüne bakınca adamın ne kadar değişmiş, ne kadar zayıflamış olduğunu gördü. Sakalı eskisi gibi dört köşe değil, eşitsizdi. Yanaklarının altından elmacık kemikleri görünüyor, gözünün mavimtırak bir renk alan aklığında sanki uykusuz gecelerin acısını çekiyormuş gibi ince kırmızı damarlar görünüyordu. Burnu daha sertleşmiş yırtıcı kuşların gagası gibi eğrilmişti. Aslında kırmızı iken sonra katran lekeleri altında kararan gömleğinin düğmeleri açılmış, yakasından kuru köprücük kemikleri, daha aşağıda göğsünün kara, sık tüyleri görünüyordu. Bu adamın bütün varlığında eskisinden daha üzücü bir hal vardı. Ateşli gözlerinin ışığı yanık yüzünden bir üzüntü, öfke uyandırarak kızıl kıvılcımlar halinde parıldıyordu.

Ribin konuştu:

— Geçen gün bucak müdürü beni karşısına çağırdı. "Anlat bakayım arsız herif, papaz efendiye ne söyledin?" dedi. "Ne için arsız oluyor muşum? Akşamlara kadar çalışıyor, çabalıyorum, işten belim kırılıyor, ekmeğime öyle kazınıyorum; kimseye bir fenalık ettiğim yok" dedim. Bağırıp çağırmağa başladı. Sonra suratıma bir tokat attı. Cabadan üç gün de hapsettirdi. Bakın halka nasıl davranıyorlar, ne yolda söz söylüyorlar. Zararı yok, biz katlanırız. Ne var ki, siz de bizden affetmek, unutmak beklemeyin! Ettiğiniz kötülüklerin öcünü ben alamazsam başka biri alır, sizden alamazsa, çocuklarınızdan alır. Bunu iyi aklınızda tutunuz! Siz, halkın göğsünü, o demirden yapılma hırsı, pençenizle deldiniz, oraya kötülük tohumu ektiniz; bizi siz kötü yaptınız. Mel'un herifler, biz de sizi affetmeyeceğiz!

Kızgınlığından kabına sığamıyordu. Sesinde öyle titreşimler vardı ki, anayı titretiyordu. Sonra, haline biraz durgunluk gelince sözünü şöyle sürdürdü:

— Hem papaza ne söyledim sanki? Bir gün bir toplantı olmuştu; papaz bir çok köylülerle beraber sokağın ortasına geçmiş diyordu ki: "İnsanlar bir koyun sürüsüne benzer, mutlaka bir çoban gerek onlara." Ben bu sözü işitince alay ettim: "Ormana tilkiyi korucu korsak gerçekten pek çok tüy toplarız, ancak bir tane kuş kalmaz" dedim. Papaz bana yan gözle baktı, gene sözlerini sürdürdü. "İnsanlar acı çekmeli, zorluklara katlanmalı, her zaman Allah'a yakarmalı, ta ki tanrı onlara sabır, katlanması için güç versin." Ben bunlara karşılık dedim: "İnsanlar bütün gün yalvarıp duruyor, anlaşılan o bunları duymak istemiyor, hayır hayır bu duaları dinlemiyor." Ben, bu sözleri söyledikten sonra papaz bana doğru dönerek hergün tanrıya ne dua ettiğimi sordu. Dedim ki: "Ben yalnız bir dua bilirim, bütün insanlar, bütün zavallı halk bu duayı eder. Yarabbi, bana efendilerimizin uğruna çalışmayı, taş yiyip kan kusmayı öğret! İşte duam bu!" Bunu söyledim, ama herif bırakmadı sözümü bitirmemi. Burada birden konuşmasını keserek sert bir sesle Sofi'ye sordu:

— Hanım, siz kibar bir ailedensiniz, değil mi?

Sofi, hesapta olmayan bu sorudan titreyerek dedi ki:

— Neden, bunu nerden anladınız?

— Çünkü... Kader sizi öyle yaratmış, öyle doğmuşsunuz. Yalnız, sanıyor musunuz ki başınızı kaba saba bir örtüyle örtmekle o ayıbı, o soyluluk lekesini örtebileceksiniz? Bir papaz, nerde olsa bellidir, tepesini tıraş ettirmemiş olsa bile yine bilinir ki papazdır. Bakın, şimdi siz dirseğinizi masanın üstüne koyacaktınız, ıslaktı, hemen yüzünüzü ekşittiniz. Sonra, omuzlarınıza bakan, bunun bir işçi kadın omuzu olmadığı çarçabuk anlar, çünkü pek dar...

Ana, bu sesin sertliğinden, bu alaycı ağır sözlerden Sofi gücenecek korkusuyla hemen atıldı:

— Konuştuğun kadın benim arkadaşımdır. Hem namuslu, yürekli bir kadındır. Bizim için, bizim idealimiz uğruna çalışmaktan saçları ağardı. Bu kadar sert olma Ribin!

Ribin, acı bir solukla içini çekti:

— Kötü bir şey mi dedim ben?

Sofi, Ribin'in yüzüne bakarak kuru bir sesle dedi ki:

— Bana söyleyeceğiniz bir şey mi vardı?

— Benim mi? Evet! Şurada bir adam var, buraya geleli bir kaç gün oldu. Jakop'un amcasının oğlu. Zavallıcık hasta, verem. Vurdum duymazlardan değil ha! Aklı başında bir şey, çağıralım mı, buraya gelsin mi?

Sofi:

— Hay hay! gelsin, dedi.

Ribin, kadının yüzüne baktı, senini alçaltarak Jefem'e:

— Haydi git, onu gör, dedi, söyle akşama doğru buraya gelsin.

Jefem, kasketi başına geçirdi, hiç bir şey söylemeden, hiç kimsenin yüzüne bakmadan ormanın yolunu tuttu.

Ribin, eliyle onu göstererek üzgünce başını salladı:

— Zavallı adam büyük bir yas içinde; bununla beraber inatçı olduğu için düşüncesinden vazgeçmiyor. Yakında asker olacak, Jakop'un askerliği geliyor. Jakop da, Jefem de alaya gitmeyeceklerini söylüyorlardı. Jefem gitmeğe karar verdi. Onun bir amacı var. Alayda öteki askerlere özgürlük düşüncesini aşılamak. Benim düşünceme göre bu davranış kafa vurarak bir duvarı yıkmağa benzer. Hiç kafa ile duvar yıkılır mı? Zavallı askerler! Ellerine bir süngü veriyorlar, gönderiyorlar nereye? Kimin üzerine? Yine kendi üzerlerine, yine kendi soydaşlarının üstüne! Gözleri bağlı, görmezler, görmeden bilmeden yürürler. Evet, Jefem'in sıkıntısı büyük, İgnati de bu sıkkın kalbe bıçak saplıyor. Bence bundan bir yarar çıkmaz.

İgnati, Ribin'in yüzüne bakmayarak karanlık bir biçimde:

— Hiç de öyle değil! Alaya gidince ahlakını değiştirirler, sonra o da ötekiler gibi bizim üzerimize pislemekten çekinmez, dedi.

Ribin, düşünceli:

— Hayır sanmam, bunun ne gereği var? Her halde gitmemek daha hayırlı. Koca Rusya içinde saklanmak isteyen bir adamı bulmak mümkün mü? Bana kalırsa sahte bir kimlik elde etmeli, köyden köye gezmeli.

İgnati, elinde tuttuğu bir odun parçasıyla dizine vurarak:

— İşte, benim yapacağım şey bu, dedi. Madem ki savaşmaya karar verdik, artık düşünmeye yer yok, duraksamadan yürümeli.

Konuşma durdu. Telaşlı uçuşlarıyla arıların vızıltıları işitiliyor, kuşlar ötüyor, uzakta şarkı söyleyen bir ses kırların sessiz havasına doğru dalgalanarak geliyordu. Bir saniye sustuktan sonra Ribin yine söze başladı:

— Arkadaşlar, çalışmak gerek, çalışmak! Siz hanımlar, yorgunsunuz, belki biraz dinlenmek istersiniz, kulübede hazır yatak var; Jakop, git de biraz kuru yaprak topla. Nine, kitaplar nerde?

Sofi ile Pelage torbalarını açtılar. Ribin, kitaplara bakmak için eğildi, sevincini anlatan bir sesle:

— Oh, ne güzel! Bak kocaman bir paket kitap getirmişler!

Sofi'ye seslenerek:

— Siz, böyle işlerde çoktan beri mi çalışıyorsunuz?

— On iki yıldan beri.

— Adınız?

— Anna İvanova... Niye sordunuz?

— Hiç. Elbette hapse de girmişsinizdir!.

— Evet.

Bunun üzerine ana, Ribin'in yüzüne bakarak azarlayıcı bir sesle dedi ki:

— Gördün mü? Gereği olmadan sert sert konuştun.

Ribin bir saniye sustu, sonra kolları arasına bir deste kitap alarak:

— Rica ederim bana gücenmeyin. Köylü ile zengin, katranla su gibidir. Bir araya gelemezler. Her zaman biri ötekini atar.

— Ben sandığınız gibi kibar bir kadın değilim. Sıradan bir kadınım. Düşünüp acı çeken, inleyen bir kadınım.

— Olabilir... Durun, gideyim de şu kitapları saklayayım.

— Hepsini alma, içinde bir de gazete var.

— Ya?

Üç adam birden kulübeye koştu.

Ana, düşünceli bir bakışla onları izleyerek:

— Ateş gibi bir köylü! dedi...

Sofi, doğruladı:

— Evet, öyle. Ömrümde bunun gibi bir adam görmedim. İnsan sanır ki, bu adam yıllarca uğraşmış bir fedakardır. Haydi, biz de gidelim. Gazetenin ne etki yapacağını görmek isterim.

Ana, yumuşak bir sesle yalvardı:

— Sakın Ribin'e canınız sıkılmasın.

— Ne iyi kalbiniz var sizin, Pelage!

İki kadın, kulübenin kapısına gelince İgnati başını kaldırarak onlara aceleci bir bakış fırlattı. Sonra parmaklarını kıvırcık saçları arasına daldırarak dizlerinin üstünde duran gazeteye eğildi. Ribin, ayakta idi. Elinde tuttuğu gazeteyi kulübenin tavanındaki delikten giren ışık doğrultusunda tuttu. Okudukça gazeteyi daha yukarıya kaldırıyor, dudakları kıpırdıyordu. Jakop da diz çökmüş, göğsünü yatağın kenarına dayamıştı; o da okuyordu.

Ana, dikkat etti; Sofi bu gerçekle dolu sayfaların, onlar üzerinde yarattığı büyülü etkiyi seyrediyordu. Birden yüzünde sevinç ışığı parladı. Yavaş yavaş kulübenin bir köşesine giderek oturdu. Sofi de ses çıkarmaksızın yanına gitti, kolunu ananın omuzlarına attı.

Jakop, yerinden kımıldanmaksızın alçak sesle dedi ki:

— Baksana yahu! Bu gazetede bize sövüp saymışlar.

Ribin yüzünü dönerek gülümsemeyle cevapladı:

— Bizi severler de onun için. İnsana sevdiği, her istediğini söyler de, yine canı sıkılmaz.

İgnati soluyarak başını kaldırdı, güldü. Sonra:

— Bakınız, dedi, ne yazmışlar: "Artık köylüler insanlıktan çıkmışlardır." Gerçekten pek doğru söz, köylüye artık insan denemez.

— Haydi sen de, bize bilgiçlik taslama! Bizim yerimizde olda göreyim seni.

Ana, Sofi'ye dedi ki:

— Ben biraz uyuyacağım. Hem yorgunum, hem de katran kokusu başıma vurdu. Sizin de öyle değil mi?

— Hayır!

Ana yatağına uzandı, çok geçmeden uyudu. Sofi, yatağın kenarına oturmuş, ötede okumakla uğraşanları seyrediyordu. Ananın yüzüne gözüne konmak isteyen sinekleri, arıları elinin şefkatli davranışlarıyla kovuyordu. Pelage'nin gözleri yarı kapalı idi. Bu şefkatli davranış ona pek tatlı geliyordu.

Ribin yaklaşarak sordu:

— Uyuyor mu?

— Evet!

Bir saniye sustu, bakışlarını bir süre ananın kımıltısız rahat yüzünde gezdirdikten sonra içini çekerek, alçak sesle sordu:

— Oğlunun tuttuğu yola giden kadınlar içinde belki birincisi budur.

Sofi, onu esirgeyerek dedi ki:

— Burada durmayalım, rahatsız olmasın!

— Biz iş başına gideceğiz, sizinle oturup konuşmayı pek isterdim, ne yapalım iş var, onun için akşama dek beklemeli. Haydi arkadaşlar!

Sofi'yi kulübede yalnız bırakarak üçü de çıkıp gitti. Bu hali dikkatle izleyen ana, kendi kendine:

— Çok şükür, barıştılar! Artık birbirlerine uyarlar, dedi. Ormanın acılı havasını koklayarak rahat bir uykuya daldı.

Gece olunca dört işçi o günü de geçirdiklerine sevinerek evlerine döndüler. Seslerin gürültüsünden uyanan ana esneyerek, güler yüzle kulübeden dışarı çıktı. Dostça bakışlarıyla dördünü de ayrı ayrı süzdükten sonra:

— Siz çalştınız, dedi, ben de kibar kadınlar gibi uyudum.

Ribin atıldı:

— Bu kadarının ziyani yok, aldırmayınız.

Şimdi, halinde gündüzkinden daha çok bir dinginlik vardı. Yorgunluktan kaynaklanan gereksiz heyecanlar yok olmuştu.

— İgnati! Sen yemeği hazırla!.. Biz burada evin işine nöbetle bakarız. Bugün yiyeceğimizi, içeceğimizi hazırlamak sırası İgnati'de.

İgnati dedi ki:

— Keşke bugün benim yerime başka birisi uğraşsaydı.

Bununla birlikte yine işe koyuldu. Bir yandan söylenen sözleri dinliyor, öbür yandan ateş yakmak için odun topluyordu.

Jefem, Sofi'nin yanına oturarak:

— Böyle konuklarla bulunmayı herkes ister, dedi.

Jakop, ötede İgnati'ye yardım etmeyi önerdi.

— Dur, ben sana yardım ederim.

Kulübeye girdi, elinde bir yuvarlak ekmekle çıkarak dilim dilim doğramağa başladı. Bu sırada Jefem mırıldanır gibi bir sesle:

— Sus! dedi. Bir öksürük sesi geliyor.

Ribin kulak kabarttı:

— Evet, odur.

Sonra, Sofi'ye dönerek açıkladı:

— Görün de anlayın. Ah elimden gelse de onu kentten kente götürsem; herkesin görebileceği meydanlarla millete göstersem. Sonra, o anlatsa da herkes dinlese... O her zaman aynı şeyi yineler durur. Şu koşulla ki çevredekiler hep dinlemeli...

Akşamın sessizliğiyle karanlığı gittikçe artıyor, sesler daha güzel bir uyum ile titriyordu. Sofi ile Pelage garip bir çekingenlik içinde yavaş yavaş gidip gelen köylüleri izliyorlardı.

O aralık, ormanın içinden uzun boylu, yalnız, adeta iki kat olmuş bir adam çıktı. Bütün gücüyle bir bastona dayanarak yürüyor, kısık kısık soluk alışları uzaktan işilitiyordu.

Jakop, onu görünce bağırdı:

— İşte Saveli geliyor!

Öksürükler içinde sarsıla sarsıla gelen Saveli yanlarında durarak:

— Evet geldim, dedi.

Arkasında ta topuklarına dek düşen eski bir pardösü vardı.

Yuvarlak, buruşuk şapkasının altından sarımtırak, sert saçları cılız birer demet gibi dışarı fırlamıştı. Kemikli, solgun yüzünü kumral bir sakal örtüyor, ağzı açık duruyordu. Derin birer çukur içine batmış gözleri, sanki karanlık mağaraların derinliklerinden geliyormuş gibi sıtmalı bir parıltı ile parlıyordu.

Ribin, Sofi ile onu birbirine tanıştırdıktan sonra yeni gelen dedi ki:

— Anladığıma göre siz halk okusun diye buraya kitap getirdiniz, değil mi?

— Evet!

— Sağolun, halk adına teşekkürler ederim. Çünkü o gerçeği anlatan kitapları henüz anlayacak güçte değil, size bir teşekkür bile edemez. Oysa ben anlarım. İşte onlar adına size teşekkür ediyorum.

Ciğerlerinin heyecanlı, tutkulu atılımlarıyla sık sık soluyordu. Sesi kısıktı. Zayıf ellerinin cılız parmakları pardösünün düğmelerini ilikleyemiyerek göğsünden aşağıya düşüyordu.

Sofi, dedi ki:

— Böyle geç vakit ormandan geçmek sağlığınız için hiç de iyi değil. Ormanın havası hem rutubetlidir, hem de soluğu keser.

O, soluk alarak cevapladı:

— Artık benim için iyi, kötü diye bir şey kalmadı. Yalnız, ölümü sevinerek karşılayacağım.

Sözleri insanı üzüyordu. Zaten bu varlığına bakanlar bir acıma duygusu duyarlardı. Bir fıçının üstüne çöküverdi. Otururken sanki kırılacakmış gibi bir çekingenlikle dizlerini kıvırdı. Sonra, alnını örten terleri sildi. Saçları cansız, kuru idi. Talaşlar tutuştu, alevler çıkmağa başladı. Her yanda titremeler, titreşimler uyanmıştı.

Alevlerin önünde gecenin karanlıkları ürkek, telaşlı ormanın içine kaçıştı. Ateşin önünde gece karanlığının sessizliği sanki bir hastanın kısık sözlerini dinlemek istiyormuş gibi çevreyi kuşattı:

— Bununla birlikte ben yine bir işe yararım. Hiç olmazsa büyük bir cinayetin canlı bir tanığı görevini görebilirim. Bir kere yüzüme bakınız; yaşım yirmisekizi geçmediği halde bugün ölümü bekliyorum. On yıl önce hiç zorluk çekmeden iki yüz kilo yük taşır, bu gidişle bu sağlam vücutla hiç sarsılmadan yetmiş yıl yaşayacağımı sanırdım. Oysa topu topu on yıl yaşayabildim. Daha çoğuna da gücüm yetmez.

Ribin, boğuk bir sesle:

— İşte, dedi, her zaman yinelediği şarkı!

Ateş yeniden tutuştu. Bu sefer alevler daha çoğaldı, karanlıklar yine kaçıştı, sonra, alevlerin üstünde yine göründü. Ocağın çevresine gecenin karanlıkları, sessizce, cehenneme özgü haince dans ederek titreşiyorlardı. Isının hava katlarının değmesiyle ağaçların yapraklarından bir fısıltı, hışırtı işitiliyordu; kıpkırmızı, altın renkli alevler şen, ateşli atılımlarıyla kâh sıkışarak, kâh yükselerek kıvılcımlar saçıyordu. Ateşten tutuşan bir yaprak uçarak havaya yükseldi. Gökyüzündeki yıldızlar, aşağıda oynaşan kıvılcımlara gülümseyen bakışlarla bakıyor, onları yükseklere çekiyordu.

— Hayır, bu yalnız benim şarkım değil... Benim gibi binlerce insan bu şarkıyı yineleyip durur, evet, onlar da böyle birer canlı, acıklı destandırlar. Bilmezler ki yaşadıkları yaşam, yoksul, mutsuz halk için bir ibret, kurtuluş dersi meydana getirmektedir. Ne insanlar vardır ki, çalışmaktan sakat kalmış, güçsüz, yitik bir hale gelmiş ya da hapishanelerde açlıktan geberip gitmiş de ağzından bir tek yakınma sözcüğü bile çıkmamış. Haykırmalıyız! Arkadaşlar, haykırmalıyız. Başka çare yok!

Saveli, iki büklüm öksürmeğe başladı. Bütün vücuduna bir titreme gelmişti.

Jakop, elinde tuttuğu içki şişesini masanın üstüne, bir demet soğanı da yere bırakarak hastaya döndü:

— Gel Saveli, sana süt getirdim.

Hasta, içmiyeceğini anlatan bir işaretle başını salladı. Jakop, yine de onu kolundan tutarak masanın başına götürdü.

Sofi, alçak sesle azarlayarak Ribin'e dedi ki:

— Onun niçin buraya getirdiniz? Böyle şeyler onu çarçabuk öldürür.

— Hakkınız var. Hiç olmazsa dostları arasında ölsün. Çevrede sevdiği insanlar varken ölmek, yalnız ölmekten çok daha kolaydır. Zaten bütün yaşayışı acılar içinde geçti. Varsın bir parça daha çeksin de insanlara ibret olsun.

— İnsana öyle geliyor ki, siz onun felaketini görmek ve göstermekten bir nevi haz alıyorsunuz.

Ribin, Sofi'nin yüzüne bir bakış fırlatarak ürkütcü bir biçimde cevapladı:

— Bu dediğin kibarlar ve zenginlere yakışan şeylerdir. Onlar değil midir Hazreti İsa'yı haça gerilmiş görmekten haz alanlar. Oysa biz insanları diri diri inceleriz. Ah, ne olur sizde bunu öğrenip yapsanız.

Hasta, konuştu:

— İnsanları yok ediyorlar. Ya çalıştırarak bitiriyorlar, ya da hapishanelerde çürüyorlar. Neden? Ben vaktiyle Nefedof fabrikasında çalışmıştım. Çalışmak değil ya, sanki bir kürek cezası. Patronumuz bir şantöze altından yapılma bir leğen ile bir vazo armağan etmişti. İşte, benimle başkalarının, binlerce insanın yaşamı, gücü, takatı hep böyle vazolar uğruna bitiyor.

Jefem gülümseyerek dedi ki:

— En güzel surette ve ulvi gayeler için yaratılan insanlar, bakın, nasıl işlerde kullanılıyor. Fena bile değil!

Ribin avucunun içini masaya vurarak:

— Bu hale karşı haykırmalı, dedi.

Jakop, alçak sesle ekledi:

— Evet, bu hale katlanmamalı?

İgnati, yalnız gülümsemekle yetindi. Ana, dikkat etmişti; üç delikanlı, pek az söz söylüyorsa da, aç bir ruhun tutkulu dikkatiyle dinliyorlardı. Ribin söze başlayınca bütün bakışlar ona dikiliyor, onun yüzünü inceliyordu. Saveli'nin sözlerini dinlerken yüzlerinde acı buruşuklar meydana geliyordu. Bakılsa hastaya acımıyorlarmış sanılırdı.

Ana, Sofi'ye eğilerek hafif bir sesle sordu:

— Söylediği doğru mu?

Sofi, yüksek sesle yanıtladı:

— Evet, doğru, gazeteler bile yazmıştı, olay Moskova'da geçti.

Ribin bütünledi:

— Hem o adam cezasız kalmıştı. Böyle davranan bir adamı cezalandırmak gerekiyordu. Onu almalı, sürüklüye sürüklüye bir meydana götürmeli, parça parça ettikten sonra iğrenç vücudunu köpeklerin önüne atmalıydı. Hele dur, bir kez halk uyansın, bak o vakit ne büyük cezalar verilecek.

Ocak eski şiddetiyle durmadan yanıyordu. Biçimi tanımlanamayan gölgeler, ateşin çevresinde dönüyor, dolaşıyor, alevlerin delice oyunlarını sanki özgürlükle seyrediyorlardı. Saveli, bir tahta parçasına oturarak cılız, saydam ellerini ateşe uzattı. Ribin, onu göstererek üzgün bir baş sallamasıyla Sofi'ye dedi ki:

— Zavallının hali bir kitabın sayfalarından daha konuşkan, daha etkili! Bu adam insana bir kitaptan daha çok şeyler anlatıyor. Kimi zaman olur ya, bir makine işlerken bir adamın kolunu, bacağını keser ya da öldürür, yok eder, düşünecek olursak bu felaketin yanılgısı o adama özgüdür, böyle bir felaketten yalnız o adam sorumlu olabilir. Ama gerçek hiç öyle değil. Sen bir adamı al kanını iç, hayatını zehirle, vücudunu işe yaramaz hale getir, sonra da gereksiz bir şey gibi bir yana at, işte bu kötü.

İgnati alçak sesle:

— Evet dedi, ben bir bucak müdürü bilirim; köylülere atını selamlatırdı; Ara sıra hayvanı gezmeğe çıkardıklarında köylüler onu

..lamlardı. Selamlamayan tutuklanırdı. Bu da o türden. Böyle hayvanını selamlatmanın ne gereği var? Hiç! Neden? Hiç!

Yemekten sonra, hepsi ocağın çevresine toplandı. Önlerinde ateş coşkun atılımlarla odunları kavrıyarak yanıyor, arkada karanlıklar göğü, ormanı kaplıyordu. Hasta, gözlerini açmış, ateşe bakıyor, durmaksızın öksürerek titriyordu. Sanki, çileli hayatının son demleri, bunalan perişan vücudu terk etmekte acele ediyormuş gibi göğsünü sarsarak çıkıyor, alevler hasta yüzünden garip birer gölge oyunuyla geçerken bir ölüyü andıran derisinde bir dirilik bile uyandıramıyordu. Yalnız, gözlerinde mavimtırak bir can çekişme parıltısı vardı.

Jakop, eğilerek sordu:

— Saveli, istersen kulübeye gir de orda otur!

Saveli kendini zorlayarak:

— Niçin? dedi. Tersine, ben burada durmayı yeğ tutarım. Çünkü, anlıyorum; artık insanlar arasında çok bulunamıyacağım.

Çevresine bakındı, bir an sustuktan sonra solgun bir gülümseyişle sözünü sürdürdü:

— Sizin aranızda bulunmak bana iyi geliyor. Size baktıkça kendi kendime şimdiye dek kötülük, aşağılanma görenlerin, bu zalim insanlardan bunların öcünü almayacağı ne malum! diyorum...

Kimse cevap vermedi. Hastanın başı göğsüne düşmüş, uyukluyordu. Ribin, uzun süre ona baktıktan sonra hafif bir sesle dedi ki:

— Bizi ziyarete geldi, oysa daha oturmadan aynı dersi anlatmağa başladı.

İgnati, yine hafif bir sesle:

— Evet, dedi, hem bir şeyi bir kaç defa dinlemek insanı bıktırıyor. Oysa onun serüvenini bir kez dinlemek yeter. Bir daha unutulmaz ki. Zavallı, durmadan yineler durur.

Ribin kaygılı:

— Çünkü, ona göre her şey bu serüvendedir. Bütün yaşayışını bu serüven özetliyor, anladın mı? Bu serüven salt kendisinin değil, yığınlarca insanın da yaşayışını anlatmaktadır. Ben belki on kez dinlediğim halde kimi zaman kuşkularımı yok edemiyorum. İnsanın kimi hoşnut mutlu zamanları olur; o vakit acıma duygusu duyar, fakir, zengin herkese acır. Çünkü zengin de kimi zaman yanlış yola gider, fakir açlıktan, zengin tutkusundan yanılır. Zenginin gözlerini altın bağlar. İşte, bunu düşününce kendi kendine:

— Hey zavallılar nedir yaptığınız? Kendinize geliniz, düşününüz; adam gibi, namusluca düşününüz, der.

Hasta, olduğu yerde sallandı. Gözlerini açtı, yere uzanarak uyudu. Jakop, yavaş yavaş kalktı. Kulübeye gitti, oradan bir yorgan getirerek Saveli'nin üstüne örttü. Sonra, yine Sofi'nin yanına oturdu.

Şimdi, ocağın çevresinde konuşanların seslerine odunların çıtırtısı, alevlerin gürültüsü karışıyor, ateş, ocağın çevresini alan gölgelere karşı çirkin bir ihanet gülüşüyle gülümsüyordu.

Sofi, söze başladı. Ulusların yaşayışlarını, özgürlüklerini sağlayan hukuku elde etmek için nasıl çalıştıklarını, Almanya'daki köylülerin eskiden nasıl uğraştıklarını, İrlandalıların felaketlerini, Fransa işçilerinin savaşlarını anlattı.

Hava, serin olmakla beraber onun üstünde kısa bir ceket vardı. Yakası açık, göğsünün düğmeleri çözüktü. Ana bu heykel gibi vücudu şefkat dolu bir bakışla seyrettikten sonra dedi ki:

— Hava soğuk, arkana bir şey alsan fena olmaz!

— Hayır, istemez, içim ateş gibi.

Üç delikanlı ocağın karşısına geçmiş, ayakta alçak sesle konuşuyorlardı. Hasta, hala yerde uyuyordu. Göğün kara yüzeyi sararıyor, gecenin gölgeleri yavaş yavaş dağılıyor, yapraklar, ürkek, oynak, güneşi bekliyordu.

Ribin, Sofi'nin elini sıktı:

— Şimdilik Allahaısmarladık! Kasabada sizi nasıl aramalı?

Ana takıldı:

— Onu sormak gereksiz, gelin, beni bulun!

Köylüler, hep birden yavaş yavaş Sofi'nin çevresini alarak içten dostluklarını anlatan bir beceriksizlikle elini sıktılar. Hallerinden belli idi ki, hepsinde bu kadına karşı gizli bir sevgi, minnet duygusu vardı. Bu duygunun yeniliği onları böyle heyecana düşürüyordu. Uykusuzluktan kuruyan gözlerinde mutlu bir gülümseme parıldayarak sağ ya da sol ayak üstünde duruyor, dikkatli bakışlarla Sofi'nin yüzüne bakıyorlardı.

Jakop sordu:

— Gitmeden önce biraz süt içer misiniz?

Şimdi hem yürüyorlar, hem de konuşuyorlardı. Oradan çıkmış tarlalara varmışlardı. Karşıdan güneş doğuyordu, henüz görünmüyordu. Otların üstünde renk renk çiğ taneleri bir bahar sevinciyle titreşerek parıldaşıyor, iri kargalar, ağır kanatlarını sallayarak uçuşuyor, sonbaharda tohumları atılmış tarlaların üstünde kara kara-kuşlar kesik çığlıklarla ötüşerek sıçrıyor, ta uzaktan bir asma kuşunun sesi geliyordu. Güneş çıkmış, uzaklardan, dağ tepelerinden gecenin karanlığını büsbütün silmiş, ortalık aydınlamıştı.

* * *

Pelage'nin yaşayışı tuhaf bir durgunluk dönemine girmişti. Öyle ki ara sıra buna kendi de şaşıyordu. Oğlu hapishanede korkunç bir cezanın gelmesini bekliyordu. Ancak oğlunu düşündükçe elinde olmadan Andre'nin, Fedya'nın daha başkalarının yüzleri, bir yığın tanıdığın hayali gözlerinin önünden geçiyor, oğlunun yazgısına ortak olanları birer birer düşündükçe gözünde Pavel'in önemi artıyor, oğlunu düşündükçe düşünce çemberi genişleyerek kendinin de haberi olmadan türlü yönlere doğruluyordu. Böyle eşit olmayan birer hafif ışık halinde her şeye değerek, her yönü aydınlatmaya, bütün görünüşleri bir tablo içinde birleştirmeye çalışarak çevreye dağıldıkça ana, oğlunu görmemekten doğan kaygıyı, Pavel'in geleceğinin ne olabileceği belkisiyle duyduğu korkuyu düşünmeye vakit bulamıyordu. Sofi, çok durmadan gitmişti. Beş gün sonra, yine öyle şen, ateşli geldi. Bir kaç saat oturdu, yine gitti. Gittiği yerden ancak on beş gün sonra döndü. Ara sıra kardeşinin odasına çıkıyor, biraz çalgı çalarak evin durgun yaşantısını canlandırıyordu.

Ana, müzikten hoşlanmağa başlamış, müzik dinlemek gitgide onun için bir ihtiyaç haline gelmişti. Müzik, göğsünden tatlı bir akım geçirerek kalbine giriyor, kafasındaki acı düşünceler hızla kayboluyor, ezgilerin naif saldırısıyla beynini kaplayan nazik ve güzel düşünceler yeni bir yaşam gücü oluşturuyorlardı. Pelage, kendine özgü eşyayı dört yana atan, odanın ötesine berisine sönmüş sigara parçaları, sigara külleri savuran Sofi'nin bu düzensizliğine pek zor katlanıyordu. Hele onun hiç bir şeyden sakınmayarak korkusuzca söz söyleyişine bir türlü alışamıyordu.

Ananın gözünde Sofi, büyüklük taslama tutkusuna yakalanmış, bütün insanları merak edilen bir oyuncak gibi gören küçük bir çocuktan başka bir şey değildi.

Bir yandan çalışmanın değerinden, kutsallığından sözeder, öbür yandan öteyi beriyi darmadağan ederek zavallı kadını boş yere zahmete sokardı. Hem serbestlikten, kişinin özgürlüğünden dem vurur, hem de insanı öfkelendirecek telaşlarıyla o hiç bitip tükenmek bilmeyen tartışmalarıyla, her zaman, her şeyde en öne geçmek isteğiyle herkesi sıkar dururdu. Gerçekten Sofi'nin halinde birbirine karşıt pek çok şey vardı. Ana, bunu bildiğinden her zaman çekinerek davranırdı. Nikola'ya karşı ise içten bir sevgi besliyordu.

Nikola'nın hali, davranışı yine her vakitki gibi kaygılı, yaşayışı yine öyle düzgün, tekdüze idi. Sabahleyin saat sekizde kalkar, kahvaltısını eder, yüksek sesle gazetesini okur, ara sıra önemli haberler buldukça bunları açıklardı. Pelage, Nikola ile Andre'nin karakterlerinde bir benzerlik buluyordu. Nikola da Küçük Rusyalı gibi insanlardan sözederken kin, öfke taşıyan sözcükler kullanmaz, bütün insanları yaşamın güçlüklerindeki kötülüğün kurbanı, mahkumu sayardı.

Yalnız, onun yeni bir yaşayışa inanışı, Andre'ninki gibi sağlam, onun gibi parlak değildi. Söz söylerken yansız, ciddi bir yargıç gibi sesi her zaman durgundu. Korkunç şeylerden sözettiği zaman bile dudaklarında tatlı bir acıma gülümseyişi dolaşır, yalnız gözlerinde soğuk bir nefret ışığı parlardı. Bu soğuk bakış anaya anlatmıştı ki, bu adam hiç kimseyi affetmiyecektir, affedemez. Bu affedememek zorluğunun zavallıya kimbilir ne acılar çektirdiğini düşündükçe ona acıyordu, kısacası, gözünde Nikola'nın değeri günden güne artıyordu.

Nikola, saat dokuz olunca işyerine gider, ana evde odaları temizler, yemeği hazırlar, yüzünü gözünü yıkar, giysisini değiştirir, sonra odasına çekilerek kitaplardaki resimleri gözden geçirirdi. Pek çok dikkat edecek olursa okumayı da başarırdı. Ancak bir kaç sahife okuduktan sonra yorulur, artık sözcüklerin anlamını anlamaz olurdu. Oysa resimlerden tıpkı bir çocuk gibi hoşlanıyordu. Onlara baktıkça gözünün önünden bütün güzelliğiyle yeni bir alem geçtiğini sanıyordu. Bu alemi sanki parmaklarının değişiyle duyuyormuş gibi anlıyordu. Kimi zaman kocaman kentler, kocaman yapılar, makinalar, gemiler, heykeller, insanlığın zincirleme çalışmalarıyla birikmiş sonsuz zenginlik türleri, çeşitleri karşısında düşünceleri apıştıran doğa harikaları görüyor, gözlerinin önünde hergün bilinmeyen çok büyük, hayali, bir çok yenilikler açıyor ve bu güzelliklerin sonsuzluğu onun yavaş yavaş uyanan tutkulu, özlemli ruhunu gittikçe coşturuyordu. Pelage'nin en çok hoşlandığı şey, bir jeoloji kitabı idi. Başka bir dille yazılmış olduğu halde resimleri, yer yuvarlağının zenginliği, serveti, doğal güzellikleri, büyüklüğü üstüne Pelage'de çok net düşünceler meydana getirmişti.

Bir gün Nikola'ya dedi ki:

— Yeryüzü ne büyükmüş meğer!

— Evet öyle, ama insanlar hala geniş oturamıyorlar.

Onu en çok duygulandıran, böcekler, özellikle kelebeklerdi. Bunların resimlerine rastladıkça şaşkınlıkla bakıyor, Nikola'ya dönerek:

— Bak Nikola, diyordu, ne güzel! Kimbilir bu sevimli güzellik her yanda ne kadar çoktur da bizim gözümüzden gizli kalıyor, hepsi gözümüzün önünden geçiyor da biz göremiyoruz. İnsanlar, bir koşturmadır tutturmuşlar, ne bir şey öğreniyorlar, ne bir şey görüp değerlendiriyorlar; çünkü, ne vakitleri var, ne de istekleri. Bastıkları toprağın ne kadar zengin olduğunu, onun bağrında ne akla şaşkınlık verici şeyler bulunduğunu bilseydiler göğüsleri sevinçten öyle kabarırdı ki. Her şey hepimize, herbirimiz her şeye özgü, öyle değil mi?

Nikola gülümseyerek yanıtladı:

— Evet, öyle.

Pelage, durmaksızın kitap taşımağa başladı.

Kimi akşam eve konuklar geliyordu. Bunların arasında Aleksi Vasilyef adlı solgun yüzlü, yakışıklı, kara sakallı, ağırbaşlı, suskun görünüşlü bir delikanlı ile Roman Petrof adlı başka bir adam daha vardı. Ablak yüzünde vaktiyle geçirdiği bir hastalığın lekeleri parça parça görünen Roman Petrof, adet edinmişti, dudaklarını her zaman kalbinin inceliğini anlatan bir biçimde oynatır dururdu. Konukların içinde bir de İvan Danilof adlı ufak tefek, cılız, sivri sakallı bir adam vardı ki, sesi ok gibi keskin, acı, tizdi, karşısındakini etkileyecek derece sertti. Yegor da arasıra gelir, herkesle, kendi kendisiyle, kendisinin gittikçe artan rahatsızlığıyla bile alay ederdi. Ara sıra uzak kentlerden bir takım adamlar gelirdi ki, Pelage bunların hiç birini tanımazdı. Her geldiklerinde Nikola ile uzun uzadıya konuşurlar, her zaman aynı şeyden, özgürlükten, bütün yer yüzündeki işçilerin halinden söz ederlerdi. Konuşma uzadıkça tartışma biçimine girer, kızışır, ilerler, ellerinin kollarının geniş işaretleriyle herkes katılır, bu arada çay içilirdi. Ara sıra, her ağızdan çıkan seslerin yarattığı gürültü arasında Nikola bildiri gibi bir şeyler yazarak arkadaşlarına okur, bu bildiriler hemen oracıkta matbaa harfleriyle kopya edilirdi. Sonra, onlar dağılınca ana yere atılan müsvedde parçalarını toplayarak ateşte yakardı.

Ana, bir yandan onlara çay hazırlar, bir yandan da düşüncelerini hızlı, yararlı yolda bunlar arasında yaymak, bunların düşüncelerini, fikirlerini geliştirmek için ne yapmak gerekeceğini düşünürken konuşmalarını canlandıran coşkunluğa şaşar kalırdı.

Ara sıra, düşünceler çatışır, içlerinden bir kısmının canı sıkılır, ortada karşılıklı suçlamalar dolaşır, bayağı birbirini kıracak sözler konuşulur; ne var ki çok geçmeden tartışma yine önceki halini alırdı.

Ana, artık seziyordu ki, kendisi işçilerin yaşantısını bütün bu nutuk çeken delikanlılardan daha iyi biliyor, onların başladıkları işin büyüklüğünü daha açık görebiliyordu. İşte, bunun içindir ki kendisi, delikanlılara tıpkı yaptıkları işin tehlikesinden haberdar olmaksızın karı koca oyunu oynayan birer çocuk gözüyle bakıyordu. Kimi zaman istemeden bu nutuklarla oğlunun, Andre'nin sözlerini karşılaştırıyor, aralarındaki farkı vaktiyle göremezken şimdi bütünü ile görüyordu.

Burada toplananların eskiden gördüğü adamlardan daha çok bağırıp çağırdıklarına emindi.

— Böyle bağırdıklarına bakılırsa bunlar daha bilgili olmalılar, diye düşünüyordu.

Bununla beraber çok defa da seziyordu ki, konuşmalarında görülen haraket, coşkunluk ve öfkeleri temelsizdir. Herkes kendisinin gerçeğe ötekilerinden daha çok yaklaştığını gerçeğin kendisince ötekilerden daha çok bir değeri olduğunu göstermek istiyor, bundan gocunan diğerleri ise o gerçeği kendilerinin de pek iyi tanıdıklarını ispatlamak için şiddetle tartışmaya katılıyorlardı. Her birinin amacı kendini yüksek göstermek, arkadaşından üstün görünmekti. Pegale, bundan ruhunu üzen bir üzüntü duyarak göz kapaklarının hızlı davranışları içinde bütün bu delikanlılara fırlattığı yalvarıcı bakışlarla kendi kendine:

— Eyvah unuttular, Pavel'i de arkadaşlarını da unuttular, gittiler, diyordu.

Ana, pek iyi anlayamadığı bu tartışmaları çok dikkatle dinliyor, söylenen sözlerden söyleyenlerin duygularını anlamağa çalışıyordu. En sonra, anladı ki, kendi evinde toplananlar hep iyi şeyler konuşuyorlar, herşeyi topluca düşünüyorlardı. Oysa burada onu parçalıyorlar, inceltiyorlardı. Ötede duygular daha güçlü, daha derin görünüyor, burada ise kesin ve sert düşünceler her şeyi parça parça ediyordu. Burada düşünceler, sözler hep eski hali, eski yaşayışı yıkmaya harcanıyordu. Ötede ise hep yeni yaşayış düşünülürdü. İşte, bunun içindi ki oğlunun, Andre'nin sözlerini daha iyi anlıyordu.

Kalbinde insanlara karşı yavaş yavaş bir hoşnutsuzluk uyanıyor, bütün varlığı bundan kaygılanıyordu. Gittikçe içine bir güvensizlik duygusu geliyor, o da kalbinin heyecanına uyarak yaşam üstüne düşündüğünü söyleyebilmek için her şeyi öğrenmek, elden geldiğince çabuk öğrenmek istiyordu. Dikkat etmişti; ne zaman arkadaşlarından bir işçi evini ziyaret edecek olsa Nikola'nın diline olağanüstü bir açıklık geliyor, yüzünde bir sevinç beliriyordu. O vakit her zamankinden başka bir yolda, kabaca değilse bile, daha çok kendini salarak konuşuyordu.

Kendi kendine düşünüyordu:

— Zavallı adam onların düzeyine inmek için ne kadar kendini zorluyor!

Ne yazık ki bu düşünce onu avutamıyordu. Görüyordu ki, konuşanlar Nikola'nın karşısında söz söylemekten sıkılıyorlar, kafaları düğüm ile bağlanmış duruyorlar, serbest, sade görüşemiyorlardı. Bir gün Nikola odadan çıkınca ana onların birine sordu:

— Niçin öyle sıkılıyorsun? Görenler seni bir sınav geçiriyorsun sanır.

İçlerinden biri gülümseyerek cevapladı:

— Böyle şeylere alışık değiliz de ondan. Hem Nikola ile biz bir değiliz ki, o bizden ileride!

Başını önüne eğerek ekledi:

— Ne önemi var, görmüyor musun onu, ne kadar sade?

Adam, kadının yüzüne öyle bir bakış baktı ki, ikisi de gülümseyerek sustu.

Ara sıra Saşenka da geliyordu. Ne var ki, kısa süre oturup gidiyordu. Söz söylerken hiç gülmez, lakırdılar ağzından daima coşkunca dökülürdü. Her defasında kalkıp gideceği zaman ananın yanına gelerek sorardı:

— Pavel, nasıl iyidir ya?

— Evet, çok şükür iyi. Pek iyi, halinden pek hoşnutum!

— Benden selam söyleyiniz.

Sonra, çıkar giderdi.

Kimi zaman Pelage onunla söyleşmeye koyularak Pavel'in böyle uzun süre hapishanede kalmasından, yargılama tarihinin belli olmamasından yakınırdı. Saşenka hiç bir şey söylemeyerek dinlerdi. Sade kaşları çatılır, dudakları titrer, parmakları sinirli davranışlarla oynardı.

Ana, içinden gelen bir istekle kaç defa:

— Ah yavrum! Biliyorum, biliyorum ki onu seviyorsun! demek istedi ise de cesaret edemedi. İşte bu düşünceyle Saşenka'nın uzattığı eli sıkarak içinden:

— Zavallı kız! derdi.

Bir gün Nataşa gelmişti. Ana içten bir kucaklayışla onu kucakladı. O, bundan büyük bir sevinç duyarak bir çok şeyler anlattığı sırada alçak sesle dedi ki:

— Ah bilseniz başıma gelenleri! Annem öldü! Zavallı anneciğim öldü!

Parmaklarının hızlı bir davranışıyla gözlerini silerek konuşmasını sürdürdü:

— Zavallıya çok acıdım, henüz yaşı elli bile değildi. Daha çok yaşayabilirdi. Ancak, biraz daha geniş düşününce anlıyorum ki, ölüm ona göre yaşamaktan daha kolay, daha az ağır gelmiş olsa gerek. Bütün yaşayışı yalnızlık içinde geçti. Herkese yabancı kaldı.

Kimse gelip ondan birşey istemezdi. Babam bağıra çağıra sonunda zavallıyı korkak etti. Artık, onun sürdüğü yaşayışa yaşamak denir mi? İnsan, iyi bir umut beslerse yaşar. Oysa onun hiç bir umudu kalmamıştı. Hor ve hakir görülmekten başka bir şey beklemezdi.

Ana bir an düşündükten sonra:

— Evet Nataşa, hakkın var, dedi. İnsan bir şey beklerse, iyi bir umut beslerse yaşar. Umutsuz, bekleyişsiz yaşamak da yaşamak mı sanki?

— Demek, şimdi yalnızsınız?

— Evet!

Ana, bir an sustu, sonra gülümseyerek:

— Ne zararı var, dedi. İnsan iyi olduktan sonra yalnız kalmış sayılmaz. Çevresinde her zaman arkadaş bulur.

Nataşa, yakında bir yere mürebbiye olarak gitti. Orada bir iplik fabrikası vardı. Ana, ara sıra oraya gidiyor, genç kıza yasak kitaplar, bildiriler, gazeteler götürüyordu. Onun en iyi gördüğü iş bu idi. Rahibe, dantele tüccarı, bakkal, zengin bir şehirli kılığında kimi zaman yaya, kimi zaman trenle ya da tek atlı araba ile, omuzunda bir torba ya da elinde bir çanta ile dolaşır durur; otelde, köy hanlarında, trende, ya da vapurda, kısacası, nerede olursa olsun her zaman sessizliği korur, her zaman sade bir yaşayış biçimi izlerdi. Tanımadığı adamlarla bir yerde bulununca ilk önce sözü o açar, konuşmasındaki güzellikle, çok görmüş geçirmiş kadınlara özgü haliyle her görüştüğünü ister istemez kendine bağlardı. En çok felaket görmüşlerle konuşmaktan hoşlanır, onların yaşam üstüne düşündüklerini, yakınışlarını, korkularını öğrenmek isterdi. Böyle görüştüğü adamlar içinde talihin kötülüğüne karşı durmakla beraber insanlığın önemli bilmecelerini çözümlemek tutkusu içinde çırpınarak yazgısından yakınanlara rast geldikçe kalbi sevinçten taşardı. Yaşamın görünüşü, bütün o savaşları, karşı durmaları gittikçe büyüyerek, gittikçe çeşitlenerek gözünün önünden geçip gidiyor, insanları aldatmanın, onları soymanın, onlardan daha çok yaralanmanın alçakça tutkusunu her şeyde ve her yerde görüyordu. Toprağın büyük bir zenginliği bağrında taşıdığı da dikkatinden kaçmamıştı. Böyle olmakla beraber halk yine yoksulluk içinde, bu sayısız servetlerle beraber yine yarı aç, hayvanca bir yaşayış sürüyor. Kentlerde kiliseler hiç bir şeye yaramayan altınlarla, gümüşlerle dolu dururken kaldırımlarda sayısız mutsuzlar bir yardım elinin vereceği sadakayı boşuna bekliyerek titreşiyorlardı. Görkemli kiliseleri, yaldızlı rahip giysilerini, yoksulların kulübelerini, kokmuş, iğrenç yoksulları eskiden de görürdü. Ne var ki o zaman bu halleri pek olağan bulurdu. Şimdi ise başka türlü düşünüyor; dini, zenginlerden çok fakirlere gerekli saydığından o süslü ihtişamda, yoksulluğun ve ihtiyacın yüzüne vurulmuş bir aşağılama tokadı buluyordu.

Gördüğü resimlerden, işittiği hikayelerden anlamıştı ki, Hazreti İsa yoksulları, zavallıları severdi. Giyiniş biçimi sadeydi, süssüzdü. Oysa yoksulların biraz avunmaları için koştuğu kiliselerde onu altınlara, ipeklere sarıyorlar, önünde diz çöken yoksullara, öksüzlere karşı onu yaldızlı ipeklerin içinde sunuyorlardı.

Pelage bunları düşündükçe aklına Ribin'in sözleri geliyordu:

— Bizi aldatmak için tanrıyı bile araç olarak kullanmaktan çekinmiyorlar. Ruhumuzu öldürmek istediklerinde onu, yalanlar, iftiralarla doldurarak bize veriyorlardı.

Şimdi, farkında olmadan ibadetini azaltmıştı. Ancak İsa'yı da eskisinden çok düşünüyor. Onun adını bile ağızlarına almayan, onu tanımayan, fakat adeta onun öğütleriyle hareket eden ve onun gibi yeryüzünü yoksulların mülkü sayarak dünyanın bütün servetini yoksullara bölüştürmek isteyen insanlar devamlı kafasını kurcalıyordu. Kafası, böyle şeylerle doluydu. Hep bunları düşünür, derinleştirir, sonra da gördüğü şeylerle karşılaştırırdı. Bunlar gittikçe büyüyerek, kalbinde yüksele yüksele nurlu bir ibadet biçimine girerek bütün evrenin karanlıklarını, yaşamı, insanlığı eşit parlaklıklarla aydınlatırdı. Pegale, şimdi öyle sanıyordu ki her zaman belirsiz bir sevgiyle birleşmiş umut, bir korku duygusuyla, şefkatle, acıyla sevdiği İsa ona daha yakınlaşmış, ruhunun temiz sevinci içinde onu daha açıktan, daha iyi görmeğe başlamıştı. Şimdi, İsa'ya baktıkça gözlerinde bir doygunluk gülümseyişinin parıltılarını, bir moralin canlı anlatımını hissediyordu. Hazreti İsa sanki gerçekten dirilmiş, adını bile ağızlarına almaksızın sonsuz bir fedakarlık duygusuyla uğrunda kendini öldürenlerin kanı ile yıkanarak yeniden canlanmış gibi görünüyordu.

Ana, her geziden hoşnut dönüyordu. Çünkü, hem bir çok şeyler görüp işitiyor, hem de görevini yapmış olmaktan tat alıyordu.

Bir gece Nikola'ya dedi ki:

— Böyle gezmek, her yana gidip birçok şeyler görmek pek hoş oluyor; insan, yaşamı, yaşamın nasıl geçtiğini anlıyor. Zavallı halk her yerde itilip kakılıyor, köşeye bucağa atılıyor, herkesin dilinden bu sözler işitiliyor: "Niçin beni böyle itiyorlar? Her şey böyle bol iken, niçin ben aç kalıyorum? Her yanda akıl ile zekanın izleri varken, niçin ben böyle aptal, böyle cahil durayım? Yoksulla zengini hep eşit gören merhameti herkesi kuşatan tanrı nerede?"

İşte, böyle yavaş yavaş, adım adım yaşama karşı kalbinde bir ayaklanış kabarıyor, eğer kendini düşünmezse bu gün egemen olan haksızlığın yarın onu yutup bitireceğini seziyordu.

Artık, o da yaşamın uğradığı haksızlıklardan dilinin döndüğünce sözetmek gereksinimini sık sık duymaya başlamıştı. Bu gereksinim ara sıra o dereceyi bulurdu ki, karşı durmak elde olmazdı.

Ara sıra resimli bir kitabın resimlerine bakarken birdenbire Nikola gelir, ona şaşılacak şeylerden sözederdi. O, böyle önemli sorunları çözümlemeye uğraşan insanların yürekliliğine şaşarak kuşkulu bir halde sorardı:

— Olabilir mi bu?

O zaman tahmininde aldanmadığını bilenlerin sarsılmaz güveniyle ona geleceğin peri masallarını gerçekleştirecek şeylerden sözederdi:

— İnsanlarda istek ile tutkunun sınırı yoktur, insanın gücü bitmek tükenmek bilmez bir kaynaktır. Bununla beraber uluslararası düşünce olgunluklarına doğru attığı adımlar pek yavaştır. Çünkü insanlar geleceklerini elde etmek için bilim değil de para biriktirmek zorunda kalıyorlar. Ne zaman kötü tutkuları kalplerinden atarlarsa zorunlu bir çalışmanın köleliğinden o zaman kurtulmuş olurlar.

Pelage, Nikola'nın sözlerini pek az anlardı. Ancak, Nikola'ya bu sözleri söyleten inanç ile güven, onu da duygulandırmaktan uzak kalmazdı:

— İnsanlığın bu kadar çok zulme maruz kalmasının sebebi, yeryüzünde serbest, özgür insanların pek az olmasıdır.

Böyle kin, vahşet duygularından kendini kurtarmış olan kişilerden kimilerini Pelage de tanıyor, bunların sayısı ne kadar çoğalırsa yaşamın kara, korkunç yüzünün de o kadar çekici, sade, o kadar güzel, parlak olacağını o da anlıyordu.

Nikola üzgünce başını sallayarak:

— İnsanlar ister istemez zalim olmak zorunda kalıyor! dedi. Ana bir baş işaretiyle bu sözleri doğruladı; aklından Küçük Rusyalı geçiyordu.

* * *

Şaşmadan belli zamanlarda eve gelen Nikola, bir gün olduğundan pek geç döndü, üzerinden perdösüsünü çıkarmadan ellerine oğuşturarak sert bir sesle:

— Haberiniz var mı, Pegale? dedi. Arkadaşlardan biri bugün hapishaneden kaçmış. Kim olduğunu anlayamadım.

Ana, birden kalbini kaplayan bir çarpıntı ile sarsıldı, hemen oracıkta bir sandalyeye çöküvererek fısıldar gibi bir sesle sordu:

— Sakın Pavel olmasın?

Nikola, omuzlarını kaldırdı:

— Belki! dedi. Ancak onu nerede bulmalı, nasıl saklamalı? Belki rastgelirim diye sokaklarda dolaştım, durdum. Saçma bir şey belki ama boş durmaktan iyidir. Şimdi, yine aramağa çıkacağım.

Nikola:

— Siz, Yegor'un evine gidiniz, belki ondan bir haber alabilirsiniz, dedi.

Nikola, gittikten sonra Pelage başına bir örtü aldı, umutla sokağa fırladı. Gözleri çevreyi bulanık görüyor, kalbi hızla çarparak onu hemen koşmak ayarında hızlı adımlarla yürümeğe zorluyordu. Başını önüne eğmiş, çevresindeki şeyleri görmeyerek bir olasılık arkasında koşuyordu. "Belki de Yegor'un evindedir!" Bu düşünce ile durmadan yürüyordu. Hava sıcaktı. Pelage, yorulmuş solumağa başlamıştı. En sonra Yegor'un evine vardı. Merdivenin başında dermanı kalmamıştı. Daha ileri gitmek elinde değildi. Dönüp arkasına bakınca ağzından ufak bir şaşkınlık çığlığı çıktı. Kapının eşiğinde Vesofçikof'u görür gibi olmuştu. O, elleri cebinde, gülümseyerek kendisine bakıyordu. Gözlerini açarak bakınca kimseyi göremedi.

— Hayaletmiş, dedi.

Çevresine kulak kabartarak merdivenleri çıktı. Evin avlusundan ağır ağır atılan adımların çıkardığı boğuk bir gürültü geliyordu. Ana, merdivenin sahanlığında durdu, eğilerek aşağıya baktı. Bu sefer Vesofçikof'un yüzünü açıkça gördü. Delikanlı, gülümseyerek ona bakıyordu.

— Vesifçikof, sen misin? dedi, merdivenleri inerek ona gitmek istedi. Kalbi acı ile sıkışmıştı.

Pelage inerken, o aşağıdan eliyle işaret ederek bağırdı:

— İnme, inme! Çık!

Ana, karşı durmadı, Yegor'un odasına girdi. Yegor, bir kanepeye uzanmıştı. Eğilerek kulağına fısıldadı:

— Haberin var mı, Vesifçikof hapishaneden kaçmış?

Yegor, başını kaldırarak boğuk bir sesle:

— Amma yaptın ha, dedi.

— Evet, evet gözümle gördüm buraya geliyor.

— Peki! Ama onu karşılamak için halim yok!

Onlar böyle konuşurken Vesofçikof içeri girdi. Kapının sürgüsünü sürerek başından kasketini çıkardı. Bütün yüzünde tatlı bir gülümseyiş dolaşıyordu. Kanepenin yanına gelerek kolunu dayadı. Yegor, yattığı yerden kalktı, başını sallayarak boğuk bir sesle:

— Buyurun, buyurun sıkılmayın, dedi.

Vesofçikof'un dudaklarından geniş bir sevinç gülümseyişi belirmişti. Pelage'nin yanına yaklaşarak elini tuttu:

— Eğer seni görmeseydim hapishaneye dönmekten başka çarem yoktu. Burada kimseyi tanımam. Ötede olsaydım çoktan tutuklanmaştım. Bu yolda yürürken kendi kendime: Aptal herif! Durup dururken neye kaçtın? diyordum. Hemen o sırada seni gördüm, hızlı hızlı yürüyerek peşine takıldım geldim.

Pelage sordu.

— Nasıl kaçabildin?

Delikanlı, beceriksizce bir kanepenin kenarına ilişti, omuzlarını sallayarak sıkıla sıkıla olayı anlattı:

— Ben de bilmemki. Rastlantı yardım ediverdi, oldu. Hapishanenin avlusunda geziniyordum. Adi suçlular birden gardiyanın üstüne atıldılar. Bu gardiyan herif vaktiyle hırsızlık ettiği için işinden atılmış bir jandarma eriydi. İşi gücü ispiyonculuk etmek, gördüğü işittiği şeyleri yazmak. Öyle ki artık herkes ondan bıkmış, usanmıştı. Ha ne diyordum, mahpuslar onun üstüne atılınca ortalık karıştı, nöbetçiler korktular, düdüklerini öttürerek koşmaya başladılar. O aralık kapının parmaklığı açılıverdi. Yaklaştım, dışarıda meydanlık, kasaba hep görünüyordu. Bu görünüş beni çekti. Heyecanlanmadan dışarı çıktım. Sanki bir düşte imişim gibi yürüyordum. Birkaç adım attıktan sonra kendime geldim, nereye gideceğimi düşünmeğe başladım. Arkama dönüp baktığımda hapishanenin kapıları kapanmış bulunuyordu. İçimde bir kötülük, sıkıntıya benzer bir hal vardı. Arkadaşlarımdan ayrıldığıma üzülüyordum. Kısacası, sersemce bir davranışta bulunduğuma hükmettim. Çünkü hapishanedeyken kaçmak aklımdan bile geçmemişti.

Yegor alay edercesine:

— Öyle ya! Dönüp gitmeli, hapishanenin kapısını çalarak nazikçe içeri girmeli "Affedersiniz efendim, dalgınlığa geldi de onun için." deyip yine hapse girmeliydin, değil mi?

Vesofçikof gülümseyerek:

— Evet! Gerçekten o da aptallık olurdu ama ben arkadaşlarıma karşı kötü bir davranışta bulunmuştum. Neyse sessizce yürümeğe başladım. Sokakta giderken bir cenazeye rastladım, bir çocuk cenazesiydi. Tabutu izledim. Başımı önüme eğmiştim. Kimsenin yüzüne bakmıyordum. Bir süre mezarlıkta durdum, sonra birden aklıma bir şey geldi.

— Yalnız bir şey mi?

İçini çekti:

— Sanırsam bir çok şeyler birden aklıma geldi. Nerede eski halim? Artık bende eski kafa kalmadı; neyse onu geç, sen nasılsın? Hala hastalıktan kurtulamadın mı?

— Evet, ne çare herkes elinden geleni yapar.

Bu aralık bir öksürük nöbeti vücudunu sarstı.

— Sen konuş, sonra ne oldu?

Sonra müzeye gittim. Biraz gezindim, kolleksiyonlara baktım, içimden "Ben şimdi nereye gideyim?" diyordum. Kendi kendime gülmeğe başlamıştım. Karnım açlıktan zil çalıyordu. Yine sokağa çıktım. Yürüdüm, yürüdüm, takatim kesilmişti. Dikkat ettim, polisler yoldan gelip geçenleri pek dikkatli süzüyorlardı. "Gördün mü ettiğini aptal herif! Şimdi kendiliğinden mahkemenin eline düşeceksin" diyordum. Derken o aralık Pelage'yi gördüm. Koşarcasına yürüyordu. Yanımdan geçerken kenara çekildim. O gidince ben de döndüm, arkasından buraya geldim... İşte, baştan aşağı bütün olay!

Ana, sıkışmış gibi:

— Ya bana ne dersin, seni hiç görmedim.

Pelage şimdi, Vesofçikof'un yüzüne dikkatli bakıyor, onu eskisinden daha iyi buluyordu. Vesofçikof, başını kaşıyarak dedi ki:

— Hiç kuşku yok arkadaşlar endişelenmişlerdir, nereye gittiğimi düşünür, dururlar şimdi.

— Ya jandarmalar? Onları hiç düşünmüyor musunuz? Onlar da endişe içinde olsalar gerek!

Bu sözü söyleyen Yegor ağzını açtı, sanki havayı ağzının içine almak istiyormuş gibi dudaklarını oynattıktan sonra konuştu:

— Her ne hal ise, alayın sırası değil! Seni bir yana saklamalı. Gerçekten hoş bir iş ama pek öyle kolay değil. Ah ben kalkabilsem!

Boğuluyor gibi bir öksürük nöbeti daha geçirdi. Ellerinin zayıf davranışlarıyla göğsünü oğuşturmaya başlamıştı.

Vesofçikof:

— Yegor, sen iyice hastalanmışsın! dedi.

— Hastalık mı? O benim hergünkü işim! Bana baksana, nine, ne sıkılıyorsun öyle? Sıkılma, sıkılma! Sen de Pavel'i sor bakalım, Pavel ne halde?

Vesofçikof'un dudaklarına yine o eski sevinçli gülümseyiş geldi:

— Pavel mi? İyidir, sağlığı pek yerinde. Bizim reisimiz gibi bir şey. Bizim adımıza memurlarla hep o görüşür, genel olarak bize o emreder, herkes onu tanır, onun sözünü dinler.

Pelage, delikanlının sözlerini damla damla içiyormuş gibi dinliyor, ara sıra Yegor'un mavimtırak, şişkin yüzüne hızlı bir bakış fırlatıyordu. Bu yüz sanki bir peçe altında imiş gibi hiç bir şey anlatmıyordu. Yalnız, gözlerde bir yaşayış ve sevinç parıltısı vardı.

Birden Vesofçikof bağırdı:

— Yahu bana bir parça yemek verseniz de yesem. Vallahi, karnım açlıktan zil çalıyor.

Yegor öteden atıldı:

— Nine! Rafta ekmek var, al da ver. Sonra koridora git, soldan ikinci kapıyı çal, bir kadın kapıyı açacak, söyle buraya gelsin, gelirken yiyecek ne varsa alsın getirsin!

Vesofçikof karşı durdu:

— Canım, niçin olup biteni hep getirsin?

— Öyle birden parlama! Zaten ne var ne yok hepsini getirse bile çok bir şey değil. Belki de bir şey yok!

Ana çıktı gitti. Söylenen kapıyı çalarken içerden gelecek sese kulak vermekle beraber kendi kendine:

— Zavallı Yegor ölüm halinde! diye söylendi.

Odadan bir ses geldi:

— Kimdir o?

Ana:

— Beni Yegor gönderdi, oraya gelmenizi istiyor, dedi.

— Peki, geliyorum!

Pelage bir saniye bekleyişten sonra yine kapıyı çaldı. Kapı hızla açıldı, gözlüklü iri yarı bir kadın göründü. Eliyle gömleğinin kolunu düzelterek kuru bir sesle:

— Ne istiyorsunuz? dedi.

— Beni Yegor gönderdi.

— Ha, siz misiniz? Haydi gidelim! Ay ben sizi tanıyorum, burası da amma karanlık ha...

Pelage, kadının yüzüne baktı, Nikola'nın evinde bir iki kez bu kadına rastgeldiğini hatırlıyordu. Kendi kendine; "Tuhaf şey! dedi, bizimkiler her yerde bulunuyor!"

Kadın, arkada kaldı, Pelage önde yürüyordu.

— Yegor çok hasta mı?

— Evet, yatıyor. Bir de sizden rica ediyor. Biraz yiyecek getirmeniz için.

— Yiyeceği ne yapacak?

Yegor'un evine geldiklerinde hasta adam öksürüğü izleyen bir hırıltı içinde kendilerini karşıladı.

— Ludmila! Şu delikanlıyı görüyor musun! Hapishaneden memurların izni olmaksızın kaçmış. Şimdi herşeyden önce ona biraz yiyecek veriniz. Bir de bir iki günlüğüne uygun bir yerde saklayınız, görmesinler.

Ludmila, başını salladı, hastanın yüzüne dikkatli dikkatli bakarak ciddi bir sesle dedi ki:

— Yegor, konuklarımız gelir gelmez bana haber verseydiniz daha iyi olurdu. Hem anladığıma göre ilacınızı almayı iki defadır unutuyorsunuz, artık ihmalin bu derecesi olmaz. İlaç içtikten sonra daha kolay soluk alıyorum, diyen siz değil misiniz a kuzum? (Vesofçikof'a dönerek) Haydi arkadaş, siz bize geliniz! Neredeyse şimdi gelip Yegor'u hastaneye götürecekler.

Yegor sordu:

— Hastaneye mutlaka gitmeli miyim?

— Evet, evet! Sonra ben sizi orada gelir görürüm.

— Orada mı?

— Aman sen de, aptallığın gereği yok.

Genç kadın, bu sözleri söylerken bir yandan yorganı hastanın göğsüne çekiyor, öbür yandan da Vesofçikof'a bakarak ara sıra fırlattığı bakışlarla ilacın miktarını tahmin ediyordu. Alçak, uyumlu bir sesle konuşuyordu. Duruşuyla davranışlarında bir genişlik vardı. Yüzünün rengi sararmış, kara kirpikleri burnunun üstünde birleşmişti. Ana, bir büyüklenme anlamı taşıyan bu yüzden hoşlandı. Gözlerinde ne bir ışık vardı, ne bir gülümseyiş! Sesinde otoriter bir ton seziliyordu.

— Haydi gidelim, birazdan ben yine gelirim, siz Yegor'a bu ilaçtan bir çorba kaşığı veriniz, emi? Hem dikkat ediniz konuşmasın!

Vesofçikof'u alarak çıktı. Yegor içini çekti:

— Olgun kadın! Eşsiz yaratık! Pelage, siz bu kadınla birlikte oturmalıydınız. Zavallı çok çalışıyor, yorgun düştü.

Anaya şefkatle:

— Haydi, haydi, dedi, ölecek olduktan sonra konuşmak neye yarar?

Dudakları belirsiz bir gülümseyişle ağır ağır açılarak ananın yüzüne baktı. Pelage, başını yere eğmiş, derin bir acıma duygusuyla gözlerinden yaş akıyordu.

— Ağlama, nine, ağlama! Bu pek olağan bir şey. Hayatın gerçeği olduğuna göre ölümün kaçınılmazlığı meydanda.

Ana, elini hastanın başına koyarak alçak sesle:

— Sus, Allah aşkına! dedi.

Öteki, sanki göğsünden çıkan hırıltıları dinlemek istiyormuş gibi gözlerini kapıyarak diretircesine konuştu:

— Beni konuşturmamanın ne anlam var? Anlamıyorum ki, susmaktan ne çıkar? Bir kaç dakika çok can çekişme acısı değil mi? Buna karşılık senin gibi iyi bir kadınla görüşmek zevkinden yoksun kalacağım. Burada bulduğum insanları ötede de bulacağımı hiç ummuyorum.

Ana, heyecanla sözünü kesti:

— Yalvarırım sus, şimdi, o deminki hanım gelir, konuştuğunu görünce bana darılır:

— O kadın hanım filan değil, bir devrimci, bir arkadaş, eşsiz bir varlıktır. Darılsa da, azarlasa da zararı yok, oldum olası o herkesi azarlar.

Yegor, komşusunun serüvenini anlatmağa başladı. Dudakları güçlükle açılarak ağır ağır söylüyordu. Gözlerinde gülümseyiş parıltısı vardı. Pelage, morarmağa başlayan bu solgun yüze baktıkça kalbinde düğümlenen bir korku ile kendi kendine:

— Zavallı, ölüyor... diyordu.

Ludmila geldi, içeri girip kapıyıda iyice sürgüledikten sonra anaya dedi ki:

— Dostunuz hemen şimdi kılığını değiştirip gitmeli. Siz de gidip elbise bulun, getirin. Sofi'nin burada bulunmayışı ne fena! Adam saklamak onun işi!

Ana, şalını omuzuna alarak:

— Yarın o da gelecek, dedi.

Ona böyle görevler verilince bütün düşüncesi o görevi çabucak, eksiksiz yapmak olurdu. Kaşlarını çatarak heyecanla sordu:

— Ne tip elbise bulmalı, siz ne diyorsunuz?

— Nasıl olursa olsun, burdan gece çıkacak.

— Daha kötü ya! O zaman sokaklar da ıssız olur. Daha kolay dikkati çeker. Vesofçikof pek öyle kurnaz da değil.

Yegor, boğuk bir kahkaha ile:

— Siz de nine, hâlâ gençsiniz vesselam, dedi.

— Hastanede seni görmeğe gelebilir miyim?

Hasta öksürerek başını salladı. Ludmila kara gözlerini ananın yüzüne dikerek:

— İsterseniz, dedi, nöbetleşe sizinle onu bekleriz. İster misiniz? Uygun buluyorsunuz, öyle mi? Peki, öyle olsun, haydi bakalım, şimdi durmayıp gidiniz.

Anayı kolundan tutarak koridora çıkardı. Orda eğilerek alçak sesle kulağına fısıldadı:

— Sizi böyle gönderişime sakın darılmayınız, gerçekten yaptığım pek namusluca bir davranış değil, onu biliyorum. Ne var ki söz söylemek Yegor'a öyle zararlı ki. Benim hâlâ umudum var.

Bu sözler anayı üzmüştü:

— Ne diyorsunuz Allahaşkına! Sizin davranışınız mı namusluca değil? Siz hiç bir vakit namussuzluk etmezsiniz, tersine pek iyi bir kadınsınız. Neyse şimdilik ben gidiyorum, allaha ısmarladık!

Ludmila yavaşça uyardı:

— İspiyonculara dikkat et!

Elini yüzüne götürerek şakaklarını oğuşturdu. Dudaklarına bir titreme gelmiş, yüzünde daha çok durulma, güzellik belirmişti.

Ana bir parça gururlu:

— Peki, peki! dedi.

Kapının parmaklığına gelince sanki omuzlarındaki örtüyü düzeltiyormuş gibi bir süre durarak hiç kimsenin ayırt edemiyeceği çabuk bir bakışla çevreye bakındı. Sivil polisleri, ne kadar kalabalık içinde olursa olsun seçmek sanatını pek iyi bilirdi. Onlarda hemen dikkatini çeken şey kaygısızca durum ve davranışlarındaki o sahte doğallık, yüzlerine sinen korku, yorgun bitkin tavırlar, insanı tedirgin eden dikizleyici gözlerinin duygularını saklamayı başaramayan telaşlı, çekingen kırpışmaları Pelage için yabancı şeyler değildi.

Bu sefer sokakta kimseyi görmedi. Telaş etmeksizin yola koyuldu, biraz ileride bir arabaya binerek çarşıya çekmesini arabacıya söyledi. Vesofçikof için mağazadan elbise alırken çok sıkı pazarlık ediyor, bunları her ay bir kat giysi değiştiren sarhoş kocası için aldığını söyleyerek sövüp sayıyordu. Dükkancı, kadının yakındığı hale karşı hiç bir duygulanma göstermedi. Pelage, bu kurnazlığından hoşnuttu. Elbiseyi alıp eve dönerken kendi kendine düşünüyordu. Şimdi polis, kaçağın mutlaka kılık değiştireceğini kestirerek çarşıdan soruşturmaya girişebilirdi. Pelage, doğruca eve geldi, oradan Vesofçikof'u alarak kasabanın ucuna dek birlikte gitti.

Yolda yürürken kaldırımdan gidiyordu. Pelage sevinçle giderken, sarı pardösünün uzun etekleri içinde bacaklarının düzgün yürüyüşü bozulan, başına geçirdiği şapkanın burnuna düşmemesi için ikide bir bunu arkaya atan Vesofçikof'a bakıyor, onun başını önüne eğerek ağır adımlarla yürüyüşünü seyrediyordu. Issız bir sokakta Şaşenka'ya rastladılar. Biraz ötede o da bir baş işaretiyle Vesofçikof'u selamlıyarak döndü, kendi kendine:

— Pavel, Andre, onlar hala hapiste, diye söylendi.

Nikola, anayı görünce elinde olmadan ağzından çıkan bir endişe çığlığını tutamadı:

— Haberiniz var mı? Yegor pek ağır hasta! Hastaneye kaldırdılar. Demin Ludmila geldi, sizi aradı, hastaneye gitmenizi söyledi.

— Hastaneye mi?

Nikola, parmaklarının sinirli davranışıyla gözlüğünü düzelttikten sonra Pelage'ye ceketini verdi, kuru, sıcak parmaklarıyla ananın elini sıktıktan sonra titreyen bir sesle:

— Evet, dedi, bu paketi de yanınıza alınız, Vesofçikof güvenli bir yerdedir ya?..

— Evet evet... Sağlam bir yerde.

— Ben de sonra Yegor'u görmeğe geleceğim.

Ana, öyle yorgundu ki başı dönüyordu. Nikola'nın endişeli hali onda yine kötü şeyler olacak duygusunu uyandırmıştı. Kendi kendine:

— Ölecek, ölecek, diyordu.

Bu karanlık düşünce kafasına bir çekiç vuruşu gibi iniyordu.

Hastanenin temiz, aydınlık odasına girip de Yegor'u bir yığın ak yastak içine gömülmüş, boğuk bir sesle güler görünce birden kalbi duruldu. Yüzünde bir ferahlık gülümsemesi belirdi. Kapının eşiğinde durdu, o sırada hasta, doktora diyordu ki:

— İlaç vermek vücudu onarmak demek değil de nedir?

Doktor kaygılı bir sesle bağırdı:

— Allahaşkına Yegor, aptallık etme!

— Evet, vücudu onarmaktan başka bir şey değil; biz devrimciler ıslahattan tiksiniriz.

Doktor, çekinerek hastanın elini alıp dizinin üstüne koydu; sonra, hasta yatağında doğrulunca, bir elinin parmaklarıyla sakalını karıştırarak öteki elinin bir parmağı ile hastanın yüzündeki şişkinlikleri yoklamağa başladı.

Pelage, doktoru pek iyi tanırdı. Bu adam Nikola'nın en iyi arkadaşlarındandı. Ana, Yegor'un yanına yaklaştı. Yegor, Pelage'yi görünce dilini çıkardı. Doktor hemen dönerek:

— Ay siz misiniz? dedi, hoş geldiniz, oturunuz bakayım. Nedir o getirdikleriniz?

— Sanırım kitap.

— Yooo... kitap okumak olmaz.

Yegor yakınarak seslendi:

— Okumamı da istemiyor, beni aptal yapacak.

Doktor otoriter bir sesle:

— Sen sus! dedi.

Cebinden çıkardığı deftere bir şeyler yazdı. Yegor'un göğsünden kesik, korkunç hıçkırıklarla birlikte boğuk bir hırıltı çıkıyordu. Bütün yüzünü ince ter damlaları kaplamıştı. Ara sıra kalkmak istemiyor gibi ağırlaşan ellerini binbir güçlükle yüzüne götürerek terlerini siliyordu. Şişkin yanaklarında hiç bir kıpırtı yoktu. Sanki bir örtü altındaymış gibi çizgileri silinen geniş, temiz yüzü büsbütün değişmişti. Yalnız, derin bir çukur içine batmış diri gözleri parlak bir kendini bırakışla gülümsüyordu.

— Ah şu teknik, ah! Otura otura yoruldum, biraz yatabilir miyim?

Doktor kısaca:

— Hayır, hayır, dedi.

— Ben de sen gittikten sonra yatarım...

— Nine! Sakın yatmasına göz yummayınız, yalnız yastıklarını düzeltiniz, yeter... Hem konuşmasın, rica ederim, ihmal etmeyiniz, zararlıdır.

Pelage, başını salladı. Doktor kısa adımlarla hızlı hızlı yürüyerek gitti. Yegor, başını arkaya yasladı. Gözlerini kapadı, öylece kımıldamadan durdu. Yalnız ara sıra parmakları kımıldanıyordu. Mini mini odanın duvarlarından kuru bir soğuk, solgun, uykulu bir hava yayılıyordu. Büyük pencereden dışardaki ıhlamur ağaçlarının dalgalanan tepeleri görünüyor, sonbahar soğuklarının ilk izleri tozlu, koyu yapraklar arasında sarı birer leke gibi parlıyordu.

Yegor, gözlerini açmadı. Yerinden bile kımıldanmadan:

— Tuhaf şey, dedi, ölüm bile ağır ağır geliyor, sanki gelmek istemiyor. Belli ki o da bana acıyor, benim gibi iyi yürekli, iyi ahlaklı bir delikanlıyı alıp götürmeye kıyamıyor.

Ana, elini okşayarak yalvarır gibi bir sesle:

— Yegor, öyle söyleme, sus! dedi.

— Peki nine peki, şimdi susarım.

Cümleler arasında uzun uzun durarak pek büyük güçlükle sözünü sürdürdü:

— Nine, senin bizim aramızda bulunman ne iyi oldu. Yüzünü gördükçe zevk duyuyorum. Parıl parıl yanan gözlerin o temiz, masum halin bilsen ne hoşuma gidiyor. Seni gördükçe kendi kendime hep sonunu düşünür, zavallı kadının kim bilir sonu ne olacak? derim, senin de öteki zavallılar gibi hapishanelere, sürgünlere gideceğini, bin türlü zulme uğrayacağını düşünerek üzülürüm. Hapisaneden korkmaz mısın?

Ana, sadece "Hayır!" dedi.

— Ona kuşkum yok! Bununla birlikte hapishane öyle pis, öyle iğrenç bir yer ki... Zaten beni de öldüren orası ya! Hem doğrusunu söyleyeyim mi, ben ölmek istemiyorum.

Ana, dudaklarının ucuna gelen bir kelimeleri tuttu: "Kim bilir belki de ölmezsin" diyecekti, söyleyemedi, hastanın yüzüne bakakaldı.

— Halkın iyiliği, kurtuluşu için ben daha çalışabilirdim, çalışamadıktan sonra da yaşamak mümkün değil. Çünkü saçma olur.

O zaman ananın aklına Nikola'nın bir sözü geldi. Nikola derdi ki "Bunlar hep doğru ama derde derman olmaz." Bu anı ile içini çekti. Vücudu pek yorgundu, karnı da açıkmıştı, hastanın boğuk, tekdüze sesi odanın içini doldurarak, duvarlara çarpıyordu. Ihlamur ağaçlarının yaprakları insanda yere doğru inmiş basık bir bulut tabakası duygusunu uyandırıyor, üzgün karanlık rengi gözü çekiyordu. Bu ölüm bekleyişinin yarattığı yasın umutsuzluğu içindeki bütün eşya sanki ölümle bir yere mıhlanmış gibi garip bir kımıltısızlıkla duruyordu.

— Kendimi çok fena buluyorum.

Hasta, bu sözü söyleyerek gözlerini kapayıp sustu:

— Uyu, Yegor, uyu! Belki uyumakla biraz açılırsın.

Bir kaç saniye hastanın soluğunu dinledi. Çevresine bakındı; sonra dondurucu bir üzüntüyle o da uykuya daldı.

... Bir hışırtı ile uyandı. Yegor'un gözlerini açık görünce bütün vücudundan bir titreme geçti.

— Uyuyuvermişim, affet! dedi.

Yegor fısıldıyarak yanıtladı:

— Sen de beni affet, nine, seni rahatsız ettim!

Dışarıda alaca karanlık yavaş yavaş yayılıyor, soğuk bir heyecan gözlere baskı yapıyordu. Bütün eşyaya bir donukluk gelmiş, hastanın yüzü büsbütün koyu bir renk almıştı.

Deminki hışırtı bir daha yinelendi. Ludmila'nın uyumlu sesi işitildi:

— Baksanıza, karanlıkta oturmuşlar gevezelik ediyorlar. Elektrik düğmesi nerede?

Gözleri kamaştıran ak bir ışık hemen odanın içini kapladı. Ludmila, baştan aşağı karalar giymiş, uzun boyu ile dimdik duruyordu.

O aralık Yegor'un vücudu birden titredi. Hasta, elini göğsüne götürdü.

Ludmila, koşarak:

— Ne var? dedi.

Hasta, ananın yüzüne baktı. Pek çok büyümüş sanılan gözlerinde garip bir parlaklık vardı. Ağzı açıldı, başını kaldırarak elini ileriye doğru uzattı. Ana, bu eli yavaşça kendi elinin içine aldı. Soluk almak için kendini zorlayan hastanın yüzüne baktı. Derken Yegor, şiddetli bir çırpınma ile başını arkaya attı. Yüksek sesle:

— Artık, gücüm kalmadı, bittim! dedi.

Hafif bir kasılma titremesi vücudunu sarstı. Zayıf başı omuzunun üstüne devrildi. Büyüyen gözlerine yatağın üstündeki lambanın donuk ışığı vurdu.

Ana, yavaşça: "Zavallı arkadaş!" dedi.

Ludmila, ağır ağır yatağın yanından uzaklaştı. Pencerenin önüne gelince gözlerini uzaklara dikerek Pelage'nin şimdiye dek hiç işitmediği garip, uyumlu bir sesle:

— Öldü! dedi.

Eğilerek pencerenin kenarına dayandı, titrek bir sesle konuştu:

— Öldü. Sessizce, bir kahraman gibi ağzından bir yakınma sözcüğü bile çıkmaksızın öldü.

Sanki kafasına tokmakla vurmuşlar gibi bitkin diz çökerek yüzünü elleri içine aldı, hıçkıra hıçkıra ağladı.

Pelage, ölünün ellerini göğsünün üstüne koydu. Vücut sıcaklığını koruyan başını yastığa yerleştirdi. Sonra Ludmila'nın yanına gelerek sık saçlarını tatlı tatlı okşamağa başladı. Bir yandan da kendi gözünün yaşını siliyordu. Ludmila, ağır ağır başını çevirerek ağlamaktan şişmiş gözlerinin hastalıklı bakışıyla baktı, dudakları titreyerek:

— Onu pek eskiden beri tanırım, dedi. Sürgünde beraberdik; ikimizi de aynı hapishaneye koymuşlardı. Ara sıra öyle zalimce işkence ederlerdi ki katlanmak mümkün değildi. İçimizden bir çoğu dayanamadı, bir kaçı da aklını yitirdi.

Şiddetli bir titreyiş boğazını sıktı; kendisini güçlükle tutabildi. Sonra üzerinde derin bir acının durgun gölgesi dolaşan yüzünü Pelage'nin yüzüne yaklaştırarak göz yaşı dökmeyen kuru bir hıçkırıkla hızlı hızlı mırıldandı:

— Oysa o, her zaman şen, her zaman sevinçliydi. Hiç yorulmadan vaktini hep şaka ile geçirir, güler, acılarını her zaman saklardı. Kimde zaaf görürse onu yüreklendirmeğe çalışırdı... Öyle iyi, öyle duygulu, öyle yumuşak, sessizdi ki, Sibirya'da sürgün yaşayışı, o işsizlik, her zaman insanın moralini bozar, kötü eğilimleri kışkırtır; O bu çirkin eğilimlere karşı öyle savaşır öyle savaşırdı ki şaşar kalırdık! Bilseniz ne eşsiz bir arkadaştı! Özel yaşayında hep üzüntü, hep acı gördü.. Ben yakından bilirim; kimse onun ağzından bir yakınma sözcüğü çıktığını işitmemiştir. Kimseden, hiç bir kimseden, hiç bir zaman yakınmamıştır. Ben pek içten bir arkadaşı idim. Kalbinin yüceliğinden çok yararlandım. Düşünce alanında bana pek çok yardımı dokundu. Vakti yalnızlık içinde, sıkıntı içinde geçerdi, bütün verdiklerine karşılık hiç bir şey istemezdi! Ne bir okşayış, ne övgü, ne de bir yardım!

Ölünün yanına yaklaştı, eğilerek alnını öptü. Alçalan sesinde yaslı bir ton vardı:

— Arkadaş, sevgili arkadaş! Sana bütün kalbimle teşekkür ederim. Elveda! Elveda, arkadaş! Ben de senin gibi çalışacağım, usanmayacağım, kuşkuya, ikirciğe düşünmeyeceğim, acı, sıkıntı çekenler için yaşadıkça çalışacağım. Elveda arkadaş!

Şiddetli hıçkırıklar vücudunu sarsıyordu. Soluyarak başını yatağa, Yegor'un ayak ucuna dayadı. Pelage de ağlıyor, bol bol dökülen yaşlar yanaklarını yıkıyordu. Kendini tutmaya çalıştı. Ludmila'yı avutabilmek için bütün sevgisiyle kucaklamak, ona sevgiyi, yası anlatan sözler bulmak, Yegor'u anlatmak istiyordu. Gözlerini örten gözyaşı bulutu arkasından ölünün şişkin yüzüne, kapalı gözlerine, üzerinde hafif bir gülümseyiş duran morarmış dudaklarına bakıyordu. Her şey susmuştu. Odanın içinde solumayı zorlaştıran bir parlaklık vardı.

Doktor, her zaman olduğu gibi hızlı adımlarla geldi. İçeri girince odanın ortasında birden durdu, ellerini cebine sokarak içinde sinirli bir ruhun heyecanları titreyen uyumlu bir sesle sordu:

— Çok oldu mu?

Kimse cevap vermedi. Bacakları üstünde sallanarak ölünün yatağına yaklaştı, alnındaki terleri silerek Yegor'un elini sıktı, çekildi.

— Zaten kalpten anlaşılıyordu, sonuç belliydi. Bu sonucun altı ay önce olması gerekirdi.

Keskin sesinin durgunluğunu korumağa çalışıyordu. Ancak, birden kesinlik kırılıverdi. Arkasını duvara dayadı, sinirli parmaklarıyla sakalını karıştırarak sık sık kısılıp açılan gözlerini önce kadınlara, sonra ölüye dikti:

— Biri daha gitti, dedi.

Ludmila, kalktı, pencerenin önüne giderek camı açtı. Ana başını kaldırdı, içini çekerek çevresine baktı. Biraz sonra doktor, Ludmila, Pelage, pencerenin önünde dikilip, birbirlerine sokularak bu sonbahar gecesinin karanlığını seyrediyorlardı. Ağaçların üstünde parlayan yıldızlar göğün sonsuzluğu içinde uzayıp gidiyordu.

Ludmila ananın kolunu tuttu, hiç bir şey söylemiyerek başını omuzlarına dayadı. Doktor, mendiliyle gözlüğünün camını siliyordu. Dışarıda kentin yorgunluk veren yaşayışı gecelere özgü bir uyum ile soluk alıyor, karanlıklardan çıkan serinlik, üçünün de yüzünü serinleterek saçlarını uçuruyordu. Ludmila'nın vücudu titreyip duruyor, yanaklarından iri iri yaşlar akıyordu. Hastanenin koridorunda boğuk, heyecanlı, öfkeli gürültüler, hızlı hızlı adımların atıldığını anlatan sesler, iniltiler, üzgün fısıltılar işitiliyordu. Ludmila, doktor, Pelage pencerenin kenarına dayanarak, kımıldamadan, sessiz karanlıkları seyrediyorlardı.

Pelage, artık dayanamıyacağını anladı, kolunu genç kızın kolundan yavaşça çekerek ölünün önünde bir kez daha saygı ile eğildikten sonra kapıya doğru yürümeğe başladı.

Doktor, başını çevirmeksizin hafif bir sesle:

— Gidiyor musunuz? dedi.

— Evet!

Sokağa çıkınca Ludmila'yı düşündü. Onun nadiren göz yaşı dökmüş olduğunu gözünün önüne getirerek "zavallı kız, ağlamasını da bilmiyor" dedi.

O aralık Yegor'un son sözü aklına gelerek içini çekti. Ağır adımlarla yürürken gözünün önünde hep o zavallının parlak gözleri, şakacı sözleri, yaşam üstüne konuşmaları dolaşıyordu:

— Namuslu insanlar için yaşamak zor, ölüm daha kolay oluyor. Acaba ben nasıl öleceğim?

Sonra çiğ bir ışığın aydınlattığı o ak oda içinde, pencere kenarından dışarıyı seyreden Ludmila'yı, doktoru, Yegor'un sönük bakışlarını gözünün önüne getirdi, birden kalbini sıkan derin bir acıma duygusuyla içini çekerek sanki belirsiz bir önduyuşun önüne düşmüş gibi adımlarını sıklaştırdı.

Bu üzgünlük arasında kendisine bir yüreklilik gelmişti. Bu yüreklilikle ilerlerken kendi kendine:

— Yürümeli, yürümeli, durmaya gelmez ilerlemeli, diyordu.

Pelage, ertesi gün Yegor'un gömme törenini hazırlamakla uğraştı. Akşam Nikola, Sofi ile çay içerken Saşenka geldi. Şen, kıpırdak, canlı idi. Yanakları kıpkırmızı olmuş, gözleri parıl parıl parlıyordu. Ana, Saşenka'nın bu halinden sevinçli bir umut içinde olduğunu anladı. Saşenka'nın sevinci karanlıkları arasında ani bir parıltı ile parlayan güçlü bir ışık gibi küçücük odanın içini altüst etmişti. Nikola düşünceli, elini masaya vurarak:

— Saşenka, halinizde bugün büyük bir değişiklik var, dedi.

Saşenka, ufak bir kahkaha atarak:

— Gerçekten mi? dedi, olabilir ya!

Pelage, sessiz bir azarlama ile kızın yüzüne baktı.

— Yegor'dan konuşuyorduk, dedi.

Saşenka, söze atıldı:

— Ne iyi adamdı, değil mi? Ona ne zaman rastlasam gülümser görürdüm, ağzından her zaman şakacı sözler işitirdim. Ne de çalışkandı o! Büyük bir bilgin gibi temelli devrim düşüncesi taşırdı. İnsanların yalanlarını, haksızlıklarını, zulümlerini öyle sade, öyle ateşli bir dille anlatırdı ki. Ben kendi hesabıma ondan çok şey öğrendim.

Alçak sesle bu sözleri söylerken gözlerinde dalgın bir gülümseyiş vardı. Ne varki bu dalgınlık o gözlerin hiç kimsece bilinmeyen neşeli bakışını söndürmüyordu. Kimi insanlar vardır ki, içinde bulundukları yasla, üzüntüden tat duyarlar, onu kendilerine bir eğlence, bir oyuncak edinirler, bu oyuncağın acısı onların kalplerini kemirir durur.

Nikola, Sofi, ana bu karakterde yaradılmış insanlardandı. Üzüntülerini dağıtmak, Saşenka'nın neşesine katılmak istemezler, gönül sızıları onlar için ruh besinidir. Bu besinden kendilerini mahrum etmemek, bu tadı kaçırmamak için kalplerinin bütün üzgünlüğü ile Saşenka'ya karşı istemiyerek savunmadan geri durmuyorlar, genç kızı da kendilerinin bulunduğu ortam içine sokmağa çalışıyorlardı.

Sofi, dikkatlice Saşenka'ya bakarak:

— İşte, en sonra o da öldü, dedi.

Genç kız, oturanların yüzüne sorucu bir bakışla baktıktan sonra başını önüne eğerek:

— Öldü mü? dedi, olamaz bu, aklım almıyor.

Kalktı, odanın içinde dolaşmağa başladı. Sonra, birden durarak tuhaf bir sesle konuştu:

— Öldü, öldü? Bu ne demek, ölen kim? Yegor'a karşı beslediğim saygı, sevgi, onun çalışma anıları, bunlar hep öldü, öyle mi? Bende ona, onun namusuna, büyüklüğüne karşı var olan intiba da mı öldü? Bunlar, hep öldü gitti, öyle mi? Ben öyle inanıyorum ki bunlar, onun varlığının en iyi ve en güzel yönlerini oluşturuyordu. Ve bunlar halen yaşıyor. Yücelikleri ölmedi. Ölmez. Ben, öyle sanıyorum ki, dünyadan giden bir adam için biz de "Öldü" demekle gereğinde çok aceleci davranıyoruz. Evet, o adamın dudakları ölmüştür, ne varki o dudaklardan çıkan sözler arkada kalanların kalbinde yaşar durur.

Bütün vücudu sarsılıyordu. Yine yerine oturdu, dizlerini masaya dayayarak yavaş yavaş durgunlaşan bir sesle:

— Arkadaşlar, belki saçma sapan şeyler söylüyordum; ancak, siz de anlamışsınızdırki ben namuslu, iyi adamların ölümsüzlüğüne inananlardanım.

Sofi, gülümseyerek sordu:

— Herhalde sizde sevindirici bir haber var?

Saşenka, başını sallayarak yanıtladı.

— Evet. Sanırsam pek çok sevindirici bir şey. Bütün gece Vesofçikof'la konuştum. Eskiden onu pek öyle sevmezdim, bana çok kaba, çok cahil gelirdi ve bu biraz da doğru idi. Onda bir sertlik, herkese karşı sürekli bir öfke ve sinirlilik vardı. Her zaman, her şeyin ortasına geçer, orada bıktırıcı, usandırıcı bir diretme, dirençle hep kendisinden sözeder. Herhalde bu huylarında kötü, sinire dokunan bir hal vardı.

Gülümsedi, çevresine ışıklı bir bakış gezdirdi:

— Şimdi, o da artık arkadaşlarından sözediyor, onun bu sözcüğü söyleşini bir işitmeli. Şimdi, artık büsbütün kendisini buldu, gücünü görüyor. Kendisinde eksik olan şeyi anlıyor. Özellikle onda gerçek bir arkadaşlık duygusu doğdu. Öyle bir duygu, öyle bir aşk ki yaşamda acı olarak ne varsa hepsini de dudaklarında bir gülümseyişle karşılıyor.

Pelage, bu sözleri her zaman üzüntülü olan genç kızı, şimdi böyle sevinçli görmekten doğan bir hoşnutluk içinde dinliyordu. Ancak, kalbinde de bir kıskançlık vardı. Bir yandan da düşünüyordu: Ya Pavel? Acaba şimdi o daracık hücreler içinde ne yapıyordu?

Saşenka konuştu:

— Sadece arkadaşlarını düşünüyor; biliyor musunuz ne yapmak istiyor? Arkadaşlarını hapishaneden kaçırmak istiyor. Bana bunun pek kolay bir şey olduğunu söyledi.

Sofi, birdenbire başını kaldırarak sordu:

— Bu düşünceye siz ne dersiniz, Saşenka? Çok iyi bir düşünce!

Ananın, elinde tuttuğu çay bardağı titremeğe başlamıştı. Hemen masanın üzerine bıraktı. Saşenka gözlerini kırpıştırıyordu. Heyecanını gizlemek için bir an sustu, sonra ciddi bir sesle, dudaklarında parlak bir gülümseyişle konuştu:

— Eğer dedikleri doğru ise pek güvenilir bir iş. Bir kez deneyeceğiz. Görevimiz bu.

Kızarmıştı. Hemen kendisini bir sandalye üzerine bırakıverdi.

Ana, dudaklarında bir gülümsemeyle ona bakıyor, sanki içinden "Ah, yavrum, yavrum!" diyordu. Sofi de gülümsedi. Nikola, küçük bir kahkaha salıvererek genç kıza merhamet dolu bir bakış fırlattı. O zaman, Saşenka başını kaldırarak şaşkın şaşkın çevresine bakındı, yüzünde bir solgunluk vardı. Yalnız, gözlerinden ışıklar saçılarak kuru bir sesle:

— Gülüyorsunuz, dedi. Nedenini anlıyorum. Siz bu kaçışın başarıyla sonuçlanmasında benim de ilgili olduğumu düşünüyorsunuz, değil mi?

Sofi iki yüzlüce:

— Nereden bildin, Saşenka? dedi. Sonra yerinden kalkarak genç kızın yanına gitti. Ana, soruyu genç kızın kalbini kırıcı buldu. İçini çekti azarlayıcı bakışlarla Sofi'ye baktı.

Saşenka haykırdı:

— Ben bununla uğraşmak istemem. Eğer siz işe bu gözle bakacak olursanız ben hiç de incelemeye, tartışmaya katılmam.

Nikola, durgunca:

— Susunuz Saşenka, dedi.

Ana, genç kızın yanına yaklaşarak şefkatle saçlarını okşadı. Saşenka, birdenbire onun elini avuçlarına aldı, ateşler içinde yanan yüzünü yukarıya kaldırarak dalgın dalgın yaşlı kadının yüzüne baktı. Sofi, bir sandalye alarak Saşenka'nın yanına oturdu, kollarını omuzlarına dolayarak tuhaf bir gülümseyişle:

— Ne kadar tuhafsınız Saşenka, dedi.

— Evet, sanırım pek aptalca şeyler söyledim. Yalnız, ben gizli imalı sözleri, çakıştırmalı konuşmaları sevmem.

Nikola, onun sözünü kesti:

— Eğer kaçış olabilecekse hemen işe koyulmalı, duraksama doğru değildir. Yalnız, herşeyden önce hapisteki arkadaşların da düşüncelerini öğrenmek gerekir.

Saşenka başını eğdi.

Ana içini çekerek:

— Belki, belki de hepsi razı olmaz. Yalnız, ben bunun olamayacağını sanıyorum.

Ötekiler sustular, Sofi:

— Bunun için Vesofçikof'u görmem gerek, dedi.

Saşenka hafif bir sesle:

— Peki, dedi, öyle ise yarın nerede, ne zaman görebileceğinizi ben size bildiririm.

Nikola çay bardaklarını yıkamakta olan ananın yanına yaklaşarak:

— Siz yarından sonra hapisaneye gideceksiniz. Pavel'e küçük bir kağıt vermeli. Herhalde anlamak gerek.

Ana:

— Anlıyorum, anlıyorum... Veririm, dedi.

Saşenka, ayağa kalktı:

— Gidiyorum.

Dedi, sonra hepsinin de güçlüce ellerini sıkarak çıkıp gitti. Sofi, bir eliyle ananın omuzuna vurarak:

— Pegale, nasıl, öyle bir kızınız olması hoşunuza gider, değil mi? dedi. Ana, hemen ağlıyacak bir halde:

— Aman yarabbi, hiç olmazsa bir günlük olsun onları bir arada görseydim, dedi.

Sofi piyanonun önünde oturarak üzgün bir hava çalmaya başladı.

* * *

Ertesi sabah, kadın, erkek, yirmi otuz kişi hastanenin demir parmaklıkları önünde arkadaşlarının cenazesini bekliyorlardı. Çevrelerinde bir takım sivil polisler dolaşıyor, onların her sözlerini inceliyerek zihinlerinde ne gibi bir tanışıklıkları olduğunu araştırıyorlardı. Yaya kaldırımının öbür yanında bellerinde tabancalarıyla bir takım polis memurları bulunuyordu. Bunlar kendilerine birer kahraman süsü vermek isteyen duruşlarıyla halkı öfkelendiriyorlardı. Parmaklığın önünde bekliyenlerin bir bölümü öfkelerini saklıyarak birbirleriyle alay ediyor, öbür kısmı bu insana isyan arzuları veren aşağılık görünüşü görmemek için, derin bir ıstırap içinde bakışlarını yerden ayırmıyordu. Bunların arasında öyleleri de vardı ki, öfkelerini yenmeyi başaramıyarak bu dillerinden başka hiçbir silahları bulunmayan güçsüz insanlardan bu kadar korkan yönetimle açıktan açığa eğleniyorlardı. Rüzgarın sürüklemesiyle öteye beriye uçuşan yapraklarla örtülü toparlak taşlı kaldırımı mavi, solgun bir güz güneşi aydınlatıyordu.

Ana da bu kalabalığın içindeydi. Bu tanıdığı yüzleri birer birer gözden geçirirken derin bir acı içinde kendi kendine söyleniyordu:

— Pek azsınız, pek az.

Parmaklık açıldı. Tabutun üzeri kırmızı kurdelelerle süslenmiş kapağı dışarıya çıkarıldı. Erkekler, sessizce başlarından şapkalarını çıkardılar. Sanki bütün bu başların üzerinden bir anda bir takım kara kuşlar uçmuş gibiydi. Birdenbire asık suratını örten kara bıyıkları, uzun boyu ile bir polis subayının ötekini berikini ite kaka ilerlediği görüldü:

— Rica ederim, diyordu, kırmızı kurdeleleri kaldırınız!

Erkek, kadın, bütün kalabalık, subayın çevresinde toplandı. Hepsi birden konuşuyor, elleriyle işaret ederek öteye beriye gidip geliyorlardı. Ananın üzgün bakışlarının önünde solgun, üzgün yüzler belirsiz anlamlarla buruştu.

Bir kadının yanaklarının üzerine iri iri umutsuzluk damlaları yuvarlandı. Ansızın genç bir ses:

— Kahrolsun zulüm! diye bağırdı. Sonra, o da bu tartışma gürültüleri arasında yitti.

Ana, kalbinde derin bir ıstırabın kabardığını duyuyordu. Yanındaki yoksulca giyinmiş gence dönerek:

— İnsana bir arkadaşını istediği biçimde gömmek için bile izin vermiyorlar! dedi.

Tartışma, gürültü gittikçe artıyor, kırmızı kurdelelerle süslenen kapak, başların üzerinde sallanıyor, rüzgar kurdelelerle oynayarak onları başlara, yüzlere doluyor, bu ipek şeritlerin birbirine sürtünmesinden kuru bir ses çıkıyordu.

Ana, birdenbire bir kavga çıkmasından korkmuş, alçak bir sesle yanındakilere şöyle fısıldıyordu:

— Ne önemi var? Mademki böyle istiyorlar. Kurdeleleri çıkarmalı. Direnme neye yarar?

Bütün bu gürültünün üstünde acı, kalın bir ses yankılandı.

— Biz, sizden işkenceler içinde öldürdüğünüz bir arkadaşımıza karşı son uğurlama görevinin yapılmasına izin verilmesini istiyoruz. Keskin, bitkin, kuşkusuz bir genç kız sesi de şöyle çınladı:

— Rica ederim bu kurdeleleri kaldırınız. Jakolef kes şunları!

Kınından çıkan bir kılıcın şakırtısı işitildi. Ana, bir çığlık işitmek korkusuyla gözlerini kapadı. Bu çığlık işitilmemiş, şimdi gürültü kesilmişti. Sonra bütün kalabalık çaresizliklerin ağır yükü altında ezilmiş, başları yere eğik, sessizce yürüdü. Sokakta salt ayaklarından çıkan gürültü işitiliyordu.

Ta önde şimdi kurdeleleri kesilmiş olan tabut, buruşmuş çiçekleri ile havada sallanarak gidiyordu. Bunun arkasında atlarının üzerinde sağa sola sallana sallana ilerleyen polisler vardı. Ana, yaya kaldırımı üzerinden yürüyordu. Tabutun çevresini alan kalabalık, onu görmesine engel oluyordu. Göstericilerin sayısı durmadan artıyor, yavaş yavaş bütün caddeyi kaplıyordu. Kalabalığın arkasından da atlıların tek renkli gölgeleri geliyor, her iki yandan da, elleri kılıçlarının kabzasında polis memurları yürüyordu. Ana, her yandan durmadan bakışlarayla çevreyi araştıran sivil polis yüzleri görüyordu.

İki güzel ses çınladı:

— Elveda, arkadaş, elveda!

Birisi haykırdı:

— Susunuz! susalım dostlar, şimdilik susalım.

Bu seste öyle sert bir tehdit anlamı vardı ki halk hemen boyun eğdi. Yas havası sustu, sesler durdu. Salt ayaklardan çıkan kaba sesler bütün başların üstünde işitiliyor, göğe doğru yükseliyor, tıpkı henüz uzakta bulunan bir fırtınanın başlangıcı gibi havayı sarsıyordu. Gittikçe soğuyan, şiddetlenen rüzgar, bütün yüzlere toprak ve çamur fırlatıyor, etekleri uçuruyor, bacaklara sarılıyor göğüslere saldırıyordu.

Bu sessiz yas yürüyüşü, bu ezgisiz, papazsız tören, bu gözlerini kırparak ilerleyen düşünceli yüzler, bu güçlü adımlardan çıkan gürültü, bütün bu kafileler, mutsuz ananın kalbinde bir acı uyandırıyordu. Düşüncesi dönüp dolaşıyor, en sonra yine hep bir noktada duruyordu.

— Pek azsınız... Ey özgürlük için savaşa atılanlar, siz pek azsınız... Ama görüyor musunuz, sizden nasıl korkuyorlar!

Şimdi kendisine öyle geliyordu ki, bu gömülecek olan kendisince tanınmış birisi, Yegor değil, pek çok alıştığı, kendisinden ayrılmak elde olmayan bir şeydi. Kalbini acı, korkutucu bir duygu kaplıyordu. Yegor'u izleyenlerle bir düşüncede değildi. Kendi kendine düşünüyordu:

— Evet, biliyorum, Yegor hakka inanıyordu. Hatta ötekiler de, şunlar da...

Ne var ki, düşüncesini bitiremiyor, sanki kafasını büyük bir yük altından kurtarmak ister gibi içine çekiyordu:

— Yarabbi, Aman yarabbi, sen bilirsin! Beni de mi böyle gömecekler?

Mezarlığa vardılar. Bir süre dolaşa dolaşa bir takım mezarlar arasından geçtiler. Sonra, yeni açılmış, şurasına burasına ak saçlar serpilmiş bir mezarın önünde durdular. Herkes mezarın çevresine toplandı, ortalığı bir sessizlik kapladı. Bu mezarlar arasında henüz yaşayanlardan yükselen büyük sessizlikte, ananın kalbini titreten bir korkunçluk, büyüklük vardı. Ana, bekliyordu. Haçların arasında rüzgar korkunç uğultular, ıslıklarla esiyor, tabutun üzerindeki solgun çiçekler üzgün üzgün titreşiyordu.

Polisler, sıraya dizilmiş, gözlerini önlerine dikmişlerdi. İri yapılı, kara kaşlı saçlı bir genç, açık başı, solgun yüzüyle mezarın başına geldi. O sırada subayın sesi işitildi:

— Efendiler!

Bir genç, kalın, inançlı bir sesle cevap verdi:

— Arkadaşlar!

Subay bağırdı:

— Hayır, müsaade ediniz, size söylüyorum, kesin olarak nutuk söylenmsine müsaade edemem!

Genç cevap verdi:

— Müsaade buyurunuz çok değil, bir kaç söz söyleyeceğim. Arkadaşlar, bu sevgili üstadımız ve dostumuzun mezarı üzerinde ant içelim ki onun bize verdiği dersleri, hiç bir zaman unutmayacağız. Ant içelim ki hepimiz, bütün yaşayışımız boyunca yurdumuzu kaplayan kötülüklerin kaynaklarını kurutmaya, yurdu perişan eden, ezen gücü, istibdadı yok etmeye çalışacağız!

Subay:

— Tutuklayınız! diye haykırdı, ne varki ses, her yandan yükselen genel haykırış arasında yitti:

— Kahrolsun zulüm!

Halkı dirsek vuruşlarıyla yararak bu sözleri söyleyen gencin çevresini kuşattılar. O, hâlâ haykırıyordu.

— Yaşasın özgürlük! Yaşamak ve ölmek hep onun için!

Ana, bir yana itilmişti. Korku içinde inecek vuruşu bekleyerek gözlerini kapadı. Ağızlardan yükselen hayhuy onu sersemletiyordu. Ayaklarının altındaki toprak sarsılıyordu. Bir yandan rüzgar, öbür yandan korku, onun soluğunu kesiyordu. Hava polislerin ıslıklarıyla yırtılıyordu. Bir ses yankılandı. Kadınlar, sinirli çığlıklar atıyorlardı. Mezarın üzerine örtülen tahtalardan çıkan sesler işitiliyordu. Polislerin toprağı çiğneyen ayaklarından çıkan sesler kulaklarını dolduruyordu. Bu, epeyce sürdü. Pelage, artık gözlerini kapayamıyordu. Kendisini saran korku arttıkça artmıştı. Çevresine bakındı, birdenbire bir korku çığlığı ile kollarını açarak ileriye doğru koşmaya başladı. Ötede, biraz uzakta, dar bir yolda tutuklamak istedikleri gencin çevresini saran polisler, kendilerine saldıran halka karşı savunmaya geçmişlerdi. Yalın kılıçlar havaya kalkmış, kuru, ak bir parıltı ile parlıyor, başların üzerine kalkıyor, sonra şiddetle, hızla iniyordu. Ara sıra yukarıya doğru kalkan bastonlar, kırık dökük değnek parçaları görünüyor, sonra yine yitiyor, bütün bu zavallı halktan vahşi bir kasırga halinde yükselen haykırışlar birbirine karışıyordu. Ara sıra iri yarı gencin solgun yüzü görünüyor, bu fırtına halinde havayı sarsan öfke, kızgınlık kasırgasının üstünde onun güçlü sesi işitiliyordu:

— Arkadaşlar! Neden benim için kendinizi feda ediyorsunuz?

Bu sese uyuldu. Herkes elindeki değneği bir yana atarak yürümeğe başladı. Ana, karşı durulmayan bir gücün etkisi altında kalmış, en önde yürüyordu. Birden Nikola'yı gördü, O, şapkasını alnına indirmiş, bir yandan göstericileri azarlıyor, bir yandan da hepsini, artık kavgayı gürültüyü bırakıp uzaklaşmağa çağırıyordu:

— Galiba hepiniz delirdiniz. Artık yeter, kendinize gelin.

Ana, Nikola'nın bir elini kana bulanmış gördü. Ona doğru koşarak:

— Haydi, artık uzaklaşınız Nikola!

Diye haykırdı.

— Nereye koşuyorsunuz? Sizi öldürecekler!

Ana, başını çevirdiğinde arkasında açık başı dağınık saçlarıyla Sofi'yi gördü. Sofi, çocuk denecek yaşta bir genci omuzlarından yakalamış, onu yürümekten alıkoymaya uğraşırken delikanlı, bir yandan titrek elleriyle şişmiş yüzünü siliyor, öbür yandan da diretiyordu.

— Bırakınız beni. Bir şey değil!

Sofi, telaş ile anaya:

— Aman, dedi, bununla siz uğraşınız. İşte bir mendil, bununla yüzünü sararak doğruca eve götürünüz, bizim eve.

Sonra, gencin elini anaya vererek konuşmaya başladı:

— Haydi, dedi, çabuk olunuz, kaçınız, yoksa sizi de tutuklayacaklar!

Göstericilerin her birisi mezarlığın bir yanından çıkıyordu. Arkalarında polisler, kaputlarına sarınarak, kılıçlarını şakırdatarak, sövüp sayarak mezarlar arasından yürüyorlardı. Delikanlı durarak bakışlarıyla polisleri izliyordu.

Ana, yavaşça gencin yüzünü silerek:

— Haydi, çabuk, dedi.

Genç, öksürdü, ağzından biraz kan geldi:

— Korkmayınız, Bir şey değil... O kerata bana kılıcının sapı ile vurdu. Hem yüzüme, hem kafama. Ben de onun kafasına öyle bir indirdim ki herif it gibi hırladı!

Ana, bir yandan mezarlığın sokağına çıkan küçük kapısına doğru yaklaşarak:

— Haydi, çabuk! dedi.

Ana, öyle sanıyordu ki duvarın dışında iki polis gizlenmiş, onların çıkmasını bekliyor, çıkınca bir atılışta ikisini birden tutuklayacaklardır. Çekinerek küçük kapıdan dışarıya çıktıklarında orda ovalara yayılan bir güz güneşi batışının son ışıklarından başka hiç bir şey bulunmadığını, her yanda derin bir sessizlikle, ıssızlığın egemen olduğunu görünce geniş bir soluk aldı. Gence dönerek:

— Durunuz, dedi, sizin yüzünüzü bağlayayım.

— Hayır, istemem, ben yaralarımla övünürüm.

Ana, çabucak yarayı sildi oradan taze kanlar aktığını görünce kalbi birden derin bir acı ile sızladı. Parmakları bu yaş yüze dokunduğunda birden bir koku ile sarsıldı. Sonra, hiç bir söz söylemeyerek genci kolundan tuttu, tarlaların ortasından çekip götürmeye başladı. Genç, ağzını örten sargıyı bir eliyle açtı, gülümseyen tatlı bir sesle:

— Arkadaşlar, beni neden böyle çekip götürüyorsunuz? dedi, ben kendi kendime pek ala yürürüm.

Ana, onun sallandığını, ayaklarının titrediğini görüyordu. Genç, gittikçe zayıflayan sesi ile bir şeyler söylüyor, karşılık beklemeden bir takım sorular soruyordu:

— Adım İvan'dır, tenekeciyim. Siz kimsiniz? Yegor'un örgütünde biz üç kişi idik, üç tenekeci... Zaten kulüpte topu topu onbir kişi vardı. Onu pek çok severdik!

Sokağın birinde bir araba tuttu. Genci bindirdi, sonra kulağına eğilerek fısıldadı:

— Şimdi, artık susunuz!

Daha çok sakınma gerektiğinden çenesindeki bağı yine dudaklarının üstüne getirdi. Genç, elini yine kaldırdı. Ne varki elinde hiç güç kalmamıştı. Ağzını sargıdan kurtaramadı. Eli yine aşağı düştü. Bununla birlikte yine de bağın altından konuşup duruyordu:

— Hey gidi polisler, hey! Ben, bu yediğim dayağı unutur muyum sanıyorsunuz? Yegor'dan önce bize iktisat derslerini bir üniversite öğrencisi verirdi. Pek ağırbaşlı bir gençti. Onu da tutukladılar.

Ana, İvan'ı kollarının arasına alarak başını da göğsüne dayadı. Gence birdenbire bir ağırlık geldi, artık sesi çıkmaz oldu. Bütün vücudu buz kesilmiş, çevresine korku dolu bakışlarla bakıyordu. Öyle sanıyordu ki, nerede ise bir polis çıkacak, İvan'ı yakalayacak, öldürecekti.

Arabacı, oturduğu yerden arkasına dönerek sordu:

— Çok mu kaçırdı?

Ana da gülerek:

— Pek çok! dedi.

— Çocuğun mu?

— Evet, kunduracılık eder, ben de ahçılık!

— Yaaa.. Güç iş!

Arabacı, hayvanları şiddetle kamçıladıktan sonra yine başını çevirdi:

— Haberin var mı, biraz önce mezarlıkta kavga oldu. Polisle halk dövüştü. Oraya politikacılardan, hükümetin düşmalarından birisinin ölüsünü getirmişlerdi. Cenaze ile gelen dostları "Kahrolsun hükümet, halkı ezen hükümet!" diye haykırdılar. Polisler işe karıştı, bir kavga ile kıyamettir koptu. Galiba ölen de olmuş arada, polislerden de dayak yiyen varmış.

Arabacı üzgün, başını salladı, sonra da tuhaf biçimde ekledi:

— Ölüleri rahatsız ediyorlar. Ruhları inciniyor.

Araba, kaldırımların üzerinden gürültü ederek, sarsılarak yürüyor, İvan'ın başı ananın göğsüne doğru kayıyordu. Arabacı başını hep onlardan yana çevirmiş olarak dalgın bakışlarla dedi ki:

— Halkta bir heyecan var. Her yanda ayaklanış izleri görülüyor. Örneğin, bu gece de jandarmalar bir komşunun evini araştırmaya geldiler, sabaha dek kaldılar. Ne yaptılar bilemem, sabahleyin de bir demirci ustasını beraber alıp götürdüler. Söylentilere göre onu bir gece derenin kıyısına götürüp orada suya atacaklar, gizlice boğacaklarmış. Götürdükleri, zeki bir adamdı.

Ana sordu:

— Adı neydi?

— Demircinin mi? Savil. Çok gençti, gençti ama pek çok da şeyler bilirdi. Anlaşılan bilmek yasak olacak. Arada sırada arabaların durduğu yere gelir, bize "Şu sizin yaşayışınız da yaşamak mı?" derdi. Biz de kendisine: "Evet, doğru, bu insan yaşayışı değil, köpek yaşayışı!" derdik.

Ana:

— Dur! dedi.

Araba sarsılınca İvan biraz kendisine geldi, hafif bir sesle inledi.

Arabacı:

— Çocuk epeyce hasta! dedi.

İvan sallana salana güçlükle yürüyerek avluyu geçti:

— Bir şey yok... Yürürüm, diyordu.

Sofi gelmişti. Ağzında bir sigara ile endişe, heyecan içinde anayı karşıladı. İlk önce genci bir kanapeye yatırdı. Başını dümdüz bağladı. Bir yandan da emirler veriyordu:

— Doktor, işte geldiler. Yoruldunuz değil mi Pelage? Korktunuz değil mi? Haydi, biraz dinleniniz. Nikola, haydi çabuk bir çay ver, anaya da içecek bir şey.

Pelage bu olayla şaşırmış, güçlükle soluyor, göğsünde derin bir acı duyuyordu.

— Benim için üzülmeyiniz diye mırıldandı.

Şimdi, böyle korkular içinde titremiş olan vücudu avutucu bir okşayış, şefkatli bir bakım arıyordu.

Nikola, yandaki odadan saçları karmakarışık bir halde çıktı. Bir elinde sargı vardı. Doktor, çağırdı. Doğruca İvan'ın yanına koştu, üzerine eğildi:

— Su getiriniz, su... Çok getiriniz, dedi, temiz bez, pamuk da olsun!

Ana aceleyle mutfağa koştu. Nikola onun kolundan tutarak yandaki odaya götürdü, sevgiyle karışık:

— Size değil Sofi'ye söylüyor, dedi, siz çok üzüldünüz değil mi aziz dost?

Ana kendisini tutamıyarak gözlerini dolduran yaşlar arasında hıçkırıklarla:

— Ah! diye haykırdı, dayanılacak gibi değildi. Zavallı insanları süngülediler, acımadan süngülediler!

Nikola, kadıncağıza bir bardak su vererek omuzlarını kaldırdı:

— Ben de oradaydım, dedi, her iki yan da çok ileri gitti. Polisler, salt kılıçlarının sırtıyla vurdular. Sanırsam önemli olarak yalnız bir kişi yaralandı. Benim yanıma düşmüştü, onu çektim, kavga meydanından uzaklaştırdım.

Oda biraz aydınlıktı, Nikola'nın yüzü, sesi anayı biraz avuttu. Kendisine minnet dolu bir bakışla baktı:

— Size bir kılıç indi, değil mi?

— Sanırsam bunda da suç benimdi. İstemiyerek, nedensizce elimi salladım. Bir yere çarpmış olmalıyım ki, elimin derisi sıyrılmış. İçiniz elinizdeki suyu. Hava pek soğuk, siz de inadınıza ince giyinmişsiniz.

Ana ellerini bardağa uzatırken parmaklarının ucunda donmuş kan lekeleri olduğunu gördü. Elinde olmayan bir davranışla elini dizinin üzerine bırakıverdi. Eteği ıslanmıştı. Şimdi, gözleri pek çok açılmış, uzun uzadıya parmaklarını inceliyordu:

— İşte... dedi, işte bir gün Pavel'in de olacağı bu!

Bu sırada doktor içeri girmişti. Soyunmuş, kollarını sıvamıştı. Nikola'nın bakışlarıyla sorduğu soruya şöyle karşılık verdi.

— Yüzündeki yara bir şey değil, yalnız kafa kemiklerinden birisi kırılmış, bu da tehlikeli değil ama epeyce kan yitirmiş. Bereket versin bu keratalar dayanıklı oluyor. Her halde hastaneye göndermek gerek.

Nikola:

— Niçin, diye haykırdı, burada bakılamaz mı?

— Bugün yarın olabilir. Ne de olsa sonra hastaneye gitmeli. Ben her zaman gelip gidemem. Mezaklıkta olan bitenden hesap vermeyi sen üzerine alacaksın.

— Elbette!

Ana hiç ses çıkarmaksızın kalktı, mutfağa doğru yürüdü.

Nikola kaygılı, sordu:

— Nereye gidiyorsunuz? Sofi yalnız başına pek güzel hazırlar.

O, Nikola'ya elinde olmadan tuhaf bir gülümseyişle cevap verdi:

— Üstüm başım kan içinde, kan.

Odasında bir yandan giysisini değiştirirken bir yandan da bu adamların soğukkanlığı, olayların korkunçluğu karşısında korudukları kaygısızlığın derecesini düşünüyordu. Bu düşünce onu uyardı, kalbindeki korkuları giderdi.

İşini bitirerek yaralının bulunduğu odaya geldiğinde Sofi, hastanın yanında eğilmiş:

— Ne aptallık, arkadaş! diyordu.

Yaralı, bitkin bir sesle konuştu:

— Ah, sizi rahatsız ediyorum!

— Susunuz, susunuz... Susmak daha iyi.

Ana, Sofi'nin arkasında duran elini omuzuna koydu. Şimdi yaralının solgun yüzüne daha serinkanlıca bakıyordu. Arabada, onun sayıklamalarından ne çok korkmuş olduğunu anlatmaya başladı. İvan, gözleri sıtmalı ateşler saçarak dinliyordu. Arada sırada dişleri birbirine çarpıyor:

— Oh, ne budalaymışım! diyordu.

Sofi, hastanın yorganını düzelterek:

— Haydi, bakalım dedi, artık sizi yalnız bırakıyoruz.

Her iki kadın da yemek salonuna geçerek orada Nikola ve doktorla birlikte geçen olaylar üstüne uzun uzadıya konuştular. Daha şimdiden artık bu olayı geçmişe gömüyorlar, bütün bir güvenle gelecekten, yarın için hazırlanacak planlardan, yapılacak işlerden sözediyorlardı. Yüzlerinde derin bir yorgunluk izi vardı. Ancak kafaları durmadan çalışıyordu.

Doktor, durmadan sandalyesi üzerinde kımıldıyarak yineliyordu:

— Propaganda! Propaganda! Artık bu da yetmez! Genç işçilerin hakkı var; daha geniş bir alanda kışkırtma yapmak gerek. Size söylüyorum ki, işçilerin hakkı var.

Nikola, hazin bir tonla konuştu:

— Her yerden kitapların yetersizliğine ilişkin yakınmalar, geliyor. Daha biz de iyi bir matbaa kuramadık. Ludmila'nın da artık gücü kalmadı. Eğer kendisine yardımcı bulamayacak olursak çok geçmez hastalanacaktır.

Sofi sordu:

— Ya Vesofçikof?

— O kentte yaşayamaz.Yeni matbaada işe başlayacak, herhalde bize birisi daha gerek.

Ana, serinkanlılıkla sordu:

— Ben yapabilir miyim?

Üç arkadaş, bir dakika kendisine baktılar. Sofi birdenbire haykırdı:

— Hayır Pelage, bu sizin için pek zor bir iş. Böyle olunca sizin için artık kent dışında bir yerde yaşamak gerekecek. Üstelik genellikle Pavel'i de göremiyeceksiniz...

Ana, içini çekerek cevap verdi:

— Bu da Pavel için büyük bir yoksunluk sayılamaz. Zaten ben de bu ziyaretlerde kalbimi üzen bir avunuştan başka bir şey bulamıyorum. Orada hiç bir şeyden konuşulmuyor. Her şey yasak, sade bir alık gibi hep oğlumun gözlerinin içine bakıp duruyorum. Her yandan bizi gözetliyorlar.

Son olaylar kendisini pek çok yormuştu. Şimdi, böylece kendisi için kentin kötü yaşayışından uzaklaşabilmeye yarayacak bir fırsat çıktığını görünce olanca gücüyle bu düşünceye sarılmıştı. Ne var ki Nikola birdenbire sözü değiştirdi. Doktora sordu:

— Ne düşünüyorsunuz?

Doktor, ağır bir tonla:

— Pek azız, işte düşündüğüm bu, dedi. Herhalde daha çok çalışmak gerek. Andre'yle Pavel'in kaçırılması için bir çare bulmalı. Onların ikisi de pek değerlidir, böyle bomboş oturmamalıdır.

Nikola gözlerini kırparak başını salladı. Anaya şöyle bir baktı. Ana, onların, kendisinin yanında oğlundan konuşmak istemediklerini anlayarak, kalktı, odadan çıktı.

Yatağına girdi. Uzaktan gelen mırıltılar içinde gözleri açık, kendisini derin bir hüznün kucağına bıraktı. En sonra bugün, kendisi için anlaşılmaz bir bilmece halinde, bir çok tehdit edici alametlerle dolu idi. Bu biçimde düşünmek kendisi için pek acı idi. Onları kafasından kovarak Pavel'i düşünmeğe başladı. Bir yandan Pavel'i hapisten kurtulmuş olarak görmek istiyor, öbür yandan da bu düşünceye karşı kalbinde bir korku duyuyordu. Çevresinde her şeyin kımıldadığını, durumun büsbütün gerginleştiğini, çatışmaların yakın olduğunu seziyordu. Halktaki sessizlik, yerini artık sinirli bir bekleme dönemine bırakmıştı. Kızgınlık, sinirlilik alametleri sezilir bir biçimde artıyor, her yandan acı sözler işitiliyor, her yandan yeni bir esinti, yeni bir coşkunluk, kımıltı esintisi yükseliyordu. Her bildiri pazarlarda, dükkanlarda, hizmetçiler, işçiler arasında büyük bir sıcaklık, coşkunluk ile tartışılıyordu. Kentlerde yapılan her tutuklama bir çok dedikodu uyandırıyor, herkesi korkutuyor, çoğu zaman kalplerde istemeyerek bir dikkat yaratıyor, durmadan tutuklamaların nedenleri araştırılıyordu. Ana, bir zamanlar halkı korkutup, yürek çarpıntısına uğratan "Sosyalist devrim, politika" gibi sözcüklerin şimdi herkesin ağzında dolaşıp durduğunu görüyordu. Gerçekte yine bu sözcükler yarı alaylı söyleniyordu. Ne varki bu alay artık öğrenmek gereksinimini gizleyemiyordu. Bu sözcüklerde korku vardı. Bu hareket, heyecan, karanlık, uyuşmuş bir yaşayış içinde geniş daireler halinde yavaş yavaş durmadan genişleyerek gidiyordu. Uyuyan kafalar uyanıyor, artık her günün olayları eski zamanlardaki alışılmış serinkanlılıkla inceleniyordu. Ana, bu hali arkadaşlardan daha çok açıklıkla görüyordu. Çünkü yaşayışın karanlık yüzünü o onlardan daha iyi görmüş, tanımıştı. O, bu yaşayışa herkesden çok yakındı, bu yaşayışın karanlık yüzünde her zaman nefret, endişe ve kin doğduğunu görüyor, belirsiz bir diriliş arzusunu duyuyordu. Bundan hoşnut oluyordu. Çünkü bütün bunları oğlunun çalışma ürünleri olarak biliyordu. İşte, bundan korkuyordu. Çünkü pek güzel biliyordu ki hapisaneden çıktığı gün Pavel kendisini bu coşkun yığınların en tehlikeli bir noktasına koyacak ve orada yok olacaktı!

Pelage, çoğu zaman kendisinde insanlık için pek çok gerekli bir takım büyük düşüncelerin kımıldadığını sezer, o zaman gerçekten konuşmak gereksinimini duyardı. Ancak, hiç bir zaman bu isteğini yerine getirmeyi başaramamıştı. Bu sağır, dilsiz düşünceler, kendisini harap ederdi. Kimi zaman oğlunun hayali gözlerinin önünde, masallarda tanınan büyük kahramanlıklar gibi devleşirdi. Şimdiye dek işittiği en büyük, en insancıl düşünceleri, tanıdığı en ışıklı şeyleri, en derin sevgileri oğlu ile özetlerdi. O zaman bu hayali büyük bir coşkunlukla seyreder, gurur, sevgi, umut dolu kalbi kendi kendine:

— Her şey yoluna girecek, her şey! derdi.

Gittikçe kalbindeki analık sevgisi ateşleniyor, kalbini kanatacak derecede sıkıyor boğuyordu. Ancak, bu analık sevgisi büyüdükçe onun yanındaki kutsal insanlık sevgisi küçülüyor, sönüyordu. Şimdi, o kalpte bu büyük sevgiden kalakala ancak umutsuz bir duygu kalmıştı:

— Yok olacak. Yok olacak!

Ancak pek geç vakit uyuyabildi. Ağır bir uykudan erkenden uyandığında ise kemikleri kırılıp dökülmüş gibiydi, başında da bir ağırlık duyuyordu.

* * *

Öğle vakti hapishanedeydi. Üzgün bakışlarıyla Pavel'in sakallanmış yüzünü inceliyor, karşısında durmuş, elinde sıkmakta olduğu kağıdı ona verebilmek için fırsat bekliyordu.

Pavel söyleyiverdi:

— Benim sağlığım yerinde. Hepimiz de afiyetteyiz. Sen nasılsın?

— İyiyim... Yegor öldü!

Pavel, başını yere eğerek haykırdı:

— Ne diyorsun, doğru mu?

— Toprağa verilirken polis de oradaydı. Kavga çıktı bir kişi tutuklandı.

Hapishanenin başgardiyanı oturduğu yerden dişlerini gıcırdatarak terslendi:

— Bunlardan konuşmayınız... Yasaktır, siz de bilirsiniz... Öf be siyasetten konuşulmaz!

Ana ayağa kalktı, masum bir sesle özür diler gibi:

— Siyasetten sözetmiyordum, dedi, yapılan kavgayı söylüyordum. Gerçekten de böyle bir kavga oldu, birisinin de kafası yarıldı.

— Bence hepsi bir!.. Rica ederim bunlardan söz etmeyiniz, yani yalnız size, kendisine, ailenize özgü işlerden konuşunuz.

Başgardiyan, çizdiği sınırın açık olmadığını görerek yerine oturdu, kağıtları karıştırmaya başlayarak cansıkıntısı ile ekledi:

— Sorumlu olan benim.

Ana, kendisine bir göz attıktan sonra çalıştığını görünce Pavel'in eline parmaklarının arasındaki kağıdı sıkıştırdı, geniş bir soluk alarak:

— Gerçekten de ne söyleyeceğimi bilemiyorum, dedi.

Pavel gülümsedi:

— Ben de.

Memur kızgınca, dedi ki:

— Öyle ise buraya ne diye gelip duruyorsunuz, bizi durmadan tedirgin etmenin ne anlamı var?

Ana, küçük bir sessizlikten sonra sordu:

— Yargılanman ne zaman olacak?...

— Savcı birkaç gün önce gelmişti. Yakında olacağını söylüyordu.

Bir kaç laf daha ettiler.

Ana, oğlunun kendisine derin bir sevgiyle baktığına dikkat ediyordu. Hiç değişmemişti. Her zamanki gibi durgun, ağırbaşlı idi, yalnız sakalı çokça uzamış, yüzüne bir yaşlılık alameti vermişti. Elleri daha çok ağırmıştı. Ana, onu hoşnut etmek istedi, biraz Vesofçikof'tan sözetti, hiç istifini bozmadan bir takım önemsiz şeylerden konuşuyordu.

— Senin vaftiz ettiğin çocuğu gördüm, dedi.

Pavel, ona sorucu bir bakışla baktı.

— Sağlığı yerinde, güçlü, gürbüz bir çocuk. Hatırında mı, o her zaman ağır işler yapardı?

Pavel anlamıştı. Başını salladı, dudaklarında kapalı bir gülümseyişle:

— Nasıl olur, hiç hatırlamaz mıyım? dedi.

Ana:

— Eh öyleyse, haydi bakalım.

Oğlunun sevincinden duygulanmıştı, hoşnuttu. Ayrılmak üzere kalktığında Pavel sıkıca elini sıktı:

— Sağol anne.

Ana, kafasını bir sarhoşluk buğusu gibi bir sevincin kapladığını duymuştu. Oğlunun kalbini kendi kalbinin ta yanında duyuyordu. Bu hoşnutluğu kendisine sözcüklerle anlatacak gücü bulamadı. Sade bir sözcük bile söylemeksizin elini sıkmakla yetindi.

Dönüşte Saşenka'yı buldu. Genç kız ananın hapisaneye gittiği günler kendisini evde karşılamayı adet edinmişti. Hiç bir vakit Pavel'e ilişkin sorular sormuyordu. Ana, oğlundan hiç sözetmeyecek olursa genç kız bakışlarını sade ona diker, dinlerdi. Ne varki bu gün alışılmışın dışında onu endişeli bir soru ile karşılamıştı:

— Ne yapıyor, ne halde?

— İyi.

— Kağıdı verdiniz mi?

— Elbette!

— Okudu mu?

— Hayır, nasıl okusun?

— Doğru. Unuttum! Bir hafta daha bekleyelim. Siz ne dersiniz, razı olacak mı?

Büyük bir dikkatle bakışlarını anaya dikmişti.

— Evet... Bilmem... Sanırsam, evet. Niçin kaçmayacak? Hiç bir tehlike yok.

Saşenka başını salladı, kuru bir sesle sordu:

— Hasta "karnım aç" diyor, acaba ne vereyim?

— Her şey... Her şey verebiliriz. Şimdi veririz.

Ana, mutfağa gitti. Saşenka yavaşça onu izledi. Ana, ocağa doğru eğilerek bir tava almak istedi. Genç kız alçak sesle:

— Durunuz, dedi.

Yüzü sararmış, gözleri derin bir acıyla açılmıştı. Dudakları titreyerek hızlı hızlı mırıldanmaya başladı:

— Sizden bir şey rica edecektim. Biliyorum, o razı olmayacak. Kendisini kandırınız! Ona söyleyiniz ki bize pek çok gerekli. Bizim için kendisinden vazgeçmek elde değil. Oysa ben hastalanmasından korkuyorum. Görüyorsunuz ya daha yargılama günü bile kararlaşmamış.

Güçlükle söylüyordu. Çabaladıkça vücudu katılıp kalıyordu. Ana, ona bakmıyordu. Ses, arada sırada gerilip de sonra yine birdenbire boşanıveren bir kirişten çıkan ses gibi uyumsuzdu. Genç kız, göz kapaklarını bitkin bir halde indirerek dudaklarını ısırdı.

Ana, bu bunalım karşısında çok üzülmüş, gerçeği anlamıştı. Üzgün bir halde Saşenka'yı kucaklıyarak cevapladı.

— Yavrum, o hiç kimseyi dinlemez, salt kendi bildiğini yapar.

Her ikisi de bir süre sustu. Sonra, Saşenka kendisini toplayarak, inler gibi:

— Evet, hakkınız var, dedi, bunlar, bu sinirler hep budalalık.

Birdenbire ciddileşerek konuyu değiştirdi:

— Yaralıya yiyecek verecektik!

Sonra İvan'ın başucuna oturarak dostça sordu:

— Başınız çok ağrıyor mu?

— Hayır... Çok değil, biraz... bitkinim.

İvan, sayıklarcasına bu cevabı verirken yorganı da çenesine dek çekmişti. Işık çok gelmiş gibi gözlerini kırpıştırıyordu. Saşenka gencin kendisinin yanında yemek istemediğini anlayarak çekildi.

O giderken İvan başını kaldırdı. Gözlerini kırpıştırarak bakışlarıyla onu izledi:

— Ne de güzel! dedi.

Gözleri, parlak, sevinçli dişleri küçük, inci gibi düzgündü. Ana, düşünceli, sordu:

— Kaç yaşındasınız?

— On yedi.

— Ana babanız nerede?

— Köyde. Yedi yıldır ben buradayım. Okuldan çıktıktan sonra köyden ayrılmıştım. Siz arkadaş, sizin adınız ne?

Ana, kendisine böyle seslenildiğinde hoşnut olurdu. Gülümseyerek sordu:

— Neden sordunuz?

Biraz sessizlikten sonra genç, sıkılarak açıkladı:

— Bizim kulüpten bir üniversite öğrencisi, bize kitap okutan genç, çoğu zaman Pavel Vlasof'un annesinden söz ederdi. Hani mayısın birinci günü yapılan gösteriyi siz de bilirsiniz, devrimci Vlasof.

Ana, başını sallayarak daha çok dikkat etti.

— İşte, ilk defa olarak bizim partimizin bayrağını açan odur.

Onun gösterdiği bu büyüklük anayı pek duygulandırdı.

— Ben orada değildim. Biz bir gösteri de burada yapmak istiyorduk. Ne yazık ki, başaramadık. Çünkü pek azdık. Ne var ki, bu yıl... Bu yıl başka. Göreceksiniz!

Gelecek olayları düşünerek coşkunlukla soluyordu. Sonra, biraz kımıldayarak yine konuştu:

— Ne diyordum?... Evet, Vlasof anadan söz ediyordum. Bu kadın, oğlu tutuklanır tutuklanmaz hemen partiye girdi. Söylentiye göre bu yaşlı kadın şaşılası bir kadınmış.

Pelage, gülümsüyordu. Aynı zamanda hem seviniyor, hem de unatıyordu. Bu aralık Vlasof'un anasının kendisi olduğunu söylemek istedi ise de, sustu. Biraz üzgün, biraz da küçümsemeyle kendi kendisine "Ah, ben de ne budala kadınım!" dedi. Sonra hastaya doğru eğilerek coşkunluk içinde:

— Haydi, yemek yeyiniz. Bir an önce iyileşip işe başlamak gerek, dedi. Ulusun hakkını savunmak için genç, dinç kollara, temiz yüreklere, doğru ruhlara ihtiyaç var. Ulus, bu güçlerle yok edilecek.

Kapı açıldı, içeri sonbaharın yaş havası girdi. Sofi sevinçli, yanakları al al, göründü:

— Alimallah, sivil polisler peşimde dolaşıyorlar! Buradan kalkıp gitmeli. Ey, İvan sen nasılsın?.. Oh.. Pelage, Pavel ne alemde? Saşenka burada mı?

Bir sigara yakarak, karşılık beklemeksizin bir takım sorular soruyordu. Mavimsi gözlerinin şefkatli bakışlarıyla hem anayı, hem genci okşuyordu. Ana ona saygı gösteriyor, kendi kendine dudaklarında bir gülümsemeyle düşünüyordu: "İşte ben de bir insan oldum... Hem de iyi bir insan!"

Yine İvan'a doğru eğilerek:

— İnşallah iyi olursunuz, yavrum.

Dedi, sonra Saşenka ile Sofi'nin oturdukları odaya geçti. Orada Sofi Saşenka'ya:

— Şimdiye dek üç yüz sayı hazırladık! Ne çalışma! Bilir misiniz Saşenka, böyle insanlarla yaşamak, onlarla çalışmak gerçekten bir mutluluk.

Genç kız, hafif bir sesle:

— Evet! dedi.

Akşamleyin Sofi:

— Ana, dedi, her halde sizin yine köylerde bir gezi yapmanız gerekiyor.

— Peki. Ne zaman yapmak gerek?

— Üç güne dek olur mu?

— Olur.

Nikola dedi ki:

— Ancak bu kez yayan gitmeyeceksiniz. At kiralayacağız. Başka bir yoldan, Nikolski kasabasından geçeceksiniz.

Böyle söyleyerek sustu. Yüzüne yakışmayan karanlık bir durumu vardı. Yüzünün çizgilerinde tuhaf, çirkin bir buruşukluk meydana geldi!

— Yol uzun, atların kirası pahalı olacak!

— Ne yapalım... Ben bu gibi yolculuklara karşıyım. Buralarda bir hareket ve heyecan var. Bir çok kimseler tutuklandı. Bir okul hocası hapse tıkıldı. Her halde iyi düşünmeli. Geç olsun da güç olmasın.

Ana, gülerek:

— Bak hele, dedi, hapishanede işkence edilmediğini söyleyen siz değil miydiniz?

Sofi, parmaklarını masanın üzerinde tıkırdatarak:

— Bizim için kitapları, bildirileri düzgünce dağıtmak çok önemli bir iştir. Pelage, hapse girmekten korkmaz mısınız?

Ana onuruna dokunulmuş gibi:

— Ben ne zaman korktum ki? İlk defasında bile zerrece korkmamıştım... Ya siz?..

Cümleyi bütünlemeden başını önüne eğdi, ne zaman ona korkup korkmadığı, filan işi yapıp yapmayacağı sorulsa her zaman kendisine bir şey yaptırılmak istenildiği halde öbür arkadaşlara olduğu gibi serbestçe önerilmediği, kendisinin öbürlerinden ayrı tutulduğunu sezerdi.

Büyük olaylarla dolu günler gelip çattığında ilk önce bu olayların hızından, bu bol coşkunluklardan biraz korkmuşsa da sonra emsaline bakarak, izlediği düşüncelerin etkisi altında kalıp kalbi ateşli bir çalışma susuzluğu ile dolmuştu. İşte, bugünkü durumu böyleydi. Onun için Sofi'nin söylediği sözler kendisinde bugüne dek hiç olmayan bir etki yapmıştı:

— Bana korkup korkmadığımı sormak pek gereksiz bir şey dedi. Neden korkacağım? Korkanlar yaşamda bir şeye sahip olanlardır. Benim Pavel'den başka nem var? Belki yalnız onun için korkardım, yalnız bana işkence edilecek diye korkardım. Mademki işkence edildiği yokmuş, ötesinin ne önemi var!

Sofi haykırdı:

— Bana darılmadınız ya?

— Hayır... Yalnız ikide bir korkup korkmadığımı sormayınız...

Nikola, hızla gözlüklerini çıkararak masanın üstüne bıraktı, dikkatle kardeşine baktı. Zor bir susuş dönemi olmuştu, Pelage, ayağa kalktı, bir şey söylemek istedi ise de Sofi hemen yavaşça onun ellerini elinin içine alarak:

— Bağışlayınız, dedi. Bir daha yapmam!

Bu verilmiş söz anayı güldürdü. Biraz sonra üçü de sevgi ile kaygılı bir halde köylerde yapılacak geziden konuşuyorlardı.

* * *

Tan yeri attığında ana, güz yağmurlarıyla ıslanmış yolda giden arabada idi. Islak bir rüzgar esiyordu. Sürücü, arabanın önünde yanlamasına oturmuş, zayıf, düşünceli bir sesle:

— Kardeşime söyledim, bölüşelim dedim, bölüşmeye başladık, diye anlatıyordu.

Birden bire sol yandaki ata bir kırbaç şaklattı, öfke ile haykırdı:

— Yürüyecek misin, pis hayvan!

Güze özgü semiz kargalar, çıplak bozkırda sıçrayıp duruyordu. Rüzgar, ıslıklarla karşılarından geliyor, tüylerini ürpertiyor, onları sersemletiyor, o zaman kargalar kendilerini rüzgara bıkarak şaşkın şaşkın kanatlarını çırpıp duruyordu.

Sürücü:

— En sonra beni zarara soktu. Anladım ki yapılacak bir şey yok dedi.

Bu sözler, ananın kulaklarına sanki bir düşte işitilmiş gibi geliyordu. Kalbinde suskun bir şey, bir düşünce vardı. Son yıllarda meydana gelen olayları düşünüyor, belleği bu olaylar zincirine hayalinde bir geçit resmi yaptırıyordu. Eskiden yaşamak, ona kimbilir nerede, ne için belli olmayan bir şey gibi gelirdi. Oysa şimdi yaşam sayesinde gözünün önünden geçen bin türlü şey görüyordu. Ruhunda belirsiz bir duygu uyanıyordu. Bu bir duraksama, tatlı bir üzgünlük, bir hoşnutsuzluk, kendi kendine karşı bir güvensizlikti.

Çevresinde her şey hafif bir kımıldayışla sarsılıyordu. Gökte sincabi bulutlar ağır ağır yürüyorlar, birbirlerini geride bırakıyorlardı. Yolun her iki yanında ıslak, çıplak ağaçlar gözlerden kaçıyor, tarlalar bir daire gibi uzanıp gidiyordu. Denebilirdi ki bunalımlı gün, uzak, gerekli bir şeyin önünden gidiyordu.

Sürücünün ince sesi, vidaların tıkırtısı, rüzgarın nemli ıslıkları, birbirine karışarak birdiziye bir güçle tarlaların üstünden akıp giden, kafasında derin düşünceler uyandıran çırpıntılı, uyumlu bir akımı andırıyordu.

— Zengin arabasını dağdan aşırır! Bu her zaman böyle; kardeşim istediğini yapmaya başladı... Memurlar hep dostu.

Yolculuk sona erdiğinde arabacı bir yandan hayvanların koşumunu çıkarırken anaya:

— Bana içmek için beş kapik verebilecek misin? diye sordu. Ana, istenen parayı verdiğinde, o beş kapiği avucunda şıkırdatarak:

— Şimdi bunun üçü ile şarap, ikisi ile de ekmek alacağım, dedi.

Öğleden sonra, ana yorgun argın Nikolski kasabasına vardı.

Han odasına inerek bir çay istedi, ağır valizini bir masanın altına sakladıktan sonra pencerenin önüne oturarak çiğnenmiş sarı otlarla örtülü avluya, kül renkli, kara görünüşlü, basık çatılı hükümet konağına baktı. Giriş yerindeki merdivenin üzerinde uzun sakallı bir köylü piposunu içiyordu.

Bulutlar, karanlık kafilelerle durmadan koşuyor, bir birinin üzerine yığılıyordu. Çevrede bir sessizlik, her şeyde ağır bir sıkıntı vardı. Denebilirdiki yaşayış kimbilir nerede saklanmış, susuyordu.

Birdenbire bir kazak çavuşu atını sürerek geldi. Hükümet konağının kapısı önünde durarak elindeki kırbacı sallaya sallaya merdivenin üzerinde oturan köylüye bir şeyler söyledi. Yüksek sesle söylenen bu sözler pencerelerden girmekle birlikte ana için anlaşılmaz bir haldeydi. Köylü ayağa kalktı, ellerini ata doğru uzattı çavuş yere atladı, bir kez sallandıktan sonra hayvanın dizginlerini köylüye vererek merdivenin parmaklıklarını tuta tuta hızla yukarı çıktı, içeri girerek gözden yitti. Çevreye yine bir sessizlik çöktü. Yalnız at iki defa ayağı ile ıslak yerlerde eşindi. Yuvarlak yüzlü, tatlı bakışlı küçük bir kız çocuğu, omuzlarında bir atkı ile Pelage'nin bulunduğu odaya girdi. Dudakları büzülmüştü, elinde çevresi eskimiş büyük bir tepsi vardı. Yaklaştığında başıyla anayı selamladı. Ana ona şefkatle:

— Merhaba yavrum, dedi.

— Merhaba.

Küçük kız hem masanın üzerine tepsiyi, bardakları, tası yerleştiriyor, hem de haber veriyordu:

— Bir eşkiya yakalamışlar, buraya getiriyorlar!

— Kim bu eşkiya?

— Bilmem.

— Ne yapmış?

— Bunu da bilmem. Yalnız işittim ki, bir eşkiya yakalanmış. Biraz önce nöbetçi, hükümetten koşarak çıktı, komiseri aramaya gitti, giderken "Yakalanmış, getiriyorlar!" diye bağırıyordu.

Ana, pencereden baktı. Uzaktan bir takım köylülerin yaklaşmakta olduğunu gördü. Bir bölüğü ağır ağır yürüyor, kimisi de seğirtiyordu. Hepsi de hükümet konağının önüne geldiler. Gözlerini sola çevirdiler, susuyorlardı.

Küçük kız da bir kez pencereden sokağa baktıktan sonra kapıyı hızlıca çarparak dışarı çıktı. Ana korku ile titredi, valizini masanın altına daha dikkatle sakladı, kendisini kaplayan kaçış isteğini yenerek ne olduğunu görmek için o da dışarı çıktı.

Otelin kapısının önüne geldiğinde sert bir rüzgar gözlerini, göğsünü yaktı, boğulur gibi oldu, ayakları titredi. Meydanın orta yerinde Ribin'i, iki jandarma arasında, elleri arkasına bağlı ilerliyor görmüştü. Hükümet konağının kapısı önünde bir yığın köylü birikmiş, sessizce bekliyordu.

Ana, bu görünüş karşısında şaşkın, üzgün, Ribin'i gözlerinden yitirmemeğe çalışıyordu. Ribin, bir şeyler söylüyorsa da, ağızdan çıkan sözler rüzgarla dağılarak kendisine dek gelemiyordu.

Biraz kendine geldi, soluk aldı. Sarı sakallı bir köylü, mavi gözleriyle anayı inceliyordu. Öksürdü, zayıf, titreyen elleriyle boğazını oğuşturdu, sonra biraz çabalıyarak sordu:

— Ne var, ne oluyor?

Köylü, arkasını kadına çevirerek:

— Sormanın gereği mi var? Kendiniz görüyorsunuz, dedi.

Köylünün yanına bir başkası daha geldi.

Jandarmalar durmadan çoğalan, derin bir sessizlik içinde bu hale bakan köylülerin önünde durdular. Birdenbire Ribin'in sesi bütün gücü ile çınladı:

— Siz elbette içlerinde köylülerin yaşayışlarına ilişkin bir takım doğrular bulunan kağıtlardan konuşulduğunu işitmişsinizdir; işte onları ben dağıtmıştım, beni de bundan dolayı tutukluyorlar.

Halk, Ribin'in çevresinde toplandı. Sesi soğukkanlı, sakindi. Ana bundan dolayı avunma duydu. Mavi gözlü köylünün arkadaşı kendisini dürterek sordu:

— İşitiyor musun?

Öteki hiç karşılık vermeksizin başını kaldırdı anaya baktı. Öteki de onun gibi kendisine baktı. Ötekilerden daha genç, daha zayıf, çilli yüzlü, biraz da kara sakallı idi. İki köylü de birbirlerinden ayrıldılar. Ana kendi kendine:

— Korkuyorlar, diye söylendi.

Daha dikkatle baktı. Merdivenin üst yanından Ribin'in kararmış yüzünü pek iyi görüyordu. Gözleri parlıyordu Ribin'in. Kendisini de görmek istedi, ayaklarının ucuna basarak, boynunu uzatarak biraz daha yükseldi.

Köylüler, anaya hiç bir şey söylemiyerek üzgün üzgün bakıyorlardı. Ribin'in çevresine toplanan halkın gerideki saflarında sürekli bir tartışma vardı.

Ribin, dolgun, güvenli bir sesle konuştu:

— Köylü kardeşlerim, siz bu kağıtların dediklerine inanın, belki onlardan dolayı ben ölüme gidiyorum. Çünkü bana işkence ettiler, dövdüler, sövdüler, kağıtları kimlerden aldığımı söyletmek istediler. Daha da dövecekler, sövecekler, ben hepsine dayanacağım. Çünkü bu kağıtların içinde saklı olan şey doğrudur bu doğru, bize ekmekten, yaşamaktan daha aziz ve gereklidir.

İki köylüden biri öbürüne sordu:

— Neden böyle söylüyor?

— Neden olacak? İnsan iki kez ölecek değil ya... Zaten bir kez ölmeye mahkum.

Köylüler çevrelerine kaçak bakışlar fırlatarak susuyorlardı. Hepsi de gözle görülmez, ağır bir şeyin altında bunalıyor gibiydi.

Çavuş, hükümet konağının önünde göründü. Kaba, çok kızgın bir sesle bağırdı:

— Nedir bu kalabalık? Kim söylenip duruyor acaba?

Çabucak yere indi. Ribin'i saçlarından çekiştirdi, salladı haykırdı:

— Sen mi söylüyorsun, köpoğlu köpek, sen mi?

Halk mırıldanmağa başladı. Ana, şiddetli bir kalp çarpıntısına yakalanarak başını önüne eğdi. İki köylüden biri içini çekti; Ribin'in sesi bir kez daha yükseldi:

— Ey iyi insanlar, görüyor musunuz? işte!

— Sus!

Çavuş Ribin'in kulak tozuna güçlü bir yumruk indirdi. Ribin, sarsıldı, sonra omuzlarını kaldırdı:

— İşte, böyle ellerinizi bağlarlar, sonra işkence ederler.

— Jandarmalar, haydi şunu götürün. Köylüler, köylüler siz de dağılın bakayım.

Çavuş bir et parçası üzerine atılan bir köpek gibi sıçrayarak Ribin'in rastgelen yerine, yüzüne, karnına, beline vurmaya başladı.

Köylülerin içinden bir ses bağırdı:

— Dövme ulan zavallıyı!...

Başka bir ses:

— Neden vuruyorsun? dedi.

Mavi gözlü köylü arkadaşına:

— Haydi. dedi.

Her ikisi de dalgın, yavaş yavaş ilerlemeye başladılar, ana da dostça bakışlarla onları izliyordu.

Ana avunarak içini çekti. Çavuş, şimdi merdivenin başına çıkmış, oradan ulur gibi bir sesle bağırıyordu:

— Size buraya getirin, diyorum!

Bir ses buna cevap verdi. Ana, bunun mavi gözlü köylünün sesi olduğuna dikkat etmişti:

— Hayır, içeri götürtmemeli. Eğer içeri sokulacak olursa öldürünceye dek dövecekler. Sonra da suçlu bizi gösterecek, onu bizim öldürdüğümüzü söyleyecekler. Hayır, bırakmamalı!

Ribin yine bağırdı:

— Köylüler! Nasıl yaşadığınızın farkında değil misiniz? Sizin nasıl öldürüldüğünüzü, nasıl soyulduğunuzu, kanınızın nasıl emildiğini görmüyor musunuz? Oysa herşey sizsiniz. Bütün yer yüzünün gücü sizsiniz, herşey size dayanıyor, her yerde egemen olan biricik güç sizsiniz. Böyle olduğu halde, sizin hakkınıza düşenin ne olduğunu görmüyor musunuz? Bugün sizin biricik hakkınız açlıktan ölmektir!

Birdenbire köylülerin ağızlarından bir karşı koyma fırtınası koptu:

— Bu adamın hakkı var!

— Köyün polis komiserini çağırınız, nerede?

— Çavuş aramaya gitti.

— Haydi canım, o sarhoştur!

— Memurları aramak bizim görevimiz değildir!

Halk, gittikçe coşuyordu:

— Söyle! Senin dayak yemene müsade edecek değiliz!

— Sen ne yaptın ki?

— Ellerini çözünüz!

— Yok, kardeşler!

— Yok ne demek? Ne önemi var.

— Bir yanlışlık yapmadan önce iyi düşününüz!

Ribin, serinkanlı, titreyen sesi ile halkı büyülüyerek:

— Ellerim acıyor dedi, kardeşler, ben kaçacak değilim! Esasen ben doğrudan kaçamam, çünkü o benimle beraber yaşıyor!

Bir kaç kişi, kalabalıktan ayrıldı, başlarını sallayarak uzaklaşmaya başladı, kimisi de gülüyordu.

Her yandan çabucak üzerine rastgele birşeyler geçirerek sokağa fırlamış olan birçok köylü geliyordu. Halk Ribin'in çevresinde kara bir köpük gibi kaynaşıp duruyordu. Ribin, onların orta yerinde kollarını başından yukarı doğru kaldırarak haykırdı:

— Teşekkür, teşekkür ederim, iyi insanlar! Biz, artık birleşik olarak hep birbirimizin ellerindeki bağları çözelim. Eğer biribirimize yardım etmeyecek olursak kim yardım eder?

Yine kızıl kanlar içinde bulunan bir elini kaldırdı:

— Bu kanı görüyor musunuz? İşte bu kan doğruluk uğrunda akıyor.

Ana, merdivenleri indi. Oradan Ribin'i göremediği için yine

birkaç basamak yukarı çıktı, hem kalbi yanıyor, hem de belirsiz bir sevinç duyuyordu.

— Köylüler, o küçük kağıtları arayın, onları okuyun, papazların, memurların sözlerine inanmayın. Onlar size doğruluk getirenlere sinsi, asi adlarını verirler. Oysa söyledikleri yalandır. Doğruluk sessizce bütün yer yüzünü dolaşıyor, ulusların kalbinde bir sığınak arıyor. Doğruluk, hükümet için demirden, ateşten daha korkunçtur. Gerçek, sizin sevgili, en içten dostunuz, hükümet memurları için de en korkunç düşmandır. İşte onun için gerçek kendisini saklıyor!

Yine halk arasında birtakım sesler işitildi:

— Dinleyiniz, kardeşler!

— Ah, zavallı adam, mahvoldun!

— Sana kim ihanet etti?

Jandarmalardan biri:

— Papaz! dedi.

İki köylünün ağzından sövüntüler çıktı.

Bir ses uyandı:

— Arkadaşlar, dikkat!

Polis komiseri geliyordu. Bu yuvarlak yüzlü, iriyarı, güçlü bir adamdı. Kasketini kulaklarının üzerine indirmişti. Bıyığının bir ucu yukarı kalkmış, öteki aşağıya inmişti. Sol eli ile küçük bir kılıç tutuyordu. Sağ elini sallıyordu. Güvenli, ağır adımlarının çıkardığı sesler işitilmeye başlamıştı. O gelirken halk birbirinden ayrılıverdi. Bütün yüzlerde üzgün, korkulu bir anlam doğdu. Gürültüler kesildi. Ana, alnının derisinin titrediğini sandı. Gözlerine doğru sıcak bir buğu tabakası yükseldi. Biraz eğildi, beklemeye başladı.

Komiser, Ribin'in önünde durdu:

— Ne var? Neden bunun elleri bağlı değil, neden?

Sesi kalın, uyumlu, ama renksizdi, jandarmalardan biri:

— Elleri bağlı idi, halk çözdü, dedi.

— Ne? Halk mı? Hangi halk?

Komiser, kendisini yarım daire halinde çevreyen köylülere bir göz gezdirdi, sonra tekdüze sesi ile:

— Bu halk dedikleri şey ne oluyor? dedi.

Kılıcının kabzası ile mavi gözlü köylünün göğsüne dürterek, sordu:

— Halk dedikleri sen misin? Çomakof yoksa? Kim, Mişin, sen misin?

Bu köylülerden birini de sakalından tutarak sarstı, sonra hepsine birden bağırdı:

— Haydi, şurdan defolun edepsizler! Yoksa şimdi size gösteririm!

Sesinde, yüzünde ne bir öfke ne de bir heyecan vardı. Pek doğal bir biçimde, hiçbir şey olmamış gibi söylüyor, o yaklaştıkça saflar geri çekiliyor, başlar dönüyordu.

Komiser, jandarmalara haykırdı:

— Hey, daha ne bekliyorsunuz? Hadi götürün!

Sonra Ribin'e döndü birkaç küfür savurdu:

— Sen ha? Böyle ellerin arkada!

— Ellerimin bağlanmasını istemiyorum... Ben kaçak değilim. Bağlamaya ne lüzum var?

Komiser, üzerine doğru yürüyerek sordu:

— Nasıl?

Ribin sesini yükselterek:

— Reziller halka şimdiye dek ettiğiniz işkence yeter, sizin için de kanlı günler uzak değil! diye bağırdı.

Komiser, bıyıklarını çekiştirerek bir süre Ribin'in yüzüne baktı. Sonra geri çekilerek şaşkın bir yüzle:

— Vay... dedi, vay köpoğlu köpek! Bunlar da ne demek?

Sonra, birdenbire bütün gücü ile Ribin'in yüzüne bir tokat indirdi. Ribin onun üstüne yürüyerek haykırdı:

— Gerçek yumruklarla öldürülemez. Hem senin bana vurmaya hakkın yoktur!

Komiser sözcükleri uzatarak yanıt verdi.

— Ben, benim mi hakkım yok?

Sonra, yine elini uzattı, bir tokat daha indirdi. Ribin öyle beceriklice birdenbire eğilivermişti ki komiser az kalsın yere yuvarlanıyordu. Ribin, çılgınca yine haykırdı:

— İblis herif! İşte, yine söylüyorum, senin bana vurmaya hakkın yoktur.

Komiser, çevresine bakındı. Köylüler, derin bir sessizlik içinde çevresini sımsıkı almışlardı.

— Nikita, hey Nikita! diye bağırdı.

Kısa gömlek giymiş, tıknazca bir köylü, halk arasından ayrıldı. Gözlerini yere indirmişti. Büyük kafasındaki saçlar karmakarışıktı.

Komiser, bıyıklarıyla oynayarak soğukkanlıca:

— Nikita, dedi, haydi şuna güzel bir tokat aşket bakayım.

Köylü Ribin'e doğru yürüdü, önünde durdu. Nikita iki elini kaldırdı, Ribin acı sözleriyle ona şöyle bir saldırı yaptı:

— Bakınız, ey iyi insanlar, bu hayvan sizi kendi eliyle nasıl incitiyor. Şuna bakınız da ibret alınız!

Köylü, yavaşça kolunu kaldırdı, Ribin'in başına hafifçe vurdu. Komiser kızdı:

— Eşek herif! Ben sana böyle mi vur dedim?

Köylülerin arasından bir ses atıldı:

— Nikita, tanrıyı unutma!

Nikita, biraz geri çekilerek komisere döndü, başını yere eğerek:

— Hayır, bundan çoğunu yapamam! dedi.

— Nasıl?

Birdenbire komiserin yüzü altüst olmuştu. Biraz geriye çekilerek Ribin'in üzerine atıldı. Korkunç bir tokat sesi işitildi. Ribin titredi, sallandı, kolunu oynattı. İkinci bir saldırışta komiser zavallıyı yere sermiş öfkesinden ateşler püskürerek tekmesiyle durmadan başına, koluna, kafasına, kalçasına, her yanına vuruyordu.

Halk, birden coştu, sabrı tükendi, elinde olmayan bir davranışla komiserin çevresini aldı. Bu kez komiser onlara dönerek:

— Ne? Baş mı kaldırıyorsunuz ulan? diye bağırdı.

Sesi birdenbire titredi. Sonra kısıldı. Sesiyle beraber bütün gücünü de yitirir gibi oldu. Başı omuzlarının arasına düştü, sırtı kamburlaştı, çekingen çekingen geri geri gitmeğe başladı. Korkmuş sesiyle yenik, kırgın bağırıyordu:

— Peki. Öyle olsun. Gidiyorum. Ya sonra? İyi biliniz ki bu bir siyasi suçludur? Çarlarımıza karşı çalışıyor, devrimler yapmak istiyor. Anlıyor musunuz! Bu herif şevketli Çar hazretlerine karşı uğraşıyor. Siz de bu herifi savunuyorsunuz? İşte, şimdi siz de birer asi oldunuz.

Ana, durgun bakışlarıyla, kımıldamadan, ağır bir acıma duygusu altında eziliyor gibiydi. Şimdi öfkelenen halkın mırıltıları, gürültüleri kulağında tıpkı arı vızıltısı gibi bir etki yapıyordu. Komiserin titreyen sesi, halkın fısıltıları, kafasının içinde çalkalanıp duruyordu:

— Eğer suçlu ise yargılamak gerekirdi.

— Her halde dövmek değil!

— Rica ederim, bağışlayınız, acıyınız!

— Gerçekten doğru... Sizin dövmeğe hakkınız yoktu!

— Böyle davranmak doğru mu? O onu döver, öteki ötekini döverse bunun sonu neye varır?

— Ne hayvanlar, ne zalim herifler!

Bütün köylüler ikiye ayrılmışlar, bir bölüğü komiserin çevresinde toplanmış, bağırıyor, yalvarıyordu. Sayısı az olan öbür bölüğü de yaralının başına birikmiş, hafif, üzgün bir sesle uzun uzun konuşuyorlardı. Jandarmalar, yaralının ellerini yine bağlamaya hazırlanıyorlardı. Bir ses bağırdı:

— Azıcık bekleyiniz, iblis herifler!

Ribin, elleriyle yüzündeki çamurları, kanları sildikten sonra çevresine durgun bir bakış fırlattı. Gözleri birdenbire anaya rastlamıştı. Titredi, bütün vücudunu ona doğru uzatarak elinde olmayan bir davranışta bulundu, sonra döndü.

Biraz sonra tutuklunun bakışları yine ananın üzerine dikildi. Ribin kalkıyor, başını kaldırıyor, kanlar içindeki yanakları titriyordu.

— Beni tanıdı! Oysa nasıl tanıyabilirdi?

Ribin, kalbi, acı bir sevinçle titreyerek başıyla kendisini gösterdi. Biraz sonra Ribin'in yanındaki mavi gözlü köylünün kendisine baktığını gördü. O zaman, tehlikeyi anladı:

— Ne yapıyorum ben? Beni de tutuklarlar.

Köylü, Ribin'in kulağına eğilerek bir şeyler söyledi. Ribin, başını sallayarak:

— Ne önemi var?... dedi, elbet bu dünyada ben de tek başıma değilim! Gerçek hiç bir zaman büsbütün gizlenemez. Ben nereden geçersem orada her vakit beni anacaklar. İşte yuva yıkıldı. Artık orada ne dost, ne arkadaş kaldı.

Ana, kendi kendisine:

— Benden sözediyor, dedi.

— Bu yuva yıkıldıysa ulus daha başkalarını yapar, o yuvadan bir gün gelip, bir çok yavrular çıkar. O zaman da ulus kurtulur!

Bir köylü kadın, bir testi ile biraz su getirdi. Bir yandan yakınarak yaralının yüzündeki kanları yıkamaya başladı. Kadının korku ile yakınma ile dolu sesi Ribin'in sözlerine karıştığından ana onun ne söylediğini işitemiyordu. Komiserin çevresinde biriken bir takım köylüler tutukluya yaklaştılar, içlerinden birisi bağırdı:

— Tutukluyu kente götürmek için bir araba gerek. Kim arabasını verecek?

Sonra, komiser büsbütün değişmiş bir sesle:

— Miskin herif, ben sana vururum, ama sen vuramazsın, sende vurmak hakkı yok!

Ribin:

— Peki, sen kimsin? dedi.

Her yandan hiç anlaşılmayan bir takım sesler yükseldi:

— Aman köylü dayı, kavgayı uzatma, bu polis komiseri!

— Komiser bey, rica ederiz kızmayınız!

— Sus, herif!

— Seni şimdi kente götürecekler!

— Orada kanuna daha çok saygı gösteriyorlar.

Köylülerin yalvarıcı seslerinde daha çok bir uyuşma anlamı vardı. Bütün sözler, içinde hiç bir umut ezgisi duyulmayan yakınma dolu, ayırt edilemez bir gürültü topluluğu halini alıyordu. Jandarmalar, Ribin'i kollarından tutarak hükümet konağının merdivenlerine doğru sürüklediler. Sonra, öylece yapının içine girip gözden yittiler. Köylüler de yavaş yavaş dağıldılar. Ana, mavi gözlü köylünün kendisine doğru geldiğini, gizliden gizliye kendisine baktığını gördü. Bacakları titredi. Hiç bir şey yapamamaktan doğan umutsuzluk kalbini sıkıyordu:

— Herhalde buradan kalkıp gidemem, bu olamaz, diye düşündü.

Bütün gücünü harcayarak merdivenin başında durdu, dikildi.

Komiser, hükümet konağının merdivenleri üzerinde durmuş elleriyle, yüzüyle bir takım işaretler yaparak, kaygısız, duygusuz bir sesle söylüyordu:

— Miskin herifler, köpoğlu köpekler... Siz hiç bir şey anlamaz, sonra da böyle bir işe karışırsınız! Politikayla ilgili bir işe karışmak ha! Ne haddinize! Sersem herifler, tersine, sizin daha çok teşekkür etmeniz, yerlere eğilerek minnetinizi göstermeniz gerekir. Çünkü eğer isteseydim sizin hepinizi de şu sırada deliğe tıkabilirdim!

Yirmi kadar köylü, başları açık, ayakta kendisini dinliyordu. Akşam oluyor, bulutlar alçalıyordu. Mavi gözlü köylü, anaya doğru yaklaşarak içini çekti:

— İşte, dedi, bin türlü olay!

Ana hafif bir sesle:

— Evet! dedi.

Köylü, anaya güvenle baktı, sordu:

— Sanatınız nedir?

— Yapılmış danteller satın alırım. Bez de alırım.

Köylü, canı sıkılmış gibi yavaş yavaş sakalını okşadı. Sonra köye doğru bakarak:

— Burada hiç de öyle şeyler bulunmaz, dedi.

Ana, karşısındakini yukarıdan aşağıya süzdükten sonra otele girmek için uygun bir fırsat aramaya başladı.

Köylünün yüzü güzel, aynı zamanda da düşünceliydi. Gözlerinde üzgün bir anlam vardı. Omuzları geniş, boyu uzundu. Arkasında köylülere özgü, yırtık pırtık bir palto, içinde temiz bir köylü gömleği, bacaklarında da sarımtırak renkli kaba bir kumaştan pantalon vardı.

Ana nedenini bilmeksizin rahatlıyarak içini çekti. Sonra, birdenbire gelen bir önseziye kendini bırakarak şaştığı bir yüreklilikle:

— Geceyi senin evinde geçirebilir miyim? dedi.

Birdenbire bütün sinirleri, bütün vücudu gerilmişti. Kafasından hızla bir takım kötü düşünceler geçti:

— Artık ne Nikola'yı ne de Pavel'i göreceğim... Beni de uzun uzadıya dövecekler.

Köylü, hiç de acele etmeksizin, yavaş yavaş iki eliyle arkasındaki paltoyu göğsünden kavuşturarak cevap verdi:

— Geceyi benim evimde geçirmek mi? Peki neden olmasın? Ancak şurasını söyleyeyim ki, benim kulübem pek de işe yarar bir yer değildir!

— Ben de öyle yer arayanlardan değilim!

Köylü, anayı dikkatle süzerek:

— O halde peki, dedi.

Akşamın son ışıkları içinde gözlerinde soğuk bir parıltı vardı. Yüzü sararmıştı. Ana, yarım bir sesle:

— O halde şimdi seninle gidiyorum. Sen de benim bavulumu alırsın.

— Peki:

Köylü, yine paltosunu göğsüne kavuşturdu. Sonra yavaşça fısıldadı:

— İşte alay, gidiyorlar!

Ribin merdivenlerde görünmüştü. Elleri kelepçelenmiş, başı, yüzü kül renginde bir şeye sarılmıştı. Sesi akşamın soğuk havasında yeniden işitildi:

— Allahaısmarladık mert insanlar! Her zaman doğruyu araştırınız, onu bulunuz, kıskançlıkla saklayınız. Size doğruyu söyleyenlere inanınız, hiç bir zaman gücünüzü hakkın, doğrunun savunması uğruna harcamaktan çekinmeyiniz.

— Sus, köpek!... Jandarmalar haydi atları sürün.

— Neniz var, niye üzüleceksiniz? Yaşayışınız nedir?

Araba yürüdü. O zaman Ribin, iki jandarma arasında bir kez daha haykırdı:

— Neden böyle açlıktan ölüyorsunuz? Özgürlüğü elde etmeye çalışınız. O size hem ekmeği, hem de doğruyu verecek. Allahaısmarladık, yiğit insanlar!

Şimdi artık bu sese araba tekerleklerinden, hayvanların ayaklarından çıkan gürültü ile komiserin savurduğu küfürler karışıyor, onu kesiyor, boğuyordu.

Ana içeri girdi, odasına çıktı, masasının başına oturdu, semaverin dibinde durarak ekmekten bir parça kopardı. Evirip çevirdikten sonra tabağın içine koydu. Karnı acıkmış değildi. Yalnız midesinde eziklik duyuyor, bu duygu onun bütün gücünü yok ediyor, kalbinin bütün kanını boşaltıyor, başını döndürüyordu.

Derin bir üzüntü içinde kendi kendisine:

— Beni gördü, dedi, O beni gördü... Hem de anladı.

Düşünceleri daha ileri gidemiyor, korkunç bir acı, baş döndürücü bir duyguya dönüyordu.

Şimdi, biraz önceki gürültünün yerine gelen, sanki pencereyi kalın bir tabakayla dışardan ayıran sessizlik pek güzel ispatlıyordu ki köyün insanları korkmuşlar, sanki ezilmişlerdi.

Şimdi, bu sessizlik, ananın biraz önce duyduğu üzüntüyü, yalnızlığı daha çok artırıyor, ruhunu durgun, sarımtırak bir göl gibi karanlıklarla dolduruyordu.

Küçük kız, kapıyı açarak karşısına dikildi:

— Size bir omlet getirelim mi?

— Hayır... İştahım yok.. Şu bağırtı, çağırtılar çok dokundu bana.

Küçük kız, masaya yaklaşarak, coşkunca, alçak sesle anlatmaya başladı:

— Komiser nasıl da acımadan vurdu! Ben ta yanı başında idim, her şeyi gördüm. Adamcağızın bütün dişlerini kırdı. Zavallı tükürdüğünde ağzından pıhtılılaşmış, kapkara bir kan geliyordu. Gözleri kandan görülmüyordu. Çavuş, körkütük sarhoş bir halde hiç durmadan şarap istiyor! Söylendiğine göre bunlar koskoca bir çeteymişler. Bu da onların başıymış! Üçü daha yakalanmış, birisi de kaçmış. Hem de onlarla birlik olan bir de okul öğretmeni yakalanmış. Bunlar, tanrıya inanmazlarmış. Bütün halkı, kiliseleri yağmaya kışkırtırlarmış. İşte, yaptıkları hep bu. Köylülerin bir bölüğü bu zavallının haline acıyor, bir bölüğü de artık onun işini bitirmek gerektiğini söylüyorlardı. Doğrusu, bizim köylülerimizin arasında epeyce insafsızlar var.

Ana, hızlı, kesik bir anlatışla anlatılan bu hikayeyi dikkatle dinliyordu. Böylece biraz sıkıntısını dağıtmayı, bekleyişin verdiği korkunç üzüntüyü biraz azaltmayı umuyordu. Küçük kız, meraklı bir dinleyici bulmaktan hoşnut, gittikçe artan bir çabayla durmadan söylüyordu:

— Babam diyor ki, bütün insanlar kıtlıktan geliyor, hep ondan. İşte, iki yıldır toprak ürün vermiyor. İşte, bundan dolayı şimdi köylüler bu halde. Bir afet! Toplantılarda bağırıp çağırıyor, birbirlerini dövüyorlar! Geçenlerde vergi bakayasını vermediğinden dolayı Vasivkof'un eşyası satıldığında o, memurlara bir tokat aşketti! "İşte benim vergi borçlarım!" dedi.

Kapının dışarısından ağır ayak sesleri işitildi. Ana, elleriyle masaya dayanarak kalktı. Mavi gözlü köylü içeri girdi. Başından kasketini çıkarmaksızın sordu:

— Eşyanız nerede?

Kolayca bavulu alarak elinde tarttı:

— Pek hafif, dedi. İçi bomboş. Mari, haydi yolcu bayanla bize gel.

Hiç kimseye bakmaksızın dışarı çıktı.

Küçük kız sordu:

— Geceyi köyde mi geçireceksiniz?

— Evet, dantela arıyorum, satın alacağım.

— Burada bulamazsınız. Nene-Küf'te, Darino'da yaparlar, ama burada yapan bulunmaz.

— Yarın gideceğim.

Sonra çayın parasını ödedi, kıza da üç kapik bahşiş verdi. Küçük kız bahşişten pek sevindi. Sokağa çıktıklarında bir yandan ıslak yerlerde ayaklarından sesler çıkarken küçük kız anaya hizmette bulunmak istiyordu.

— Eğer isterseniz çabukça Darino'ya gideyim, orada sizin dantela almak istediğinizi söyleyeyim, buraya getirsinler, siz oraya gitmek yorgunluğundan kurtulursunuz. Buradan on iki kilometre uzaklıktadır.

Ana da beraber yürürken:

— Hayır yavrum, ben kendim giderim, dedi.

Soğuk hava onu biraz açmıştı. Yavaş yavaş kendisinde belirsiz bir güvenin büyüdüğünü, belirsiz olmakla beraber gittikçe düşüncesini kapladığını seziyordu. Bu güven gittikçe güçleniyor, ana onu daha çok güçlendirmek için durmadan kendi kendisine soruyordu:

— Ne yapmalı? Açıkça, doğrudan doğruya mı davranmalı?

Islak, soğuk gece başlamıştı. Kulübelerin pencereleri kırmızımsı, soluk bir ışıkla aydınlanıyordu. Genel sessizlik içinde hayvan sesleri, az da olsa insan sesleri işitiliyordu. Köyü ezici bir sessizlik kaplamıştı. Küçük kız:

— İşte, burası, dedi. Siz kötü bir yer seçmişsiniz. Bu köylü, pek yoksuldur.

Sonra, karanlıkta kapıyı açıp el yordamıyla yoklayarak haykırdı:

— Natyana, işte konuğun, geldi.

Daha sonra, bırakıp gitti, sesi hala karanlık içinde çınlıyordu:

— Allahaısmarladık.

* * *

Ana, kapının eşiğinde durdu. Elini gözüne siper ederek içeriye baktı. Küçük, dar olmakla beraber kulübenin pek temiz olduğu ilk bakışta anlaşılıyordu. Ocağın arkasından bir genç kadın göründü. Kendisini selamladıktan sonra yine yitti. Odanın köşelerinden birinde bir masa üzerinde bir lamba yanıyordu. Evin sahibi masanın başına oturmuş, eliyle bir hava çalıyor, dikkatle anaya bakıyordu. Biraz sonra:

— Giriniz, dedi. Natyana, haydi çabuk, Petro'yu çağır!

Kadın, ananın yüzüne bile bakmadan çabucak çıkıp gitti. Ana köylünün karşısında bir iskemle üzerine oturarak gözlerini çevresine gezdirdi. Yalnız lambadan hafif bir çıtırtı, çıkıyordu. Köylünün çileli yüzü, gazın güçsüz ışığı ile belirsiz çizgilerle titreşiyordu.

— Haydi söyle, çabuk ol...

Ana ne yaptığına önem vermeksizin güçlü, ciddi bir sesle sordu:

— Benim bavulum nerede?

Köylü omuzlarını kaldırdı, dalgınca:

— Yitmedi! dedi.

Sonra, sesini biraz daha alçaltarak üzgün, ekledi:

— Ben, kızın yanında mahsus boş olduğunu söylemiştim. Oysa yalan söyledim. İçinde pek ağır şeyler var!

Ana sordu:

— Ne demek isityorsun?

Köylü, ayağa kalktı, anaya yaklaştı, eğilerek alçak sesle sordu:

— Siz bu adamı tanıyorsunuz, değil mi?

Ana, titredi. Güvenle:

— Evet! dedi.

Bu karşılığın, köylünün kafasını birdenbire aydınlattığını sandı.

Köylü, gülümsedi:

— Ben, sizin ona işaret ettiğinizi görmüştüm. O da size karşılık verdi. Kulağına sizi tanıyıp tanımadığını sordum. Bana: "Biz çokluğuz", evet "Biz çokluğuz" diye karşılık verdi.

Köylü, konuğunun yüzüne sorucu bir göz attı, gülümseyen bir yüzle sözünü sürdürdü:

— Bu adam korkunç bir güç! Dayak atıyorlar, vuruyorlar, sövüyorlar, ona vız geliyor!

Bu adamın sesindeki titreşim yarım olarak görünen yüz çizgileri, parlak, iyi bakışları anaya gittikçe daha çok güven veriyordu. Şimdi kalbinde duyduğu endişe, korku, Ribin'in halini düşünmekten doğan derin bir acımaya dönüyordu. O zaman tutamadığı, birdenbire gelen bir öfke içinde haykırdı:

— Bu canavarlar, bu haydutlar.

Sonra hıçkırmağa başladı.

Köylü, acı bir durumda başını sallayarak ananın yanından ayrıldı:

— Evet... Hükümet pek korkunç düşmanlar kazandı!

Sonra, birden yine ananın yanına yaklaşarak hafif bir sesle:

— İşte... Ben böyle sanıyorum ki sizin bavulunuzun içinde gazeteler var. Doğru mu?

Ana gözlerini silerek sadece:

— Evet! dedi, bunları ona getiriyordum.

Köylü gözlerini kırpıştırdı. Eliyle sakalını sıvazladı, bakışlarını bir noktaya dikerek sustu.

— Onlardan bir tane de bize geldi. Küçük kitaplar. Ben iyice okumuş yazmış bir adam değilim. Yine de dostlarımdan birisi, iyi bir okumuştur. Karım da okur.

Köylü, biraz durdu, düşündü, sonra yine başladı:

— Ey, şimdi siz ne yapmayı düşünüyorsunuz? Bu bavul ne olacak?

Ana, köylüye dikkatle baktı:

— Size bırakacağım! dedi.

Köylü şaşmadı, karşı da durmadı, salt sordu:

— Bize mi?

Sonra birdenbire durup başını sokağa çevirdi, dikkatle dinledi:

— Geliyorlar!

— Kim?

— Herhalde bizimkiler!

Karısı içeri girdi, arkasında çil yüzlü bir köylü vardı. Misafir içeri girince kasketini bir yana bıraktı, ev sahibine doğru yaklaştı:

— Ey?

Öteki başı ile doğrulama işareti yaptı.

Kadın sordu:

— Stepan, belki de yolcu hanımın karnı açtır?

Ana:

— Teşekkür ederim, aç değilim! dedi.

Yeni gelen köylü, ona doğru dönerek hızlı üzgün bir sesle söylemeye başladı:

— Müsadenizle kendimi tanıtayım; adım Petro Labimim. Takma adım, Alen. Sizin işlerinizden biraz anlarım. Okur yazarım. Anlayacağınız budala biri değilim.

Köylü, ananın uzattığı eli alarak sıktı, sonra Stepan'a dönerek:

— Bilir misin, dedi? Bizim çorbacının karısı iyi bir kadındır. Bununla beraber o bu davranışlara saçma gözüyle bakar, aşırı bulur. Ona göre bir takım üniversite öğrencisi sivri akıllarıyla halkı kışkırtmakta bir zevk buluyorlar. Oysa biz bugün iki örnek gördük: Bir adamcağızı tutukladılar ki pek ağır başlıydı. İşte, bir de kadıncağız. Öyle bir kadın ki artık hiç de genç değil, bir kadın denebilecek bir halde bile değil... Yine de nasıl çalışıyor! Darılmazsınız değil mi, bayan? Adınız nedir?

Hızlı hızlı, hiç soluk almaksızın, çok işlek bir anlatımla söylüyordu. Çenesi durmadan işliyor, bakışları Pelage'nin yüzünü, vücudunu inceliyordu. Saçları karmakarışıktı. Öyle sanılırdı ki, biraz önce savaşa tutuşarak düşmanını yenmiş, şimdi bu zaferin verdiği coşkunlukla doluydu. Köylü, gösterdiği bu şiddet ile, özellikle daha söze başlar başlamaz hiç bir duraksama göstermeyerek doğruca konuya girmiş olmasıyla ananın hoşuna gitmişti. Ona sevgiyle bakarak karşılık verdi. Köylü, dudağında tatlı, kuru bir gülümseyişle ananın elini bir daha sıktı:

— Stepan, anlıyor musun? Bu iş pek iyi bir iştir... Ben sana önce de söyledim. Artık ulus uyanmaya, düşünmeye başlıyor. Bayan doğruyu söylemiyecek, çünkü bu ona zarar verir. Ne varki, ulus hemen her şeyi göze alarak, zararı kârı düşünmeyerek yürümeğe hazırdır. Anlıyor musun? Artık yaşayış kendisine pek kötü geliyor. Her yanda sinek gibi kırılıyor, ne yana döneceğini bilmiyor, çünkü hangi yanda olursa olsun kendisine verilen komut şu: Dur!

Stepan başını sallayarak:

— Görüyorum... dedi.

Sonra ekledi:

— Bayan bavulunu merak ediyor.

— Merak etmeyiniz ana, herşey yerli yerinde. Bavul benim evimde. Biraz evvel, Stepan bana sizin de bu işlerle uğraşmakta olduğunuzdan sözettiğinde kendisine "Dikkat et Stepan, gevezeliğin sırası değil, iş önemlidir!" dedim. Siz ana, siz de, bizim sizlerden olduğumuzu hemencecik anladınız mıydı? Şimdi artık namuslu insanlar yüzlerinden kolaycacık anlaşılıyor, çünkü sokaklarda bunların sayısı pek de çok değil! Oh, hiç değil! Sizin bavul bizim evde.

Köylü, ananın yanına oturdu. Bakışlarında yalvarıcı bir anlam olduğu halde konuştu:

— Eğer siz içini boşaltmak isterseniz, biz size yardım edelim, çünkü biz de kitaba çok muhtacız.

Stepan:

O bize hepsini vermek istiyor! dedi.

— Oh, ne iyi ana, biz de o kitaplarla yapacağımızı biliriz.

Köylü, birdenbire ayağa kalktı, gülmeğe başladı, sonra odanın içinde bir aşağı bir yukarı gezinerek hoşnutlukla konuştu:

— Gerçekten şaşılacak bir olay. Hem de çok basit. Bir yanda kırılan bir şey, öte yanda onarılıyor! Fena değil. Ana, bilir misiniz, bu gazete işi hiç de fena değil, iyi bir etki yapıyor. Düşünceleri açıyor, sermayedarların keyiflerine de dokunuyor. Ben bir emlak sahibinin yanında çalışırım. Buradan yedi kilometre uzakta marangozluk ederim. İyi bir kadın, bunu yadsımamalı. Arada sırada bize kitap verir, biraz da aptalcadır, biz de bu kitapları okuyor, öğreniyoruz. Ne varki ne zaman kendisine bu gazeteyi göstersem bana şu sözleri söyler: Petro, bunlarla uğraşmak iyi değil, bu gazeteyi bir takım sivri akıllı aptallar yayınlıyor ki, size bundan yarar değil, ancak zarar gelir. Düşün bir kere, hapis, sefalet, özellikle Sibirya. Eğer okumayı sürdürecek olursanız başınıza gelecek şeyler hep bunlardır!

Yine sustu. Biraz düşündükten sonra konuştu:

— Söyler misiniz analık? Öteki. Bugün tutuklanan akrabanızdan mıydı:

— Hayır.

Petro pek sevindi, anlaşılmayan nedenle gülmeğe başladı. Ana öyle sezdi ki, kendisinin Ribin'i yabancı sayması haksız bir davranıştı.

— Ailece bir ilişkim yoksa da, kendisini çoktandır tanırım. Öz kardeşim gibi kendisini sever sayarım.

Aradığı deyimi bulamadığından çok üzülüyordu. Hıçkırıklarını tutamadı. Odayı üzücü bir sessizlik doldurdu. Petro, parmaklarıyla bir şeyler yapıyor, karısı arkasını ocağa dayamış, karanlıklar içinde görünmüyordu. Ana kadının kendisine bakmakta olduğunu anlıyordu. Arasıra ana da Natyana'nın yuvarlak yüzüne, sivri bir açı ile uzanan çenesine, şiddetli bir zeka ile parlayan gözlerine bakıyordu.

Petro sözünü sürdürdü:

— Demek bir dost. Sağlam bir adam! Kendi değerini pek güzel ispatlıyor. Zaten böyle de yapmak gerek. İşte, eksiksiz bir adam, değil mi Natyana? Sen ne dersin?

Natyana:

— Kendisi evli midir? diye Petro'nun sözünü kesti, ince dudakları, küçük ağzı yavaşça kapandı.

Ana, üzgün:

— Karısı öldü! dedi.

— İşte, bu yüzden öyle yüreklilik gösteriyor! Çoluk çocuk sahibi olsaydı böyle yüreklilik gösteremezdi, korkardı.

Petro, bağırdı:

— Ya ben? İşte ben de evliyim... Yine de!

Kadın ağzını büzerek:

— Peki, dedi. Haydi bakalım, siz ne yapıyorsunuz? Çok söylüyor, ara sıra biraz kitap okuyorsun. Herhalde senin ara sıra sokakta Stepan'la fısıldaştığından dolayı bütün dünya mutlu olmuyor ya.

— Beni dinleyen birçok insan var. Böyle söylemekte haksızsın.

Stepan, bir şey söylemeksizin bir kez karısına baktı, sonra yine başını önüne eğdi.

Natyana konuşmasını sürdürdü:

— Köylüler neden evleniyorlar? Söylediklerine göre bir işçiye ihtiyaçları varmış. Peki, ne yapmak için?

Stepan yavaşça:

— Senin yapacak işin mi yok? dedi.

— Neye yarar? Her gün biraz daha yoksulluk içinde olduktan sonra nasıl olsa yaşanıyor. Çocuklar doğuyor. Onlara bakmaya pek vakit yok. İnsan hiç de karın doyurmayan bu çalışmadan hiç vakit bulamıyor ki.

Kadın anaya yaklaştı, yanına oturdu, sonra sesinde hiç bir üzüntü, yakınma duyulmaksızın konuştu:

— Benim iki tane vardı. Birisi iki yıl önce semaverde tutuşarak yandı, öteki de ölü doğmuştu. Bunun da nedeni hep o kahrolasıca çalışmak zorunluluğu idi. Şimdi benim için bu bir mutluluk mu oldu? Ben diyorum ki, köylüler evlenmiyecek olurlarsa akıllılık ederler. Bir kez evlendiler mi artık elleri ayakları bağlanmış demektir. Oysa serbest olurlarsa istedikleri gibi, kolayca hakkın, doğrunun savaşına atılabilirler. Tıpkı bugünkü adamcağız gibi. Haklı değil miyim Anne?

Pelage:

— Evet yavrum, dedi. Başka türlü yaşam yenilemez.

— Kocanız var mı?

— Öldü... Şimdi bir oğlum var.

— Nerededir? Sizinle beraber mi yaşar?

— Mapusanede.

Bu karşılığı verdiğinde hep bu sözcüğü söylerken kalbini dolduran acı arasına şimdi biraz da suskun bir gurur duygusu karıştığını duydu.

— İkinci kezdir ki hapse tıkıyorlar. Çünkü o, kutsal gerçeği anlamış, onu açıktan açığa bir şeyden korkmaksızın yaymak cesaretini göstermiştir. Genç, yakışıklı, zekidir. Bir gazete çıkarmayı düşünen odur. Ribin, onun sayesinde o gazeteleri yayımlamaya başlamıştır. Bununla beraber Ribin oğlumdan iki kat yaşlıdır! Yakında bu suçlardan dolayı oğlum yargılanacaktır. Sonra Sibirya'ya sürülecek, en sonra elbet oradan da kaçarak yine işe başlamak üzere buraya dönecektir! Bu adamların sayısı günden güne çoğalıyor. Bunların hepsi yaşayışlarının sonuna dek gerçek özgürlük uğrunda savaşacaklardır.

Her türlü ihtiyatı elden bırakarak yine de hiç bir ad açıklamadan ulus, özgürlük uğruna yapılan yeraltı savaşı üstüne ne biliyorsa hepsini söyledi. Kendisine pek tatlı gelen bu konuyu açıklarken sözlerinde pek geç kalmış bir tutkunun bütün şiddeti, bütün bunalımları duyuluyordu.

Şimdi, sözcükleri çok kolaylıkla buluyor, kalbini bugünün pisliklerinden kurtarmak gereksinimine kendini bırakarak bu sözcükleri çok hızlı olarak, parlak, renkli inciler gibi birbiri ardınca dizip gidiyordu. Şimdi köylüler bu sözlere kulak veriyor, hiç kımıldamadan bütün dikkatleriyle anaya bakıyorlardı. Ana, yanında oturan kadının yürek çarpışiyle soluk aldığını duyuyordu. Karşısındakilerdeki bu dikkat, söylediği, vaadettiği şeyler üstüne inancını sağlamlaştırıyor, güçlendiriyordu:

— Bütün bu haksızlık, yoksulluk altında inleyenler, bütün ulus kendileri için Sibirya ovalarında, mapusanelerde, darağaçlarında can veren mazlumlar için ayağa kalkmalıdır. Bu zavallılar hiç bir zaman kendi çıkarları uğruna çalışmış değillerdir. Onlar, insanlığı mutluluğa ulaştıran yolun bozuk olduğunu gösteriyorlar! Hiç kimseyi kendilerine katılmağa zorlamıyorlar. Herkes, onlara kendi vicdanına, inancına uyarak katılıyor, bir kez onların arasına karışmış olanlar bir daha ayrılamıyorlar. Çünkü o zaman görülüyor ki, hak onlardadır, gidilen yolların en iyisi onların yoludur. Hiç bir zaman başka bir yol bulmak mümkün değildir.

Ana için en büyük isteğini yerine getirmiş olmak, pek tatlı idi; şimdi o da halka gerçeği anlatıyordu:

— Ulus, böyle dostlarla hiçbir şeyden korkmaksızın, duraksamaksızın yürüyebilir. Ulus, tek bir ruh gibi bir birleşik kitle halini alarak "bütün bunları ben yapacağım, herkes için her şey birdir!" demedikçe onlar çalışmaktan usanmayacaklar, yorgunluk duymayacaklardır.

Pelage yorulmuştu. Sustu. İyice anlıyor ki, söylediği sözler hiçbir iz bırakmaksızın uçup gitmiyordu. Köylüler, sanki kendisini dinliyorlarmış gibi hâlâ yüzüne bakıyorlardı. Petro, kollarını göğsünde kavuşturmuş, gözlerini kapamıştı. Kırmızımsı lekelerle örtülü olan yanaklarında belirsiz bir gülümseyiş vardı. Stepan boynunu germiş, dirseğini masaya dayamış, bütün vücuduyla öne doğru eğilmişti. Yüzünde meydana gelen bir gölge, kendisini daha yaşlı gösteriyordu. Ananın yanına oturmuş olan Natyana, dirseklerini dizlerine dayamış, ayakkabısının ucuna bakıyordu.

Petro hafifçe:

— Ah, işte böyle, dedi.

Başını sallayarak çekingen kanapeye oturdu.

Stepan, yavaşça ayağa kalktı, karısına bir göz attı. Sonra da sanki bir şey söndürmek istiyormuş gibi ellerini uzattı.

Düşünceli bir halle kendi kendine söylendi:

— Gerçekten de bu işe bir kez başlandı mı çok sıkı çalışmak gerek.

Petro söze karıştı:

— Evet, hiç de arkaya bakmaksızın.

Stepan:

— Bu iş almış yürümüş, dedi.

Petro ekledi:

— Bütün yeryüzünde!

* * *

Pelage, arkasını duvara dayamış, bu iki adamın söylediklerini dinliyordu.

Natyana, ayağa kalktı, çevresine bakındı, sonra yine oturdu. Karşısındaki iki erkeğe küçümsercesine bakarken yeşil gözleri kuru bir parıltı ile parlıyordu. Birdenbire anaya dönerek:

— Demek siz pek çok çilelere rastlamışsınız, dedi.

— Evet.

— Çok güzel konuşuyorsunuz. Sizin sözleriniz doğruca kalbe işliyor. Sizi dinlerken insan kendi kendisini: "Yarabbi ne olur, insan hiç olmazsa bir kerecik olsun böyle adamlar, böyle bir yaşayış görebilseydi!" diyor. Oysa bizler, biz nasıl yaşıyoruz? Bir koyun yaşayışı! Ben okumak yazmak bilirim. Ara sıra kitap okurum. Pek çok düşünürüm. Kimi geceler düşüne düşüne gözlerime uyku bile girmez olur. Oysa bütün bunların sonucu ne? Hiç düşünmesem üzülüyorum. Düşünsem de öyle! Demek oluyor ki, her şey heba olup gidiyor. İşte, köylüler hep böyle çalışıyor, çabalıyorlar. Ne için? Bir lokma ekmek için! Çalışmak, çalışmak. Sonunda da hiç bir şey elde edememek bunları öfkelendiriyor, içiyorlar, içiyorlar! Arada sırada dövüşüyorlar, sonra yine çalışmaya başlıyorlar, yine içiyorlar! Bunların sonucu? Hiç!

Kadın, bakışlarında bir küçümsemeyle söylüyor söylüyor, ara sıra hafif sesi birden bire duruyor, sonra yine başlıyordu. Erkekler susmuşlardı. Rüzgar pencereleri sarsıyor, tavan arasında uğultular yapıyordu. Ara sıra ocaktan da hafif bir esinti geliyordu. Pencerelerin camlarına tek tük yağmur damlaları çarpıyordu. Lambanın ışığı titriyor, çevreyi sarartıyor, sonra birden canlanarak odayı aydınlatıyordu:

— İşte, insanlar bunun için yaşıyorlar! Tuhaftır, bilir misiniz sanki bütün bunları hep biliyormuşum gibi gelir bana! Bununla beraber şimdiye dek hiç de böyle şeyler işitmiş değildim. Hayır, şimdiye dek hiç de böyle düşüncelerle karşılaşmamıştım.

Stepan, üzgün, hafif bir sesle:

— Natyana, dedi. Yemek zamanı geldi, ocağı da söndürmeli. Belki dışarıda ocağın çok yanmasına bir anlam veren bulunur. Bu bizim için pek öyle önemli değilse de ihtiyatlı olmamız konuğumuz için önemli bir şeydir.

Kadın kalktı, ocağın başında dolaşmaya başladı.

Petro gülümseyerek:

— Evet, dedi. Artık bu şeylere dikkat etmek gerek, mademki yine gazete dağıtılacak:

— Kendim için söylemiyorum, dedi. İsterlerse beni tutuklasınlar, önemi yok. Bir köylü için bu önemli bir felaket sayılmaz. Köylülerin yaşayışı ne değer taşır ki?.

Ana birden ona acıdı. Şimdi kendisine daha sevimli görünüyordu. Artık bütün dertlerini dökmüş, gündüz omuzlarına yüklenen bütün o alçak acının ağırlığından kurtulmuş gibiydi. Kendi kendinden hoşnuttu, kalbi de sevgiyle doluydu.

— Böyle söylemekte haksızsınız, dedi. Bir insanın, kendisine sadece havadan bir değer biçenlerin, ondan sadece kanını isteyenlerin verdikleri değere göre bir değer vermesi doğru değildir. Kendinizin değerini kendiniz vermelisiniz. Hem bu değer düşmanlarınıza göre değil, dostlarınıza göre olmalıdır.

Köylü bağırdı:

— Nerede bu dostlar? Ben onları hiç bir zaman göremedim!

— Sana söyledim ki ulusun dostları pek çoktur!

— Belki var, ne yazık ki burada değil, işte felaket de burada ya.

— Öyle ise kendi kendinize dost olunuz.

— Evet, böyle yapmak gerek.

Natyana:

— Haydi sofraya buyurun, dedi.

Sofraya oturduklarında ananın konuşmasıyla coşmuş gibi görünen Petro yine şiddetle söylemeye başladı:

— Biliyor musunuz ana, siz sabahleyin erkenden buradan çıkıp gitseniz, kimsenin dikkatini çekmeseniz çok iyi olacak. Buradan bir arabaya inip doğruca yakındaki köye gidersiniz. Ama köye, kasabaya değil.

Stepan, karşı durdu:

— Neden? Onu ben kendim götürürüm!

— Yok, olmaz. Eğer dikkati çekecek olursa geceyi senin evinde geçirip geçirmediği sorulacak. "Bu geceyi nerede geçirdi? Senin evinde mi?" "Evet!" "Nereye gitti?" "Yakındaki köye!", "Ya, öyle mi? haydi öyleyse hapse!" Hapse, iyi ama neden böyle acele etmeli? Elbet onun da bir zamanı gelecektir. Onun bu geceyi senin evinde geçirdiğini, sonra da at kiralayarak bilinmeyen bir yere geçip gittiğini söyleyecek olursan sana hiç bir şey yapmazlar. İnsan böyle yolcuların konukluğundan da sorumlu tutulamaz ya. Günde kaçı gelip geçer!

Natyana alaylı, Petro'ya sordu:

— En sonunda korkuyu sen de mi öğrendin?

O, elini dizlerine vurarak cevapladı:

— Her şeyi bilmeli, bu arada korkmasını da! Mahkeme reisinin bu gazeteden dolayı Baganof'u nasıl azarladığını sen de bilirsin. Şimdi, ne kadar para verse yine bir kitap alamıyor. Evet ana, inanınız ben iyi işler görmek uğrunda çalışmaktan çekinmem. Bu köyde bütün alem bilir. İstediğiniz kadar kitap, gazete dağıtabilirim. Buranın insanları az eğitim görmüştür, az korkarlar. Bu doğru. Ne var ki yaşam öyle zor ki insan için mutlaka gözünü dört açarak kendi kendisine ne olacağını sorması gerekiyor. Buna da kitap pek sade karşılık veriyor: "İşte olacak bu. Düşün, dikkat et!" Çoğu zaman cahil bir adam eğitim görmüşten daha iyi anlar. Ben memleketi iyi tanır, durumu pek iyi görürüm! İnsan, pekala yaşayabilir. Ne var ki, eğer insan ilk adımda yok olmak istemezse iyi bir düşünceye, epeyce de bir beceriklilige sahip olmalıdır. Memurlar da seziyorlar ki, şimdi ortada değişmiş bir şey var. Artık köylü uyanıyor. Eskisi gibi her zaman güleç, emre hazır değil.

Genellikle hükümet adamlarına pek de önem vermiyor gibi. Geçenlerde çevredeki bir köyde memurlar vergi almaya geldiler. Köylüler, hemen sopa araştırmaya başladılar. Komiser kendilerine bağırdı! "Nasıl, siz Çar Hazretlerine isyan mı ediyorsunuz? Hayvan herifler?" O zaman orada duran köylünün biri şöyle karşılık verdi: "Haydi oradan edepsiz herif sen de, senin Çar'ın da yerin dibine geçsin! Nedir artık, bu sırtımızda kalan son gömleği de isteyen bu Çar da kim oluyor?"

İşte ana, işler bu yolda. Elbette köylü hemen tutuklandı. Ne var ki söylediği sözler şimdi her yerde ağızdan ağıza dolaşıyor. Çocukların bile ağzında bu sözler yaşıyor, her yandan işitiliyor!

Petro hiç yemiyor, durmadan söylüyordu. Kara, kurnaz bakışlı gözleri şiddetle parlıyor, anaya köy yaşayışına ilişkin bin türlü şey anlatıyordu.

İki kez Stepan kendisine:

— Canım yesene! dedi.

Petro, yine bir lokma ekmek alıyor, sonra yine coşkun sözlerle konuşmaya başlıyordu. Yemekten kalkıldığında Petro ayakta:

— Artık dönmeli, dedi.

Anaya yaklaşarak elini sıktı:

— Allahaısmarladık ana, belki bir daha görüşmek nasip olmaz. İnanınız ki tanışmamıza çok sevindim. Sözlerinizden pek çok yararlandım. Bavulunuzda kitaptan başka bir şey var mı? Yün bir şal mı? İyi. İşittin mi? Stepan! Yün bir şal. Şimdi size bavulunuzu getirecektir. Haydi, Stepan... Kalınız sağlıcakla.

Onlar çıktıktan sonra Natyana ana için bir yatak serdi. Sonra, gecelikleri getirerek kanapenin üzerine koydu. Ana:

— Uyanık bir genç, dedi.

Genç kadın ona kaçamak bir bakış fırlatarak karşılık verdi:

— Söyler, söyler... Ne yazık ki elinden başka birşey gelmez.

— Ya kocanız?

— Mert bir adam. İçki kullanmaz. Pek güzel geçiniyoruz. Yalnız karakteri zayıftır.

Genç kadın, biraz doğruldu, Küçük bir sessizlikten sonra:

— Şimdi ne yapmalı? Hiç kuşkusuz ulusu uyandırmak gerek. Ama nasıl? Herkes buna çalışıyor. Yalnız, herkes de başka bir yana çekiyor. Bütün güçleri bir araya toplamalı, herkes bir kişinin buyruğunda olmalı.

Yine oturarak birden bire sordu.

— Diyorsunuz ki genç, zengin kızlar bile bu işlerle uğraşıyor, işçilere kitaplar okuyorlar. Onlar bu işlerin sonucundan korkmuyorlar mı?

Ananın cevabını dikkatle dinledikten sonra derin derin içini çekti, yavaş yavaş başını sallayarak, gözleri yerde sözünü sürdürdü:

— Bir kez kitabın birinde okumuştum, meğer yaşamın hiç bir anlamı yokmuş, bunu birdenbire anladım! Ben bu yaşamın ne demek olduğunu pek iyi biliyorum. İnsanda bir takım düşünceler var. Karmakarışık, tıpkı çobansız koyun sürüsü gibi. Şurada burada dolaşıyor. Onları bir araya toplayacak hiçbir şey, hiç bir kimse yok. Ne yapılacağını da kimse bilmiyor. İşte anlamsız denilen yaşayış bu! Ben bu yaşayıştan kaçmak, arkaya bile bakmadan uzaklaşmak istiyorum. Bu kadarcık olsun hayatı anlamış olan ne mutsuzdur.

Ana, bu acıyı genç kadının yeşil gözlerindeki parıltıda, zayıf yüzünün çizgilerinde pek güzel ayırt ediyordu. Onu biraz avutmak istedi:

— Yavrum, siz ne yapılmak gerektiğini pek iyi anlamışsınız.

Natyana, tatlı bir sesle sözünü kesti:

— Ne var ki, nasıl yapılacağını da bilmek gerek. Yatağınız hazır, yatabilirsiniz.

Ağır, üzüntülü bir halde ocağa doğru yürüdü, ana geceliğini giyerek yatağa girdi. Yorgunluktan kemikleri kırılıyor gibiydi. Hafif bir inilti salıverdi. Natyana lambayı söndürdü. Oda karanlık içinde kaldığında onun sesi işitildi.

— Siz dua etmiyorsunuz. Ben de ne yaratıcıya, ne de mucizeye inanıyorum. Bütün bunlar bizi korkutmak için uydurulmuş şeyler. Çünkü biz hayvanız.

Ana, korku ile yatağında sarsıldı. Penceresinin dışarısında bitmek tükenmek bilmeyen karanlıkların kendisini gözetlediğini sanıyordu. Bu sessizlik içinde çevresinde bir takım kıpırdanışlar yarı işitilen tıkırtılar oluyor gibi geldi. Çekingen bir sesle söylendi:

— Onun üstüne ben de ne diyeceğimi bilmiyorum. Yalnız Hazreti İsa'ya, onun sözlerine inanıyorum. "Komşunu kendin gibi sev." Ben bu sözlere bütünüyle inanıyorum.

Sonra birden bire ikircikle sözünü sürdürdü:

— Yalnız, madem ki tanrı var. Neden bizi böylece terketti? Neden onun sonsuz merhameti bizi kuşatmıyor. Neden böyle insanları acı içinde bırakıyor, herkesin kahra, zulme karşı boynunu eğmesine razı oluyor, neden bu zulümlere, işkencelere, vahşetlere göz yumuyor?

Natyana susuyordu. Ana karanlıklar içinde, ocağın önünde onun ak gölgesini ayırt ediyordu. Genç kadın kımıltısızdı. Ana büyük bir üzüntü içinde gözlerini kapadı.

Birden soğuk, iniltili bir ses yükseldi:

— Hiç bir zaman ben çocuklarımın ölümünü helal etmeyeceğim. Ne tanrıya, ne de insanlara.

Ana, yatağın içinde doğruldu. Bu acıdaki derinlik, ona pek çok dokunmuştu:

— Gençsiniz. Elbet daha çocuğunuz olur.

Küçük bir sessizlikten sonra kadıncağız:

— Hayır, doktor artık çocuğumun olmayacağını söyledi, dedi.

Yerde bir fare koştu. Yine sessizlik içinde bir takım gürültüler, hafif bir diziye gürültüler işitildi. Okşayıcı, titrek parmaklarla okşanıyormuş gibi damın üzerine yavaş yavaş yağmur yağıyordu.

Baygın bir uyku içinde ana ilkin sokakta, sonra koridorda bir takım ayak sesleri işitti. Yavaşça kapı açıldı, bir ses şaşkınca sordu:

— Natyana, yattın mı?

— Hayır.

— Misafir uyuyor mu?

— Evet, sanırım.

Hafif bir aydınlık peyda oldu. Sonra, titreyerek karanlıklara karıştı. Köylü, ananın yatağına doğru yaklaşarak dizlerini örten yorganı düzeltti. Ana, bu şefkatli ilgiden çok duygulandı. Yine gözlerini kapayarak gülümsedi. Stepan gürültü etmeksizin soyundu, sonra çatı arasındaki yatağına tırmandı.

Ana, bir yandan bu uykulu sessizliğe, gelenlerin hafif gürültülerine kulak vermekle beraber yine öylece kımıldamaksızın duruyordu. Hayalinde, karanlıklar içinde Ribin'in kanlı yüzü çiziliyordu.

Yukardan hafif bir mırıltı geldi:

— Görüyorsun ya, bak nasıl adamlar bu işlere yaşamlarını vermişler! Yaşlarını başlarını almış, çalışmış, yaşayışın her türlü cilvesini görmüş insanlar bile hep bu işin peşinde. Oysa onlar için artık dinlenme dönemi gelmiştir. Bunu da yapıyorlar mı? Hayır, yine çalışıyorlar! Ya sen Stepan, sen gençsin, sen zekisin... Ah!

— Böyle bir işe düşünüp taşınmadan nasıl girişilir? Biraz bekle.

Sesler, kesildi. Sonra, yine başladı. Stepan:

— İşte yapılacak şey, dedi, ilk önce köylüyü bir yana çekip ayrı ayrı konuşmalı. Örneğin, Aleşamakof ile. Bu adam hem yürekli hem de hükümete karşıdır, zekidir de. Serj Korin de akıllı bir köylüdür, onunla da... Sonra da Kinyazef gelir. Bu da namuslu, yürekli bir köylüdür. İşe başlamak için de bunlar yeter. Sonrası için de, hele küçük bir çete yapalım, Allah kerimdir! Her halde bu kadını yine nerede bulabileceğimizi öğrenmeliyiz. Ben kente gideceğim. Sen köyde buğday öğüttüğümü, biraz para kazandığımı yayarsın. Her halde tedbiri elden bırakmamalı. Kadının hakkı var, bir insan kendi değerini kendi belirlemelidir. Hele böyle bir iş söz konusu olunca insan kendisine çok büyük bir değer vermelidir. Bak şu köylüye, Ribin'e... O değil bir komisere, Çar'a bile teslim olmayacaktı. Sanki dizlerine dek toprağa gömülmüş gibi sağlam, güvenliydi. Ya Nikita? Ona ne dersin? O bile utandı. Gerçekten bu bir mucize idi. Ah, bir kez bütün ulus hep birden işe başlamış olsaydı! Bütün yeryüzünü ardından sürüklerdi.

— Hep birden! Sizin gözünüzün önünde bir adamı dövdüler, siz de hep kollarınızı kavuşturup durdunuz!

— Dur! öyle söyleme. "Çok şükür bari siz de beraber dövmediniz!" deyiver. Çünkü kimi zaman köylüleri mahkumlara dayak atmaya zorlarlar, onlar da boyun eğmek zorunda kalırlar. Belki de zavallıya acıyarak içlerinden ağlarlar, yine de dayak atarlar. Size ne buyururlarsa onu yapacaksınız. Bir domuz, bir kurt, ne isterlerse mutlaka o olmak zorundasınız! Hiç bir vakit insan değil! Hayır hayır mutlaka birleşip elele vermeli, sonra hep birlikte ayaklanmalı.

Uzun süre konuştu. Ara sıra öyle alçak sesle söylüyordu ki, ana işitemiyordu. Kimi zaman da yüksek sesle söylüyor, o zaman da karısı ona:

— Yavaş, diyordu. Kadıncağızı uyandıracaksın!

Ana, derin bir uykuya daldı. Şimdi uyku, bir kara bulut gibi saldırmış onu sarmış sürüklüyordu.

Natyana uyandığında ak bir tan, boş bakışlarıyla kulübenin pencerelerinden içeriye bakıyordu. Köyün soğuk bir sessizlikle örtülen göğünde kilisenin çanı, bakır bir sesle çalıyor ve ölüyordu.

— Size çay getirdim, içiniz, yoksa arabada soğuk alırsınız.

Stepan, bir yandan karmakarışık sakalını düzeltirken bir yandan da anadan kendisini kentte nasıl bulabileceğini öğreniyordu. Ana öyle sandı ki, köylünün yüzü bir gün öncekinden daha sevimliydi. Çayı içerken konuştu:

— Ne tuhaf! dedi.

Natyana sordu:

— Hangisi?

— Bu rastlayış... Öyle de basit ki!

— Ulus yolunda yapılan her şeyde şaşılası bir basitlik vardır:

Karı koca, çok söz söylemeksizin, bin türlü küçük dikkatle ona karşı teşekkürlerini bildirerek ayrıldılar.

Ana, yine arabada yalnız kaldığında bu köylünün hiç bir ses çıkarmaksızın bir ordu gibi, son derece dikkatle çalıştığını düşünüyordu. Hep kulaklarında kadının yakınma sesini işitiyor, hep gözlerinin önünde onun yeşil gözlerinin kuru, sıcak bir ışıkla parladığını görüyordu. Ana, yaşadığı müddetçe o kadının her an için yitik yavrularının dinmeyen acısını kalbinde taşıyacağını düşündü, kalbini acılar kapladı. Sonra Ribin'in, onun yüzünü, kaşlarını, ateşli gözlerini, bütün sözlerini andı. Kalbi yeniden derin bir acıyla sıkıldı. Şimdi onda alçaklara karşı bir şey yapamamaktan doğan acı bir duygu vardı. Kente varıncaya dek bütün gün bu sümbüli günün solgun göğü üzerinde birbirine dolaşan saçı, sakalı, yırtılmış gömleği, arkasına bağlanmış elleri, görevindeki yüceliği anlamış olanlara özgü bir inanç ile parlayan bakışlarıyla dinç Ribin'in yiğit hayalini gördü. Aynı zamanda onları, binlerce köyde hep gerçeğin gelmesini bekleyen köylüleri de düşünüyordu. Onları, hep bu ne için çalıştıklarını, neyi beklediklerini bilmeyerek durmadan çalışan binlerce insanı.

Şimdi, yolculuğunu başarıyla yapmış olduğunu anlıyor, artık bir daha ne Stepan'ı, ne de onun karısını düşünmek istiyordu.

Uzaktan kentin çan kulesini, evlerini gördü, kaygılı kalbinde bir sevinç duyarak biraz duruldu. Şimdi hatırasında her gün kafalarını bilgi ışığı ile dolduran, bütün yer yüzüne bu ateşin kıvılcımlarını saçanlardan meydana gelmiş bir kalabalık geçit resmi yapıyordu. Kalbi bunlar için bütün gücünü harcamak, bütün analık şefkatini bağışlamak duygusuyla doldu.

Nikola dalgın, elinde bir kitap, ona kapıyı açtı, sevinç içinde:

— Ne çabuk! diye haykırdı. Ne iyi, çok sevindim, dedi.

Gözlüğünün arkasından gözlerini sevgiyle kırpıştırıyordu. Pelage mantosunu çıkarırken ona yardım etti, sevgi dolu bir sesle:

— Bu gece buraya geldiler, araştırma yaptılar, dedi. Kendi kendime bunun nedenlerini araştırdım. Acaba size bir şey mi oldu? diye düşündüm. İyi ki beni de alıp götürmediler. O zaman içim rahatladı. Eğer sizi tutuklamış olsalardı ben serbest bırakılmazdım.

Coşkun bir sesle anlatarak anayı yemek odasına götürdü.

— Yalnız beni görevimden aldılar. Hiç de canım sıkılmadı doğrusu. Durmadan adsız köylülerin adlarını yazmaktan ben de bıkmış usanmıştım. Benim şimdi yapılacak başka işlerim var.

Odanın görünüşüne bakılırsa denebilir ki, dışardan yabancı bir el anlaşılmaz, nasıl korkunç bir bunalımla duvarları tutmuş, her şeyi alt üst etmek için sarsmış, sarsmıştı. Resimler yerde yatıyor, pencerenin çerçevesi dışarı çökmüş, şurada bir döşeme tahtası fırlamış, fırının önündeki küller dağıtılmıştı.

Masanın üzerinde sönmüş semaverin bir yanında biraz peynir, kirli bir şey, biraz janbon, bir parça ekmek, birkaç kitap, biraz kömür vardı. Ana, gülümsedi. Nikola, dalgın bir halde:

— Onların başladıklarını ben bitirdim. Yalnız, ana bunun bence hiç önemi yok, hiç... Sanırsam onlar yine gelecekler, ben de onun için hiç bir şeyi düzeltmedim. Siz söyleyiniz bakalım, yolculuğunuz nasıl geçti?

Bu soru ile sanki ananın kalbine bir hançer saplanmış gibiydi. Ribin'in yüzü yine gözlerinin önüne dikildi. Önce ondan bahsetmezse kendini suçlu hissedeceğine inandı. Nikola'ya yaklaşarak durgunca hiç bir şeyi unutmamak isteğiyle birer birer anlatmaya başladı:

— Onu tutukladılar!

Nikola titredi:

— Kimi? Nasıl?

Ana bir işaretle onu susturdu, sanki adalet karşısında bu adamcağızın uğradığı işkencelere tanıklık ediyormuş gibi anlatmaya başladı. Nikola sandalyesine gömülmüş, sararıyor, dudaklarını ısırarak dinliyordu. Yavaşça gözlüğünü çıkararak masanın üzerine koydu, sonra, sanki yüzünden bir örtü kaldırıyormuş gibi elini yüzüne gezdirdi. Yüzünün çizgileri acılı bir anlam, elmacık kemikleri çıkık çıkık tuhaf bir görünüş aldı. Pelage, kendisini ilk kez böyle bir halde görüyordu. Bundan biraz korkar gibi oldu.

Hikayeyi bitirdiğinde Nikola yavaşça kalktı, geniş adımlarla, elleri cebinde dolaşmağa başladı. Sonra dişlerini sıkarak:

— Çok değerli bir adam. Ne kahramanlık! Hapishanede acı çekecek. Kendisine benziyenlerin pek mutsuz olması gerekir.

Sonra, ananın önünde durarak titreyen bir sesle ekledi:

— Gerçekten bütün bu subaylar, komiserler bir takım heriflerin elinde birer oyuncaktan, iyi hayvan eğitimcileri elinde pek uysal birer araç olan vahşi hayvanlardan başka bir şey değiller! Aslında iflah olmaz vahşi bir biçime girmiş olan hayvanları bu hallerinin cezası olarak öldürmek gerekir. Ben olsam şu kudurmuş köpeği gebertirdim!

Şimdi, yavaş yavaş anayı da kaplamağa başlayan öfke ile heyecanını saklamak için ellerini daha çok hırsla ceplerine sokuyordu. Gözleri hançer gibi parıldıyordu. Yine yürümeğe başlayarak soğuk, uzun bir sesle:

— Gördünüz mü bu korkunç olayı! Ulus üzerindeki uğursuz egemenliklerini korumak uğruna zulüm yapmaktan çekinmiyorlar, her şeyi yapıyorlar, vahşet artıyor... Zulüm, kanun yerine geçiyor. Düşününüz! Çekinmeden insanları dövüyorlar, çünkü ceza görmeyeceklerine güveniyorlar, çünkü işkence etmek onların bütün varlıklarını kaplayan bir zevk haline gelmiş. Bu, kölelik çağlarından kalmış öyle bir hastalıktır ki onları bütün hayvanca güçlerini denemeye sürüklüyor. Bir kısmı ise intikam zehiriyle zehirlenmişler. Üçüncü kısmı ise yumruk, dayak altında ezilmiş, kör, sersem olmuş... Ah, ulus, bütün ulusu çürütüyorlar!

Durdu, başını iki elleri arasına aldı:

— Bu vahşi yaşayış içinde insan istemeksizin hayvanlaşıyor!

Sonra, biraz kendini topladı, bakışlarına güven gelmişti. Hemen hemen durgunca anaya baktı. Ananın gözleri yaşlarla doluydu.

— Yitirilecek vaktimiz yok, Pelage, valiziniz nerede?

— Mutfakta!

— Evin çevresi sivil polislerle dolu. Böylece bir bavul dolusu gazeteyi dikkati çekmeksizin çıkarmak, olacak iş değil. Nerede saklayacağımı kestiremiyorum. Öyle sanıyorum ki, jandarmalar bu gece yine gelecek. Sizin tutuklanmanızı hiç istemem. Büyük bir zarar olacaksa da haydi şunların hepsini yakalım.

Ana sordu:

— Neyi?

— Valizin içinde ne varsa?...

Ana, anlamıştı. Şimdi ruhunu kaplamış olan üzgünlüğün derecesi ne olursa olsun yine başarıya ulaşmış olmaktan doğan bir gurur ile gülümseyerek:

— Valizin içinde hiçbir şey yok, dedi. Bir tek kağıt bile.

Gittikçe artan bir coşkunlukla yaptığı işleri birer birer anlattı. Nikola, onu ilk önce endişeli, sonra da şaşkın, dinledi. En sonra sözünü keserek:

— Ne güzel, diye haykırdı. Sizde şaşılası bir talih var!

Şaşkın bir halde ananın ellerini sıktı:

— Halka karşı gösterdiğiniz bu güven duygusuyla beni gerçekten duygulandırıyorsunuz. Öyle iyi bir ruhunuz var ki... İşte, şimdi sizi kendi annemden daha çok seviyorum.

Ana, Nikola'yı kucakladı, sevinçli hıçkırıklar arasında başını dudaklarına yaklaştırdı:

— Belki de pek aptalca davrandım.

Ana, Nikola'nın derin bir mutluluk duyduğunu görüyor, onu sonsuz bir şefkatle inceliyordu. Onun neden böyle bir heyecan duyduğunu sormak istedi. Nikola, küçük, okşayıcı bir kahkaha ile ellerini oğuşturarak:

— Genel olarak her şey yolunda gidiyor, dedi. Bilir misiniz? Ben bu son günlerde garip bir hal olmakla beraber pek iyi yaşadım. Bütün gün işçilerle beraberdim. Onlara kitap okudum, kendileriyle konuştum, onları inceledim. Kalbim, şaşılacak biçimde temiz, güzel duygularla doldu. Ne mert insanlar! Mayıs günleri gibi parlak bir ruha sahipler! Genç işçilerden sözediyorum. Genç, gürbüz, düşünceli, her şeyi anlamaya istekli. İnsan onları böyle gördükçe Rusya'nın dünyada en büyük bir demokrasi ülkesi olacağına inanıyor.

Sanki, ant içecekmiş gibi elini kaldırmıştı. Küçük bir duruştan sonra:

— Bilirsin ki ben bir dairede memurdum. Bir yığın sayılar, kağıtlar arasında geçen yaşayış beni sıktı. Beni öldürmek için bu yaşayışın bir yılı yetmişti. Çünkü ben artık halk ile beraber yaşamaya alışmıştım, ondan bir dakika bile ayrılmağa katlanamıyordum. Bütün gücümle halkın yaşantısına doğru eğiliyordum. İşte şimdi, ben de özgür olarak yaşayabiliyorum, onlara istediğim şeyleri anlatıyor, bildiğim şeyleri öğretiyorum. Anlıyor musunuz? Ben bu yeni doğan düşüncenin yanıbaşında yaşayacağım. Bu şaşılacak derecede basit, güzel, korkunç biçimde iyi. İnsan böyle olursa kendisini topluyor, bütün gücünü yine elde ediyor, insanca yaşıyor.

Nikola sevinçle gülüyor, ana onun bu sevincine ortak oluyordu.

Nikola:

— Sonra, dedi. Siz de dünyanın en iyi insanlarından birisiniz. Sizde öyle iyi, büyük bir güç var ki karşı durulmaz bir biçimde bütün kalpleri size çekiyor. Siz insanları öyle iyi tanıyor, öyle iyi görüyorsunuz ki.

— Dostum, sizin yaşayışınızı pek güzel görüyor, anlıyorum.

— Siz seviliyorsunuz. Bir insanı sevmek öyle iyi bir şey ki. Ah, bilseniz.

Ana, Nikola'nın ellerini derin bir şefkatle okşayarak:

— Ölüler arasında yaşayanları da hep siz canlandırıyorsunuz dostum, düşünüyorum ki, daha yapılacak çok iş var, çok sabretmek gerek. Öyle isterim ki siz yürekliliğinizi yitirmeyesiniz. Hikayenin gerisini anlatayım ne diyordum, evet kadın diyordum. Köylünün karısı.

Nikola, ananın yanına oturdu, sevinçli bakışlarıyla başını bir yana çevirerek saçlarını karıştırmaya başladı. Sonra birdenbire Pelage'ye dönerek dikkatle dinlemeğe başladı:

— Ne talih! diye haykırdı. Sizin tutuklanma ihtimaliniz ne çoktu. Hayır. Gerçekten anlaşıldığına göre, köylü de bizimle beraber, bu da garip bir şey değil. Kadına gelince, onu ben buradan görür gibi oluyorum. Kızgınlık ve tiksintiyle çarpan kalbini anlar gibiyim. Bunun için bize özellikle köylerle uğraşacak adamlar gerek. Adamlar! İşte, her yanda yoksun olduğumuz şey! Oysa yaşayış, binlerce kola muhtaç.

— Herhalde Pavel'in serbest bulunması gerek. Andre'nin de.

Nikola, ona bir göz atarak başını önüne eğdi:

— İster misiniz ana, dedi. Size gerçeği söyleyeyim! Ne vakit olsa siz bunu, anlayacaksınız... Ben Pavel'i tanırım, o hiç bir zaman kaçmaya razı olmaz. Mahkemenin karşısına çıkmak orada bütün gücü ve sağlamlığıyla görünmek ister. O, bundan vazgeçmiyecek, esasen bu da gereksiz bir şey olacaktır. Çünkü, Pavel nasıl olsa Sibirya'dan geri dönüşün bir yolunu bulacaktır.

Ana, ağır ağır içini çekti:

— Ne yapmalı! O karar vereceği şeyi benden iyi bilir.

Nikola birden bire ayağa kalktı. Yine canlanmıştı. Başını eğdi:

— Ana, sizin sayenizde bugün pek tatlı dakikalar geçirdim. Diyebilirim ki yaşayışımın en tatlı dakikaları. Teşekkür ederim. Geliniz, kucaklaşalım.

Durgunca kucaklaştılar. Nikola, hafif bir sesle:

— Ne iyi! dedi.

Ana mutluca gülerek kollarını yanına salıverdi. Nikola, gözlüğünün arkasından aynaya bakarak:

— Ah, dedi, ne olurdu sizin köylünüz yakında gelmiş olsaydı! Herhalde Ribin için küçük bir makale yazmak, bunu köylerde dağıtmak gerek. Herhalde bu ona zarar vermez, çünkü kendisi açıktan açığa davranmıştır, ulusa büyük yararı olacak. Ben şimdi gider, onu yazarım, Podilla'da yarın basar. Evet ama, kağıtları nasıl dağıtmalı?

— Ben dağıtırım.

Nikola, karşı durdu:

— Yok, teşekkür ederiz, yeter... Acaba Vesofçikof bu işi beceremez mi?

— Bundan kendisine sözetmek gerekli mi?

— Bir kez deneyiniz, nasıl davranmak gerekeceğini kendisine öğretiniz.

— Peki ben... Ben ne yapacağım?

— Siz üzülmeyiniz.

Nikola, yazmaya başladı. Ana, bir yandan masanın üzerini topluyor, bir yanda da Nikola'nın parmakları arasında titreyerek kağıt üzerine bir takım sözcükler sıralıyan kaleme bakıyordu. Kimi zaman, gencin ensesi ağrıyor, o zaman arkasına yaslanarak gözlerini kapıyor, düşünüyordu. Ana, bu görünüş karşısında pek çok duygulanmıştı. Yavaşça:

— Yazınız, onlara cezalarını veriniz. Hiç çekinmeyerek bu katillerin maskelerini düşürünüz, dedi.

— İşte bitti, alınız bu kağıdı, siz saklayınız. Yalnız jandarmalar gelirse sizi de araştıracaklarını biliniz.

— Gelmez olsunlar!

Gece doktor geldi.

— Neden memurlar böyle heyecan gösteriyorlar? diye sordu. Bu gece yedi yerde araştırma yaptılar. Hasta nerede?

Nikola:

— Dün gitti! Bugün cumartesi. Elbette yarın okuma günüydü, bunu kaçıramazdı. Anlarsınız ya, dedi.

— Böyle insanın kafası parçalandığı bir zamanda konferansa gitmek akıllılık eseri olmasa gerek.

— Ben de kendisine bunu anlatmaya çalıştımsa da kâr etmedi.

Ana:

— Belki arkadaşlarının karşısına geçerek atıp tutmak, iş uğruna kanını feda etmiş olduğunu söylemek arzusundaydı, dedi.

Doktor kendisine bir göz attı. Sanki vahşi bir biçimde dişlerini sıkarak:

— Oh, ne kanlı bir ruhunuz var! dedi.

— Peki dostum, artık burada size ihtiyacımız yok. Biz şimdi başka misafirleri bekliyoruz. Ana kağıdı ona veririz.

— Yine mi?

— Evet. İşte, haydi bunu matbaaya götürünüz.

— Peki. Bu kadar mı?

— Evet. Evin önünde bir polis var.

— Evet. Ben de gördüm. Bizim evin önünde de var. Bilir misiniz, mezarlıktaki gürültü pek iyi bir şey olmuş. Kentin her yanında o konuşuluyor. Olay, herkesi heyecanlandırıyor, herkesi düşündürüyor. Buna ilişkin makalen de hem pek güzel, hem de pek zamanındaydı. Ben her zaman derim ki iyi bir kavga her vakit kötü bir anlaşmadan daha yararlıdır.

— İyi. Haydi git!

— Sen de çok nazik değilsin. Ana, elinizi sıkayım. Çapkın biraz budalaca davrandı. Nerede oturduğunu biliyor musun?

Nikola, adresi verdi.

— Yarın onun evine gitmeli. Mert bir çocuk, değil mi?

— Evet. İyi kalpli!

Doktor, çıkarken:

— Herhalde onu gözden uzak tutmamalı dedi. Gerçekten halkın aydın bölüğünü bu bacaksızlar meydana getirecek, yarın biz herhalde öbür yana göçtüğümüzde bizim yerimize bunlar geçecek.

— Dostum, sen iyice geveze olmuşsun!

— Mutluyum, bundan dolayı gevezelik ediyorum. İşte, gidiyorum, gidiyorum. Sen en sonra hapse gideceğine inanıyorsun, öyle mi? Orada sana dinlenme dilerim.

— Teşekkür ederim, yorgun değilim.

Ana, yaralı genci düşündüklerini görerek onları sevinç içinde dinliyordu.

Doktor gittikten sonra Nikola ile Pelage gece konuklarını beklemek üzere masanın başına geçtiler. Bir süre Nikola alçak sesle arkadaşlarından, sürgün edilip de sonra kaçmayı başararak şimdi takma adlarla yine iş başında olanlardan sözetti. Odanın çıplak duvarları, bu hikayelerdeki alçakgönüllü, fedakar kahramanların sağlığından kuşkulanıyormuş gibi Nikola'nın ağzından çıkan sözleri birbirine yansıtıyordu. Bunlar, bütün güçlerini insanlığın dirilişi uğruna harcayan fedekarlardandı. Anayı ılık bir gölge kuşatıyordu. Kalbi, ölümsüz bir güçle donanmış, yüce, kutsal bir varlık olarak tanımladığı bu fedakarların sevgisiyle doluyordu. Bu yüce varlık, yavaş yavaş, durmaksızın yalanın, ikiyüzlülüğün yaşlanmış köklerini kopararak, yaşayışın parlak gerçeğini insanların gözlerine sokuyordu. Herkese özgürlük tutkusu vererek, kalplerde de yalana karşı derin bir öfke, Pelage'nin kalbinde bir zamanlar öbürlerinden daha az korkunç saydığı günlerde duasını bitirmek üzere din ulularından birinin resmi önünde yerlere kapandığında duyduklarına benzer bir duygu uyandırıyordu. Şimdi geçmişi unutmuştu. Bu hayalin kendisinde uyandırdığı duygu gittikçe daha genişliyor, gittikçe daha parlayarak canlanıyor, kalbinin daha çok derinlerine işliyor, onda gittikçe artan bir ateş uyandırıyordu.

Nikola, bir aralık sözcükler dizisini keserek haykırdı:

— Jandarmalar geliyor!

Ana, bir an ona baktı:

— Cehennemin dibine dek yolları var.

— Doğru. Ama ana, siz çok yorgun olmalısınız, haydi artık gidip yatınız. Yine de dinçsiniz. Bütün korkulara, bütün üzüntülere şaşılası bir güçle göğüs geriyorsunuz. Yalnız saçlarınız biraz çabuk ağardı. Haydi gidiniz, biraz dinleniniz. Haydi.

Birbirlerinin ellerini sıkarak ayrıldılar.

* * *

Ana, çabuk, rahat bir uykuya daldı. Sabahleyin mutfağın kapısına vurulan hızlı vuruşlarla uyandı. Durmadan kapıyı çalıyorlardı. Henüz ortalık karanlıktı. Ana hemen giyinerek mutfağa koştu, kapının arkasından sordu:

— Kimdir o?

Tanımadığı bir ses:

— Benim, dedi.

— Kim?

Tanımadığı ses yavaş, yalvarıcı:

— Açınız! dedi.

Ana, sürmeyi çekti, kapıyı açtı. İgnati, sevinçle haykırarak içeri girdi:

— Ah! Aldanmamışım, tam üzerine basmışım.

Beline dek çamura batmış, yüzü sararmış, gözlerinin çevresi mosmor olmuştu. Örülmüş saçları kasketinin altında darmadağınıktı. Kapıyı kaparayarak yavaş bir sesle:

— Başımıza bir felaket geldi! dedi.

— Biliyorum.

İşçi, şaşarak baktı:

— Nasıl? Kim söyledi?

Ana, kısaca rastlayışını anlattı.

— Ya öteki iki arkadaşın? Onları da tutukladılar mı?

— Onlar orada değillerdi. Ribin'le beraber beş kişi tutuklandı.

İgnati, tuhaf bir gülümseyişle:

— Ben, ben de kurtuldum. Belki şimdi beni de arıyorlar! Arasınlar! Bir daha dönmeyeceğim. Daha orada altı yedi gençle bir kızcağız var ki kendilerine temelli güvenilebilir.

Ana sordu:

— Sen nasıl kurtulabildin?

İgnati bir kanape üzerine oturdu, çevresine bir göz gezdirerek söyledi:

— Ben mi? Gece jandarmalar fabrikanın yanına geldiler. Onlardan bir dakika önce orman koruyucusu pencereye gelerek tıklattı: "Çocuklar dikkat, sizi aramaya geldiler!" dedi.

İgnati kolunun yeniyle yüzünü silerek gülmeye başladı:

— Ribin kolay kolay şaşırmaz. Bunu pek güzel kanıtladı. Hemen, "İgnati hemen kente koş, orada bizi bir kez ziyarete gelmiş olan iki kadını bilirsin ya, onlara git!" dedi. Hemen bir kaç sözcük yazdı. "Haydi hoşçakal, kardeşim!" dedi, beni arkamdan itti. Hemen kulübeden dışarı fırladım, çalılıkların arkasına saklanarak baktım, jandarmaların geldiğini gördüm. Jandarmaların sayıs pek çoktu. Hemen her yandan geliyorlardı. Fabrikayı kuşattılar, ben de bunların arasındaydım. Bir kaçı yanıbaşımdan geçti. Ben de onlar geçtikten sonra yürüdüm, bir gün iki gece durmadan yürüdüm, bir haftadır yoldayım, bacaklarım koptu.

Halinden hoşnut olduğu görülüyordu. Kahverengi gözlerini belirsiz bir gülümseyiş aydınlatıyordu. Kalın, kırmızı dudakları titreşiyordu.

— Sana şimdi çay yapayım. Sen de bir yandan yıkan, temizlen. İyi edersin!

— Durunuz size Ribin'in mektubunu vereyim.

Güçlükle bacağını kaldırdı, acı duyduğunu gösterir biçimde ayağını kanapenin üzerine koydu, sonra baldırını kaplayan sargıyı çözmeye başladı.

Nikola, kapının eşiğinde görünmüştü. İgnati, utanarak bacağını indirdi. Ayağa kalkmak istedi. Sonra, sallanarak yine kanapenin üzerine düştü:

— Ah, çok yorulmuşum!

Nikola dostça bir baş işaretiyle onu selamladı:

— Merhaba arkadaş! Durunuz size yardım edeyim.

İşçinin önünde diz çökerek bacağındaki pis, ıslak sargıyı hızla çözmeye başladı. Ana:

— Bacağını ispirto ile oğuşturmalı. İyi olur, dedi.

Nikola:

— Öyle! dedi.

Nikola, mektubu bulmuştu. Üzerine baktı, anaya uzattı.

Ana:

— Okuyunuz! dedi.

Nikola, buruşuk kağıdı evirip çevirerek okudu: *"Ana, işin peşini bırakma. Rica ederim hanıma söyle ki, bizim işlerimizle alakalı yazıları yazmayı sakın ihmal etmesin. Allahaısmarladık. Ribin."*

— Mert adam! Sürüklenip götürmek istenildiği sırada bile işleri düşünüyor!

Nikola, kağıdı tutan kolunu yavaşça bıraktı:

— İyi! dedi.

İgnati, sargılardan kurtulan ayaklarının parmaklarını oynatarak kendilerine bakıyordu. Ana, gözyaşları içindeki yüzünü saklamaya çalışarak bir teneke su ile yanına yaklaştı. Yere çömelerek işçinin bacağını tutmak istedi.

— Ne yapıyorsun? Boş ver.

— Çabuk, ver ayağını.

Nikola:

— Ben de ispirto getireyim, dedi. İşçi, hep "Olmaz, veremem!" diye bacağını kanapenin altına doğru kaçırıyordu. Ana cevap vermeksizin öteki bacağındaki sargıları çözmeye koyuldu.

Ana, yıkamaya başladı. Üzgün bir sesle:

— Biliyor musun, dedi. Ribin'i dövdüler?

İgnati, korku ile sordu:

— Doğru mu?

— Evet, karakola getirilmeden önce zaten dayak yemişti. Orada da çavuşla komiser onu aralıksız yumrukladılar. Her yanı kan revan içindeydi.

— Ah, bu işlerde ne güzel uzlaşıyorlar! (Omuzları bir titreme ile silkindi) Ya köylüler? Zavallı köylüler de dövdüler mi?

— Yalnız birisi, o da komiserin emriyle, zorla. Öbürleri pek güzel davrandılar. Dövülmesine karşı bile durdular.

— Evet... Artık köylüler de anlamaya başlıyorlar.

— O köyde çok zeki kişiler bile var.

— Nerede yok ki?... Her yanda var! Olmaları ne kadar da iyi. Ancak onları da arayıp bulmak gerek. Şurada burada gizlenip kendi kendilerine kalplerini kemiriyorlar. Bir araya gelmek için cesaretleri yok.

Nikola, bir şişe ispirto getirdi. Semavere ateş attı, hiç bir şey söylemeksizin çıkıp gitti. İgnati, sevgi dolu bakışlarla onu süzdükten sonra:

— Bu kim, başkan mı? diye sordu.

— Ulus yolunda başkan filan yoktur, herkes arkadaştır.

İşçi gülümseyerek ikircikli, kuşkulu:

— Şaşılacak şey, dedi.

— Şaşılacak şey nedir?

— Bir yanda dayak atıyorlar, öbür yanda ayak yıkıyorlar! Acaba bunun ötesi yok mu?

Oda kapısı açıldı, Nikola, göründü:

— Öte yerde dövenin elleri öpülür, dövülenin de kanı emilir. İşte ötesi!

İgnati, ona saygıyla baktı, biraz sessizlikten sonra:

— Doğru... Doğru!

Nikola:

— Pelage, yorulmuş olmalısınız. Bırakın, biraz da ben yapayım, dedi.

İşçi, sıkılarak ayaklarını geri çekti.

Ana, ayağa kalkarak:

— Oldu bitti, dedi. İgnati, haydi bakayım sen de ayağa kalk artık.

Ayağa kalktı, kâh bir ayağı, kâh öteki ayağı üzerinde durarak, bütün gücüyle basarak:

— Sanki yepyeni birer bacak! dedi. Teşekkür ederim, binlerce teşekkür!

Biraz durdu, önündeki çamurlu suya bakarak:

— Size nasıl teşekkür edeceğimi bilemiyorum, dedi.

Üçü de hemen odaya giderek kahvaltı etmeye başladılar. İgnati, duygulu duygulu anlatıyordu:

— Gazeteleri ben dağıttım, yürümeyi çok severim, Ribin bana şunları söylemişti: Haydi, şunları dağıt, eğer yakalanırsan senden başka kimseden kuşkulanmazlar demişti.

Nikola sordu:

— Bunları okuyan çok var mı?

— Okumasını bilenlerin hepsi.

Nikola düşünceli, haykırdı:

— Ah, nasıl etmeli? Bu gazete ile Ribin'in tutuklanışını nasıl anlatmalı?

İgnati kulak verdi:

— Bugün ben onunla uğraşırım. Bu gazetelerden basılmış sayılar var ya?

— Evet!

— Veriniz onları ben dağıtayım. Ben nereye götüreceğimi, nasıl dağıtacağımı bilirim. Siz hemen veriniz.

Ana, ona bakmaksızın gülümsüyordu.

— Sen yoruldun, hem de korktun. Demin artık oraya dönmeyeceğini söylemiyor muydun?

— Evet, yoruldum. Yoruldum ya... Elbette dinlenmenin bir kolayı bulunur. Korkmaya gelince bu doğru. Biraz önce siz söylüyordunuz ki insanı kanlara buluyorlar. Elbet ben de bir yolunu bulurum, gece giderim, veriniz, ben hemen bu akşam yola çıkarım.

Bir an durdu:

— Ormana girer, saklanırım. Sonra da birer birer arkadaşlara haber verir, geliniz, alınız derim. En iyisi bu. Eğer beni tutuklayacak olurlarsa gazeteler yazık olacaktır. Sayıları da pek az. Çok dikkat etmeli.

Ana, yine sordu:

— Sen bir kez korktun, artık nasıl yaparsın?

Bu sağlam genç, her sözcüğündeki temizlikle, içtenlikle ananın pek hoşuna gidiyordu:

— Korku korkudur, iş de iş! Neden böyle benimle eğleniyorsunuz? Ne yaparsınız, elbet bu iş ile uğraşılacak, başa çıkılacak, korku morku vız gelir.

Ana, bu gencin kendisinde yarattığı sevince kendini bırakarak gülümsedi:

— Ah, ah yavrum, dedi.

Öteki, çekingen gülümsedi:

— İşte, ben hala bir yavruyum!

Gence hep dostça bir saygı göstermiş olan Nikola:

— Oraya gitmeyeceksiniz, dedi.

— Peki, o halde ne yapayım, nereye gideyim?

— Oraya başka birisi gidecek. Siz de sadece kendisine nasıl davranması gerektiğini anlatacaksınız, tamam mı?

İgnati, bir ara tereddüt ettikten sonra istemiyerek:

— Peki, dedi.

— Biz size gazeteler bulacağız, bir de orman koruculuğu sağlayacağız.

— Köylüler ormana gelip ağaç kesmek istediklerinde ne yapayım? Tutuklanmalı mı? Bunu yapamam.

Ana ile Nikola bunun üzerine yine güldüler. Genç köylü, yine duygulanmıştı.

Nikola:

— Korkmayınız, böyle bir duruma düşmeyeceksiniz. İnanınız, dedi.

— O başka. O halde iş kolay. Ben fabrikaya gitmesini de çok isterim. Oralarda pek zeki işçiler bulunduğu söyleniyor.

Ana sofradan kalktı, pencereye yaklaşarak, düşünceli:

— İşte böyle... Yaşayış tuhaftır! İnsan günde beş kez güler, bir o kadar da ağlar. Hoş bir şey. Yemeği bitirdin mi İgnati? Haydi çık uyu.

— Yok. İstemem.

— Haydi git, uyu diyorum!

— Siz de pek sertsiniz. Peki, gidiyorum.

Çayınıza, şekerinize, dostluğumuza teşekkür ederim.

Ananın yatağına yattı, başını kaşıyarak mırıldandı:

— Herkes buraya alışacak. İyi yapmıyorsunuz. Siz beni şımartıyorsunuz. Uykum yok. Siz güzel insanlarsınız. Ancak bu kadarını da pek anlayamıyorum. İnsan kendini köyden yüz bin kilometre uzakta sanacak.

Kısa sürede, ağzı açık horlayarak uyudu.

* * *

Akşamleyin, geç vakit İgnati, bir yer katında Vesofçikof'un karşısında bulunuyor, alçak sesle:

— Ötedeki pencere, dört kez... diyordu.

Korkulu korkulu sordu:

— Dört kez mi?

— Önce üç. Şöyle.

Parmağı ile masanın üzerine vurarak saydı:

— Bir, iki, üç.

Sonra biraz durarak bir kez daha.

— Anladım.

— Kırmızı saçlı bir köylü size kapıyı açacak. Size soracak "Ebe hanım için mi geldiniz?" diyecek, siz de ona. "Evet, ev sahibinden geliyorum." karşılığını vereceksiniz. İşte, bu kadar yetişir. O işi anlamış olacaktır.

Başları birbirine yaklaşıyordu. Genç, dinçtiler, ikisi de seslerini kısarak yavaş yavaş konuşuyorlardı. Ana ayakta durmuş, kollarını göğsünün üzerinde kavuşturmuş, masanın yanından onları seyrediyordu. Bütün bu gizli işaretler, bu sorular, bu cevaplar onun dudaklarında bir gülümseme uyandırıyor, düşünüyordu:

— Bunlar, hâlâ çocuk!

Duvarda bir lamba yanıyor, içeriyi sarı bir ışıkla aydınlatıyordu. Şurada burada, gazetelerin üstünde yarım gölgeler oynaşıyordu. Yerlerde bir takım matbaa kağıtları sürünüyor, pencereden, karanlıklar arasından büyük bir yıldızın parladığı görülüyordu. Hücrenin içinde ıslak bir matbaa kokusu vardı.

İgnati, pek sevdiği kadife gibi bir kumaştan bir pardösü giymişti. Ananın kalbi sıcak bir duyguyla titriyordu: "Çocuklarım!... Sevgili çocuklarım!..."

İgnati, ayağa kalkarak:

— İşte, artık oldu. Hatırlıyor musunuz? Öncelikle Moratoka girilerek büyük baba sorulacak.

Vesofçikof:

— Evet, hatırlıyorum, dedi.

Ancak İgnati buna inanmış değildi. Ona bütün işaretleri, parolaları yineledi, sonra da elini uzattı:

— Yeter, artık oldu. Şimdi Allahaısmarladık, arkadaş. Onlara benden de selam söyleyiniz, İgnati, yaşıyor, sağlığı yerindedir deyiniz. Göreceksiniz, bunlar mert adamlardır.

Kendi kendini süzerek, eliyle pardösüsünü düzeltti, sonra anaya sordu:

— Artık gidebilir miyim?

— Yolu bulabilecek misin?

— Elbette. Allahaısmarladık, arkadaşlar.

Göğsünü kabartarak, omuzlarını kaldırarak, yeni şapkasını kulaklarına indirerek elleri cebinde, çıktı gitti.

Vesofçikof, anaya yaklaşarak:

— En sonra, işte bana da bir iş çıktı, dedi. Canım sıkılıyordu, kendi kendime neden hapisaneden kaçtım diyordum. İşim gücüm saklanmaktı. Oysa hapishanede bir çok şeyler öğreniyordum. Pavel, bizim kafamızı durmadan doldurup duruyordu. Bu bizi sevindiriyordu. Peki ana, kaçma işi için neye karar verildi? Hazırlık yapılıyor mu?

— Yarından sonra öğreneceğim.

İsteksizce yineledi:

— Yarından sonra.

Öteki, anaya yaklaşarak ağır elini omuzuna vurdu:

— Liderlere söyleyiniz, bu çok kolay bir şey. Onlar sizin sözünüzü dinlerler. Bakınız, size anlatayım. Şurada bir fener, ondan sonra hapishanenin duvarı. Sağ yanda sokak, sol yanda mezarlık. Her gün fenercilerden birisi gelir, duvara merdiveni dayar, duvarın en yüksek yerindeki halkalardan birine avlunun içine doğru sarkan bir ip merdiven bağlar, bırakır gider. Hapishane içinde saat bellidir. O sırada adi mahkumlara hapishanede bir kavga çıkartılır yada kendileri kavga çıkarırlar, hemen her fırsattan yararlanarak kaçacak olanlar merdivene tırmanırlar, kaçarlar. İşte böylece, bu kaçış kolay olur. Çünkü onları her yerden önce mezarlık yönünde ararlarken onlar kent içinde yitiklere karışırlar.

Onca pek kolay olan bu planı anlatırken davranışlarının bütün şiddetiyle açıklamaya uğraşıyordu. Ana, bu genci yavaş hımbıl olarak tanımıştı. Şimdi onu atik, tetik gördükçe şaşıp kalıyordu. Eskiden Vesifçikof'un durgun bakışları herşeye öfkeyle, güvensizlikle bakardı. Şimdi, denebilirdi ki bu gözler değişmiş, yerine başkaları gelmişti. Şimdi bu gözler büyümüş, açılmış, derin bakışlarında bir ışık, anayı inandıran, titreten bir parıltı vardı.

— Düşün bir kez. Bu gündüzün evet, gündüzün yapılacak. Bir mahpusun güpegündüz kaçmağa çalışacağını kim düşünür?

Ana, inler gibi bir sesle sordu:

— Ya arkalarından kurşun atarlarsa?

— Kim? Orada asker mi var ki? Ötekiler, gardiyanlar ise tabanca nedir bilmezler.

— Bu plan pek kolay gibi görünüyor.

— Görürsünüz, bu bütünüyle benim dediğim gibi olacak. Bundan dolayı hemen ötekilere de bundan sözediniz. Ben, her şeyi hazırladım. İpten merdiveni, halkaları, hepsini... Bizim ev sahibine de söyledim, fenerciden bulunacak.

O sırada kapının arkasında bir gürültü işitildi. Birisi öksürüyordu. Sonra, kapı gıcırdadı. O, haykırdı:

— İşte, ev sahibi geldi!

Yarı açılan kapının önünde çinko yıkamaya özgü bir tekne göründü, sonra bir ses:

— Gir, yahu! Dedi.

Şişkin gözlü, kır saçlı, toparlak, sakallı bir baş göründü.

Vesofçikof, kucağındaki kazanı içeri sormak için ona yardım etti. Sonra iki büklüm duran bu kocamış görünüşlü adam, genç yanaklarını şişirerek, yere tükürdükten sonra kaba bir sesle:

— Merhaba, dedi.

Genç haykırdı:

— İşte, sorunuz kendisine!

— Ne? Bana ne sormak istiyorsunuz?

— Kaçış üstüne.

Yaşlı adam, kararmış parmaklarıyla bıyıklarını silerek:

— Ah! dedi.

— Görüyor musunuz Jakop, ana bu işin böyle kolay olabileceğini sanmıyor.

— Nasıl, sanmıyor mu? Evet inanmıyor, inanmıyorsa istemiyor demektir. Ancak ikimiz, biz bunun yapılmasını istediğimizden tertibatın pek kolay olduğu düşüncesindeyiz.

Sağına dönerek şiddetle öksürdü. Sonra, odanın ortasında eliyle göğsünü oğuşturarak, ananın yüzüne bakakaldı.

Ana:

— Bu işe karar verecek tek kişi ben değilim, dedi.

— Ötekilerle konuş, onlara her şeyin hazır olduğunu söyle. Ah, onları ben bir görebilseydim!

Büyük bir işaretle kollarını açtı, sonra bilinmez neyi söndürmek ister gibi kavuşturdu. Sesinin şiddetinde anayı şaşırtan bir sıcaklık vardı.

Kendi kendine:

— Bakın şuna, nasıl değişti!

Dedi, sonra ötekine dönerek:

— Karar verecek olanlar Pavel'le arkadaşlarıdır, dedi.

Öteki düşünceli, başını önüne eğdi.

Yaşlı adam oturarak sordu:

— Bu Pavel dediğiniz kimdir?

— Benim oğlum!

— Soyadı?

— Vlasof!

Başını salladı, cebinden tütün tabakasını çıkararak doldurdu:

— Bu adı işitmiştim, dedi, yeğenim onu tanır, benim yeğenim de mapusanededir. Adı Evçenko'dur. Tanır mısınız? Adım Gadon'dur. Bu gidişle çok geçmeden bütün ailem hapishaneye gidecek. O zaman artık biz de rahat edeceğiz. Biz, yaşlılar! Jandarma bana, yeğenimi Sibirya'ya süreceğini söyledi. Bunu da yapacaktır, melun!

Arada sırada yere tükürerek piposunu içmeğe koyuldu. Sonra gence dönerek:

— Ah, demek istemiyor! dedi, bu da onun bileceği iş. İnsan davranışında serbesttir. Eğer yorulmuşsa otursun, yorulmamışsa yürüsün! Eğer kendisini sorguya çekiyorlarsa sussun, eğer dayak yiyorsa dayansın, eğer öldürülerse yere düşsün. Bu doğal bir şey. Ancak ben, ben yeğenimi çıkaracağım.

Bu kısa cümleler, anayı duraksatmış, özellikle son sözcükler onu imrendirmişti.

Sokakta yağmur yağıyor, soğuk altında giderken Vesofçikof'u düşünüyordu:

— Bakın bir kez şuna, nasıl değişti?

Sonra, Gadon'u düşünerek:

— Herhalde, dedi, yeni bir yaşayış süren yalnız ben değilim.

Daha sonra, kalbinde birdenbire oğlunun hayali belirdi:

— Ah, ne olurdu peki demiş olsaydı.

* * *

Ertesi hafta hapisanenin kapısı önünde Pavel'le vedalaşırken elini içinde küçük bir kağıt parçasının varlığını duydu. Bu, onu titretti. Oğlunun yüzüne sorucu, yalvarıcı bir göz attı. Ne varki Pavel ona hiç bir vakit vermedi. Mavi gözlerinde pekiyi tanıdığı sağlam, ağır başlı bir gülümseyiş vardı.

Ana içini çekerek:

— Hoşça kal, dedi.

Pavel, yüzünde daha okşayıcı bir anlamla yine anasının elini sıktı:

— Güle güle anne! dedi.

Oğlunun eli avucunda, bekledi.

Oğlu:

— Korkma, darılma, dedi.

Bu sözlerle onun alnındaki anlamlı çizgi, ananın beklediği karşılıktı:

— Neden böyle söylüyorsun? dedi, sanki bunda ne var?

Göz yaşlarının, duygularını yalanlamaması için oğlunun yüzüne bile bakmayarak çıkıp gitti. Yolda kağıt parçasını tutan elinde bir ağrı duyar gibiydi. Omuzu sanki büyük bir yük altında kalmış gibi ezilmişti. Eve geldiğinde elindeki kağıdı Nikola'ya verdi Buruş buruş olmuş olan kağıdı Nikola'nın açışını seyrederken, içinde hala küçük bir ümit taşıyordu. Nikola:

— Ben zaten biliyorum, dedi. İşte yazdığı:

"Arkadaşlar, biz kaçmayacağız, böyle bir şey yapamayız. İçimizden hiç birisi buna evet diyemez. Böyle yaparsak hepimiz onurumuzu, itibarımızı yitiririz. En iyisi siz en son tutuklanan köylü ile ilgileniniz, o sizin yardımınıza muhtaç bir haldedir. Burada çok acı çekiyor. Hergün memurlarla kavga ediyor. Yirmi dört saat hücrede yattı. Biz kaçış hakkımızı ona bırakıyoruz. Anneme bakınız, bunu kendisine anlatınız, o her şeyi anlayacaktır. Pavel."

Pelage başını kaldırdı, kendine güvenen bir davranışla:

— Bana neyi anlatacaksınız? Ben zaten anlıyorum!

Nikola birdenbire döndü, cebinden mendilini çıkardı, bir yandan burnunu silerek:

— Nezle olmuşum! diye mırıldadı.

Sonra gözlüğünü düzeltmek bahanesiyle ellerini gözlerine siper etti:

— Görüyor musunuz! Ne olursa olsun başarısızlık!

Ana, kalbi derin bir acı ile kabararak:

— Ne önemi var, dedi. Ne denirse densin!

— Petersburg'da bulunan arkadaşlardan bir mektup aldım.

— Sibirya'dan da kaçılabilir, değil mi?

— Arkadaş bana diyor ki sorun yakında çözümlenecektir. Hüküm zaten belli. Hepsi de sürülecekler. Görüyor musunuz bu edepsiz herifler adaleti nasıl bayağı bir oyuncak haline getirdiler! Anladınız mı? Karar, yargılanmadan önce Petersburg'ta zaten verilmiş!

Ana, güvenli:

— Bırak artık bunları Nikola, dedi. Beni avutmanın, bana şunu bunu açıklamanın ne gereği var? Pavel hiç bir kötü şey yapmaz. Kendisini üzmez.

Durdu, soluk aldı:

— Öbürlerini de. Beni de sever, beni düşünmüş. Ne yazmıştı? Annemi avutunuz, değil mi?

Nikola, yüksek sesle:

— Oğlunuz gerçekten iyi bir ruha sahip! diye haykırdı, onu seviyor, kendisine pek çok saygı duyuyorum!

Ana:

— Biraz da Ribin'den konuşalım, dedi.

Ana hemen kalkıp gitmek, çalışmak, çalışmaktan yorgun düşüp, yatmak istiyordu.

Nikola:

— Evet, doğru, dedi... Ne yapmalı? Saşenka'nın...

— Şimdi nerede ise gelir. Pavel'e gittiğim günler mutlak gelir.

Nikola başını bir yana salıvermiş, düşünce içinde kendisini ananın yanında bir kanapeye bıraktı. Dudaklarını ısırıyor, sakalı ile oynuyordu:

— Hemşiremin de burada olmaması ne fena! Ribin'in kaçışı işi ile uğraşırdı.

Ana:

— Eğer bu iş daha Pavel orada iken yapılabilseydi, kendisi pek hoşnut olurdu, dedi.

Sustu, sonra yavaş bir sesle:

— Mademki elindedir niçin reddediyor? Bir türlü anlıyamıyorum!

Bu sırada kapının çıngırağı çalındı. Nikola, birdenbire ayağa fırladı. Ana ile bakıştılar.

— Saşenka'dır!

Ana sordu:

— Pavel'in karşılığını ona nasıl edip de söylemeli?

— Evet... Güç!

— Ona acıyorum!

Çıngırak bir daha çaldı. Bu kez daha yavaştı. Denebilirdi ki, kapının dışındaki kız da girmek, öğrenmek için ikircikleniyordu. Ana ile Nikola birlikte kapıyı açmağa gittiler. Mutfağın kapısına geldiklerinde Nikola:

— Sizin yalnız gitmeniz daha uygun! dedi.

Kapı açıldığında Saşenka sordu:

— O kaçmak istemiyor, değil mi?

Ana:

— Evet, dedi.

Saşenka:

— Zaten biliyordum! dedi.

Yüzü sararmıştı, çabucak ceketinin düğmelerini çözmek, göğsünü açmak istedi. Başaramadı, o zaman:

— Rüzgar, yağmur, dedi. Ne kötü hava, yarabbi. Nasıl, sağlığı iyi mi bari?

— Evet!

Saşenka ellerine bakarak:

— Her vakitki gibi... Memnun, sağlam! dedi.

Ana ona bakmaksızın:

— Bize Ribin'i kaçırmamızı yazıyor, dedi.

— Doğru mu? Öyleyse hemen bu tasarıyı uygulamalı.

Nikola, kapıdan girerek:

— Ben de böyle düşünüyorum, dedi... Merhaba, Saşenka!

Genç kız, ona elini uzatarak sordu:

— Bunda ne sakınca var ki?... Herkes planın yerinde olduğunu doğruluyor, değil mi? Biliyorum, herkes böyle düşünüyor.

— Ancak, planın uygulanmasıyla kim uğraşacak? Herkesin işi gücü var.

Genç kız, ayağa kalkarak şiddetle:

— Ben! dedi. Benim vaktim var.

— Peki. Sana başka yardımcı da gerek.

— Evet, ben de şimdi gider bulurum.

Ana, önerdi:

— Siz biraz dinlenseniz, olmaz mı?

Genç kız, çıkarken tatlı bir sesle:

— Siz benim için üzülmeyiniz, ben yorulmadım. Sessizce onların ellerini sıkarak soğuk, ağır başlı çıkıp gitti.

Ana ile Nikola pencereye yaklaşarak arkasından baktılar. Avluyu geçerek parmaklığın arkasında gözden kayboldu. Nikola, ıslık çalmaya başladı. Sonra da masanın başına geçerek kalemini aldı.

Ana, yarım bir sesle:

— O bu işle uğraşırsa biraz avunur, dedi.

Nikola:

— Doğru! dedi.

Sonra, yüzünü aydınlatan tatlı bir gülümseyişle sordu:

— Siz hiç bir erkek sevmediniz mi?

Ana elini sallayarak:

— Garip bir soru! diye haykırdı. Ben, aşık olmak ha? Tam tersine, yine birisiyle evlenmeye zorlanmaktan her zaman korktum.

— Hiç kimse hoşunuza gitmez miydi?

Ana düşündü:

— Hayır dostum, hatırlamıyorum. Belki öbürleri arasında bana daha çok hoş görünen birisi çıkabilirdi. Başka bir türlü ne olabilirdi ki? Hatırlayamıyorum.

Sözünü büyük bir özgünlük içinde bitirdi:

— Kocam beni o kadar dövdü ki ondan önce ne geçmişse belleğimden hepsi de silinmiştir.

Ana biraz dışarı çıktı, yine içeri girdiğinde Nikola sanki tatlı, sevgi dolu sözcüklerle onun anılarını okşamak istiyormuş gibi baktı:

— Görüyor musunuz... Ben de... Benim de... Başımdan bir serüven geçti... Saşenka gibi... Şimdiye dek hiç de böyle güzel bir yaratık görmüş değildim. O, yaşayaşımın gecesinde bana kılavuz olan bir yıldızdı. Yirmi yıldır ki kendisini tanıyor, seviyorum. Doğrusunu isterseniz onu şimdi de seviyorum. Bütün ruhumla, minnet ve şükranla...

Ana, Nikola'nın gözlerini şiddetli, sıcak bir ışık ile aydınlanmış görüyordu. Nikola, başını koltuğun kenarında duran ellerinin üzerine koymuştu. Uzaklara, bilinmeyen uzaklıklara bakıyordu. Bütün vücudu ince, nazikti. Gürbüz vücudu sanki güneşe karşı dönmek üzere kıvrılan bir bitki gibi ileri doğru atılmak için geriliyordu.

— Öyle ise evleniniz.

— Oh, o evleneli beş yıl oldu.

— Niçin siz biraz önce davranmadınız? Sizi sevmiyor muydu?

Nikola, biraz düşündükten sonra şöyle dedi:

— Sanırım ki seviyordu. Buna inanıyorum. Öyle bir talihsizlik vardı ki... O serbest olduğu zaman ben hapiste idim; sonra ben çıktığımda da o hapse girmişti. Biz de Saşenka ile Pavel gibiydik. En sonra onu on yıl süre ile Sibirya'ya sürdüler. Korkunç bir uzaklık! Ben de onunla gitmek istiyordum, utandık! Ben de kaldım. Orada arkadaşlarımdan birini tanıdı, iyi bir çocuktu, en sonra ikisi de kaçmayı başardılar. Şimdi de yabancı ülkelerde yaşıyorlar.

Nikola gözlüğünü çıkararak sildi. Sonra camları ışığa doğru tutarak baktı, yine oğuşturmaya başladı.

Ana, başını sallayarak derin bir sevgiyle:

— Ah, aziz dostum, dedi.

Ana, Nikola'ya acıyordu. Aynı zamanda onda öyle bir şey vardı ki, Pelaga ona karşı bir anne gibi gülümsemek zorunda kaldı. Nikola, birdenbire durumunu değiştirdi. Kalemi yine eline aldı, onu sözlerinin uyumuna uydurarak:

— Aile yaşayışı devrimcilerin gücünü azaltıyor. Çocuklar doğuyor, para azalıyor, ekmek parası uğruna çalışmak gerekiyor, oysa gerçek devrimciler için hiç yorulmadan çalışmayı arttırmak gerek. Bunun için de zaman ister. Eğer yine yorgunluğa yenilir, ya da küçük bir başarının vereceği sarhoşluğa boyun eğersek ulusa ihanet etmiş oluruz, dedi.

Sesi güvenliydi. Yüzü sararmış olmakla beraber yine gözlerinde büyük bir gücün ışığı parlıyordu. Yeniden kapı şiddetle çalınarak konuşmasını yarıda bıraktı. Gelen, soğuktan yanakları kıpkırmızı kesilmiş Ludmila idi. Bir yandan lastiklerini çıkarırken büyük bir öfkeyle:

— Mahkeme günü yaklaştı, bir hafta kaldı, dedi.

Nikola, odasından seslendi:

— Kesin mi?

Ana, duyduğu şeyin sevinç mi, yoksa üzüntü mü olduğunu bilmeksizin ona doğru yürüdü, Ludmila onu süzdü, alaycı sesi ile konuşmasını sürdürdü:

— Evet, savcı yardımcısı Kostak iddianameyi hazırladı. Mahkemede, açıktan söylendiğine göre yargı esasen belirlenmiştir. Bu ne demek? Demek oluyor ki, hükümet, memurunun kendi düşmanlarına yumuşaklıkla, şefkatle davranmasından korkuyor. Yardakçılarının ahlakını büyük çabalarla, binbir zahmetle bozduktan sonra artık onların sadakatine güvenemiyor.

Ludmila, kanapeye oturdu. Sönük bakışları nefretle doluydu. Nikola:

— O halde Ludmila, boş yere soluk tüketmeyiniz. Hükümet, sizin sözlerinize aldırmıyor.

Kadının gözlerini kuşatan halka, gittikçe morarıyor, yüzünü tehdit edici bir gölge ile örtüyordu. Dudaklarını ısırarak sözünü sürdürdü.

— Hükümete karşı yürüyorum, isterse beni öldürsün, hakkıdır, çünkü onun düşmanıyım. Yalnız, kendi egemenliğini, gücünü korumak için insanların ahlakını bozmasın.

Nikola, gözlüğünün altından ona bakıyordu. Genç kadın, sanki lanet ettiği adamların karşısındaymış gibi nutkunu şiddetle sürdürüyordu. Ana, dikkatle onun sözlerini dinliyor, ne var ki, ne söylediğini anlamıyarak sadece makina gibi ara sıra benzeri sözcükleri yineliyordu:

— Yargı, bir haftaya da karar.

Ne olacağını, yargıçların Pavel'e karşı ne yapacaklarını göz önüne getiremiyordu; ne varki insanlıkla hiç bir ilgisi olmayan vahşi, zalim bir şeyin yaklaşmakta olduğunu seziyordu. Düşünceleri kafasını bozuyor, gözlerini örtüyor, onu, bütün vücudunu soğuk bir sara nöbetine benzeyen sarsıntılarla sarsıyor, kanına karışarak kalbine saldırıyor, onun bütün direncini kırıyordu.

İki gün bu ikircik, acı bulutu içinde yaşadı. O sırada Saşenka geldi, Nikola'ya:

— Her şey hazır, bugün saat birde, dedi.

Nikola şaşkın:

— Böyle çabuk mu?

— Zaten öyle pek güç bir şey mi? Benim için salt Ribin'e giydirecek elbiseyi bulmak, bunları saklayacak yer aramak gerekiyordu. Üst yanını Gadon üzerine aldı. Ribin için ancak bir kaç yüz adım atmaktan başka yapılacak bir şey yok. Vesofçikof da elbette kılık değiştirerek, yolda onu karşılayacak, kendisine bir pardösü, bir kasket verecek, nereye gitmesi gerekeceğini söyleyecek, ben de onu bekleyip götüreceğim.

— İyi... Gadon kimdir?

— Tanırsınız... Siz, çilingirlere onun önünde ders verirdiniz...

— Hatırlıyorum... Tuhaf bir ihtiyar.

— Eski bir asker. Bilgisi pek azsa da zalimlere, soygunculuğa, zorbalığa karşı düşman. Biraz da filozofa benziyor.

Ana, sessizlik içinde onu dinliyordu. Yavaş yavaş onda bir düşünce doğuyordu:

— Gadon yeğenini, Evçenko'yu da kaçırmak istiyor, hatırlar mısınız, hani şu demirci? Hani temizliği, şıklığı ile sizin dikkatinizi çekerdi?

Nikola, başını salladı:

— O her şeyi iyice hazırlamış. Yalnız, ben başarıdan biraz kuşkuluyum. Mahpuslar belli zamanlarda hep birlikte gezintiye çıkarılıyorlar. Bir kez ip merdiveni görecek olurlarsa hep birden kaçmak isteyeceklerdir.

Gözlerini kapayarak sustu. Ana, ona yaklaştı:

— ... Ve birbirlerine engel olacaklar!

Üçü pencerenin önünde, ama, Nikola ile Saşenka'nın arkasında idi. Konuşmaları Palega'de gittikçe belirsiz bir duygu uyandırıyordu. Birdenbire:

— Gideceğim! dedi.

Saşenka sordu:

— Niçin?

Nikola öğüt, verdi:

— Hayır, hayır, hayır dostum, başınıza bir fenalık gelebilir.

Ana, baktı sonra usuldan diretti:

— Gideceğim, evet gideceğim.

Nikola ile genç kız bakıştılar. Saşenka, omuzlarını silkti.

— Olağan bir şey dedi.

Sonra anaya dönerek koluna girdi, tatlı, dostça bir sesle:

— Bakınız, dedi, size haber vereyim ki, umutlarınız yararsız olacak.

Ana, titrek elleriyle genç kızı kendisine çekerek:

— Sevgili kızım, dedi, beni götürünüz... Ben sizin işinizi güçleştirecek değilim. Yalnız, görmek istiyorum. Sanmam ki bu olabilsin... Bir kaçış!

Genç kız Nikola'ya dönerek:

— Gelecek! dedi.

— Sizin bileceğiniz şey! dedi.

— Ana, biz beraber duramayız... Bahçelere, tarlalara gidiniz. Oralardan hapishane pek güzel görünür. Yoksa size ne yapmak istediğinizi elbette soracaklardır.

Pelage, güvenle haykırdı.

— Ben verilecek bir karşılık bulurum!

— Unutmayınız ki, hapishane gardiyanları sizi tanırlar, eğer orada sizi görürlerse.

— Beni göremiyecekler, hayır!

Öteden beri kalbinde yaşayan umut birden bire parladı, onu davrandırdı.

— Belki... O da...

Heyecanla elbiselerini giymeğe başladı.

Bir saat sonra, hapishanenin yöresindeki tarlalar içinde idi. Entarisini şişirerek, donmuş toprakları yalayarak, eski bir kulübenin kırık dökük kapısını sarsarak, hapishanenin duvarına çarparak şiddetli bir rüzgar esiyor, hapishanenin avlusunda anaforlar yaparak, karşı durulmaz saldırısıyla oradan topladığı insan seslerini ufuklara dağıtıyordu. Bulutlar, ara sıra mavi bir gök parçası göstererek uçuşuyordu.

Ananın arkasından kent uzayıp gidiyordu. Önünde mezarlık, sağ yanında yirmi metre uzakta hapishane vardı. Hapishanenin yanında iki asker, ağır adımlarla bir atı gezdiriyor, bir yandan ıslık çalıyor, bir yandan da gülüyorlardı. Ana, elinde olmayan bir davranışla birden seslendi:

— Askerler, benim bir keçim vardı, kaçtı, buraya geldi mi? Gördünüz mü?

Erlerin birisi karşılık verdi:

— Hayır görmedik hayır!

Ana, sanki çalınan keçisini arıyormuş gibi yavaş yavaş mezarlığın duvarına doğru yürüdü, uzaklaştı. Birdenbire ayaklarının titrediğini, sanki buzla yere yapışmış gibi kımıldayamadığını duydu. Hapishanenin sağ köşesinden arkasında bir tahta merdivenle fenercinin, her zamanki gibi koşarak geldiğini gördü. Pelage, korkarak askerlerden yana baktı. At, onların çevresinde bir daire çiziyordu. Sonra ötekine baktı, fenerci merdivenini dayamış, yavaş yavaş basit bir hareket yaptıktan sonra yine inmişti, ananın kalbi şiddetle çarpıyor, saniyeler hızla geçip gidiyordu. Birdenbire duvarın üstünden Ribin'in kara başı, sonra vücudu göründü. Öte yana düştü, kendisini salıverdi. İkinci bir baş, kadifeden yapılmış bir kasket, birdenbire duvarı dönerek kaydı, gözden uzaklaştı. Ribin ayağa kalktı, çevresine bakındı, başını salladı.

Ana, ayağı ile yere vurarak mırıldandı:

— Kaç, kaç!

Kulakları uğulduyordu. Hapishaneden çıkan sesler kendisine dek geliyordu. Üçüncü bir baş, bir sarışın, duvarın üstünde göründü. Ana, ürkmüş, elleriyle göğsünü yakalamıştı. Sarışın, sakalsız baş, sanki vücudundan ayrılmak istiyormuş gibi havada şiddetli bir davranış çizdi. Sonra, duvarın arkasında yitti. Gürültüler, sesler, gittikçe çoğalıyordu. Ribin, duvarı saptı, sonra hapishaneyi kentin evlerinden ayıran bir tarlayı geçti. Ana, onu yavaş gidiyor, yüzünü daha rahat tanınabilecek bir biçimde herkese gösteriyor sandı. Kendi kendine mırıldandı:

— Çabuk... Çabuk... Daha çabuk!

Hapisanenin avlusunda kuru bir şangırtı, bir camın kırıldığı işitildi. Askerin biri ayaklarını yere dayamış, bütün gücüyle atı kendisine çekiyor, öteki elini ağzına götürüp hapishaneden yana bir şeyler söyleyerek bağırıyor, sonra da dinlemek için başını uzatıyor, kulağını yana çeviriyordu.

Ana bütün kasları gerilmiş, bakıyordu. Hepsini olduğu gibi görmüş olan gözleri hâlâ inanamıyordu. Öyle korkunç, güç sandığı kaçış, inanılmayacak bir sürat, çeviklik içinde olup bitmişti. Sokakta artık Ribin görünmüyordu. Yalnız uzun bir pardösü giymiş kadife kasketli bir erkekle küçük bir kız çocuğunun geçtiği görülüyordu. Gardiyanlardan üçü, şimdi hapishanenin kenarından gözükmüşler, birbirlerine sokularak bir elleri havada, koşuyorlardı. Askerlerden biri onlardan yana koştu. Öbürü atla oynuyordu. Ana, çevresinde her şeyin kımıldadığını, titrediğini sanıyordu. Düdük sesleri havayı çınlattı. O zaman ana, artık kendisini tehdit eden tehlikeyi anladı, korku içinde mezarlığın duvarını izleyerek, bir yandan da gardiyanları inceliyerek yürümeğe başladı. Onlar koşarak askerlerle beraber hapishanenin öteki köşesinden dönüp gitmişlerdi. Bu sırada, pek iyi tanımadığı hapishane başgardiyanını gördü. O da göğsü bağrı açık ötekilerin gittiği yana koşuyordu. Polisler geldi, halk birikti.

Rüzgar, sanki yapılan işlerden hoşnutmuş gibi yine esmeğe başlamış, yöreyi bütün gücüyle sarsıyor, Pelage'nin kulağına belirsiz, yarısı yitik konuşma parçaları getiriyordu:

— Hâlâ orada mı?

— Merdiveni mi söylüyorsun?

— Hay Allah canınızı alsın!

Yine düdük sesleri işitildi. Şimdi bu gürültü, bu kargaşalık anayı sevindiriyor, kendi kendisine:

— Demek isteseydi pek güzel başarabilecekti, dedi.

Birden duvarın bir köşesinde karşısına bir kaç polis çıkıverdi. Birisi:

— Dur! diye bağırdı, biraz önce buradan sakallı bir adamın geçtiğini gördün mü?

Ana eliyle tarlaları göstererek:

— Evet. Bu yana doğru! dedi.

— Begorof, koş... Düdük çal! Çok oldu mu?

— Belki bir dakika.

Ne varki bu konuşma bir düdük sesi arasında yitti. Polis, karşılık beklemeksizin başı yere eğik, ağzında düdük, eli bahçeleri göstererek, arkadaşıyla donmuş topraklar üzerinde bütün hızlarıyla koşmaya başladı. Ana, bir süre gözleriyle onları izledi, sonra eve döndü. Özel olarak hiç bir şey düşünmemekle beraber yine sıkılıyor, içinde bir acı duyuyordu. Kente yaklaştığında bir araba kendisini durdurdu. Başını çevirip arabaya baktı. İçinde kumral bıyıklı, yorgun, solgun yüzlü birisi vardı. O da kendisine baktı, bu Nikola'dan başkası değildi.

Nikola, anayı karşılarken memnunlukla içini çekiyordu.

— Size bir şey olmadı ya? Anlatınız bakalım, nasıl oldu?

— Sanırsam başardık.

Ana, en küçük ayrıntıya dek herşeyi hatırlamağa çalışarak kaçışı anlattı. Sanki inanılmaz bir hikaye anlatıyor gibiydi.

Nikola, ellerini oğuşturarak:

— Görüyor musunuz dedi, bizim şansımız varmış. Ancak sizin için çok korktum! Derecesini anlayamazsınız! Sonra, sakın Pavel'in yargılanmasından üzülmeyiniz, yargılama ne kadar çabuk olursa Pavel'in kurtulması da o kadar yaklaşmış olur. Belki daha Sibirya'ya giderken yolda bile kaçmayı başarır. Verilecek cezaya gelince o belli oldu bile.

Nikola, yargılamayı anlatmaya başladı. Ana, Nikola'nın bir şeyden kaygılandığını, bunun için kendisini güvendirmek istediğini seziyordu.

— Herhalde siz benim mahkemeye bir dilekçe vereceğimi sanıyorsunuz?

Nikola, ayağa kalktı. Sanki kendisine saldırılmış gibi ellerini oğuşturarak karşılık verdi:

— Ne söylüyorsunuz? Hatırıma bile getirmedim!

— Korkuyorum, evet korkuyorum, bilmiyorum neden korkuyorum?

Sustu, gözlerini odanın içinde gezdirmeye başladı.

— Ara sıra bana öyle geliyor ki Pavel ile eğlenecekler, onu aşağılayacaklar "Hele şu köylüye, köylü çocuğuna bak! Söyle bakalım, ayol, ne keşfettin?" diyecekler. Pavel de onuruna düşkündür. Onlara karşılık verir. Ya da Andre onlarla alay eder. Ah bizimkiler, hepsi, onlar öyle hakseever, ateşli ki... İşte, bunları düşündükçe kendi kendime diyorum ki eğer böyle bir şey olursa o zaman öyle mahkum edilecekler ki kendilerini bir daha görmek mümkün olmayacak.

Nikola, karanlık bir durumda sakalını karıştırarak susuyordu.

— Kafamın içinden bu düşünceleri söküp atamıyorum, düşünüyorum, yargılama gerçekten pek korkunç bir şey! Yargıçlar her şeyi birer birer inceliyecekler, her şeyi anlamaya, gerçeği keşfe çalışacaklar. Benim için verilecek ceza değil, geçecek yargılama korkunç görünüyor. Bilmem anlatabiliyor muyum?

Ana görüyordu ki, Nikola onun duyduğu bu üzüntüyü, korkuyu anlamıyordu. O zaman düşüncesini anlatmak uğruna daha çok güçlük çekiyordu.

* * *

Yargılama gününe dek geçen üç gün içindeki bu korku duygusu her saat biraz daha arttı, en son dördüncü gün, mahkemeye giderken bu korku ağır bir yük gibi onun omuzlarına çöktü, onu iki büklüm etti.

Sokakta eski bir komşuya rastgeldi, durgunca eğilerek verdiği selam karşılık verdikten sonra büsbütün korkarak kalabalık içine karıştı. Mahkemede yargılamaları yapılacakların ailelerine rastgeldi. Herkes bitkin, üzgün bir sesle yavaş yavaş birbirine acılarını anlatıyordu. Çevresinde bir takım konuşmalar oluyorsa da ana bunları bir türlü anlamıyordu. Bu gürültüden, kargaşalıktan öyle bir acı duygu yükseliyordu ki, ana bunu anladıkça daha çok acı duyuyordu.

Sizof anaya yanında bir yer göstererek:

— Otur! dedi.

Oturdu. Giysisinin buruşukluklarını düzelterek çevresini gözden geçirmeye başladı. Gözlerinin önünde bir hayal gibi yeşil, kırmızı kurdelalar, lekeler, çevreye parıltılar saçan ince, sarı şeritler görüyordu.

Yanında oturan bir kadın ona:

— Oğlun, benim oğlumun mahvına yol açtı! dedi.

Sizof üzgün bir sesle:

— Sus, Natali! diye konuşmasını önledi.

Ana, yanına baktı. Bu kadın Samoilof'un annesiydi. Biraz ötede, dazlak başı, yelpaze gibi açılan bir sakalla parlayan yüzü, önüne eğik gözleri, titreyen sakalıyla onun babası bulunuyordu. Çatının ta tepesinden salona bulanık bir ışık giriyor, pencerelerden yoğun bir kar yağdığı görülüyordu. İki pencerenin ortasında Çar'ın resmini gösteren bir büyük tablo vardı. Tablo, pek süslü bir çerçeve içine konmuş, sonra çevresi renkli kumaşlarla süslenmişti. Çerçevenin önünde hemen hemen salonun bütün genişliğini kaplayan yeşil çuha ile örtülmüş büyük bir masa vardı. Masanın sağında bir parmaklığın arasında iki sıra tahtadan kanape, solunda da iki sıra koltuk dizilmişti. Mübaşirler, yeşil kollu, parlak düğmeli giysileriyle bir o yana bir bu yana gidip geliyorlardı. Havada hala boğuk boğuk fısıltılar uçuşuyordu. Bilinmeyen bir köşeden eczanelere özgü belirsiz bir koku geliyordu. Renkler, parıltılar, gözleri kamaştırıyor, soluk alırken çevrede yayılan kokular ciğerleri dolduruyordu.

Birden birisi ayağa kalktı, yüksek sesle bir şeyler söylemeye başladı, onunla beraber herkes de ayağa kalkmıştı. Ana da Sizof'un koluna dayanarak üzgün doğruldu.

Soldaki köşeden büyük bir kapı açıldı içerden gözlerinde gözlük, bacakları titrek yaşlı bir adam çıktı. Küçük kıranta yüzü üzerinde uzun favoriler titriyordu. Bıyıksız üst dudağı, ağzının içine girecek gibiydi. Elmacık kemikleri çıkık, çenesi de üniformasının yakalığı üzerine düşüktü. Denebilirdi ki yaşlı adamda boyun adına bir şey yoktu.

Yaşlı adam, yuvarlak, pembe, porselen yüzlüydü. Bir gencin yardımıyla yürüyor, onların arkasında üniformalarıyla üç kişi, daha arkadan da üç sivil geliyordu.

Masanın çevresinde uzun uzadıya görüştükten sonra oturdular. Herşey yerli yerine geldiğinde üniformasının düğmeleri açık, tüysüz yüzlüsü şişkin dudaklarını güçlükle kımıldatarak yaşlı adama dalgın dalgın bir şeyler söyledi. Yaşlı adam kımıldamadan dinliyordu. Ana, yaşlı adamın gözlüklerinin altından renksiz iki küçük leke görüyordu.

Dar bir yazı masasının başında uzun boylu, iri yarı birisi öksürerek bir takım kağıtları karıştırıyordu. Yaşlı adam titreyerek öne doğru eğildi konuşmaya başladı. İlk sözcükler anlaşılır bir biçimde söylenmişti. Sonrakiler yaşlı adamın ince, cansız dudakları arasından işitilmeyecek derecede kayar gibi çıkıyordu.

— Bildiririm ki...

Sizof, ananın hafifçe kolunu dürterek ayağa kalktı:

— Dikkat!

Parmaklığın arkasından bir kapı açıldı, dalkılıç bir er göründü, sonra Pavel, Andre, Fedya Mazin, Gosef kardeşler, Bukin, Samoilof arkalarından da ananın tanımadığı beş genç birer birer çıktılar.

Pavel gülümsüyordu. Andre anayı başı ile selamladı. Onların gülümseyişleri, yüzleri, canlı duruşları, davranışları, salonu dolduran ciddiyet ve azameti kırmış, şimdi ona biraz da parlaklık vermişti.

Üniformaların çalımlı parlaklığı söner gibi olmuştu. Ananın içine bir dayanma gücü, bir güven gelmiş, onu içine düştüğü acıdan biraz olsun kurtarmıştı. Ananın arkasında şimdiye dek sesi çıkmayan kanapelerden ağır bir uğultu ile alınan selamlara karşılık verildi. Ana, Sizof'un fısıldadığını işitti:

— Hiç de korkuları yok!

Sağ yanında Samoilof'un annesi hıçkırıklara boğulmuştu.

Azarlayıcı bir ses yükseldi:

— Susun!

Yaşlı adam:

— İhtar ediyorum! dedi.

Pavel ile Andre, yanyana idiler. Sonra, birinci sırada Mazin, Samoilof, Gosef kardeşler oturmuşlardı. Andre, sakalını kestirmişti. Bunun yerine bıyıkları uzamış, yorgun yüzü bir kedi başına benzemişti. Yüzünün anlamı da değişmemişti. Ağzının kıvrımlarında bir acılık vardı. Bakışları karanlıktı. Mazin'in üst dudağı iki üzüntü çizgisi ile gölgelenmiş, yüzü kabalaşmıştı. Samoilof eskisi gibi yine temiz görünmeye dikkat etmişti. İvan Gosef'in dudaklarında yine hep o geniş gülümseyiş vardı.

Sizof başını yere eğerek:

— Fedya, Fedya.

Diye içini çekti. Ana, çok daha kolay soluyordu. Kulaklarını yaşlı adamın sözlerine vermiş, onun üniformasının yakasından ayrılmayan başıyla sanıkları sorguya çekmesini bekliyordu. Pelage, oğlunun verdiği sade, soğukkanlı karşılıkları dinliyordu. Öyle sanıyordu ki, başkanlar, yargıçlar kötü, zalim insanlardan değildi. Onların nasıl bir ruhta olduklarını anlamak için dikkatle yüz çizgilerini gözden geçiriyor, incelemelerini derinleştirdikçe içinden yeni bir umut güneşi doğduğunu duyuyordu.

Porselen yüzlü adam tasasızca bir belge okuyordu. Sesi salonu dolduruyor, halka sıkıntı veriyordu. Dört avukat alçak, hararetli bir sesle sanıklarla konuşuyordu.

Yaşlı adamın sağ yanında göbekli, küçük gözleri içeriye çekik bir yargıç, vücuduyla bütün koltuğu dolduruyordu. Salonda da sırtı kamburlaşmış, kızıl bıyıklı, soluk yüzlü birisi vardı. Gözleri yarı açıktı. Başını koltuğun arkalığına dayamıştı. Savcıda bir yorgunluk, bir bezginlik, bir cansıkıntısı vardı. Üyelerin arkasında bir takım adamlar daha vardı. Pavel'in sesi yükseldi:

— Burada ne katil, ne de suçlu var! Salt zalimler, mazlumlar!

Çevreyi bir sessizlik kapladı. Bir kaç saniye ana, bir kalemin kağıt üzerinde yarattığı çıtırtılardan, kalbinin çarpıntısından başka bir ses işitmedi.

Başkan bir şeyler dinlemek, bir şeyler beklemek istiyormuş gibiydi. Üyeler kımıldadılar, o zaman:

— Evet! Andre Nahotka! Doğruyu açıklayınız.

Birisi fısıldadı:

— Kalk! Kalkınız!

Andre yavaşça ayağa kalktı, yaşlı adamı tepeden tırnağa şöyle bir süzdü. Küçük Rusyalı, omuzlarını kaldırarak şarkı söyler gibi uyumlu sesiyle:

— Neden dolayı kendimi suçlu bulacak mışım? dedi. Ne bir insan öldürdüm, ne de bir şey çaldım! Yalnız bütün insanların birbirini soymalarından, birbirlerini ölürmelerinden başka bir şey olmayan bu yaşayış biçimini benimseyemiyorum.

Yaşlı adam, büyük bir çabayla kendini toplayarak akıcı bir konuşmayla:

— Ya evet, ya hayır, diye cevap veriniz.

Ana, arkadan bir coşkunluğun yükseldiğini duydu.

— Görüyor musun, nasıl karşılık veriyorlar? dedi.

— Evet.

— Fedya Mazin, cevap veriniz!

Fedya, ayağa kalkarak sadece:

— Hayır, vermiyeceğim, dedi.

Yüzü heyecanla kızarmış, gözleri parlıyordu.

Sizof, üzgünce “Ah!” dedi.

— Ben, avukat istemedim. Çünkü karşılık vermek istemiyorum. Sizin yargınızı haksız ve gayrımeşru buluyorum. Siz kimsiniz? Bizi yargılama hakkını ulus mu verdi size? Hayır, size o böyle bir hak vermedi! Ben sizi tanımıyorum!

Oturdu, ateş saçan yüzünü Andre'nin kolunun arkasına sakladı.

İri yarı üye, başkanın kulağına eğilerek bir şeyler fısıldadı. Solgun yüzlü üye de sanıklara hızlı bir göz attıktan sonra elindeki kurşun kalemiyle önündeki kağıda bir şeyler yazdı. Öbür üyelerde de benzer davranışlar görüldü.

Başkan, soğuk sesiyle yine konuşmaya başladı.

Dört avukat dikkatle dinliyordu. Fedya, hep gülümseyen yüzünü Andre'nin kolunun arkasına saklıyordu. Sizof, ananın kulağına eğilerek:

— Bunu gördün mü? dedi, hepsinden iyi söyledi. Ah, çapkın!

Ana, anlamaksızın güldü. Bütün bunlar onun için biraz sonra kuşkusuz bütün dinleyicileri ağırlığı altında ezecek olan korkunç bir olayın gereksiz, zorunlu bir başlangıcından başka bir şey değildi. Pavel'in, Andre'nin serinkanlıca verdikleri karşılıklarda öyle bir yüreklilik, güven vardı ki, bu sözler bir mahkeme karşısında değil, kendi evlerinde söylenmiş sanılabilirdi. Fedya Mazin'in gençlere özgü bir coşkunlukla gösterdiği taşkınlık, ona biraz eğlenceli gibi geliyordu. Salonda içten bir yüreklilik, gençlik duygusu doğuyor gibiydi. Ana, arkasında duyduğu kımıltıları, fısıltıları düşündükçe bu hali duyanın yalnız kendisi olmadığını anlıyordu.

Yaşlı adam sordu:

— Siz ne dersiniz?

Savcı bir eliyle masasına dayanarak ayağa kalktı. Çabuk çabuk bir takım sayılardan sözederek konuşmağa başladı. Sesinde korkunç denecek hiç bir şey yoktu. Yine de, ana onu dinlerken kalbine bir hançer saplanmış gibi oldu. Bu seste belirsiz bir düşmanlık duygusu seziyordu. Bu sezgi ele geçirelemez bir kütle halinde gittikçe büyüyordu. Ana, yargıçlara karşı saygı duyuyorsa da, onları anlamıyordu. Onlar da ananın beklediğinin tersine, Pavel'e, Andre'ye, Fedya Mazin'e karşı öfkelenmemişler, acı sözcükler kullanmamışlardı. Anaya öyle geliyordu ki sordukları her soru kendileri için önemli değildi. İstemeye istemeye sorular sorup bin türlü zahmetle cevapları dinliyor gibiydiler. Hiç bir şey onlar için ilgi çekici değildi. Sanki her şeyi önceden biliyorlardı.

Şimdi, jandarmalardan biri onların önünde alçak sesle konuşuyordu:

— Herkes Pavel Vlasof'u başlıca kışkırtıcı tanımada hemfikir.

İri yarı üye sordu:

— Ya Andre Nahotka?

— O da!

Avukatlardan biri kalkarak:

— Müsaade buyurulur mu? dedi.

Yaşlı adam birisine sordu:

— Buna karşı bir diyeceğiniz yok mu?

Anaya öyle geliyordu ki, üyelerin hepsi de hasta gibiydi. Yüzlerinde, seslerinde, durumlarında açıkça bir yorgunluk, tembellik vardı. Pek iyi görüyordu ki her şey kendilerine karşıydı! Üniformalar, salon, jandarmalar, avukatlar koltuklarda oturmak, sormak, dinlemek zorunluğu, her şey: Pelage, yüksek mevki sahibi insanlara pek az rastlamıştı. Bir kaç yıldan beri de böylelerine hiç rastlamaz olmuştu. Bundan dolayı şimdi üyelerin yüzlerinde anlaşılmaz bir şey, bir yenilik, bir değişiklik, korkunç olmaktan çok acınası bir hal seziyordu.

Şimdi kendisinin iyi tanıdığı sarı yüzlü subay konuşuyordu. Sözcükleri ballandırarak Andre ile Pavel'den sözediyordu. Ana, onu dinlerken kendi kendine:

— Zavallı, sen de çok bir şey bilmiyorsun! dedi.

Şimdi ana orada, parmaklığın arkasında oturanlar için bir korku duymuyordu. Kalbindeki acıma, şefkat salt onlara ilişkin kalmıyor, tersine herkes, onun kalbini tatlı bir aşk ile acıma ile dolduruyordu. Bu genç, gürbüz adamların hepsi de duvarın kıyısında bir köşeye oturmuşlar, tanıkların birdiziye konuşmalarına, üyelerin sorularına, avukatların, savcının tartışmalarına hemen hemen hiç de önem vermiyorlardı. Ara sıra içlerinden birisi, dudaklarında aşağılayıcı bir gülümseyişle arkadaşlarının kulaklarına eğilerek bir şeyler fısıldıyordu.

Andre ile Pavel, hemen hemen durmadan avukatlardan birisi ile konuşuyorlardı. Onlardan birisini ana, bir gün önce Nikola ile beraber görmüş, Nikola ona "Arkadaş" demişti. Mazin, öbürlerinden daha coşkunca onların sözlerini dinliyordu. Arada sırada Samoilof, İvan Gosef'in kulağına bir şeyler fısıldıyordu. Ana, hâlâ kendisini kaplayan düşmanlık duygusunu anlayamıyarak, onu açıklayacak bir şeyler bulamıyor, bakıyor, ölçüştürüyor, düşünüyordu.

Sizof, yavaşça onu dirseğiyle dürttü. Ana, ona döndü. Sizof'ta biraz hoşnut ve biraz endişeli bir hal vardı:

— Bak, bak, onlarda nasıl kendilerine karşı bir güven var, dedi. Hepsi de gerçek birer kont, değil mi? Ne var ki hepsi de yargılanıyorlar. Suçları da kendilerini ilgilendirmeyen işlere karışmış olmak!

Ana, elinde olmayarak kendi kendine yineledi:

— Yargılanıyorlar.

Salonda tanıklar, sıkıntılı sesleriyle tanıklık ediyorlardı. Üyeler, tembel tembel, bezgince sorularla soruşturmayı sürdürüyorlardı. İri yarı yargıç, eliyle ağzını kapayarak esniyordu. Kızıl bıyıklı arkadaşı daha çok sararmıştı. Arada sırada kolunu kaldırarak parmağını güçlüce şakağına bastırıyor, hiç bir şey görmeksizin tavana bakıyordu. Savcı da arada sırada kurşun kalemiyle bir şeyler yazıyor, sonra yanındaki kişiye bir şeyler fısıldıyordu. Belediye başkanı koltuğunun üstünde bağdaş kurmuş, ağır başlılıkla gözlerini ellerine dikmiş, elleriyle de koltuğun kenarında bir şeyler çalıyordu. Bu hal bir zaman sürdü, bütün halkı ağır bir iç sıkıntı halinde ezdi.

Ana, pek iyi seziyordu ki, ruhları bir anda bütün çıplaklığı ile gören, kirlenmemiş bakışlarla bütün gerçeği keşfeden, her şeyi haksever bir el ile tartan adalet henüz bu salonda görülmemişti.

Burada kendisini bir görkemle, güçle sarsacak hiç bir şey yoktu. Bozulmuş yüzler, yorulmuş sesler, sönmüş gözler, soğuk bir güz akşamı. İşte, çevresinde gördüğü şeyler hep bunlardı.

Yaşlı adam, akıcı bir dille:

— Bildiririm ki...

Dedi, cümlenin sonunu ince, cansız dudakları arasında öldürdükten sonra ayağa kalktı.

Üzgün solumalar, boğulmuş ahlar, yürüyen ayaklardan doğan karmakarışık bir gürültü salonu doldurdu. Sanıklar dışarı çıkarıldılar. Onlar başlarını sallayarak akrabalarına, dostlarına birer gülümseyiş gönderdiler. İvan Gosef yavaşça birisine seslendi:

— Arkadaş, öyle küskün durma!

Sizof ile ana koridora çıktılar. Yaşlı işçi sordu:

— Şuradaki büfeden bir çay içelim mi? Daha bir buçuk saat kadar bekleyeceğiz.

— Hayır, teşekkür ederim.

— Peki... Öyle ise ben de gitmem. Gördün mü çocukları? Kendilerini yüceltirken, mahkeme heyetine insanlık adına hiç bir değerleri olmayan kişiler gibi hitap ettiler. Fedya Mazin'in söylediklerini de işittin mi?

Samoilof'un babası, kasketi elinde, üzgün bir gülümseyişle kendilerine yaklaştı, sordu:

— Benim oğluma ne dersiniz? Ne avukat istiyor, ne de karşılık veriyor! Bu yöntemi o buldu. Pelage, seninki avukata önem veriyordu. Oysa benimki istemedi! O zaman dört arkadaşı da ona uydu.

Karısı da yanındaydı. Ara sıra elindeki buruşmuş mendiliyle burnunun ucunu silerek gözlerini kırpıştırıyordu. Samoilof sakalını avucunun içinde toplayarak konuşmasını sürdürdü:

— İşte, tuhaf bir iş! İnsan şu çocuklara bakıyor da bir kez bu yaptıklarının hiç bir yararı olmadığını, yaşamlarını boş yere harcadıklarını sanıyor, sonra da yine belki de bu yaptıklarından bir çok yararlar meydana geldiğini düşünüyor. Sonra fabrikada bunların sayılarının durmadan arttığını gözleri önüne getiriyor. Ara sıra bunların kimileri tutuklanıyorsa da hiç bir zaman hepsi ele geçirilemiyor. Tıpkı bir deredeki balıklar gibi, ne kadar tutulursa tutulsun yine hepsi yakalanamaz. İşte, buna bakarak insan kendi kendisine: "Belki de gerçek bunların dediği gibidir!.." diyor.

Sizof:

— Bizim için bu işi anlamak güçtür, dedi.

Karısı uzun uzun içini çektikten sonra söze karıştı:

— Pelage, rica ederim demin sana söylediğim söze darılma, biricik suçlunun Pavel olduğunu söylemiştim. Doğrusunu söylemek gerekirse asıl suçun kimde olduğu kestirilemiyor. Sivil polislerle jandarmaların bizim oğlumuz üstüne söylediklerini elbet sen de işittin?

Belki kendisi de farkında olmadığı halde oğlunun tutumundan dolayı bir öğünç duyduğu seziliyordu. Ne var ki, ana bu duyguyu pek iyi tanıdığından dudaklarında tatlı bir gülümseyiş çizdi. Hafif bir sesle:

— Genç kalpler gerçeğe yaşlı kalplerden pek çok daha yakındır! dedi.

Halk, koridorlarda dolaşıyor, şurada burada takım takım toplanarak, dalgın, endişeli düşünüyordu. Hiç kimse yalnız dolaşmıyor, bütün yüzlerde konuşmak, sormak, dinlemek gereksinimi okunuyordu. İki ak duvar arasındaki dar bir geçitten küme küme insanlar gelip geçiyordu. Sanki güçlü bir rüzgar onları bulundukları yerden söküp atmış, şimdi dayanacak sağlam bir yer arıyor gibiydiler. Bukin'in ağabeysi şiddetli davranışlarıyla öteye beriye dönerek bir çok şeyler söylüyordu. En sonra bağırdı:

— Memurlar hükümdarının bu davada bir alıp vereceği yok, onun burada yeri olamaz!

Babası, ufak bir yaşlı adam, çevresine korkulu, telaşlı bakışlar fırlatarak onu susturmağa çalıştı:

— Sus, Konstantin!

— Söylentiye göre bu herif geçen yıl birisini öldürmüş. Bir kadın sorunundan, karısından dolayı... Bu ne biçim yargıç? Şimdi öldürdüğü adamın karısı bununla beraber yaşıyor! Bundan ne çıkar bilir misiniz? Sonra bütün alem biliyor ki bu herif bir hırsızdır!

— Ah, aman yarabbi... Konstantin!

Samoilof söze karıştı:

— Hakkın var, hakkın var. Bu namuslu bir yargıç değildir!

Bu sözleri işiten Bukin arkasından bir yığın halkı da beraber sürükleyerek, heyecanından kıpkırmızı kesilmiş olduğu halde yaklaştı:

— Katilden, hırsızlıktan sözedildiğinde yargıçlığı papazlar, köylüler, orta sınıf halk yapıyor da hükümete karşı durmaya gelince yargıç hükümet oluyor! Böyle mi olmalı?

— Konstantin! Onlar hükümete karşı mı? Ah. Neler söylüyorsun?

— Yok, dinle. Fedya Mazin'in hakkı var! Eğer sen beni aşağılasan, ben de sana bir tokat atsam, sonra da sen yargıç olsan. Elbet ben mahkum olurum! Aşağılayan kim? Sen değil misin? Sen! Ben!

Çarpık burunlu, yaşlı, göğsü madalyalarla dolu bir jandarma, kalabalığa yaklaşarak ikiye ayırdı, parmağı ile Bukin'i tehdit ederek seslendi:

— Hey... Bağırma, kendini meyhanede mi sanıyorsun?

— Müsaade buyurunuz efendim. Anlatıyorum, dinleyiniz, örneğin ben size bir tokat atsam siz de bana karşılık verseniz, sonra da ben sizi yargılasam. Nasıl olur, ister misiniz?

— Şimdi seni dışarı atarım!

— Nereye? Niçin?

— Sokağa, ulumanı kesmek için!

— Evet doğru. Onlar için esaslı şey susmaktır!

Yaşlı adam sertçe karşılık verdi:

— Sen daha bunu öğrenmedin miydi?

Bukin, sesini alçalttı:

— Sonra, neden herkes yargılamayı dinlemeye gelemiyor da, sadece akrabaya müsaade ediliyor? Eğer adilce yargılanılıyorsa bütün dünyanın gelmesine müsaade edilebilir. Neden korkuluyor?

Samoilof, bu kez daha şiddetle yineledi:

— Bu söz doğru. Çok doğru. Bu mahkeme insanın vicdanını doyuramıyor.

Ana, bu yargılamanın kanunsuz olduğunu ispatlamak için Nikola'nın kendisine söylediklerini burada yinelemek istedi ise de, onun söylediklerini iyi anlamamış, bir bölümünü de unutmuştu. Kumral bıyıklı bir gencin kendisine baktığını gördü. Genç, sağ elini pantalonunun cebine sokmuş, böylece sağ omuzu sol omuzundan daha aşağıya düşmüştü. Ana, bu duruşu hatırlamıştı. Ne var ki genç, birdenbire kendisine arkasını dönmüş olduğundan derin düşüncelere dalmış olan ana da onu unutmuştu.

Biraz sonra kulağına küçük bir konuşma parçası çarptı:

— Hangi kadın, soldaki mi?

Birisi yüksekçe bir sesle, sevinçle karşılık verdi:

— Evet!

Ana, çevresine bakındı. Çarpık omuzlu adam, yanıbaşında oturmuş, yanındaki kara sakallı, kısa paltolu, kocaman ayakkabılı komşusu ile konuşuyordu.

Titredi, oğlunun savunmasında inancından da sözetmek istediğini işitmişti. Bu konuda yapılacak savunmayı işitmek, çevresinde söylenen sözlerden mahkemenin vereceği kararı çıkarmak istiyordu.

Sizof'a dönerek hafif bir sesle sordu:

— Yargılama denilen şey böyle mi olur? Ben bir türlü bunu anlayamıyorum. Yargıçlar hepsinin ayrı ayrı ne yaptıklarını öğrenmek istiyorlar da niçin yaptıklarını sormuyorlar. Söyleyiniz adalet bu mudur? Bunların hepsi de moruk. Oysa gençleri yargılayanlar yine genç olmalı değiller mi?

Sizof doğruladı:

— Evet, hakkınız var. Bizim için bu yargılamayı anlamak çok zordur, pek çok zordur!

Sonra dalgın dalgın başını salladı.

Mübaşir, kapıyı açarak seslendi:

— Akraba olanlar! Kartlarınızı göstererek içeri giriniz!

Alaycı bir ses:

— Kart... Tıpkı tiyatro gibi!

Şimdi, herkeste genel bir öfke, belirsiz, ağır bir kızgınlık seziliyordu. Meraklılar, şimdi öncekinden daha büyük bir yüreklilikle söylüyorlar, tartışıyorlar, gürültü yapıyorlardı.

Sizof, söylenerek yerine oturdu. Ana sordu:

— Nen var?

— Hiç, millet hayvan gibi. Bir şey bilmiyor, bir kör gibi karanlıkta yoklaya yoklaya yaşıyor.

Zil çaldı, birisi ilerledi, bezginlikle bağırdı:

— Mahkeme başlıyor!

Yine herkes ayağa kalktı. Yargıçlar içeri girdi, sanıklar da getirildi. Sizof:

— Dikkat! dedi, savcı konuşacak!

Ana, başını uzatarak o korkunç sonucu bekledi.

Savcı, ayağa kalktı, yargıçlara döndü, sağ elini havada sallayarak konuşmaya başladı. Ana, ilk sözleri anlamadı. Ses hızlı akışlı, kalındı. Kimi zaman hızla akıp gidiyor, kimi zaman da yavaşlıyordu. Sözcükler kimi zaman düz, geniş bir tülbent gibi açılıyor, yayılıyor, sonra birdenbire karışıyor, tıpkı bir şeker çevresinde uçuşan sinek kümesi gibi kasırgalar içinde kalıyordu. Ne varki Pelage bunlarda korkunç, tehdit edici hiç bir şey görmüyordu. Bu kar gibi soğuk, kül gibi ince, renksiz sözcükler zinciri salonu genel bir iç sıkıntısı ile dolduruyordu. Laf yönünden pek zengin, düşünce bakımından hiç bir şeye sahip olmayan bu nutuk, Pavel'e dek erişemiyor, o da sonuca karşı, ne olursa olsun, kaygısız, durgunca arkadaşlarıyla konuşuyordu. Ara sıra güldüklerini saklamak için birbirlerinin arkalarına saklanıyorlardı.

Sizof fısıldadı:

— Yalan söylüyor!

Ana, doğru olup olmadığını söyleyecek durumda değildi. Doğrudan doğruya kimseden söz etmeksizin hemen herkesi suçlayan savcıyı dinliyordu. Pavel'den sözederken, hemen Fedya Mazin'e geçiyor, bunları birleştirdikten sonra da başlarına Bukin'i ekliyordu. Öyle denebilirdi ki, bütün suçluları bir torbaya dolduruyor, sonra torbanın ağzını büzerek sıkıca bağlıyordu. Ne varki bu sözlerin hepsi anayı memnun etmiyordu fakat üzmüyordu da. Yalnız, o korkunç sonucu bekliyor, bütün dikkatini ona vermişti. Savcının söylediği sözlerde, yüzünde, sesinde, gözlerinde, en sonra her zaman havada sallanıp duran ak elinde işin nereye varabileceğini araştırıyordu. Seziyordu ki, bu korkunç sonuç orada idi. Ele geçmez, anlaşılmaz, görülmez bir şey. Ana, yine kalbinin sızladığını duydu.

Yargıçlara baktı. Bu nutuk, onlara da iç sıkıntısı vermişti. Bu sarı, renksiz, kımıltısız yüzlerde hiç bir anlam yoktu. Tıpkı bir iskelet gölgesi gibi kımıltısız duruyorlardı. Başkan, sanki donmuş gibi, hiç kımıldamıyordu. Bu bezginlik, bu cansızlık karşısında ana sıkıntı ile düşünüyordu. Kendi kendine:

— Gerçekten yargılama yapılıyor mu?

Birdenbire savcının suçlayan iddianamesi bitiverdi, sanki bitmeden bir yerde kesiliverdi. Yargıçların önünde eğilerek onları selamladıktan sonra ellerini oğuşturarak oturdu. Görünüşe göre yargıçlar hiç de savcıdan hoşnut değillerdi. Başkan elinde tuttuğu bir kağıdı yüzüne doğru götürerek:

— Söz, sanık vekillerinindir! dedi.

Ananın, Nikola'nın evinde görmüş olduğu avukat, ayağa kalktı. Geniş yüzünün tatlı, şefkatli bir görünüşü vardı. Küçük gözleri parlıyordu. Uzun, sarı kirpiklerinin altında sanki havayı delen iki çelik nokta var gibiydi. Hiç bir heyecan göstermeksizin söylemeğe başladı. Sesi dokunaklı, alnı açıktı. Yine de ana onu dinleyemedi. Sizof kulağına fısıldadı:

— Dediğini anladın mı? Bunlar bir takım kızgın kafalı delilerden, kavgacı yaradılışlardan başka bir şey değil, diyor! sanırım. Fedya'yı anlatıyor.

Artan garipliği ruhunu eziyordu. Şimdi yargılamayı, adaleti ne için beklemekte olduğunu, oğlunun meydana koyduğu gerçekle, yargıçlar arasında bir tartışmanın çıkmasını neden sabırsızlıkla beklediğini anlamıştı. Öyle sanıyorum ki, yargıçlar Pavel'in karşısına geçecekler, uzun uzun ona soru soracaklar, bütün düşüncelerini anlayacaklar, bu davranışın nedenlerini araştıracaklar, bütün yaşayışını inceleyecekler, sonra da güçlü bir sesle "Bu adamın hakkı var!" diyeceklerdi.

Ne yazık, şu sırada buna benzer hiçbir şey olmuyordu. Öyle sanılırdı ki suçlananlarla yargıçlar birbirlerinden yüzlerce kilometre uzakta, birbirlerinden habersizdiler. Pelage, şimdiye dek seyrettiği görünüşten yorulmuş, artık yargılamanın geçiş biçimine bakmıyor, salt öfke ile düşünüyordu:

— Yargılama denilen şey böyle mi olur? Yargılama!

Bu söz kendisine bomboş geldi. Sanki kırılmış bir fağfur vazo gibi ötüyordu.

Sizof başı ile doğrulayarak:

— Çok iyi, dedi. Ana içini çekti:

— Bana öyle geliyor ki yargıçlar ölmüş sanki.

— Şimdi canlanırlar!

Gerçekten de ana yargıçlara baktığında yüzlerinde bir kaygı gölgesi sezdi. Şimdi başka bir avukat, uzun, solgun, alaycı yüzlü birisi konuşuyordu. Yargıçlar birdenbire sözünü kestiler.

Savcı birdenbire ayağa kalktı. Kızgın bir sesle tutanak sözcüğünü söyledikten sonra yanındaki yaşlı adama eğilerek bir şeyler fısıldadı. Avukat, başını saygıyla önüne eğmiş dinliyordu. Sonra, yine başladı.

Sizof salıkladı:

— Araştır, araştır, ruhun nerede olduğunu araştır!

Salonda kımıltı gittikçe artıyordu. Herkeste kavgacı bir öfke seziliyordu. Avukat her yandan yargıçlara saldırıyordu.

Pavel, ayağa kalktı. O sırada salonda derin bir sessizlik oldu. Ana, bütün vücuduyla öne doğru eğilmişti.

Pavel, soğukkanlılıkla:

— Ben, dedi. Ben bir partinin adamı olduğumdan yalnız benim partimden olan bir mahkemenin meşruluğuna inanırım. Şimdi, şu sözleri kendimi savunma amacı ile söylemiyorum. Yalnız, benim gibi kendilerine avukat tutmamış olan arkadaşlarımın arzularını yerine getirmek için söylüyorum. Amacım, size anlamadığınız bir noktayı açıklamaktır. Savcı, bizim bayrak altında yaptığımız gösteriyi şimdiki hükümete, yüksek güçlere karşı bir davranış olmak üzere tasvir edip, açıktan açığa bizi Çar'a karşı ayaklanmakla suçladı. İlk önce şurasını söyleyeyim ki, Çar bütün memleketi bağlayan zincirin hepsi değildir. O yalnız bir halkasıdır, inanınız ki, bizim kırmak istediğimiz ilk halka da o değildir.

Bu güvenli sesin titreşimleri ile dolan salonda artık bir sessizlikten başka bir şey yoktu. Yüzü daha ışıklanmış olan Pavel, dinleyicilerin gözünde daha çok büyümüştü. Ana, soğuk bir duygunun içini kapladığını duydu.

Yargıçlar, yavaş yavaş kaygı ile kımıldadılar. Üyelerin arasında bir fısıltı oldu. Başkan, mahkeme koltuğunun içinde sağına soluna kımıldadı. Pavel'e bir şeyler söylemek istedi ise de sesi Pavel'in coşkun, acı nutku arasında yitip gitti:

— Biz sosyalistiz. Bu gösterir ki, biz insanları birbirinden ayıran bir bölük halkı, öbür bölük halka karşı silahlanmaya kışkırtan, uzlaşmaz, çıkarlarla rekabetleri vücuda getiren insanları yalancılığa, riyakarlığa, düşmanlığa alıştıran toplum yönetimine, özel memleket yönetimine düşmanız. Biz, bireyleri bir servet aracı olmak üzere tanıyan toplumları bütünüyle insanlığa karşı sayıyor, bundan dolayı bizim de düşmanımız olarak tanıyoruz. Bu toplumların iki yüzlü davranışlarını, ahlak bozukluklarını, kendisini sevmeyen kişilere karşı gösterdiği zalimce gösteriyi benimseyemeyiz. Bundan dolayı insanların toplumlarca bir tutsak gibi kulanılmasına karşı savaşmak istiyoruz. Sonuna dek de savaşacağız! Tamah, hırs uğrunda insanları birbirinden ayıran bu toplumlar bizim düşmanımızdır. Biz işçiler o insanlarız ki, şu yeryüzünde gördüğünüz ne varsa hepsi de bizim çalışmamızın ürünüdür. En korkunç makinelerden, en küçük çocuk oyuncaklarına varıncaya dek ne varsa hepsini biz yapıyoruz. Biz, işçiler... biz, hiçbir zaman kendimize insanca davranılması için bağıramıyor, uğraşamıyor, hakkımızı isteyemiyoruz! Herkes bizi kendi amaçlarına tutsak edip boyun eğdirmek konusunda bir hak sahibi olduğunu iddia ediyor. Biz biraz özgürlük, yeterince davranış serbestliğine sahip olmak istiyoruz. Eğer bu olursa zaman ile bütün gücü, bütün hükümetin gücünü de zalimlerin elinden alarak sahibine vermek istiyoruz. Sahibine, ulusa.

Pavel gülümsedi, yavaşça elleriyle sarı saçlarını taradı. Gözleri daha canlı bir ışıkla parlıyordu.

Başkan güçlü, açık bir sesle:

— Size rica ederim, dedi. Konudan dışarı çıkmayınız. Bütün vücuduyla Pavel'e dönerek ona bakıyordu. Anaya öyle geldi ki sol yandaki renksiz gözünde kötü, tamahkâr bir parıltı vardı. Bütün yargıçlar bakışlarını gence dikmişlerdi. Pavel, sağlam, güvenli, ellerini onlara doğru uzatarak sözünü sürdürdü:

— Biz, devrimcileriz, toplumun bir kısmı, diğer bir kısmını baskı ve zulüm altında ezdikçe biz her zaman böyle olacağız! Her zaman, her zaman. Sizin savunmakla görevli olduğunuz toplumla savaşacağız. Aramızda anlaşma, ancak biz yendikten sonra olacaktır. Çünkü bir gün gelecek zafer bizim olacaktır. Bizim ve mazlumların! Sizin müvekkilleriniz sandıkları kadar güçlü değildirler. Onların topladıkları, hâlâ da milyonlarca insanı feda ederek korudukları servet, onları günden güne güçten düşürüyor, içten, dıştan yıkıyor. Sizin gücünüzün korunması mutlaka düşüncelerde, ruhlarda bir gerginlik yaratacaktır. İnanınız ki, gerçekte siz bizden daha çok tutsaksınız. Sizin ruhlarınız her zaman bir korku tutsaklığı içindedir. Oysa biz, sadece vücutca tutsağız. Siz bir takım geleneklerden, sizi öldüren, yok eden geleneklerden, inanışlardan kendinizi kurtaramazsınız. Oysa bizi içten özgür olmaktan hiçbirşey alıkoyamaz. Özgürlük bizim geniş ruhumuzda her gün hiç durmaksızın büyüyor. Bizim içimizde yanan bu özgürlük ateşi her gün biraz daha artıyor, çevrede ne kadar temiz, kurtulmuş ruhlar varsa hepsini kendisine çekiyor. Sizin çevrenizde yaşayanları bile. Bakınız, bunu daha şimdiden görebilirsiniz. Çevrenize göz gezdiriniz, sizin gücünüzü düşüncece, ruhça savunan kim var? Siz, kendinizi tarihin mahkemesi karşısında savunabilecek bütün aklın, bilimin delillerini bitirdiniz, bundan sonra düşünce, bilgi alanında siz yeni hiçbir şey yaratamazsınız. Ruhunuz, düşünceleriniz kurumaya mahkumdur. Bizim düşüncelerimiz ise her gün daha korkunç bir güçle artıp duruyor. Bu düşünceler yavaş yavaş ulusun bütün alt katlarına da giriyor. Onları savaşa hazırlıyor. Savaş, özgürlük uğruna savaş, kırılmaz bir savaş, sönmez bir ateş ile savaş! İnanınız ki, bu gidişi durdurmak sizin elinizde değildir.

Bugün bizi boğmak için kullandığınız eller yarın bizim elimizi sıkacaklar, hem de içten bir dost sıkışıyla! Sizin gücünüz, servete ve alışkanlığa dayanan sıradan bir güç. Bu güç sizi, birbirine düşman bireylerden örgütlenmiş bir topluluk halinde topluyor. Oysa bizim gücümüz her zaman artan, her zaman yaşayan bir güç. Mazlumlar arasından doğan doğal bir birlik gücü! Siz ne yapıyorsanız cinayettir. Çünkü ulusu ezmekten, tutsaklaştırmaktan başka bir düşünceniz yok. Oysa bizim harcadığımız çabalar dünyayı zalimler, şeytanlar elinden kurtarmaya harcanmaktadır. O şeytanlar ki tamamen sizin kininiz, yalanlarınız, hırslarınız, tamahınızla meydana gelmiştir. Çok geçmeyecek, köylülerden, işçilerden örgütlenmiş bir yığın, bizim yığınımız ayağa kalkacak, özgür, serbest olacak, özgür serbest bir dünya, geniş bir alem.. bu olacak!

Pavel, bir an sustu. Sonra, daha büyük bir güçle sözünü sürdürdü:

— Bu, olacak!

Yargıçlar bakışlarını Pavel'den ayırmaksızın tuhaf yüz buruşturmalarıyla bir şeyler fısıldaşıyorlardı.

Ana, kendi kendisine, bu herifler bakışlarıyla oğlumun o pek sevdiği, canlı, ince kavi vücudunu kirletiyor diyordu. Sanıklar Pavel'i dikkatle dinlemişlerdi. Yüzleri solmuştu. Şimdi, gözlerinde coşkun bir ışık parlıyordu. Ana, oğlunun sözlerini sanki içmişti, sanki kafasına kazımıştı.

Birkaç kez yaşlı adam, Pavel'in sözünü kesmişti. Ona anlaşılmaz bir şey üstüne açıklama yapıyordu. Bir kez de dudaklarında üzgün bir gülümseyiş doğmuştu. Pavel, sözü kesilince susarak dinliyor, sonra yine, bu kez daha büyük bir güçle başlıyordu Bu bir çok kez yineledi. En sonra başkan kollarını gence doğru uzatarak bir şeyler bağırdı. Pavel yarı alaylı bir sesle karşılık verdi:

— Bitiriyorum. Sizin kişiliğinize karşı aşağılayıcı bir şey söylemek istemem. Tersine, ben pek iyi bilirim ki siz şimdi şurada yargılama dediğiniz komediye zorla başkanlık ediyorsunuz, bundan dolayı ben de size karşı kalbimde bir acıma, bir acı duyuyorum. Her şeye karşın siz de bir insansınız, inanınız, biz de böyle kendi soyumuzdan birisinin güce boyun eğerek zülmün elinden bayağı bir oyuncak halini aldığını gördükçe üzülüyoruz. Bu kişiler bizim düşmanımız bile olsa.

Yargıçların yüzüne bakmaksızın oturdu. Ana, oğlunun yazgısına egemen olacakların davranışlarını kaçırmamak için sesini, soluğunu kesmişti.

Andre, coşkun bir biçimde, bütün gücüyle Pavel'in elini sıktı. Samoilof, Mazin, hepsi ona döndü, o da gülümsedi, arkadaşlarının gösterdiği bu coşkun sevgi karşısında biraz sıkılarak annesinin oturduğu yana döndü, küçük bir baş işaretiyle onu selamladı. Sanki bu işaretiyle:

— Nasıl beğendin mi anne? demek istiyordu.

Ana, oğluna derin bir göğüs geçirerek karşılık verdi, belirsiz, ateşli bir sevgiyle titredi.

Sizof, kulağının dibinde fısıldadı:

— Karar verilecek. Pavel güzel söyledi, değil mi?

Ana, oğlunun cesur ve yiğitçe yaptığı savunmadan sevinçli olarak başını salladı. Sizof'a cevap veremedi. Yalnız, şimdi kafasında hep bir soru takılmış kalmıştı.

— Yavrularım, şimdi ne olacaksınız?

Oğlunun söylemiş olduğu şeylere yabancı değildi. Onları zaten biliyordu. Ne var ki, burada bu mahkeme karşısında bu kurumların gücünü, bütün ruhları, bütün düşünceleri sürükleyip götüren gücünü ilk kez olarak duyuyordu. Şimdi, oğlunun nutku, izlediği idealin doğruluğunu, bir gün gelip zafere ulaşacağını onun kalbine sokmuş, orada tıpkı bir yıldız gibi parlıyordu.

* * *

Sanıyorum ki yargıçlar şimdi onunla sert ve soğuk bir tartışmaya girişecekler, ona acı karşılıklar verecekler, deliller göstereceklerdi.

Şimdi de Andre ayağa kalktı. Çevreye şöyle bir baktı, mahkeme kurulunu aşağıdan yukarıya doğru bir süzdü, konuşmaya başladı:

— Baylar... Savunucu baylar...

Hastalıklı yargıç güçlü, öfkeli bir sesle cevap verdi:

— Efendi, dedi. Önünde bulunan savunma kurulu değil, mahkemedir!

Ana, Andre'nin yüzüne dikkat ederek Küçük Rusyalı'nın alay etmek istediğini anladı. Andre, elleriyle yüzünü karıştırarak içini çekti; başını sallayarak sordu:

— Nasıl olur? Ben öyle sanıyorum ki siz bir mahkeme değil, bir savunma kurulusunuz.

Küçük yaşlı adam kuru bir sesle:

— Size rica ederim, esas sorundan sözediniz, dedi.

— Esas sorundan mı? Peki. Şu halde sizin gerçekten kanunsever, ağır başlı, bağımsız, gerçek yargıçlar olduğunuza inanmak isterim.

— Mahkeme, sizin sözlerinizi dinlemeye muhtaç değil!

— Nasıl olur da böyle bir takdire muhtaç olmaz? Tuhaf! Ben, yine de konuşacağım. Siz dost ile düşman arasında hiç bir fark gözetmeyen, özgür, serbest düşünceli insanlarsınız. Şu halde şimdi sizin karşınızda iki parti var. Birisi şimdiye dek hep zulüm görmüş olmaktan, döğülmüş, soyulmuş olmaktan yakınıyor, öbürü ise mademki elinde bir silah var çalmak, ezmek hakkının kendisinde olduğunu iddia ediyor!

Yaşlı adam, sesini daha çok yükselterek, elleri titreyerek sordu:

— Sorunun esasına ilişkin bir sözünüz var mı?

Küçük Rusyalı, şaşkın şaşkın yaşlı adama baktı:

— Esas sorundan mı, niçin size bundan sözedecek mişim? Arkadaşım, sizin bilmeniz gereken yönleri söyledi. Sonra, sırası geldiğinde alt yanını da size başkaları söyler. Yaşlı adam oturduğu yerden doğrularak:

— Size söz hakkı vermiyorum. Sen kalk, Greguvar Samoilof.

Küçük Rusyalı, dudaklarını ısırmış olduğu halde kendisini oturduğu kanapenin üzerine bırakıverdi. Yanında oturan Samoilof ayağa kalktı.

— Savcı dedi ki, biz sanki vahşi, ilerleme düşmanı imişiz.

— Yalnız sizin işinize ilişkin şeylerden konuşmak zorundasınız.

— Ya ben ne yapıyorum? İyi insanların ilgisiz kalabilecekleri hiç bir şey yoktur. Rica ederim, sözümü kesmeyiniz.

Şimdi size şunu sorayım: Sizin bilim, bilgi dereceniz nedir, lütfen söyler misiniz?

— Böyle buraya sizinle tartışmaya gelmedik. İşin esasından sözedecek misiniz?

Andre'nin alayları yargıçları epeyce tedirgin etmişti. Solgun yüzlerinde kırmızılıklar, bakışlarında soğuk, yeşil kıvılcımlar parlıyordu. Pavel'in nutku onları öfkelendirmiş olmakla beraber onun sesindeki ağırbaşlılık, durumundaki sağlamlık, direnç hepsini de kendisine karşı susmaya, saygıya zorlamıştı, dinlemişlerdi. Ne var ki, Küçük Rusyalı bu etkiyi koruyamamış, onlardaki bu öfkenin hızla büyümesine yol açmıştı. Şimdi, onlar fısıltılarla birbirleriyle konuşuyorlar, hızlı davranışlarıyla kızgınlıklarını belli ediyorlardı.

Samoilof, sözünü şöyle sürdürdü:

— Sizi sivil polisler besliyor, kadınların, genç kızların ahlakını bozuyor, onları yoldan çıkarıyorsunuz. İnsanları hırsız, katil yapıyor, onları ispirto ile zehirliyorsunuz, sonra mapusanelerinizde hepsini çürütüyorsunuz. Uluslar arasında savaşlar, fuhuş, bütün ulusun bir sersemlik içinde uyuşması. İşte, sizin uygarlığınız! Evet, biz bu uygarlığın düşmanıyız!

Ufak yaşlı adam çenesini oynatarak:

— Rica ederim, diye haykırdı.

Samoilof kıpkırmızı, gözleri ateş saçarak ondan daha güçlü cevap verdi:

— Biz, başka uygarlığı seviyor, onu sayıyoruz. O uygarlığı ki yaratıcılarını siz hapislere atıyor, ya da deli diye ilan ediyorsunuz!

— Konuşmanızı yasaklıyorum, Fedya Mazin sen kalk.

Kısa boylu genç, tıpkı delikten çıkan bir tavşan gibi, birdenbire ayağa kalktı:

— Yeminle söylüyorum beni mutlaka mahkum edeceksiniz.

Sesi kısıldı, sarardı. Bütün bakışların kendi yüzüne dikildiğini görüyordu. Kolunu açarak ekledi:

— Namusum hakkı için söylüyorum! Beni canınızın istediği yere sürünüz, ben yine kaçacağım, buraya geleceğim, ölünceye dek ulus uğruna çalışacağım!

Sizof, küçük bir haykırış salıverdi. Bütün salondaki halk belirsiz bir heyecan içinde kımıldıyordu. Bir kadın ağlıyor, başka birisi boğulur gibi öksürüyordu. Jandarmalar sanıklara aval aval bakıyor, çevrelerindeki halkı öfkeden delirmiş bakışlarla gözden geçiriyorlardı. Yargıçlar kendilerini topladılar. Yaşlı adam haykırdı:

— Gosef İvan!

— Konuşmayacağım.

— Gosef Vasili!

— Konuşmak istemiyorum.

— Bukin Fedor!

Sarışın, rengi uçuk Bukin, yavaşça ayağa kalktı:

— Utanmanız gerekirdi! Ben ki cahil birisiyim, ben bile görüp anlıyorum ki, bu mahkeme mahkeme değildir, adalet böyle olmaz idi.

Sonra, kolunu başından yukarıya kaldırarak sustu. Gözleri sanki uzakta bir şeye bakıyormuş gibi kısılmıştı. Yaşlı adam, umutsuzca bir şaşkınlıkla koltuğunda sıçrayarak:

— Ne söylüyorsunuz! diye haykırdı.

— Ah, siz.

Bukin, umutsuz bir davranışla kendisini kanapenin üzerine bırakıverdi. Anlamsız sözlerinde, saf, üzgün bir suçlama tonundan başka, büyük, pek önemli bir şey vardı. Herkeste bu duygu doğdu. Yargıçlar kulaklarını kabarttılar. Halk, sustu. Yalnız bir ağlayış işitildi. Savcı omuzlarını silkerek gülümsedi; sonra yine salonda gürültüler oldu. Bu gürültüler uzayıp gitti. Ana, Sizof'a eğilerek sordu:

— Şimdi de yargıçlar mı konuşacaklar?

— Hayır... Artık her şey bitti... Yalnız karar kaldı.

— Başka hiç bir şey yok mu?

— Hayır!

İnanmadı. Samoilof'un anası arkasından ara sıra dirseğiyle onu dürterek acı içinde sallanıp duruyor, kocasına bir şeyler söylüyordu:

— Olacak iş mi bu?

— İşte, gözönünde oluyor ya.

— Bizim oğlumuza şimdi ne yapacaklar?

— Sus... Beni rahat bırak.

Halkta bitkin, yorgun, değişmiş bir hal vardı. Bakışlar, sanki önlerinde tutuşmuş bir ocak varmış gibi kamaşmış, kararmıştı. Bukin'in kardeşi yarım bir sesle yanındakine şöyle dedi:

— Ben bir türlü anlamıyorum! Neden onları istediklerini söylemekte serbest bırakmıyorlar! Savcı istediği gibi konuştu.

Kanapenin yanında bir memur vardı, kollarını sallayarak:

— Susun! susun! diye bağırdı.

Samoilof'un babası, geri çekildi, karısının arkasını siper alarak karşılık verdi:

— Gerçekten de öyle. Sayalım ki bunlar suçludurlar. Yine de herhalde konuşmalarını yasaklamamalıydılar. Onlar kime karşı davrandılar? Herkese karşı! Bunu iyice anlamak isterdim, çünkü benimle de ilgisi var. Gerçek nerede? Öğrenmek istiyorum, bırakılsın da söylesinler!

Memur, onu eliyle tehdit ederek:

— Sus! dedi.

Sizof, üzgün bir halde başını sallıyordu. Ana yargıçlardan gözlerini ayırmıyordu. Onların gittikçe daha çok heyecanlandıklarını görüyorsa da, aralarında coşkunca konuştukları şeyleri anlıyamıyordu. Seslerin yayılan soğuk gürültüsü yüzüne çarpıyor, yanaklarını titretiyor ve dudaklarında hoş olmayan bir etki uyandırıyordu. Ona öyle geliyordu ki, hepsi de oğlunun vücudundan, arkadaşlarının o derin sıcaklık, temiz bir kan taşıyan gürbüz kaslı vücutlarından sözediyordu. Bu vücutlar mutlaka onlarda kötü bir imreniş, hasta, bitkin bir kıskançlık uyandırıyordu. Onlar, dudaklarını kımıldatıyor, böyle çalışma, kazanma yeteneği taşıyan vücutlara, kaslara sahip olamadıklarından dolayı yakınıyor gibiydiler.

Şimdi, bu vücutlar yaşayışından dışarı çıkıyor, artık o çalışmadan yoksun kalıyorlardı. İşte, bunun için bu genç, gürbüz vücutlar şu yaşlı yargıçlarda tıpkı taze bir et karşısında yemek hırsı ile titreyen, onu yiyecek gücü de kendinde bulamayan vahşi hayvanların duydukları etkiyi yaratıyorlardı. Ana, yargıçlara baktıkça bu kaba, garip düşünce güçleniyordu. Öyle sanıyordu ki, bu adamlar kendilerini kudurtan vahşi hislerini saklamayı hiç de gerekli görmüyorlardı. O, hem kadın hem ana, şimdiye dek, herşeye karşın her zaman oğlunu canından aziz bilen ana, şu yaşlı yüzlerde parlayan, oğlunun yüzünü, ateşli, canlı vücudunu dolaşarak sanki onu şiddetli bir açlıkla kemiren, sanki ondan kendi sakat vücutları için bir güç, can parçası koparmak, kurumuş damarlarını bu taze kanla canlandırmak isteyen hırslı gözleri inceledikçe korkuya kapılıyordu. Pelage'ye öyle geliyordu ki, Pavel de bunları görüyor, anlıyor, bundan dolayı üzgünlük içinde anasına bakıyordu.

Genç adam, biraz yorgun, durgun şefkatli bakışlarını anasına dikmişti. Ara sıra ona gülümsüyor, başını sallıyordu. Ananın kalbini okşayan bu gülümseyiş sanki:

— Yakında serbest olacağım, demek istiyordu.

Ansızın bütün yargıçlar ayağa kalktılar. Ana, içgüdüyle onların davranışlarını izledi. Sizof:

— Gidiyorlar! dedi.

Ana sordu:

— Gençleri mahkum etmek için, değil mi?

— Evet.

Ruhundaki gerginlik birdenbire yitti. Bütün vücudunu ağır bir yorgunluk kapladı. Alnında ter damlaları göründü. Birdenbire kalbinde korkunç bir bitkinlik duygusu uyandı, bu süratle yargıçlara, onların verdikleri yargılara karşı ağır bir aşağılama duygusuna döndü. Şakaklarına bir ağrı yapıştı. Eliyle alnını oğuşturarak çevresine bakındı. Sanıkların aileleri parmaklığa doğru yaklaşıyorlar, salon sürekli bir gürültüyle doluyordu. O da, Pavel'e yaklaştı.

Elini sıktıktan sonra ağlamaya başladı. Kalbi aynı zamanda hem üzüntü hemde sevinç ile dolmuştu. Pavel, ona birkaç okşayıcı söz söyledi. Andre, hem gülüyor, hem de eğleniyordu.

Bütün kadınlar, duydukları acıdan çok eski bir alışkanlığa uyarak ağlaşıyorlardı. Birdenbire başa vurulmuşçasına kalbe çöken acılardan burada iz yoktu. Herkes biliyordu ki, az bir zaman sonra çocuklardan ayrılmak gerekecekti. Ne var ki bu acı, bugünün yarattığı öbür duygular arasına karışıyor, onlarla beraber yitip gidiyordu. Hısım, akraba, bu çocuklara öyle bir duygu ile bakıyorlardı ki bunda onların gençliklerine karşı duydukları güvensizlikle üstünlüklerini değerlendirmekten doğan garip bir saygı vardı. Yaşlılar bir yandan şimdi nasıl yaşayacaklarını üzgünce düşünürken öbür yandan büyük bir cüretle rahat, mutlu bir yaşayış kurmak uğruna çalışan bu yeni kuşağı şaşkınlıkla inceliyorlardı. Duygularını anlatacak sözcükleri bilemiyorlardı. Ağızlardan aralıksız bir çok söz uçuyordu. Ne var ki, bunlar hep bayağı şeylerdi. Durmadan mahkumlara amirlerini kızdırmamalarını salık veriyorlardı.

Samoilof oğluna:

— Herkes yoruluyor, dedi. Biz de herkesden çok!

Bukinlerin büyüğü küçük kardeşine ellerini oğuşturarak:

— İşte adalet! dedi, bunu kabul etmek ne kadar da acı!

— Benim kuşuma iyi bakacaksın, değil mi?

— Merak etme.

Sizof, yeğenini elinden tuttu, yavaşça:

— Demek Fedya, öyle yaptın ha?

Fedya, eğilerek dudaklarında şeytanca bir gülümseyişle kulağına bir şeyler fısıldadı. Yanlarında duran jandarma da gülümsedi. Birden bire yine ağırbaşlı bir durum aldı.

Ana da, öbürleri gibi şundan bundan söz ediyorsa da kalbinde, oğluna, Saşenka'ya, kendisine ilişkin öyle sorunlar vardı ki, bunlardan konuşmak ihtiyacı ile yanıyordu. Bütün sözlerinin altında oğluna karşı coşan sevgisi, ona iyi görünmek, ona yaklaşmak arzusu parlıyordu.

Ana, içinde parlak, neşeli bir duygunun uyandığını duyuyorsa da bunun nedenini anlayamıyarak üzülüyordu. Bir aralık Küçük Rusyalının rastgeldiği ile konuşmakta olduğunu gördü, onun Pavel'den daha çok şefkatli sözlere muhtaç olduğunu düşünerek ona:

— Bu yargılama benim hiç de hoşuma gitmedi! dedi.

— Neden, sevgili ana? Bu eski bir değirmendir. Ancak, görüyorsunuz ya hala işlemekte.

Ana ikircikli:

— Korkunç değil, saçma... Gerçek hiç de araştırılmıyor!

— Siz bunu mu istiyordunuz? Burada gerçekten söz edileceğini hiç sanır mıydınız?

Pelage içini çekti:

— Sanıyordum ki, bu korkunç birşey olacaktı, kilisedekinden daha korkunç. Korkunç bir gerçekler ayini.

Pavel, hafif bir sesle:

— Anne, biz gerçeğin nerede geliştiğini pek iyi biliriz! dedi.

Küçük Rusyalı:

— Siz de bilirsiniz ama! dedi.

— Toplan!

Herkes yerine koştu.

Başkan bir elini masaya dayayarak öteki eliyle tuttuğu kağıdı arkasında yüzünü saklıyarak alçak, vızıldıyan bir sesle okumaya başladı:

"Yargıçlar kurulu gereğini görüşüp..."

Sizof kulağını kabartarak:

— Mahkumiyet! dedi.

Herkes sustu. Bütün oradakiler, gözleri yaşlı adama dikilmiş olarak ayağa kalkmıştı. Yaşlı adam tıpkı üzerine nasılsa bir el değdirilmiş kuru, dimdik bir bastona benziyordu.

Üyeler de ayakta idiler.

"Sibirya'ya sürgüne mahkum olmuşlardır..."

Sizof avunma ile içini çekerek:

— Sürgün! dedi. Tanrıya çok şükür, bu da geçti! Kürekten bile söz ediliyordu. Ana bu hiç de korkunç bir şey değil, hiç bir şey değil.

Pelage alçak sesle:

— Ben bunu biliyordum, dedi.

— Evet, bununla birlikte. Şimdi, kesinleşti. İnsan böyle yargıçların ne karar vereceklerini anlayabilir mi?

Daha şimdiden götürülmeye başlayan mahkumlardan yana dönerek yüksek sesle:

— Güle güle Fedya. Allah hepinizin yardımcısı olsun! diye seslendi.

Ana Pavel'i, arkadaşlarını başı ile selamladı. Ağlamak istiyordu. Ancak utandı, kendisini tuttu.

* * *

Ana, mahkemeden çıkınca artık gece karanlığının her yana çökmüş olduğunu görerek şaşırdı. Sokaklarda fenerler yanmıştı. Gökte yıldızlar parlıyordu. Adliye dairesinin çevresinde küme küme insanlar vardı. Soğuk havada ayakların altında karlar gıcırdıyor, genç adamların sesleri birbirine karışıyordu.

Gümüşi şapkalı birisi Sizof'a yaklaşarak sordu:

— Karar nedir?

— Sürgün.

— Hepsi de mi?

— Hepsi de.

— Sağol.

Sonra uzaklaştı.

Sizof, anaya:

— Görüyor musun, bu iş herkesi meraka düşürüyor?

Birden çevrelerine erkek, kız birçok genç toplandı. Bu kümeden türlü sesler yükselmeye, çevreden başkaları da aralarına katılmağa başladı. Herkes kararı anlamak, mahkumların nasıl davrandıklarını, kimlerin nutuk söylediğini, konunun ne olduğunu öğrenmek istiyordu. Birisi:

— Pavel Vlasof'un annesi.

Diye bağırdı. Hemen hepsi sustu.

— Müsaade ediniz de elinizi sıkayım!

Sonra, bir el, büyük bir içtenlikle ananın elini sıktı, tonu titreyen bir heyecanla sözünü sürdürdü:

— Sizin oğlunuz hepimiz için bir yüreklilik direnişi örneği olacak.

Titreyen bir ses haykırdı:

— Yaşasın Rus işçileri.

— Yaşasın devrim!

— Kahrolsun zulüm!

Sesler gittikçe şiddetlenerek artıyordu. Birdenbire ananın yanıbaşından bir ses:

— Arkadaşlar, dedi. Kardeşler, Rus ulusunu yeyip bitiren canavar, bugün yine bir kaç kurban aldı.

Sizof:

— Haydi ana, artık biz gidelim! dedi.

O sırada karşılarına Saşenka çıktı. Anayı kolundan tutarak kaldırımın öbür yanına doğru çekti:

— Geliniz, belki de polis şimdi bunların arasına karışır, bizi de dövmeye kalkar. Belki de nerede ise tutuklamalar başlar. Ey, söyleyiniz bakalım, sürgün, Sibirya'ya, değil mi?

— Evet, evet!

— Ya o, o ne yaptı? Nutuk çekti mi? Ben zaten biliyorum, ötekilerin hepsinden daha güçlü daha yetenekli. Aynı zamanda hepsinden de ağır, şefkatli, duygulu olmakla beraber duygularını, düşüncelerini anlatmakta da güçlük çekmez. Bir hakikat gibi sağlam, düzdür.

Bu sözler, derin bir sevgi ile içtenlikle yapılan bu övgüler, ananın gevşeyen sinirlerini canlandırdı.

Ana, yavaş sevgi dolu bir sesle sordu:

— Ona ne zaman katılacaksınız?

Saşenka, gözleri önünde cevapladı:

— Benim işimi yapacak birisini bulur bulmaz bu olacak. Çünkü, elbet benim de sıram gelecek, ben de yargılanıp sürgüne mahkum olacağım. O zaman ben de Pavel'in gittiği yere gönderilmemi isteyeceğim.

İki kadının arkasından Sizof'un sesi işitildi.

— Benden de selam götürürsünüz. Adım Sizof'tur, beni tanır. Fedya Mazin'in amcasıyım.

Saşenka arkasına dönerek elini uzattı.

— Fedya Mazin'i ben de tanırım, adım Saşenka'dır.

— Soyadınız?

Genç kız, ona hızlı bir göz attı:

— Ailem yok, babam da yok, dedi.

— Öldü mü?

— Hayır, yaşıyor... Kendisi mal mülk sahibi, bucak müdürüdür. Şimdi, köylüleri soyup soğana çeviriyor, bir yandan da hepsini dövüyor!

Sizof, uzun bir "Ah!" çekti sonra genç kızı inceleyen hızlı bir bakışla yukardan aşağıya süzerek:

— Allahaısmarladık ana, dedi. Ben bu yandan gideceğim. Ne zaman istersen, ara sıra gel, hem bir çay içer, hem de gevezelik ederiz. Hoşça kal bayan, babanıza karşı hiç acımanız yok. Yine de karışmam, sizin bileceğiniz iş.

Saşenka heyecanla sordu:

— Eğer sizin oğlunuz da başkaları için zararlı olsaydı yine böyle mi söyleyecektiniz?

Yaşlı adam, bir saniye tereddütten sonra:

— Evet, dedi.

— Bunun için demek oluyor ki, gerçek size oğlunuzdan daha aziz olacaktı. Şu halde o da bana babamdan daha azizdir.

Sizof, içini çekerek başını salladı:

— Ah, siz yamansınız! Eğer herkese karşı verilecek böyle karşılıklar bulacak olursanız emin olunuz yaşlılar pek çabuk yenilecekler. Saldırmasını pek iyi biliyorsunuz. Yalnız, insanlara biraz da acıyınız. Allah sizin yardımcınız olsun, hoşça kal, Pelage. Eğer Pavel'i görürsen söyle ki nutkunu dinledim. Hepsini de anlamadım, kimi zaman beni korkuttu bile. Ne var ki, söyledikleri hep doğruydu.

Kasketini kaldırarak sokağa saptı.

Saşenka, onu gülümseyen bir bakışla izleyerek:

— İyi bir insan olmalı! dedi.

Anaya öyle geliyordu ki, kızın yüzünde her zamankinden daha çok bir tatlılık, güzellik vardı.

Eve geldiklerinde yanyana kanapeye oturdular. Ana, yine Saşenka'nın tasarılarından söz açtı. Genç kız iri, hülyalı gözlerinin uzun, sık kirpikleri arasından süzülen bakışlarıyla dalıp gitmişti. Solgun yüzünde bir durgunluk, dinleniş vardı.

— Çoluk çocuk sahibi olduğunuzda ben gelip onlara bakacağım. Orada hiç de buradakinden fena yaşamıyacağız. Pavel elbet bir iş bulacaktır, beceriklidir. Saşenka dikkatle anayı inceliyerek sordu:

— Hemen gidip kendisine katılmak istemiyor musunuz?

Pelage içini çekerek:

— Neye yarar? Eğer kaçmak isteyecek olursa ben ona engel olacağım. Sonra o gittiğimi de istemez, dedi.

— Doğru.

— Bundan başka benim de görevim var.

Saşenka, düşünceli cevap verdi:

— Evet, doğru, hem de iyi.

Birdenbire, sanki bir yük altından kurtulmuş gibi silkindi, sonra alçak sesle:

— Sibirya'da durmayacak, mutlaka kaçacak.

— Peki. O zaman siz ne yapacaksınız? Ya bir de çocuk olursa?

— Bilmem, bakalım. Onun benim için üzülmesine yer yok. Canı ne vakit, ne yapmak isterse yapabilir. Ben onun için bir arkadaştan başka birşey değilim. Bilirim ki ondan ayrılmak benim için güç olacak. Ne varki katlanmanın da yolunu bulurum. Hayır, hiçbir zaman onun canını sıkacak bir şey yapmayacağım.

Hem söylüyor, hem de buz gibi donmuş ellerini güçlüce oğuşturuyordu. Sonra, masaya yaklaşarak çekmecesini çekti, bir takım kağıtlar çıkardı. Bunları hızla karıştırdı, heyecan içinde kimilerini yırttı, yok etti:

— Çoktan beridir bunlara bakmıyordum. Bakınız ne kadar çoğalmış! Hay aksi şeytan hay. Ana ne dersiniz, benim fikrimce siz bu gece burada kalmasanız çok iyi olur? Jandarmaların burada oynayacakları komediye seyirci olmak oldukça can sıkıcı. Belki bu herifler sizi de tutuklarlar. Oysa Pavel'in savunmasını dağıtmak için mutlaka sizin köyleri bir bir dolaşmanız gerek.

— Yok canım. Beni neden tutuklasınlar? Belki de aldanıyorsunuz, belki de hiç gelmiyecekler.

— Ben geleceklerine inanıyorum. Bundan başka sizin Ludmila'ya yardım etmeniz iyi olur. Haydi vakit geçmeden gidiniz.

Ana, oğlunun savunmasının basılmasına yardımda bulunmak düşüncesine pek sevindi:

— O halde, iş böyle olunca giderim, dedi.

Kendi de şaşarak alçak sesle ekledi:

— Artık hiç bir şeyden korkmuyorum! Tanrıya şükürler olsun, şimdi herşeyi biliyorum.

Nikola, ona bakmaksızın:

— İyi, şimdi söyleyiniz bakalım, benim çamaşırım, valizim nerede? Siz burayı elinizle öyle iyi yönetiyorsunuz ki ben her şeyin yerini unuttum. Bu gece jandarmalar gelince şaşırsınlar, birşey bulamasınlar da görsünler!

Saşenka, ocağın başında bir çok kağıtlar yakıyordu. Hepsini yakıp bitirdikten sonra küllerini ateşin külleri ile karıştırdı.

Ana genç kızın dediklerini pek güzel yapabileceğini seziyordu. Kalbi acıma ile doldu. Genç kızı kucakladı:

— Yavrum, çok acı çekeceksiniz, dedi.

Saşenka, tatlı tatlı gülümsedi. Pelage'nin kollarına daha çok sokuldu. Yanakları kıpkırmızı olmuştu.

— Bu epeyce uzak. Bunun benim için büyük bir fedakarlık olacağını sanmayınız. Ne yaptığımı ben pek güzel biliyorum. Eğer o benimle mutlu olursa, ben de mutlu olacağım. Benim isteğim biricik ödevim ona güç vermek, ona ne kadar güç ve can vermek mümkünse, hepsini verebilmek, onu mutlu etmektir. Ben onu çok seviyorum. Onun da beni sevdiğini biliyorum. Böylece beraber yaşayacağız, beraber duyacağız, beraber kazanacağız, eğer bir gün gelir, gerekirse, yine birer dost gibi birbirimizden ayrılacağız.

Ana, dudaklarında mutlu bir gülümseyişle yavaşça:

— Belki beni de sürecekler. O vakit ben de size katılırım.

İki kadın, birbirine sarılmış, hiç bir şey söylemeden sevdiklerini düşünüyordu. Onları tatlı bir sessizlik, içtenlik kuşatmıştı.

Nikola, bitkin döndü. Daha soyunmadan:

— Saşenka, haydi vakit geçmeden kalkıp gidiniz, dedi. Çünkü bu sabahtan beri evin çevresinde açıktan açığa iki sivil polis dolaşıyor. Bu tutuklamaya işarettir. Önsezi böyle gösteriyor. Ha, aklıma geldi, Pavel'in savunmasını bastırmak için karar verildi, hemen onu Ludmila'ya götürünüz, çabucak dizsin. Ana, Pavel çok güzel konuştu. Saşenka, ispiyonculara dikkat. Durunuz, şu kağıtları da götürünüz, doktora veriniz.

Nikola, yaklaşarak elini sıktı:

— Haydi Saşenka, haydi gidiniz! Arasıra yeni kitaplar çıktıkça bana da göndermeyi unutmayınız. İhtiyatı elden bırakmayınız, aziz arkadaşlar, hoşça kalın.

Saşenka, sordu:

— Uzun süre hapisanede kalmak düşüncesinde misiniz?

— Kim bilir? Belki de oldukça uzun. Ana, siz de Saşenka ile beraber çıkınız, çünkü iki kişiyi birden izlemeleri daha güçtür.

— Peki, giyiniyorum!

Ana dikkatle Nikola'yı inceliyorsa da onda doğal olmayan hiç bir şey bulamıyordu. Yalnız, tatlı, uysal bakışları şimdi önemli bir düşünce ile dumanlanıyordu.

Davranışlarında, yüzünde hiç bir heyecan izi yoktu. Herkese karşı sevgiyle, sakin davranıyor, her zaman sessiz, dışarıdan görünen durgun yaşayışı içinde idi.

Ana onun bu halini pek çok seviyordu, şimdi onu böyle dalgın görünce kalbi derin bir sevgi, şefkatle doldu. Ancak bu duygusunu Nikola'ya sezdirmek istemedi.

Giyinir giyinmez odaya döndü. Nikola, Saşenka'nın elini sıktı:

— İyi. Bunun hem sizin, hem de onun için pek iyi bir şey olacağına inanıyorum, dedi. Biraz da kişisel mutluluklar duymak zararlı değildir. Bilir misiniz, değerden düşmemesi için bir şeyin çok olmaması daha iyidir. Ana, hazır mısınız?

Gözlüklerini düzelterek anaya yaklaştı:

— Eh, artık Allahaısmarladık, üç, dört belki de altı ay sonra. Altı diyelim. Epeyce uzun bir zaman! Haydi artık kucaklaşalım.

Güçlü kollarını açarak anayı kucakladı, gülerek:

— Galiba ben size aşığım, dedi. Sizi sadece kucaklıyorum.

Ana, bir şey söylemeksizin Nikola'yı alnından, yanaklarından öptü. Elleri titriyordu. Nikola'nın bunu duymaması için ellerini boynundan geri çekti.

— Demek gidiyorsunuz? Aman, dikkat ediniz. İsterseniz yarın küçük bir çocuk yollayıp burada neler olduğunu öğreniniz. Ludmila'da böyle birisi vardır. Ey artık hoşçakalın, arkadaşlar! İyi, herşey güzel olsun.

Sokağa çıkınca Saşenka, ananın kulağına fısıldadı:

— Gerekirse işte ölüme de böyle bayağı bir gidişle yürüyecektir! Ölüm geldiğinde yine bir kere gözlüğünü düzelterek, biraz önceki gibi "İyi" diyecek, sonra ölecek.

— Onu çok seviyorum!

— O bana şaşıyor. Sevmeye gelince. Yok, ben onu sadece takdir ediyorum... Sevgi ile şefkatle davranmasına karşın, o yine de kuru bir ruha sahiptir. Herhalde arkamızdan izleyenler var. Artık ayrılalım. Aman, dikkat ediniz, eğer izleniyorsanız doğruca Ludmila'ya gitmeyiniz.

— Biliyorum.

Saşenka diretti:

— Ona gitmeyiniz. Bana geliniz. Allahaısmarladık!

Birdenbire dönerek ayrıldı. Ana haykırdı:

— Güle güle!

Bir kaç dakika sonra Pelage Ludmila'nın odasında ocağın başına geçmiş, ısınıyordu. Ludmila, kara bir elbise giymiş, odanın içinde eteklerini sürüyerek gidip geliyordu. Ocakta odunlar çıtırdıyordu. Kadının sesi çınladı:

— İnsanlar, zararlı olmaktan çok aptaldırlar, yalnız burunlarının dibinde olan şeyleri görürler. Biraz daha ötesini anlamazlar. Oysa değer, yakında olan şeylerde değil, uzaktakilerdedir. Eğer yaşayış daha kolay, insanlar daha zeki olsalardı herhalde daha yararlı bir şey olacaktı. Ne var ki, bu amaca ulaşmak için şimdilik geçici bir zaman rahat bir yaşayıştan vazgeçmelidir.

Birden ananın önüne gelerek, sanki özür diliyormuş gibi sesini alçatarak konuştu:

— Ben pek az insanla görüşüyorum. Buraya birisi gelince hemen konuşmaya başlıyorum. Fena, değil mi?

— Neden fena olsun?

Pelage, Ludmila'nın formaları nerede bastığını anlamak için çevresini araştırıyorsa da dikkati çekecek hiç bir şey göremiyordu. Üç penceresi sokağa bakan odadan bir kanape, bir kitaplık, bir masa, birkaç sandalye, bir karyola, bir lavabo, bir ocak, duvarlarda da fotoğraflar vardı. Her şey temiz, dayanıklı, yeniydi. Odada gizli bir yaşayış seziliyordu. Ana, kapılara baktı. Odaya bunların birinden girmişti. Ocağın yanından küçük bir sofaya açılan ufak kapıdan sonra yanında yüksek bir kapı daha vardı. Ana, Ludmila'nın kendisine dikkat ettiğini görerek:

— İş için geldim! dedi.

— Biliyorum. Zaten bana başka şey için gelen olmaz ki.

— İşte, şunların hemen basılması sizden rica ediliyor.

Sonra, ana, Nikola'nın, tutuklanacağını sezerek nasıl hazırlandığını uzun uzun anlattı. Ludmila, hiç bir şey söylemeksizin kağıdı koynuna soktu. Yüzüne ocağın kırmızılıkları vuruyordu:

— Eğer jandarmalar benim evime gelecek olurlarsa üzerlerine ateş edeceğim, dedi. Çünkü böyle bir tecavüze karşı kendimi savunmak benim hakkımdır.

Ludmila'nın şimdi ciddileşen yüzünde ocağın kızıllıkları yitmişti.

Ana, "Zavallı, senin yaşayışın pek acılı olsa gerek!" diye düşündü. Ludmila, hemen oturup Pavel'in nutkunu okumağa başladı. İlk önce istemiyerek okuyordu, sonra, birdenbire dikkatle, hararetle kağıtları okuyup şiddetli davranışlarla yere atmaya başladı. Okuyup bitirdikten sonra ayağa kalkarak:

— Çok güzel, dedi. İşte benim okumak istediğim şeyler bunlardı. Ne kadar açık.

Başını eğerek bir süre düşündü:

— Size oğlunuzdan sözetmek istemedik. Onu hiç görmedim. Hem de insanı üzecek şeylerden konuşmayı sevmem. İnsanın akrabasından birinin sürüldüğü sırada duyduğu şeyleri bilirim. Söyleyiniz, böyle bir oğula sahip olmak iyi bir şey mi?

— Evet, çok iyi!

— Bu hal korkunç mu?

Pelage, durgunca gülümsedi:

— Artık, hayır.

Ludmila, esmer elleriyle saçlarının kıvrımlarını düzelterek pencereye döndü. Yanaklarında hafif bir sıcaklık, bir gölge vardı:

— Haydi, şunu basalım. Bana yardım eder misiniz?

— Hay hay.

Şimdi dizeceğim. Çabuk yaparım. Siz de yorgunsunuzdur. Biraz uyuyup dinlenin. Ben, bu gece uyuyacak değilim, siz benim yatağıma yatınız. Belki gece ben sizi uyandıracağım. O vakit bana baskı için yardım edersiniz. Yalnız uyumadan önce lambayı söndürünüz.

Ocağa iki odun daha attı. Sonra ocağın yanındaki küçük kapıdan çıkarak, kapıyı yine dikkatle kapadı. Pelage, bakışlarıyla onu izlerken bir yandan soyunuyor, bir yandan da düşünüyordu:

— Pek ciddi. Acılı! Pek de mutsuz!

Yorgunluk ananın başını döndürüyordu. Kalbinde garip bir durgunluk vardı. Herşey bakışlarında tatlı, okşayıcı bir parıltı ile aydınlanıyordu. Pelage, oldum olası büyük heyecanlardan sonra gelen bu durgunluğa yabancı değildi. Eskiden bu durgunluk onun için kaygılandırıcı olurdu. Şimdi ise tersine, kalbini güçlü, büyük bir sorun genişletiyordu. Lambayı söndürerek soğuk yatağın içine girdi. Yorgana sarıldı, biraz sonra derin bir uykuya daldı.

Gözlerini açtığında odayı, parlak bir kış gününün soğuk, ak aydınlığıyla dolu gördü. Ludmila, kanapenin üzerine uzanmış, elinde bir kitap, şefkatli, okşayıcı bakışlarla anaya bakıyordu.

Ana şaşırdı:

— Aman yarabbi ne çok uyumuşum! Saat kaç, geç mi?

— Evet, kalkınız, saat on! Kahvaltı edelim.

— Beni niçin uyandırmadınız?

— Bir aralık uyandırmak istediysem de, dudaklarınızda öyle tatlı bir gülümseyişle uyuyordunuz ki.

Gürbüz vücudunun çevik bir davranışıyla birdenbire kalkarak yatağın yanına geldi, eğilerek ananın gözlerine baktı:

— Sizi uyandırmak istemedim. Belki de çok tatlı bir düş görüyorsunuz.

— Hayır, hiç düş görmedim.

— Ne olursa olsun. Her halde sizin dudaklarınızdaki gülümseyiş benim pek hoşuma gitti. Öyle rahat, öyle tatlı bir gülümseyişti ki.

Ludmila, gülmeğe başladı:

— Oturdum, dedi. Hep sizin yaşayışınızı düşündüm. Bu yaşayış öyle acı ki:

— Ana, kirpiklerini oynatarak düşünmeye başladı:

— Hiç de farkında değilim! Kimi zaman öyle sanırım ki dediğiniz doğrudur. Yine de bu doğru olamaz! Öyle şeyler, öyle şaşılası, önemli şeyler var ki! Bunlar, birbirini izleyerek öyle büyük bir hızla geçip gidiyorlar ki!

Kalbi, kendisinin pek iyi tanıdığı bir heyecan dalgasıyla doluyordu. Karyolanın içinde doğruldu, heyecana gelen düşünceleriyle hayallerine bir anlatış biçimi vermeye başladı:

— Bütün bunlar hep bir noktaya doğruluyorlar. Tıpkı tutuşan bir evde ateşin, yavaş yavaş her yanı sarması gibi. Evet, bilseniz ne acı şeyler var! Yoksullar, çaresizler çok acı çekiyorlar. Her biçimde tedirgin edilirler. Arkalarında ispiyoncular dolaşır, dayak yerler. Evet, ne kadar da zalimce dövülürler. O zaman onlar da tıpkı keşişler gibi yaşamak zorunda kalırlar. Öyle zevkler vardır ki, onlar, bunlardan yararlanamazlar. İşte, bu yaşayış pek acı bir yaşayıştır.

Ludmila, birden başını kaldırdı, dikkatle anaya baktı:

— Kendinizden hiç sözetmiyorsunuz! dedi.

— Kendimden mi sözetmiyorum? İnsan, böyle herkes için korkar, herkes için acırsa, bu yaşayış, bu amaç, kendisine herşeyden aziz olursa, artık kendisi bu yaşayışın dışında kalabilir mi?

Yarı giyinik, odanın ortasında bir süre düşündü durdu. Öyle sanıyorum ki, sanki bir vakitler oğlu için o derece korkmuş, üzülmüş olan kendisi değildi. Kişilik denen şey artık yoktu. Kendisinden çekilmiş, ayrılmıştı. Pelage, bu eski kaygı, korku duygusunun yerinde şimdi neyin bulunduğunu anlamak için uzun uzun kendisini dinledi.

Ludmila, sordu:

— Ne düşünüyorsunuz?

— Bilmem!

Sustular, bakışarak gülüştüler. Sonra, Ludmila:

— Bakalım semaver ne halde? diyerek odadan çıktı.

Ana, pencereden dışarı hızlı bir bakış fırlattı. Dışarıda soğuk, parlak bir gün vardı. Onun kalbi de hem böyle parlak, hem de ateşliydi. Kalbine doğan şeylere karşı belirsiz bir şükran, minnet duygusu ile uzun uzun söylemek, konuşmak, anlatmak istiyordu. Çoktan beri duymadığı bir şeyi, dua etmek gereksinimini duydu. Belleğinde bir şey vardı. Genç, soluk bir yüz "İşte, Pavel Vlasof'un annesi!" diyordu. Saşenka'nın oynak bakışları parladı, Ribin'in mert, esmer yüzü yükseldi, Nikola, belirsiz bir davranışla gözlerini kırpıştırdı. Birden bu yüzler derin, hafif bir göğüs geçirerek sarsıldılar. Sonra, hepsi birden, kalbi tatlı bir duygu ile saran saydam renkli bir bulut arkasında birbirine karışarak yittiler.

Ludmila, içeri girerek:

— Nikola'nın dediği çıktı. Onu tutukladılar. Uyarınıza uyarak birisini yollamıştım. Şimdi geldi, evin çevresinde sivil polislerin dolaştığını, avlusunda resmi polislerin bulunduğunu, bunlardan birisini de kapının arkasında gördüğünü söyledi.

Ana, başını sallayarak yalnız:

— Ah, zavallı Nikola, dedi.

— Son zamanlarda kentteki işçilere pek çok konferanslar veriyordu. Artık onun ortadan yitmesi zamanı gelmişti. Arkadaşları kendisine hep bırakıp gitmeyi salık verdilerse de kimseyi dinlemedi.

Kapının eşiğinden kara saçlı, pembe yüzlü, mavi gözlü bir delikanlı göründü. Uyumlu bir sesle sordu:

— Semaveri getireyim mi?

— İyi edersin, Serj! Benim öğrencimdir, kendisini hiç görmediniz miydi?

— Hayır.

— Ara sıra Nikola'ya yollardım.

Anaya öyle geliyordu ki, Ludmila değişmişti. Ölçülü vücudunda öyle bir güç, güzellik vardı ki, bu biraz solgun yüzündeki ağırbaşlı anlatımı değiştiriyordu. Gözlerinin çevresindeki halkalar geceden beri daha çok koyulaşmıştı. Sanki ruhunda bir tel gerilmiş gibi idi.

Çocuk, semaveri getirdi:

— Serj, işte Pelage Vlasof! Dün mahkum edilen işçinin annesi!

Çocuk, ananın önünde saygı ile eğilerek elini sıktı. Sonra, dışarı çıkarak ekmek getirdi. Masanın başına oturdu. Ludmila, bir yandan çay verirken bir yandan da anaya sivil polisler çekilmedikçe eve dönmemesini salık verdi:

— Belki şimdi de sıra size gelmiştir, mutlak sizi de sorguya çekeceklerdir.

— Ne önemi var! Tutuklarlarsa bu bir felaket mi olur? Yalnız, arzum Pavel'in savunmasını bir an önce dağıtmaktır.

— Savunma dizildi. Yarın kentle yöresi için yeterince basılmış olacaktır. Siz Nataşa'yı tanır mısınız?

— Nasıl tanımamam?

— O halde basılanları ona götürmek gerek.

Çocuk, bir gazete okuyor, söylenenleri işitmiyor gibi duruyordu. Yalnız, ara sıra gözleri Pelage'nin yüzüne takılıyordu. Ana, çocuğun bu bakışını ayırt edince çok duygulandı. Genç kadın hiç de yakınmaksızın yine Nikola'nın tutuklanmasından sözetti. Bu yakınmazlık anaya pek olağan geldi. Vakit, her zamanki günlerden daha çabuk geçiyordu. Kahvaltı bittiğinde hemen hemen öğle olmuştu.

Birdenbire şiddetle kapı çalındı. Çocuk kalkarak Ludmila'ya baktı. O:

— Aç, Serj, dedi. Kim olabilir?

Sonra, durgun bir halde elini cebine sokarak:

— Eğer jandarmalarsa, siz şöyle bir köşeye çekiliniz, dedi. Sen de Serj, sen de.

Çocuk, alçak sesle:

— Biliyorum! dedi, yitti.

Ana, gülümsedi. Bu hazırlıklar onu hiç de heyecanlandırmıyordu. Kalbinde bir felaket önsezisi yoktu.

İçeri giren doktordu. Acele ile:

— Nikola tutuklandı. Nasıl, siz burada mısınız, ana? Götürüldüğünde siz evde değil miydiniz?

— Hayır, o beni buraya yollamıştı.

— Ya! Ben sizin buraya gelmeye zaman bulamayacağınızı sanıyordum. Bu gece bir çok genç toplanıp Pavel'in savunmasını jelatinle bir çok nüsha kopya etmişler, şimdi de dağıtmak istiyorlar. İyi basılmış, güzelce okunuyor. Ne var ki, ben bu düşüncede değilim. Kentte el yazısı ile kağıt dağıtmak doğru olamaz. Matbaadan basılmış olanlar daha iyi. Ötekileri dışarılara göndermeli.

Ana, şiddetle haykırdı:

— O halde veriniz bana onları, Nataşa'ya götüreyim.

Pavel'in savunmasını dağıtmak, her yeri oğlunun sözlerine boğmak için onda derin bir istek vardı. Yalvaran bakışlarıyla doktora bakarak bekledi.

Doktor:

— Bilmem, acaba sizin şu sırada böyle bir işe girişmeniz doğru olur mu?

Dedi, cebinden saatini çıkararak ekledi:

— Şimdi, saat onbiri kırk üç geçiyor. Tren ikiyi çeyrek geçe kalkıyor. Demek akşama varacaksınız, pek geç. Ne var ki iş burada değil.

Ludmila, doğruladı:

— Evet işin temeli burada değil!

Ana onlara yakaşarak:

— Ya ne? dedi, işin temeli iyi olmaktır. Ben de bunu yapacağım!

Genç kadın, onu dikkatle süzdükten sonra alnını oğuşturarak:

— Tehlikeli!

Dedi. Ana haykırdı:

— Neden?

Doktor:

— Neden mi? İşte! Siz Nikola'nın tutuklanmasından bir saat önce evden çıktınız, fabrikaya gittiniz. Orada sizi pek iyi tanırlar. Siz çıktıktan bir saat sonra da fabrikada bir çok devrim bildirileri görüldü. Bütün bunlar olanca hızı ile sizin boynunuzu sıkan bir düğüm halinde.

Ana büsbütün heyecana gelerek:

— Beni hiç kimse anlamayacak! Eğer beni tutuklayacak olurlar, nerden geldiğimi sorarlarsa...

Kendi kendine sözünü kesti. Sonra konuştu:

— Verecek karşılığı ben bilirim! Fabrikadan köye gitmiş olurum, orada tanıdığım birisi var, Sizof. Oğlum mahkum olduğundan dolayı üzüntümü dağıtmak için ona gittim, onun da bir yeğeni vardı, mahkum oldu, o da bunu doğrular.

Ana, şimdi onların yavaş yavaş yenildiklerini görerek gittikçe artan bir güçle heyecanla söylüyor, söylüyordu. En sonra, ona müsaade ettiler. Doktor, isteksizce:

— Ne yapalım? Gidiniz!

Dedi. Ludmila, sustu. Odanın içinde düşünceli gidip geliyordu. Yüzü kararmış, yanakları çukurlaşmıştı. Sanki, birden başı ağırlamış gibi göğsüne düşüyordu. Doktor, zorla müsaade ettiğinde ana içini çekti:

— Hepiniz beni korumak istiyorsunuz, ancak hiç biriniz kendinizi korumuyorsunuz, dedi.

Doktor:

— Hayır, doğru değil, biz kendimizi de koruyoruz, bunu yapmak zorundayız. Kendi kendilerini gereksiz yere tehlikeye atanları da pek tasvip etmiyoruz. Bunun için kağıtları istasyona yollayacağız.

Doktor, ananın yüzüne bakarak yapılacak şeyi anlattı.

— Size başarı dilerim. Şimdi hoşnut oldunuz mu?

Hoşnut olmamış bir halde kalkıp gitti. Kapı yine kapandıktan sonra Ludmila anaya yaklaştı:

— Anlıyorum, siz pek iyi yürekli bir kadınsınız.

İkisi birden odayı dolaşmaya başladı:

— Benim de bir oğlum var, şimdi on iki yaşında. Babası ile beraber yaşıyor. Babası savcı yardımcısı idi. Belki de şimdi savcı olmuştur. Oğlum, hep onunla beraber. Her zaman bana kendisinin ne olacağını sorar.

Sesinde bir inilti titreyişi vardı. Sonra, düşünceli düşünceli konuştu:

— Onun eğitimini benim sevdiğim, benim kutsadığım ne varsa hepsine düşman olanlar üzerlerine almışlardı. Bu yüzden oğlum da elbet benim düşmanım olabilir. Ben onu yanımda da bulunduramam, çünkü takma bir ad altında yaşıyorum. Sekiz yıl oluyor ki, onu görmedim! Sekiz yıl! Ne uzun bir zaman!

Pencerenin önünde durdu, oradan soğuk, solgun göğe doğru gözlerini dikerek konuştu:

— Eğer benimle beraber olsaydı, ben daha güçlü, daha güvenli olurdum. Ölse bile avunurdum.

Biraz sustuktan sonra yüksek sesle ekledi:

— Ölseydi, o zaman salt öldü derdim. Oysa şimdi biliyorum ki o ölü değil, analık sevgisinin de üstünde bir takım kutsal şeylerin düşmanı!

Ana, kalbi derin bir acı ile sıkılarak:

— Ah, yavrum! dedi.

Ludmila, dudaklarında bir gülümseyişle:

— Siz mutlusunuz. Ana ile oğulun yanyana yürümesi ne iyi, dedi.

Ana:

— Evet, pek iyi!

Diye bağırdı. Sonra sanki gizli bir şey söylüyormuş gibi:

— Bak, bu da bir yaşam biçimi, farklı bir açıdan bir ailedir! dedi. Siz, Nikola, sonra bütün gerçek uğruna çalışanlar bizimle berabersiniz! İşte, görüyor musunuz, insanlar gittikçe birbirlerine yaklaşıyorlar, anlıyorum.

— Çocuklarımız yeryüzünü kaplıyorlar! İşte, benim anladığım şey. Onlar her yerde, bütün yeryüzünde yürüyorlar. Bir hedefe, bir amaca doğru durmadan yürüyorlar. En iyi kalpler, en yüksek zekalar hiç bir şeyden korkmayarak, hiç arkaya bakmıyarak ileriye doğru, bütün kötülüklere saldırıyorlar, ilerliyorlar, ilerliyorlar. Gençler, güçlüler bütün çabalarını bir ereğe doğrultuyorlar. Adalete! Onlar acıyı yenmek istiyorlar. İnsanlığın uğradığı mutsuzlukları azaltmak için silahlandılar. Mutlaka yenmek istiyorlar. Onlar, o iğrenç yaşayışı ezmek istiyorlar, ezecekler de! Onlardan birisi bana "Biz yeni bir güneş yapmak istiyoruz." diyordu. İşte bunu yapacaklar! Bir başkası da "Bütün kırılmış kalpleri bir araya toplayacağız!" diyordu. Bunu da yapacaklar.

Kolunu göğe doğru kaldırdı:

— İşte, şurada bir güneş var!

Sonra, eliyle göğsünü döverek sözünü sürdürdü:

— İşte bir güneş de burada yakılacak. Göktekinden daha parlak, daha görkemli bir güneş, insan mutluluğu güneşi. Bütün yeryüzünü, onun üzerinde yaşıyanları, herkesin, herkes için duyacağı aşk, sevgi ışığıyla aydınlatacak bir güneş!

Unutulmuş dualardan belliğinde kalmış cümleleri şimdi bu yeni inancını güçlendirmek için rastgele, birer ateş parçası gibi durmadan dört yana saçıyordu:

— Hak, doğruluk yolunda giden çocuklar, herşeye bir aşk, sevgi götürüyor, yeni bir şey açıyorlar. Onların yüreklerinde, kalplerinin en derin köşelerinde, sönmez, kararmaz bir ateş var. İşte, bütün yeryüzünün çocuklarına karşı duyduğumuz bu büyük sevgi ile onlar bizim için yeni bir yaşayış meydana getirdiler. Şimdi bu sevgiyi kim söndürebilir, kim? Bunun üstünde başka bir güç var mı? Onu kim yenebilir? Onu doğuran topraktır. Hayat her şeyiyle onun zaferini istiyor.

Ana, Ludmila'nın yanından ayrılarak, yorgunluğundan coşkunluğundan kesik kesik soluk alarak bir yana oturdu. Genç kadın da yavaş yavaş çekingen, sanki bilinmez bir şeyi kıracakmış gibi uzaklaştı. Sönük bakışlarını uzakta belirsiz bir noktaya dikerek sessizce yürüdü. Şimdi, daha ince, daha büyük, daha uzun boylu gibiydi. Bu sessizlik, ananın heyecanını çabucak dindirdi. Çekinerek, yavaşça:

— Acaba, gereksiz şeylerden mi söz ettim?

Diye sordu. Ludmila, hızla dönerek ürkek bir bakışla anayı süzdükten sonra şiddetle haykırdı:

— Hayır. Bu böyle, bu böyle. Ancak artık bundan bahsetmeyelim. Bırakınız bunlar, söylediğiniz gibi kalsın, öylece kalsın... Evet, artık gitmeli. İstasyon buradan uzaktadır.

— Evet, hemen gitmeli. Ah, bilsen ne sevinçliyim, ne sevinçli! Oğlumun sözünü, beni dirilten sözünü sanki ruhum gibi beraber götüreceğim.

Ana, gülümsedi. Bu gülümseyiş, Ludmila'nın yüzünde salt soluk bir yansıma bıraktı. Ana onun yüzündeki bu üzüntü izinin sevinci de yok ettiğini seziyordu.

Ana, birden kendi ruhunu titreten aşk ve heyecanı, bu genç kadının ruhuna da geçirmek, onu kendisinin analık duygularıyla dolu olan kalbine sonuna dek bağlamak istedi. Ludmila'nın elini avuçlarının içine alarak bütün gücüyle sıktı:

— Yavrum, yaşamda bütün insanları aydınlatacak bir ışık vardır. Bir gün gelecek insanların bu gücü, bütün parlaklığı ile göreceklerini, hepsinin de bu ateşle yanmaya başlayacaklarını bilmek, anlamak ne tatlıdır.

Gözleri ışık saçıyor, sanki göz bebeklerinden saçılan bu ışıkları kanatlandırmak istiyormuş gibi kirpikleri durmadan kımıldıyordu. Bütün kalbini yakan, dolduran ateşlerin kaynattığı büyük düşüncelerle sarhoştu:

— Sanki bizim için yeni bir yaratıcı keşfetmiştik. Her şey, herkes için, herkes herşey için. Herkes bütün bir hayat, bütün bir hayat herkes için. İşte, benim anladığım budur. İşte, görüyorum, siz yeryüzüne bunun için geldiniz. Gerçekte sizin hepiniz de arkadaşsınız, hep bir ailenin bireylerisiniz. Çünkü sizi bir tek ana doğurdu: Hakikat! Sizi doğuran, hakikattır. Siz, onun sayesinde yaşıyorsunuz.

Pelage, susarak, artık bitecek gibi bir davranışla geniş bir soluk aldı:

— Ne vakit bu "Arkadaşlar!" sözcüğünü duysam, içimde onların yürüdüklerini görürüm. Onlar büyük bir kalabalık halinde her yandan geliyorlar. Sanki bütün yeryüzündeki kilise çanları çalınıyormuş gibi kulağıma bir ses, yüksek, coşturucu bir uğultu geliyor.

Ana, başarmıştı. Ludmila'nın yüzü canlandı, dudakları titredi. Renksiz gözlerinden birini izleyerek iri, sıcak gözyaşları dökülmeğe başladı.

Ana, onu kollarının arasına aldı, yine hoşnut, övünçlü, sessizce gülümsedi.

Ayrılırken Ludmila, uzun uzun anaya baktı, alçak sesle:

— Biliyor musunuz, sizinle beraber bulunmak ne tatlı bir şey! dedi sonra kendi kendisine ekledi:

— İnsan kendisini tanyeri ağarırken yüksek bir doruk üzerine çıkmış sanıyor.

Sokakta kuru, soğuk hava vücudu sarıyor, boğazı yakıyor, solurken insanı boğuyordu. Ana, birden durarak çevresine bakındı. Yanıbaşında, sokağın köşesinde, başında kıldan bir kasket, bir arabacı duruyordu. Biraz ötede başka birisi, vücudu kamburlaşmış, başı omuzlarının arasına çökmüş yürüyordu. Askerin biri elleriyle kulaklarını oğuşturarak sıçraya sıçraya koşuyordu.

"Belki kendisini dükkanlardan bir şey almaya göndermişlerdir!" diye düşündü. Ayaklarının altında ezilen karların çıkardığı gıcırtıyı hoşnutlukla dinledi. İstasyona çabucak varmıştı. Tren henüz hazırlanmamıştı. Bununla beraber pis hava ile dolu üçüncü mevkiin bekleme salonunda epeyce kalabalık vardı. Soğuk, tren işçilerini de oraya tıkmıştı. Üstlerinde soğuğa engel olacak giysileri olmayanlarla arabacılar da oraya ısınmaya gelmişlerdi. Aynı zamanda yolcular da vardı. Köylüler, iyi giyinmiş, koca karınlı bir tacir, solgun yüzlü kızıyla bir papaz, beş altı asker, bir kaç da iş adamı. Sigara dumanları çevreye savruluyor, durmadan konuşuluyor, çay ya da şarap içiliyordu. Büfenin yanında birisi kahkahalarla gülüyordu. Başların üstünde dumandan bulutlar uçuşuyordu. Kapı açılırken gıcırdıyor, sonra çabucak kapandığında camlar zangırdıyor, çerçevelerden sesler çıkıyordu. Dumandan, ispirtodan çıkan pis bir koku ciğerleri tedirgin ediyordu.

Ana, kapının yanında oturarak bekledi. Kapı açılıp içeri birisi girdiğinde yüzüne soğuk bir hava çarpıyordu. Bu hoşuna gidiyor, o zaman ciğerlerinin bütün gücüyle temiz hava alıyordu. Kalın giysiler giymiş, ellerinde birçok paketlerle bir takım insanlar içeriye giriyorlardı. Kapıyı beceriksizce açıyorlar, sonra ellerindeki yükleri bir kanapeye ya da yere bırakıyorlar, pardösülerinin kollarına yapışan buzları silkiyorlar, sakallarındaki karları elleriyle temizleyerek bir yandan da söyleniyorlardı.

Elinde sarı bir valiz bulunan bir genç, kapıdan içeri girerek çevresine bakındı, anayı görünce hemen yanına yaklaştı:

— Moskova'ya mı?

— Evet, Tanya'ya.

— İşte!

Delikanlı, valizi ananın yanıbaşına bıraktı, cebinden bir sigara çıkardı, yaktı, kasketini hafifçe kaldırarak öbür kapıdan çıkıp gitti. Ana, eliyle valizin soğuk yüzünü okşadı. Sonra, üzerine yaslandı. Şimdi, hoşnut bir halde çevresini incelemeye başladı. Biraz sonra kalktı, başka bir kanapeye oturdu. Burası kapıya daha yakındı. Başını kaldırmış, önünden geçenlerin bütün yüzlerini inceliyordu. Kısa bir palto giymiş, başı yakasının içine gömülmüş bir adam, ona çarptı, bir şey söylemeksizin elini yavaşça kasketine götürerek ayrıldı. Ana öyle sandı ki, bu adamı eskiden de görmüşlüğü vardı. Onu incelemeye başladı. Herifin bakışları Pelage'ye öyle şiddetle işledi ki, sanki elinin altında valiz boşalıvermiş gibi titredi.

Göğsünden yükselerek boğazını tıkayan, sonra ağzını kuru bir acılıkla kaplayan bu kötü duyguyu kovmak için kendi kendine sordu:

— Bunu nerede gördüm?

Anada yine dönmek, bu herife dikkatle bir daha bakmak isteği uyanmıştı. Herif, hep orada idi. Ara sıra ayaklarını değiştirerek bir ayak üzerinde duruyor tereddütlü gibi görünüyordu. Sağ elini pardesünün iki düğmesi arasına geçirmiş, sol elini de cebine sokmuştu.

Ana, hiç bir heyecan göstermeksizin kalktı, sanki bir yerini yırtmaktan çekiniyormuş gibi yavaşça bir başka kanapeye oturdu.

Bir felaket karşısında duyulan büyük bir önsezi ile belleği bu yüze ilişkin iki hayal uyandırmıştı. Birincisi Ribin'in kaçtığı güne, öbürü de daha düne özgüydü. Mahkeme günü bu herifi Ribin'in kaçtığı gün kendisine yanlış yol gösterdiği polis memurunun yanında görmüştü. Demek, şimdi kendisi göz hapsindeydi, bu bir gerçekti.

— Beni yakalayacaklar mı? diye düşündü. Sonra da kendi kendine, titreyerek bu soruya şöyle cevap verdi:

— Belki daha var, belki de yok, artık yakalanıyorum!

Çevresine bakındı, kuşkulanacak hiç bir şey görmedi. Yalnız, kafasında kıvılcımlar gibi bir takım düşünceler birbirini kovalıyarak parlayıp sönüyordu.

— Valizi bırakıp gitsem mi?

Sonra, daha şiddetli bir kıvılcım parladı:

— Oğlumun sözü. Onu unutmak! Böyle heriflerin elinde bırakmak!

Valizi daha sıkıca yakaladı.

— Yakalayıp kaçsam!

Bu düşünceler ona tuhaf geliyordu. Öyle sanıyordu ki, bu düşünceleri birisi kafasına zorla sokuyordu. Bunlar, tıpkı kalbini, kafasını yakan bir takım yaralara benziyordu. Sanki düşmanca bir düşünce kendisini direterek boğuyor, eziyor, omuzlarına, göğsüne çöküyor, onu korkunç bir korku anaforu içine atıyordu. Şakaklarındaki damarlar şişti, saçlarının dibine dek bir sıcaklık yükseldi.

O zaman, şiddetli bir davranışla onu büsbütün yukarı kaldırdı. Büyük bir kendini zorlama ile, "Oğlumu utandırmam!" diye bağırarak kafasında zayıf, düzenbaz parıltılarla yanan bütün bu ışıkları söndürdü. Gözleri üzgün, korkak bir bakışla karşılaştı. Şimdi, zihninden Ribin'in hayali geçti. Bu bir kaç ikircikli dakika sanki ona yeni bir can, yeni bir güven vermişti. Kalbi, şimdi daha düzgün çarpıyordu.

Ana çevresine bakınarak kendi kendine sordu:

— Ne olacak?

Sivil polis, bir muhafız çağırdı. Anayı gözünün ucu ile göstererek kulağına bir şeyler fısıldadı. Muhafız, anayı inceliyerek çekildi. Konuşmaya kulağını vererek bir başka muhafız yaklaştı. Bu kır saçlı, dinç, sakallı, yaşlı bir adamdı. Sivil polis, bir baş işareti yaparak ananın oturmakta olduğu sıraya doğru ilerledi. Sivil polis, birdenbire ortadan sır oldu, yitti.

Yaşlı adam, dikkatle yürüyor, Pelage'nin yüzünü keskin gözleriyle, dikkatle inceliyordu. Ana, oturduğu sıranın büsbütün ucuna çekildi.

Muhafız, ananın yanında durdu, kısa bir sessizlikten sonra ciddi bir sesle sordu:

— Ne bakıyorsun?

— Hiç.

— Peki. Hırsız! Bu yaşa gelmiş ol da sen hâlâ bu huydan vaz geçme, ha!

Bu sözler anayı boğarcasına etkiledi. Yanaklarını yırtacak gibi oldu, gözlerini haddinden çok büyüttü, ciğerlerinin bütün gücüyle bağırdı:

— Ben mi hırsız? Yalan söylüyorsun!

Çevresini saran halkın kendisine kuşkulu bakışlarla baktığını gördü. Onurundan, halinden kuşkulanıldığını anladı. Bu çirkin iftira karşısında kalbi son derece sıkıldı. Elinin altında duran çantayı yakaladı, şiddetle açtı, içinde eline geçirdiği bir bildiri paketini başının üzerine kaldırarak bağırdı:

— Bak, bakınız!

Öteye beriye koşuşan kalabalık içinde birdenbire meydana gelen uğultulu fısıltılar arasında şu sözleri işitiyordu:

— Ne var?

— İşte sivil polisler.

— Bu kim?

— Onu çalmış diyorlar.

— Bu kadın mı?

— Hâlâ bağırıyor.

— Ne de saygı değer bir hali var.

— Kim tutuklanmış?

Ana, çevresinde sık bir halka meydana getirerek meraklı bakışlarla kendisine bakan halkın karşısında durmadan:

— Ben hırsız değilim! Değilim! diye bağırdı, durdu. Dün yine bir çok kişi siyasal suçtan mahkum edilmişti. Benim oğlum Vlasof da bunlar arasındadır, mahkemede bir savunma yaptı. İşte okuyunuz ki, gerçek anlaşılabilsin.

Kalabalık arasından birisi, çekinerek paketten bir yaprak çekti, yanındakiler dürttü, açtığı yerden bu kağıt parçasını halkın arasına fırlattı.

Bu sırada korkak bir ses haykırdı:

— Bunları dağıtmakta hiç bir tehlike yoktur.

Bir başkası:

— Dikkat! Neler oluyor! dedi.

Pelage, ilerledi, kağıtları şiddetle kavradı, ceplerine, koynuna yerleştirdi. Yine yüreklendi. Açık duran çantanın içinde bulunan kağıt yığınlarını da aldı, çevik elleriyle bütün bunları sağa sola saçtı, fırlattı.

— Oğlumu, beraber onlanları ne için mahkum ettiler, biliyor musunuz? İşte, bunu size anlatacağım! Ana kalbine güveniniz! Size hakkı, doğruluğu getirecek olan bir çok kişi, dün mahkum edilmiştir! Dünden beri bu doğruluk yaşamaktadır. Hiç kimse onunla başa çıkamaz, hiç kimse!

Şaşkınlığını, suskunluğunu koruyan halk, gittikçe çoğalıyor, dalgalanıyor, ananın çevresinde canlı, güçlü bir halka meydana getiriyordu.

— Yoksulluk, açlık, hastalık, işte bize çalışmayı esinleyen haller. Herşey bize karşıdır. Günden güne aşırı çalışmaktan çatlıyoruz, soğuktan, açlıktan geberiyoruz. Her zaman derin, kara bir aldatma çamuru içinde boğuluyoruz. Kollarımızın ürününü başkalarına yedirmek zorunda kalıyoruz. Boyunlarımızda zincir, köpekler gibi sürünüyoruz. Bilgisizlik ta ruhumuzun derinliklerine işlemiş, herşeyden korkuyoruz, herkesten alçak duruyoruz. Yaşayışımız bir gece, hem de karanlık bir gece gibi karanlık. Düşlerimiz sonsuz karadüşlerle sıkıntılı. Nasıl, böyle değil mi?

Birkaç ses boğuk boğuk:

— Evet! dedi.

— Ağzını tut!

Ana, önündeki kalabalığın arkasında iki jandarma ile bir sivil polis gördü. Son paketleri de dağıtmakta acele etti. Eli çantaya değdiğinde başka bir elin değişini duydu. Biraz kalabalığa doğru eğilerek bağırdı:

— Alınız, hepsini alınız, bu yaşayışı değiştirmek, bütün bu insanları kurtarmak, alevler arasından çekilmek, işte benim gibi yücelmek için bunları toplayınız. Yaşayışınıza bu kutsal gerçeği serpmek, doldurmak için gökten melekler iniyor.

Çünkü, hepiniz bilirsiniz ki, dünyada hakikat adına davranmak, muhakkak zorbalıkla güç karşısında bulunmak demektir. Bu davranışın arkasında boğulmak, zindanlara atılmak, en sonunda vücut azalarının birer birer kesilmesi de vardır.

Hakikat ve özgürlük bizi yönetenlerin, bizi zulüm ve baskı altında ezenlerin asla uzlaşmaz birer düşmanıdır. Bunları size getirenler de gençler, bazı aydın kişilerdir. Onlar sayesinde yeni bir can kazanacağımız gibi özgürlüğümüze engel olan bin türlü engeli, güçlüğü yok etmeyi, vicdanlarını satmış olan memurların zulümlerinden kendimizi kurtarmayı başarabileceğiz. Buna kesin olarak güveniniz.

Bir kaç kişi bağırdı:

— Yaşa, ihtiyar!

Birisi gülmeye başladı.

Jandarmalar, hayvanca, kalabalık arasına karışarak uludular:

— Dağılınız!

Halk, gürültülü davranışıyla jandarmaların önünden, yanıp tutuştuğu bu sıcak sözler karşısında kendinden yalpalıyarak, belki de istemiyerek durmadan çekiliyordu. Ana ise kır saçları, saf, berrak gözleri, mertçe davranışlarıyla onları çekiyordu.

Sanki, bütün bu halk, çoktan beri işitmek isteğiyle kendinden geçmiş, şimdi yalnız tek gönül, tek vücut olmuştu. Ananın yanı başında bulunanlar, serinkanlıklarını sürdürüyorlardı. Pelage, bütün bakışların kendisinin üzerinde toplandığını, sıcak solukların ta yüzüne değdiğini duyuyordu.

— Sıra üzerine çık!

— Git buradan kocakarı.

— Seni asarlar!

— Ah, ne tecavüz!

— Çabuk söyle, geliyorlar!

Gittikçe yaklaşan kalabalığa girmeye çalışan jandarmalar bağırıyorlardı:

— Yol açınız! Çekiliniz!

Şimdi, öncekinden daha çok bir yığın jandarma, halk arasına girmiş, bütün bir şiddetle baskıyla kalabalığa dağıtmayı çalışıyordu. Çevresinde meydana gelen tuhaf, ne olduğu anlaşılmayan uğultular, anaya söylediklerine bütünüyle inanıldığı intibaını veriyordu. Şimdi, daha bir aceleyle bütün bildiklerini, gördüklerini, en etkili düşüncelerini sayıp dökmek istiyordu. Fakat boğazında coşkunluktan, acıdan her an biraz daha boğulan, boğuldukça titreyen, kısılan sesinde, bir türlü haykıracak gerekli gücü bulamıyordu:

— Oğlumun sözü, namuslu bir ruhun sözleri, işte böyle yiğitçe olur. Onlar herkesten çok korkusuz, cesur oldukları kadar gerektiğinde gerçek uğrunda kendilerini bile feda etmekten çekinmezler!

Ana, bu nutkunu sürdürürken henüz pek genç iki kişi ürkek, heyecanlı bakışlarla ona bakıyordu.

Bu sırada ana, göğsünden yediği şiddetli bir vuruşun korkunç etkisiyle sallandı, bulunduğu sıranın üzerine yuvarlandı. Birden ordakilerin başları üstünde jandarmaların iri, kaba ellerinin süratle inip kalkmaya başladığı göründü. Kafa, göz, yüz, ensede yumruklar işlemeye başladı. Şapkalar durmadan yerlere yuvarlanıyordu. Şimdi, Pelage'nin çevresinde herşey derin, yoğun bir karanlık meydana getirmişti. Bütün vücudu yorgunluktan titriyordu. Sesinin son gücüyle boğuk boğuk haykırdı:

— Ey halk, tek vücut olunuz, güçlerinizi bir araya getiriniz.

Bir jandarmanın iri, kanlı elleri Pelage'nin boynuna yapıştı, şiddetle sarsarak:

— Sus! dedi.

Bu sarsıntının etkisiyle kafası duvara çarptı. Biran, kalbini ateşli bir duman bürüdü. Bu duman ruhunun derinliklerinden fışkıran ateşin etkisiyle buğulaştı.

Jandarmalar bağırdı:

— Marş!

— Hiç bir şeyden korkmayınız! Bütün yaşayışınız boyunca uğradığınız güçlüklerden daha kötü bir tehlike yoktur.

Jandarma, onu kolundan tutup önüne doğru sürükleyerek haykırdı:

— Sus! diyorum sana.

İkinci bir jandarma öbür kolundan yakaladı.

— .... Günden güne kalpleri kemiren, göğüsleri kurutan, tıkayan acılardan daha acı bir güç düşünülemez.

Sivil polis hemen onun önüne atıldı yumruklarını sararmış yüzü önünde sallayarak ince bir sesle bağırdı:

— Sus, alçak!

Pelage'nin gözleri büyüdü, sıcak kıvılcımlar saçmağa başladı. Çenesi titredi, ayaklarını parlak parke taşlarına yapıştırarak bütün gücü ile bağırdı:

— Yeniden diriliş sırrına eren bir ruh bir daha öldürülemez!

Sivil polis, kısa bir atılışla sıçradı, zavallı ananın suratına bir yumruk indirdi. Kara, ya da kırmızı olduğunu ayırt edemediği bir şeyler gözlerini kapladı, bakışları önünde yoğun bir karanlık meydana geldi. Ağzını dolduran kan pıhtılarının tuzlarını dilinin üstünde duydu. Bu saldırı karşısında kalan ana büyük bir coşkunlukla bağırdı:

— Bana vurmaya hakkınız yoktur!

— Arkadaşlar!

— Bu nedir?

— Ah! Duygusuz.

— Hakikat kanla boğulmaz!

Sözünü bitirmeye vakit bulamayan zavallı ana, sırtına, göğsüne, başına, boynuna indirilen yumruklar altında inleyerek sürüklendi.

Herşey acı acı bağırışmalar, ıslık sesleri arasında kalmıştı. Ana, bütün bu kargaşalık, arasında kendini yitiriyor, kulaklarında uzun uğultular, boğazında korkunç tıkanmalar oluyordu. Ayaklarının altında yer sanki kayıyor, sallanıyordu. Uğradığı acılardan bütün vücudu yanıyor, eriyordu.

Ana, bütün bu bitkin halinde gözleri önünde yanan, yandıkça kalbinde tatlı umutlar uyandıran bir ışık görüyordu. Kapıya doğru götürüldü. Birden son bir davranışla ellerinin birini kurtardı, kapının kenarına tutundu.

— ...Kan denizlerinin altında bile olsa gerçeğin ışığı hiç bir vakit söndürülemez.

Tahtaya yapışan eline vuruldu.

— ... Herkesin yüreğinde bir nefret, kin ve intikam ateşinin yanmasına sebep oluyorsunuz. Siz delisiniz, işte bu kin, bu nefret ve intikam duygusu günün birinde coşkun bir sel haline gelecek ve sizi boğacaktır!

Jandarmalardan biri, korkunç bir şiddetle onu boğazından tutup sıkarak susturdu.

Ana, boğuk boğuk bir kez daha haykırdı. Bu iniltiye ancak uzun, titrek hıçkırıklarla dolu ağlayış karşılık verebildi.

— Alçaklar!

SON